世事永遠無常　天機如何參透

世事天機

楊志鵬 著

獻給

在物欲世界裏掙扎著尋求心靈撫慰的人們

願眾生幸福、平安、吉祥、圓滿！

目錄

序言 **回頭** 余世存／011

序幕／019

她興奮地想，一個女人能在一幢大樓上，摟住這幢大樓裏職位最高的男人，等於佔領了整座大樓。而且是在大白天的辦公時間，這絕對是件十分豪邁和浪漫的事！難怪西方的哲人說：女人通過征服男人征服世界……

第一章 **辭職**／038

大師開示：所謂的修行只不過是在修一顆心，當心不再受外境左右的時候，你就拿到了步入智慧大門的入場券。你用一生的時間追逐念頭，空空來也空空去；如果你把追逐欲望的時間拿來三分之一修行，保你絕對開悟……

第二章 **上山**／080

梁大棟接那女人電話的一瞬間，莊新聯想到前不久中紀委通報的一個省長，開省政府常務會時，接到情婦電話宣布中止會議。他的思維還未收回來，梁大棟卻要起身走了。從開始到結束，除去中間接電話的一分鐘，真正開會也就二十四分鐘……

第三章　助緣／096

她有一雙跳動的眼神，如夏日山澗的潭水，映出青山的生機，燃燒著生命的光華。看到這雙撩人的眼睛和幾乎無可挑剔的美麗的臉，黃嘉歸立刻想到了坊間流傳的老闆與女秘書之類的戲言，說老闆的身價與女秘書的漂亮成正比……

第四章　土地／147

賀有銀說：「會出啥屁事?!你們也不能太農民了，還是給副省長扶過麥克風的人哩，狗屁，都什麼年代了?你們他×的要更新觀念。你看人家南方人，你偷你騙只要把錢弄來就是英雄……」

第五章　引資／176

黃嘉歸覺得天上掉金磚砸中了自己。一個月前還在辦報紙的窮酸文人，突然間擁有了九千八百萬資產。從拿到估價報告那一刻，他似乎理解了當下中國富翁產生的方式和速度，一切都是可能的……

第六章　出國／194

鄭仁松說，梁大棟自認為是英雄，英雄自古愛美人。每次進京，都得給他提前安排。他說：「黃老師，社會上不是有五鐵之說嗎?最鐵的關係是做壞事時結成的，是在享樂中組成統一戰線……」

第七章 進京／218

王驪說，北京有三個熟齡女青年，是搞藝術的，為了尋找創作靈感，突發奇想，去瘋人院找三個男人結婚，號稱行為藝術。在一樓，女藝術家甲指著一名精神病患者，問她手裏拿的紅色手帕是什麼顏色？患者答，紅的。女藝術家甲就說……

第八章 下海／264

黃嘉歸說：「莊書記，別說得那麼悲壯，空山的開發，是一大政績。」莊新說：「黃總又說外行話了，你看中國的哪個官，特別像我這樣兵頭將尾的官，是因為政績上去的？不過黃總，你還是一百個放心，這件事我會負責到底的。何況是外資專案……」

第九章 開工／307

黃嘉歸睜大雙眼看著馬可，馬可也不躲閃，說：「管這件事的是姓劉的一個副局長，他說在賓館接待客人，讓我去。進去後，房間裏就他一個人，我就明白他專門開的房間。他見我進來，立即起身說，早聽說鄭老闆的女秘書漂亮，真是相見恨晚啊……」

第十章 抗爭／367

丁小夢叫著說他從沒同意交地，他衝上去躺在一台推土機的挖兜裏。這時溝裏衝出一群人，立即使乾涸的地表騰起一溜煙。並未注意這一環節的現場工作人員，一時竟有些吃驚，吳春樹見狀，立即大呼：「圍住他們……」

第十一章 斡旋／395

莊新說：「我是來聽大家意見的，也是來解決問題的。什麼意見都可以提。我解決不了的，還有開發區管委會，再向上還有靈北市政府。大家放心好了，我今天一不派人，二不叫警察，大家不滿意我不離開，這樣行嗎？」

第十二章 山頂／415

夏冬森不清楚中國的官員設置，問：「是聽梁主任的？還是聽戴書記的？」黃嘉歸說：「當然要聽書記的，書記是一把手。」但夏冬森並不完全聽信黃嘉歸的解釋，他說：「這是一個嚴重的事件，政府批准了的專案，怎麼可以隨便宣布停建呢……」

目錄

第十三章　山下／478

她語無倫次，像是說給黃嘉歸聽，更像是說給自己聽，她閉著眼睛，炙熱的嘴唇微微張開。而此時的黃嘉歸，已完全被眼前的這個女人感染了，他再也無法抑制自己，那個被稱為魔鬼的欲望，在腦海裏閃過……

第十四章　山外／540

燈光下時迅的臉，慢慢有了紅潤的顏色，緩緩滑向眼簾，終於在脖子上分出一條淡淡的雪白與紅潤的界線。那是她平時的睡姿，是印在他腦子裏永遠抹不去的形象。他繼續誦讀經文，他相信，她感覺到了一切。突然，從他的上方，飄出一股濃濃的檀香味……

第十五章　山鑒／603

卜亦菲有些得意，繼續說：「真把這個狗官嚇住了，他忽地從辦公桌後面站起來，厲聲說：別讓我噁心了，你要什麼？我看時機到了，就說：要空山官上村靠山的一百五十畝土地。那塊地可以蓋別墅，做度假村，給你一個好聽的說法：支持空山旅遊開發……」

第十六章　山色／649

大師說：「當你以是非觀念決定取捨的時候，你已經遠離了事實的真相。事物皆有因緣，緣起則生，緣盡則滅，因果輪迴，循環無盡，前果是後果的因，後果是下一個果的因，如此構成世間萬相。一種因緣，也許有萬般解讀，但它只有兩種循環，緣起與緣滅；一顆心靈，也許有無量造化，但它只有兩種趨向，光明與黑暗……」

尾聲／754

梁大棟懷了極強的好奇心進了禪房，一步跨過去，急急地要問什麼。見空師父卻說：「施主認錯人了。」「沒有，絕對沒有。」見空師父抬頭看了一眼梁大棟，平靜地說：「難道施主從來就沒有認錯過人嗎？」梁大棟一時語塞。見空師父說：「她是我姐姐，死於車禍了……」

後記　楊志鵬／763

序言 回頭

余世存

楊志鵬先生把他的小說《世事天機》寄給我，我花了兩天時間讀完，多有受益，以至於這兩天成爲近來庸常生活中最有意義的日子。

這部長達五十多萬字的小說，直指當下現實，其離奇或重大超乎我們的想像。這種想像，也是當代虛構作品鮮有抵達的品質。當代的漢語虛構作品，無論抒懷敘事，還是追求純粹的文學審美，多跟現實漸行漸遠。在作家們的筆下，已經很難看到比社會現實更有想像力的東西，這已經成爲全社會的共識。《世事天機》是少有的例外，它敘事平實，將社會生活尋常又驚心動魄的悲喜劇講述給讀者，讓讀者欲罷不能。所以，我更願意將這部具有現實震撼意義的小說，當作時代的報導和民族秘史來讀。一部虛構的小說，在我們讀來如此真實，一如實錄。

作者向我們講述了一個「當代開發專案」的故事，圍繞這個「開發專案」，主管官員、執行官員、專案開發者、招商引資者等等之間的因緣和合。一個叫黃嘉歸的文人下海，懷著夢想，要把當地臨海一座名爲空山的荒山開發成大地藝術風景園區。他身無分文，因爲能夠使當地招來外資，而讓官員們積極爲他註冊、實行優惠政策。一個空頭或皮包公司，招來了異國的藝術家和商人，在空山開發，把人類之子如老子、孔子、魯迅、霍金等人請上山，把佛經故事如善財童子五十三參的故事請上山，把五千言的金剛經請上山成爲最大的摩崖石刻……這個宏大的想法在實施過程中自然受到了權力、資本、人性等等多重的圍剿，經過幾年時間的角力，黃嘉歸退出，實現了部分想法的園區仍成功地成爲當地重要的旅遊景點。反正空山的藝術將悠久地對人嘆息，而他的歌聲已經沉寂。

這個故事是一個典型、一個縮影。我們從中看到，國人開發、做局、立項、圈錢，是如何扭曲人性人心的。在這個資源資本化的時代，由於權力、資本不受制約，幾乎不需要任何創造，因而房地產化、都市化成爲便捷的通道。權錢交易，資源到手，即推出金玉其外敗絮其中的專案產品，政府總理曾痛斥的「豆腐渣」，讓大眾消費，如此拆建出一個個新的城市新的家園，不由得人們不生活其中，承受生態心態世態的污染。

如果說我們從媒體上看到的多是拆遷和房地產化的表象，那麼本書則生動地講述了其內幕，講述了官商這一生物鏈的狀態，拍賣、招標、註冊、生活、表演等等。官商的橫衝直撞成爲時代的生產力，他們是我們社會最忙碌的人群，因爲他們的欲望，幾十上百個行業被拉動了，一文不名的荒山荒灘有了巨量的財富值，更不用說城市的寸土寸金，還在一步一步地賣力幹活的民眾驀然發現自己已經大躍進到一個「摩登」的現代社會。千百年來自然變遷的農耕社會，就這樣被空前的權錢力量改觀。他們幾乎沒有個人生活，他們的人生既隱秘又公開，他們在縱欲和沐猴而冠之間跳躍。不受制約的官員爲所欲爲，以權搶錢、搶女色、搶面子位子，傍商、傍資源、傍橫流的欲望。傍官傍資源的商人成爲時代的寵兒、成功人士，吃喝嫖賭，花天酒地，粉墨登場。女人、文人、戲子等等都被權錢徵用，供其役使、發洩，或爲其幫閒、幫忙、幫凶。

小說爲我們講述了皇上或「爺」一樣的官員梁大棟、沒什麼文化卻如魚得水的商人鄭仁松、翻身農民欲望打開的暴發戶賀有銀、以爲能夠征服男人的卜亦菲、皮條客一樣的京城記者劉立昌、明星藝藝和冒牌明星一一、辦公室主任馬可、村官丁小勇、被中國特色折磨扭曲得變異的海外藝術家夏冬森等等十來位人物。欲望橫流，幾乎沒有人經得住考驗，大家都參與其中，爲專案爲時代人生的遊戲或與或求，予取予奪，連主人公黃嘉歸都難以守住清白。儘管他的開發有著文化的夢想和光榮，有著難得的遠見和真正的創造性，但爲了開發的順利，他也置身生物鏈中，爲官商幫閒幫忙，把美女送到梁大棟、鄭仁松的床上。

小說雖然觸目驚心，卻讓我們並不奇怪，反而有親切似曾相識之感，因爲我們的時代就是這個樣子。因此它虛構，卻是報導性質的。在現代化意義上，這是類似於馬克•吐溫的《鍍金時代》或德萊塞的《欲望三部曲》那樣的作品。在中國意義上，這是「洪洞縣裏無好人」的當代翻版，都有欲，都有罪，都有業。這是我們的共業，我們當代的「變形記」。正是這個中上層生物鏈的貪婪、橫暴、放縱、自以爲是、愚不可及，我們最美好的家園被污染了，而小人物如官上村民的欲望也被打開了，而如開發區的辦事員如黃嘉歸公司的員工則被侮辱被損害了，我們如花的人物如周時迅夭折了……

報應是必然的。我曾經說，時代變動之劇，沒有人能夠安享三年前的知識、五年前的權力、十年前的財富……多藏者厚亡，得意者變形，聚斂者爲他人忙，暴發者不得其死，攬權者喪心病狂……夏冬森有了心機，黃嘉歸有了鬥意，梁大棟差點被人當眾撞死而成爲公眾眼裏的現世報者，鄭仁松死了，賀有銀植物人了，村民們半吊子現代化了，等等。人們像木偶一樣，被專業或時代的遊戲牽引著；劇本早已寫好，人生只是藉以書寫的文本。

當然需要救贖。只要人心不滅，就有希望。這種希望首先在作者那裏，他以一個佛教徒的大信悲憫而平實地爲我們講述了這種希望。他雖然講述，卻仍表達了審判，伸冤在我，我必報應，雖然他的報應充滿了敬畏、同情和寬恕。

在黃嘉歸那裏，在如水一樣的女人周時迅、馬可、一一，甚至卜亦菲那裏，心也並未死絕。以黃嘉歸爲代表，他們在經歷了數年緊張變異如戲的劇碼之後，回歸到平易健康。在劉立昌那裏，在梁大棟那裏，同樣有人心的跳動，即使暫時封凍，仍有復蘇的時候，有迷途而返的時候。人心向善，無論時代的遊戲如何荒唐，人生的躁動和渴求名利的迷狂如何可怕，善仍然存在，而且一切善念都會相遇、壯大，因此覺度自己和他人。

小說的主人公是黃嘉歸，黃本人爲農民子弟，有才華，有智慧，有夢想，他最初也只是一個凡夫俗子，是一個心量不夠大氣的文人報人。他下海搞開發，像是人類歷史上永恆的成長故事：被棄置、孤身犯險、經歷誘惑，與女神相遇，跟惡者戰鬥，而成長歸來，成爲一個能救濟周圍的英雄，能安慰周圍的大男人。在時代泥濘裏，他幫閒幫忙過，他不得不經歷那些污泥濁水、侮辱和損害，引導他的是來時的道路，是美好的女人，是聖者高人。小說爲此寫了不少人的來路，農民子弟，曾經那麼卑微，又是那麼單純的人，但被時代的遊戲放大了欲望。前路如何之，仍需要每個人自己參悟、選擇。對黃嘉歸來說，像他自改的名字一樣，他的命運就是做到美好地歸來。小說也講述了這個時代的女人，爲錢爲生計爲男人承擔了太多的東西，幸而她們的美和靈性還未喪失，在日常意義上，她們仍在永恆地引導男人提升自己。

小說還爲我們寫了藏傳高僧班瑪大師與主人公黃嘉歸的緣分。這個游離時代又洞悉人心的大成就者，總是適時出現，引導黃嘉歸等人去經歷自己的因緣。他的現身讓我們相信，在人世間不能通達的地方，自有命運的安排。儘管我們有罪孽，易受誘惑，但無論如何，這世上某處仍有聖者和高人，他有真相，他知道真相，那麼在地上就還沒有滅絕，將來遲早會傳到我們這裏來，像預期的那樣在整個大地上獲勝。

小說的結局也確實是一個圓滿的勝利，報應的報應過了，積善的得到福報了，魔鬼般的梁大棟也行了懺事。在人們對仍未見有所改觀的時代遊戲不免絕望悲觀之際，作者推出這部小說，是濟世，是正法眼藏參與社會的演進，也是欲望時代的一副清涼劑。

作者潑墨於大師的神龍不見首尾，儘量有所說法，大師的言行看似隨意，卻都耐人尋味。一切都有因果，但更重要的是人間的成長。班瑪大師走了，但他留下了法。如何從生長變爲成長，從本能變爲覺悟，如何珍惜人身人生，這是作者以小說家言爲我們說偈的用心之一。答案顯然是回頭，欲海無邊，回頭是岸；是往而有反，反思反省；是依止，止於美、善、因果，自度度人，自覺覺他。回頭後的日子，會更踏實，因爲它把去處跟來路相連，它讓我們敬畏、慈悲、勇敢地面對，平靜地放下。

的確，人們只有回頭後，才能在人生的拋物線之旅中自如降落，才能身心自在，了斷因果，獲得大師說的圓滿，把每一天都過得充實。人生當然會經歷物欲世界的風雨，但也要知道回頭，把無常的妄想轉化，使人生成爲不虛的真實。一如千年前的禪師所說，十年後回頭，看山是山，看水是水。這就是圓滿。

事實上，人類現代化的目的是什麼，個人在現代社會的歸宿認同如何？至今人言殊異。由於制度、習俗在現代化中的某種缺席，使得單向度的現代化日益暴露其負面效應。在追求現代化過程中，不僅拉美、非洲、南歐等國家遭遇國家性失敗，就是發達國家中的個人也日益異化，失去幸福和人生價值，更不用說發展中國家的社會和個人遭遇多重的污染、管制和變異。因此，就在現代化最爲發達的歐美等地，冷戰之後，人們一再抗爭個人在社會制度層面和人生層面遭遇的不公和不幸。

最近波及全球的「佔領華爾街」運動就再次表明了這一點，人們抗議華爾街的貪婪，抗議現代化的財富遊戲……人們在回頭，尋找與生俱來的情感、慈悲、公益等價值。

這其實也是東西方傳統文明念茲在茲的人文價值，在東西方古老文明的教導裏，人生是一個豐富的實踐之旅，絕非是以開發爲名而對財富資源進行壟斷的聚斂過程。在這些文明的教誨裏，君子問道不問貧。在這些文明的教誨裏，大道之行，天下爲公；壟斷資源阻礙其流通甚至炫耀爲現代社會的個人成功標準，乃是人類和人性中最爲醜陋的事實。在這些文明的教誨裏，利心易去，名心難除，名利心去道心生。人生有著正大的階段性內容：青少年時期的學子階段，青壯年時期的家庭和社會責任階段，壯年後的散財、遊方、尋道、修道、佈道等階段；國家、社會和個人都非以物質財富爲發展的主要內容或終極目的。那些迷失其中者，當回頭以盡自己的天命天職。只有回頭，學子的學習才會純粹，居士的責任才能落實，賢者仁者的修道傳道才真實不虛。

因爲慕道修行，作者並不以文學爲最高的宗旨，因此小說所具有的典型或人物塑造並不是本書所追求的。相反，一如所有的高僧大德那樣，文學只是其因緣說法的方便之門。作者洗盡鉛華，爲我們樸實地書寫了一幅當代社會變遷的畫卷，爲我們敘述了一個發展中的種種財富遊戲，爲我們存照了一個人生成長的傳奇故事。自然，作者的才情高於審美敘事，他舉重若輕，使得一部長篇小說如同佛經，因明相扣，具有俯首低耳的閱讀價值和動人心弦乃至醍醐灌頂的力量。

每一代人都在創造自己的歷史，即使有豐富的前人經驗說法，人們仍要活出自己獨特的「這一個」。這其中，人生的苦樂之旅需要當代的說法，人們可以對照往聖先賢、前言往識，但人們更需要當代的參照，當代的總體性解釋，當代的救贖。對男女愛情、飲食、財富、權力、人生，等等，人們需要當代的解答，人們不希望自己生活在一個曖昧的時代，人們不希望自己一直生活在懸而未決的社會，人們希望作家、知識分子、仁人志士、尋道成道的聖賢能夠爲其提供這種答案或者說人生的參照。我樂意爲讀者推薦楊志鵬先生的作品，因爲從中可以看見世界的面目，可以看見自家的面目和位置。爲此不揣冒昧地饒舌，希望讀者有所會心。儘管時代在黃嘉歸退場後又在上演新的故事，但故事的遊戲虛幻本質未變，且多已忘記過去。儘管時代的劇碼仍在重複地上演，他的經歷卻已經是傳奇。龔詩有云，他年金匱如收采，來叩空山夜雨門。幸運的是，作者替我們叩了空山，記錄了一段因果，爲我們奉獻了這部《世事天機》。

是爲序。

二〇一二年清明時節寫於北京

序幕

之一

今天現場有三個女人，雖不是這場拍賣會的主角，但也是不可缺少的角色。

靈北開發區管委會，在自己辦公大樓的頂樓會議室，拍賣腳下的辦公大樓，這件事無疑是爆炸性新聞，刺激了人們的好奇心。上千平米的大會議室人頭攢動，熱鬧非凡。

第一個女人是坐在第五排的土地估價師卜亦菲，她冷眼旁觀，要看這塊由她核定價格的肥肉如何被狼群爭奪。如果靈北開發區選區花，卜亦菲肯定入圍。她每天至少換兩套衣服，下午和上午絕對不一樣。不管變換什麼裝束，總能襯托出魔鬼身材，一米七一的個頭，在女人中絕對冒尖，百米之外也能拉直男人的眼光。她長著一雙杏仁眼，看人就像是在笑，大小適中筆直的鼻梁，更顯出一雙略顯寬厚的嘴唇的性感來，她的長相，對男人具有毫不含糊的殺傷力。

三天前，也就是一九九五年冬季的一天，她妖冶的身影，悄然出現在管委會大樓裏，立即帶入一股男人們平時很難聞到的外國香水的味道。門口值班的保安立刻精神抖擻，小夥子們的眼睛齊刷刷地亮了起來。這個女人雖只是靈北開發區土地估價所的一名估價師，辦公也不在這棟大樓裏，但她在開發區的知名度卻很高，只要她來樓裏，遇到的人，大都會和她打招呼，保安自然也是面熟。當然，大樓裏不少的人心知肚明，她是管委會主任梁大棟的情婦。

她胸前沒有掛機關的胸牌，但保安沒有要求她登記，目送她進了電梯。

樓道裏的燈光暗，加之辦公室的門全部關著，空空如也的樓道裏，枉然了這道如春天般亮麗的風景。卜亦菲似乎專門躲開了上班高峰，特地在上班一小時後來找梁大棟。

到了十八樓，她沒有直接去敲梁大棟的門，而是按規矩，先去隔壁梁大棟的秘書史九剛的辦公室。秘書是老板的第一屏障，老板有些秘密對秘書而言，不是秘密。卜亦菲用不著敲門，推門就進。

史九剛也就二十八九歲，五短身材，更顯年輕，一雙帶箭的眼光，顯出眼觀六路的機靈。他正在整理文件，抬頭見是卜亦菲，立即堆著滿臉的笑，說：「菲姐好！」

卜亦菲給他一個燦爛的笑臉，把手中的估價報告晃了一下，說：「累死我了。」

他知道她來找他，無非是想讓他站崗。他拿起電話，卻沒有撥，笑說：「菲姐，等著吧，這件事完了，估價所的所長位置自然是你的。」

卜亦菲說：「所長我不稀罕，這活倒是鍛煉人。以後就是自己幹，爲靈北開發區管委會大樓估價，這可不是一般業績。」

史九剛說：「多少國內外媒體都在關注，影響大了！」

卜亦菲沒有接史九剛的話，問：「需要送戴書記一份嗎？」

卜亦菲說的戴書記，是指靈北開發區工委書記戴力行。

史九剛說：「規劃局會處理的。」說著他接通了隔壁的電話，報告，「梁主任，估價所的報告出來了。」

電話裏梁大棟說：「讓她進來。」

不等史九剛放下電話，卜亦菲搖搖手，做出一個告別的姿勢就向外走，史九剛說：「菲姐，有我！」意思是說，有他把門，她不出來，別人休想進去。

卜亦菲回頭一笑，拉門出去了。

卜亦菲進門，梁大棟正在接電話。這個男人，有著吸引女人喜歡的身體和臉蛋。超過一米八的個子，寬厚魁梧，似乎他周身每一塊肌肉都充滿力度，他擁抱女人的貪婪令女人驚心動魄。他的面部表情，平時給人一種不苟言笑的正經，可他一旦說起話來，眼光跳躍，伴隨著手勢，話語像是從嘴中湧出，沒有半點遲疑和障礙，流暢而生動。

他看她一眼，繼續他的通話。她就坐在屋子中央靠窗的沙發上，看著眼前這個既熟悉又陌生的男人，說不上自己是什麼心情。

梁大棟接完電話，沒有過來，而是站在她對面，似乎有意保持距離。問：「多少？」

她答：「兩億五千三百萬元。」

他說：「知道了，報告直接報土地規劃局。這次事情結束，解決你的職位，我給吳桐局長說好了。」

她沒有回答，似乎她來不是爲了聽他說這些的，到底爲什麼，她說不清，也許就是爲了見見他。她眼光無意中落到幾米外那扇門，她身子一顫，有一根細絲戳著了她的心。那扇門裏，有一張寬大的床，是供梁大棟午休的。在那張床上，大白天上班時間，她曾經摟過眼前這個男人。當時她有一種奇妙的感覺，完全不同於在賓館裏跟他做這種事。她興奮地想，一個女人能在一幢大樓上，摟住這幢大樓裏職位最高的男人，等於佔領了整座大樓。而且是在大白天的辦公時間，這絕對是件十分快樂和浪漫的事。何況這個男人在興奮中不止一次地說，你要什麼我就給你什麼。然而，今天這個男人沒有這個姿態，他一副公事公辦的樣子，幾分鐘就想打發她。她不甘心，她想說點什麼，想在這個男人這裏多待一會。但她還未找到合適的理由，史九剛來了電話，說神州集團的賀總到了。

梁大棟放下電話坐到椅子上，史九剛就帶人進來了。是神州集團的董事長賀有銀和規劃局長吳桐。

卜亦菲起身打招呼。吳桐說：「小卜，這可是件大事，是梁主任的膽識所在。」

卜亦菲看著這位身材像裝滿了糧食的痲袋一樣的局長，就想笑出聲來，可她還是忍了，微笑著說：「謝謝吳局交給的光榮任務！」

吳桐拉了一下西裝的領帶，說：「梁主任交代找一個高手做。要謝就謝梁主任。」

梁大棟說：「我看過了，不錯。」

賀有銀說：「你們沒看小卜妹妹是什麼人！」

賀有銀可謂肥頭大耳，但身材的高大倒顯出比吳桐精神得多。只是他說話，臉上堆滿了笑，多數人看不出他的眼睛，只見一條縫。卜亦菲對他的讚揚並不感興趣，連一句客套的應付都沒有。她隨手將估價報告遞給了吳桐，說：「吳局，您先看看，要多少份？我打出來送局裏。」

吳桐接過估價報告，說：「五份，不要多出，還有個保密問題。」

卜亦菲說聲好，轉身告辭，狠狠地瞪了史九剛一眼。史九剛做個鬼臉，笑笑。

梁大棟沒有讓幾個人坐下的意思，退回到辦公桌前，隨手撥了一把轉椅，黑色的大皮椅如同安了軸承，快速地轉動起來。他說：「賀總再找鄭仁松強調一下，他只管抬價，但一定不要搶到自己手裏。他的利益，政府會考慮的。」

賀有銀說：「主任，我說過了。鄭仁松說，他也看好了這個地方，如果最終不讓他拿，他就要海邊神州集團的那三百五十畝預留地。」

梁大棟說：「過後再說。」他接著問，「多少家報名？」

吳桐說：「十五家。」

梁大棟問：「實力都清楚嗎？」

吳桐說：「根據招商局提供的資訊，我們作了分析研究，篩掉十名，留下五名。」

梁大棟說：「我看多留幾家無妨，這樣更熱鬧，更有利於把地價炒得高一些，也有利於新聞媒體宣傳。」他看了一眼吳桐說，「和拍賣公司溝通一下，改變一下拍賣方式，總體掌控價格和現場節奏，由各家跟進報價，這樣效果肯定更好！」

吳桐不解地問：「如果去炒，外商BC公司會不會有意見？」

梁大棟揮下手，說：「我本來就沒有想給他便宜。BC的二老闆不是說，我要多少他就給多少嗎？我的理想價位是在估計基礎上至少增長百分之二十。」

賀有銀突然說：「宰他狗日的一刀！」

梁大棟說：「話雖不能這樣說，意思是這個。」

吳桐睜大了眼睛看著梁大棟，一時還不能理解上司的話。梁大棟不管下屬的反應，對史九剛說：「囑咐新聞中心的胡世明，對外宣傳的聲勢一定要到位。」

吳桐突然明白過來，說：「我立即安排。」

時近隆冬，中央空調卻使大樓裏溫暖如春。

三個人相互對視一眼，立即明白過來，他們應該出去了，領導的談話已經結束。於是，他們知趣地退了出去……

之二

第二個女人是坐在第三排記者席的靈北開發報記者周時迅。

一看這個女人的坐姿，就知道她一定是出身名門的大家閨秀，至少受過良好的家教。她因童年身體不好，上學晚了一年，前年七月大學畢業，今年離二十四歲的生日還差兩個月。她坐著如同站著，身子挺得筆直，雙手握在一起，放在右邊的膝蓋上。雙眼目不斜視，平靜地目視前方。可能等的時間長了，她身子動了一下，接著站起來。身邊的人，立即注意起這個女人。她的身材適中，也就一米六七，不胖不瘦，苗條舒暢，給人一種古典美人的感覺。

拍賣的原定時間到了，拍賣師卻未上臺，也沒有人說明情況。現場的氣氛一時混亂。周時迅站起來掃視全場，在新聞記者席位，她看見了《靈北日報》新聞部主任童敏捷、開發區電視臺的記者劉美，還有不少她不認識的媒體人，就是沒有發現自己報社的人，就連這次分工出面陪同記者的總編輯黃嘉歸也不見蹤影，她感到有些失落。報紙每期有個新聞追蹤的專欄，占一個版，專發重大事件的深度報導。這次管委會拍賣辦公大樓的決策，本來是一個很大的事件，不少新聞媒體盯著，她開始認爲，做新聞可以，做深度文章，沒有多少寫頭，但她聽了黃嘉歸在做好報導這次開發區政府大樓拍賣的採編會上的講話，改變了主意。

真正觸動她的是黃嘉歸說的一個細節：梁大棟陪D國BC公司的中國專案代表考察開發區，在科技工業園區確定了兩百畝生產基地後，外方代表突然提出一個要求，說他們的科研機構和產品展示場館用地，應該在人口流動大的城市中心地段選擇。他說：「這是我們的慣例。」梁大棟聽了馬上說：「你在開發區看好任何一塊地方，只要我政府說了能算的，我都毫無條件地給你。」

外方代表問：「此話當真？」

梁大棟說：「我代表政府說話，豈能說了不算？」

外方代表說：「好！如果這一條能實現，我敢肯定，決策層一定會讓這個專案落戶靈北開發區的。」

外方代表本來就是位華人，兩人言語投機，雙手一握，梁大棟說：「就這麼定了。」

想不到外方代表接著提出的地方，使梁大棟吃了一驚。他說：「我就要你管委會辦公的地方，連大樓一起賣給我。BC公司負責亞洲地區投資的總裁，是香港出生的華人，他來過這裏，說靈北開發區管委會大樓所在的地方，是一塊難得的風水寶地。我來之前，他讓我想辦法一試。他見我面有難色，說，有什麼不可以嗎？中國青島賣了市委大樓，杭州賣了市政府大樓，靈北就不可以賣一個開發區政府大樓嗎？」

外方代表把話說到這個份上，梁大棟沒有了退路，但他反應極快，說：「我個人表態，沒有問題。你只要按我們商定的意向投資到位，三年後，你每年增加我近三億元的稅收，我有什麼理由不幹？我還怕別人說你資本家買了我共產黨的政府大樓不成？不過，這件事我得報告上級靈北市委領導。」

外方代表說：「我明白，等你回話。」

梁大棟說：「不過如果辦成了，園內的土地是協議出讓，該給的優惠我都給了，這塊土地是要掛牌的，價格我無法控制，我也就無法保證一定會給你們，這就看你們的誠意了。」

外方代表立即說：「按程序辦，我們不會難爲你。」

考察結束後，梁大棟直奔市裡，當面向市委書記汪至平作了彙報。汪至平詳細問明了情況，當即說：「這件事，你和力行同志把握，只要你們班子沒有意見，我支持你們！」

市委書記所說的力行，是指靈北開發區工委書記戴力行。結果可想而知，梁大棟說市委書記汪至平支持，戴力行豈能反對？這件事迅速進入了程序。

在講完這個情節後，黃嘉歸說：「在這件事上，人們可以對梁主任的做法提出各種看法，但梁敢當著外商代表的面當即表態，而且不計後果，顯然打破了眼下官場的規程。對於官場而言，可能有人對此有微詞，但對寫文章的人而言，是一個可以顯出人物性格、有吸引力的素材。」黃嘉歸還說，「在當下協商出讓商業用地上，領導個人說了算，導致腐敗頻發，人們意見很大。上面正在動議規定通過拍賣出讓商業土地，開發區在這個時候開了先河。我們這樣的小報，無法判斷這件事的未來走向，但我們必須認識到這件事的巨大新聞價值。」

周時迅正是聽了黃嘉歸的講話，產生了寫作的衝動。

黃嘉歸還特意交代：「不管誰寫這篇深度報導的稿子，要寫出在這件事上，人們內在的文化認知的衝突，提煉出好的報導主題。鄧小平南巡兩年多了，人們在意識形態領域已經不爭議了，但並不等於改革已經水到渠成。要儘量爭取這篇稿子被省市或中央級大報轉載。」

對於黃嘉歸希望大報轉載的說法，周時迅並不十分在意，無非是完成工委分給報社每年對外宣傳的任務。但如果真的被大報轉載了，何嘗不是一件讓人高興的事？何況黃嘉歸對於這次事件的分析和對事件報導的提示，是有見地的，令她佩服。

但在排定新聞深度報導的記者時，發生了分歧，新聞中心主任胡世明要求黃嘉歸安排一個有資歷的老記者或老編輯出馬，但凡有資歷的老編輯、老記者似乎都不熱心，倒是幾個年輕人強烈要求承擔這個任務。相持不下時，黃嘉歸點名讓資歷最老的編輯李然去。周時迅當然堅決反對，她的理由是：在這樣的機會面前，應該多培養年輕人。但黃嘉歸依然堅持自已的決定，還說這是上面的意見。他把周時迅的話堵了回去，有些生氣地宣布散會。周時迅居然不依不饒，散會後找黃嘉歸談話，又去找李然說情，終於把這個任務爭到了手。

外人並不瞭解這個女人的心事，以爲她名利心太重，無非是想爭一個好活，搶篇影響大的文章而已。實際她是想寫一些在她看來慰藉心靈的文字，寄託她的思念。

她是已故副省長周迪中的女兒。

周迪中的名字與靈北開發區這片土地有著難解的淵源……

西元一九八四年四月十八日。靈北經濟技術開發區，在空山官上村以北五公里處舉行奠基儀式。它是中華人民共和國國務院繼深圳、珠海、汕頭特區之後，批准的新一輪沿海開放城市的開發區之一。

參加奠基儀式者，不但包括了靈北市的主要官員，還有國務院特區辦的官員。分管外商投資工作的副省長周迪中，自然要來參加。

儀式雖在一片空地上舉行，但這一消息將通過新華社、中央人民廣播電臺、中央電視臺的發佈，迅速傳播到世界各地。所以籌備組不得不認真準備。奠基日子的選定，也是根據省市氣象臺的預報分析確定的。

改革開放，剛剛富起來的南方人時興「八」字，因南方人的「八」字讀音爲「發」，於是，「八」字迅速風靡全中國，坐車、住房、娶親、開業，皆與「八」字結緣。實際上，中國人自古就有七上八下之說，但在財富主宰中國人生活的時代，傳統似乎已不重要了。就連靈北經濟技術開發區奠基日子的確定，最初提議者和最終拍板者，都認爲「十八」是個吉利的日子，一定會給靈北的發展帶來好兆頭。

然而，四月十七日午夜，靈北刮起了大風，翻滾咆哮的海浪撕碎了夜的黑暗，大地在狂風中搖撼。人們從夢中驚醒，弄不清老天爺怎麼了。初春的海風是有的，但從沒有這樣嚴重過。他們長久議論和等待中的那個奠基儀式，可能會因天氣原因推遲。

但海面的封鎖，只是隔斷了開通不久的輪渡，市區通往空山島的陸路並未被大風所阻攔。

靈北的地形圖，似一隻振翅的鳥，頭部成一個半島，翅膀的一翼是空山島。中間的海灣造就了天然良港，給靈北以港興城的發展戰略奠定了後勁，但也使靈北的老市區與確定的未來新城區形成隔海相望的局面。

開發區的選址，經反覆評估。有人提議，應沿著老市區東西走向，腹地發展；而選擇空山者，提出的最大理由是空山島近三百五十平方公里，幾乎是西方一個小國家的面積。歷史上也曾有過繁榮，是唐、宋、元的一個大港口。清代的中期也曾輝煌過，只是近一百多年荒蕪了。它有沿靈北灣和外海兩條海岸線，且外海的海岸線向南延伸，可使未來的開發與相鄰省市連接起來，延伸一百多公里的海岸線，這是一筆巨大的財富。最後的決策者有更深一層的考慮，如能最終爭取到特區的政策，將兩岸與鄰省市的交界處封閉起來，將如深圳一樣，成爲一個新的特區。

但今天的奠基，開發區與老市區的交通，卻成了最大的障礙。靈北經濟技術開發區管委會經與多方緊急聯繫溝通，奠基由上午十時推遲到了下午三時，以便留出更多的時間，使市裡的領導能走陸路，繞海灣一圈趕到。

繞行的道路多處還未硬化，沿靈北灣快速公路也只是一個設想。當下的路線，即使不發生任何交通堵塞，也得整整三個小時，而確定奠基的日子是報了國務院特區辦的，無論如何不能更改。

從相鄰的嵩州市趕來的副省長周迪中，卻是按先前確定的時間準時到的。他到周邊幾個縣市調研工作，昨夜住在嵩州，七點起床，九點半就準時到了。他說：「天漏了，今天也得搞這個奠基儀式！」他對身邊的工作人員說，「你們知道嗎？這個開發區不單是靈北市的開發區，而且是全省人民的開發區，能否找到一條快速發展的路，中央看著，全省的人民看著。說一句私心話，沿海十幾個開發區，誰家動作快，誰就可能最先引起海外注意，誰就可能最先引來資金。沒有錢開發，土地變不出金子。」

周迪中的最後幾句話，道破了實質。國家的政策給了，就看誰的本事大。這不僅是經濟問題，也是政治問題。

下午三時，大風並沒有停止。奠基儀式在大風中準時開始。開始前，工作人員在大風稍微減弱的空檔，在兩臺大型挖土機之間拉起了條幅，現場算有了一個明顯的標誌，也有了喜慶的紅色。橫幅的前方，是前幾天才用機械平出的場地，能站一百多人。場地的右側，放了一個花崗岩石碑，高一米零八，寬九十八公分，上刻「靈北經濟技術開發區奠基」幾個字，名稱是綠色的，「奠基」兩個大些的字，塗了紅色。

除此之外，現場也就兩張桌子一個麥克風，佈置極其簡單。

大風將塵土刮起來，天空充滿了昏暗的嚴寒。參加儀式的人，除管委會的全部工作人員，就是靈北開發區所屬鄉村的村幹部，加起來也不足百人。準備來看熱鬧的村民，大都被大風關在了屋子裏，只來了少數的年輕人。主持人宣布奠基儀式開始後，周迪中講話。麥克風不僅被埋在地裏，還抽了在工地幹活的官上村的丁業亮和丁小祥，兩人蹲下身子抓扶，以防被風吹倒。這件事成爲他倆以後向人炫耀的資本。

周迪中根本無法掏出講稿，加之他的身材高大，風的受力面大，站在那裏，給人的感覺身子不穩。這樣也少了官話，他直接對著麥克風喊：「同志們，今天的大風，也許象徵了未來道路的艱險，但只要開始了，就沒有退路。全世界在看著我們，不蹚出一條路，死了做鬼也不甘心啊！」他動了感情，他說，「我們窮怕了。我去國外考察，見識了人家的現代化，我們生活在一個極其落後的狀態下，如不儘快發展，我們就如偉人說過的，要被開除球籍。」他最後提高嗓音說，「我分管這裏，我會常來的。讓我們頂住大風的襲擊，開創一個嶄新的局面！」

當周迪中接過剪刀準備剪綵時，一個巨大的旋風拔地而起，固定在挖掘機上的橫幅，瞬間被撕得粉碎，刮得不知去向。而禮儀小姐手中的彩綢，也捲上了天。來不及躲避的周迪中，被大風掀翻的桌子砸倒了。幸虧抓著麥克風的丁業亮和丁小祥見狀，立即衝上去掀開了桌子，救起了周迪中。

人們在驚呼中，慌亂地躲進了車裏，而圍觀的零星村民，則趴在土坎的下面，躲避大風的襲擊。轉眼工夫，奠基現場除了兩臺機械，空無一物。

靈北經濟技術開發區的奠基儀式，就在這樣的狀態下結束了。當晚，靈北電視臺的新聞畫面，是在簡陋的管委會會議室裏，拉了橫幅補拍的，更多的鏡頭是對副省長周迪中的採訪。受傷的周迪中，爲了給人們一個完整的資訊，強忍疼痛進行了補拍。而中央電視臺的新聞聯播，則沒有播出畫面，採用了新華社的文字稿。

至此，開發區的建設，邁開了最初的步伐。

副省長周迪中在參加完奠基儀式回省城後，因嚴重感冒引起併發症，一個月後去世了。這是一塊陰影，似乎給了開發區人一個暗示，但靈北人記住了周迪中在二十世紀八十年代，說出的那句充滿激情而令人激動的話：「不蹚出一條路，死了做鬼也不甘心啊！」

周時迅大學畢業，可以留在省城母親身邊，可她硬是到了靈北開發區，似乎她要在這兒找回對父親的記憶和精神寄託……

在等待拍賣的空檔，黃嘉歸帶著一個三十多歲的男人到了新聞記者席位，與童敏捷和熟人打過招呼後，擠到周時迅跟前，介紹說：「我的同學，北京文化週刊的娛樂記者劉立昌。剛趕到，你把事件的背景給他說說。」

周時迅伸出手，說：「這又不是娛樂新聞。」

劉立昌握住周時迅的手，叫道：「大美女！中國眼下什麼都可以娛樂。臨時被領導抓差，可想這件事影響之大！」

之三

第三個女人是松林置業有限公司辦公室主任馬可。她是剛剛進大廳來的，儘管穿著藍色的職業套裝，仍托出了她嬌美的身材。她的體態適中，不算高挑，但她身上有一種難以言說的藝術氣質，飄逸而神秘；臉部五官線條明晰，卻又柔和圓潤，膚色白皙，表情生動，看著總給人一種她從畫中來的感覺。她似乎永遠充滿了生命的活力，像一隻永不疲倦的飛翔的鳥。

她一走進拍賣大廳，就快速找到了位置，坐下後，迅速調整好手中的東西，儘管拍賣沒有開始，她仍然集中精力瞅著拍賣臺上。她在眾多買家和看客的人堆中，無疑是惹人眼球的一位，不僅因爲這個女人長得有特色，松林置業的實力也不可小覷。

拍賣終於開始。拍賣師是一個略胖的男人，站在臺子上，像一個倒立的糧袋，給人一種親切感。分明是激烈的商業爭奪，卻使現場的氣氛輕鬆了許多。會場一時鴉雀無聲，像一場大戲開幕前短暫的靜謐，孕育著即將到來的喧天鑼鼓聲。

松林置業的老闆鄭仁松，是出身陝西關中平原的農民企業家，年紀不大，實力不小。一米七三的中等身材，卻有著一身過多的贅肉，但他平時並不鍛煉身體，說他聽過一位道家高人的養生說，叫生命在於靜止。不過他身體確實沒有什麼毛病，能吃能睡能玩，他說老天爺給他一個好身體，就是叫他來人間享福的。來拍賣現場前半小時，馬可和老闆進行了關於爭奪這塊地的最後一次對話。

馬可說：「卜亦菲說，這塊地價本身就高估了，是梁主任爲了給外國人一點顏色看，收回一點面子。你要我的政府大樓，我就乖乖地給你，對輿論也沒法交代。所以這場拍賣夾雜了商業之外的因素。如果拍賣價超過了三億，還舉不舉牌？」

鄭仁松說：「看情況。」

馬可看看老闆，不解地問：「那我們預設三億的底線幹什麼？」

鄭仁松說：「給自己壯膽，說明我們拿得出。你說天安門廣場值多少錢？無價！」他看著馬可，說，「我們要的不僅是這塊地，還有名聲、實力、氣派。」

鄭仁松的主意已定，這塊地最終歸不歸他不重要，他要作爲向梁大棟要價的資本。這位農民出身的地產商人，缺少文化，但不缺少膽量。八年前，當他的資產一年之內超過二百萬元後，沉睡在意識深處的自信被喚醒。想起沒有錢時，愛了五年的女朋友終因無法接受他的貧窮而離去的往事，他叫上和他一起滾打的一個兄弟做伴，背上三十萬現金，飛到南方城市一家五星級賓館，用了二十天的時間，向他素不相識的女人展開了攻擊。

開始他還有些膽怯，只要女人進房間，就毫無選擇地進行交易。當第五個女人站在他面前時，他被女人的漂亮和性感震撼了，於是他要了她三次。不出三天，似乎那些做皮肉生意的人，終於明白了這是一個大主顧，就專門給他介紹，居然一次領來十幾個女人讓他挑，有一次他還搞上了一位俄羅斯的美人。

當他深入各種女人體內時，他體會到了金錢的魅力。在他的意識裏，女人是神秘的問號，他想這一生能娶一個漂亮的女人做老婆，就是天大的福分。想不到一個不算太漂亮的女人，在他一無所有的時候拋棄了他，使他產生了向金錢發起進攻的決心，但卻意外獲得了巨大成功。他用這些錢，買了一個個女人，痛快，交易完了事，沒有負擔，隨心所欲。他突然有了一個重大發現，過去老輩人講，千里路上來做官，就是爲了吃穿。他的體會是，女人比吃穿更讓人快樂。所以，他不會放過任何一個賺錢的機會，也許今天的拍賣，會給他創造一個難得的機遇，不管是什麼樣的結果，他都會把它變成一次財富遞增的機會。

這一切，馬可當然不知，她只是從市場本身角度認爲鄭仁松百分之百在賭博。

談話本該到此結束，接下來應立即趕往拍賣現場。鄭仁松卻冷不丁問一句：「給北京牛乳理教授的第二筆贊助二十萬辦了嗎？」

馬可說：「昨天下午就匯了。」

鄭仁松又問：「西海大酒店長包的那間豪華套房的錢付了嗎？」

馬可說：「也是昨天下午辦的。」

鄭仁松說：「憑證你收著，這兩筆錢財務不入賬，你寫一張條子，不寫用途，我簽字交財務就行了。」

馬可回答：「好。」

把毫不相關的兩件事拉到一起說，只有鄭仁松心裏明白。匯給北京的錢，是衝著梁大棟的，因爲這位牛教授是梁大棟在職讀博的導師。長包的套房當然是留給梁大棟隨時備用的。而這兩件事，與馬上參加的拍賣當然有內在的關聯。

馬可並不深問，她已經習慣了這種說話方式。

說完這段話，他們下樓，直奔拍賣會……

拍賣會由靈北開發區管委會副主任高雄起主持，當他端正地站在臺上宣讀拍賣規則時，鄭仁松才進場。他沒有看臺上，卻與坐在後排的空山辦事處書記莊新打招呼，就像久別重逢的老朋友一樣上前握手。實際他和他只有三兩面之交，倒是同旁邊的賀有銀和另一位地產商人黃蓬義熟，他反而只舉手和他們表示了一下，就匆忙擠到馬可身邊的座位坐下。

當拍賣師報出底價兩億五千三百萬時，現場一時沉默，不知是這個數字出乎人們的意料，還是買家來不及反應，畢竟這次拍賣是一次特殊的拍賣，人們很難估計什麼樣的價位是合理的。然而，參與拍賣的買家自有打算。在簡短的靜場後，第一個買家舉起了牌子。這一家，鄭仁松不認識，他猜測是ＢＣ公司的。因爲舉牌子的人，坐姿端正，一絲不茍，一看就是外企的人。

接著第二家舉了牌，報價兩億五千九百萬。一次加了六百萬，現場一陣掌聲。掌聲剛落，第三家報價出來了，兩億六千一百萬。雖然只加了二百萬，畢竟價碼已過兩億六。

這一家舉牌的人，好像是深圳的一家房產公司，老闆是靈北人，叫沈林海。鄭仁松和他打過交道，聽說他在深圳發了大財，想在靈北尋商機，打回老家。這次參與，是政府的朋友叫他來的。他的報價是一個小高潮。然而，他的報價一分鐘後就被另一家超過了。隨後報價此起彼伏，但每次加價幅度並不大，總在一百萬至三百萬之間，到第十四家時，價格衝至兩億八千萬。儘管每次加價不多，但一個緊咬一個，氣氛緊張，人們看得眼花繚亂，聽得熱血沸騰。

當第十四家的報價第一次落槌時，現場陷入靜默。拍賣師第二次落槌時，仍然沒有買家跟進，現場空氣驟然膨脹，人們伸長了脖子，等待空氣的爆炸，他們不甘心劇情就此戛然而止。

由於叫價緊張，人們無法記清報價的次數，更無法弄明到底多少買家已叫價。實際上，鄭仁松至此都沒有讓馬可舉牌。他見拍賣師第二次落槌高聲喊價，就對馬可低語「喊一聲」，馬可隨即舉起了牌，拍賣師立時高聲喊出了又一次讓人激動的報價：「兩億九千萬！」現場頓時躁動，接著響起猛烈的掌聲。掌聲剛落，有人跟進，報價兩億九千五百萬。人們看時，是開場第一個報價的那家，眼尖的鄭仁松立即認定這家就是此次志在必得的大買家ＢＣ公司。這時，像有一股強大的血流沖上了他的腦際，他下定決心，一定要拿下這塊地。這時，他已不是拿地，而是拿氣。至於這氣是什麼，他不知道。

他一擺手，馬可舉牌，報出了他們確定的底線三億。這時現場已近瘋狂，人們的情緒被點燃了。但鄭仁松很清醒，就在ＢＣ公司叫價三億零五百萬時，他從馬可手中奪過牌子，迅速寫上三億一千萬，隨即舉起。馬可側頭，見老闆臉色通紅，像喝醉了酒。她低聲喊道：「鄭總！」她企圖提醒他，然而他不顧馬可的阻攔，眼睛盯著臺上，馬可無奈。當ＢＣ公司報出三億一千五百萬時，他跟著舉起了三億兩千萬的牌子。

當叫價衝至三億兩千五百萬時，現場的人們發現只有兩家在競爭，而ＢＣ公司知道對手是衝著他們來的，他們的任何報價都會被他超越。他們只有在報價三億兩千九百萬時止步。興奮中的鄭仁松，這次跟進沒有多加，而把數字定在了三億三千萬。當拍賣師三次喊價後，這個數字鎖定了當天的拍賣會。人們算過，加上管委會辦公大樓，三百畝土地，每畝價格達到了一百一十萬元人民幣，是同城同地段地價的三倍多。在二十世紀九十年代中期，地價每畝首次突破百萬大關，其轟動效應可想而知。事後人們問鄭仁松他喊的那個數字是怎麼來的，鄭仁松答：「我手機最後四位數字是三三〇〇，圖個吉利。」人們只有驚嘆錢多者的牛氣。

鄭仁松出盡了風頭。國內外幾百家媒體發佈了靈北拍賣政府大樓的消息，說被一家民企地產商買走，一時評說紛紜。儘管影響大，提高了靈北開發區的知名度，但土地沒有到外商的手中，有可能斷送一家外商投資企業，何況是世界五百強之一的Ｄ國ＢＣ公司，輿論自然不利於政府。實際梁大棟早有預案，以神州集團臨海三百五十畝建設用地爲交換條件，使鄭仁松將拍賣到手的管委會大樓及土地，原價轉給了ＢＣ公司。很久以後，有人說，這是梁大棟和鄭仁松設的一個扣，不通過這種方式，臨海那片土地怎麼會到鄭仁松手裏？而梁大棟撈到的好處，只有天知道。

第一章 辭職

1

靈北開發區拍賣管委會大樓的新聞，雖然引起社會巨大反響，但機關內部並無多少震動，人們見多了領導們的高招，叫叫好而已。只是大樓上辦公的人加班加點忙碌，準備著搬到租用的鳳凰大廈辦公。然而，新聞中心卻因這件事，引起一場不小的人事風波。純屬偶發事件，卻使總編輯黃嘉歸的命運發生了意想不到的改變。

事發當晚，黃嘉歸做了個噩夢，驚醒後，夢境久久揮之不去：他和父親躺在一排大通鋪上睡覺，門外突然有響動，父親坐起來，他也坐起來。這時，門被踹開了，闖進來一個高大的中年男人，表情猙獰，手裏握著一把刀，閃著刺人的寒光。黃嘉歸一把推開父親，赤手空拳迎了上去。黃嘉歸想，他會死，但他不會退讓，保護父親是兒子的責任。

刀落下來，黃嘉歸打了一個寒噤，以為必死無疑……隨即，他被驚醒。

看看表，凌晨三點，他想再睡，卻怎麼也睡不著，腦子裏念頭亂飛。說來，他皈依終南山高僧班瑪大師已經兩年多了，自視有幾分慧根，每日念誦打坐叩長頭很少間斷，雖不敢自稱有大的收穫，少許定力還是有的。然而卻被一個夢攪得心神不寧。大師開示：所謂的修行只不過是在修一顆心，當心不再受外境左右的時候，你就拿到了步入智慧大門的入場劵。你用一生的時間追逐念頭，空空來也空空去；如果你把追逐欲望的時間拿來三分之一修行，保你絕對開悟。唐代永嘉玄覺禪師《證道歌》說得更明瞭：「夢裏明明有六趣，覺後空空無大千。」此刻他覺得自己毫無定力，一介凡夫而已。他沮喪地坐起來，打開燈，從書架上抽出一本釋夢的書，找到「父親」條目，解釋是「權力之爭」。他搖下頭，將書扔在一邊，隨即又躺下。

儘管一年一度的機關幹部測評馬上就要開始，不少人背地裏聯絡拉票，可黃嘉歸認爲與己無關。文件規定：被測評者優秀票超過三分之一，即可晉一級工資，連續三年優秀，職升一級；不稱職票占到三分之一，即被免職。他是引進的高級人才，就身邊的人而言，沒有誰能替代他的位置。再說，一個開發區內部發行報紙的總編輯，是個什麼官？充其量是個科級！不會有多少人盯著。所以他並不在意這樣的測評。

這個幹部測評制度，是開發區工委書記戴力行搞起來的，名曰幹部制度改革。本來大家不當回事，結果推行一年，就有兩個處長一個科長真的下臺了。大家一看戴力行玩真的，誰也不敢馬虎了。儘管有人認爲這種方法，剛好給領導報復下屬排除異己提供了一個方便，也給拉幫結派的人創造了一個機會，但罵歸罵，沒有人不敢不認真對待。

新聞中心主任胡世明這次算是撞到槍口上了，但黃嘉歸作爲總編輯，不能說對他沒有影響。管委會拍賣辦公大樓時，新聞中心做了明確分工。總編輯理應負責編報，但胡世明卻說，這期報紙他負責編發，黃總和新聞界熟，負責接待。黃嘉歸倒不計較，除了幫周時迅審了審那篇深度報導的稿子，其他的事一概未管。想不到報紙出來捅了婁子。黃嘉歸送客人晚到一小時，剛到辦公室，宣傳部長的電話就打過來了，說：「黃總，看看你們的報紙，是不是要把我們用炮打下樓？」

黃嘉歸不明事由，放下電話，扯過一張報紙，眼睛立即掃描標題。他清楚，如果僅僅是內文錯了幾個字，宣傳部長不會親自打電話，肯定是出了大問題，多半在標題上。可他匆匆翻了四個版，也沒有發現差錯。他恰恰忽略了頭條標題，因爲署名是胡世明，他下意識裏認爲不會出錯。他翻第二遍時，周時迅突然叫道：「頭條的標題錯了！」

黃嘉歸一驚，再看，一眼便見標題中「開放」被誤排成「開炮」，於是，這篇由胡世明親自執筆的新聞特寫的標題，變成了「改革開炮打破思維定勢，靈北開發區拍賣管委會大樓」。

對靈北開發區而言，這條消息是重大新聞。梁大棟看了報紙，罵了一句娘，說：「幹什麼吃的？這叫開國際玩笑！」他讓辦公室直接給胡世明打電話，說工作不能這樣幹，必須追究責任。工委書記戴力行的語氣溫和一些，但也說得難聽。他說：「標題出錯，不常見，但頭條出錯，而且是大家經常說的話錯了，這真是不容易。」他的意見是借這次評議幹部，要好好提高業務水準。他說：「喉舌不能在關鍵時刻說錯話。」

報紙不但有專人校對，編輯也得看，最後一關，由總編輯簽字印刷。本期胡世明最後簽發，他有口難辯。

報社立即召開會議，檢討這件事，會後得給宣傳部寫報告。會議開始，主持會議的胡世明就昏了頭，自言自語地連問怎麼回事。禿子頭上的蝨子——明擺著，責任只能是他的。他反覆申明他寫得清清楚楚沒有錯，而且拿出發排的原稿對照，證明確實未錯，問題出在印刷廠，但最後一關是他簽字，這是無法推脫的。這個會的內容其實很簡單，分清責任就是了，但會開得很艱難，胡世明發言後就陷入冷場。

窗外秋色裏，天空灰濛濛一片，靈北的秋天似乎永遠處在霧色裏。遠處的大海，這時也毫無心情地靜臥了，海面與霧氣完全混合在一起，空間少了空靈而多了堵塞。對屋子裏的大多數人而言，事不關己，可以高高掛起，他們的眼神散亂無神，無所事事地打發著時光。時間一分一秒地過去，黃嘉歸終於坐不住了，這屋子裏除了胡世明，他的職務最高，何況，他是報紙的總編輯，按職責說，他不能推得一乾二淨。於是，他打破沉悶，說：

「這是個問題，但不是什麼大問題。我們一炮能把管委會大樓打垮嗎？真的打垮了，說明秀才勝過兵，要麼說明管委會大樓是豆腐渣工程。」

他的話大大出乎大家的意料，有人吭的一聲笑了。眾人的目光一剎那瞥向了他。一個正在被上級追查的責任事故，被他當笑話說，有點不符合他的身分。他見大家驚奇，又說：

「難道不對嗎？又不是政治問題。五六年前，《臨州日報》還把國務院總理印成了總經理。多加一個字，把一個堂堂的國家變成了企業。我們這算什麼？」

他的話引起哄堂大笑，會議的沉悶一時消失。老編輯李然半開玩笑說：「看來黃總要承擔責任了。」

黃嘉歸正色說：「只要不影響年底報社考核，不扣大家的獎金，我就擔當。」

剛才還滿臉愁雲的胡世明，頓時兩眼生光，笑著說：「黃總此話當真？」

黃嘉歸說：「當然。」

胡世明連說：「好好好。」接著宣布散會。

大家正要起身離開會議室，突然聽到一個聲調不高但很堅決的聲音：「我有意見！」

大家回頭一看，是坐在最裏面的周時迅。

本來已經起身的胡世明，扭頭看一眼，又坐下。

周時迅是省師大新聞系畢業的，來報社不到兩年，稿子雖然寫得多，文筆也不錯，但畢竟資歷淺，平時話也不多，胡世明當然不把她當回事。

大家重新坐好後，胡世明不冷不熱地說：「有什麼事你說。」

周時迅的表情也是不冷不熱，不過這個女人一旦不苟言笑，臉上倒有一種聖潔的表情，這種聖潔有種殺傷力，大家不得不認真聽她的。

周時迅說：「該是誰的責任就是誰的責任，我認為黃總不應該承擔這個責任。」

大家一愣，覺得這個女人純粹是多此一舉。以黃嘉歸的能力和影響，測評中不會有多少人為難他，領導也不可能把這樣一個引進的人才拿下來。如果胡世明承擔了責任，拿下來大家並不足惜，但影響新聞中心的績效考核，全體人員的年終獎金受損。大家之所以默認黃嘉歸的說法，並不是同情胡世明，而是不看人面看錢面。

周時迅卻不這樣看，她認為黃嘉歸的這個大度不值，不能以犧牲事實真相換來那麼一點可憐的小利益。當然也夾雜了幾分感情因素，在黃嘉歸的手下幹活，她對他的認識，由不冷不熱到敬佩，特別是這次報導管委會大樓拍賣的事件中，她充分發現了黃嘉歸的人格魅力和出眾的才華。她倒有些崇拜他了。因為這次報導的重要性，報社召開了幾次編前會。第一次談報導思路，他說得還有些空，他說：「你的標題能不能在三秒鐘之內抓住讀者？你的內容能不能給讀者提供一個新的視覺？不要老是宣傳宣傳，好像就是靈北管委會拍賣了棟大樓，沒有別的了？」

第二次，她眼睛一亮，一時竟然激動起來。他看了她的初稿，在編前會上說：「周時迅抓得準，思路清晰，語言清新，肯定能打響，上省報是沒有問題的，再改改上中央級報刊也有希望。」說著，他念了幾段精彩的，但偏偏沒有念最後那一段她認爲最精彩的寫民企的文字：「當最後的槌聲定在三億三千萬時，宣告了一個中國民營企業面對外資企業的一次勝利，也許它只是一樁土地買賣，也許它只是一個個案，但它如實記錄下中國多種經濟體制共同發展的一個實例。」接著，她介紹了松林置業的實力，也附帶寫了鄭仁松的身世。最後她說：「私有經濟的壯大和發展，是建立真正的市場經濟、達到富國強民全民富裕不可或缺的選擇。」

黃嘉歸在這一段下面劃了長長的紅線，編前會結束後，大家下班了，黃嘉歸把周時迅叫住說：「加班改改，不會委屈你吧！」

周時迅本來就等著，一聽黃嘉歸這麼說，求之不得。過去，黃嘉歸在她面前，永遠是一副嚴肅表情，這是第一次見黃嘉歸用這種口氣與她說話，她立即笑著說：「遵命。」

黃嘉歸抬頭看周時迅一眼，未表示什麼。周時迅拉過凳子，和黃嘉歸坐到了一排，因爲距離近，立刻就有一股女人的淡淡清香飄來。黃嘉歸假裝找筆，動了一下凳子，與周時迅拉開了一點距離。周時迅裝作沒有什麼感覺，眼睛只在稿子上。窗外的霧氣居然散了，秋日午後的陽光，雖然顯得無力，色彩卻依然鮮豔，紅紅的光線照在窗子的玻璃上，屋子裏一時有了溫馨的暖意。

黃嘉歸說：「這一段不能說不精彩，但我們只聽到了這場拍賣的槌聲，卻無法準確聽出它的槌外之音。」

周時迅有些驚訝，問：「還有什麼弦外之音嗎？」

黃嘉歸說：「鄭仁松是我的老鄉，雖然我們接觸不多，但我還是瞭解他的。他用這種下賭注的方式贏得這塊地，可以理解爲一種農民企業家的豪氣，也可理解爲爭風頭，但他最終的目的是要賺錢。如果他不是這塊地的最終擁有者，那麼背後有什麼交易我們並不知道。」

周時迅有些像聽故事，這樁簡單的土地拍賣，居然會有陰謀？她看著黃嘉歸，有些遲疑。

黃嘉歸繼續說：「在簡單的行業競爭中個案勝出，不能說明什麼，中國公平的市場經濟的完善，靠這樣的幾樁拍賣無法支撐，富國強民更不是當下我們能認識清楚的。所以要改。」

周時迅若有所思，但一時理不清頭緒，就看黃嘉歸。黃嘉歸拿過一枝筆，問：「可以代勞嗎？」

周時迅笑說：「大總編出手，實在是小記者的榮幸。」

黃嘉歸也一笑，說：「應該說大記者，小總編。記者無大小，被稱爲無冕之王；總編卻有大小，特別在中國，以報紙的級別論大小。」說著，他拿出剪刀，把她的稿子卸成了幾大塊，毫不猶豫地刪掉了部分文字，對段落進行了重新組合。

當他把編輯好的幾大塊重新黏到一起，一篇新的文章就形成了，文章的主題居然發生了奇妙的變化。他又看了一遍，下筆疾書，隨即文字像一股溪水傾瀉在稿紙上：

「松林置業緊追其後，與世界五百強之一的ＢＣ公司展開了激烈的競拍，這表明了中國民營企業敢於參與世界競爭的膽識。儘管這種競爭還不成熟，但它的一小步，可能換來中國市場化進程的一大步。現場氣氛的熱烈恰恰證明了這種競爭的魅力。幾輪過後，報價出現了快速交錯上升的局面，一個叫價剛剛落音，另一個叫價緊隨其後，場上的氣氛如同不斷充氣的氣球迅速膨脹，似乎立即就會爆炸。參與者被這種氣氛緊緊吸引，但人們很快發現，競爭者只有兩家：ＢＣ公司和松林置業。當現場觀眾興奮地認爲有戲看時，ＢＣ公司同時知道了對手是衝著他們來的，在跟進三次後，終於選擇了放棄。三億三千萬元的最終落槌價，超出了同城地價的三倍多。人們可以對此有多種議論，但它至少表明了土地出讓政策出臺以來，一直協議出讓的政府行爲有了終結的可能。它的成功運作，爲杜絕土地出讓中的暗箱操作提供了一條經驗，爲推廣土地公正公開的出讓市場化提供了有益的嘗試。同時，落槌之聲震撼的不僅僅是拍賣現場，它的餘波會穿越更大的空間，引起更多人的關注。人們可以認爲是這位民營企業家的一時賭注，也可以認爲它是一樁面子的競爭，但它的實現，表明了民營企業參與的勇氣。」

周時迅的目光緊緊追隨著黃嘉歸的筆端運行，黃嘉歸筆下流出的一個個文字，變成了一條流動的河，波光粼粼，令她激動。

黃嘉歸停筆後，意猶未盡，稍作思考，又以作者手記的形式加了幾句話：

「如果松林置業以這塊土地的開發，換取了巨大的利潤，那麼無疑會爲這次成功的拍賣畫上完美的句號；如果他們無法以這塊土地進行成功的市場化運作，這不能說明拍賣有什麼缺憾，而恰恰證明了市場的規律，一次成功不能決定第二次成功，市場競爭是永不停歇的。」

隨即黃嘉歸把這篇特寫的題目改爲：有一種勇氣叫試驗。

黃嘉歸抬頭看一眼周時迅，說：「通篇應把重心移向民營企業敢於參與競拍的事件上來，以此寫出這次政府拍賣的意義。」

兩頰微微發紅的周時迅拍手叫好，說：「黃總，這篇稿子應該署上我們兩個人的名字。這是一篇新文章。」

黃嘉歸卻像沒事一樣，說：「你看文章的哪一段文字不是你寫的？我只是盡了編輯之責。」

周時迅沒有理由反對，只好說感謝總編大人了，又說希望與他共進晚餐，當然是她請客了，但仍被黃嘉歸婉拒了。他說晚上有事，不給她任何再次表達的機會就下了樓。周時迅愣了半天沒有回過神，但她並不生他的氣，她想他真的有事。

第三次編前會，黃嘉歸毫不猶豫地把周時迅的特寫推向第一版，本來深度報導的稿子，歷來是排在第三版的，黃嘉歸卻要求排在胡世明新聞稿之後，並親筆加了編者按，重頭推薦。

這篇特寫在開發區報發表後，倒沒有產生多麼大的回響，因為人們的口傳已經降低了這件事的新聞性。但五天後，這篇特寫被新華社作了少量的刪節後播發了，被全國十多家主要報紙刊發。省報則在頭版以本報特邀記者周時迅的名義，發表了全文。

令開發區人稱奇的是，二十天後，這塊土地從鄭仁松的手裏轉到了BC公司手裏，一時人們眾說紛紜，莫衷一是。當人們再次翻開報紙，重新閱讀《有一種勇氣叫試驗》時，突然發現了埋藏在作者手記裏的秘密，以為報社有人早就知道這個事件的內幕。人們的說法得不到證實，就使事件更加充滿了神秘。只有周時迅明白，這是黃嘉歸的高明之處，但黃嘉歸提前交代周時迅不必解釋，以免引來其他不必要的麻煩。這就更加激起了周時迅對黃嘉歸的佩服。

由於改稿子是他們兩個人之間的事，別人並不知道，何況，周時迅的文筆本來就不錯，總編輯的極力推薦也在情理之中，無人懷疑其中有什麼奧妙。正因為如此，周時迅更認為應該替黃嘉歸說句公道話。再說，這次事件報社打了一個漂亮仗，僅僅因為胡世明的疏忽，才鬧出這麼個事來，怎麼能讓黃嘉歸代為頂罪？周時迅認為有失公允。她冷冷地說：「追求事實真相應該是我們新聞人最基本的職業操守。」

大多數人相視一笑，一副無所謂的樣子。只有胡世明有些急，光亮的額頭爬上了汗珠，無奈地對黃嘉歸說：「黃總，你看……」

黃嘉歸笑著說：「周時迅說得是對的，我堅決贊成。」

胡世明一愣，黃嘉歸又說：「不過在這件事情上，兩害相較取其輕。我們就裝糊塗吧。」說著，看了周時迅一眼。

既然這樣，周時迅無話可說了，不過，她狠狠地瞪了黃嘉歸一眼。眾人並未覺察，黃嘉歸感到了，也就輕輕一笑作爲回應。

會議就這樣結束了。報告打上去，一個多月卻沒有動靜……

難道這件事，真的會影響他麼？至天明起床，黃嘉歸再沒有合眼。

2

黃嘉歸沒有睡好，鬧鐘響了，懵懵懂懂起床，沒有吃早飯，只喝了一杯水，七點四十下樓，準備騎車上班。同樓住的同事李然，遞給他一封信，說：「黃總，寫好了，抄了兩份，這份給你。」

黃嘉歸接過李然的信，才忽然想起昨晚的事。今天上午，新聞中心黨支部召開黨員大會，民主評議包括他在內的兩個科級一個處級負責人。兩個科級是他和電視臺臺長，處級是新聞中心主任胡世明。按測評幹部的步驟，先評議後測評。評議是以部門爲單位公開進行的，測評投票則是工委、管委會機關所屬部門全體人員無記名進行的。

昨晚李然找他，說胡世明擬好了年終獎金分配方案，問他知道不知道。黃嘉歸一愣，李然說，胡世明昨天徵求他的意見。黃嘉歸一聽惱了，憤然說：「我不知道！」

每年的年終獎金，報社都是他提出意見，然後與胡世明碰一下頭就算定了。

「這次報紙出事，你夠給他面子了，想不到他怕出事，竟利用獎金收買人心。」李然幾乎也是憤怒地說，「你說他腦子是不是進水了？他來討好我，卻又說因爲我工作有失誤，扣我兩月獎金以示公正。你說這是什麼人？」

李然主持的版面出過兩次差錯，新聞細節核實不準，有人告到了宣傳部。李然說胡世明希望他理解，許願說爲他爭取工委機關的特殊貢獻獎。李然不失時機地補充道：「這兩天，胡世明不停地找人談話。」

黃嘉歸對李然的大部分敘述並不感興趣，令他不能接受的是，他認爲胡世明搞小把戲。

李然乾脆提議，在這次測評中把胡世明搞下去。他說：「姓胡的簡直就是一個笨蛋！明明一個大標題，他硬是沒看出來。他當頭，實在是對知識的侮辱。」李然還說，「這個主任非你莫屬！」

兩人用一盤花生米當菜，喝了幾乎一斤五十六度的白酒。黃嘉歸說：「我對他的位子不感興趣，但得教訓他一下，用我們老家的話說，得讓他知道喇叭是銅鍋是鐵。」他對李然說，「你晚上寫個東西，明早交給我。願怎麼說就怎麼說，後面的事你就不用管了。」……

黃嘉歸把信放進公事包裏，又想起昨晚的夢，也許他下意識裏有去坐新聞中心主任位置的念頭。他搖搖頭，上了自行車。

八點半，人到齊了，不大的大會議室裏，一個個木然地坐著，等待會議開始。會議桌上落了一層灰塵，顯然，幾天無人打掃了。

黃嘉歸拿來一瓶開水，給自己和近旁幾個人的杯裏添了水，有人接過去，他就坐下，突然又想起昨晚的夢和書上釋夢的解釋。

難道和姓胡的爭奪一個小小的新聞中心主任？難道李然的提議，正中他的潛意識？他在心裏自嘲：黃嘉歸啊，你居然墮落到如此地步！他歷來看不起當官這種職業，他看過一本西方人寫的書，說一流人才搞研究，二流人才經商，三流人才做官。他自視是一流人才。所以，他當初應聘時，領導有意讓他將新聞中心主任和報紙總編輯一肩挑，被他拒絕了。他說他是搞業務的，不適合做官。結果工作起來，他才知道上邊有個人扯著，特別是不懂業務的人扯著，是多麼難受的一件事！所以，他時不時對自己當初輕言拒絕感到後悔。何況新聞中心主任很快升了半格，主任一職從級別上說，成了他真正的頂頭上司。這樣想來，似乎他真的應該幹這個主任。

「開會了！」胡世明宣布。

胡世明拿出工委關於幹部測評的文件，準備宣讀。他有讀文件的嗜好，可以不厭其煩地讀，別人睡覺他也不管，自己讀得痛快便是一種享受。

黃嘉歸有些衝動，但他壓壓，繞到胡世明的旁邊，把李然給他的信放在胡世明的桌子上，一本正經地說：「剛才上班前，我接到了老編輯李然的一封信，反映報社及新聞中心的一些問題。今天既然是評議幹部，我提議大家議議這封信。」

胡世明一愣，扭過頭看著黃嘉歸，企圖從黃嘉歸的表情中讀出點什麼。但黃嘉歸退回原位，面無表情。

胡世明一臉茫然，極不情願地展開信。信不長，也就三頁。胡世明飛快地看完，臉上的顏色由紅變白，額頭上有了細碎的汗珠。

本來編發稿件是總編輯的職責，但每期報紙的頭條和重要的稿件，胡世明都要過目，除提出一些所謂的稱呼不準確之類的問題外，還給記者編輯改稿子。報社早有人形容「初中畢業的人，召集高中畢業的人開會，研究如何提高大學畢業者的文化素質」。人們對胡世明的怨氣，積攢得不是一天兩天了。李然只不過捅開了眾人情緒的發洩口。

人們雖然不知道信的內容，但看胡世明的表情，就知道有戲，大家頓然竊喜，可又不知道如何應對，會議一時陷入沉默。正在大家不知如何是好時，李然突然說：「我來讀！」

大多數人立時驚喜。黃嘉歸的臉上則一點表情也沒有，兩眼平視前方，似乎眼前的一切與他無關。

胡世明並未反對，把信隔著一個人遞給李然。

李然塊頭很大，坐在那裏像一座塔，可他平時說話聲音並不高，此刻，他清清嗓子，提高聲調，一本正經地念：「胡世明主持新聞中心工作兩年多來，多有失誤，特別是今年，有三條：一是對前不久管委會大樓拍賣新聞出錯負有直接責任；二是自以爲是，審核稿件時，常常提出一些模稜兩可的問題，與記者編輯發生爭吵，影響報紙的正常出版；三是關門辦報，自己用多種化名發表各種似是而非的文章，影響黨的新聞形象。」

李然的結論是：胡世明的個人品德、業務能力、領導才能均不宜擔任新聞中心領導職務，要求扣發他全年獎金，並建議黨支部做出決議，要求工委在這次測評中撤銷他的職務。

李然的信雖不長，卻如平地投下了一枚重型炸彈，驚得大多數人目瞪口呆。參加會議的人，本來是帶著一顆空白的腦袋，準備走走過場而已。李然突如其來的行動，瞬間調動了人們的興奮點，事先毫無心理準備的人們，不知道李然要達到什麼目的，所以更希望看到結局。論年齡，李然最大，過了提拔的槓，大家猜想，他一定是受了什麼人指使，於是大家個個睜大眼睛張望，捕捉隨時可能發生的戲劇性細節。胡世明更有些不明事理，他覺得自己幹工作處以公心，與李然沒有什麼恩怨，不知道發生了什麼事！他有些憤怒也有些無奈地盯著會場，竟不知道如何主持會議了。

會議再次陷入沉默。大多數人在短暫驚詫之後，迅速換上了輕鬆的笑意，似乎幾天前達成的保住年終獎金的共識不復存在了，大家都在等待觀看一場好戲。

點了火的黃嘉歸，自然希望這把火燃燒起來，所以，他決定把氣氛引爆。於是他說：「既然是評議幹部，聽取大家的意見，就有什麼說什麼。說老實話，胡世明同志跟我沒有個人糾葛，但他的辦報方法確實有問題，大家可以暢所欲言。」

會議本是由胡世明主持的，黃嘉歸的話等於奪走了主導權。他的話果然奏效，一個四十多歲的女編輯說：「我去醫院看婦科病，不好意思說，就向他請假說感冒了，結果他去醫院查了，事後批評我欺騙領導。難道女人私事也要報告領導嗎？什麼水準！」女編輯有些義憤填膺了。

接著有人說：「胡主任讓我寫社論，他硬把黨和人民的喉舌改成黨和政府的喉舌。你怎麼也和他扯不清。不知道這樣的理論出自哪裡？」

又有人用誇張的哭腔說：「什麼單位！還是沿海經濟技術開發區的新聞單位，整個一個七十年代的水準，像文革整人，活著比死了都難受。」

黃嘉歸真的把氣氛引爆了，發言者一個接一個，言辭的激烈超出了黃嘉歸的預計。開始的目的只是出氣，後來的氣氛他就無法控制了。明明成了對胡世明的攻擊。胡世明的額頭上冒著汗，低頭疾書，似乎要把每一個字都記錄在案。一個四十多人的小小單位，何以積攢如此大的怨氣呢？這個自稱改革開放前沿的新聞單位，是怎樣由組建時的凝聚高效，迅速演變成當下的樣子，連黃嘉歸這個親歷者都感到困惑。

黃嘉歸覺得最初的經歷如同昨天，觸手可摸。他來靈北應聘這個職位時，只是抱著試試看的態度，不料他一到，開發區管委會主任鄭華升就親自接待了他。交談是在會議室裏進行的，旁邊還坐著另外兩個人。顯然人事局提前作了彙報，鄭華升得到了確切資訊，他直截了當地說：「我看過您的資料，更看過您的文章，我們希望您來，要什麼條件您儘管提，能辦得到的，我們一定滿足您的要求。目前開發區生活條件差些，相信經過我們的努力，一切都會改變的。」

鄭華升說話實在，沒有通常所見官員的派頭，他雖未表示更多的親切，黃嘉歸卻激動了。他迅速下了要來靈北開發區的決心。記得那一天，是他由部隊轉業至《人才潮》雜誌社擔任編輯部主任三周年的紀念日。三年時間，他時時感受到外面的精彩，他希望自己辦的刊物能成爲全國一份名刊，能用刊物的思想去影響更多的人，留下這個時代的聲音。然而，他的想法常常被領導否決，他編發的自認爲精彩的稿件時不時被打槍，他覺得自己使不開拳腳，他無時不在尋求新的突破。來靈北市開發區應聘，是他的好友——《靈北日報》新聞部主任童敏捷推薦的。童敏捷只把他發表在《人民日報》上的兩篇大作給了鄭華升，三天後，鄭華升就讓人事局通知童敏捷，邀請黃嘉歸來靈北開發區。

黃嘉歸沒有想到這麼順利。當他第一眼見到大海時，藍色的波浪不是在海面湧動，而是在他的心中奔湧，像有一股巨大的力量從腳底沖上了他的頭頂，渾身急劇膨脹，似乎他就要與大海融爲一體了。

那一刻，他的眼前，突然展開了一幅青藏高原萬里大戈壁的畫面，隨著狂風隨時移動的黃沙，如同這洶湧澎湃的大海的浪潮，掀開了他生命的重要一頁。從那時起，他踏入了一場與命運搏鬥的時間競賽。狂風大漠的威脅，遠遠不及黃土地上貧窮艱辛的生存恐懼給他的威脅強烈，反而給了他奮鬥的力量。他明白，必須拼命一搏，才能離開黃土地，這是命運賜予他的一次機會。

三年，他實現了自己的願望，由一個士兵成爲一名軍官，從此他真的徹底告別了令他想起來就恐懼的黃土地……而此刻，面對大海，他覺得他的命運就此會再次發生改變。儘管眼前的開發區還只是幾條馬路幾棟樓房的初創期，但與鄭華升短短幾句話的交談，他就感受到了一種不可拒絕的召喚。於是，他向鄭華升提出兩個條件：一、要擁有更大的辦報自由權；二、給他提供一套住房。鄭華升隨即表態：「第一條，由你說了算；第二條，在馬上竣工的管委會宿舍樓上，給你一套三居室住房，文化人應該有一個書房。」第一條也許有點虛，但第二條，鄭華升的答覆遠遠超出了他的期望，他的心理底線是一居室，希望是兩居室。因而，鄭華升表態後，他幾乎坐不住了，立即說：「鄭主任，月底我就來報到。」鄭華升說：「十分歡迎，不過越快越好。」

他提回雜誌社辭職，雜誌社以省人事局防止人才外流的規定爲依據，拒絕給他辦理調動手續。他無奈之下沒有要人事檔案就出來了。儘管那時人事檔案對一個吃公家飯的人來說，是多麼的重要，可他義無反顧。當然，在鄭華升過問簽字後，以他的高級職稱證書爲依據，開發區人事局給他重新做了一份檔案。

更讓他激動的是報到上班的第二天，省長來開發區現場辦公，他以開發區報社記者的身分參加了會議。省長輕裝簡行，只帶了秘書、交通廳長和兩名工作人員。會議的主旨是研究解決近期開發區的交通問題。當管委會主任鄭華升彙報說，目前海上輪渡的所有權不在開發區手裏，一天開多少班，開發區沒有決定權，海上交通嚴重制約開發區的發展。輪渡是省交通廳管轄的，鄭華升當著交通廳長的面提出來，問題就變得微妙。想不到省長扭頭，立即詢問交通廳長：「輪渡一年的利潤多少？」交通廳長答：「兩千五百萬元。」省長馬上瞅著鄭華升問：「如果把輪渡劃歸開發區，你能保證每年給省交通廳上交同樣的利潤嗎？」

也許鄭華升還沒有吃透省長的意思，稍有遲疑，在場的市委書記立即說：「他交不夠的我補。」鄭華升反應了過來，立即說：「有市委做後盾，我們沒有問題。」省長說聲「好」，盯著交通廳長說：「你們下去作調研，原則上資產人員一起移交，由開發區每年上交省廳同額利潤。兩個月內辦完交接手續。」兩個月後，輪渡的經營權果然劃歸開發區了。至此，輪渡的班次，迅速由原來的一小時一班，改為半小時一班。

黃嘉歸在這樣的環境裏，找到了夢一樣的感覺，他每天只睡五六個小時，渾身有使不完的勁，僅用一個半月就讓報紙出刊了。那時，中國有十萬人才下海南，許多朋友回報的消息，說那裏的人多，局面混亂，事情並不好做。黃嘉歸慶幸自己在一個合適時機，選擇了一個合適地方，又選擇了一份適合自己的工作。

然而，隨著時間的推移，一切在不知不覺中發生了變化。人越來越多，攤子越來越大，就連管委會大樓，也由原來的平房變成了二十幾層大樓，機關工作人員由原來的一百多人，增加到四百多人，新聞中心也由十幾個人發展至四十多人。黃嘉歸覺得自己從一個套子，鑽進了另一個套子，以至發生了眼下的事情。也許在黃嘉歸的下意識裏，是想借此出出長久以來的悶氣，但事情卻鬧大了。他沒有想到大家和他一樣積攢了太多的怨氣，今天終於找到了一個導洩口。胡世明只是一個靶子。

最後，會議形成決議，同意李然的意見，由黨支部將通過的意見，上報中共靈北市委經濟技術開發區工作委員會，因為幹部歸它管。黃嘉歸是黨支部委員，在新聞中心，除了胡世明，他職務最高，顯然這件事得他出面來做。

舉手表決時，大家好像找到了久違的默契，個個臉上溢滿了喜悅之色。黃嘉歸知道這件事的後果，但他只能被動地去做。

會上只有一個人例外，她沒有舉手，那就是周時迅。她滿臉迷濛，好像大家都在做一件她不解的事，有些莫名其妙的感覺，一雙好看的眼睛裝了冰涼的水，沉得十分遙遠。整個事件似乎與她無關，在人們亢奮地圍攻胡世明時，她曾看了黃嘉歸兩眼，希望他改變會議的氣氛，可惜沒有引起黃嘉歸的注意。表決時，她沒有舉手，眾人的眼光包圍了她，她視而不見。大家放下手看她，她還是端坐不動，臉上的表情說不清是讚許還是嘲弄。因爲她舉不舉手並不影響表決結果，所以人們很快遺忘了她，各自享受一場戰鬥勝利帶給自己的興奮。

她突然拿起手提包離開了辦公室，她的腳不經意地撞到了門檻上，門框上立時抖落一片灰塵，靠門的李然企圖側身躲避，但灰塵還是掉到了身上。他倒不怪周時迅，只是大叫一聲，以宣洩激動的餘興。周時迅沒有感覺，只前傾了一下身子，頭也沒回地跨出了辦公室的門。

3

春節前的靈北，氣溫是一年最低的時候。回到房子裏的黃嘉歸，突然有些無所事事，心裏發毛。他本來在管委會機關食堂吃得飽飽的，轉眼間肚子癟了。此刻，他才意識到今天的事情做得過分了。當你傷害一個人時，實際也就傷害了自己。他的心境突然由空洞變得恐慌。他極想找人說話，而且急不可耐。第一個從他腦子裏冒出來的人，居然是周時迅。什麼原因？他說不清。想想，也許是她上午沒有舉手的原因。

在他的記憶裏，談不上與她有什麼深的交流，只是在審稿時，有什麼問題需要落實，才和她說話。如果她離開了辦公室，他也會打電話叫她來，但見面只談工作，不說多餘的話。最多的一次交談，就是修改她寫的反映拍賣管委會大樓的那篇稿子。本來是同事，編輯部也就幾十個人，幾乎天天見面，何況他是總編，她是編輯部寫稿最多的記者，理應打交道多些，可他竟然對她一直保持距離。在他的意識裏，那女人太美，美使他與她拉開距離，以免被人認爲他有想法。他是離了婚的單身男人，一個美麗的女人加一個單身男人，別人會製造話題。

黃嘉歸絕不是一個怕別人議論的人，只是心裏有一道防線：與一個美麗的女人相處，絕不無話找話，以免被對方認爲是獻媚。這條心理底線很細，但一直在他心裏牢牢繫著。因而，他對但凡漂亮的女人幾乎都採取敬而遠之的態度。此時，他突然覺得自己實在可笑！宇宙之大，人類之眾，他太把自己當回事，很有可能是自卑心理在作怪，生怕遭冷遇。想想自己太小家子氣，於是，他毫不猶豫地找出通訊錄，用家裏的電話撥打了周時迅的呼機。

二十秒不到，周時迅就回話了，很少加班的她，今晚居然在辦公室。

他拿起聽筒，卻像做賊似的，心口怦怦亂跳，他極力控制自己的心緒，力圖做出隨便的樣子。他對著聽筒「喂」了一聲，覺出聲音極不自然。好在他未開口，對方就先聲奪人，她說：「黃總真是關心下屬，請我吃夜宵嗎?今晚我加班。」

黃嘉歸覺得奇怪，問：「你怎麼知道是我？」

周時迅說：「黃總藏身的地方，如果下屬不知，那可真是失職了。」

「……」黃嘉歸突然想起留在周時迅呼機上的電話號碼，說，「你的記性不錯。」

「我肚子餓了，」周時迅說，「你不要轉移話題嘛，請不請我吃夜宵？」她的聲音竟然有幾分撒嬌。一個美麗女人的撒嬌，無異於絕妙的情話。黃嘉歸當下放鬆，也變了口氣，說：「大小姐，這裏不是省城，也不是市裡，哪有夜宵？」

周時迅卻說：「一包餅乾足矣。」黃嘉歸似乎感覺到了她話語中的熱量，臉有些微微發燙。

黃嘉歸立時用挑戰似的口吻說：「我這裏可是一個單身男人的住處！」

周時迅說：「尊敬的總編大人，你不是無業遊民，是我的領導，我怕誰？」

黃嘉歸馬上說：「那好，歡迎你。」

放下電話，黃嘉歸似乎看到了平日周時迅出入辦公室的輕盈身姿。去年她剛來時，愛穿一條淡藍色的連衣裙，細碎的白花與藍色的底色組成了大海的色彩。下樓時，她的腳步輕輕一顛，裙子的下擺就會飄起來，她就像一隻歡快的水鳥，滑行在水面上。今年春天，他記得她常穿一件牛仔服，完美的體形彰顯出自然的曲線，又絲毫不見性感的外露。黃嘉歸突然對周時迅的每一個眼神、每一個動作都熟悉起來。他清晰記得他們討論她寫的幾個大型稿件時的情節。一切儲存在記憶深處的細節奔湧而出，他突然明白了他為什麼找她，實際上他的內心早就希望和她交流。

他記得給她改管委會拍賣大樓那篇特寫時的情景：她說黃總是大腕級的手筆，改一字是她的榮幸，改兩個字以上，就是榮幸之至。他改過後，第二天，辦公室沒有人的時候，她還激動地說：「黃總，過去你為什麼那樣惜墨如金呢？」她眼睛盯著他說，「自我給你當兵一年多，你連一個字也沒有改過。」「那說明你寫的稿子已經不需要改了。」「不！說明你不夠盡職，或者叫不關心下屬。」他一時竟無話，被她的眼睛看得慌了神。他笨拙地說：「你喜歡改，我以後就改。」她突然站起來，面對他鞠一躬，說：「你真是個鄰家的好大哥，謝謝你。」說完轉身走了。十分鐘過去，他還愣在那兒回味她的話。此刻想起來，似乎當時有吻她的衝動，可惜她走遠了……

黃嘉歸起身，準備下樓，他翻了翻抽屜，還好，有餅乾，不用出門。他急忙用熱得快燒水，看著暖瓶冒出的熱氣，他發現，熱氣是輕輕搖著上升的，平時他從未留意，以為沒有風的時候，熱氣都是直冒的。越來越濃的熱氣終於繡成一團，慢慢散開，如游絲一般淡去，這是水開的跡象。

水剛開，周時迅到了。打開門，他吃驚地問：「這麼快？」

「剛下樓，遇到熟人的車，搭了個順便。」她笑說，「不歡迎這麼快嗎？」

「快進，快進！」黃嘉歸幾乎是情不自禁地把周時迅拽進了門，「外面冷得很。」

進門，周時迅坐下，反而無話了，微微低著頭，沒有了剛才的歡快。黃嘉歸倒了水，也一時找不到話題。屋子裏有電暖氣，雖不十分地溫暖，但和屋外相比，已是兩重天地了。發黃的燈光下，周時迅的劉海上發出淡淡的光暈，她輕輕地扳弄著手指，一副輕鬆愉快的樣子。可能是剛剛進門的緣故，雙頰還在微微發紅。但那耳根與髮根交匯處的膚色，卻使黃嘉歸吃驚，他終於理解了古人關於女人皮膚白如凝脂的形容。那分明是玉與冰的光潔，卻有生命的紅暈流動其間，手觸上去也許會融化，如果嘴唇貼上去，一定是一個終生難忘的閃電。她的眼睛低垂著，黃嘉歸卻分明從她的睫毛上，感到了眼光的清澈與深邃，這個女人的美完全可以用驚心動魄來形容。

她坐在凳子上的姿勢也是很優雅的。黃嘉歸記得她來新聞中心報到時，登記表上的身高是一米六七，站著的時候，修長的身材像一株春天出土的竹筍，端莊而鮮活，充滿了旺盛的生命力。隨便坐下，身子也是端直的，雙手交叉放在兩腿間，像一個等待上課的小學生，這樣，更顯出她的教養和可愛。

這時她的形象，實在與她往日的表現判若兩人。黃嘉歸對她雖然談不上十分瞭解，但就憑平時的印象，也是無法與眼前的她劃等號的。上午她的表現令他納悶。她看不起胡世明由來已久，胡世明每次對她稿子的吹毛求疵，她從來不接受，總能找到方法對付。記憶最深刻的是《有一種勇氣叫試驗》終審時，胡世明偏偏對黃嘉歸添加的作者手記提出異議，說：「這段話好像說拍到土地的松林置業不一定開發這塊地。」胡世明睜大眼睛瞪著周時迅說，「這不行，這麼重要的事件不能寫成兒戲！」

周時迅說：「胡主任，你理解這篇稿子的主題嗎？」

胡世明一聽，臉上掛不住，提高聲調說：「我是在強調這篇稿子的嚴肅性。」

周時迅不依不饒，說：「不看主題，強調字眼有什麼用？」

兩人你一句我一句，互不相讓，黃嘉歸出面調和，本想改幾個字完事。不料周時迅衝著黃嘉歸說：「黃總，你要改我就不發了，你另安排人重寫吧。」胡世明本來只是顯示領導的權威，對這篇稿子他確實說不出個子丑寅卯來，見狀，就借接電話的機會溜了出去。黃嘉歸笑著說：「只要不是經典，改一下無妨。」周時迅說：「捍衛作者的尊嚴！」黃嘉歸知道她話裏的意思，一笑了之，稿子自然不改了。正因為如此，他對上午她的表現匪夷所思，在大家同仇敵愾的時候，她居然一言不發地離開了。出門時的神態，孤傲而堅決，好像把所有的人都不放在眼裏……再看看眼前她規矩和柔順的樣子，黃嘉歸笑出了聲。

周時迅見黃嘉歸笑，抬起頭問：「我有什麼不對嗎？」

黃嘉歸連忙掩飾，說：「沒有，沒有。」

周時迅的眼光沒有離開黃嘉歸，說：「黃總，找我有事嗎？」

黃嘉歸說：「吃夜宵。」

周時迅問：「去哪？」

黃嘉歸從抽屜裏拿出餅乾，說：「就在這。」說著，沖了一杯茶放在她面前。

周時迅果然拿起餅乾，吃得很認真，以表示她確實餓了，還不時端起杯子，輕輕吹口浮在水面的茶葉，嘴唇微微觸及杯沿吸一口，似乎特意表示她接受了黃嘉歸的關懷。

這個女人實在可愛極了。她把餅乾送進嘴邊，嚼得很輕，以免餅乾碎了散落。她咬了一半，另一半輕輕地夾在右手的雙指之間，過一會才又送進嘴裏，輕輕地嚼著，喝口水，一副幸福香甜的樣子。

黃嘉歸被周時迅的神態感染了，問：「就那麼好吃？」

「當然，你嘗嘗。」周時迅拿出一片遞給黃嘉歸。

他接了，咬了一口，味道確實比平時香。

「無功不受祿！肯定還有事。」周時迅說。

「說說上午的事。」黃嘉歸本來不想提這件事，但開口仍是這件事。

她倒不介意，歪著頭，一副頑皮的樣子，說：「早忘了。」

「怎麼就你不舉手呢？」

「我爲什麼要舉手呢？」

他說：「那是民意。」

她說：「事情有時就壞在民意上。」

「怎麼講？」黃嘉歸問。

她說：「民意有時表達的是一種情緒，而不是理性。政府機關裏做事有它的規矩，你不覺得犯了官場大忌嗎？」她看了黃嘉歸一眼，說，「說句公道話，胡世明錯在哪兒？他也想把工作做得更好些，可惜水準不行，所以才用工廠管工人的辦法管知識分子。就是他有一千個錯，大夥也不至於那樣對待他。」周時迅的睫毛挑起淡淡的燈光，認真地說，「純粹成了人身攻擊！」

黃嘉歸立即辯解：「他背著我和電視臺臺長私下擬好了年終獎金分配方案，找人談話，目的無非是討好大家，以防這次評議出問題。」

周時迅睜大了眼，說：「那就更不應該了。」

黃嘉歸不解。周時迅說：「報紙出錯你頂了，但他心裏明白，測評時，你代替不了他，所以他才想出這麼個笨辦法。你的反應過度了！不管他怎麼討好別人，最終還得你點頭，無非他挑戰了你的存在。你這麼報復，反而顯得小氣了。」

黃嘉歸一時無語。

周時迅說：「即使大家用票把他投下去，也比今天的表現高明。現代文明講程序，可上午的手法，純粹是圍攻。」

黃嘉歸自感羞愧，在這件事情上，他完全隨著情緒走，出一口怨氣而已。他突然發現眼前這個女人比自己大氣。她的話顯然給了他面子，並沒有把話說破。他自視才高，不把胡世明當回事，從沒有打心底裏配合過這位上司。即使這次頂錯，也有表現自己大度之嫌。他明明知道最後表決時，矛頭已指向了工委，但他沒有想著去控制局面，也許他骨子裏就沒有容人的情懷。想到此，黃嘉歸竟一時無話。

周時迅卻做出一臉悲傷的樣子，說：「看來沒有希望了！我到這個單位，本來已經完全悲觀了，一不留神發現了一絲亮光，希望寄託到總編大人身上，盼著把報紙辦成全國刊號，有點氣色，至少在靈北報界分一杯羹吃，好有個長遠的工作。」

黃嘉歸知道這個女人給自己臺階下，就認真地說：「這我倒沒想過。這個總編的職位，頭頂上有新聞中心，再上有工委宣傳部，充其量也就一個正科。說當官，一輩子只是個兵頭；論幹事業，一輩子辦了一張比縣級高半格的區級小報。這不慘了？」

周時迅問：「那你下一步打算怎麼辦？」

黃嘉歸說：「你剛才說得對，我犯了官場大忌，上午的行爲不是贏了，而是輸了，等於搧了領導的後腦勺。我唯一的出路就是辭職。」

「辭職？有那麼嚴重？」

黃嘉歸說：「哪個領導也不會把一個鬧過地震的人，放在身邊做報紙的總編，喉舌不聽腦子的話叫什麼喉舌？不過也無妨，充其量不再有其他想頭。不能讓一個小報判了死緩，我早就想過了，今天的事，促使我下了這個決心。」

周時迅說：「憑你的能力和影響，到《靈北日報》當個部主任沒問題。我有認識的人。」她不知道爲什麼要幫助眼前這個男人，但她覺得她應該幫他。

他說：「不，哪都不去了。」

「哪？」周時迅一時不解，睜大了眼睛盯著黃嘉歸。他常常讓她琢磨不透，這正是她感興趣的地方。黃嘉歸分明看見了她眸子裏的問號，向深邃的無垠的海底沉去，像一塊會說話的寶石，散發著誘人的魅力。

黃嘉歸說：「做個普通編輯記者，過渡一段時間，條件成熟時下海。我算看明白了，這個年代，一切靠實力，主要是經濟實力。南方人不是說玩錢嗎？」

周時迅說：「可惜了！美麗的新社會又多了一個有錢的庸人，少了一個出色的報人，或許還葬送了一個文化天才。」

黃嘉歸說：「千金小姐高抬了，今天已經出不了二三十年代那樣優秀的新聞人和作家群了。人們只能到經濟的漩渦中施展拳腳了。」

周時迅說：「那你準備幹什麼？總不能去做買賣吧？」

黃嘉歸說：「做買賣得有本錢，我的存款只夠註冊一個空殼公司。」

一個男人哭窮，似乎比顯示能耐更能打動女人的心。此刻，周時迅急於想知道黃嘉歸的打算，似乎這件事關乎到她的什麼。她問：「那你總該有個想法？」

黃嘉歸看看周時迅，沒有回答，卻瞅了瞅手腕上的表，突然說：「八點剛過，你有沒有興趣和我去一個地方？」

周時迅笑著說：「有狼嗎？」

黃嘉歸說：「肯定有。」

周時迅說：「那我就去。」

黃嘉歸說：「明知山有狼，偏向狼山行。女中豪傑，好！」

周時迅說：「狼來了領導會捨己救人，我怕什麼？」

黃嘉歸掏出通訊錄，翻出一個電話號碼，說：「一個給企業開車的司機，晚上撈外快。」

電話接通，黃嘉歸叫聲小李，說：「用你的車跑一趟。」

對方說馬上到，黃嘉歸放了電話。周時迅問：「你既沒有回答我的問話，也沒有告訴我突然出去幹什麼。」

黃嘉歸神秘地笑笑，說：「到了自然就知道了。」

說話間，樓下響起汽車喇叭聲。他們就下了樓。

是輛桑塔納，司機是一個年輕的小夥子，上了車，司機問：「黃總，這麼晚了去哪裡？」
黃嘉歸說：「去空山，官上村的那個山口。」
司機驚叫一聲，說：「路不好走，要玩不如去海邊。」
黃嘉歸說：「你掙你的錢就是了。」
司機連說是是是。

車出了開發區，就在土路上顛簸起來，前面似乎沒有村莊，更沒有路燈，四周黑乎乎的一片，車像開在搓板上，上下彈跳，左右搖晃。黃嘉歸和周時迅坐在後座上，車不停搖晃的結果，就使得兩人的身子不停地有所碰撞。有一次，他們的手碰到了一起，黃嘉歸立時感到了久違的女人皮膚的細膩，但他迅速地移開了。

車窗外的月亮很圓，大概是農曆十五，或十四、十六的晚上，仔細看，樹木和田壟還是能辨認清楚的。只因車的搖晃、視點的不穩定而無法看清景色。這時，大約兩人的心境不在窗外，他們無意欣賞，就更無話了。

搖了半個多小時，終於到了。停下車，黃嘉歸讓司機等一會，他就邀周時迅向裏面走。這時倒看清了，天色清淨，無一絲雲彩，滿天星斗，更顯出月光的明澈。月光一絲絲一條條向下墜落，山間鋪滿了碎銀般的明點，顯出神秘的浪漫。

周時迅對空山並不瞭解，只是不久前報導幾位中學生去空山郊遊迷路，被武警戰士救出的事件時，才偶知空山是靈北最高的山，歷史上也是一座文化名山，其餘一概不知。此刻，她倒被空山的夜景迷住了，二話沒說，跟著黃嘉歸向裏走。

黃嘉歸記起來剛才她說過的話，就說：「裏面真的有狼。」

周時迅一把抓住了黃嘉歸的胳膊，說：「我膽子小，你別嚇我。」

黃嘉歸說：「我可不知道自己會不會捨己救人。」

周時迅放開黃嘉歸的胳膊，說：「這種景色裏，被狼吃了也值。」

黃嘉歸說：「這年頭，還有爲美而獻身的，難得！」

周時迅說：「總編大人，你以爲哩？」

黃嘉歸說：「小看了，恕罪！」

他們在一塊大石頭前停了下來。石頭是一塊平躺著的花崗岩，上面結滿了時間的鏽跡，黑乎乎的像一塊地毯。黃嘉歸坐下來，也請周時迅坐下來。他問：「夜景有點意思嗎？」

周時迅說：「夜間的沙灘我去過，夜間到山裏可是第一次來。」

黃嘉歸說：「你聽。」

周時迅豎起耳朵，立即聽到了歡快的溪水聲。她抬頭望去，腳下的溪流慢慢遠去，掛在朦朧的山間，閃著耀眼的光點，一條半尺寬的浪花，像無數的鏡面跳躍而下。溪流似乎揉碎了月光，然後向空中拋灑，溪流的上方就有了一層薄薄的光暈。再聽，溪水的聲音中，伴著時斷時續的蟲鳴聲，像有什麼靈異輕輕漫過山谷，傳遞出揉動心弦的氣息。

春寒未過，但卻感覺不出一點冷。

周時迅說：「可惜，生命中這樣的時候不多。不是人們沒有時間，而是人們沒有興趣。」

黃嘉歸說：「可生命常常在這種不爲人知的時候顯出它的光亮。」

時間似乎停止了流動，他們靜靜地坐著。過了許久，突然一聲鳥鳴驚醒了夜色的靜謐，周時迅站起來，面對黃嘉歸說：「你不僅僅是帶我來這兒看夜景的吧？」

月光下，她的臉龐顯得模糊，但她的眼睛依然明亮，眸子裏分明也掛著一輪圓月，熠熠生輝。只是她的身子，在月光下顯得有些單薄。他覺得她十分惹人憐愛，就一字一板說：「你不是問我以後幹什麼嗎？就在這，」他說，「開發空山！」

他的聲音並不高，卻如一塊巨石掉進深潭，水柱沖天，水花四溢。周時迅驚愕地看著他。她眸子裏的圓月變作了驚嘆號。她說：「這可需要大資金，這是一座荒山，你拿什麼開發？」

「古人云，置之死地而後生。」黃嘉歸激動地站了起來。他毫不保留地給周時迅交了底。他說，他多次考察過空山，正好借管委會開發大旅遊的規劃，爭取一些優惠政策。而且他說自己出的那本《夢尋大海》的文集，拉贊助賣書積存有五萬元，以此爲啓動資金，先做規劃再找錢，這麼好的地方一定會引到資金的。

他越說越激動，似乎已經投身到轟轟烈烈的開發中了，他的眼前似乎展開了一幅空山開發的藍圖。他說：「我今年三十七，要用三十年的時間，將空山建成一座千古文化名山，成爲如泰山、華山一樣的名山，五十年後成爲人類文化遺產，成爲中國文化史上的一座紀念碑。」他還怕她聽不明白，就又說，「空山在唐代，就已是一座佛教文化名山，而空山寺在方圓百里也是有名的，我要做的，不僅僅是恢復一座空山寺，而要用雕塑、浮雕、摩崖石刻等多種傳統及現代藝術手法，將空山建成一個大地藝術風景區。人們不是說靈北只有經濟技術而沒有文化嗎？空山大地藝術風景區建成後，靈北可以無愧於天下文化了。」

黃嘉歸還談了許多出奇的細節，是周時迅從沒有聽過的。她很少見到像這樣骨子裏有迸發不完激情的男人。

「哪來的這些奇思妙想？」周時迅問。

「沾了我師父班瑪大師的佛光。空山的旅遊就是一條由凡入聖的修行之路。」黃嘉歸說。

周時迅問：「你皈依佛門了嗎？」

黃嘉歸說：「算是皈依了，給師父磕了個頭而已。」

接著，黃嘉歸講了山上作品的構思，周時迅被黃嘉歸的描述深深感染了。他的宏偉設想，有一些她並不完全明白，但被他敘述的氣勢打動了。月光中，也能感受他如烈火般燃燒的語言的熱度。他不停地做著手勢，他的胸膛似乎隨著他的手勢而起伏。她想，許久以來，很少感受這樣的激情了。即使在大學裏，也難有激動人心的場面出現了，人們已經功利，談戀愛也是爲了打發寂寞，很少有人談論理想，表達抱負。過去她只欣賞他的才華，欣賞他身上的男人氣，即使對他發動的對胡世明的圍攻，她雖不認同，但依然佩服他身上所具有的調動人氣的魅力。此刻她完全被他的情緒左右了。這樣的男人身上，蘊含著強大的創造力，即使失敗了，仍是一個令人迴腸盪氣的悲劇英雄。淡淡的月光裏，他眉宇間豎著的額紋像刀似的深刻，她被深深地打動了。

「可惜沒有酒。」她突然說。

「這個忘了！」他說。

「回去喝！」她說。

他回答：「好的。」但他並沒有從自己的情緒中拔出來。看著前面黑幽幽的山體，他對她說：「這山的妙處，只有白天才能看出來。曲徑通幽處，自有百花開。」

周時迅說：「抽個白天一起爬。」

他們站起來，準備向回走，巨大的山體突然間似乎明亮了，頂頭的月亮，像是擱在了山頂上，四周閃爍著淡淡的光暈，山體呈現出晨曦中的朦朧，即使暗處的植被似乎也隱約可見。月光下間或突兀的石頭，顯出各種姿勢來，有的像老僧坐禪，有的像和尚辯經，有的則像各種各樣的怪獸，伸著長長的脖子問天。一剎那，整個空山似乎動起來了，那無盡的深處，即刻會湧出精彩的故事來。而這時的天空，顯出無比的深邃。

黃嘉歸說：「也許只有站在月色中沉默的大山前，才能使我們想起宇宙和生命的奇妙。」

回程的路似乎比來時快多了，二十多分鐘，他們就趕了回來。

他們並未相約，卻自然到了黃嘉歸的住處。黃嘉歸付了錢，司機開車走了，他們上了樓。

進門，黃嘉歸從書櫃的下面摸出一瓶乾紅，說：「就這個。」

黃嘉歸找不到開瓶的工具，就乾脆拿了一根筷子，對準瓶塞用力一擊，便將塞子捅到了酒瓶裏。他拿出喝啤酒的玻璃杯，給周時迅倒了一杯，自己又倒了一杯。他還沒有找到合適的祝詞，她搶到他前面，說：「好！爲你的設想乾杯。」

今晚的同行，使黃嘉歸感到他與眼前的女人不僅是長久相識的老朋友，過去的相識，只是在爲今晚的心心相印做鋪墊。他隱約覺得，他和這個女人會有不解之緣。

周時迅的情感變化更爲微妙，黃嘉歸在她心目中的形象，一直以來是親切的，特別是近來變得越來越親近，只是她沒有找到表達的時機，今晚的出行，她完全被這個男人的激情籠罩了。作爲已故副省長周迪中的獨生女，周時迅也許依戀父親太深，上高三時父親突然離世，使她整整一個學期沉默寡言，壓抑了太多的思念。她幾乎把自己封閉了起來。上大學時好了些，但也很少和人交往。到靈北開發區來，也是基於對父親的思念。她相信，這兒有父親的寄託，她會在這裏找到精神圖騰。因而，黃嘉歸是她父親之外，第一個引起她關注的男人。她不知道這個男人會帶給她什麼，但她相信這個男人突然闖入她的感情，他們之間一定有說不清的糾葛。

黃嘉歸舉起杯子說：「來！」

周時迅端著杯子迎上來，說：「乾！」

「哐」的一聲，兩個杯子碰到了一起。黃嘉歸一口乾了，周時迅也一口乾了。他忙給她添滿，自己也添滿。客廳的窗子沒有窗簾，似乎有月光跳進來，屋裏的光線有些晃動，地磚泛著淡淡的白。黃嘉歸分不清是燈光還是月光的作用，周時迅烏黑的頭髮上流淌著一層薄薄的霧一樣的光波，她的身影側對燈光，身子的背影便有了立體的感覺。周時迅覺得恍惚，因酒喝得太急，她的臉頰微微發紅，在幽幽的光影裏，她的臉色越加有了光彩，長長的睫毛上挑起一層霧氣，眼眶裏汪洋一片。

黃嘉歸有些發暈，他雖酒量不大，但一杯乾紅還是醉不了的。他搖搖頭，不知道是眼花了，還是眼前這個女人本來就是一個夢幻，他有些不知所云。

她幽幽地問：「開發空山的事，別人知道嗎？」

他說：「沒有，剛決定的。」

她看著他，問：「那你爲什麼告訴我呢？」

「就想告訴你。」他說。

她的眼光直直地看著他，說：「這是理由嗎？」

他並不躲避她的眼光，說：「人們都說女人美麗，是因爲前世在佛前獻過花。能在佛前獻花的人，一定是善良的。所以，美麗的女人一般都善良，於是，我就把決定告訴了一個善良的人。」他端起杯子，一口喝乾了杯中酒，說，「一個善良而美麗女人的關心，是對男人最好的安慰。」

她聽了他的話，站起來，身子有些顫抖。他也站起來，直直看著她。她的身子發抖，被突如其來的興奮，沖得大腦一片空白。他們就這樣久久對視著，似乎要從各自的眼中讀出無盡的內容。

4

第二天上午，黃嘉歸到了辦公室，摸摸房間的暖氣片，搓搓有些發涼的手，倒了一杯熱水，他拉開抽屜，抽出幾張稿紙，放平，在上面寫下一行字：「本人因故辭去報社總編輯職務。」下面簽上了他的名字。他看了看，又在上面加上「辭職書」三字，便起身拿著去敲胡世明的門。

門開了，他和胡世明打了個照面，一日不見，胡世明蒼老了許多，臉色鐵青，無血色。他看過胡世明的簡介，只比他大六歲，今年也就四十三歲，面容卻像一個五十多歲的老頭，頭上也有了白髮。胡世明是一個時刻注意形象的人，頭髮上常常抹些護髮劑，雖不甚明顯，但有些泛亮，今日卻枯了，大約他忘了抹髮油的緣故。

黃嘉歸並未說話，只將辭職書放在胡世明的辦公桌上，就轉身離去。胡世明一眼看清了「辭職書」三字，就明白了內容，叫住他，說：「這是嚴肅的事，得給工委領導彙報。你得寫上理由。」

黃嘉歸說：「不需要了吧？」

胡世明說：「我想我沒有得罪你，何必呢！」

黃嘉歸說：「胡主任，真的我的辭職與你無關。」他的口氣有些討好，他想間接地向胡世明道歉。

胡世明不再強求，說：「好吧。」

黃嘉歸進了自己的辦公室，開始毫無目的地整理抽屜和桌子上的東西。他平時不注意收拾，抽屜裏是亂的，桌子上更亂，看過的稿子和沒有看過的稿子有時都分不清。此時，這種不良習慣，似乎給他製造了一個理由，他可以從容地整理雜亂的東西，以便安住散亂的心。

總編室的人都到了，但大家似乎有一個默契，進了辦公室，誰也不說話，默默地坐到自己的位子上，忙自己的事。有寫稿的，也有劃版的，無事的攤開報紙，四個版輪著翻，有人還有意製造出一些響動。他突然記起昨晚周時迅的一句話，她說：「有人寫部我們編輯部的故事，一定比葛優和呂麗萍主演的《編輯部的故事》更精彩。」他想，這女人真是一個精靈，一句話就說到位了，可惜身邊沒有王朔那樣的頑主。

他聽聽，走廊裏沒有動靜，他在盼望那個應該出現的身影，每天她都按時上班，今天卻一反常態。他想，也許她在躲避自己。

突然對面的門響了，是胡世明出來了，剛才他偶爾聽到胡世明打電話，高聲說了句什麼，隨即聲音就低了。儘管辦公室的房子隔音極差，但胡世明壓低的嗓音還是沒了聲息，黃嘉歸也沒有偷聽別人電話的習慣，何況是胡世明的。但他明白，胡世明此刻一定是拿了他的辭職書去找領導。

胡世明的腳步在樓道的盡頭消逝了。黃嘉歸突然有一種衝動，想給屋子裏的沉悶氣氛一個打擊，也免得事後被人懷疑是被上面擼下來的。於是，他大聲宣布：「我辭職了！」

「啊？」有人驚叫一聲。這的確是爆炸性新聞。昨天他們聯手整治胡世明，今天他卻辭職了。事情的發展超出常規，就有了看點，屋子裏的空氣一下子被啓動了，陽光似乎也跳了起來。人們紛紛把身子朝向了他。有人說：「我們還希望你搭救我們哩！」

黃嘉歸突然想逃離，他說：「我連自己也搭救不了！」說完，他就出門了，把滿屋的驚詫留在了身後。

出了門，他像一部戲的主角，居然自鳴得意起來。整個一天，他都在自己的房子裏，除泡了兩次速食麵解決兩頓飯之外，就躺在沙發上翻書。但他看的什麼內容，前看後忘，全無記憶。他的意識在文字外流動，他為自己的行為激動。他覺得屋子在旋動，身子也飄浮了起來。

這種感覺十五年前有過。那時因為考上軍校，在接到錄取通知書的一刹那，他的腦子瞬間成了空白，身子飄浮了起來。他永遠記得那一刻的感受，他不會走路了，雙腳下地，似乎沒有著落，懸在半空。幸虧是個星期天，他又是連隊的文書，他把自己關在屋子裏，強迫冷靜了一天一夜。

他的興奮來自對命運突然改變的狂喜。一進軍校，就意味著幹部當定了，從此他就遠離了黃土地，遠離十八年的貧窮和落後，他還可以娶城裏的女人，鬧不好還會撈個女大學生。也許常人很難理解這一切，可對黃嘉歸而言，是一次命運顛覆性的改變。畢竟他家祖輩都是種地的，進城吃皇糧是兒時的企盼，是滿村子的人說起來永遠興奮的事。巨大的幸福感壓得他喘不過氣來，那一刻的感受，永遠烙在了他的記憶裏。

四年軍校畢業，他理所當然地當上了排長，行政二十三級，工資由十塊零五毛，一夜之間漲到了八十三塊一毛錢。半年後，他被選調到軍區宣傳處當了幹事，簡直是一步登天。也就是說，此後他只要坐在那裏不犯錯誤，穩穩當當就會到處級，也就是一個縣長的級別，那可是封建社會的縣太爺！然而，他幹了整整十年，才升到營職。於是他不滿了，憑著自己的實力轉業到了省《人才潮》雜誌社，儘管直至今天還是個科級小報的總編，但對於他，是才華和能力的體現，是工作了近二十年的成果。

想不到他一張白紙兩行黑字就辭了。這才叫痛快，他終於有勇氣打碎他多年得到又極力保護的東西，他感到了從未有過的輕鬆。

他竟然想到了外國那些首腦辭職的場景，他得出的結論是：辭職是一種完善道德的行為。而那些賴在位置上不走，即使犯了再大的錯，只要不撤職查辦，依然賴著不走的人，真的是人類無賴文化中的極品。於是，他覺得自己是一個高尚的人。

然而，這種自我感覺良好的心緒，僅僅保持了一天一夜，第二天上午十時，就被徹底粉碎了。像高空飄浮的氣球，在搖曳彩帶的裝扮下，異常耀眼，卻突然被飛來的小小的異物戳破了，只輕輕一觸，氣球就爆了，就炸成了碎片。空中只剩飄浮的彩帶，搖搖晃晃，毫無方向地墜落，在接近地面的時候，又像受到了什麼打擊，速度極快地下落，一頭栽下來，摔在地上，無聲無息了。

早上，是一個陰冷的天氣，空中沒有太陽，刮著不小的風，四處塵土飛揚。黃嘉歸看著地上一個紙片被風吹著打滾，順路飛行，走出百十米，忽地扎進了路邊的溝裏。黃嘉歸揚頭，這時才覺得逆風而行，車子蹬不動了。他只好下車推著走，但還是十分沉重，地上像塗了膠，自行車的輪子很難滾動，他的身子也在風中左右搖擺。忽然有一股旋風從地下掀上來，冷氣立刻灌進衣服裏，像一隻無形的手滑過他的身體，他打了一個寒戰，差一點摔倒。好不容易挪到辦公室，進門，還是冷，暖氣也沒有往日熱。他準備認真整理一下積攢的稿子，作好交接準備，然後去做一名普通記者或編輯，抽空運作空山開發專案，條件成熟後再說下海的話。他的打算倒是不錯的，編輯記者可以跑，不用八小時坐班，正好抽時間跑專案。

可是，當他剛坐下，電話鈴響了，他接起來，是宣傳部長打來的。對方問：「是黃嘉歸同志嗎？」

他回答：「是。」

對方說：「剛好找你，真巧。」接著對方直奔話題說，「你的辭職報告領導都看了，昨天下午下班時，工委分管領導批了，同意你辭去總編輯職務。」

黃嘉歸一怔，儘管他等的是這個結果，但來得太快，沒有緩衝，直截了當，所謂一個引進的高級人才，人家居然連一句挽留的話都不說。他的心口像被什麼東西突然捅了一下，隱隱作痛。他身子一縮，握著話筒的手有些發抖。然而對方的話並沒有結束，而且口氣相當柔和，說：「但考慮到你的實際情況，當時人事部門是當作人才引進的，你不再擔任總編輯了，做個編輯或記者，太委屈你了，何況，咱們這個小報本來就是一個內刊。所以領導覺得這樣的話，就大材小用了，決定發給你三個月工資，你就另謀高就吧。如今不是鼓勵人才流動嘛。」對方停了一下，換了口氣，接著說，「領導讓我通知你，這個電話就算談話了。要辦調動手續，直接去組織部，他們知道。」說罷，對方並沒有等他回話，就掛了電話。

黃嘉歸握著話筒，掌心出了汗，他的身子像半截木頭，十分僵硬，很長時間緩不過神來。

他放了電話，突然感到從未有過的憤怒。他來靈北開發區時，是管委會主任鄭華升親自和他談話的，當時他是何等的興奮。他回到西部那個省，去省政府大院裏辦調動手續，雜誌的主編是人事廳副廳長兼任，副廳長親自與他談話，挽留他，說：「你留下來，西部需要人才，這個雜誌的主編遲早是你的。眼下編輯部主任雖然只是一個科級，但你已經被列為廳裏年輕幹部第三梯隊了。」

他回答副廳長說：「謝謝廳長的美意！我絕不是認為在雜誌沒幹頭，而是地方差距，這裏辦事的效率和對人的重視，與靈北相比，是兩個天地，至少落後二十年。」

副廳長還說：「東部沿海開放地區，肯定比西部發達，但就具體一個人的發展來說，不一定在欠發達地區就做不出成就。我強調一句，這裏需要你！」

副廳長也是部隊轉業的，他鍾情文字，一心想把這份雜誌辦好。他相信副廳長的話是真誠的，但他管不了那麼多。他說：「廳長，我感謝你，但你別勸了，我已經鐵了心。」

副廳長搖搖頭說：「那我就沒有辦法了，省委組織部和省人事廳分別發了文件，規定具有中級職稱以上的專業技術人才和具有大專文化程度的科級以上幹部，年齡在五十歲以下者，除經幹部管理許可權上一級管理部門批准外，一律不得放走。以你的情況，肯定是不行的，我簽字也不管用。」

話說到這份上，沒有迴旋餘地了，他只好不辦手續走人。走出西部，身後有多少人羨慕，他對過去的朋友說：「找機會出來吧，雖不能說是從地獄到天堂，至少也是從人間到天堂。何況老百姓都明白，樹挪死，人挪活。」他的口氣，一時竟有了淺薄的炫耀。但時間僅僅過去六年，他就像被人扔抹布一樣扔掉了！他的憤怒是必然的。然而，怪誰呢？似乎一切都是自己造成的。

瞬間，他的腦子一片空白，進而就有陰冷的寒流襲擊了全身，他的腿有些發軟，他扶著桌子坐下。他看看辦公室空無一人，明明到了上班時間，卻沒有一個人來，似乎大家都在躲避他。他覺得被人拋棄了，也就是說他自視才高，卻在一瞬間被人踢出了門外。他近二十年的努力，引以爲豪的職業和高級職稱，統統被人扔掉了，一文不值了。三個月後，他就沒有工資了，他就失業了。這難道就是人生？這難道就是命運？

是一個白日夢嗎？不是，明明有陽光射進窗子，外面的寒風似乎也減了，他在自己坐了五年的辦公室裏。然而，四周的虛空中，像有一隻看不見的無形的手，向他伸來，黑幽幽的像鐵鉤，更像鐵刺，他身上的每一個地方，被這鐵刺扎著，陰森森的，十分可怕。

他從椅子上站起來，辦公室裏依然沒有一個人來，對面胡世明的房間也沒有動靜，也許大家去搞集體活動了，卻沒有通知他。也就是說，從昨天下午下班時，他的職務就被剝奪了，只是今天上午通知了自己。

他站起來靜了靜神，出了門，下了樓。屋外的風確實小了，但還是冷。他騎上自行車，回到了自己的住處。

黃嘉歸在屋子裏躺了一天，天黑淨了，他仍然沒有餓的感覺。

就這時，響起敲門聲，第一感覺是時迅來了，他爬起來，快步過去，打開門，果然是時迅。她手裏端著還冒著熱氣的包子。他竟有些激動，眼睛潮濕了，有淚水要掉下來，他忍著，躲過時迅的目光。

「我猜你一定在房子裏。一大早，新聞中心的人就被通知去管委會大樓開會，一整天，說要整頓工作作風。會議開始就宣布了同意你辭去報社總編的決定。」她氣鼓鼓地說，「真是欺負人，直接找戴書記去。」

「找戴力行？」他說，「搞不好就是這位開發區的最高長官簽的字。我自己寫的辭職報告，人家只不過批准了而已。」

她說：「那也不能辭退呀。」

他反而冷靜了，說：「什麼叫辭退？人家的話說得多好聽，做記者委屈了你，還給你三個月工資。」

她依然情緒激動，說：「這叫變相整人，我不信沒有說理的地方。」

他說：「到哪兒去說理？連對手也找不到。和一個龐大官僚機構的用人制度較勁，找不到門。」

時迅說：「去找鄭華升副市長，他請你來的，說話開發區不能不聽。」

他說：「此一時彼一時，他現在還認不認識我都很難說。」

時迅睜大了眼睛，說：「我就不信邪。」她脫口而出，「你不找我找。去找我爸在位時的叔叔阿姨們。」

黃嘉歸一愣，盯著時迅。

時迅說：「我爸是周迪中。」

聽到周迪中這三個字，黃嘉歸一驚，他沒有想到時迅會是已故副省長周迪中的女兒。他在政界的影響不小，他相信時迅說到就能做到。然而，這個吃驚瞬間就消逝了。他盯著時迅，眼睛裏閃爍著一種饑餓的光芒，他的身體裏，有一股熱血在奔湧，他感到了久違的渴望。

他被暗湧的情緒控制著。他覺得自己被人打倒了，正在從地上爬起來。他需要一根拐杖，需要一個扶手。他更需要在爬起來的一瞬間，爆發積聚在身體裏的能量，以發洩無名的憤怒。他十分癡迷美國作家海明威的名篇《老人與海》，那裏面有一句話：人生是不能被打敗的！十多年前，他第一次閱讀這部作品，就牢牢記住了這句話。他想，他今天是不能被打敗的。他久久地看著她，似乎要從這個女人的眼中，讀到他所需要的東西。

她的膚色，在燈光下既迷幻又清晰，細膩光滑，似乎能感覺到血液的流動，像一個幽遠的柔美的夢。他聽到了她的心跳和呼吸。她的眼光，柔和而純淨，像一片晴空，沒有雲彩，也沒有鳥兒飛過。他在這片明淨的天空中，感到了從未體驗過的撫慰和溫暖。似乎這明淨照見了他的內心，穿越了靈魂，使他的傷痛在瞬間得到了療治。

不知是對人生傷痛的體悟，還是對眼前女人的感動，淚花浮出了他的眼眶。他的呼吸突然急促起來，眼神極度渴望。時迅沒有躲避他的目光，而是直直地看著他。她的眼裏也噙滿了水，繡成一團，薄薄的霧氣挑在她的睫毛上，在燈光裏閃著鮮亮的光點。她的內心升起對這個男人莫名的感動和憐愛，母愛佔據了她的整個心靈。

驀地，他張開雙臂撲過去，似乎眼前展開了一個明媚的春天，百花盛開彩蝶飛舞，他像經歷了一個長久冬天的旅人，終於到達了目的地，他要緊緊摟抱盼望已久的希望。她沒有躲避，只是靜靜地站著不動，溫順地迎接了他的擁抱。

「我什麼也不要，什麼也不想，只要你。」他喃喃自語，不像是說給時迅聽，而是說給自己的心聽的。他緊緊摟著時迅，雙臂因激動而顫抖，越顫抖他越加摟得緊，似乎一旦鬆開她，就會永遠失去她。他的身子也瑟瑟發抖，充滿了無可言說的衝動，湧動的血流衝上了他的腦門，隨即又回流全身。他感到她的胸前無比溫柔，似乎接納了他全部的恐懼和不安，使他終於在奔跑的饑渴中，找到了一灣清澈透底的水。她的柔情全部包圍了他，給了他久違的渴望。這個女人的懷抱就是一個家，就是一個長久歇息的窩，自己就是變成一隻小獸也可以圈養在這兒，一萬年該有多好！就在這寂靜的窩裏永遠安睡，以躲避獵人的追殺和四周窺視的眼睛。

他緊緊摟著她，她被他的力量震撼了，她從未想過用這樣的方式投入一個男人的懷抱。她今年二十三歲，除了媽媽的懷抱，在她十一歲那年，爸爸離去時，她接受了爸爸的擁抱，之外，她從未走近過男人。即使在校園與男生跳舞，她也始終保持著足夠的距離。眼前這個男人的懷抱，她從未想過。但昨日她不經意間給了他，今日來得更猛烈。此刻懷中的大男人，像一個孩子，像一隻受了驚嚇的兔子，身子在瑟瑟發抖。這使她想起了兒時的搖籃，長大後，每每見到那些叔叔阿姨把孩子放進搖籃，她就想，母親的幸福一定來自於搖籃。搖籃是孩子的天堂，而孩子又是母親的天使。當他的身體慢慢平靜下來的時候，她有了母親的幸福感，她就用力摟了他。但她的力量在他的力量面前，顯得微不足道了，她被他的力量融化了。她從未想過，一個男人的擁抱竟然有如此震撼心靈的力量，他像要擁抱整個世界，把一切都置於自己的掌控之中。此刻，懷中的女人似乎成了一種象徵。而這時，她似乎在力量中找到了寧靜和安逸，她的體內熱起來，有一股無名的力量掙扎著，衝破身體的局限向外奔湧。青春的生命在暢想一首壯闊的歌。

他似乎感到了她身體的變化，扭過頭，嘴唇用力地壓向她的嘴唇，隨即用右手摟住她的臀部，抱起她，走向床邊。那一刻，她感到了一個男人的渴望，她突然明白了什麼，她猛地用力掙脫了他的擁抱，坐了起來，看著他。

他一怔，有些不知所措。她說：「給我時間好嗎？除了今天晚上，我隨時可以答應你。」不是她不給他，她清楚他此時的心境，完全是苦悶之後的發洩。她要的是一個男人的心。

時迅的話語像一瓢冷水，給了他當頭一擊，他突然明白了自己的行爲，他曾諷刺同學劉立昌「兩個半小時搞定一個女人爲男人的最高境界」的說法是流氓理論，想不到自己也墮落成一個肉欲主義者。他終於清醒了，他對時迅說：「對不起。」

時迅站在他面前，平靜地說：「我並沒有怪你。」

第二章

5 上山

空山在秦代之前稱西山。西元前二百一十七年，始皇帝（嬴政）三十年（甲申）夏，西山腳下，爆發了中國歷史上最早因移民而導致的一場民變。

靈北半島，是秦帝國萬里疆土的東南拐點，與大秦都城咸陽相距數千里。秦統一六國前，六百多年間，大部分時間屬齊國所有，但也被吳、越佔領過。西元前二百二十一年被大秦併吞，從內陸遷戶三萬，壯大發展靈北郡的人丁。

靈北移民，是史料記載以來，中國歷史上第一次大規模移民，最終使秦代相當於三個大縣約十五萬人口，從內陸遷至靈北沿線，創建了中國古代移民城市靈北郡。在移民的過程中，當地人為保衛自己的家園不被外人侵佔，與秦軍發生過血戰。國家考古隊曾在西山一帶發現過千人坑，並根據當地人口頭傳說，定論西山一帶曾因移民發生過大規模屠殺。

這段歷史，史書雖無詳細記載，但當地人代代口傳至今。

後因盛唐在西山建空山寺香火盛極一時，朝聖的人們將西山稱作空山，最終被人們認可，沿用至今。

現今，空山北坡已有八個自然村，靈北經濟技術開發區成立之前已建鄉。開發區成立後，空山鄉即改為空山辦事處。其中離空山最近，占山林最多的，是官上村。辦事處的辦公地點就設在官上村的地界裏。門前一無街道，二無集市，一條還未硬化的馬路算是繁華，可以看見來去的車輛。辦公室就兩排孤獨的平房，雖然擴建計畫去年底就批准了，但苦於沒錢，只好將就著。

站在辦事處門口的臺階上，就能看見空山北麓大半的面貌。晴天無霧的時候，空山拔地而起，交錯的山頭直戳半空，稜角分明，刀劈劍削一般，如一組巨型的群雕，坐落在靈北空山島的中央。但空山的主峰是看不見的，它雖高，卻藏在七拐八彎的山頭之中，一般人很難辨清它的位置。於是就有「空山十八峰，峰峰是主峰，要想見主峰，非得到山中」之說。若是在不算濃的霧天，空山的一半在霧裏，遠眺十八峰，幾乎看不見任何一個山頭。霧在半山腰，山頭全都戳進霧裏，只留下連綿不斷的山根，像一堵堵交錯矗立的巨大石牆，擋住了人們的視線。這時的天空，霧將天色壓得很低，雜草居多的植被幾乎看不見，整個山體呈現一片模糊的水墨畫。

無風的時候，霧走得極慢，像貼了山不動。那種天色裏，霧與無霧的地方就劃出一個清晰的分界線，山鑽進了天裏，而霧好像是落下來的天，山與天緊密地咬在一起，看著會使人突發奇想，如若真有人將這幅圖畫濃縮在紙上，那該是一個多麼美妙而又壯觀的圖景呀。可惜不能，因為它太大。當然不僅是指山大天大，而是氣勢大，如黃河壺口瀑布，也許只有詩才能勉強表現出她的壯美。而濃霧的天色裏，空山就不見了，這時的感覺，空山的地貌一馬平川，深廣的遠處，一定是與某個不為人知而又繁華的都市相連的，不然她不會具有如此引人入勝的神秘。只有霧中的大海，在風的作用下突然吼叫起來，撲向岸邊，傳出陣陣巨浪聲，才使神秘的大霧突然動盪起來，使人猛然驚醒，霧的深處是大海。但這時的空山依然不見真相，聽海的濤聲從兩邊包過來，中間似乎留了巨大的空間，使人遐想一定有不可說的力量或器物，將那濤聲吸納了。

空山山脈成東西走向，但南北也有十里地，形成群峰環繞、溝壑相連的壯美景象。東西走向是主脈，在十八峰的主峰之下，又生出一架山來，說高不高，說低不低，與十八峰扭打一起，一處扣著一處，七拐八彎，向東西拉開，接著又由東西兩頭包圍過去，形成了十八峰的裙山，向四周延伸。這樣的構造，使空山更有了深度，看似到了，一個山頭走過去，又伸出一條溝，很深很長，像沒有盡頭，轉了一彎，又突見一座山峰；走過去，前面經歷過的情景又演繹一遍，這次不同的是，山頭走向與山溝的方向在不經意間變了。這樣的山，任何一個陌生者走進去，就如進了迷宮，是很難出來的。

這也就成爲專家們評估開發空山風景區的理由。這也是靈北開發區啓動大港口和大工業戰略之後，拉動經濟發展而制定大旅遊戰略的依據。

空山辦事處的班子，幾乎半年來就忙空山開發招商引資的事。書記莊新更是用盡了心思。他是開發區前任工委書記、現任副市長鄭華升的秘書，跟了鄭華升五年，鄭華升走時，把他放到了空山辦事處書記的位子上。此前，他雖給鄭華升做秘書，但已掛著工委、管委會辦公室副主任的頭銜。到空山辦事處，這個位子看似不怎麼樣，但鄭華升是一個幹事的人，而啓動大旅遊開發空山是一件很大的事，也是能出政績的地方。所以鄭華升毫不猶豫地把跟過自己的人放到這個位置上，希望他儘快幹出點名堂，爲未來的進步奠定基礎，也算他對這位秘書的交代。當然秘書幹好了，人們對他主政開發區的評價也會加分。

今天，管委會主任梁大棟要來辦事處現場辦公，專題研究開發空山的事，所以莊新作了充分的準備，上班又召集辦事處主任吳永久、分管旅遊的副主任兼招商辦主任吳春樹、剛剛成立的旅遊辦公室的人員開了會，把要解決的問題和爭取的政策梳理了一遍，覺得無遺漏了，才坐下來等待梁大棟的到來。

眼看通知的時間到了，莊新出門，向路上張望，路上很空，只有偶然路過的車輛揚起的塵土，留下少許的響動。他抬起頭，目光自然觸到了空山。

因是晴天，空山的北坡一覽無餘了。因爲他太熟悉空山的緣故，就能隱約辨出主峰的位置。空山的深處似乎確有一塊寶，等著他去拿，他覺得手快要觸到寶了，只是手臂不夠長。今天他要向梁大棟借一臂之長。

驀然，有了汽車的笛音，是三聲極短的叫聲，這是司機在報信。梁大棟下基層，只要提前約了時間，到跟前是絕不打電話的，也不讓秘書臨時聯繫，司機的三聲短笛就是通知屬下的信號。所以，他上任半年後，許多人就明白了這規矩，在他大致要到的時間，安排專人站在門口聽笛音，只有這樣才不會誤事。

莊新聽到笛音，他叫一聲，該出來的人就都出來了，有十七八位。

據說梁大棟的作風，是從現任市委書記汪至平身上發揮來的。梁大棟給汪至平幹秘書，跟了七年，去年由市政府招商局副局長調任開發區管委會主任的。汪至平官大，到開發區來多是視察，人們對他的認識只是通過電視新聞，自然就無從考證了。

莊新還在暗笑，梁大棟就到了。

握過手，他們就直奔會議室。

梁大棟帶了管委會副主任高雄起，經濟發展局、旅遊局、交通局幾個局長，加上空山辦事處參加的人，一間小小的會議室就坐得滿滿的了。空山辦事處的工作人還未給每位參加會議者倒完水，梁大棟就輕輕笑一聲說：「我宣布一條，不許抽菸！大家有意見嗎？」

大家笑笑算是回應。

「開始！」梁大棟就直接宣布。

莊新拿出一張紙，準備按問題的先後次序彙報。

「不聽你準備好了的。」梁大棟揮了一下手說，「我只聽你要我辦什麼事，其他的由各位局長辦，我帶他們來，就是給你解決問題的。」

「好，好。」莊新連連點頭，放下手中的彙報提綱說，「開發空山，需要管委會支持的，三條！」

「你說。」梁大棟的眼光直逼莊新。

「一是啓動資金。空山風景區要啓動，進山的道路硬化和水電配套等基本設施，最低得五百萬元。二是專案審批政策，管委會是否給我們招商引資的決策權？許可權放到什麼程度？三是希望以管委會的名義，儘快申報空山爲國家級森林公園，爭取國家林業局的資金支持。也希望相關部門及時推進開發區通向空山的道路建設，以便促進景區對外招商。」

莊新的話音剛落，梁大棟就問：「就這些？」

莊新說：「還有。」好不容易遇到這樣的現場辦公會，他想就辦事處的全面工作向梁大棟彙報。

梁大棟似乎已明白他的意思，說：「今天是專題會議，只談空山開發，別的事另抽時間議，免得話題多了沖淡主題。」他說，「要政策，要許可權，要到了點子上！我立即答覆你，我也是三條，」

他又揮了一下手，說，「一是淮河路至空山風景區的旅遊大道，二十公里，雙向六車道，加環境綠化，共需一千五百萬元，管委會出錢，由交通局負責實施。其他的錢沒有，自己想辦法。二是開發區享受的是省級的許可權，我給你辦事處在審批空山風景區的專案中擁有開發區的許可權，你定了，報經發局走程序即可。三是申報國家級森林公園，你們和旅遊局、林業局商辦，需要我出面時我出面。」

說完，他掃視全場一眼，說：「這裏我講一個觀念問題……」

就這時，梁大棟的手機響了，他從秘書的手中接過手機，儘管梁大棟坐在莊新對面有兩三米的距離，但莊新還是隱隱聽到了一個女人的聲音。

梁大棟只「嗯」了一聲不說話，大約過了一分鐘，電話還是沒有停的跡象，梁大棟就打斷了對方的話，說：「我在開會，結束後回電話。」說完他關了電話，臉上顯出有些急躁的神色。

但在放下電話的瞬間，他恢復了常態，喝了口水，就接著剛才的話講：

「還是小平同志南巡時說的，思想再解放一點，膽子再大一點，步子再快一點。要真學，不要假學。對用積壓商品換俄羅斯飛機一夜賺了兩個億的牟其中，儘管社會對他的看法分歧很大，但他說過兩句話，對開發空山有啟發，他說世上沒有辦不到的事，只有想不到的事。」

梁大棟激動了，他更有力地揮了一下手，說，「突破中央這口號我不贊成，但南方人的說法我贊成，這就是不能光看國家政策讓你做哪些，更要看中央的政策沒有規定哪些不可以做，沒有規定不讓做的就都可以做。」他突然從座位上站起來，指著莊新說，「你把空山一分錢不要送出去也行，只要能招來足夠的開發資金，那是你的本事！他投資了，發展了，交稅了，不就行了！他把山搬不走，最終得利的還是我們，是山下的老百姓，這叫不求所有，但求所在。」

大多數人對他的話還不明就裏，梁大棟繼續說：「我們眼睛要瞅著全國最先進的開發區，不要與自己的過去比。沿海國家級開發區，十幾個是同時開放的，在一個起跑線上，十年過去，七八家在我們的前面。單說借用資金這一點，剛開始，國家給各家銀行下了指標，人家大港開發區，你銀行給多少我要多少，先把樓蓋起來，地面有了房子，有了規模，三年就有了城區的樣子。我們倒好，銀行給錢不敢要，就連我們高新產業發展總公司這樣的大型國有企業都不敢要貸款，說我們還沒有想好要幹什麼。等你想好了，黃瓜菜涼了，銀行的錢沒有了。所以說，我們再不能像過去那樣，荒廢時間，荒廢資源！」他盯著莊新，說，「歸結一點，用外人的錢，把空山打造成一個國家級旅遊景區。空山是上蒼給我們的一塊難得的資源，不能辜負了老天爺的美意，更不要辜負了老百姓的希望。」他一揮手，結束了他的講話，隨即宣布，「我有事，剩下的你們研究。」

對於梁大棟的講話，莊新聽得似是而非。梁大棟接那女人電話的一瞬間，莊新居然聯想到了前不久中紀委通報一個省長，說正在開省政府常務會，接到情婦的電話，他就宣布中止了會議。他的思維還未收回來，梁大棟卻要起身走了。他低頭看表，從開始到結束，梁大棟只坐了二十五分鐘，除去中間接電話的一分鐘，真正開會也就二十四分鐘。他只好點著頭，恭敬地將梁大棟送到門外。梁大棟並未與他握手，而在秘書打開車門時，轉身扔下一句話：「莊新，就看你的了！」

有些像半截呆木頭的莊新，看著梁大棟坐騎揚起的塵灰，搖了下頭，苦笑著回到會議室，會議還得進行。

6

三天後，靈北經濟技術開發區管理委員會辦公室，下發了梁大棟在空山辦事處現場辦公的紀要，紀要明確宣布，空山風景區管理委員會設在空山辦事處，一套班子，兩塊牌子，簡稱風管委。主任由梁大棟兼任，莊新爲常務副主任兼風管委辦公室主任。風管委自行審批專案，開發區管委會相關局室負責走程序，有分歧時以風管委的意見爲準，過大的分歧，又無明確政策規定的，再報開發區管委會研究決定。

不過莊新對那幾句似聽非聽的話，讓辦公室記錄的人整理了，他看了，覺得是一個很好的武器，就在記錄稿前加了幾句話，注明未經梁大棟主任審閱，印發辦事處各位領導和辦公室，號召全體人員學習。並根據梁主任的講話精神和管委辦下發的紀要，調整了辦事處的相關機構，把辦事處的招商辦直接變成空山風管委招商辦，仍由副主任吳春樹兼任招商辦主任，由辦事處主任吳永久分管，莊新親自抓。把原先設立的旅遊工作辦公室，更名爲空山風景區旅遊辦公室，負責風景區的日常事務。莊新在辦事處全體人員參加的空山開發動員大會上，激動地說：「人人都是投資環境，人人都是旅遊資源！」

莊新同時宣布了招商引資的獎勵政策，從政績考核到經濟獎勵，使這個動員會開得有聲有色，他自己也在講話中得到了信心。

莊新也算是一個有抱負的人。他是靈北本地人，考上了北京的名牌大學，畢業分配時，他放棄了幾個南方城市的邀請，回到了靈北。他要求到基層去鍛煉，結果分到市區的一個辦事處，當了一名管宣傳的辦事員，一年後他不滿意，就報名到了開發區，進了管委會辦公室。三年後，被新任開發區工委書記鄭華升選中，當了兩年秘書，鄭華升就提了他。五年後再回辦事處，起點不一樣了。空山開發的成敗，對他的未來前途不能說沒有影響。

開完會，他回到自己的辦公室，看看表，整十點，於是他翻出黃嘉歸的名片，撥了個呼機號。幾分鐘後，黃嘉歸回了電話，莊新約他到辦事處，談空山開發的事。

黃嘉歸放下電話，找了一輛車，向空山辦事處趕。

這幾天，黃嘉歸不時感到失落。儘管他與莊新已接觸過多次，也談得投機，但那是以報社總編的身分去的。眼下他辭了職，莊新還認不認他，他心裏無底。他正在考慮用什麼樣的方式與莊新接觸時，莊新卻主動約他，他求之不得，一時竟有些感動。二十五分鐘後，他就趕到了空山辦事處。

他敲開莊新辦公室的門，莊新從椅子上跳起來，大步迎上去，緊緊握住他的手，連說：「佩服，佩服！」

黃嘉歸一時糊塗。莊新睜大了眼睛看著他，臉上洋溢著豐富的表情，說：「聽說你辭職了，我一想就是為了開發空山的事。聽說你一辭到底，還辭了公職，只要三個月的工資，我就更加佩服了。這樣的事，叫喊的人多，真正做的人少，你實在讓我佩服至極！」

黃嘉歸有些哭笑不得。他不知道莊新是明知做戲，還是真的不明白事實真相。看他的表情倒像是真的，可他被辭退他不會不知道，他是從管委會機關裏下來的，隨便問問組織部的人就一清二楚了。但看莊新的表情，像是百分之百真誠，沒有半點造作的跡象。如果莊新是做戲，那就是十分高明的演技了。不管真假，黃嘉歸要的就是眼下，也就借坡下驢，順勢說：「這樣大的事，得一心一意去做。」

「是，是。」莊新連聲說著，把黃嘉歸讓到了裏屋的沙發上。

莊新的辦公室占了兩間，外屋辦公，裏屋當會客室，這時陽光照進來，又開著空調，屋子裏很暖和。

剛坐定，莊新接了一個電話，說是交通局的，要他馬上去一趟，商量旅遊大道的事。莊新只好對黃嘉歸說：「實在對不起。」說著摸起電話，叫來了吳永久，說，「吳主任先和黃總談談，我去交通局一趟，中午一定回來陪黃總吃飯，今天要談個眉目，能定就定了。」

「好，好！」吳永久和黃嘉歸握了手，就說，「到我辦公室吧。」

黃嘉歸起身剛要出門，莊新說：「找個會議室，免得別人打擾。」

吳永久說聲是，就領著黃嘉歸到了三樓的會議室，吳永久出去抱了一堆資料進來。辦公室的秘書進來倒水，吳永久就交代秘書，不要打擾。

秘書拉了門出去，偌大的會議室就他們兩個人，一時顯得很空蕩，吳永久見黃嘉歸搓手就打開了空調。然後，吳永久就將梁大棟現場辦公會的紀要和辦事處空山招商辦的文件，一個個翻出遞給黃嘉歸，最後才抽出一個山林承包合同的樣本給黃嘉歸。

黃嘉歸一個一個認真看。他畢竟是辦報人，對文字的感受力是很強的，雖不能說一目十行，但也看得很快，約二十分鐘，就把所有資料都過了一遍。

黃嘉歸放下資料，問吳永久：「你們能給的最大優惠政策是什麼？」

吳永久問：「你要承包多少？」

黃嘉歸說：「從官上村西進山的那條溝，一直到主峰，翻四個山頭，莊書記說，約莫有一萬二千畝吧。」

吳永久說：「面積不少。省人大常委會通過的農村土地承包條令規定，最長也就三十年。」

「太短。」黃嘉歸說，「這是開發山，不是辦工廠，恐怕建也得三十年。領導不是發話了嗎？」

吳永久說：「領導講話當然我們要執行。但具體辦事得有依據，承包條令是省人大通過的，有法律的強制性，不能突破。」

「價錢也貴了。」黃嘉歸說，「每畝每年兩元，還要三十年一次交清，算算，一萬二千畝，一次要交七十二萬。還未開發就交這麼多的錢，這不是做房地產，地錢交了，就可以到銀行抵押貸款，搞不好交七十二萬，能貸出三倍、四倍的錢。聽說村裏發包，每畝每年交五毛錢，都沒有村民回應。還是一年一交。」

「一萬二千畝，這不是小數字，兩塊錢很低了，最初討論的方案是每畝每年十元，最後是莊書記一咬牙降成兩元。」吳永久停了停，喝口水說，「你是莊書記特意交代的，我們是很認真對待的，不過黃總，是一次交清，還是分批分期交，都是可以協商的，但價錢不能太低了。」

談來談去，談不出新東西，還是承包期和價錢兩件事，但吳永久一個也不鬆口。

十二點，莊新開車趕了回來。他們就去酒店吃飯。

酒店在離辦事處不遠的路旁，是農戶的房子改建的，酒店名字就叫「空山酒店」。

他們進了房間，共五個人，除莊新、吳永久外，還有招商辦主任吳春樹和旅遊辦的兩個人。坐定，上茶，莊新對在座的人說：「可不要小看黃總，他來開發區當總編之前，可是中國的王牌記者之一。他出過一本文集叫《夢尋大海》，我看了，採訪的可都是深圳、海南、廈門經濟特區的大企業家，有多位是外資企業的老闆。他的人脈了得，他出馬，一個頂我們十個百個。」他轉向黃嘉歸說，「今天就算我們提前喝慶功酒，馬到成功。」

黃嘉歸有些羞愧，那些文章，實際是雜誌社的陰謀，策劃了個名目，讓國家部委掛了個名，說是宣傳改革開放的成果，實際是拉企業贊助。那些事是真的，他採訪了，也認真寫了，還感動了不少的當事人，但雜誌拿了錢，他與那些文章的主人公就毫無瓜葛了，更不要說聯繫了。不過此時，他樂意莊新這樣說。莊新這麼說了，等於給他壯了膽。

他說：「都是過去的事了。」

莊新說：「招商引資靠的是人脈，人脈是靠長期積攢的。」

吳春樹說：「是的。莊書記早給我們介紹了你，我們這些土包子掏上路費，也不知道到哪裡去找人。」

菜陸續上了，酒也倒完了，莊新卻沒有提杯，也沒有動筷子的意思，只問吳永久談的情況，吳永久就如實講了。莊新說：「開始喝酒前說，免得等會喝多了成了醉話。」他直接問黃嘉歸，「黃總，你有什麼要求儘管說，我能答應的肯定答應。」

黃嘉歸狠了一下心，咬了咬牙，就當昏話講，他說：「梁主任不是說了可以送嗎？我就兩個要求，一是承包期從三十年延長至五十年，二是前三十年免交承包費，後二十年按你們招商文件的最高限線，每畝每年五十元支付。大家知道空山的開發基礎是從零開始的。」

大家都看莊新，莊新沒有回答，又問：「就這，還有嗎？」

黃嘉歸說：「沒有了。」

莊新端起酒杯，大家見狀，也都提起了酒杯，莊新說：「我答應你！」

莊新的話，把在座的人嚇了一跳。吳永久睜大了眼，微微張開的嘴半天合不攏。其他的人也驚訝地瞅著莊新。就連黃嘉歸也感到突然，他的期望值是兔交十年承包費，五年也可以接受，五年時間，足夠他毫無風險地去招商。想不到莊新一口答應了他幾乎不抱希望的昏話。

酒桌上一時無話。

少許，吳永久說：「莊書記的意見很好，是不是再聽聽上面的意思？」

莊新立即截斷了吳永久的話，不過語氣還平靜，他說：「我理解永久同志的擔心，他是爲我好。但空山現在真的是一座空山，我們是從零開始的。既然上級把這個擔子給了我們，我們就得擔好。何況梁主任已經講了，我們難道還要領導來落實嗎？」他把手在桌子上敲了一下，口氣堅決地說，「這事就這麼定了。」

說著，莊新與黃嘉歸碰了杯，說：「但我也有一個條件，你得答應我，就是你引來的必須是外資。」

黃嘉歸一飲而盡，把杯底亮給莊新，說：「行，我答應你！」

莊新也一飲而盡，說：「下午簽合同。」他又對吳永久和吳春樹說，「先以黃總的個人名義簽，註冊了內資公司再換合同。」

黃嘉歸一時不明白，莊新解釋說明，引進外資必須是公司行爲，才能與外商合資或合作，立項也必須以公司名義申報。莊新對吳春樹說：「爲了引進外資的需要，儘快協助黃總註冊一個公司，註冊資金至少五百萬元人民幣，這樣有利於和外商合資。註冊完成後，立即以黃總公司的名義到經濟發展局立案，爲黃總提供一切方便。」

莊新說到這裏，黃嘉歸就有些迷糊了，他全部存款只有《夢尋大海》拉的贊助中提成的五萬稿費，即使用，他也不會全部投進去的。要知道三個月後他就沒有工資來源了，得留後路。註冊一個五百萬元的公司，對他來說是聽天書，比天方夜譚還天方夜譚。招商辦的人似乎看出來了，就說：「黃總給我們兩個身分證影本就行了，其餘的我們辦。最終拿三千塊錢手續費就行了。」

這條件倒能接受。黃嘉歸馬上明白，這就是人們通常所說的空殼公司。總之是爲了招商引資，又不是行騙。他就點點頭，說了聲謝謝。

這頓飯吃得很有成效，五個人喝了二十瓶啤酒，平均一人四瓶。莊新喝的更多些，他激情澎湃，他說他幹這個事，是空手套白狼，要的就是人脈，只要把人氣聚起來，廣爲撒網，一定會有收穫。他說：「靠我一個人，靠辦事處幾十號人，那是瞎扯。辦事處的幹部，老的是空山周邊縣市招來的，年輕的大都是窮山惡水地方的農家子弟，大學畢業沒有更好的去處，就到這裏來艱苦創業。」他指著在座的人說，「你們見過幾個外國人？恐怕只在大街上和電視上看過，交往一個都沒有，怎麼招商？怎麼引外資？只有靠政府的牌子和朋友的人脈。」

莊新還與在座的每個人輪流碰杯，並對招商辦的人說：「空山的開發靠的是空嘴說，光腳走，就這個條件！管委會有考核標準，誰完不成誰就辭職。誰完成了，年底獎金兌現，三年考核優秀，優先選拔任用。」

招商辦主任吳春樹和旅遊辦的人，就不停地碰杯，不停地點頭稱是，以示自己完全領會了書記的意圖。倒是吳永久酒沒少喝，但話卻不多，只是偶爾迎合一下莊新的激情。

飯後，他們回到會議室，莊新親自修改合同，只有一條，酒桌上沒有說，修改合同時莊新強調，如若兩年內不開發，辦事處有權收回。黃嘉歸說，土地開發還三年哩，要求延長至三年。莊新不依，他說你我都是空手道，本來只給你一年，考慮到引資需要多次談判，所以就延長至兩年。沒別的意思，萬一不成，有了新主顧也不受影響。莊新說了，黃嘉歸也就不再堅持。他明白，兩年內招不到商，他就得趕緊找工作去，他的心理承受壓力和積蓄都是不允許的。

要簽字了，黃嘉歸突然覺得，這個合同不能輕易示人，你拿一份三十年不交一分錢的合同與人談判，有說服力嗎？於是問：「荒山能不能估價？」

莊新立即聽出了黃嘉歸的意思，立即說：「完全可以。我們送你三十年，不等於它沒有價值。值不值錢，值多少錢，還不是政府說了算？這樣吧，你準備招商評估報告，我給土地局說一聲，破例估價。」

莊新這麼一說，黃嘉歸心裏有了底。大家再無其他爭議，莊新就叫辦公室的人去電腦列印四份，黃嘉歸和吳永久簽了字，辦公室的人蓋了辦事處的章子，大家熱烈鼓掌。

辦妥了，莊新交代吳永久，陪黃總去空山腳下照個相，留個紀念，畢竟是件大事。他對黃嘉歸說：「從這一刻起，你擁有了空山一萬二千畝山林五十年的使用權，舊社會的大地主也不過如此。」

到了空山腳下，在官上村進山口，吳永久給黃嘉歸照了幾張留影後，指了指黃嘉歸手中的合同說：「這兒，從現在起，真是你的了。」

這時，開始下霧了，只不過山腳下還是十分清晰的，一條人踩小道伸進山裏，於轉角處消失，顯出溝壑的無盡延伸。半山有了些薄霧，山溝深處的半山就看不見了，這樣更顯空山的魅力。黃嘉歸看看山，看看手中的合同，真有些恍若隔世，自己真的擁有了一萬二千畝山林五十年的使用權？莊新說得對，舊社會的大地主也不過如此。他家祖代是農人，二十年前聽爺爺講，村子裏的地主也不過三百畝土地、一面山，加起來也不到一千畝。而那些土地，是地主家兩代人辛苦奮鬥才得來的。他付出了什麼呢？三十年不付一分錢。他覺得自己走進了一部精彩的荒誕小說，不可思議，但卻是真實的情節。

黃嘉歸興奮中夾雜著緊張和恐懼，他知道自己參與了一場演出，他已經成了主角，表演開始了，但卻不知道如何收場。

第二天，黃嘉歸就要了時迅的身分證影本，和自己的一起，交給了空山辦事處招商辦的吳春樹。吳春樹問公司用什麼字號，黃嘉歸想想，就隨口說了「迅達」兩個字。他本名叫黃家歸，是父親給他取的，他上高中時，自作主張，改成了黃嘉歸，嘉者最好也。他把這個意思凝聚一個「達」字，達到目的，又從時迅的名字裏取一個「迅」字。取這兩個字的用意，是要用這個特殊事件，紀念他倆的愛情。

當天下午，吳春樹從工商局打來電話說，「迅達」兩個字已有人註冊了，於是他就隨口說了「達迅」，總之是不能離開這兩個字的。結果吳春樹回音，說倒過來沒人用。

四天後，也就是春節放假前的最後一天，黃嘉歸在吳春樹的陪同下，去工商局簽字，拿到了「靈北達迅旅遊開發有限公司」的營業執照，法人代表欄寫著「黃嘉歸」，註冊資金寫著「五百萬元人民幣」。黃嘉歸付了三千元的手續費，加上刻章和其他費用，一共花了三千五百元。

接著，黃嘉歸與辦事處換了山林承包合同，承包方（乙方）由原來的黃嘉歸換成靈北達迅旅遊開發有限公司。

第三章 助緣

7

黃嘉歸被自己逼上了梁山。在被突然辭退後短短幾天，他弄出一萬二千畝山林的五十年使用權，又花三千五百元，生出一個註冊資金五百萬元的公司。他一步步給自己套上了繩索。他不知道這是命運使然，還是自己選擇的過錯。這個身高一米七五，長得也算粗壯，號稱西部漢子的男人，三十七年來，第一次對自己的所作所爲失去了把握，前面一片渺茫。

春節三天假，時迅剛好回省城看母親了，他哪兒也沒去，只倒騰通訊錄和名片，尋找有用的線索。找來找去，他只發現了一個有用的目標：地產商人鄭仁松。他和他是同鄉，這回在拍賣管委會辦公大樓中，算是出盡風頭。兩年前別人請他吃飯，在酒桌上認識了鄭仁松，因爲是老鄉，從此就熟了。

他寫過一篇關於他的文章，還一起吃過幾次飯，儘管交情不算深，但黃嘉歸覺得這個人有戲。鄭有錢，但沒文化，他們的老家，是一個十分崇尚文化的地方。有人說，八百里秦川任何人家的豬圈裏，都能刨出文物。更重要的是，十三朝古都出過無數皇帝和文人墨客。那裏的人家，是不以金錢的多少論光榮的，而是以讀書人的學問論排場。鄭仁松就是關中人，家裏世代農人，沒出過一個像樣的讀書人。到了鄭仁松的父親這輩，就發誓要供出一個讀書人，可惜鄭仁松只讀到初中一年級就死活不上學了，不僅貪玩，而且讀不進去。父親無奈，託人情，好不容易在縣城給他找了一份做鑄工的工作，可他三年學徒未滿，居然自動離崗。好面子的父親，一頓暴打把這個逆子趕出了門。

這時的中國，剛時興做買賣，鄭仁松就去擺地攤，不料第一天賣名碑的拓片就賺了一個月的工資。他常說，是文化讓他發的第一筆財。從此，他到處跑，什麼來錢就倒騰什麼。五年後，鄭仁松倒買賣發了大財，跑回家，悄悄趴在父親的耳邊說，他有一百萬元。父親差點當場嚇死，那個年代，萬元戶的口號才叫響，他居然有了一百萬，父親不能相信，他認爲兒子除非去搶銀行。

然而，鄭仁松的神色使老父親明白，兒子的一百萬，來路也許還正。因爲兒子雖然不好好讀書，但人品他自信是沒有問題的。小時候沒吃的，在隔壁鄰家的地裏拔個蘿蔔，他都會認爲是偷。何況鄭家家風，幾代人在村子裏都是受人尊敬的，鄭家的人不會幹偷雞摸狗的勾當。

當父親從心理上確定兒子的錢來路正當時，就勸鄭仁松在家鄉蓋三層小樓，再在城裏開個門面做固定的買賣。不料鄭仁松不聽父親的話，受了一位朋友的鼓動，跑到了兩千多里外的靈北開發區做起了房地產，借著鄧小平南巡講話的風，兩個社區加一棟高樓就賺了三千萬。

兩年前，黃嘉歸認識他時，正值報告文學學會約稿，聽了鄭仁松的故事，他頗感神奇，鄭仁松又一口一個「老師」稱呼著，黃嘉歸就寫了一篇記述鄭仁松人生經歷的報告文學，叫《一個農民的兒子在海邊行走》，先在他辦的報紙上發了，又寄給中國青年報，幾乎發了一個整版，同時收入報告文學學會編輯的叢書《神州時光》。鄭仁松一時興奮，花兩萬元買了兩千冊，見人就送，影響頗大。

鄭仁松看到中國青年報的當日，就把黃嘉歸請到了靈北市區唯一一家四星級酒店，花五千元請他吃了頓飯。鄭仁松還特意把老父親請到場。那時，鄭仁松已在靈北市區買了房子，且把他的父母從老家接了來。平時生意場上，鄭仁松是從不請父親出場的，但那天他叫了二老，就是要向父親說明，兒子雖不識多少字，但做的事上了報，上了書。父親儘管不識字，可他知道祖訓，那就是「敬字如神」，報紙和書是學問的象徵。父親默認了兒子的用意，只是飯桌上也一口一個老師地稱呼黃嘉歸，這倒使黃嘉歸不好意思起來。他說：「老人家，可不能這麼叫，我是您的晚輩。」

「有智不在年高，學問不在輩分。」鄭老父親說得振振有詞，還當場囑咐鄭仁松，以後多和黃老師來往，別淨和酒肉朋友打交道。

鄭仁松是個大孝子，連連點頭稱是。

一年前，黃嘉歸聽人說，鄭仁松和一家香港公司談合資，想來又有大進項。雖然好久沒有碰面了，但此刻在黃嘉歸看來，鄭仁松是一個最大可能引資的人選。至少是一條很有價值的線索。於是他準備給他打個電話，先聯繫上再說。

他順手拿起電話撥打鄭仁松的手機，剛撥了前三個號，呼機突然響了，他怕是時迅的呼叫，就停止了撥號，從腰裏拔出呼機一看，回電號碼竟然和他要撥的是一個號。鄭仁松的，他幾乎叫出了聲。

他放下呼機，立刻又撥了剛才要撥的號，只響了一聲，那邊就接了，鄭仁松叫道：「黃老師，過年好！」

黃嘉歸也說一聲：「過年好。」

鄭仁松說：「上班第一天，我想你一定在辦公室，電話打過去，一個姓周的女的接的，聲音挺甜的，說你有事出去了，她就告訴了我你的呼機號。」

黃嘉歸一聽，就知道是時迅。昨晚她從省城趕回來，身子有些不舒服，九點他就送她回宿舍了。

難爲這個女人，今天竟按時上班，她完全是爲了讓找他的人能及時聯繫到他。想到這個女人的細心，他就有些感動。

黃嘉歸有意無意地掩飾自己離開報社的事實，說：「我在家裏寫稿子。」

鄭仁松說：「黃老師，有時間麼？過年哩，我們一起吃個飯。」

黃嘉歸突然用很少有過甚至討好的口吻說：「我們不但是同鄉，還是朋友，有啥事就說，不客氣。」

鄭仁松嘿嘿一笑，說：「小事，吃飯時說。我馬上去接你。」他問了地址，就扣了電話。

一會兒，樓下就有了喇叭聲。

黃嘉歸下樓，見停著一輛藍色的寶馬，鄭仁松已下車，身邊還站著個女的。黃嘉歸揚手打招呼，鄭仁松快步上前迎握住黃嘉歸的手，接著就介紹身邊的女人，說：「我的辦公室主任，馬可小姐。」

馬可點下頭，伸出手，滿臉笑容說：「黃老師好！」

黃嘉歸有面熟的感覺，突然想起在管委會大樓拍賣現場見過，只是沒有說話。這個也就二十三四的女人，有一雙跳動的眼神，如夏日山澗的潭水，映出青山的生機，燃燒著綠色的火焰。看到這雙撩人的眼睛和幾乎無可挑剔的美麗的臉，黃嘉歸立刻想到了坊間流傳的老闆與女秘書之類的戲言，說老闆的身價與女秘書的漂亮成正比。他想，這位老鄉終於時尚了。於是，他握了馬可的手，卻問鄭仁松：「換寶馬了？」

馬可對黃嘉歸的冷淡並不在意，她後退一步，給黃嘉歸拉開了車門。

鄭仁松說：「剛買的。」

黃嘉歸鑽進車裏，鄭仁松跟著進去，馬可關了車門，坐到副駕駛的位置上。

黃嘉歸說：「國家緊縮銀根，房地產低潮，對你影響大嗎？」

司機開著車飛快地奔跑。鄭仁松說：「海邊的人怕低潮嗎？哪股水裏都有魚，就看你會不會撈。」

黃嘉歸問：「聽說你和外商合資了？」

鄭仁松說：「掛了個名，還是自己一個人的。借優惠政策的光。別人借得我們也就借得！」

黃嘉歸說：「新開的社區賣完了嗎？」

鄭仁松說：「賣給了銀行。」

黃嘉歸一時還不明白鄭仁松的門道，問：「賣給銀行？」

鄭仁松說：「牟其中說過，在中國沒有辦不到的事，只有想不到的事。我到北京南德集團見過那個奇人，和他還吃了一頓飯，那小子就是不一般，對於做買賣我可長了大見識。」

黃嘉歸說：「《南德視界》每期寄我，看過他許多高論，牟其中本人我倒沒見過。」

鄭仁松側過頭，看著黃嘉歸說：「那小子在玩錢，用不著做買賣。可惜我還搞不懂他的道道，離他的手段還差十萬八千里。不過學了點，他把銀行的錢當商品賣出去，我只能把房子當商品賣給銀行抵貸款。」

「多少錢一平方？」

鄭仁松說：「八百。」

黃嘉歸說：「怎麼比市場價還高？」

鄭仁松笑道：「朱鎔基是副總理，又不是靈北的銀行行長，他又不到現場來審查。估價所作價，銀行認賬，一切合乎程序，我只是一個賣房子的生意人。」

鄭仁松見黃嘉歸還不明白，就抬起右手做了個點票子的動作，說，「當然也得靠這個，不能讓銀行的行長是窮人呀。行長還對我說，鄧小平讓一部分人先富起來，並沒有說不包括我這個銀行行長！」

黃嘉歸聽了說：「高手！」

鄭仁松說：「人家吃肉我只喝點湯。」

說起拍賣管委會大樓，黃嘉歸說：「你的膽量不小，敢和BC對壘！」

鄭仁松說：「在自己家門口不能讓外國人中彩。再說，多好的一筆生意。」

車上了管委會大樓前的淮河路，司機問：「鄭總，去公司嗎？」

鄭仁松說：「去看那塊地。」他側頭對黃嘉歸說，「管委會與我兌換的。」

黃嘉歸不解。

鄭仁松說：「我把拍到手的管委會大樓給外商，管委會把神州集團海邊的三百五十畝地兌換給我。」

黃嘉歸笑說：「是不是提前就商量好了的？」

鄭仁松說：「只是梁主任的秘書史九剛透了訊息，說拍賣的地一定得給BC公司，我就搶到了手，想不到歪打正著。」

車到地方停下來，黃嘉歸見是離海不遠的一塊地，雖凹凸不平，遠處還有積水，但離剛調整爲管委會大樓的新址（**原預留的文化體育大廈用地**）和已動工的商業中心很近。無疑是一塊好地。

鄭仁松指著說：「這裏近靠規劃中的海濱大道，路南是海濱公園，是未來的黃金地段。」

他們向前走走，站在高處瞧。

前面三百米之後，是一望無際的大海，背後與已成規模的開發區主要商業、行政、文化中心區相距不到一千米，這塊地，絕對是未來的黃金地段。

黃嘉歸問：「多少錢一畝？」

「十一萬。」

黃嘉歸大吃一驚。這地方稍作平整，做成熟地賣，價格不會低於二十萬一畝的。鄭仁松似乎也看出了黃嘉歸的不解，就說：「政府說沒資金配套，就先當生地賣給了我。」

「沒人競爭嗎？」黃嘉歸問。

「當然有，」鄭仁松說，「四五家看好了，都說要成片開發，要拿出多少億資金，還是沾了這次拍賣政府大樓的光，最後是梁大棟主任拍板給我的。」

黃嘉歸說：「我聽到的反映是，梁大棟不輕易給人辦事。」

「那只能說關係不到位。」鄭仁松略顯得意，圓圓的臉上洋溢著笑。他中等個頭，長得結實，他過去開玩笑說，小時吃不飽，餓得沒長成大個子，但勞動卻使他體格健壯。

黃嘉歸說：「我這個報社的總編，要見梁大棟多半只能在會議上。」

鄭仁松說：「還得感謝你哩。」

「感謝我？」

鄭仁松說：「他看過你那篇《一個農民的兒子在海邊行走》，就推薦我當政協委員。他當我面給組織部長打電話說，這是個人物，有代表性。」

黃嘉歸有些難以置信，問：「你是區政協委員？」

鄭仁松說：「進去一年多了，他們正在給我活動市政協委員。」

這次黃嘉歸直接問：「花多少銀子？」

鄭仁松說：「十萬。」

黃嘉歸說：「値嗎？」

「怎麼不值？」鄭仁松說，「可不要小看這玩意，印在名片上，增加分量，開會時還能說對自己有用的話。做大買賣就要捨得花大錢。不是古人說千金散盡還復來嘛。」

黃嘉歸一時無語。

鄭仁松未覺察黃嘉歸的神情變化，就又說：「找你有件重要的事。」

黃嘉歸看鄭仁松。

鄭仁松說：「上次聽你講，認識終南山修行的一個高人，是個啥藏密上師？我想請他來看看這塊地。」

看風水在靈北的房地產界很興盛。幾乎每塊地開發，老闆都會請人看，每個樓盤都必看，就連管委會的大樓，傳說也請高人看了。

「我倒想過，最近請大師來靈北。」黃嘉歸說，「不過你何必捨近求遠，靈北就有人會看。」

鄭仁松說：「請了兩個人看，尿不到一個壺裏，一個還是香港的，花了十萬。我不知道該聽誰的，就想起你，文化人不會坑人。再說終南山是出高人的地方，所以就想請你幫忙。」

鄭仁松的話，倒提醒了黃嘉歸，這幾天整理通訊錄和名片，居然沒有把班瑪大師作爲重點人物，大師眾多的弟子中，不乏身價億萬的大老闆，這是一條極具價值的資訊管道。

鄭仁松問：「價碼多少？」

黃嘉歸說：「佛門大德，不會要錢的。」

鄭仁松瞪圓了眼，有些不相信，說：「有這種好事？世界上還有不收錢就辦事的人？」

黃嘉歸說：「佛家不看風水。不過修行有道的高僧，能看到肉眼凡胎所不能看到的東西。有句話叫，凡人隨著風水轉，聖人自己說了算。」

「那就更應該請。」鄭仁松可能怕黃嘉歸誤會，馬上解釋說，「我不是怕花錢，這你知道。我是說，如果這塊地不好，就請大師給更改更改。」

「要說看風水，大師不會來的。」

「你不是說大師來嘛，就順便看看，不過要快。」

黃嘉歸說：「看緣分吧。」

鄭仁松把手機遞給黃嘉歸，說：「你這會兒就聯繫一下。」

黃嘉歸接過手機，去車裏拿出手包，幸好通訊錄帶著，他就翻出了班瑪大師的電話，一撥，通了。

黃嘉歸報了姓名，說：「師父到靈北的時間確定了嗎？」

大師說他剛從甘南的拉卜楞寺回來。他說：「十五過了吧，最近車票肯定緊張。」

黃嘉歸說請西安的朋友訂機票，大師說不用，火車票西安的弟子買就是了。黃嘉歸給大師報了自己住宅的電話和呼機，還留了鄭仁松的手機號。

在旁邊站著的鄭仁松，已聽了個大概，興奮地跳了起來，他接過手機，說：「今晚請你好好玩。」說著就告訴司機，「到新落成的皇宮御宴去。」

皇宮御宴在市區的海邊，是一家建成剛半年的五星級大酒店，不光客房豪華，最有名的是伸到海裏的酒樓。到那裏請客吃飯，是靈北最講面子的地方。黃嘉歸只聽說過沒去過。黃嘉歸隨口說：「我們好久沒有聚了。」

鄭仁松說：「我怕打擾你，你們寫字的人把時間看得重，不像我們瞎吃悶睡。」

他們向停車的地方走去。黃嘉歸回頭，才發現馬可一直跟著。到了車前，馬可又如剛才一樣，先拉開車門，等老闆和黃嘉歸進去後，她關了車門，自己才上車。

車剛起步，鄭仁松就開始打電話約人，不一會兒就告訴黃嘉歸說：「叫了三個朋友陪，都不是外人。」

黃嘉歸有些睏，就「嗯」了一聲，瞇了眼睛打盹。

環靈北灣的高速路通車一年多了，寶馬飛一樣地狂奔。

8

從開發區到市裡也就用了四十多分鐘。他們剛下車，鄭仁松約的幾個人也到了。

鄭仁松指著一個胖子說：「這是神州集團的董事長賀有銀。」

胖子長得高大，臉上油光，五官端正，皮膚粗糙，肚皮肥大，褲帶紮在胯骨之上肚皮之下，露出金黃的皮帶扣。他伸出手，黃嘉歸上前握住，手大而滑，有氣無力。黃嘉歸說：「賀董好。」

賀有銀似乎在搜尋記憶，鄭仁松說：「這是開發區報的黃總編，他可是靈北開發區的大文化人。」

賀有銀一拍腦袋，說：「黃大總編，誰個不知。」

鄭仁松剛要介紹第二個人，賀有銀卻不管了，徑直朝後面的馬可去，口中叫道：「不吃飯可以，但不見馬可妹子是不行的。世上哪個男人不好色？」他叫著伸出手。

馬可和他握了手，笑著說：「上次說過了，按年齡，我叫你叔叔，長輩可得有長輩的樣子。」

賀有銀有些自嘲地說：「鄭老闆，你是怎麼培養手下人的忠誠的？滴水不滲，難道連針也插不進嗎？」

鄭仁松不答，只管給黃嘉歸介紹其他兩位客人，一個是東升房地產公司的老闆黃蓬義，個子比鄭仁松高，又過於瘦，就像一根旗桿。另一個不到三十歲的年輕人，是梁大棟的秘書史九剛。他戴著一副眼鏡，看上去挺斯文的，就是眉毛有些黑，顯出一雙眼睛的深不可測。

史九剛握住黃嘉歸的手，說：「黃總，我們早就認識。」

黃嘉歸說：「當然。」他和他們寒暄幾句，就一起向皇宮御宴酒樓走去。

包括司機一共八個人，黃嘉歸有意走到最後，想看看這個靈北最豪華的酒店的尊容。

客房的主樓在陸地上，是一棟外觀舖了藍色玻璃幕牆的高樓。酒樓則延伸到了海裏，是個球狀的造型，看不出有幾層。夕陽餘暉裏，這個龐大的建築，像一隻臥在大海中的烏龜，在海面折射的光影裏晃動。停車場設在客房大樓的底部，然後通過停車場的電梯，可以直達皇宮御宴酒樓大廳前的走廊。另一條道則是通過客房大樓的大廳，步行一百多米，經過一座漢白玉橋，通往海上酒樓大廳。大多來此吃飯的人，都會在客房大樓的廣場下車，司機進地下停車場停車，客人們則步行去海上的酒樓大廳，這樣視野開闊，也可觀賞景致。據說這是香港一位大老闆投資的，傳聞多麼豪華，是有錢人聚會的場所，外面起名叫殺人宴，是指吃一頓飯的價錢，高得如同殺人。但來此吃飯的人絡繹不絕，說不吃殺人宴，白來靈北轉。

進了大廳，讓黃嘉歸驚嘆不已，上下共四層，大廳的頂部是透明的，而大廳的四壁也是透明的，如同沉入海底的另一個世界。頂部和四壁的外圍則展示了海中的奇觀，不但有各種魚蝦在游動，還有許多種水草在漂浮，雕石和海底峽谷也依稀可見。大廳的四周分明是置於海中，似乎能聽到屋外海浪的拍打聲。大廳裏佈置了鮮花和樹木，多是南方的熱帶花木，配著輕柔的音樂，環境清爽安靜。進入其中，無半點海底世界的壓抑和隔離感，反而覺著進入了遠離人間的桃花源。

更讓黃嘉歸大開眼界的是，酒家並沒有在大廳裏設置一般酒家的海鮮活物展示櫃供客人們點菜。客人們所要的活物，竟在可視的透明牆壁裏游動，如不留意，分辨不出外面是海還是巨型螢幕畫面。有人點了一條魚，點菜小姐只要輕輕按一下手中的遙控板，便有一個發光的紅點指向水中的魚，接著那魚如同受了指示一般，游向了與廚房連接著的一條透明通道，在接口處，廚師就會用鐵絲網兜撈了，這一切在半分鐘之內即可完成；蝦則是成群被趕入了另一條通道，隨時可撈。總之，人工作業的現場幾乎成了自動化。

進入房間坐定，黃嘉歸感慨說：「人真會吃啊！」

鄭仁松說：「不然怎叫萬物之靈？」

賀有銀說：「牠們生在世間，就是叫人吃的。不然牠們來幹什麼？」

司機被安排到了外面的大廳裏，包房裏也就坐了五個人。

鄭仁松起身點菜，問：「吃啥風味的？」

史九剛說：「到這裏當然吃海鮮。」

賀有銀說：「別忘了那道燒乳豬。」

鄭仁松應著去大廳點菜。

小姐給每人上了一碗保健湯，說：「仿古藥膳，開胃補氣。」

黃嘉歸端起來輕輕喝了一小口，說不出是什麼滋味。賀有銀卻幾口喝了，叫小姐又加了一碗。

鄭仁松點菜回來，坐下問賀有銀：「土地證怎還沒辦利索？」

賀有銀說：「你急什麼，就這個月的事。」他兩根指頭在一起搓了搓，說，「再得潤滑潤滑。」

鄭仁松說：「我安排好了，馬主任明天就去辦。」

賀有銀說：「九剛兄再打個電話。」

史九剛摘下眼鏡，哈了口氣，擦了擦，又戴上，說：「兄弟們的事，沒問題。」

鄭仁松說：「只有把肉完全舀到自己碗裏才算是自己的，不像你們，大鍋裏永遠有肉。」

賀有銀說：「我想倒過來，可是你不會幹。」

史九剛搖搖頭，說：「鄭老闆，跑腿的人辛苦啊！並不是什麼事打個電話就能搞定，如今哪個不搞交易？我們又不是做公益事業。」

鄭仁松拱著手說：「史大秘書辛苦，鄭某人不會忘記的。」

說話間，菜就上來了。涼菜過後，熱菜也就一道道上了，有澳洲鮑魚，香港魚翅，南方魷魚，大連利蝦，青島海參。酒是三千多塊錢一瓶的人頭馬。

賀有銀吃著，頭上冒了汗。他用面紙一邊擦汗一邊說：「鄭總真他×的牛！國內國外，海上海下，想吃什麼有什麼，資本家我不清楚，可比舊社會的地主牛多了。我看共產主義也不過如此。」

鄭仁松說：「這能值幾個錢？」

史九剛舉起杯子與鄭仁松碰杯，說：「賀大哥，還有夜宵大餐哩。」

鄭仁松喝了，放下杯子說：「放心好了，今晚盡興，想幹什麼就幹什麼！」

史九剛叫：「鄭哥豪氣。」

賀有銀說：「這樣的日子才叫日子。」

他們吃著喝著，不停地評說著各種吃過的南北大菜和喝過的國酒、洋酒的牌子。鄭仁松吃到興頭上說：「咱們北方人吃的不叫吃，你看人家南方人，那才叫吃，除了兩條腿走路的人不吃，什麼都吃。你們聽過吃猴腦嗎？」

賀有銀說：「他×的，我去了幾次南方，運氣不好，沒趕上。聽說把猴子抓來，綁在桌子旁，當場敲開腦子用勺子舀了吃。」

鄭仁松立即眉飛色舞比劃著，說：「那才叫刺激……」

一直沒有說話的馬可，突然打斷鄭仁松的話，說：「敬愛的老總們，聽說黃老師是信佛的，你們剛才說的可都是殺生呀。聽黃老師說說，他是今晚的貴賓。」

鄭仁松馬上說：「是是是，是請黃老師的。」他指著大家說，「我們都是陪黃老師的。」

史九剛卻說：「馬主任這話……」

馬可打斷史九剛，說：「叫小馬就是了。」

史九剛立即說：「好，叫馬小姐。你剛才說的話差也！中國的孔聖人都說，食色性也。西方的一位哲人說的更徹底，他說，人只要有胃囊和生殖器存在，就根除不了罪惡。可見，食色性是人生活的常態。」

馬可說：「史秘書說得對，但哲人用了罪惡一詞，至少說明過了頭就不是人所追求的共同價值。我說不明白，還是請黃老師說。」

賀有銀冒出一句：「史小弟，你文謅謅個屁，不就是吃喝嫖賭嗎？」

黃嘉歸是第一次進這樣的酒店，更不用說吃這樣的菜，他既品不出菜與菜的差別，又說不出這洋酒的味道來。本無興趣談論，馬可兩次叫他說，他明白，她是要轉移話題，堵住一堆男人的臭嘴。於是他故作突兀地說：「這世上如果有一種動物專吃人，會是什麼樣子呢？」

賀有銀叫好說：「那才叫過癮。」

這時，服務小姐拿來一個玻璃罐，比普通的湯盆大，無色透明。當服務小姐把蓋子揭開後，後面跟著的小夥子，立即將手提袋裏的活蝦倒入玻璃罐，接著擰開酒瓶，將一斤白酒倒入罐內，服務小姐立即蓋了蓋子。這時，只見罐中的蝦，在白酒中一個個扭動著身子，企圖衝出重圍逃生。然而，跳起來的瞬間，便又落入了扭成一團的同類中。慢慢地，這些蝦在徒勞的掙扎之後，痛苦地扭動著身體停止了跳動，不一會只能微微顫抖了。這時，服務小姐揭開蓋子，鄭仁松立即夾出一條，擰了頭，蘸了碟子裏的日本進口辣汁，準備向口中送。黃嘉歸分明看見擰了頭的地方，冒著一絲血跡，而已被剝了殼的蝦，依然有生命的跡象，做著告別生命的最後抖動。

這一看，黃嘉歸是如何也不敢吃了。他連夾的勇氣都沒有，有了想嘔吐的感覺。他突然想到，如有天外來客，把眾多的人放入一個罐子，用酒浸後擰了頭吃，那將是怎樣的一幕。他不忍心再想下去，就喝了一口水，壓了壓翻上來的胃液。

鄭仁松說：「黃老師吃吧，很有營養。」

黃嘉歸推說：「吃不慣，拉肚子。」

賀有銀夾起一隻蝦，擺了擺，說：「黃總剛才不是說吃人嗎？如果有動物把人當醉蝦吃，那一定比人吃醉蝦精彩。」

鄭仁松說：「誰胖吃誰。」

賀有銀說：「看來生死面前真沒有哥們，怪不得人們說吃猴子時，只要選準了一隻猴子，其他的猴子就把選中的猴子向外推。」

他們說著，又一道菜端上來了。黃嘉歸的眼睛被拉直了：躺在一個鍍了金邊的盤子裏的兩隻乳豬，比通常的老鼠大不了多少，身上光光的，無一根毛，皮肉如出生的嬰兒似的嫩細，上面澆了生抽的顏色，發著淡淡的朱紅的光。乳豬的眼睛是閉著的，只有一條細細的縫。然而，黃嘉歸卻分明感到了那縫裏跳動的眼仁，是對了他來的，那眼仁充滿了哀怨，與人眼無二。

賀有銀先動了筷子，說：「香，真他×的人間天堂，吃完出去被車撞死也無憾。」

鄭仁松見黃嘉歸愣著，就介紹說：「黃老師不知，這乳豬有講頭。」他吃了一口，繼續說，「母豬懷孕後，每天給牠吃少量的飼料，喝大量的牛奶，再吃一定的營養素，到乳豬成型但又不到長毛時，把母豬殺了，取出豬仔，稍作清洗，裝進密封袋，立即速凍，保持牠的新鮮和營養。飯店拿來解凍紅燒，就成了這道名菜。」

史九剛說：「殺豬取仔，創造這道菜的人，真是一個偉大的天才。」他一邊嚼著一邊說，他顯然不是第一次吃這道菜了。

「五百八十元一隻。」鄭仁松說，「就是按進價一隻二百塊錢算，一窩十隻就是兩千塊錢，而養這樣一窩豬仔，從受孕到餐桌，只需幾個月時間，比養肥豬來錢快得多。做這買賣的人，當然是養豬人中的龍。」

賀有銀說：「他是人中龍？在你鄭老闆面前，也就是個養豬的。他就是連豬仔他媽都賣給飯店，一窩豬也只值你幾平米的房子，他×的，他養十輩子豬，也抵不住你活一輩子。你說他冤不冤？」

史九剛說：「賀老兄，你不是沒有資源，天天叫窮，你得加快致富步伐，讓我這窮人也沾點光。」

鄭仁松說：「賀老兄吃喝嫖賭都報銷，又不操啥心，還沒有風險，比我這個體戶自在舒坦。不像我們，辦事不送銀子辦不了事，送了還擔心哪一天抓貪官把自己也搭進去。」

賀有銀說：「不擔點風險還能成富人？他×的，你們百分之二的富人，控制了中國百分之七十幾的財富。你們過一天，等於最窮苦的老百姓過一輩子。不擔風險天理難容！」

鄭仁松：「你爲什麼要恨富人？你也是富人。」

賀有銀說：「我屁都不算！頂多算個屁，哪天領導不高興了，一張紙免了，我這個董事長兼總經理立刻成了窮人。」

史九剛說：「所以你得加快改制動作。」

鄭仁松說：「他得借你的褲子。」

史九剛說：「我還沒有穿的哩。」

鄭仁松說：「向梁主任借呀！」

賀有銀說：「好好，我們就共用吧！」

三個人說著大笑起來，同時站起來碰杯，一飲而盡。

此刻，黃嘉歸倒成了外人。他看馬可一眼，見她並不吃那些奇怪的東西，只是偶爾動動筷子。

賀有銀放下酒杯，見馬可不動，突然大聲說，他願兩杯換馬可一杯，嚷著：「醉死花叢中，做鬼也風流。」馬可並不回應，面帶微笑，不動聲色。

賀有銀說不動馬可，轉向鄭仁松：「我和史秘書得給鄭老闆出道題，」說著，問史九剛，「史秘書你看行不？」

史九剛笑著說：「全權委託賀總。」

賀有銀說：「三百五十畝的土地證最後一關沒過。馬小姐不是負責跑嗎？」賀有銀指著酒杯說，「馬妹子不喝也行。在座的男人，有政府官員，有大老闆，也有文化人，請馬妹子隨便選一個男人親一口，我倒要看看，如今是啥樣的男人招美女喜歡。」

賀有銀話剛落音，史九剛起鬨：「好，好，這題目出得好……」

賀有銀說：「只要馬妹子做了這道題，不用梁主任打招呼，也不用花一分錢，更不用妹子跑，三天之內我負責辦妥。」

鄭仁松立即叫道：「這可是你說的?!」

賀有銀說：「我姓賀的啥事忽悠過你鄭老闆？」

幾個男人情緒高漲，馬可卻一言不發。

黃嘉歸覺得氣氛尷尬，就笑著說：「男人基本不是什麼好東西，總想把心裏想的借機會說出來，以達到意淫的目的。」

賀有銀卻並不準備收場，他說：「黃總到底是文化人。不過這得馬妹子說了算。」

黃嘉歸剛要開口，馬可突然說：「我同意。不過，」她看了一眼鄭仁松，說，「老闆，我得把話說明白，這事我已跑了三個月了，還剩最後一關，本來明天再送十萬的，那麼就不送了。」

鄭仁松叫一聲：「賀總！」

賀有銀連說：「不用送，不用送了。」

馬可站起來，說：「我今天的行爲是爲了工作，與本人的品性沒有任何關係。」她說，「在座的有長輩，有大哥，我就只好問一聲，誰不同意當道具的聲明，免得打擾。」
賀有銀大叫：「我同意！」
鄭仁松張著嘴，不知道說什麼好。史九剛一副無所謂的樣子。黃嘉歸靜觀眼前的場面。
馬可說：「無人反對。」她突然面向黃嘉歸，說，「黃老師，對不起，借你的額頭一用。」
黃嘉歸一愣，馬可向前半步，雙手捧著黃嘉歸的頭，在他的額頭上輕輕一吻。
史九剛立即拍手叫好，賀有銀卻大聲說：「讓黃總撿了個便宜。」末了又說，「這個吻可值十萬塊哩。」
黃嘉歸頗感尷尬。
鄭仁松說：「賀總，你可不能反悔。」
賀有銀說：「反悔了嗎？」
「好！」鄭仁松拍掌。
馬可退回座位，黃嘉歸的目光偶爾與她相遇，她點頭回應，黃嘉歸竟一時對這個女人有了一種感動，不是因爲她吻了他，而是她對職業的忠誠。
馬可起身說自己有事先離去，說著起身走了。
賀有銀見馬可離去，說：「鄭老闆不但怕老婆，還怕女秘書。」
鄭仁松說：「你是一個土包子，吃飯不挑揀，玩女人也不知深淺。怕老婆是做樣子，身邊的女人不都是×的。一位外國企業家給自己的下屬說，一不要碰公司的錢，二不要碰公司的女人。碰了肯定惹麻煩。做老闆可以碰錢，但最好不要碰身邊的女人。」
賀有銀不以爲然，說：「沒有搞到手總能找到說法，男人都這樣。魚兒不上鉤，是因爲誘餌不夠。小心她把你一半的家產劃拉去。」

史九剛急了，說：「別來乾的了，要濕的。」

於是，大家笑著結束了飯局，通過地下通道，直接進入皇宮御宴的貴賓樓，到了設在四樓的「世外桃源夜總會」，他們五人中，除了黃嘉歸還清醒外，其餘四人皆在半醉中。

前臺小姐好像認識鄭仁松，他們剛跨進門，值班小姐就叫：「鄭老闆好！」接著就問幾個人，進哪個房間。

「五個。」鄭仁松舉起左手，叉開五個指頭，說，「老地方。」

說著，他們在一個小姐的引導下，徑直走進一個叫「香格里拉」的房間。

剛坐定，鄭仁松就叫：「老規矩！」不一會兒，就有服務小姐送上各種乾果、水果和洋酒。接著就有五個穿著十分暴露的小姐走進房間。

鄭仁松說：「陪好了我的兄弟，加小費。」小姐們叫著笑著便擠進沙發裏，坐在他們五個人身邊。在有些昏暗的燈光裏，黃嘉歸只看清了她們露著的腿十分修長，從審美的角度講，不能說不漂亮，只是在燈光裏有些慘白，過於讓人浮想聯翩。

鄭仁松又叫了一聲，領班的小姐進來，鄭仁松說：「把亞尼叫來。」

領班小姐應一聲出去了。黃嘉歸猜想，亞尼肯定是一個鄭仁松熟悉的小姐。

不大一會兒，門開了，進來的果然是一個身材高挑的小姐，只是燈光太暗，黃嘉歸並未看出特別來。鄭仁松叫道：「把大燈打開。」

有小姐按了開關，屋子裏一剎那光線耀眼，十分明亮。黃嘉歸這時看清對面的牆壁上，掛著一幅仿製的西方名畫，一個裸體女人用瓦罐從頭上向下澆水。再看剛進來的女人，確是性感十足，上身穿件牛仔衣，裏面是緊身的內衣，下身則穿了超短裙，從上到下，曲線分明，充滿了生命的律動。她的眼睛大而亮，裏面卻有一種說不清的豔氣，觸到男人，就如同暗器，極具殺傷力。她舉起手，做出一個造型，鄭仁松就帶頭鼓掌。賀有銀叫：「來新鮮的。」

這時，小姐打開了音響，亞尼走到屋子中央。包間很大，可以坐下十多個客人。他們只有五個人，所以中央留出不小的空間。亞尼跟著音樂的起伏開始起舞，她的舞姿還是有水準的，走步彈跳都有很強的節奏感。

鄭仁松說：「省音樂學院畢業的。」

黃嘉歸在迷幻的音樂中「噢」了一聲。

隨著音樂的深度發展，音符的跳動激烈起來。猛然間，亞尼甩掉了上身的牛仔服，接著便開始脫去緊身衣，但她並不是一下子脫去，而是激烈地扭動身體，使前胸和臀部充滿了動感，開始肚臍露出一條白線，慢慢成了一片，猛一下，她便將上衣扔到了一邊，只有網狀的胸罩還托著她高挺的雙乳。

黃嘉歸這才明白過來，他看到了久聞未曾見識的脫衣舞。

當黃嘉歸還未回過神來時，那女人已利索地解開了胸罩，雙指一彈，胸罩便不偏不斜地飛向了鄭仁松的臉。鄭仁松笑著躲避，舞女卻說：「送給鄭哥。」

接著她脫掉了超短裙，剩下最後的褲衩，也在三個搖擺的動作中徹底解除了。

一個燦爛明亮充滿生命活力的女人裸體，出現在他們的面前。隨即，她的腳下開始旋轉起來，整個身體如同注入興奮劑，慘白的膚色張揚著激情，轉眼間便在燈光裏成了飛舞的光柱，放射著不可抑制的張力。黃嘉歸只看到一片白色在眼前激烈地晃動，如沸騰的水，散發著灼人的熱量。

大家拍手叫好，許久，那女人才慢慢停下來。當她完全靜止時，也許因過分運動，臉上有了紅潤的血色，而裸著的身體則表達著一個女人不可掩飾的原始野性。

接著，她開始用言語挑逗了。突然，她一個倒立，叉開雙腿，將私處完全暴露在燈光下，她說：「哥哥們，多好，誰敢？」

她的話剛落，賀有銀一下子從沙發上跳起來，一大步跨過去，抓住舞女的胳膊，一把將她拉到了自己的大腿上坐下，他猛一拍舞女的大腿，說：「我代表靈北市七百二十萬人民操你。」

眾人大笑，黃嘉歸不解。鄭仁松說：「賀老闆是靈北市人大代表。」

眾人又是一片笑聲。

「看上的帶走！」鄭仁松交代領班小姐，「開五個房間。」

黃嘉歸忙說：「我在這兒。」

鄭仁松也不客氣，對領班小姐說：「那就少開一間。」

他們出門了，留在黃嘉歸身邊的小姐說：「房間裏條件好。」

黃嘉歸說：「我沒那意思。」

小姐說：「大哥，陽痿呀！」

黃嘉歸說：「不是陽痿，是沒興趣。」

小姐說：「大哥，人生不就是為了快活嗎？小妹我肯定叫你滿意！」

黃嘉歸搖搖頭。

小姐大概沒有明白他的意思，說：「大哥，不做不要緊，小費可不能少。」

「鄭老闆請客，一分錢不會少你的。」黃嘉歸本想和她聊聊天，一句小費，使他的情緒落入低谷，再無話。小姐打開卡拉ＯＫ，唱著歌，極力帶動氣氛，想讓黃嘉歸高興。黃嘉歸偶爾跟唱幾句，混時間。

當晚，他們吃了夜宵到家，已是凌晨兩點多了。

9

正月十七，班瑪大師乘西安直達靈北的火車，隔日上午九時到達。

黃嘉歸和鄭仁松一算時間，覺著到了靈北市區，從火車站接了再坐輪渡或跑高速公路，至少也得折騰兩個多小時，還不如在靈北前兩站靠近空山的嵩州站下車去接，也就一個多小時。於是，黃嘉歸就與大師電話說妥了。

接車的當天，是個大晴天。海邊的天，無霧的時候本來就藍，今天格外藍。無垠的天空，當頭幾朵白雲像彈開的棉絨，輕輕浮動著。而更大更遠的地方，一覽無餘，像平靜的海面，無限深廣。天空像水洗了似的，陽光明淨。

鄭仁松開著一輛新買的七座商務車去接黃嘉歸。按過去的習慣，鄭仁松一般要下車，但今天卻只有馬可從車裏出來，鄭仁松放下車窗玻璃打招呼，臉上一副萬分痛苦的樣子。黃嘉歸問怎麼了，鄭仁松說，上午在酒店吃飯時，上洗手間不小心滑倒了，尾骨摔裂，剛到醫院拍了片子處理完。

馬可說：「大夫說，得臥床休息一百天。」

黃嘉歸一聽，說：「那你回去休息，我代你去接，大師是不會怪罪的。」

鄭仁松說：「那不成，要心誠。」

黃嘉歸再勸幾句，鄭仁松還是要去，黃嘉歸也就不再堅持，說：「也好，說不定見面就好了。」

鄭仁松說：「要是那樣，我就佩服，立即拜他，皈依佛門。」

「就你？」後座上有人說，「佛門不收你這樣的人。」

黃嘉歸這才注意到後面還坐著一個人，聽聲音是賀有銀。

黃嘉歸扭頭打招呼：「賀總也來了。」

賀有銀說：「我可是逢廟上香，見佛磕頭。」

鄭仁松說：「白天拜佛，晚上作惡，想功過抵消？得問大師行不行。」

賀有銀說：「你不也一樣嗎？」

說著，兩人大笑起來。

馬可把黃嘉歸讓進車裏，問：「黃老師，您看這束花行嗎？」

馬可從司機小童手裏接過花束，是紅黃紫三種玫瑰組成的，顏色鮮豔，像是剛剛採下的，花瓣上似乎還閃著晨露的光潔，整個車裏也充溢著花的清香。

黃嘉歸連說：「好，好，借花獻佛，隨喜功德！」

馬可說：「鄭總專門讓我去園藝公司採的。」

賀有銀說：「一束花抵不了你的罪業。」

鄭仁松說：「放下屠刀，立地成佛。再說我手中還沒有刀。你比我好不到哪裡去，可連一束花也捨不得，真是死了，也想讓兒子把你的骨頭砸碎換成錢。」

賀有銀說：「你的錢是自己的，可以隨便花。我的錢可是公家的，花一分也得有說法。」

鄭仁松說：「奇怪！癩蛤蟆化妝——想裝美人。不是吃喝嫖賭全報銷嗎？怎地一夜之間變好人了？我看你哪一天把國家的錢裝進自己的腰包才甘心。」

賀有銀說：「借你吉言，真有那麼一天我分給你一半。」

鄭仁松大笑，說：「狼總想的是吃肉！」

他們說笑著，車就上了去嵩州的高速，車開得很快。只是鄭仁松不時呻吟一聲，叫喊著疼。

半個多小時，他們就到了嵩州火車站，賀有銀從市區辦事處叫了一輛車也到了。

隨著一聲火車的汽笛聲，出站的門打開了。嵩州下車的人並不多，也就沒有別處擠。黃嘉歸和賀有銀勸鄭仁松不要下車，鄭仁松堅持爬了出來，他還是那句話：「心誠才是。」勸不住，小童就扶著鄭仁松，五個人一起進了站。

在第三節臥鋪車廂門口，班瑪大師走了下來，黃嘉歸立即迎上去，叫了聲：「師父。」

大師未穿僧裝，身著棕色的夾克和黑色的褲子，裝束平常，並不特別。只是灰白的頭髮和鬍子顯出他是位老者。黃嘉歸覺得用仙風道骨這樣的詞，不足以準確描述大師的神態。大師微微發紅的臉膛，有一種常人身上難見的聖潔光澤，流動著凡間不曾有的清淨之氣。然而，他分明又是一位慈愛的長者，融入匆忙的路人，似乎並沒有什麼分別。

黃嘉歸叫聲「師父！」突然像一個長途跋涉的遊子見到了母親，眼睛裏滾下了熱淚。大師的眼光落到黃嘉歸的身上，黃嘉歸立即感受到一種未曾有過的慈愛。他急忙伸過手去，大師把一隻手遞給了他，一步跨出車門。

馬可迎上去，說聲「師父好！」深深鞠了一躬，雙手將鮮花捧到大師面前。大師微笑著接過鮮花，將手中的小提包遞給了馬可。
黃嘉歸正要回身介紹其他幾個人，鄭仁松突然叫了一聲。黃嘉歸看時，鄭仁松雙手合十，興奮地說：「我只看大師一眼，摔的地方就不疼了。」
說著，他前後擺著雙手，原地跳了起來，手舞足蹈地說：「奇，真是神奇！怎麼看一眼就好了？醫生說得躺一百天。」他急切地問，「師父，你顯神通了？肯定是。我來時說的話你知道！」
班瑪大師笑而不答。
黃嘉歸說：「師父，他是我的同鄉鄭老闆。」
賀有銀見鄭仁松興奮的神態，一時難以置信，愣在那兒。
鄭仁松一步跨過去，雙手握住大師的手，說：「師父你有神通，你一定顯神通了。」
大師把手中的鮮花遞給馬可，看著鄭仁松說：「我和你長著同樣的胳膊腿，有什麼特別的嗎？」
大師這麼說，鄭仁松越覺神秘。
黃嘉歸這才向大師介紹了馬可、賀有銀和司機小童。
他們擁著大師出了站。上車後，鄭仁松說：「還是到皇宮御宴去。」
黃嘉歸說：「那何必到嵩州來接？也讓師父在火車上多休息一會。」
鄭仁松說：「原來準備在開發區西海大酒店吃飯，我剛改的主意，供養佛爺當然越高檔越好。」
黃嘉歸說聲隨喜，車就開了。
車內充溢著溫暖的氣息，黃嘉歸感到了一種少有的寧靜。他和大師雖然只是第二次見面，但他覺得已經是久違的親人了。他有許多話要說，卻又不知從何說起。
還是大師先說了：「世間萬法皆是緣起法，緣起緣滅，因果不虛，一切源於自己的心念。心念正，遇事隨緣；心念不正，自己做不了自己的主。」

黃嘉歸忙說：「請師父開示解惑。」

大師說：「解惑在於調心。當你的心不再受情仇恩怨的左右，更不受我執的左右，煩惱就已遠離了你。當你隨著情緒走時，你傷著別人的同時也就傷害了自己，世間沒有一個贏家是真正的贏家，任何一件事都打斷骨頭連著筋。」

黃嘉歸說：「感恩師父的教誨。」

大師說：「當下明瞭即是覺悟，覺悟即是見佛。既然做了，也就隨緣吧，不要擱在心裏搬不動，占著地方。過去心不可得，現在心不可得，未來心不可得。有因必有果，隨緣不攀緣。」

黃嘉歸問：「師父，我要做的事可行？」

大師說：「任何一件事，沒有行也沒有不行。所有的善緣都是福報，只要珍惜便罷。把握了當下，至少事情的一半在自己手裏，剩下的一半還是隨緣吧。」

黃嘉歸說：「謝謝師父的點化。」

大師不再說話，黃嘉歸分明感到了一種從未有過的靜謐，也就靜氣收心。

鄭仁松聽著大師與黃嘉歸的對話，如墜五里雲霧，上不著天，下不著地。他捅捅黃嘉歸的腿，要說什麼，黃嘉歸搖搖手。鄭仁松就不再出聲，靠在後座上閉眼養神。

黃嘉歸無半點疲倦的感覺，默念大師傳授的密咒。不一會便覺心境靜了，身子有了飄浮的感覺，像有一股氣流托起了他，向天際的深處飄去，身子充滿了輕鬆的快樂。

黃嘉歸知道這是大師的加持。

大師是得道的高僧。黃嘉歸是從大學同學畢華生那裏知道了大師的經歷。大師十歲那年，在山裏放牛，遇一遊僧，傳與他兩個密咒，對他說：「常念，以後會用得著的，廣結善緣。」

大師當年並不明白老和尚的話，但把密咒記住了。天天念誦，從不間斷。因老和尚當時有交代，不能告訴別人，他就長久保守著秘密。十五歲那年，打日本鬼子的軍隊從他們莊上過，他參了軍。第三天行軍途中，遇著了日本人。仗打得十分慘烈，死人的場面他是第一次見到。血把地下染紅了，腳踩下去，土和血成了泥漿。

那時，他的俗名叫高盛源，個子不算高，手中也無槍。他從死人堆裏抽出一支槍，可不會打呀。連長就安排他協助包紮傷患。

眼見許多人因流血過多死去，他十分傷心。突然他記起了什麼，好像老和尚在他的眼前閃了一下，他就拔了地上的草，瘋一樣塞進自己的嘴裏，嚼嚼，吐出來，念一遍密咒，接著敷到傷患的傷口上。

衛生員一見，以為這個未打過仗的新兵受了刺激，神經不正常了，要喊連長派人把他拖下去。可是，卻發現高盛源嚼碎的草漿敷過的傷患止住了血。衛生員也就顧不得追問原因了，任他去做，還不時催他快嚼。

那場仗打了一整夜，幾次衝鋒，幾次肉搏，他們連的人員損失過半，被高盛源救治的傷患是受傷者的一半。幾十條人命。事後，連長對他刮目相看，問他有什麼神奇的方法，他只說參軍前跟鄉下的老郎中學的醫術。連長把他的事蹟報到團裏，團裏給他記了功。連長讓他做了警衛員。

時間久了，他與連長熟了，就對連長說了實話。連長把他當寶看，但瞞著營裏團裏，怕被上頭要走，直至一次戰鬥中連長犧牲了。那次仗打得相當激烈，連長中彈倒地，高盛源用了最大的努力去救連長，無奈連長的胸腔被子彈穿透，肺被打碎了。高盛源摟著連長拚命念咒，失血過多的連長臉色發白，似乎微笑著看了他一眼，最終離去。

之後，他被調到了營部衛生隊。後來，他在一次戰鬥中走失了。當晚，在一個破廟裏躲雨，他夢見了少年時遇到的老和尚，夢裏，他跟著老和尚到了一座規模宏偉的寺廟前，老和尚突然不見了，他轉身四處尋找，終究沒有找到，但他卻把周圍的景物記在了心裏。第二日，他在路上遇見一位僧人，僧人聽了他描述的夢景，告訴他說，那座寺廟是甘肅夏河的拉卜楞寺。他聽了僧人的話，決心去尋找。

經過兩個多月的跋涉，在一個落日的黃昏，他趕到了夏河。當他站在拉卜楞紅教寺前，與他夢中的情景果然一樣。也就這時，出來一位喇嘛，他未開口，喇嘛就叫出了他的名字。他知道遇到了高人，進了寺院，就跪地磕頭，請求師父收他爲徒。喇嘛說：「師父等你很久了。」說完就給他舉行了灌頂儀式，爲他取法名班瑪。

很快，他從其他僧人那裏知道了上師是藏傳佛教寧瑪派的一位大成就者，有多種法脈的傳承。從此他跟隨上師精進修行，一門深入，證得大圓滿。他跟隨上師十多年，又按上師的指引，拜了噶舉派和格魯派幾位上師，於二十世紀五十年代末，遵師教言，到了終南山結盧靜修。四十年後才被人發現。有居士發心，在近山蓋了房子供養，從此他才開始露面傳法。

兩年前，黃嘉歸經大學同學畢華生引導，去終南山拜訪大師，受大師攝受，不但皈依了佛門，而且回靈北寫了一篇《蘭若足音》的訪談，在一家全國很有影響的雜誌發表了，引起不小的反響。有外國記者看了，還專門去終南山尋找班瑪大師……

黃嘉歸的思緒還沒有收回來，他們就到了地方。下車，鄭仁松說：「師父，這裏是靈北最高檔的酒店。」

大師說好啊，隨酒店導引小姐到了大廳，見玻璃牆裏飛行的活物，大師默然持咒。進了房間坐定，鄭仁松問大師吃什麼，大師說：「隨緣，只是不要殺生。」

鄭仁松問：「師父，我們可以吃葷嗎？」

大師仍說：「隨緣。」

鄭仁松出去點了菜，很快，菜就上桌。除了素菜，魚蝦都是保鮮的。鄭仁松說他第一次在皇宮御宴吃飯未要活物。

飯間，鄭仁松問吃素與吃葷的關係，班瑪大師說：「吃素是慈悲心的升起。不要說六道的眾生無數世來做過我們的父母，就是從生命平等的角度講，我們也不應該漠視其他生命。但吃素仍在於心。口裏吃素，心裏男盜女娼，天天吃素也是葷。」

鄭仁松說他無法想像不吃肉的感覺。他問大師：「師父，怎麼能忍住呢？」他說，「三天不吃肉還不如把我殺了！」

大師說，釋迦佛祖住世時，僧人是托缽乞食的，當然施主給什麼吃什麼，自然就沒有葷素之分。佛教傳入中國以後，梁武帝不忍吃眾生的肉，提倡吃素。慢慢吃素就在漢傳佛教地區成了修行人的常態。

這是佛教徒慈悲的表現，因爲佛教認爲，一個人在未成佛之前，所有眾生在累世的輪迴中是互爲父母和子女的，吃眾生的肉也就是在吃親人的肉。現代科學證明，吃肉使身體呈酸性，不利於健康，何況，如今飼養畜生、家禽，不知加了多少對人體有害的添加劑。而過多食肉也會增長人的欲望，欲望是殺人不見血的刀劍，使人成爲眼、耳、鼻、舌、身、意六根的奴隸，惡業由此產生。要吃肉，就得殺害生命，而所有生命被殺時的恐懼是一樣的。我們不能把味覺的享受建立在其他眾生的死亡恐懼之上。所以，佛家有一日吃素，今天世人殺生無我份之說。他說：「即使爲了自身的健康吃素也好，不能吃素，也要戒殺，只吃不是自己殺的，不是指使別人殺的，也不是別人專爲自己殺的三淨肉。」

飯後，他們回到開發區。鄭仁松把班瑪大師安排到了開發區西海大酒店的套房，進了房間，大師說：「太奢侈了，哪兒安不下一個身子呢？」

賀有銀說：「大師儘管住，這點錢對鄭老闆來說，百牛一毛都不到。」

大師說：「任何福報都是善緣，要珍惜。」又說，「下次不能這樣。」

黃嘉歸忙說：「師父，我們記住了。」

鄭仁松要沖茶，大師只要了白開水。

黃嘉歸說：「師父累了，坐了十幾個小時的火車，休息吧。」

大師說：「不用。臥鋪上休息好了。」

大師坐在靠窗的椅子上，神情閒適。這時已是下午四點，太陽西照，大師的房間充滿了光亮，遠處的海濤聲隱約而至，整個房間有一種說不出的溫馨。

鄭仁松幾次站起來，欲言又止，黃嘉歸問：「不是說好了明天看地嗎？你急啥？」

鄭仁松憋紅了臉說：「師父，我聽黃老師講，你給人治好了許多絕症。剛才沒有給我治就好了，所以，就想請師父再給我治治膽結石，好大了，醫生催我動手術哩。」

大師微笑著說：「是這樣嗎？」

鄭仁松看看黃嘉歸，一時不知如何作答。他突然站起來，跪下對班瑪大師說：「我要皈依師父，我服了！」

班瑪大師依然保持著剛才的坐姿，他讓鄭仁松起來，平緩地說：「佛門大開，誰都可以進來，但要想好。」他說，「不要聽人說師父有什麼神通，有多麼高的功夫，就來投奔師父，衝這一點皈依佛門就搞錯了。功夫靠不住，只能到人多的地方混飯吃。佛家修證的是宇宙人生的究竟真相，解決的是了脫生死的大事。神通只是修行的副產品，治病這種雕蟲小技連神通都算不上。要治病，老老實實去學醫。如果裝神弄鬼，不要說救人，連自己也救不了。」

鄭仁松連說是是是，就是要皈依。班瑪大師說：「那好。」

大師從隨身的包裹，請出一尊蓮花生大士銅像，放在桌上，又用賓館裏的茶杯接了一杯清水，供在了佛像前，點了一炷香，便開始皈依儀式。這時，站在旁邊的賀有銀不由自主地跪下，黃嘉歸也跪下。

班瑪大師開始用藏語念經文，他們聽不懂，教他們念誦發願文時，大師改用了漢語：「我隨一切如來學，周遍恒演普賢行，願諸智行悉清淨，普賢道行咸圓滿。」接著大師又用梵語發音教他們念了三遍四皈依：

南無咕嚕唄（皈依上師），

南無布達雅（皈依佛），

南無達瑪雅（皈依法），

南無桑嘎雅（皈依僧）。

最後大師講五戒：一不殺生，二不偷盜，三不邪淫，四不妄語，五不綺語。

這時，鄭仁松的心裏直撲騰，他突然想起電影上剃度的場面，師父是要問子弟的，回答了當然是要遵守。他絕對守不住這些戒律，腦子裏一時亂了。而大師終於沒有問他們，只是說：「這五戒是對居士的要求，如果你能遵守，就在心裏答應了；如不能堅持，就不要答應，答應了不遵守就是破戒。但不殺生這一條一定要守住……」

鄭仁松聽到這裏，心裏頓時鬆弛下來，情不自禁地說：「這政策倒寬鬆。」

班瑪大師並未理會他，又說：「五戒就是要做一個佛所說的善男子。一個善字包括了豐富的內容，不殺、不偷、不淫，乃至五戒十善，做到了就是一個善男子。不能完全做到，一點一點做也行。既然皈依了佛門，就要從當下做起。」

大師繼續開示：「所有的不善，都來自於欲望。可惜凡夫隨著欲望走，成了欲望的奴隸。大圓滿龍欽心髓法典中有這樣的描述：說一個人在遙遠的大山谷裏迷路了，正當你走投無路的時候，突然出現了八百名壯漢，他們告訴你：『我們來自一個叫阿賴耶的黑暗世界，聽說離這裏很遠的地方，有取之不盡的寶貝，只是路途遙遠，得走許多歲月的路程。我們決定排除萬難，到珍寶世界去取寶。』他們問你去不去，你沒有表示反對。經過認真考慮，你決定跟他們一起去取寶。」

大師說：「在取寶的路上，你經受了寒風的吹打，闖過了野獸出沒的險關，渡過了大江大河，你沒有吃的，空著肚子，拿人生壽命做賭注，日夜兼程地趕路。在極度勞累中，你就要走到生命的盡頭了，頭髮鬍鬚全白了，就在生命的最後關頭，你終於如願以償，到達了珍寶世界，並且得到了許多寶貝。當你萬分高興地返回家鄉，在離家鄉還有三天路程時，在一個叫作四相和合平野的地方，突然遇到了凶殘的強盜七兄弟。他們搶走了你拿性命得來的寶貝，扒光了你的衣服，捆住了你的手腳，舉著弓箭和刀槍，對你大聲喊：『可憐的人啊，你有什麼辦法救你自己嗎？如果什麼都沒有，那就想想死亡大敵吧，今天你已經到了生離死別的時刻了。』聽了強盜的話，你嚇得六神無主，呆若木雞。你能有什麼辦法呢……」

大師的眼神，如夜空中皎潔的月光，覆蓋著眼前的弟子，他的語氣充滿了磁力，像是在講述一個遙遠的故事，又像在說一個正在發生的現實。他說：「面對死亡的威脅，你才想：『天哪！我以人生壽命做賭注，經過千辛萬苦所做的取寶的大業，如今已成了枉費工夫，我還要賠上最寶貴的生命。在這荒郊野外遭遇如此可怕的強盜，實在是無處求救，此前付出的代價已經毫無意義了。我還沒有到壽終命絕的時候，可死亡卻以無法抗拒的力量強行到了面前。』想到這裏，你大哭起來。大哭有什麼用？這一切都是你自己造成的。」

大師說：「貪欲心是禍根。你遇見的八百壯漢就是你迷失了的心性，它欺騙了你，使你時時刻刻跟著欲望走。六根住於六塵，以自己的所看、所聽、所聞、味覺、觸覺、妄念來判斷這個世界。實際你上了六根的當，天天跟著眼耳鼻舌身意轉，半夜連覺都睡不好。」

鄭仁松的頭上已經冒汗了，他不知道爲什麼心裏十分恐慌。好像他做的許多醜事都被大師看見了。

大師開示：「什麼是修行？就是修正自己的錯誤行爲。過去有錯，不願改，今天入了佛門，肯定要改。一天做不到，三天五天，兩年三年總可以吧。如果做不到，你到佛門來幹什麼呢？如果誰給佛菩薩燒了香，磕了頭，上了供養，佛菩薩就能保佑誰升官發財，佛菩薩早就成貪官污吏了。佛菩薩不是收禮給人辦事的掮客，佛菩薩是老師，把做人做事的方法教給你，就是讓你做好人。做不了好人，後果自負。正如佛在《地藏菩薩本願經》上講的：『是故眾生莫輕小惡，以爲無罪，死後有報，纖毫受之。父子至親，歧路各別，縱然相逢，無肯代受。』」

「師父領進門，修行在個人。釋迦佛祖四十九年說法，只是給眾生指路，指給你方向，路怎麼走，那是你自己的事。佛法只是指向天空讓你去看月亮的手指，而不是月亮的本身。」

末了，班瑪大師拿出法本，傳授了儀軌，皈依儀式就結束了。

當他們站起來時，鄭仁松如同走了一趟生死之路，在一陣難熬的酷暑嚴寒之後，突然遇見了春花秋月，身上有了一種說不出的清爽和怡然。

大師問鄭仁松：「還看病嗎？」

鄭仁松說：「不了，一點痛的感覺都沒有了。」

二十天後，鄭仁松去醫院作檢查，膽結石居然消失了。那是後來的事。

當時，鄭仁松激動不已，拉開手包，從裏面掏出了隨身帶的兩萬元，雙手遞給大師，說：「師父，這點供養，只是一點心意。」

大師並不表示什麼，只說：「你按師父說的做了，那是法供養，是最大的供養。」

鄭仁松把錢放在桌子上連說：「一定的，一定的。」

他表情可愛，這是黃嘉歸唯一一次看到這位自視有錢的同鄉，表現出少有的謙卑。

鄭仁松放了錢，把手包放在桌子上，就去洗手間了。這時，賀有銀出門接手機，只有黃嘉歸和馬可站在桌前。

大師突然起身，從桌子上拿起鄭仁松放下的兩萬塊錢，徑直走到窗前，拉開窗戶，輕輕一揚手，兩萬元就從他的手中飛到了窗外。黃嘉歸一時驚愕，伸頭看時，兩紮錢在空中像兩隻俯衝的鳥，翻滾幾圈後，在不大的聲響中，落到了地上。那裏是西海大酒店臨東街的人行道，人來人往，很快就會被人撿走的。

黃嘉歸疑惑地看著大師。

大師說：「要它有何用呢？要把所有貪嗔癡慢執著的習氣，如同扔掉這錢一樣乾脆俐落，你真的明白了，就體會到放下是一件多麼快樂的事。」

很久以後，黃嘉歸才明白師父在向他開示。

然而，大師當時並不解釋，只對他說：「如果鄭仁松問，你就說只要給我了，供養的功德就已經有了，師父扔掉的只是貪欲而不是錢。」

黃嘉歸看著師父，點點頭。

第二日上午，他們去了鄭仁松的三百五十畝地裏。班瑪大師站在地頭的一塊高處，四周瞧了瞧，鄭仁松介紹了這塊地的規劃，問大師：「風水怎樣？」

大師並沒有回答他的話，站了一會兒，說：「既然買下了，就蓋吧。」

鄭仁松問：「風水呢？」

班瑪大師反問：「前面的海景不好嗎？」

「……」鄭仁松一時不得要領。

黃嘉歸用手去捅鄭仁松的背，悄聲說：「師父說得很明白了。」

鄭仁松小聲說：「投資太大，不放心嘛。」

大師向前走了走，面對大海的方向，說：「凡人隨著風水轉，聖人自己說了算。什麼是聖人？善念一閃，即是聖人；欲望一起，墜爲凡夫。凡聖同在人間。」

鄭仁松不好再問，就隨大師向停車的地方去。黃嘉歸剛起請師父到山裏看看的念頭，大師就停了步子，轉過身，對黃嘉歸說：「到山口看看。」

大師一說，黃嘉歸就明白，就問鄭仁松：「鄭總，有時間嗎？」

「去哪？」

「空山。」

鄭仁松抬起手，看看表，說：「沒事。」

黃嘉歸說：「那就請師父辛苦一趟。」

大師點點頭。要上車了，突然轉過身，又看了看身後的地，對鄭仁松說：「福報大，更要學會惜福，學會利益眾生。」

鄭仁松有些心驚肉跳，他不知道大師看出了什麼。

快到空山了，鄭仁松問坐在旁邊的黃嘉歸：「黃老師，空山有事嗎？」

黃嘉歸說：「噢，還沒有來得及告訴你，我剛剛在空山承包了一萬二千畝山林。想做以佛教題材爲內容的主題文化公園。」

鄭仁松說：「搞旅遊開發倒是朝陽產業，可空山太大，沒有幾個億是搞不起來的，環境交通也不具備。」

「是的。」黃嘉歸說，「這是長線投資，靈北也需要新景區。」

鄭仁松問：「你去操盤？」

黃嘉歸說：「我已經辭職了。」

鄭仁松一聽，先是一驚，但馬上說：「好，有膽識。」他說，「如今的社會真的叫撐死膽大的，餓死膽小的。」

到了山口，他們下車，班瑪大師順著小路走進去，在一個地勢略高的地方停下來。路旁有一個深潭，裏面的水深藍深藍的，水由裏向下溢，濺在石頭上，形成水花，清澈透明。

山下，十分明淨，半山之上卻濃霧瀰漫。不遠的山谷裏，有濃霧滾來，不一會兒就塞滿了山谷。滾動的霧塊撞擊著山谷兩邊的山崖，分明能感覺到山谷發出的聲音。

山峰不見了，更不用說山景了。

黃嘉歸有些遺憾地說：「天氣不好。」

鄭仁松說：「白來一趟。」

班瑪大師站在路旁的高處，面朝山谷的方向伸出右手，食指和小指伸展開來，大拇指壓住中指和無名指，結成一個手印，然後持咒。不到一分鐘，半空裏的大霧如大幕拉開，眼前展出一幅清晰的空山的圖畫來。風如擎天的巨手，提起了整座空山，在天地間游動，充溢著靈性。山坡上間歇露出的巨石，有的如突然竄出地面的石筍，直刺青天；有的則形狀圓滑，像一座濃縮了的石山；還有許多大小不同的石頭，如造型各異的動物，伸了脖子，當空叫喊。山谷的深處和山的低窪處、轉彎處，則是成片的松林。因還未到冒芽的時節，樹的顏色與山色接近了，與遠處的山石構成遙相呼應的圖畫，充滿凝重感。鄭仁松被眼前的神奇驚呆了，像半椿木頭直直地立著，許久才醒過神來。

班瑪大師說：「千年深山無人問，只因不識大地魂。」大師對黃嘉歸說，「只要持有正見，就是在福慧雙修。」

鄭仁松說：「地方是好地方，但要的資金大。」

大師點點頭。

接著，他們就到了空山寺遺址。

遺址離山門口並不遠，進山門約五百米，進另一條溝，再走二多百米，猛然一處很大的山谷平地，遺址只有少許的斷牆和地基。不過有兩棵古銀杏樹，據傳是唐代修建空山寺栽的，如今有一千多年的歷史了。有五通碑，是明清兩代重修空山寺時立的，其中清嘉慶年間重修的碑文中有「千年古剎空山寺始建於唐」的字句。

班瑪大師看了看說：「空山寺是難得的一個寺廟，歷史上肯定出過大成就者。建一個道場，就是恢復一所學校，功德無量。」說罷，班瑪大師從口袋裏掏出一個紙條，遞給黃嘉歸，說，「和他聯繫一下，也許是個助緣。」

黃嘉歸接過紙條，見上面寫著一個名字：「夏冬森」，後面是地址和電話。班瑪大師說：「他是一個佛教徒，在臺灣出生，在美國上大學，畢業後在歐洲工作了十多年，現在定居S國。他在國際藝術界很有影響。去年來大陸，說準備在中國選址，建一個以佛教爲題材的大地藝術風景區，與你的想法倒是不謀而合。你約他來看看，也許可以做。」

黃嘉歸一時不知如何表達自己的激動之情，多日來搜腸刮肚，苦思冥想，終未尋出一個人來，師父的出現使事情有了轉機和可能。他實在想說幾句感恩的話，可就是找不到確切的語言。

「謝謝師父！」他說。

大師說：「不要感謝師父，一切有爲法，皆是因緣和合而成，能不能成功那是你們的緣分。」

黃嘉歸急忙問：「師父，這件事能成嗎？」

大師說：「如果沒有可能，師父不會介紹給你的。但這只是個緣起，下面的事在於你們自己把握。行爲決定命運，緣起緣滅只是一個過程。」

走在後面的鄭仁松，這時上前對黃嘉歸說：「從商業角度，我雖不看好這個案子，但是佛家的事，我剛入佛門，投五十萬元，當作送給佛門的見面禮，不占股份，算作功德。再送一輛用了五年的奧迪，也就開了二十萬公里，你要不嫌棄的話，算我支持你。」

黃嘉歸一把握住鄭仁松的手，說：「感謝鄭總的慷慨支持，這件事一定會做好的。」

空山的霧全部退去了，太陽正當午，遠處山谷的一聲鳥鳴驚起回音，清脆悠揚，衝出山谷，向山頂的遠處傳去。

鄭仁松說：「黃老師，我從商業角度提個建議，山上可以高雅，但山下一定要有物質享受。拿下山下一千多畝地，搞吃喝玩樂的東西，這個景區才能火。對嗎，師父？」

班瑪大師笑而無語。

鄭仁松接著說：「最好搞成建設用地，可到銀行抵押貸款，公司裏也可形成資產。還可靠山搞連體式別墅開發，很快就把錢賺回來了。有地不愁合作的。」

黃嘉歸覺得鄭仁松說得有道理，就說找辦事處談談。

10

一大早，時迅就到了黃嘉歸的樓下，黃嘉歸騎車帶著時迅去酒店拜望班瑪大師。

靈北的太陽出得早，剛剛七點，就一丈高了，紅色的樓頂浸染在鮮活的陽光中，遠處的山頭也一片明亮。但路上的行人並不多，開發區是一個移民的年輕城區，農人和上班族，這時大約是吃早飯的時間，更不見老城區那樣的晨練者。靈北開發區的早晨顯得過於冷清。

時迅摟著黃嘉歸的腰，輕輕地貼在他背上。她早從黃嘉歸的多次談話中，熟知了班瑪大師，她早就想見這位遊俠高僧。所以，這兩天她急切地等著黃嘉歸引見，可黃嘉歸一直陪著大師忙，直至昨天下班時她才接到黃嘉歸的電話，約了今天早上七點去大師住處拜見。

黃嘉歸說：「大師可是高人，一眼會把你看透。」

時迅把黃嘉歸摟得更緊了，說：「就和你的事唄。」因她的臉貼他的背太緊的緣故，她的聲音雖不大，他卻覺得背上微微發顫發熱。他扭了一下車把，突然一拐，時迅驚了一下，但她向裏靠了靠身子，又接了剛才的話說：「大師一定會祝福我們的。」

黃嘉歸「嗯」一聲，未接時迅的話。他覺得生活真是奇妙，正如《華嚴經》所言：「果報唯佛能證知。」一切故事如先前有一個劇本，當事人只是在演繹情節而已。他相信，自己和一代高僧大德班瑪大師有著宿世因緣，今生相遇，只是機緣成熟……

一年前，他回老家看望父母，途經西安，突然而至的一場大雪，致使西安通往靈北的鐵路隧道坍方，列車停開，車站預告，至少三天後才能通車。黃嘉歸只好給單位發了份電報，告知延期三天。

發完這份電報，黃嘉歸回賓館睡了一覺，覺得無聊。一個忙慣了的人，突然打亂計畫，閒等三天，如同關在籠子裏的保護動物，一旦放出來獲得自由，反而不知道該怎麼生活了。

屋外的城市看不到真正的雪景，消融未盡的屋頂，露出各種雜物和垃圾，一派破敗景象；街道上到處是發烏的泥漿、雜亂的人群和穿梭的車輛，顯出城市的無序。黃嘉歸無所事事，他極想找點事做，似乎這樣憋三天，他會發瘋。於是，他掏出通訊錄，尋找在西安工作的大學同窗畢華生的電話。本來這次匆忙，只在西安住一晚，他不準備見他。想不到人不留人天留人，正好有了一個和朋友相會的機會。

畢華生大學畢業後，分到省師範學院從事哲學、宗教學教學。幾年不聯繫，他就試著給他辦公室撥了個電話，不料畢華生正好在，他剛喊了一聲，畢華生就聽出了他的聲音。他說：「我雖見不到你人，但在報上可不少見到你的大作。」

畢華生居然說出了他發在《人民日報》上的兩篇大型文稿的名字。黃嘉歸聽了十分興奮，他說現在就想見到他。畢華生一聽黃嘉歸在西安，大叫一聲說：「真有緣！」他告訴黃嘉歸，明天是星期天，他正好要去終南山拜見一位藏傳佛教高僧班瑪大師，說大師有寧瑪派、噶舉派、格魯派等多種法脈的傳承，是一位難得一見的真正修行者。畢華生問他有沒有興趣同行。

黃嘉歸毫不猶豫地答應了。可以說，近來遇到的事不少，三十多歲，正是對命運疑惑的年齡，他常常顯得煩躁和迷茫，既然得遇一位聖人，聽聽他的高見，何嘗不是一種見識。

兩人在電話上說了半個多小時，因黃嘉歸住的賓館與畢華生住的地方相距太遠，兩人就商定，第二天見！

隔日早晨七點，畢華生開著學校的車來接他，見面，他們激動地握手擁抱。畢華生說：「我們幾乎每週都去拜會大師。今天路不好走，老婆和兒子沒來。」

上車後，畢華生滔滔不絕地介紹班瑪大師的殊勝。最後說：「你自己感受吧！」

西安通往長安的路並不好走，出了西安城區，不少地方坑坑窪窪，路上的泥漿比市區更多，道路兩旁的土地，雪未化盡，但見不少朽枝爛葉；偶有貼著地皮的麥苗，沒有一絲一毫的生氣。天空一片蒼涼。他們說著，不知不覺，車至長安縣終南山下的村子裏。

停車，打開後蓋，黃嘉歸才知道，畢華生帶了許多菜，他說：「山上的修行人很少下山，所以經常有山下的居士背些菜和糧食去供養。」

黃嘉歸不好意思地說：「我空手了。」

畢華生說：「隨緣。」

黃嘉歸接過一個裝菜的編織袋，準備自己扛，畢華生讓他放到一邊，拿出一個裝有幾斤小米的小口袋，讓黃嘉歸拿著。他說：「路遠，又爬山，你拿不動。」

黃嘉歸指著地上的菜說：「你也扛不動呀。」

畢華生說：「不急。」

下完菜一看，不小的一堆，足有百十斤。畢華生面向路邊的房子喊了一個名字，不大一會兒，出來一個約莫五十多歲的婦女和一個二十來歲的小夥子。

畢華生說：「他們娘倆常扛，一月收入幾百塊錢哩。」

那娘倆到了跟前，大家分了工，娘倆扛重的，他們分頭拿輕的。把車停到門前場上，大家就向山裏走。

黃嘉歸只是從書上知道老子出函谷關後，到終南山成道做祖了。也知道歷史上有許多高人在終南山結廬修道，甚至有人言之鑿鑿地說，至今終南山裏有活著的千歲老者，並有人見過。黃嘉歸將這些說法大多看作傳聞，並不相信，但對終南山神秘的嚮往卻是由來已久的。

進山的路，是順著山間的小河逶迤向前的。開始平坦，進而越來越陡，山路變成了羊腸小徑。大約走出三里地，山谷的兩邊全是積雪，許多地方結成了冰凌。盛夏筆直茂密的松林，皆成了彎腰駝背的白色樹樁。路上雖有人走過的痕跡，但積雪並未化去，幾乎需要一步一步挪動，生怕滑倒。夏天急流的溪水，完全變成了冰溜子，一塊塊，一條條，有的扭成一團，有的重疊交叉，長的短的，寬的仄的，組成了形狀各異的凝固的冰溪。

他們一邊走，一邊觀景，一邊閒聊，約莫過了兩個小時，轉過一個山嘴，高矗的山峰下，有了塊平坦的谷地。四周被雪遮蓋了，在這不大的谷地裏，有了一道紅磚砌成的牆，十分醒目，隨即也就看到了屋頂和門口一棵巨大的白楊樹。

畢華生說：「到了。」

畢華生讓背菜的母子放下菜，付給他們十元錢，讓他們下山。正要敲門，門卻輕輕地開了。畢華生不覺一笑，看時，班瑪大師已站在門口了，身後是一位年輕人。

「師父好！」畢華生雙手合十，鞠躬行禮。然後介紹說：「黃嘉歸，我大學時的同學。」然後指著大師身後的年輕人對黃嘉歸說，「大師的侍者智仁。」

黃嘉歸與大師握手，並未覺出什麼異樣。再看大師，一身灰色便裝，一雙黑色布鞋，灰白相間的頭髮和短鬍鬚，既無達摩祖師的神韻，也無老子道祖的飄逸，似乎無半點僧人形象，也看不出什麼仙風道骨。只是那兩條腿看來硬朗，不過住在山間的人，腿腳必定靈便。不識真相的黃嘉歸，以貌取人，立即心生幾分怠慢，覺這般人並非正宗的僧人，未必有多麼高深的道行，許多神奇只是傳聞而已。由於他並未瞭解佛法，只是在書本上讀了些宗教知識或哲學類的論述，於真正修行者，只有形的印象而無神的理解，離真正的領悟差得十分遙遠。所以他的怠慢來自於自以爲是，來自一個凡夫的見識判斷。

然而，當他打量四周的環境時，他看到了聞所未聞的奇觀，茅棚的周邊，被積雪壓彎的樹枝上，結滿了各種形狀的冰花，有的如盛開的玫瑰，有的像含苞的月季，有的似剛剛露頭的迎春花，有的猶如團團錦繡的滿天星……一朵朵，一瓣瓣，繡成團的，連成串的，變化萬千，晶瑩剔透，在正午陽光的照射下，發出奇異的七彩光暈，圍繞在大師茅棚的周圍。他被眼前的情景震撼了，驚嘆不已。

這下，他為剛才的傲慢感到羞愧。

畢華生「哇」的一聲叫起來，連說：「稀有稀有！」

大師招呼他們屋裏坐，說：「自然現象，不必執著。」

畢華生知道大師謙遜，是為了避免根器不同的眾生著相，更避免把眾生引向所謂的神奇。但他在許多佛教大師的傳記裏讀到過類似的記載，它是高僧大德修行有道的顯現。

黃嘉歸曾在一部傳記小說中讀到過類似的描述，但他認為那是傳說或是作家的虛構，今日親見，難以置信，卻又不得不信。他頓時覺得見到了高人，連自己也回到了遠古的傳說中。他急忙掏出相機，不停地拍照，似乎要把眼見的稀奇全都裝進相機裏。

拍照完畢，他們把菜和糧食搬進隔壁的廚房，才隨大師進了屋。大師的內室不大，一邊是佛龕，一邊是土炕，之間是用來叩長頭和會客的空間。大師在炕上跏趺而坐，畢華生和黃嘉歸坐在下面的板凳上。

黃嘉歸就向大師請教一些佛教的常識。大師說：

「佛陀只是一位老師，他一生教給我們接近人生宇宙真理的方法，沒有絲毫裝神弄鬼的嫌疑。他從未宣說過自己代表真理，也從未讓任何人去崇拜他。人們對佛的禮敬磕頭，是為了對治自己的習氣。當你低下高貴的頭顱，匍匐在地的時候，你的心跳就與大地連在一起，你的生命就有了依附，那一刻不再傲慢，不再唯我獨尊！那一刻，幫助凡夫消除傲慢的習氣，因為，傲慢是人生的大敵，它讓我們與周邊對抗，損人損己，最終毀壞我們生存的環境和自己。」

黃嘉歸還未說出心中經常出現的煩躁，大師的眼光輕輕掠過他的眼神，像一雙母親輕柔的手，滑過他童年的臉頰，讓他感到了久違的安寧。大師說：「凡夫未經調伏的心，時刻隨著外境波動，使我們失去了對事物的正確判斷。禪宗有一則公案，看到旗子飄動，師問：是風動還是旗動？答案既不是風動，也不是旗動，而是心動。那麼，我們的心爲什麼一刻不停地動呢？因爲我們被欲望牽著鼻子走，一顆本來清淨的心，被欲望染汙，隨著欲望起舞，不隨我意，便生煩惱。」大師說，「當你不隨欲望走的時候，便不會生起煩惱，也就無所謂斷除煩惱。破除無明，便是智慧。」

大師的開示，直達他的心田，黃嘉歸感到有絲絲暖流在空間游動，周身的輕鬆愉悅無以言狀。似乎長久以來的煩躁和困惑突然消失了。大師如此準確地契入他的心靈，令他感動。他激動地問道：「大師有神通嗎？怎麼會看到我的心裏？」

大師微微笑著說：「你看師父與你們有什麼不一樣的地方嗎？」

黃嘉歸不解其意，大師說：「兩千五百多年前，印度一位追求真理的人，經過多年苦修，最後坐在一棵菩提樹下，發誓見不到真理，絕不起來。當晚，他戰勝了愚癡，第二天，在星光閃爍的黎明中，他證得了徹底圓滿的宇宙人生真相。那個人就是佛陀。佛陀是人不是神，是和我們一樣的人。但佛陀打開了無始以來禁錮心靈的枷鎖，如同萬仞瀑布飛流直下，每一滴水珠都保持著生命的警覺，無一逃逸或迷戀外境，從而證得了生命的真諦。那麼，佛陀到底證得了什麼？那就是人存在的最終目的是生命的覺醒！什麼是生命的覺醒？那就是念念分明，心不隨念頭轉。但是，凡夫的眼耳鼻舌身意六根時刻住於六塵，把外境感受當成世界真相，自性清淨的心，被無明遮蓋。修行的目的，就是還本來一顆清淨之心，心淨萬物自顯，如一盆渾水澄清之後，自然顯現天上月亮的影子。也就有『千江有水千江月，萬里無雲萬里天』的境界。」

黃嘉歸有一種難以言說的感覺，當他的目光與大師的目光相遇時，他感到了從未有過的心靈震撼，大師深邃的目光，如同萬里藍天，毫無遮攔，映照出山河大地的無盡風光，猶如春天的氣息，催生了萬物的復蘇。他突然有了一種想成爲班瑪大師弟子的強烈願望，他來不及徵求畢華生的意見，直接起身跪下，雙手合十，問：「師父，可以收我爲徒嗎？……」

大師毫不意外地點了點頭。他感動地面對大師，連叩三個長頭。畢華生也被深深感染了。他們本是來請教問題的，此刻覺得皈依才是唯一的選擇。大師擺好了壇城，給他們舉行了皈依儀軌，念了傳承，安排了並不算多的功課。他們又向大師提出了一些工作中常常困惑的問題，大師一一開示。黃嘉歸說：「這才叫醍醐灌頂。過去所作所爲，與人生的方向背道而馳，從現在起，師父給了我們飛翔的指南……」

時間不知不覺過得很快，智仁進來說飯做好了。

他們隨大師起身，去隔壁的伙房吃飯。飯畢，黃嘉歸掏出五百塊錢供養，大師不收，說：「這裏條件夠好了，給其他修行人吧，他們需要供養。」

於是，黃嘉歸就和畢華生一起，分出一部分早上拿來的菜，一道背著向深山裏去。走了一個多小時，遇到兩處茅屋，他們敲門進去，送了供養。返回，時間已經不早了。

黃嘉歸看到的情景，令他久久不能平靜。就幾個石塊，幾根木棒，支起一間草房；一口三個石頭支著的鍋，便成了平日做飯的唯一用具。但他們卻充滿了快樂，在他們的臉上全然看不到生活的憂鬱。

畢華生說：「應給這些人以人類最崇高的敬意，他們以這種生活方式探索人類生存的意義和出路。再看那些至今以戰爭和屠殺獲取利益的所謂文明國家，是多麼的可惡和充滿罪惡。」

這句話令黃嘉歸久久不能忘懷，所以他回靈北後，用兩天時間，寫出了一萬多字的記述終南山之行的《蘭若足音》……

黃嘉歸的思緒，一時回到與大師第一次見面的情景，直至時迅輕輕拍他，他才發現到了西海大酒店的門前，就急忙刹車，時迅下來，他把自行車放在停車點，與時迅一起進了大酒店。

班瑪大師每天凌晨四點起床修持至七時，然後再做其他的活動。黃嘉歸到時，班瑪大師已起座。大師把他們讓到房間裏的沙發上，黃嘉歸對時迅說：「給大師頂禮吧。」說著，黃嘉歸就起身站直，雙手舉過頭頂，恭敬地給大師磕了三個長頭。時迅也照著樣子給大師行了禮。

大師微笑著，示意他們坐下。

時迅坐下說：「黃總多次介紹了，今日能見大師，真是天大的福報，請大師開示。」

黃嘉歸說：「她知道師父要來，說一定要拜見師父。」

「萬事皆有緣。」大師說，「好啊！」

時迅起身，拿過暖瓶，給大師的杯子裏添了水，又拿出兩個空杯子，給黃嘉歸倒一杯水，自己倒一杯。

大師說：「空山開發，是一件功德無量的事，把佛經刻到山上，給上山的人種下善根。如果把《華嚴經》五十三參的故事刻上去，更是無量功德。無數的高僧大德發願，與其結善緣早證菩提，結惡緣輪迴有終。多少上山的人會因此得遇解脫的善緣。但做大事就會有大考驗，唐僧經歷了九九八十一難，才終取得真經。磨難是對境，無魔便無佛，世事本無常啊！」

黃嘉歸雖一時還不能完全理解大師話中的深意，但他知道師父在告誡弟子，對未來的開發，要有足夠應對艱難的心理準備。

時迅乖巧，上前跪在了大師的面前，請大師加持。大師把手放在時迅頭上，口中念咒。大師發出的聲音很低，卻像從地心深處傳來的天籟之音，渾厚而凝重，時迅覺得周身有一種從未有過的清爽之感穿過。

大師念完咒語後說：「萬法皆空，因果不空。存好心，說好話，做好人，去做自己應該做的事，這即是人生的態度。」

「謝謝師父！」時迅突然有了一種感動，大師看她的目光，清澈明亮，她的身心受到了從未有過的光明的沐浴。她雖不能完全明白大師話中所指，但她分明感到了大師的慈悲與愛，她的心底好像一下子寬闊起來。

時迅站起來，大師扭頭看著黃嘉歸說：「好好善待她。」大師說，「對待世間的每一件事，只要懷著善念去做，盡心盡意了，即使不能盡善盡美，也沒有虧待自己的生命。」

黃嘉歸突然覺得，大師把什麼都說明白了，他進門時還企圖掩飾，他站起來，給大師又磕了一個長頭，說：「謝謝大師對弟子的厚愛！」

他的眼睛潮濕了，大師讓他一直忐忑不安的心，有了穩固的寄所。他明白他該怎麼做了。

這時有人敲門，時迅打開門，鄭仁松和賀有銀到了，馬可也跟在後面。鄭仁松雙手合十，向大師問訊。接著指了指馬可，說：「馬可說她昨天見了師父，就像見了親人，今天非要來皈依師父。」

馬可不等鄭仁松說完，就上前給大師磕頭，說：「我姥姥我媽媽都信佛，所以我要皈依，請大師收下弟子。」

大師笑著讓她先坐下。賀有銀卻盯著時迅：「這是從哪個天窟窿裏掉下來的林妹妹？」

黃嘉歸說：「我們報社的周記者。」

「哎呀呀，」賀有銀叫一聲，說，「黃總豔福不淺，手下竟有這樣的美女。」

鄭仁松說：「賀總每天除了食色，再就沒有別的事了。」

賀有銀說：「不然怎麼叫人爲財死，鳥爲食亡了。人要錢幹什麼？滿足需要。」

鄭仁松笑著說：「罪過罪過。」

「鄭總難道比我好？」賀有銀說，「高人面前不說假話，你不能在佛爺面前打誑語。」

鄭仁松說：「豬和老鴉一般黑，這該行了吧？」

賀有銀笑著說：「這還差不多。」

鄭仁松和賀有銀打嘴仗的時候，馬可到了時迅跟前，悄聲說：「時迅姐，咱倆見過。」

時迅看著馬可。

馬可說是元旦前的一次新聞發佈會上，由開發區招商局召開的。時迅想了想，記起了新聞發佈會，卻記不起人，但她對眼前這個女孩顯然是喜歡的。她長得美，卻一點也不妖豔，一種恬靜自然的美。於是，她就拉住了她的手。

班瑪大師見他們說笑完了，就對馬可說：「開始。」

說著，拿出佛像和法器，擺好了壇城。馬可要磕頭時，不由自主地看了身邊時迅一眼，時迅立刻說：「師父，我也要皈依。」

大師：「好呀，兩人一起。」

時迅就和馬可磕頭行禮，同時皈依了班瑪大師。

皈依儀式結束後，班瑪大師把馬可、時迅分別單獨叫到裏間說了話。兩人出來後，守口如瓶，連黃嘉歸也不知道大師給她們說了什麼。此後，馬可和時迅成了好朋友。

黃嘉歸看看表，八點半了，就說：「去二樓吃飯吧。」

大師說好，他們就陪著大師去二樓餐廳，用完餐，退了房，一行五六個人把大師送到了飛機場，大師乘上午十點的航班離開了靈北。

第四章 土地

11

官上村的名字，源於西元一千二百一十六年，元太祖十年。那年，大元帝國在空山腳下修築一條連接十州二十八縣的北斗運河，南起靈北，北抵禪島，全長六百多里，為京都從江南運糧至天津港去彎取直。因而，這條運河是朝廷的戰略工程。

負責開鑿北斗運河的朝廷大員，住在空山八村之一的關上村。之所以叫這個名字，是因為關上村位於空山北坡峽谷的進山口，關上門，一切太平的意思。自從開鑿運河的朝廷大員將辦公的場所設在關上村，四周的人就改關上村為官上村。

有了這段歷史，官上村的人歷來以為自己高貴。即使北斗運河徹底衰落了，官上村人的性情並未改變。時至今日，官上村是空山辦事處最大但是最不發達的村子。因為它緊靠空山，離開發區中心區域有幾十公里的路，在靈北開發區的整體規劃中，屬於旅遊開發區域。由於遠離工業區和行政商務中心區，它幾乎沒有沾到開發區快速發展的光。開發區創建十多年，他們依然過著先前的日子。

這天夜裏，官上村支部書記丁業亮被夢驚醒，未睡踏實。天亮，丁業亮爬起來，未吃早飯就去了辦公室，剛進門，空山辦事處的書記莊新來電話了，說上午有客戶來，讓他們作好準備。他問誰來，莊新說是黃嘉歸來包地。他一聽就不高興。辦事處未經他們同意，就把整整一萬二千畝山林承包給了他，而且聽說前三十年不要一分錢。這回又來要地，不知道又打官上村人的什麼主意。這位當年給副省長周迪中講話扶過麥克風的年輕人，實在不想買辦事處的賬，但出於對莊新的敬畏，還是叮嚀會計丁小溪，打掃好辦公室的衛生，再提前燒好一壺水。

丁小溪問：「啥重要的事？」

丁業亮說：「開發區報社那個黃總編，包了山，又要來包地。」

聽到黃總編來，丁小溪心裏一驚，她知道黃總編叫黃嘉歸。她之所以記住了他的名字，是在開發區報上多次讀過他的文章，很喜歡他的文筆。她還在《靈北日報》副刊，讀到過一篇採訪黃嘉歸的文章，知道他小時候名字叫黃家歸，父親希望他走得再遠也能回家，他不滿，上高中時，按諧音改成黃嘉歸。訪談錄上黃嘉歸說，雖只改了一個字，意思卻不一樣了。父親要兒子走千里也要回家，他要追求人生最佳歸宿。歸到哪裡不知道，但表達了一個不諳世事少年的心思。

訪談錄裏，有一個細節令她難忘。是說黃嘉歸高中畢業後，一心想著兩年後上大學。因那時叫工農兵學員，考是次要的，關鍵是政治表現，所以，他常常去參加公社裏組織的批林批孔運動。生產隊做活沒有他的影子，家裏的自留地他也不伸手。有一天，老父親把他叫到地邊，指著綠油油的麥苗說：你認識它嗎？他說：不就是麥苗嘛！父親口氣嚴厲地說：我以爲你是城裏人，會把麥苗認成韭菜！那時，報紙批城裏的學校教出來的學生分不清麥苗和韭菜。黃嘉歸知道父親的用意，但他不以爲然，說：你想讓你的子孫永遠當農民嗎？父親一聽，勃然大怒，教訓他說：你以爲農民不好嗎？你爺爺的爺爺是農民，你爺爺是農民，你爹我是農民。父親說：前幾年不是農民，不要說你，就是城裏人都得餓死。他知道父親說的是村集體吃食堂時的事，城裏餓死了人，縣城裏許多工人家屬都跑到鄉下來了，連縣劇團唱花旦最好的女人，都不惜與村子裏管糧的保管員睡一覺，換了十斤糧。結果被人發現了，保管員和那女人被法辦了，各判了十年刑。那時，作爲村支書的父親，在臺子上講：歷朝歷代，誰能離開農民？毛主席鬧革命，農村還是根據地哩！

黃嘉歸不聽父親的一套，雖然那年月沒有多少書可讀，但他串聯去了許多城市，知道城市裡拉屎尿尿的便盆是瓷的，還能坐在上面，高樓大廈更不用說，白天都可以用電燈。所以他今生的目標就是要離開農村。上山下鄉運動是城裏人的事，與他這個農村娃無關。父親今天要掐滅他心中的火苗，他當然不幹。他大聲叫道：農民好，你當，我這輩子不會再當！父親本來是準備挑水澆地的，見他這樣說，放下兩隻桶，將扁擔狠狠扔到地下，吼道：在你還當農民的時候，你今天先把這地澆了，否則我打斷你的腿！黃嘉歸二話沒說，挑起木桶就走。水要到山溝的水潭裏挑，下坡上坡，挑擔水需要半個多小時，路也不好走。但他硬是咬著牙一擔擔挑。大人們澆地，一勺澆三窩苗，他卻一勺澆一窩，工作量大了幾倍。

該吃午飯了，娘來叫他，才發現他脫了上衣，光著膀子挑，肩膀上的血泡磨破了，扁擔也染紅了。娘勸他，他不聽。娘心疼他，就流著淚去叫父親。娘指著父親說：你把兒子的身子弄壞了，我跟你沒完！父親見了也心痛，叫一聲「兒呀」，老淚縱流。他見父親軟了，才放下扁擔。但他並沒有去吃飯，而是去河裏洗澡。他看見河水也是紅的。黃嘉歸說，他就是靠這種倔勁，走出了黃土地。可他後來發現，這股倔強不但來自於父親，而且來自於土地。

丁小溪相信黃嘉歸說的話，斷定他對土地有著深深的眷戀。這樣的人一定是英雄性格。如果把山和地包給他，她相信官上村遇到了一次發展機會。所以，聽到他來，她就有些好奇，倒想早一點見到這個人，看他長得什麼樣。

丁小溪剛把屋子打掃了一遍，水還未燒開，莊新和吳永久就來了。加上丁業亮和村委會主任丁小祥，也就五個人。

幾個人拉了椅子圍過來。莊新說：「等一會黃嘉歸來看地。上午九點管委會有會，我不能陪。你們的責任是聽他要多少面積，弄清要的土地都是哪些人家的，要考慮怎樣做工作，一定要一次交地不留尾巴。詳細承包合同，由招商辦擬。未定之前，先不要向村民聲張，免得惹出不必要的麻煩。不要小看黃嘉歸，這次他引的是外資，是今年辦事處的一件大事，不能辦砸了。」

又交代幾句，莊新起身要走，吳永久加了一句：「這件事，政策性強，所以書記叫我盯著辦，要辦就辦好。」說著就跟莊新上了車。

車走了，三個人坐到一起議論。丁業亮說：「開發區十多年了，農民的胃口吊起來了，我看這事不好辦。」

丁小祥說：「不好辦也得辦，你沒看剛上班莊書記就跑來交代。」

丁小溪說：「這是個機會，儘量辦成。」

丁業亮說：「我也知道辦成好，但這片地包給了至少一百二十戶，有三兩個出來搗亂的，就夠咱們喝一壺的。何況都是農民的承包地，你不能強制他。」

這時，門外有汽車的喇叭聲，丁小溪出來一看，是賀有銀，就喊：「賀主任來了。」

這麼一喊，丁業亮和丁小祥就迎了出來。

丁小溪喊賀有銀賀主任而不喊賀總，是因爲賀有銀還是開發區管委會徵用土地管理小組辦公室主任，它與靈北神州集團是一套人馬兩個牌子，一半行使政府職能，負責徵用農民用地，包括農村集體用地的管理，一半卻是企業行爲，把農民的地徵過來，除工業項目直接由開發區土地管理局管理外，商業和房地產用地先是放在神州集團，然後再出售給用地企業。因此，賀有銀有了政府官員和企業老總的雙重身分，又是土生土長的當地人，是人們眼中的大財神爺。

他的到來，非同一般。他下車，就高喊：「一大早，莊新就叫我過來看看。」

丁業亮說：「勞您大駕。」

賀有銀卻沒有回丁業亮的話，瞅一眼丁小溪，說：「小溪，說過了，去我那兒當秘書，想好了沒有?」

丁小溪說：「你又不解決行政編制。」

賀有銀說：「小溪，你不要耍心眼!什麼年頭了，還在乎編制?你不樂意是真的。」

丁小溪說：「我只是高中文化，電大還沒畢業，你那裏人才牛毛一樣多，一擠就把我擠到一邊了。」

他們把賀有銀讓到了屋裏。丁業亮問：「賀主任，有啥指示?」

賀有銀說：「我可給你們說，那個黃嘉歸不是一般的人物，前幾天，他請了一個功夫不得了的什麼大師，引了一位外國藝術家來投資，是真正的外資。咱開發區最大的房地產老闆鄭仁松，當場送給他五十萬現金和一輛奧迪車。你們想想，沒點本事能來幹這事?換屆選舉快了，你們還想幹，得把這件事辦好!」

丁業亮說：「就是外星人來投資，農民不一定會信那一套。他們只信土地。」

賀有銀說：「你這話像是一個村書記說的嗎?開發區十多年了，多少村子變樣了，多少人得了實惠。樣子在那擺著，就看你們怎麼做工作了。機會難得，再難也得把外資弄進來!這年頭不是說有錢能使鬼推磨嗎？」

丁業亮問：「出了問題誰負責？」

賀有銀說：「會出啥屁事?!」他不屑地說，「真的是農民呀，你們也不能太農民了，你還是當年給副省長扶過麥克風的人哩，狗屁，都什麼年代了？你們他×的要更新觀念。你看人家南方人，只要你能把錢弄來就是英雄，管你是偷的，搶的，騙的，總之，錢在我這個地方的銀行裏流動，我在用。即使違法了，抓了判了，也得一個過程，錢在我這裏已經用了幾個來回了。這才叫改革開放的觀念。該同意就同意，該簽合同就簽合同，先答應了再說。」

丁業亮說：「騰不了地，給人家交不出去，怎辦？」

賀有銀說：「有政府哩，你怕個屁！」

丁小溪說：「賀主任，這不負責任吧？」

賀有銀說：「什麼叫負責任？錢進來就是最好的負責任。旅遊大道一條路，政府就投一千五百萬哩。梁主任親自盯著這件事。你們的責任就是想法子讓案子在村子裏落戶，把外國人的錢圈進來。」

這時，外面有汽車的聲音，賀有銀說：「黃嘉歸到了。」

他們出來一看，果然是黃嘉歸，他開著一輛奧迪，還是自己駕車來的。賀有銀說：「鄭仁松這小子，說話倒是不放屁，真的兌現了。」

黃嘉歸笑著說：「是的。」

進屋，黃嘉歸才看見幾個人中還站著一個女的。他的眼光落到丁小溪的臉上，有些詫異，官上村還有這麼漂亮的女人？她不同於城裏那些化了妝的美女，皮膚上打了過多的粉底，使人懷疑美麗的真實性。而丁小溪有一種天然的氣息，她穿條牛仔褲，上身是齊腰的短外套，裏面著件紅色的毛衣。

身材談不上高挑，卻線條分明，是眼下時尚追捧的那種性感的女人。她的臉部更顯精緻，鼻梁玉雕似的，直直的，充滿了光潤和動感。嘴唇並不如中國古典文學作品中描寫的櫻桃小口，而是嘴角略向上翹，使臉上的表情時刻處在微笑中。

賀有銀介紹說：「她是官上村的會計丁小溪。」接著又指著其他兩位，「他是支部書記丁業亮，他是村委主任丁小祥。」

黃嘉歸一一和他們握手。

賀有銀說：「你可不要小看他倆，他們當年在開發區成立典禮現場，給周迪中副省長扶過麥克風，他們是開發區的見證人。」

黃嘉歸嗯了一聲，眼睛看著丁小溪。

賀有銀說：「看上我們美女了吧？」

黃嘉歸一愣，立即和丁業亮、丁小祥打招呼。然後對丁小溪開玩笑說：「爲了美女也要來空山投資。」

眾人笑，賀有銀說：「中了美人計了吧？莊書記專門叮嚀小溪來陪黃大總編。如果談不攏，對不起莊書記的一片好心。」

黃嘉歸笑說：「糖衣炮彈。吃了糖衣，留下炮彈。」

在場的人都笑了。

黃嘉歸說：「我們還是先看地吧！」

丁小溪說：「喝口水再走吧。」

黃嘉歸說：「回來喝。」說著，先出門，後面人跟著鑽進車裏，黃嘉歸開車，賀有銀指路，雖然土路顛簸，但幾分鐘就到了。

空山口的地，沿著山谷沖出的溝渠和東邊的山根向前展開，地面雖有些高低不平的落差，但一眼望去，基本是平坦的。地裏多半是小麥，還有一些剛剛出土不久的青菜，又有些樹的隔擋，一看，就是大小不等、形狀各異的地塊，不用說，黃嘉歸就知道那是村民們的承包地，一個地塊一戶。

黃嘉歸問：「多少畝？」

丁小祥說：「一千一百畝。」

「都拿來行嗎？」黃嘉歸問。

「太大了吧。」丁業亮說。

黃嘉歸說：「沒有遊客接待中心和相應的配套設施，是申請不了四A級景區的。」

賀有銀說：「好說，好說。先簽意向，然後根據規劃要多少給多少。建設用地暫時批不了，承包是沒有問題的。」

黃嘉歸說：「怎麼批不了？」

賀有銀說：「最初搞開發區規劃的人沒有眼光，把建設用地劃到了海邊和平地，把山地和靠近山的地方統統當作基本農田了，所以動不了。」

黃嘉歸問：「承包地能蓋房子嗎？」

賀有銀說：「怎不能？如今都打擦邊球，老老實實怎能搞企業？承包還省錢，每畝每年頂多給農民四百元。如果徵地，這地方至少也得三萬一畝，一次掏。哪個划算？」

黃嘉歸說：「沿山根可搞連體別墅開發。」

賀有銀說：「到時再爭取，還不是管委會說了算？」

黃嘉歸說：「你老兄可得幫忙。」

賀有銀說：「你問問鄭仁松，那三百五十畝是怎樣拿的，還不是我給他出的主意？在開發區的地盤上，沒有過不去的坎，有事找我，弟兄我一定擺平。」

黃嘉歸連說：「謝謝！」

中午，莊新開完會趕回來陪黃嘉歸吃飯。地方還在空山飯店，不過有三桌應酬，莊新只好趕場。丁小溪、賀有銀、丁業亮、丁小祥參加。喝了十幾瓶啤酒，這頓飯在熱鬧中吃了兩個多小時。

隔天，黃嘉歸將開發空山、創建大地藝術風景區的設想，還有已承包山林的情況，寫了一封信，按班瑪大師給的地址，特快專遞發給S國華人藝術家夏冬森。八點半去郵局辦了，就趕往空山辦事處。他剛坐下，莊新就拿出土地承包合同，說：「你看看，沒有大的分歧，今天就簽了。」莊新看著黃嘉歸說，「簽了合同，黃總也就放心了，加快招商動作。」

黃嘉歸看完土地的當天下午，莊新通知官上村書記、主任參加，在辦事處召開專題會議。擬好的土地承包合同也傳給黃嘉歸看了，雙方商定今天簽合同。

黃嘉歸看了合同，說：「只能給五百畝嗎？不能再多一點？」

莊新說：「黃總，你就照顧照顧我的工作，官上村的地不多，好地更少，電話上我已給你說過，最多也就五百畝，山下的建設用地足夠了。」

黃嘉歸又問：「承包費能不能再優惠點？另外，我從賀有銀主任那裏要了一份省人大通過的土地承包條例看了看，說土地承包給本村之外的人，要三分之一的村民或村民代表同意才行。這個關怎麼過？我不懂這方面的政策，以前你們是怎麼辦的？」

莊新說：「每畝每年四百元，這是管委會規定的，全區統一價，這個一分錢不能多，一分錢也不能少，是一個政策問題。有了差價會弄出事來，農民的事，只能是一個政策，不然影響其他案子。山林承包沒有先例，我就敢答應。這要請黃總理解。至於村民或村民代表簽字的事，丁業亮、丁小祥負責。」莊新說，「按規定，每畝得給村委會一百五十元，這個可以暫緩。」

丁業亮皺著眉頭，說：「二十五名代表都不是省油的燈，開村民大會更是七嘴八舌，根本弄不成事……」

莊新打斷丁業亮的話，說：「誰讓你開村民大會的？」莊新加重語氣說，「開會只能是宣傳政策，講開發旅遊會給村民帶來什麼益處，至於簽字，你們想辦法，我只要結果。」

丁業亮嘟囔著說：「我們能有啥辦法？」

「業亮呀業亮，」莊新說，「辦法是人想的，活人能被尿憋死嗎？」

丁業亮的臉通紅，一時無語。莊新就點名：「小祥說說。」

丁小祥抬頭看了莊新一眼，遲疑了一下，但還是開了腔，他說：「不到一戶一戶領錢時，根本拿不準誰家同意誰家不同意，當面說好了的，過一夜甚至吃頓飯就變了，這就是農民。」

黃嘉歸問：「類似的承包，別的村怎麼辦的？」

「據我所知，都沒有履行這個手續。」吳永久說，「村民基本上不明白這個程序，你去戳弄反而提醒了一些人。只要村委的工作通了，就沒有什麼大問題。」

莊新說：「有什麼問題？我看是觀念問題。執行政策如果沒有靈活性，工作還怎麼幹？中國目前還不是一個事事講程序的環境，只要不損害農民利益，只要不把錢裝到自己的口袋裏，就沒有問題。小平同志不是說發展才是硬道理嘛。這是中國的國情決定的。」

莊新這麼講，黃嘉歸心裏更不踏實，就說：「招商時，外國人可是十分講法律程序的。」

「我理解。」莊新笑著說，「黃總，外方不懂這些，還不是由你說？你不放心吧？這樣，合同裏添一條，發包方也就是甲方，應完善承包合同的所有法律程序，如因法律程序等問題引起合同瑕疵或無效，由甲方承擔全部的責任。」他說，「這樣就打消了黃總的顧慮。至於怎麼完善，辦法下去想！我們和黃總的目的是一致的，盡一切努力，保證外資進來。」

有了這一條，黃嘉歸說：「可以。我相信莊書記。」

「那就簽。」說著，莊新叫來辦公室的人，把要添的那一條添上，列印四份，當場交黃嘉歸和丁小祥簽了字。

合同簽畢，莊新把黃嘉歸叫到自己的辦公室，問：「黃總，這裏就咱倆，你實話告訴我，你當下能不能拿出二十萬？」

儘管黃嘉歸沒有這個心理準備，但鄭仁松給的五十萬元已經到賬，二十萬當然拿得出，就說：「如果必須拿，可以。」

莊新能看出黃嘉歸的底氣，就說：「那就好說。」

接著，會議重新開始，莊新說：「這樣辦，」他看了看黃嘉歸，說，「剛才我和黃總商量了一下，黃總先把第一年的承包費二十萬元，在一周之內匯入辦事處財政所，財政所在接到黃總錢的當日，一分不少地劃撥到官上村的賬上。拿到錢後，村委會立即組織發放，拿了錢的村民簽字按手印，領錢的簽字和手印，就是村民簽字。不是有一百六十多戶嗎？」

吳春樹聽了立即說：「這個辦法好。」

莊新接著說：「以過去的經驗，最後也就剩一戶兩戶，專門對付，哪個項目沒有一個半個釘子戶？這個我負責，黃總應該放心。」

黃嘉歸說：「莊書記說的，我豈能不信？」

莊新說：「這件事，由永久主任抓，半個月內辦妥。個別釘子戶，不要惹他，清地時再說。」莊新看了看表，對黃嘉歸說，「我還有個會，不能陪了。」

會議也就到此結束。

黃嘉歸剛要下樓，呼機響了，他看號碼，是空山辦事處這一片的，就去旁邊的辦公室回電話，一聽，是丁小溪打來的。黃嘉歸剛「喂」了一聲，還未張口，丁小溪就急急地問：「黃總，你在哪兒？我有重要的資訊告訴你。」

黃嘉歸就說自己在辦事處剛開完會要回去。丁小溪馬上說：「你在辦事處門前等等我，我馬上去。」

既然如此，黃嘉歸就說：「我到村口去見你。」

丁小溪立即說：「那就太好了。」

出了辦事處大門三分鐘，黃嘉歸就把車開到了官上村村口。剛停下，丁小溪就跑過來了。她上氣不接下氣地說：「你承包山林和土地的事，村子裏議論紛紛，矛頭有對辦事處的，也有對村幹部的。昨晚，前年村委會選舉落選的幾個人，專門開會，說要拿這次空山開發承包地說事，不撤換支書和村主任，他們堅決不交地。他們雖然不是針對你的，但攪和了這件事，你要小心些。」

黃嘉歸沒有想到這麼複雜，他對丁小溪倒有了幾分感激之情。他把丁小溪請到了車裏。

丁小溪說：「我哥哥是挑事者之一，你不要告訴第二個人，不然我成了告密者。」

黃嘉歸說：「這你放心，最多我給辦事處提個醒，不會說是哪個人。」

雖然已立春，氣溫還是很低的，丁小溪的雙頰凍得紅撲撲，薄薄的血色似乎要滲出來，她的一雙眼睛卻閃動著春天的熱情。黃嘉歸確實感動了，他連說「謝謝！」

丁小溪說：「你來投資，我們得感謝你哩！」

黃嘉歸說：「那也要感謝你的理解！」

丁小溪說：「應該的。」

送走丁小溪，黃嘉歸回到家裏，立即電話聯繫了莊新，他說可能有少數農戶到時不交地，他問：「會不會影響專案的進度？」

莊新聽了，說：「黃總一萬個放心。」他口氣堅決地說，「重點專案，公安、城管一起上。我不相信這個社會政府還能說了不算。」末了，他加了一句，說，「只要外資引成了，就沒有說的。這個我保證。」

12

下午，黃嘉歸到新搬遷的管委會大樓裏，找土地局李局長。

李局長的辦公室在十八樓，必須經過洗手間，這時，黃嘉歸突然覺得尿憋，就想去上廁所，正要推門，聽見裏面有人咳一聲。也許，黃嘉歸今天最不想見的人就是戴力行了。這個從縣委書記的位子上調任靈北開發區工委書記的五十多歲小老頭，算一個不錯的官員。可此時遇到他實在尷尬。黃嘉歸上小學時，老師批評一位男生，說他看見老師從不打招呼。當日課間，這男生上廁所，遇見老師小解，他趕緊問：「老師尿尿哩？」老師一聽，瞪了他一眼，未說話就出去了。第二天上課，老師當著全班同學的面，質問那位男生：「有你這樣問人的嗎？」那位男生被問哭了。這成了他記憶深刻的一個笑話。這時如果進廁所，只好問：「戴書記，你尿尿哩？」想著，他笑了。看一眼，寬大的走道裏，空無一物，就只好站在門外回避。

戴力行平時走路目不斜視，今日從洗手間裏出來，卻向旁邊看了一眼，就瞧見了黃嘉歸。黃嘉歸還不知道怎麼應付，戴力行卻先開了腔，他說：「嘉歸同志，聽說你要搞空山開發的案子？」

「是，戴書記。」黃嘉歸忙說。

「是件好事。」戴力行今日的口吻，聽起來倒是特別親切，他說，「不過農民的事情可要注意，工作做細些。特別是土地問題，一定要處理得當。」

「是，是。」黃嘉歸應付著。

「農民的利益問題很重要，工作要扎實，不但要合乎政策，還要想到將來可能出現的風險。」戴力行很認真地說。

黃嘉歸卻認爲戴力行只是在力圖表現領導者的高明。於是，他還是一副應付的態度。尿也實在憋得有些受不了。也就這時，戴力行的手機響了，他要接電話，就擺了一下手走了。黃嘉歸立時有了如釋重負的感覺，趕忙推開門進了廁所。

從裏面出來，他就去敲李局長的門。

見了李局長，李局長說：「你的事，莊新打了電話，特事特辦，何況是黃總編的事。先讓土地評估所出估價報告，我們批。」

黃嘉歸問：「土地評估所找誰？」

李局長說：「找所長卜亦菲。」

他一聽這個名字，有點耳熟，但一時想不起來。從李局長辦公室出來，他突然想起來，這個名字鄭仁松說過不止一次，是梁大棟的相好，年紀輕輕，居然當上了所長。土地估價所屬土地規劃局下屬事業編，哪家用地企業或單位要到銀行貸款，都得找他們，價值多少由他們說了算。所長當然是個能撈油水的位置。於是，他到樓下，用公用電話撥通了鄭仁松手機。

鄭仁松一聽，叫道：「算你找對人了，她和兄弟很鐵，晚上就辦。」

黃嘉歸一聽，真是得來全不費工夫，就開車直奔鄭仁松的辦公大樓。

鄭仁松的辦公室，在他自己蓋的帝都大廈十九層一九〇九號房。他辦公室的豪華是很少見的，坐著的老闆椅和會客的沙發扶手，都是包了金的。而辦公室由三大間組成，靠東的兩間無隔擋，做了辦公室，靠西的一間就成了臨時休息的臥室。大書櫃是擺了各種精裝的名著，左邊的博古架上，則多是粗糙的玉雕和包金鑲銀的所謂工藝美術品。座椅和沙發的顏色，也是黃色的真皮。黃嘉歸是第一次進來，以爲是進了拍攝電視劇的道具室，一副僞皇家氣派。

黃嘉歸站到書櫃前瞧。鄭仁松問：「喝咖啡還是喝茶？」

「茶。」黃嘉歸說著，眼睛掃到了放在最上面精裝的名著。就抽出一冊《紅樓夢》翻翻，從印刷、插圖到裝潢確是很豪華的，它顯然不是賣給讀書人的，而是供有錢人送禮收藏的，就說：「精緻，豪華。」

他放下書，坐到沙發上，這時有人進來送茶。他一抬頭，見是馬可，就叫一聲：「馬主任。」

馬可放下杯子，見是黃嘉歸，十分驚喜地叫道：「黃老師！」接著說，「以後叫我小馬就是了。」

因爲有了那次額上的輕輕一吻，見面就像是老熟人，互相有了親切感。馬可梳一個馬尾似的髮型，黑亮的頭髮微微地翹在腦後，一時竟使黃嘉歸聯想起當年戈壁灘上奔跑的軍馬。他們連隊當時不僅擔負軍農生產任務，還防範外圍監獄裏的囚犯。一旦有犯人逃跑，戰馬是最好的追捕工具。每當訓練時，一匹匹戰馬騰空而起，飛速奔跑，馬尾就成了戰馬平衡身體的手段，揚起的馬尾，像一面面旗幟，在馬群中飄揚。對於從馬背上失手的騎手來說，馬尾是救命的安全帶。一次，他去軍營所在地的公社裏辦事，回來的路上，馬被突然而至的狂風驚了，毫無準備的他，從馬上摔了下來，就是因爲他抓住了馬尾，才沒有摔倒，拖著跑出幾十米後，他毫髮無損。從此，他對馬尾有了特殊的感情。十多年過去，他幾乎忘了，今天馬可的髮型，竟使他想起久違的已退出軍隊隊列的戰馬。他一時走神。

馬可被他盯得不好意思。鄭仁松說：「她見了你兩面，就念念不忘，看來黃老師挺有女人緣。」

馬可說：「做個黃老師的讀者不行嗎？」

黃嘉歸打趣說：「鄭老闆眼光不錯，能淘來這樣的辦公室主任。」

鄭仁松立即說：「這可不是吹牛，我雖沒有文化，但我會用有文化的人。正如劉邦不會打仗，卻會用韓信。馬可是我兩年前從五十多個報名者裏面挑的，她是省師範大學中文系畢業的高材生。」

馬可不好意思地說：「在黃老師面前，我算什麼有文化的人。鄭總也不能這樣介紹自己的辦公室主任呀。」

黃嘉歸說：「聰明不一定與文化有關。有這麼聰明智慧的辦公室主任，那老闆不知道聰明絕頂到什麼程度了。」

鄭仁松說：「不是說表揚與自我表揚相結合嘛，我這是和梁大棟吃飯學的。」

馬可和黃嘉歸聽著笑了。

鄭仁松突然說：「馬主任，把剛才的手機拿來一支。」

馬可出去，不一會兒進來，把一個包裝精緻的盒子放在鄭仁松面前。鄭仁松拿起來順手向沙發上一扔，說：「黃老師接住。」

包裝盒差點掉到地上，黃嘉歸急忙雙手接住，打開看，是一支外國名牌手機。

鄭仁松說：「朋友剛從香港帶回來兩支，我留一支，送你一支。」

黃嘉歸說：「常蹭你的油，不好意思。」

鄭仁松說：「不就一個工具嘛。希望空山的專案儘快能成。」

黃嘉歸說：「正在抓緊辦。」

馬可打聲招呼出去了。

鄭仁松就撥通了卜亦菲的電話，問：「卜所長，晚上可以有空嗎？」

「松哥呀。」對方叫。

「是呀，請你吃飯，不知道給不給面子？」鄭仁松說。

「再忙也得聽松哥的話！」對方說。

「那好，五點我到樓下接你。」鄭仁松說。

「好。」對方扣了電話。

黃嘉歸說：「鄭總，你的面子可不小！」

鄭仁松端起茶杯，喝了口水，說：「在靈北，只有兩個男人可以隨時叫得動她，一個是梁大棟，一個是我。」

黃嘉歸笑說：「想不到鄭總還有這樣的魅力。」

鄭仁松說：「女人愛什麼？人說權，錢，才。三個都有少而又少，兩者一身也不多見。那就只好分開來愛，梁大棟有權，我有錢。」

鄭仁松在屋子裏來回走著說：「不過我聲明，她是梁大棟的紅顏知己，我不能撬。」他說，「你的事，只要把這個女人搞定，一切就都解決了。」

「這不就找鄭總嘛。」黃嘉歸說，「實實在在得感謝你。」

鄭仁松說：「沒問題，聽我的，搞定這個女人手到擒來。」說著，他叫馬可進來，說，「到財務拿兩萬現金來。」

馬可「嗯」了聲去了，過一會兒，拿進來一個鼓鼓的信封，放在鄭仁松辦公桌上，就退出去了。

鄭仁松說：「算我請客，」他說，「給她兩萬，再拉到一個她喜歡的地方鬧一頓，就成了。」

鄭仁松頗顯自信。黃嘉歸說：「你是女人的殺手。」

鄭仁松說：「鬧著玩，不然人生幹什麼？」說著，他看看表，說，「五點快到了，走。」順手把桌上的錢裝進包裏。

黃嘉歸突然心動，問：「馬可參加嗎？」

鄭仁松說：「這樣的事，知道的人越少越好。」

鄭仁松這麼說，黃嘉歸也就點點頭。他們下樓，小童已把車停在門口等著。黃嘉歸就和鄭仁松上了寶馬。

鄭仁松說：「到土地估價所。」

小童應一聲車就開了。也就幾分鐘，車就到了土地估價所的樓下，卜亦菲在門口站著。

卜亦菲坐到前面，鄭仁松介紹：「亦菲，認識嗎？」

卜亦菲扭過頭，說：「怎不認識，這不是報社的黃總嗎？」她的聲音有些誇張，「松哥什麼時候跟文化勾搭上了？」

鄭仁松說：「沾點文氣呀。」

黃嘉歸說：「卜所長好。」

鄭仁松問：「你們見過？」

卜亦菲說：「久聞大名，多面之緣，只是擦肩而過，不曾熟悉，今天才這麼近距離地接觸。」

鄭仁松說：「有緣何必曾相識。」

卜亦菲說：「松哥果然有文化了。」

「剛學，見笑。」鄭仁松笑著，從包裏掏出裝錢的信封，遞給卜亦菲，說，「哥哥我今天有喜。」

卜亦菲遲疑了一下，還是接了，鄭仁松說：「黃老師寫給你的信，回家再打開，說不定裏面有情詩。」

黃嘉歸不自然地笑笑。

卜亦菲說：「那我就謝謝黃總啦。」

黃嘉歸忙說：「不用，不用。」

卜亦菲回頭，黃嘉歸看了她一眼，這個女人，有種說不出的味道，杏仁眼不大，但眼角有些上挑，帶了幾分媚氣，雖坐著看不出身材的線條，但胸部很挺，臉色微白，肌膚上像有水汽，顯得特別滑嫩。在黃嘉歸看來，這是一個很容易讓男人著迷的女人。但她的面相，似乎是變化的，幾秒鐘裏，黃嘉歸讀到了嫵媚，哀怨，猛然間還有幾分煞氣。他一時找不到一個準確的詞來形容這個女人。

鄭仁松說：「跟這個魔鬼妹妹搭伴，死了也沒白活。」

卜亦菲甩鄭仁松一眼，說：「就你嘴狠，我殺了你。」

鄭仁松說：「殺人犯法。」

卜亦菲說：「吃了你還不行嗎？」

鄭仁松不再理會卜亦菲的調情，對黃嘉歸說：「黃老師，把東西給妹妹看看。」

「好。」黃嘉歸應著，從包裹掏出了山林承包合同影本，遞給卜亦菲，說，「莊新和李局長讓我找你，評估一下，爲了招商引資。他們說，承包時哪怕是零，那是政府給的優惠政策，但招商時，要有拿出手能體現價值的東西。」

卜亦菲接過資料，說：「這事我知道了，莊新和土地局李局都打過招呼，我也明白你們的意思。」她扭頭看著鄭仁松說，「按法規，集體土地是不能評估的。不過松哥托的，這事一定辦，六個工作日出評估報告。」

黃嘉歸忙說：「謝謝卜所長！」

這時，車到了西海大酒店的門前，司機小童突然說：「鄭總，那不是賀董嗎？」

鄭仁松向外看，果然見賀有銀剛出酒店的門，向停車場走。鄭仁松就撥了手機問：「賀兄你在哪裡？」

電話裏答：「我在梁主任的辦公室彙報工作。」

手機聲音大，卜亦菲聽到了，就說：「松哥電話給我，我讓他胡說八道。」

鄭仁松只管哈哈大笑著說：「我和梁主任約好了，六點鐘在石門生態苑仿古藥膳堂吃飯，你也來吧，別忘了把史秘書喊上。」

賀有銀連連稱：「是，是，是。」

鄭仁松扣了手機哈哈大笑。

卜亦菲疑惑地問：「松哥真的約了梁大棟？」

「叫上他我往哪兒放？」鄭仁松說，「玩笑，玩笑。」

卜亦菲撲的一聲笑了。

13

春天逼近了，石門生態園已有了綠意。鄭仁松先下車，對著山口，猛吸一口氣，對下車的卜亦菲說：「可惜還冷點，不然月亮出來攙著美女，走在山裏，是一件挺舒坦的事。」

「想不到松哥學會了情調。」卜亦菲說。

「你以爲我只會上床？」鄭仁松說，「長進了吧？」

童小民把車開到了停車場。

這邊，鄭仁松還在和卜亦菲調笑。

黃嘉歸是第一次到這裏，只是辦報時編發過一則新聞，說一個香港老闆投資一億，承包了石門水庫，辦了個生態苑。這是一年之前的事情了，今日才識廬山真面目：從大致方位看，似乎是空山的另一條山谷，不過和空山主山脈的走向是分開的，中間由一條山梁連接。山並不高，樹木倒是濃密，多是黑松。夕照下，針葉上投了厚厚的防護層，泛著淡淡的紅色的光。山谷的出口，是兩個陡峭的石壁，遠望，確像兩扇大門洞開，想必石門由此得名。

石門的中央砌起了約三十米的鋼筋水泥大壩，仰望頗有幾分敬畏，這就是開發區有名的石門水庫了。水庫下的河道，也分段攔了堤壩，於是就形成了沿渠排開的一個又一個水面。山景掉在裏面，呈重重的黑色；夕照的太陽從山頭斜射過來，投下了幾縷光線，映出少許亮色。

河道的兩側，已植了很多古樹和花草，形成了多處景觀帶。山下的開闊地，則建了一個小院連著一個小院式的度假村，中央是一棟六層的紅色小樓，當頭橫掛著綠色的七個大字：「石門仿古御膳堂」，字還是一個全國有名的書法家寫的。

抬頭望，樓頂有個巨大的彩繪看板，山水背景，幾個鮮紅的大字：「人間天堂，天堂人間。」下面的提示語是：「睡皇帝龍床，吃仿古御膳，聽天籟之音，賞神仙花色。」黃嘉歸還真佩服這個廣告設計者。

這時，鄭仁松喊黃嘉歸進屋，黃嘉歸就快步進去，到門口，鄭仁松說：「黃總，猜猜這幾個字值多少錢？」

黃嘉歸看著「仿古御膳堂」幾個字，就說：「名氣很大，但我可不懂這個行情。」

「十五萬，一個字三萬。」鄭仁松說，「我也托人去弄幾個，樓上一掛，總他×的顯出文化和檔次，如今興這個。」

黃嘉歸其實知道這個書法家的潤筆費的，兩年前他去北京，聽在報紙做娛樂記者的同學劉立昌講，這個書法家題門頭，一個字一萬。鄭仁松講的價，顯然是被中間掮客耍了個大頭，又不好說破，就說：「喜歡的就是最好的。」

鄭仁松說：「倒是，不是說情人眼裏出西施嘛。」

他們進門，兩邊站著兩個十七八歲穿旗袍的女孩，高挑的個頭，臉上還未脫稚氣。旗袍的顏色是老紅色的底子，上面浮了黃白相間的細碎花朵，倒是端莊典雅，只是旗袍的開縫處提得過高了些，就露出了大腿上的肉，白晃晃的耀眼。黃嘉歸看了一眼，總覺得乾脆穿上超短裙，大腿全露了，反而使人無窺探餘地了。眼前的穿法，好像藏了什麼秘密，與旗袍的風雅有些不配。也許這正是商家的用心之處。

門口的迎賓小姐幾乎同時說：「您好！」領班顯然認識鄭仁松，將他們引進包房。

「吃喝玩樂一條龍。」鄭仁松說，「樓上有飲食和賓館，前面的院落裏，有桑拿，也有KTV包間。你的景區建成了，可以借鑒這個操作，賺大錢哩。」

黃嘉歸雖不苟同，但口裏應著。這時，賀有銀和史九剛進來了。

未落座，賀有銀問：「梁主任呢？」

「你剛才不是在他的辦公室嗎？」鄭仁松說，「我以爲你們一起來。」

賀有銀坐下說：「騙我不是？」

鄭仁松笑說：「梁主任不來，你就不喝酒了？」

賀有銀說：「領導來，規格更高，我們沾光。」

史九剛說：「梁主任去市政府開會，下午沒回來。」

賀有銀一時臉白。

直了眼的卜亦菲，這時終於開了腔，她大聲說：「你們還是男人嗎？有完沒完？沒有大棟，你們今天就不來了嗎？」她說「大棟」兩個字時加重了語氣，眾人明白。

賀有銀立即滿臉堆笑，說：「妹子息怒。」

「菲姐，得罪。」史九剛站起，拱了拱雙手。

鄭仁松大聲說：「我隆重說明，今晚是請亦菲妹妹的，你們都是陪客。」

眾人拍掌附和。

賀有銀笑言：「四陪！」

卜亦菲斜視賀有銀，問：「不管三陪還是四陪，你不是從大棟辦公室來的嗎？」

賀有銀尷尬地笑說：「這，嘿嘿。」

「人說狗嘴裏吐不出象牙，」卜亦菲說，「你是海腸裏不會有珍珠，滿嘴跑車！」

賀有銀依然滿臉陪笑，說：「菲妹說得是。」

這時，服務小姐請點菜。

「標準，」鄭仁松說，「最高，每人一八八。」

鄭仁松又做了個手勢，點菜小姐就退了出去了，接著，進來六個小姐，一律穿著超短裙，每人手裏端著茶水，將茶水放在客人面前，就站在背後，準備隨時服務。

黃嘉歸第一次見這樣的服務排場，就問：「鄭總，一八八是什麼意思？」

賀有銀搶答：「每人一百八十八元的標準，不算酒水，」末了叫道，「鄭兄今天夠意思。」

「我剛才說了，今天是請亦菲妹妹。」鄭仁松說。

「對，對，對。」賀有銀連說。

史九剛端起茶杯說：「敬菲姐一杯茶，我們沾菲姐的光。」

卜亦菲說：「史秘書，你給大棟當秘書，要防的就是賀主任這樣的人，哪一天把你賣了，他說在大街上拾了一筆鉅款。」

「菲妹把我說得也太高明了吧。」賀有銀自嘲，眾人笑。

這時，八個涼菜上來了，服務小姐啓開了酒瓶蓋，說：「三十年的人頭馬。」每個小姐只負責自己面前的客人，流水線似的服務，斟完客人的酒，就交給下一個小姐，下一個小姐就給自己服務的客人斟。眾人滿酒，服務小姐就後退一步，站在客人的背後。鄭仁松提起杯子，站起來說：「今天專敬菲妹妹，祝她永遠年輕，永遠漂亮。」說完先與卜亦菲碰杯，然後與眾人碰杯，在大家的叫好聲中，杯中酒都乾了。

眾人剛開始吃菜，突然燈滅了，大家還未反應過來，包間的門打開，四個穿著飛天服裝的小姐，手捧著造型似松枝的蠟燭緩緩走了進來，站在房間的四個角落。這時，天鵝絨窗簾上就有了一層淡淡的紅色光暈，映射到屋子裏，白色的牆壁上也有了紅的色彩，眾人似乎置身在一個似夢非夢的環境裏，充滿了迷幻的感覺。而舉燭的四個小姐，如天使降臨；赤裸的手臂上套了彩色的玉環，雙手捧著燭燈，如一朵盛開的蓮花，十分迷人。

「大家乾第二杯。」說著，鄭仁松又提起了第二杯酒說，「這是剛剛開辦的新的服務，我們趕上了。」鄭仁松說完，稍停，又說，「這第二杯酒，還是敬給菲妹的，謝謝她對我的鄉黨加朋友黃老師的支持。」

「應該的，應該的。」卜亦菲說著，舉了杯，「松哥說的，就是我們自己的事。」

黃嘉歸趕忙說：「謝謝卜所長，謝謝鄭總。」

大家又喝乾了杯子。

這時，熱菜上了。在服務小姐倒酒的空檔，上菜的服務小姐說：「第一道菜，叫鳳凰入懷。」她介紹說，「烏雞三十六小時不進食只進水，腸胃清理乾淨了，然後餵十八味中草藥配成的蜜丸。烏雞食後半小時，將烏雞宰殺清洗，然後在瓦罐內慢火燉四個小時，再配上各種調料。這道菜，對男性大補，對女性養顏，是按照唐代宮廷古法製的。這道菜，每天限量供應。」

小姐介紹完，就將大瓦罐端下去，在旁邊的桌子上分餐，盛菜的小碗，也是很精巧的小瓦罐。盛好一碗，就由每個小姐端了放在各自服務的客人面前。不一會，就每人一碗了。

黃嘉歸根本沒經過這樣的場面，經服務小姐介紹，他突然覺得每人碗裏都有一隻活著的雞仔，跳著要鑽進食客的肚子裏復仇，因爲牠是餓了三十六個小時，剛剛吃飽就被宰殺了的。他抬頭再望，嚇了一跳，那些服務小姐突然變得妖冶，加上迷幻的燭光，再低頭，見有人不用筷子夾，乾脆用手抓了雞肉在嘴裏咬，猛然，他有了在魔窟裏的感覺，而食客統統變成了妖魔，他們在爭先恐後地食人骨。

看到這裏，他有了噁心的感覺，想吐，就趕快起身去洗手間。洗手間就在房間裏，他衝進去，捂了嘴喘氣，好在沒有吐出來，平靜了一會兒他才出來。

這時，第二道菜上來了，接著一道又一道上，黃嘉歸已全然吃不出味道，只跟著眾人動筷子，並不停地喝酒。

兩瓶人頭馬喝完，卜亦菲的臉色已從臉頰紅到了耳根，脖子也微微發紅了。紅中透亮的卜亦菲更顯幾分媚態，眼睛像兩潭水，被酒氣攪起了細浪，從水底向上翻滾，接著就向四周擴散。她死死盯著鄭仁松看。那眼中漫出的水，似乎要將鄭仁松捲進去，再甩到遠遠的地方去。鄭仁松也已半醉，他接到了卜亦菲的眼光，像要吃下去。賀有銀就吆喝著他倆再碰杯。鄭仁松倒沒有回應，卜亦菲卻接了服務小姐倒的酒，一杯遞給鄭仁松，一杯自己拿了，說：「松哥好，松哥夠意思，我敬松哥一杯。」說著端起杯子，不等鄭仁松開口，她先拿杯子去碰，碰杯後，自己先一口喝乾了。

用喝中國白酒的樣子去喝洋酒，黃嘉歸是第一次見識這樣的陣勢。

鄭仁松去洗手間出來，又倒了一杯酒，湊到卜亦菲跟前說：「菲妹妹，你猜猜，今天是什麼日子？」

鄭仁松的話一出，賀有銀和史九剛就伸長了脖子，似乎要探尋一個天大的秘密，就問：「什麼日子？」

鄭仁松不答，舉起杯子說：「我和菲妹妹先喝了。」

卜亦菲也睜大了眼，看得出，她確實不知道今天是什麼日子，就一口將碰了杯的酒喝了，說：「妹妹記性沒有松哥好。」

也許鄭仁松喝多了，他又倒了一杯，舉在手中說：「三年前的今天，我認識的菲妹妹。」

「是嗎？」賀有銀大叫。

卜亦菲略帶驚喜，卻又一副似是而非的樣子。

史九剛疑惑地看著。

黃嘉歸也感到蹊蹺，之前可沒有聽鄭仁松提過。

鄭仁松並不理會眾人的反應，只說：「三年前的今天，我們幾個朋友去市裡的天地大酒店吃飯。在酒桌上認識的菲妹妹，今天三年啦。」

這句話，似乎勾起了卜亦菲什麼心思，她身子一顫，突然陷入了沉默。但這沉思只極短的時間，她猛地端起杯子說：「感謝松哥，我們有緣。」她不等鄭仁松反應，就自己先喝了。

鄭仁松也端起喝了，說：「我第一次見菲妹妹，就被她的漂亮弄得神魂顛倒了。」

賀有銀好奇地問：「那天，菲妹也是第一次見梁主任嗎？」

鄭仁松說：「誰告訴你的？那時梁主任還沒來開發區哩。」

實際上，半年之後，鄭仁松才把卜亦菲介紹給梁大棟的。當然，他隱去內幕。

卜亦菲瞅著賀有銀，目光裏有了些凶氣，賀有銀嘿嘿笑著，一臉討好相。

史九剛說：「我見菲姐第一眼，也被她的漂亮驚呆了。」

卜亦菲突然問史九剛：「梁大棟這幾天在嗎？」

史九剛不知其意，說：「在啊。」

卜亦菲憤然說道：「我六天找不到他了，打手機他不接。好不容易撥通一次，他說他在外地。」

史九剛知道自己說錯了，但又不好改口，就說：「領導自有領導的事。有時也身不由己。」

卜亦菲怒視史九剛一眼，抓起杯子大喝一口，突然，眼眶滾出兩顆淚水，接著碎了，印在睫毛上，濕了眼瞼。剛才還發紅的臉色，一時間變得蒼白。

「我的不是，我的不是。」鄭仁松忙說。

「我漂亮嗎？」卜亦菲大聲問。大家還未明白她的意思，她說：「你們誰是男人？鄭老闆你是嗎？」

滿座皆驚。

「我是。」鄭仁松笑著說，「我是，長得一點也不少，肯定是男人。」

「好！」卜亦菲提高了聲調說，「鄭仁松，你長得是一點也不少，但不是男人。該有的你都有了，不就三百五十畝地的規劃和減免配套費嗎？大不了不做了，不做了你會窮了嗎？不會，你還是億萬富豪。你最多不過丟一點多餘的錢而已。敢嗎？我說你不敢，所以你不是男人。是因爲你，我才上了梁大棟的床。我是你的獵物，是你送給梁大棟的獵物。」卜亦菲瞅一眼在座的人說，「你們誰是男人，今晚就跟我上床！」

滿座皆大驚。

鄭仁松的臉早就紅透了，他明白自己喜歡這個女人，但爲了套住梁大棟，他只好忍痛割愛。但這個女人一直對他不薄。不管他給了她多少錢，也不論她圖梁大棟什麼，是他把她送進了另一個男人的懷抱。細想起來，是他虧待了她的。

想到此，鄭仁松忽地站起來，說：「我今天就來個虎口拔牙。」說著，一把將卜亦菲摟到懷裏，叫服務小姐上樓開房。出門時，不忘對身後的人說：「兄弟們吃完喝完上桑拿，上KTV，該上哪就上哪，葷的素的都行，記我的賬。」

賀有銀已無心吃飯，攔住史九剛說：「他×的，有人掏錢，不玩白不玩，聽說桑拿部又新來了十幾個蘇杭的小妹妹。」

黃嘉歸說不去，賀有銀就和史九剛去了。黃嘉歸到大廳，找到在散座吃飯的司機，他們去二樓的休息室看書報了。

至凌晨兩點，大家才湊一起，鄭仁松說：「今晚什麼也沒有發生。」

幾個人哈哈大笑。

第五章

14 引資

黃嘉歸收到夏冬森回信，他激動地接受了黃嘉歸的邀請。他說在電話裏已經聽班瑪大師介紹了。他說自己雖是外國公民，但文化祖國是他的根。他說，最近他要到中國大陸參加一個文化活動，到時和黃嘉歸聯繫。這封信，給了黃嘉歸巨大的信心，於是他就加緊請人做招商引資評估報告。

卜亦菲也說話算話，果然一周內拿出了土地估價報告。也不用黃嘉歸費心，她直接拿到土地局批了。一萬二千畝山林，估價是九千八百萬人民幣，報告注明：此估價可作爲商業參股的依據。

此時的黃嘉歸，並不清楚自己承包的這片山林既無林權證，又無土地證，根據中國法律是不能評估的，土地局的批准更是違規的。他做夢也想不到幾年後，會由此引發一場不小的國際官司。

黃嘉歸只是一遍又一遍地翻看估價報告，他覺得天上掉金磚砸中了自己。一個月前還在辦報紙的窮酸文人，一紙合同就擁有了九千八百萬的資產，他相信除了繼承遺產或中彩票，世界上，沒有一個人能這麼容易坐擁近億元的資產。從拿到估價報告那一刻，他似乎更能理解當下中國富翁產生的方式和速度，一切都是可能的。既無規律可尋，又無模式可複製。過去，他常常在酒桌上，閒聊中，甚至在文章中極力批判，甚至詛咒當今中國富人的產生方式。而在自己突然有了這麼一筆過去看來是天文數字的資產，他突然理解了富人，財富並不儘是罪惡的淵源，他覺得每個富人都有自己產生的理由。看來還是利益決定立場。

過了一會兒，他突然覺得，一切是那麼的荒誕。這山，自古就在那裏存在，而空山的老百姓，祖祖輩輩守著它，無人告訴他們，說這是一筆巨額財富；即使有人說了，它仍然是山，是不會變成金子的。而他拿了，讓政府的一個機構批了一下，蓋了大印，它就成了近億元的財富。這一切是真實的，並不是虛構的，然而，這一切又都不是真實的，因爲它仍然是過去的山，並無半點變化。而導致真實與不真實的事實，如一個魔術，隨著一隻看不見的手幻化，黃嘉歸有些惶然如夢。

黃嘉歸依據土地估價報告，加快了招商評估報告的製作。他以達迅旅遊開發有限公司的名義，委託靈北市一家很有影響的仲介機構撰寫評估報告。報告第一稿，洋洋灑灑，足有四萬字，還帶了各種圖表，附了具有很強說服力的政府文件。報告還提出了和外商進行合作或合資的條件及股份的分配。

評估報告把平面資料說成了立體圖畫；把未來的前景說成了現今的事實；把常人熟視無睹的數字，說成了一種增長的規律；把政府的規劃說成了財富的支撐。最終，撰寫者把空山說成了未來靈北旅遊的熱點，說成靈北旅遊經濟的一個必然的增長點。他們把一座千百年來沉默的山，說成了不可再生的資源，說成了財源滾滾的聚寶盆。黃嘉歸看了，得出的結論是，如果你是一個有錢人，你看了這個評估報告，不來投資就是一個傻子，就是一個毫無經濟頭腦的笨蛋。即使黃嘉歸拿了山林承包合同，拿出估價報告，也未看出這麼多的內在和外在的優勢，也沒有想到去說服一個投資者怎樣能來空山賺大錢。然而，仲介機構提供的資料真實，論據充分，計算方式也是完全經得起推敲的。也就是說，這一切，本不是虛構，也沒有虛構，一切都是真實的。

黃嘉歸讀了兩遍評估報告，在佩服撰寫者能力的時候，居然把他們與小說家聯繫了起來。小說家的創作，是把虛構的情景寫得合情合理，讓讀者感動不已；而評估報告的撰寫者，則是把虛擬的財富寫得合情合理，讓投資者激動不已。他們之間真是有異曲同工之妙。

就在仲介機構對空山大地藝術風景區的投資評估報告進行最後修改時，黃嘉歸接到了夏冬森的電話，說他已到了中國，三天活動結束後就到靈北。

第四天上午，黃嘉歸去靈北東昌國際機場接夏冬森。

黃嘉歸見到夏冬森的第一眼，並不感到陌生，在出站口，兩人好像約定好了似的相互舉手招呼，然後幾步跨過去，雙手就握到了一起。就連空山開發這件事，他們幾句話就談到了一起，認爲是一個值得幹的大事：它不單是一個商業投資案，更是一項文化事業。所以，他們未多客套，夏冬森就說：「我是來看現場的。」

黃嘉歸也就直截了當地說：「空山不但是座石山，也有許多落地生根的單體巨石，據說是幾十萬年前地殼運動形成的，都是花崗岩成色，是做摩崖石刻的最好材料。」

他們上了車，鄭仁松的司機小童開著車。黃嘉歸坐在前面，夏冬森坐後面。黃嘉歸把幾張空山的照片遞給夏冬森，夏冬森拿了照片，當即琢磨起來。他的臉色略顯黝黑，兩隻眼睛卻十分明亮，透著深邃的目光。

夏冬森看完照片，他們就討論起構想，許多時候是在說細節。看來，夏冬森的想法早就成熟了。對於投資，夏冬森說：「萬事總有緣。是善事，菩薩自然會讓人找上門的。」

黃嘉歸約了莊新，第二天早上八點，在空山腳下見面。

莊新用力握住夏冬森的手說：「久聞夏先生大名，我代表空山人民歡迎你。這不是客套話，是真實感情的表達，歡迎你來創作，歡迎你來投資，需要我辦的，我們一定服務好。」

夏冬森似乎對莊新的過分熱情還不適應，就不停地點頭，不停地稱是，完全一副謙遜的樣子，毫無大藝術家的派頭。

與莊新同來的還有吳永久和吳春樹，莊新介紹之後，他們就開始爬山，不一會兒，就進了山谷。好在山道已作了修理，雖然陡些，但走起來還是安全的。路也不盡是陡坡，許多時候是慢坡而上。

夏冬森走得入神，每個突兀的巨石都使他驚喜，他在每個石頭面前都會停下來拍照，並隨口說出藝術構思，有些大家還不能領會，但一些象形石經他一說，大家立時明白，驚呼夏冬森的眼光。

當看到一個與山頭連體的突兀的石頭時，夏冬森看了看，問大家：「像什麼？」

大家瞅瞅，表示不明白，夏冬森比劃了一下，說：「在頭部鑲上六根漢白玉象牙，就變成了普賢菩薩的坐騎。這個景點，就叫『回首見普賢』，慧眼大開者即見普賢菩薩坐於大象之上。」

眾人觀，果然看出妙處，大家一陣叫好。

這天天空異常藍，天高得連平日的山頭也顯得矮了許多。天空的深邃愈顯山的稜角，人雖在山中，卻並不因山勢的陡峭而感壓抑，山峰似乎是張開了的，向四周退去，一旦攀至山梁，便一目了然。這時的氣溫也越加暖和起來，走著走著，便覺熱了。北方的山總是厚重的，但今日的空山，卻分明多了幾分靈秀，已開始怒放的山花和冒出的綠芽，將春天的張力與天色的湛藍融爲一體，不遠處的海也似乎近在眼前，顯出大地的靈秀，山景就有了一幅南方山水畫的韻味了。

走完一條山溝，行至山梁時，夏冬森已激動不已了，這時他剛好接了一個國外朋友的電話，他就用英語激動地說：「空山是一個十分好的地方，幾千年沒有人動過，一切都是原始的，做一個佛教的主題公園是難得的一塊寶地，我準備將後半生交代給這裏了。」

夏冬森的語調按捺不住地沸騰。黃嘉歸的英語雖不太好，但還是能聽出一點半點的。他聽了夏冬森的話，就知道這件事已成功了一半，但他還是壓住了自己的激動，帶著他們繼續向高處爬。約莫兩個半小時後，他們終於爬到了主峰，大家為之一振。他們幾個人裏面，只有黃嘉歸和莊新爬過主峰，其他的人只是見過照片，所以當主峰展現在眼前時，他們完全被主峰的情景震撼了。

主峰實際不是一個峰，而是由三個高度不同的山頭組成的，最高的要算中間的山頭，約有一百多米，從他們站著的平坦處拔地而起，十分陡峭和挺拔。站在山峰下向東看，中峰更加挺拔和突兀。左右兩座山頭，後退一段距離，將中間的山峰推向了前，它們雖顯矮些，但恰恰顯出了中峰的偉岸。

夏冬森站在那裏，瞅了足足有五分鐘，靜靜地看，默默地想，眉宇間一時靜止了。他突然叫道：「快看，快看！這座山峰不就是一尊端坐著的彌勒菩薩嗎？」

大家看時，果然看出了樣貌，五官清晰可辨，鼓起的大肚皮更加傳神。夏冬森激動地比劃著，說：「整座山頭可摩崖石刻《金剛經》。《金剛經》是佛家的重要經典，表述了萬法的真相，佛教的所有經典都是在不斷闡述《金剛經》的境界。禪宗的六祖惠能大師，就是聽了《金剛經》『應無所住而生其心』一句而開悟，於是安頓了老娘的生活去投奔佛門的。一個人如果懂得了《金剛經》所說的『凡所有相皆為虛妄』的境界，他就證悟了宇宙人生真相。金剛即不壞之意。這座峰就叫金剛頂。金剛不壞，通達宇宙。」

大家雖然不十分明白夏冬森的解釋，但從他的比劃中，看明白了山頭的形狀，也能想像出整座山頭石刻後的大致景象，確是十分令人驚嘆的情景了。

夏冬森說：「肯定是世界上最大的摩崖石刻，它的體積不亞於美國國家紀念公園的總統石刻造像。成功了定會轟動世界。」

令黃嘉歸吃驚的是，夏冬森講的，竟與他的想像一致，只是夏冬森說得更具體些，更生動些。他幾乎描述了完工後的景象。因黃嘉歸和莊新交談過多次，莊新自然也能聽出一二。其他三人雖不甚明瞭，但他們完全被夏冬森的情緒感染了。

下山後，他們都已對這件事充滿了信心。莊新握住夏冬森的手說：「中國人有『聽君一席話，勝讀十年書』之說，今天我是不僅聽君一席話，還陪君一段路，真正理解了這種說法的生動。實在要感謝夏先生，百分之兩百地歡迎夏先生來創作，來投資，我們提供一切服務。」

夏冬森也十分真誠地說：「雖然我不是中國人，但我是一個華夏子孫，文化祖國是永遠不會改變的。」他笑著說，「前世就在這個地方有個約定，今世來幹這件事。請嘉歸先生見證。」

黃嘉歸笑說：「前世約定，我見證。」

於是，大家一片笑聲。

晚間，黃嘉歸和夏冬森在賓館的房間裏進行了長談。夏冬森入住的西海大酒店，是靈北開發區目前唯一的一家三星級酒店。兩人討論熱烈，早把黑暗關到了屋外。淡黃色的燈光，使這個套房裏多了幾分家庭的溫暖。兩個人的感情在交談中迅速接近，四個小時後，他們彼此的感覺超出了兄弟的親情。

夏冬森說：「這件事做好了，是世界性的。」他說，「我們不必客氣，我不就比你大十多歲嗎？不用再叫我夏先生了，就直接叫冬森，我叫你嘉歸，我們是兄弟。」

黃嘉歸當然同意，說：「也許我們前世真有約定，今生再相會。」

「一定是。」夏冬森起身，他在房間裏走了幾圈，又坐下。

接著，他們討論風景區的名字。用空山的名字，覺著地域性太強，似乎別處也有叫空山的地方，容易重複；叫一個什麼文化園，又顯得一般了些，顯不出它的特點；叫大地藝術風景區，又太直白了。他倆各自說了許多名字，都一一否定了。最後還是提到了金剛頂，覺得只有這個名字貼合主題，就乾脆叫「般若園」。

夏冬森說：「《金剛經》全名叫《金剛般若波羅蜜經》，叫般若園，最高智慧之意，妥貼。」

黃嘉歸也覺妥貼，就說：「好！般若園叫起來也上口。」

夏冬森說：「別忘了儘快把般若園註冊商標，一旦叫響了，就會有人搶註。肯定叫響，所以得快。如果錢不方便，我可先匯上一部分過來。」

黃嘉歸說：「這點錢還是有的，我馬上辦。」

他們又分析了招商的可能性，夏冬森邀請黃嘉歸去S國找錢，他告訴黃嘉歸說，他接觸過一個老闆，姓宋，叫宋隨良，是S國名列前茅的大企業家，他也搞收藏，是對藝術很有感情的人，他估計這樣的投資他會幹的，需要黃嘉歸親自去爭取。

於是，他們商定，利用文化的影響力和新聞媒體的作用，首先在S國造成影響。在華人占相當比例的S國，許多人對中國的古老文化充滿了神往。就文化而言，中國是尋根和朝聖的地方。如果某藝術家，在中國擁有一萬二千畝的山林創作基地，那是一個驚天的新聞。夏冬森並非純粹追名逐利之輩，但巨大的招牌是一個方便，可使世俗的社會迅速接受，以減少創造者的社會成本。

夏冬森邀請黃嘉歸在三個月內訪問S國，爲了加大訪問的影響力，可請S國的文藝家協會發邀請函，而且發給靈北市政府文化局，邀請黃嘉歸去S國做訪問學者，進行文化交流。

夏冬森還說，他會儘快將設計樣稿寄給黃嘉歸的。

因夏冬森在靈北的行程只安排了兩天，第三日他就乘早班的飛機走了。送走夏冬森，黃嘉歸加緊了赴S國的準備，一件件事都得落實，時迅做了許多工作。

黃嘉歸常常見時迅在採訪的空檔裏，甚至放下採訪的事，專心致志給他跑腿，心裏時不時湧起感動，他覺得這個女人一定是與他前世有緣的，不然不會在他最需要人幫助的時候，她就出現在他的生活裏。

他本來是一個對女人抱有成見的男人，認爲與女人談戀愛容易，結婚難，激情上床容易，過日子難。所以，他認爲，女人是一種奇特的動物，只能遠看不能近瞧，只能點水，不能常煮。而生活恰恰不是點水，而是要一個日子連著一個日子煮的。他是一個很難把日子過得瑣碎的男人。他與前妻離婚，就已經被瑣碎的日子煮怕了。所以，他暫時不打算再娶的，至少準備過十年單身生活。

他清楚記得與前妻分手時的最後一次談話。前妻說：「你解脫了，但最好找個保姆，不然你的身體會垮掉。」他說：「謝謝你的關心！可惜十年婚姻，你還沒弄明白男人真正需要什麼。」前妻說：「胡適是大知識分子，一生有幾十個博士頭銜，可他老婆是一個沒識多少字的小腳女人。男人更多的時候需要照顧，不一定需要理解。」

這樣的爭論太多，從來就沒有圓滿的收場。要分手了，他不希望以爭吵的方式結束。於是，他說：「你說說我的毛病吧，今天你罵我，我也不會還口的。」她說：「晚了，沒有意義了。」他說：「我們畢竟生活了十年，給我點生活的建議不行嗎？你我都年輕，還有很長的日子要過。難道你不希望我過得好嗎？」她說：「你第一次這樣謙虛，那我就告訴你我的感受，你不會理解與你生活在一起的女人。女人的虛榮需要男人外面風光，女人的內心需要男人細心關懷。你太注重你自己，從不在意別人的感受。」

他覺得她老生常談，沒有新意，但他還是禮貌性地說：「謝謝你，我記住了。」她說：「你的表情說明你沒有聽進去。你會說，家裏需要愛，不需要講理。可愛不是一句話，它需要由一個個細節組成。」

這個女人一針見血，他逃也似的結束了最後的談話。女人心裏需要愛，嘴上表達出來的卻常常是道理。所以，他怕女人。然而，時迅改變了他的觀念。她心裏是愛，她表達的仍然是愛。他突然明白，原來與女人可以這樣相處，相敬如賓，互相幫忙，彼此溫暖。一時他被這樣的日子融化了，他實在感恩這個女人。在一個忙碌後的相聚，他們這樣對話。

黃嘉歸握住時迅的手說：「我把你吃了。」

時迅說：「吃了，我倒樂意，在你的肚子裏多麼舒服，可你就累了，誰幫你哪？」

黃嘉歸說：「兩個人成了一個人，效率就提高了。」

「那你吃吧。」她的頭伸進了他的懷裏，她的頭髮蹭著了他的下巴，癢癢的，一股淡淡的清香，不是洗髮精的餘香，更多的是女人少有的青春肌膚的留香。一種若有若無的氣息，撩動了黃嘉歸的心弦。他突然一把摟緊了她，說：「和我一起去S國訪問吧。我一天也不能沒有你。」說著，他的眼睛裏居然有了淚花。

她揚起頭看著他，用手輕輕擦去了他眼角的淚，說：「你說傻話，人家只給你一個人發了邀請，再說，你的護照、簽證已經在辦了，我去的話，是來不及的。」

黃嘉歸知道自己說的幾乎是辦不到的事。她以什麼樣的名義和身分呢？同事？朋友？未婚妻？他沒有想過，但他有這樣的心情和願望需要表達。

「我不管，只是想和你在一起。」他像一個大男孩在母親懷裏撒嬌。他在隨著自己的心緒走。

「那好，我去。」她揚著頭，一雙大大的眼睛看著黃嘉歸的臉，近的緣故，她看他的臉，是一面牆，而他的兩隻眼睛就成了兩個湖，水向外溢。

她又說：「我就給你當秘書吧。」

他說：「不，真實的身分……」

她突然伸出手捂了他的嘴，她知道他要說什麼。他的話，本也是隨著情緒走的，本沒有什麼實際的意思，僅僅只是想說一句話而已。這個時候，她不想聽他說出的任何話。在她看來，中國的婚姻，多半不能不說彼此相愛過，但最後都變成性的需要，或生存的需要，很難再有愛的需要。所以，她認為，結婚這個詞是給外人說的，連結婚喜宴也是讓外人吃外人看的。而一紙結婚證書，則純粹是迎合社會法律程序的需要。一個女人愛一個男人，或一個男人愛一個女人，「愛」是至關重要的，即使為了一時的需要也要「愛」字當先。既然是愛，所有的一切就是自然的。見過班瑪大師，她更有了說辭，那是多少世約定的，既然是前世約定的，就不要刻意追求。所以，她不要黃嘉歸因感動說出來，她怕他受情緒的驅使。

時迅的手捂在黃嘉歸的嘴上，柔柔的，綿綿的，使黃嘉歸不能開口，他就輕輕吻了一下。時迅的手放開，他也不再說話。他被時迅的手提醒了，那麼重要的話題和承諾，怎麼能在眼下的環境裏說呢？何況，他還沒有正兒八經徵求過時迅的意見。此刻說出來，至少是看輕了他們彼此的感覺和感情。他應該找一個更能表達他內心感受的時機，告訴她自己的決定。他在心中默認：今世，娶定這個女人了！他的生命中不能沒有她。

這晚，他沒有讓她走，她柔順地應允了。一切都那麼自然，她沖了澡，一聲不響地到床上。他走過去，在她的額頭上輕輕地吻了一下，也上到了床上。當他的嘴唇壓上她的嘴唇的時候，她緊緊把他摟在了懷裏，這一刻，他知道他真正擁有了她。他輕輕地吻她，生怕給她哪怕一點點的傷害。他融化著長久以來的愛，他看到了明亮的藍天和無垠的草地，猛然間，他覺出了濃烈的春天的氣息，眼前展開了芬芳的草地上奔馳的駿馬，這是他在高原當兵時常見的春天。他常常在這樣的春天裏，騎著連隊的馬，利用到小鎮辦事的機會在草地上奔跑。馬蹄下捲起的塵土和耳邊馳過的疾風，令他周身的血液沸騰。他想，春天應該是由溫度和張力組成的，是加鞭奔馳的駿馬，挾持而過的疾風，而不是人們常說的色彩。這一刻，他感到了從沒有過的興奮……

15

一個多月後，評估報告經過三次修改終於定稿。專案總投資近五百萬美元，約合人民幣四千萬元。撰寫評估報告的人提醒黃嘉歸，最好有一份政府的規劃批文，不然投資規劃缺乏依據。黃嘉歸想想也是，就到辦事處找莊新。莊新當即答覆：「黃總，這件事我不能矇你，批規劃可不是一件簡單的事，先由規劃局審，規劃局過了，還得報規劃委員會。規劃委員會由分管領導和相關部門組成，一般是一個季度開一次會，一次審批許多規劃，有時人不齊，就可能延期。何況剛剛開過一次規委會，現在立即報，至少也得三個月。何況你連設計文本和效果圖都沒有，拿什麼批？就憑幾張紙的說明？按正規程序，旅遊規劃是需要帶圖示說明的規劃評估報告，空山的規劃報告做了半年，開了兩次評估會，最終通過，前後用了一年時間。」

黃嘉歸一聽，頭就有些大，但沒有這個批文顯然有缺陷，夏冬森曾反覆問過，政府能否批准規劃？因這是大地藝術創作，涉及到環境和文化兩大關口，都是政府很關注的環節。黃嘉歸急了，說：「夏先生問過兩次。」

莊新笑說：「你急什麼？放心好了，我沒說不辦，只不過是個時間問題，在中國辦事，有時是急不得的。」

「你不急我急。」黃嘉歸說，「出國招商的手續都辦好了。」

莊新想想說：「這樣吧，變通一下，我用空山風景區管委會的名義給你出個規劃批文，這個機構設在辦事處，章子在我這裏。」他略停了一下，說，「不過，這僅僅是給外商看的，具體規劃到時再批，咱倆得事先說清楚。」

黃嘉歸有些疑惑，問：「能行嗎？」

莊新說：「外商又不懂，他們怎麼知道空山風景區管委會是個什麼機構？只要是政府出的，他們就信。再說，資金進來了，我負責規劃審批這一關，沒問題，又不是騙人，有什麼不行的？」

看來只能這樣了，黃嘉歸同意了。莊新讓黃嘉歸等著，他打了個電話，把招商辦的主任吳春樹找來，說：「立即以空山管委會的名義，給黃總的公司出一個批准規劃的文件。」

吳春樹一時還不明白，睜大了眼看莊新。

莊新看吳春樹一眼，說：「還不明白？管委會批規劃來不及，我們出一個給外商看，變通一下。」

吳春樹恍然大悟，說聲好，就出去了。莊新又叫吳春樹回來，說：「出紅頭文件。」

吳春樹又說聲好，就出去辦了。不一會，吳春樹拿來起草好的稿子請莊新過目，莊新看了，改了幾個字，就交給黃嘉歸，說：「黃總也看看。」

黃嘉歸接了看：

批　覆

靈北達迅旅遊開發有限公司：

貴公司報來的《關於空山石刻藝術公園（般若園）的規劃》收悉。經研究，同意此規劃。望你們及時實施。如有超出規劃的重大變更，需另行報批。

此批覆！

靈北經濟技術開發區空山風景區管理委員會

一九九六年五月十七日

「日子延後一個月吧。」黃嘉歸說，「簽證還暫時到不了，這樣顯得剛批的，也可信些，這幾天夏先生的設計稿也會寄到的。」

「行。」莊新說，「延到六月十七日。」

吳春樹點點頭，就拿文稿出去了。

不一會，吳春樹就拿來了紅頭文件，莊新拿了看一眼，遞給黃嘉歸，說：「這該滿意了嗎？」

黃嘉歸接了，看一眼，笑著說：「行。」

莊新又說：「正式規劃批准後，這份文件就算我沒出。」

黃嘉歸笑著說：「明白，明白。」

黃嘉歸覺得萬無一失了，可接下來的簽證卻讓他等得有些發急。開始是按因私出國準備的資料去簽證的，中途又因邀請函是發給靈北市文化局的，就又變成了因公出國，這樣得由市文化局批准，再報市外辦審批，然後再辦理簽證。這樣折騰下來，三個月時間過去了，等黃嘉歸拿到簽證時，已是十月中旬了。

這時，黃嘉歸又接到了夏冬森的傳真，說既然由S國藝術家協會發的邀請，這件事在S國已有反響，所以，文藝家協會希望見面時搞個茶會，請黃嘉歸做個演講。

這件事倒讓黃嘉歸犯了難，說話並不難，難的是說什麼，什麼樣的話題能讓S國的文藝家和媒體感興趣。

他打了幾個電話，詢問了幾位出國搞過文化交流的朋友，他們說：「一是不把學問看神秘，二是不把外國人看神秘。」還有人說：「談中國文化，咱是老祖宗，不用怕，拉一個題目去侃大山就成。憑你一個報人，隨便說點外國人感興趣的話題就是一場很好的演講。」

大家的說法倒讓黃嘉歸少了擔憂，但畢竟是在國外，還是不能信口開河。晚間，他與時迅商量，該用一個什麼樣的題目，既符合他的身分，又有點價值。這畢竟是去招商，如果話題說砸了，也會影響招商的效果。他倆認真地談論了幾個小時，也沒有得出結論。

時迅說：「就說新聞。」

「怎麼個說法？」黃嘉歸一時倒不過神來。

「越熟越好說，越近越好說。」時迅說。

他們已說得口乾舌燥，肚子也餓了。時迅起身泡了兩杯茶，黃嘉歸從櫃子裏翻出一包餅乾來。時迅像突然來了靈感，她吹吹杯子裏浮著的茶葉，喝口水說：「題目就叫《文學承擔新聞功能的現象》，把中國當今的文學與新聞結合起來談，主要說文學在很多時候充當新聞角色的現象，為民請命的報告文學作家走紅的例子多的是。」

這個話題，一下子打開了黃嘉歸的思路，他不但參加過類似的座談會，還以報人的身分在大學裏舉辦過類似的講座，對他來講是拿手的話題。

題目選定了，黃嘉歸把自己關在屋子裏，一天一夜就寫好了五六千字的演講稿，許多地方還留了發揮的餘地，也準備了相應的資料。

等他早晨七點打開門，時迅已端著早點站在門口，他把她讓進屋子裏，剛要去接早點，她的另一隻手從口袋裏掏出了機票，說：「按你說的，明天早晨八點的飛機。」

黃嘉歸接過機票，有些恍惚，說是第三天走，想不到關在房子一晝夜，日子像是一滑而過。吃完早餐，時迅說：「你好好休息一下，下午我再來。」

第二天早晨，時迅駕車送黃嘉歸去機場。時迅是大三暑假時學會開車的，但她開得很穩，完全不像一個新手。

季節雖已立秋了，高速公路兩旁密植的白楊樹，依然枝葉繁茂，在汽車前行的速度裏，像一排排綠色的浪頭向後撲去。早晨的陽光從後面射進車內，無聲息地快速搖曳，黃嘉歸把車窗打開一條縫，立時有涼絲絲的風灌進來，車裏頓然涼爽起來了。

大概是要分別的緣故，轉眼就到機場了。

分別的時候終於到了，廣播已第二遍廣播黃嘉歸乘坐航班登機的提示。黃嘉歸才鬆開時迅的手，時迅卻又握住了黃嘉歸的手，她輕輕一捏，放開手時，從皮包裏掏出一封信，遞給黃嘉歸，說：「飛機起飛後再看。」

黃嘉歸點點頭。他說：「聽我的，你先走，我後走。」

時迅不同意，要黃嘉歸先走，爭執的結果，她把他送進了安檢口。安檢完了，他卻不走，看著她離去。時迅只好擺了一下手離去，她見他一直看著她，就出了門，轉身，她又進來，見他已轉身向裏走，就看著他的身影，直至看不見了，她才出門，開車回去。

飛機正點起飛。飛機上升到萬米高空時，雲層上一片陽光燦爛。黃嘉歸掏出時迅給他的信封，打開，清秀的字立刻跳進他的眼中，他的心隨著每一個字湧動：

大哥：

你好，當你看到這封信時，你已飛行在白雲之上的藍天，那樣的情景是十分令人感動的，沒有半點雜質，天是一色的，不會有任何雲層遮住太陽，陽光的燦爛變成了一種常態的自然，我多麼想和你一起欣賞這美景啊！希望我們會有這一天。

認識你以來，從你身上感受到了我的同齡人沒有的東西，再看他們，覺得是在看弟弟妹妹，這也許就是成熟男人的美吧。但說實話，至目前，我還沒有作好嫁給你的準備。你看了不要笑我，在我們這一代人看來，愛是最主要，嫁是次要的。那晚我捂住了你的嘴，不讓你說出你要說的話。作為女人，我還是想聽那句話呀。對於一個女人來講，那句話不是唯一的，但是至關重要的。但我不希望你是在接受我微小的幫助後，激動之中說出的。我要等到我準備好了，你又深思熟慮之後，在常態下說給我聽。

遇到你，我真的很幸運，也很幸福。我上中學時，爸爸就去世了，父愛對少年的我留下了太深刻的印象，而後就是缺失。我從你身上不但獲得了戀人的愛，而且獲得了父親的愛，我一刻也不想離開你，真的，我很愛你。在我長久的青春意識裏，我從沒想過要嫁什麼人，在爸爸、媽媽、哥哥一直的呵護下，我始終覺得自己還小，還沒有到愛的年齡。你使我成熟了，也使我感到了愛的力量。但我不能為了自己的愛強迫你什麼。你想好了，覺得我真的能給你的人生帶來幸福，你就對我說出你的決定。哪一天你不愛我了，就悄悄告訴我，再給我最後一個吻，我會離去，走得遠遠的，不干擾你的生活，哪怕我去流浪，我也覺得是心甘情願的。

祝你成功！

愛你的迅即日

看到這裏，黃嘉歸已熱淚盈眶，他真想跳下去拉著這個女人，一起飛向這燦爛的天空。這個女人童話般的愛，使他覺出他的平庸和責任。這一刻，人們假借六世達賴喇嘛倉央嘉措之名創作的歌曲中的句子飛進他的心識：

那一夜，我聽了一宿梵歌，不為參悟，只為尋你的一絲氣息。

那一月，我轉過所有經輪，不為超度，只為觸摸你的指紋。
那一年，我磕長頭擁抱塵埃，不為朝佛，只為貼著你的溫暖。
那一世，我翻遍十萬大山，不為修來世，只為路中能與你相遇。
那一瞬，我飛升成仙，不為長生，只為保佑你平安喜樂。
……

黃嘉歸明明知道人們曲解了一代高僧的旨趣，把佛法智慧的了悟，當作了世間男女的情感表達；他從理性的光芒中，同樣明白情緒的表達必然是無常的。但他仍然陷入這首冒名情歌所製造的氛圍之中，他希望他的心飛到心愛的女人身旁，與她融爲一體……

第六章 出國

16

經過八個小時的連續飛行，黃嘉歸終於抵達了S國。夏冬森和S國文藝家協會的會長陳正明去機場接他，確定第二天上午九時在S國國家藝術學院召開座談會，中午舉行歡迎宴會。

晚間，用了一個小時的時間，黃嘉歸和夏冬森就第二天座談會有可能的話題聊了聊。夏冬森說：「中國人講工夫在詩外，這次座談會是很關鍵的。投資者很看重影響，操作得當，案子自然就有影響，所以座談會的圓滿成功，有利於找到這筆錢。」

黃嘉歸自然明白這個道理。

第二天一早，夏冬森開車到賓館，他們一起用過早餐後就出發。

黃嘉歸是第一次走出國門，就利用路上十分鐘的時間，探尋車窗外的街景。道路兩邊和街頭，大都是花園和綠地，有許多熱帶樹種，在中國的海南也能見到，這倒看不出什麼新奇。粗壯的樹，伸長的樹葉，綠色的草地，一溜煙地向後飛去，眼前只是模糊的印象，如西方現代派的油畫，抹出一片雜色的油彩，除了碎片，就是鼓起的顏色堆積，實在看不出什麼佳處來。靈北也是濱海城市，綠化也不錯，只是樹幹沒有這粗，沒有這樣的規模和長勢。

陽光很強烈，天空沒有靈北常見的霧氣，也不曾有中國內陸城市的塵土，更讓他吃驚的是，馬路如同水洗一般，似乎路面無半點塵土，路的顏色就像剛鋪就的，烏黑發亮。車輛的秩序也出奇地良好，似乎所有的司機都是協商好的，同一個時速，同一個方向，不曾有超車，更不曾有堵車。當車行至目的地時，就更讓黃嘉歸有些見識了。馬路邊劃了白線，夏冬森把車停好位，就從車裏拿出一個白色的上面印了紅色數字的小紙牌，用手摳掉一格，露出一個孔，然後將紙牌放在了車前面的擋風玻璃上。

黃嘉歸好奇地問：「這是什麼？」

夏冬森說：「付費卡，我們大約得三個小時，所以就摳出三個小時的格子，自動交費了。」

黃嘉歸問：「有人檢查嗎？」

夏冬森說：「有抽查的，如發現不摳或少摳的，將重罰。」

黃嘉歸問：「牌子到哪裡辦？」

夏冬森說：「到專門負責管理的機構自行交費，可隨時買。」

S國當然是現代化的國家，所以，黃嘉歸第一感覺是，原來現代化首先是秩序和人們的自我約束。僅僅富有顯然不能代表現代化。

他倆說話間，就到了藝術學院，進了座談會的現場，黃嘉歸看看表，正九時，人們大都已坐定。會議室並不大，能容納五六十人，基本坐滿了，沒有什麼複雜的佈置，只在正面牆上的黑板上，寫了「歡迎中國知名報人黃嘉歸先生座談會」幾個字。但有電視臺的記者架好了攝影機。

會議桌是圓形的，沒有明顯的主席臺。黃嘉歸在主人安排的位置坐下。陳正明介紹了文藝家協會的幾個主要成員後，就宣布座談會開始。他說：「我們有幸經夏冬森先生牽線搭橋，請到了中國的知名報人黃嘉歸先生。今天，利用他來我國訪問的機會，舉行這個座談會，主要目的是交流，先請黃嘉歸先生演講，完了大家有什麼需要瞭解和關心的話題，可自由提問。我和大家一樣，對改革開放的中國充滿了好奇，這是一個難得的機會。」他又說，「黃嘉歸先生這次來，是專程邀請我國藝術家夏冬森先生去中國靈北市的一座占地一萬二千畝的山林公園，創作石雕和摩崖石刻作品的。在經濟上，我國可以說是一個現代化的國家，經濟成就世人共睹，但我們的文化，不能說取得了什麼大的成就。特別是華文教育，近幾年是有後退的趨勢，希望通過我們的交流，促進政府重視華文發展。」

陳正明喝了口水，說：「請一個外國的藝術家，去主創一座一萬二千畝的人文公園，對一個具有五千年歷史的中國，決策者是要冒很大的風險的。對夏冬森先生而言，這件事是他藝術創作生命中的一次大機緣；對於我國的文化藝術界來講，同樣是一件大事，它說明了夏冬森先生的世界影響，也說明了我國的藝術家已經得到國際上普遍承認，這是一件值得載入我國文化藝術史冊的事。」

陳正明結束了開場白，就宣布黃嘉歸講演。黃嘉歸被陳正明的開場白說得有些激動，他就想接著陳正明的話題向下講，說說般若園的創意和選擇夏冬森先生的原因。話到口邊，他又忍住了，他覺得這樣直奔主題，效果難料。於是，他還是按昨晚與夏冬森商量的思路講。

黃嘉歸正要開口，夏冬森卻對他點了下頭，笑笑，站起來說：「作爲客人的朋友，我先給大家介紹一下，」他又對大家點點頭，說，「黃嘉歸先生是中國知名的報人，用他們的話說，叫著名新聞工作者，或叫名記。他在八十年代末寫的反映長江水流量減少的長篇大作《長江憂思錄》和描述長江黃河源頭冰川融化的《三江源的呼喚》，都是發在中國級別最高的報紙《人民日報》上的，引起強烈的社會反響，被全國多家報紙轉載了。兩年前寫的反映中國陝西終南山的文章《蘭若足音》，還被臺灣、香港和我國多個國家和地區轉載了，美國人還翻譯成英文，說中國依然有隱士，引發許多好奇者去終南山尋覓。黃先生還在八十年代參與編輯出版當時在中國影響很大的《人才潮》雜誌。目前，他的身分是中國靈北開發區報的總編輯。」

夏冬森說的基本是事實，但黃嘉歸仍覺得有吹捧之嫌。他身上發熱，挪挪身子，喝了口水，終於等到夏冬森把話說完。在眾人的掌聲中，他先說了些答謝和客氣的話，然後進入正題，他說：「中國的新聞除說出事實真相外，還強調正面的引導作用，這一直是被西方人批評新聞不自由的口實。我在這裏不評論誰對誰錯，只講現象的本身，這就是中國特色。因爲在歷次政治運動中或政府出臺重大政策時，無一例外輿論先行。這樣，中國的民眾對報紙新聞的信任度是很高的，中央的文件，報紙新聞一公佈，老百姓就都知道了。所以在中國，不是強調新聞自由的問題，而是注重新聞宣傳的導向問題。中國的人民日報，發行到了最偏遠的農村的生產組，更不用說城市的機關單位。只要報紙登了的，老百姓就相信。報紙的新聞，在許多時候，影響力和時效性超過了政府的文件。」

有服務人員給黃嘉歸的杯子裏添水，他點點頭，端起杯子喝一口，略停，又說，「這樣，新聞的選擇就成了新聞工作者的自覺行動，而黨的宣傳部門每月都有具體的計畫和要求，哪些新聞應重點報導，哪些新聞不能報導，都有要求。還是那句話，你不能評價這件事對與不對，而是社會的現實需要。這樣，有些負面的大問題，新聞不便報導的，就成了中國作家創作的題材，所以問題報告文學一度在中國很紅火。作家們把新聞不能報導的事件，寫成了報告文學，既有新聞性，又強調了細節和事實的延伸，既引起社會巨大反響，又不至於惹出大的亂子。」

接著，他舉了幾個著名作家寫的問題報告文學。他不知道他的話人們是不是感興趣。總之他盡力了。

輪到提問的時候，人們提了一些政治話題，他畢竟不是政客或異議人士，不能信口開河，他是爲專案招商來的，找錢才是他最終的目的。所以，他完全沒有放開，連他自己都覺得講得乏味。正在他不知如何轉換話題時，突然有人提問：

「能否請黃先生介紹一下中國的刁民王海的事，華文報紙登了，我覺得挺有意思的，但不理解，能談談看法嗎？」

這倒不難，黃嘉歸說聲好，接著話題說：「王海是青島人，他被稱爲中國打假第一人。」黃嘉歸說，「去年三月二十五日，王海在北京隆富商業大廈購買了兩副日本索尼耳機，因他不久前看過中國的《消費者保護法》，他認定是假貨，所以就買了兩副，按《消費者保護法》可得一倍的賠償。兩副一百七十元人民幣。他跑了幾個地方鑒定，花的路費錢就超過了這個數，於是，他又拉了他的表弟買了十副，然後去索賠。商家當然不同意，王海也不會善罷甘休，事情越鬧越大，被新聞媒體報了出去，引起巨大社會回響，中國消協的高層官員也出面支持王海的行動。去年的十二月二十八日，中國保護消費者基金會授予王海『中國打假第一人』，並獎勵人民幣五千元。」

說到這裏，黃嘉歸略停，喝了一口，接著說：「爲什麼有這麼大的回響呢？老實說，中國過去沒有真正的消費者，只有買商品的顧客，過去連消費者這個詞都沒有。長期以來，中國人買東西，商品都在櫃檯裏面放著，買東西的顧客看好了，由售貨員拿來，有的還不讓拆包裝。顧客買了，如出現品質問題，很多時候只能自認倒楣。所以才有包退、包換、包送的三包服務。王海的行爲開了一個先河，他響亮地告訴人們，買東西的人是消費者，消費者是有自己的權利的。」

他看看，許多人睜大了眼，一臉茫然的表情。他們肯定無法想像黃嘉歸描述的情景，黃嘉歸也沒有更好的辦法表述了。

正這時，對面一個拿筆記本和答錄機的小姐提問了，她說：

「我是華文報紙《東方晨報》的記者，請黃先生談談邀請夏冬森先生主創靈北般若園的有關話題。」

黃嘉歸慶幸終於回到了主題上。

接著，記者提了三個問題：「一是選擇夏冬森先生的理由；二是選擇夏冬森先生，在中國國內有沒有阻力；三是般若園作爲一個文化專案，它是怎樣定位的。」

這幾個問題，正是黃嘉歸和夏冬森商量過的。看來夏冬森也是和《東方晨報》溝通好了的。《東方晨報》不但在S國，就是在世界華人圈都是很有影響的報紙，他們能按設想好了的問題來採訪，可見夏冬森在S國的影響力。這樣，黃嘉歸自然胸有成竹，當然也就對答如流了，他說：

「夏冬森先生的藝術成就，特別是他的雕塑藝術和書法藝術成就，是世界華人藝術界公認的，也得到了國際藝術界的高度評價，他在中國的知名度絕不亞於任何一個中國國內的藝術家。夏先生不但受過良好的東方教育，而且接受過正規的西方教育，是融中西文化爲一體的藝術家，中國目前需要這樣的藝術家。所以，我們認爲，夏冬森先生是當今華人藝術的一個代表性的人物，這就是選他的理由。」說著，他又開了一個玩笑，說，「中國有句俗語，叫外來的和尚好念經。在一萬二千畝山林搞創作，找任何一位中國國內的藝術家擔任主創，都會有反對聲，就只好請外國人夏先生了。」

聽眾會心地笑了。

他覺得應該收場了，不能再拖，否則拖累了聽眾的情緒，可能效果反而不佳。於是，他抽出提前準備的資料，交給記者說：「至於說到般若園的構想、定位，以及完成後的前景，這份介紹中都有，這裏我就不再重複。希望兩年後，大家可以到靈北去實地察看。」

黃嘉歸就此結束了他的演講。

晚上，黃嘉歸失眠了，他從沒有想過，他會在另一個國家引起轟動。這種走出國門風光的事，在他看來，是屬於那些大師，至少是大腕們的事。像他這樣一個既非學人，又非真正報人的角色，怎麼可能去領受那樣的榮譽呢？能演出這樣一齣成功的戲，實在是人生一大快事。

他睡不著，想跟夏冬森說，顯得淺薄，給時迅打長途電話，電話費太貴。他只好一個人下樓散步，看著周圍的燈紅酒綠和並不寬敞的街道，他有了夢幻般的感覺。抬頭看天，沒有月亮，星星很多，天上的光和地上的光，似乎交織在了一起，是那種發著淡紅光線的暗色，把虛空染得一片迷茫，像有無數消逝了的聲音在迴旋，摩擦出似有非有的影子，在眼前晃動。黃嘉歸在這種魔幻的感覺裏，毫無目的地走著。等他返身回到賓館，看看表，已經凌晨一點半了。

早晨八點，夏冬森到賓館來敲門，好在他已起床，正在看S國電視臺的華語晨間新聞，他打開門，見夏冬森拿著厚厚的一疊報紙，遞給他一份，把其他的放在桌子上，興奮地說：「你投了一枚文化炸彈。」他指著展開的報紙說，「記者是個新手，想不到文筆這麼有力，總編親自安排的，我還擔心新手能否理解你的意思。」

夏冬森的話，黃嘉歸幾乎沒有聽進去一個字，因爲他打開報紙的一刹那，發現專訪他的文章是一個整版，還配了照片，他的腦子就懵了，一時竟沒了周邊環境的存在。雖然他辦過雜誌，也辦過報紙，在中國，除非是對重大事件的記者調查，或中央重大會議的新聞公報，才有可能享受一個整版的待遇。即使是重要的文化事件，讓一家有重大影響的報紙拿出整版的篇幅來報導，幾乎是不可能的。所以他看到專訪他的文章的第一反應是震驚。接著，他就快速地流覽全文。

專訪文章中，不但有他在座談會上說的內容，還引用了他當場散發的文字資料，內容相當豐富，筆力也很熱烈。對般若園案子構思的奇妙，文化含量的厚重，創作氣勢的宏大，進行了全面介紹。專訪用了這樣的標題：「融入山林大地的壯美」。專訪中還多次稱這個專案是創造人類文化遺產的偉大工程，是佛教智慧的藝術展現，是向後人再現當代世界華人藝術的創舉。讀著，讀著，黃嘉歸可以說是熱血沸騰，他幾乎不敢相信這是真的。

他還沒有找到合適的語言表達自己的感激之情時，夏冬森卻先開了口，他說：「兄弟，你簡直是放了一顆原子彈。」他展開一張報紙，眼光卻看著黃嘉歸，說，「座談會現場，我只注意觀察大家的反應，你的話有些我沒有聽清，看專訪嚇了一跳，有些話簡直是詩，像藝術融入山崖，山崖融入山林，山林融入大地，大地融入宇宙。這就是詩，用詩的語言在表達我們即將開始的創作。過去我和許多朋友合作過，但絕沒有這次的高度。真的十分感謝你。」

夏冬森的眼睛裏閃著淚光，看來，他真的激動了，他說：「這樣的默契，這樣的知己，可以說是高山流水遇知音。這也只能在中國傳統文化中遇到，西方人是契入不了這樣的境界的。」

夏冬森一把握住黃嘉歸的手說：「這件事咱們一定會做好的。你是大菩薩啊！菩薩是什麼？菩薩是覺悟了的有情者。我們把五十三參的故事刻上去，數千年的存在，將會有多少人登上這座山，因此種下善根！這就是普渡眾生，這就是在行菩薩道啊！」

夏冬森語氣真誠，看不出有假說的成分。但黃嘉歸覺得愧於接受這樣的稱讚。他明白自己是在怎樣的一種心態下，一步步走到今天的。自己沒有那麼無私，更沒有那麼崇高。菩薩無私地利益他人，而他在爲稻粱謀算計，離自覺覺他的菩薩境界背道而馳，哪敢言說菩薩道。可以說，他從記事至今，始終沒有擺脫生存的壓力。八歲那年夏天，在公社當幹部的姨父帶他到縣城玩，中午在縣政府機關食堂吃飯。姑父要了兩碗米湯（白米粥）、兩個據說從省城裏進的麵包。米湯雖然不常喝，但還是吃過，那個烤得發紅有些乾巴的麵包，黃嘉歸可是從來沒有見過的，更不要說吃過。味道甜甜的，又有一股淡淡的酒的味道，他嘗了一口，終生難忘。那味道是噴出來的，好像那香氣從口腔滑進胃裏，瞬間就從嗓子眼經過鼻子飄了出來，接著瀰漫全身，滿房子都是香氣。

他在陶醉中，幾口就吃完了那個麵包，肚子還是餓的，但他已經很滿足了。他想，世界上居然有這樣好吃的東西！從吃那個麵包起，他突然明白了要想天天吃麵包，就必須進城。後來，當他從書上知道了李自成的豪言：當了皇帝要天天吃餃子！他覺得自己爲了一個麵包而進城的想法並不卑微。至於幹一番大事業，那是他考上軍校以後的事。但所有的機遇，似乎沒有一次如設想的那麼順利，那麼偉大，那麼讓他怦然心動。比如，當他如願以償穿上軍裝，慶幸自己終於實現了邁出黃土地的第一步，他卻在坐了幾十個小時的火車後，被蒙著帆布的汽車拉了兩日兩夜，到了滿目黃沙一望無際的戈壁灘，執行軍農生產任務。從農民到農民，條件比農村更艱苦。而後，吃盡苦頭，提了幹，再脫軍裝辦雜誌，再到靈北，哪一件事也不是按自己的希望發展的。眼下的般若園案子，也完全是在無奈下被逼著走出來的。如果沒有般若園這件事，他還不知道自己應該幹什麼，也不知道自己還能幹什麼。何況菩薩在他的心目中，是神聖的，自己完全是一個肉眼凡胎，怎麼敢枉稱菩薩呢？

黃嘉歸連連擺手，說：「不敢，不敢，冬森兄不敢這麼說。」

「有什麼不敢的。」夏冬森說，「佛言所有眾生，皆有佛性。佛陀不但讓我們知道人人平等，還讓我們明白宇宙間所有眾生皆平等的道理。只要我們發菩提心，當下行菩提行，就和諸佛菩薩無二。」

他倆說得正熱烈的時候，夏冬森的手機響了，他接了，不停地點頭，臉上的表情異常豐富，還不停地伴發出「哈哈」的笑聲。對方似乎也在笑，兩人顯然說得很投機。電話終於接完，夏冬森說：「是宋隨良打來的，他說看了昨晚的電視新聞，今天一大早就讀了《東方晨報》的專訪文章，說這個案子的確是一個不同於一般的案子，做好了是生前利身後名的事。」

夏冬森把桌子上的報紙收起來，示意黃嘉歸放到箱子裏，說，「宋老闆還說，這個黃嘉歸不是一般的人物，不純粹是爲了賺錢，是在搞一個大事業，我佩服，也信服。他約我們上午十時在他的辦公室見面，中午他設家宴招待。」夏冬森說，「不過他畢竟是商人，末了還說，如果案子賠了，我下半輩子創作的作品就歸他了。」夏冬森說著大笑起來。

接著，他們討論山上的創作。說起這個話題，兩人頓時滔滔不絕，很快一個多小時就過了。他們趕緊下樓，開車去會宋隨良。

夏冬森的開車技術還是不錯的，與國內比，S國是右邊駕駛，黃嘉歸坐在左邊，看起來有些彆扭，老覺得駛著的車走偏，似乎要撞上旁邊的車，他就有些緊張，實際那是一個錯覺。夏冬森倒是神情專注地駕駛，這時也不是高峰，路上的車相對少，車速也就快一些，離十點差五分，他們就到了宋隨良的樓下。

黃嘉歸進大樓後才知道，這是一座集辦公、商務、會所、飲食爲一體的綜合大廈。到了十九層，已有穿著制服的辦公室小姐在門口迎接，接著，他倆就被引進了會客室，不大一會，宋隨良就進來了。對黃嘉歸而言，宋隨良的名字可謂如雷貫耳，夏冬森多次提起。他不似他想像的身材高大體貌富態的大老闆形象，而是一個精瘦的老頭，中等身材，還有一點駝背，不過面容光亮，精神氣十足；他穿一身便裝，襯衣紮著領帶，顯得乾淨俐落。

雖然夏冬森沒有介紹過，黃嘉歸猜想他的年齡應該接近七十歲。顯然，他和夏冬森是老朋友了，他上前握住夏冬森的手，說：「冬森兄，你我可好久不見了，一見必是一鳴驚人。」

「過獎，過獎。」夏冬森說著就要介紹身旁的黃嘉歸，不料，宋隨良直接上前一步，握住黃嘉歸的手，說：「不用介紹了，這一定是中國的著名報人黃先生了，樣子昨天晚上電視裏見了，今天晨報上也見了，久仰，久仰。」說著，就笑起來。

黃嘉歸連忙說：「宋先生過獎了。」

他們坐定後，宋隨良問夏冬森：「喝點什麼？茶，還是咖啡？」

「別忘了，茶可是中國產的。」夏冬森笑著說。

「黃先生，你看？」宋隨良看黃嘉歸。

「隨便，隨便。」黃嘉歸說。

「咖啡。」宋隨良點了下頭，站在身邊的小姐就出去了。

幾分鐘，小姐就端著三杯咖啡進來了。

宋隨良說：「正宗的巴西咖啡。」

夏冬森喝一口，說：「地道。」

黃嘉歸沒有去品咖啡的味道，直接從包裏掏出招商評估報告，遞給了宋隨良。

宋隨良順手翻了幾頁，放在了一邊。黃嘉歸沒有理解他的用意，就用眼光徵詢夏冬森的態度。

夏冬森品了一口咖啡放下，說：「隨良兄，黃先生來之前，準備了相關的資料，政府的立項批文和山林土地估價報告我都看了，評估報告裏都有，你讓公司投資部門評估一下，過一兩天我們再來？」

「不用，」宋隨良說，「這件事，我聽你的。這些資料下去叫他們看看，我們去現場考察。」

夏冬森說：「那是當然的，不能光聽我說，對你而言，畢竟是一個投資案。」

黃嘉歸一時無話，他並沒有與外商談判的經驗，也不知道事情至此應該怎麼辦。他想再詳細介紹一下案子，剛要開口，宋隨良似乎看出來了，就說：

「專案的基本情況，冬森兄講了，昨晚的新聞我看了，今日的晨報也讀了，不能說完全瞭解，但大致的情況知道。這件事是值得做的事情，作爲商業投資項目也不錯。旅遊業在世界範圍內稱爲朝陽產業，無煙工業，何況在中國靈北那麼一個旅遊名城做這樣的專案。」宋隨良看著夏冬森說，「今天早餐時，我徵求了太太和兒子的意見，他們基本同意。我問幾個問題。」宋隨良看著黃嘉歸。

黃嘉歸說：「好的，宋先生請問。」

宋隨良把杯子裏的咖啡喝了，向外叫一聲，小姐就進來了，他說：「上茶。」

小姐應一聲出去了。

宋隨良問：「總投資多少？」

黃嘉歸說：「五百萬美元。」

宋隨良問：「包括旅遊度假村嗎？」

「不全包括。」黃嘉歸說，「一期投資達到般若園對外開放的規模，按中國四A級景區的標準，包括景區的作品部分、上下山旅遊道路、一個大約能同時容納兩三百人的旅客接待中心。旅遊度假村放在二期建設。總投資一億兩千萬元人民幣。」

夏冬森說：「先把園子建好，下面的服務項目可讓別人去投資。」

宋隨良的眼光移到了黃嘉歸的臉上，說：「目前這樣做是對的，但案子的整體規劃要一起搞好。」他問，「山下不是有五百畝地嗎？」

「是的。」黃嘉歸說，「評估報告裏有這部分的設想。」

宋隨良說：「先做一期，土地暫留著。作為一個大的旅遊景區，沒有度假配套怎麼能行？」

小姐輕輕推開門，送上了茶水，杯裏立即飄出淡淡的茶香。

「只要你肯掏錢。」夏冬森喝了一口茶，笑說，「你把這座樓搬到靈北，我也贊成。」

「錢，我管。」宋隨良端起茶杯，說，「因別處的案子正用錢，明年可以再抽出一部分資金，山下是一定要搞的。」宋隨良說，「我想知道投資報酬率。」

黃嘉歸雖然是一個對數字反應遲鈍的人，但他與撰寫評估報告的人討論過多次，可以說是已熟爛於心了。他說：「靈北市每年接待中外遊人約一千五百萬人次，每年還在以百分之十五的速度增漲。假定我們投資到位，市場宣傳也到位，達到目前靈北老市區主要景點的知名度，那麼，至少會有十分之一的人到般若園遊覽。每人每張門票按三十元人民幣計算，我們全年可接待一百五十萬人次，門票收入可達四千五百萬元，除去稅、人員工資和各項費用，淨利不低於兩千萬元。政府還承諾營業稅前兩年全免，後三年減半徵收。」黃嘉歸喝了一口茶，看著宋隨良，說，「這還不包括有可能開發的旅遊紀念品和飲食服務等收入。」

黃嘉歸說完，夏冬森笑言：「我可不會算賬。」

「你不算可以，」宋隨良笑著說，「不管賠與賺，你是大贏家，作品上了山，與大地共存。但我不得不算呀，別忘了，我在投資一個商業案。」

「是的，是的。」夏冬森笑應著。

「黃先生的依據是充分的，但我覺得太樂觀了。」宋隨良說，「不過我聽明白了。這樣吧，我讓公司的人抓緊把評估報告看看，我們力爭在一個月之內去考察，如無大的出入和變化，就在靈北簽訂合作協議。你們看怎麼樣？」

黃嘉歸本來就是被動的，他原以爲夏冬森都已談好了，等他來見個面就簽合同的，看來他的想法與實際還有距離，就適度地表示歡迎宋先生去。

夏冬森看出了黃嘉歸的疑慮，就說：「我陪宋先生一起去。」

黃嘉歸說：「好，這樣再好不過了。」

就這樣，他們結束了上午的談話，整個過程不像談判，倒像朋友聊天。

中午的家宴是地道的中餐，也很正式。宋隨良的太太、兒子和兒媳都參加了，宋隨良還對兒子、兒媳說：「我快七十了，這個案子幹好了，還是你們的。」

宋隨良的兒子宋大良還問了黃嘉歸許多問題，看來他也是很熱心的。

這也就使黃嘉歸多了幾分放心。

17

既然事情明瞭了，後面幾天，黃嘉歸就按夏冬森的安排，去幾個重要景點遊覽。

對黃嘉歸而言，當然不光是看景致，更重要的是，能否找到一些對空山開發的靈感。然而，除了景點管理的規範和環境乾淨外，似乎沒有什麼新奇的，何況S國本就是一個海洋島國，其旅遊資源，無論山川地貌，還是動植物，在中國的靈北、廣州、海南等地大都能見到。但見過的景點的管理還是給了黃嘉歸很大啓發。

最後一天，他正在榴槤一條街上品榴槤，突然他的手機響了，這可是國際漫遊，有誰會打來？知道他手機號碼的也就幾個人，無急事是不會打的，他只好擦了擦手，掏出手機，接了電話才知道是鄭仁松打來的。

鄭仁松在電話裏喊：「黃老師，你什麼時間回來？」

黃嘉歸說：「明天。」

鄭仁松說：「你再不回來，我就要自殺了。」

黃嘉歸一驚，忙問：「啥事，非得我？」

「要緊事。」鄭仁松說，「國際漫遊，不多說了。除你沒有人能幫我這個忙了。」

扣了電話，黃嘉歸琢磨了好一會，也沒能想出來鄭仁松有什麼急事需要他辦。

黃嘉歸的簽證十五天，但他只待了一周。

走的當天，飛機上午十點起飛。夏冬森八點就來賓館陪他吃早餐。夏冬森隨身帶來一幅六尺宣紙的書法作品，說：「我的這幅字，參加過兩次藝術展，是我得意的作品之一，送你做個紀念吧。」

黃嘉歸接過一看，字體飄逸厚重，絕不是一般意義上的應景之作。黃嘉歸一時找不到適合的話語表示感謝，連說「謝謝！」夏冬森也許擔心黃嘉歸看輕了，就說：「這件作品在香港至少賣兩萬美元。」

這一說，黃嘉歸睜圓了眼，他知道這是一份厚禮。

他們剛要下樓，鄭仁松來電話了，問明航班號和時間，說：「好！我派人到機場接你。」

從S國機場起飛八個多小時，就到靈北的上空，機上也已廣播，說飛機開始下降，要乘客恢復座椅的位置，並繫好安全帶。然而，半個小時過去了，飛機依然沒有下降的跡象，似乎是在繞圈飛行。這時，旅客們就有了騷動，黃嘉歸也覺得情況不妙，看窗外，剛才還燦爛的陽光沒有了，周圍像有大山壓來似的黑暗。正這時，廣播裏說：「因靈北機場大霧，飛機無法降落，現在只好臨時降落鄰近的長博機場。」

說是鄰近，行車也得四個小時。機艙裏無語，靜得沒有一點聲響，人們懷疑是否有其他原因。空姐們鎮定如常，毫無異樣的表現。黃嘉歸倒靜心了。

飛機終於降落了，大家舒一口氣，才相信真是降落到了鄰近的長博機場。可這裏晴朗一片，陽光明媚。黃嘉歸就打電話問鄭仁松，鄭仁松說：「接的車早去了，還有你那個美麗的下屬周時迅也跟著。不過這會兒靈北真的霧很大，十米之外看不清。」

「看來，今晚不一定回得去。」黃嘉歸說，「怎麼告訴接的人？」

鄭仁松說：「我打傳呼。」

黃嘉歸剛扣電話，就有電話進來了，他猜想，一定是時迅等急了，一接，果然是時迅。他儘量壓著自己的急躁情緒，說：「飛機降落長博了，你們回去吧，一時半會兒走不了。有了明確時間，我隨時打電話給你。」

時迅卻說：「我在機場等。」

大約過了三個小時，期間黃嘉歸與時迅通了六次電話，機場終於通知去靈北的旅客登機。

飛機剛起飛，就要降落了，一起一降，也就三十分鐘。待他走下飛機，辦完出關手續，又用去了半個多小時。出口處，時迅正在人群中張望，黃嘉歸一眼就瞅到了她，他大步趕過去，拉了她的手。

她幾乎一下子跳起來，摟住了他的膀子，她要拿他的行李，他不讓，他們拉著手出了大廳。這時，黃嘉歸才見外面確是大霧茫茫，似乎所有的地方都被霧封鎖了。他們上車，能見度已很低，一會稀薄一會濃，路十分不好走。等到了鄭仁松設宴接風洗塵的西海大酒店，已是晚上八點了。

飯間自然熱鬧，鄭仁松不但叫了賀有銀、史九剛，還叫了卜亦菲。飯後，鄭仁松第一次沒有安排其他活動，說：「黃老師長途累了，就先早點休息吧，事情明天說。」

司機先把黃嘉歸送了回去，時迅當然也上了車。這晚，他倆幾乎未眠，激情之後，時迅就不厭其煩問黃嘉歸出國的感受，黃嘉歸講事情的進展細節，就連吃榴槤的感受，也講得身臨其境，饞得時迅直嚷想吃。不知不覺中，他們聊到了凌晨五點。他們覺得累了，就閉眼躺下。十點左右，他們被電話聲吵醒，是鄭仁松打來的，問：「休息好了嗎？」

「還可以。」黃嘉歸說，但他實在還想多睡一會，但想到鄭仁松找他電話打到了國外，一定有重要的事情。他就讓時迅躺著，自己下床洗漱去了。

一會兒，鄭仁松的車就在樓下按喇叭，黃嘉歸進臥室吻了一下時迅，就匆忙下了樓。

到了鄭仁松的辦公室，鄭仁松顯然急不可待，他囑咐辦公室的人，任何人都不要進來。黃嘉歸見他如此詭秘，又鄭重其事，就問：「什麼大不了的事？」

「我要跳樓了！」鄭仁松說，「三百五十畝地拿到手，不等於萬事大吉。報規劃幾個月了，毫無動靜，原打算年底前開工五十畝，這會兒八字還沒有一撇。」

這時，送茶的小姐進來了，放下茶杯要離去，黃嘉歸叫住她，問：「馬可不在嗎？」

送茶的小姐睜大了眼，不明白黃嘉歸的意思。

「當專職辦公室主任了。」鄭仁松說，「這是我從銀行剛挖來的，叫歐陽玉娟，昨天才上班的。」他笑著對歐陽玉娟說，「黃老師問馬主任。」

「對不起，」歐陽玉娟笑著說，「我只知道馬主任姓馬，還不知道她叫馬可。」

黃嘉歸這才注意，眼前的女人比馬可略矮，長得甜美，雖然略胖一點，倒顯出幾分成熟女人的風韻。

鄭仁松擺了一下手，歐陽玉娟微笑著出去了。黃嘉歸開玩笑，說：「鄭兄，你撈這麼多的美女放在公司，就不怕招惹是非嗎？」

「美女也是生產力。」鄭仁松笑著說，「他×的，我可沒有這水準，是我在酒桌上聽一個銀行行長講的。他說有美女陪著吃飯舒服，下去事情當然辦得快，所以他說美女是生產力。」鄭仁松給黃嘉歸的茶杯裏添了水，說，「行長沒說錯！漂亮的女人心氣高，如果一個公司裏美女如雲，彙集的心氣肯定高。在外人眼裏，那麼多美女看上這個公司，說明這個公司的實力強。所以，美女是活廣告！」

黃嘉歸說：「如果一個公司光養些花瓶式的美女，不就無形中增加了成本？」

鄭仁松起身，在屋子裏走了一圈說：「只要有利潤，成本怕什麼？怕的是沒有利潤的成本。」他說，「今天找黃老師來，就是要擺平美女惹的禍。」

鄭仁松說，十幾天前，他隨梁大棟去北京的大學裏看他的導師牛教授。梁大棟在牛教授手裏拿了碩士學位，正在讀博士。他多次代梁大棟去送過禮。梁大棟自認爲是英雄，英雄自古愛美人。每次進京，鄭仁松說他都得提前安排。他說：「黃老師，社會上有五鐵之說，你聽過嗎？」他說，「一起扛過槍，一起同過窗，一起下過鄉，一起分過贓，一起嫖過娼。真他×的說得對極了。人說，最鐵的關係不是在做好事時結成的，因爲做好事累，有時還得把命搭上。做惡事輕鬆愉快，在享樂中組成統一戰線。」

「高見。」黃嘉歸笑著說，「不過，等著下地獄吧！」

「地獄在哪裡？就是有，眼前看不見。」鄭仁松笑著起身，又坐下，叫歐陽玉娟沖咖啡來。待歐陽玉娟沖完出去，他說：「還是那個行長說的，他說哪個名人說過：我不下地獄誰下地獄？作惡也得有勇氣啊！我今世成不了佛，就犧牲了吧。」

鄭仁松說著激動了，喝了一口咖啡，接著說：「我提前讓朋友弄一個漂亮的模特。」鄭仁松說，「必須當場把梁大棟搞定，規劃和減免配套費的事等他簽字。朋友電話裏告訴我，說只要捨得花錢，什麼樣的美女他都能拿下。我說，我鄭仁松什麼時候心疼過錢？你就辦吧！不過得讓我的客人滿意。」

鄭仁松說：「到了北京，我把梁大棟安排在五星級涉外飯店。當晚在酒店的飯桌上，朋友果然帶來一個姓吳的美人，說是自己辦公室的秘書，是個兼職模特。那個女人確實美，男人看見就腿軟，朋友夠意思！吃飯時，吳小姐十分獻媚，一杯又一杯地陪著梁大棟喝，還和梁大棟喝了交杯酒。她說：『鄭老闆告訴我，說你是什麼大官，今天我只認哥哥不認官，大哥你說行不行？』那女人的眉眼實在迷人，梁大棟幾杯酒下肚，不醉也裝醉了，就說：『今兒沒有官，叫哥，叫大哥，我愛聽。』說著，就用手擰了一下吳小姐的臉蛋。」

鄭仁松說他和朋友一起，不停地吹捧梁大棟。朋友是做了大機關辦公室主任的角色後下海的，他的話說得很中聽。他說：「像梁主任這樣年輕、這樣帥氣，又有才華的男人是奇缺貨，他向那兒一站，天下的男人都顯得猥瑣不堪，女人們嚮往這樣的男人，是擇優錄取，是物競天擇。」

梁大棟一杯又一杯地喝，他的臉已紅得成了豬肝的顏色，他一反平時嚴肅的表情，不停地哈哈大笑。

這笑聲出自梁大棟的口中，卻灌進了鄭仁松的心中，他借上廁所的功夫，直誇讚朋友夠意思，隨手甩給他兩萬塊錢。朋友喜上眉梢，說：「就花了一身衣服，讓你破這麼個費。」

鄭仁松怕後面有問題，就問：「梁大棟如果要睡覺怎辦？秘書幹嗎？」

朋友說：「沒問題，提前說好了。」

鄭仁松擔心後面的發展，經朋友這麼一說，心裏有底了。再上飯桌，就十分大膽地挑逗起這個女人來。他說：「吳小姐，你的酒量有多大？」

「你有多大我就有多大。」吳小姐說著，就要自己提酒瓶，身後的服務小姐立即過來，給她的酒杯裏倒滿，她指鄭仁松的酒杯，服務小姐也給鄭仁松的酒杯倒滿了。吳小姐舉杯子，說：「鄭老闆，別小看我。」說著就伸過去與鄭仁松碰杯，「哐」的一聲，她仰起脖子，一口喝了，問鄭仁松，「怎麼樣？」

鄭仁松卻不喝，又問：「你膽子多大？」

吳小姐問：「鄭老闆，你讓我幹什麼？」

鄭仁松說：「把梁大哥陪好。」

「我懂，老闆交代了的，我能不聽嗎？」吳小姐說著，就倒了酒，要和梁大棟喝。梁大棟有些急，說：「不行了，今天喝得太多。」

「梁哥幹什麼去？」吳小姐一副撒嬌狀，眼睛像張開的大門，裏面充滿了深不可測的誘惑。

梁大棟說：「身上出汗了，洗澡去。」

吳小姐說：「你陪妹妹喝了這杯酒，妹子陪你去洗。」

梁大棟睜大了眼睛。吳小姐說：「就看哥哥敢不敢？」

梁大棟說：「妹妹有多大膽，哥哥就有多大膽。」

吳小姐說：「妹妹怕什麼，難道哥哥會吃了我？」

「好！」梁大棟興奮得當即站起來，舉杯與吳小姐一飲而盡。

放下杯子，梁大棟拉開椅子離了座，服務小姐趕緊從衣架上拿了他的西裝遞過去。吳小姐也拿了衣服跟了出去……

鄭仁松講到這兒停了，黃嘉歸就說：「難道不是你想要的結果嗎？」

「哪裡？」鄭仁松哭笑不得，說，「因爲太順利了，才出了問題。我當時還想，公司裏還養陪人睡覺的女人？長大見識了！一夜，梁大棟爽得放不下了，第二天沒有告訴我，直接撥那女人留下的電話，接電話的是另一個女人，說，吳小姐上鐘了。」

梁大棟覺著不對，過一會，就又撥了吳小姐留下的電話，問：「哪兒？」對方說是天堂夜總會。他一下子明白過來。就給鄭仁松撥電話，說讓吳秘書再來一下。鄭仁松並不知道出了什麼事，就急急給朋友打電話，一個半小時吳小姐才到。

當晚，梁大棟還是留了吳小姐，但情緒已不如昨天。凌晨三點，梁大棟說累了，就把吳小姐趕出了房間。吃早餐時，梁大棟有意無意地對鄭仁松說：「吳小姐在夜總會挺忙的。」他一聽，知道大事不好，立即打電話問朋友，問急了，朋友實話告訴他，吳小姐確是一家夜總會的坐檯小姐，是他買了一身衣服，花了四千塊錢雇兩天的，想不到那賤貨還跑去加班。

鄭仁松一聽，腦袋就大了，他大叫一聲，說：「我的兄弟呀，你壞了我的大事。他×的，不但一千多萬配套費減免可能沒戲了，幾百畝地的規劃也可能麻煩了。」

朋友一聽也慌了神，趕到酒店賠不是，還把錢退了，說這次的事算他請客。鄭仁松大罵一聲，說：「能這樣做事嗎？」朋友無言。

回靈北幾天沒有動靜，他也不敢問。鄭仁松說：「你出國走的第二天，史九剛來電話，說梁大棟的博導來電話，有個課題想拉點贊助，不多，就二十萬。史九剛問我，說鄭老闆能不能支持支持文教事業。」鄭仁松笑著說，「怕的是他不要，要了就好辦。我一口就答應了。不過史九剛說，梁主任準備和鄭老闆一起去，顯得鄭重其事，也是給鄭老闆一個面子。」

鄭仁松摸摸茶杯，涼了，就叫歐陽玉娟過來換。歐陽玉娟換了新茶葉，又添上開水，出去了。鄭仁松說：「我一聽梁大棟去，就知道要補償。想想，我先期要開工的五十畝，按政府的控制性規劃，是一比一二的容積率，也得四萬平方米的房子了。政府的大配套一千多萬，如果免了更好，即使減半，也五百多萬哩，這不就是白揀來的利潤嗎？」鄭仁松說，「一千萬，五百萬，全在梁大棟簽個字的事。」

鄭仁松說：「要說中國的房地產市場，早著哩。雖然九四年國務院就發了《關於深化城鎮住房制度改革的決定》，但配套政策沒有，真正的老百姓有多少能買得起房子？說白了，還是賣給有錢人，或者大單位，再由大單位房改分配給職工。這種情況，價格是一個關鍵因素，價格中，成本又是一個關鍵因素，把一千萬送人，要拉動多少客戶呀。」鄭仁松說，「這是最好的行銷。」

黃嘉歸問：「那你要我幹什麼？」

鄭仁松哈哈一笑，說：「必須把梁大棟拿下，讓他舒服了，事情就好辦了。」他說，「咱也不讓他貪贓枉法，僅僅是讓他在自己的權力內，給咱這後娘養的民營公司一點油水。」

黃嘉歸還是不明白鄭仁松要說什麼，就睜大眼睛看著鄭仁松。鄭仁松這才把話頭一轉，說：「找你北京報社的同學幫忙，弄個有點名氣的歌星，徹底把梁大棟摺倒。不怕花錢！一千萬按百分之十提成，也一百萬哩，就他批一半，也提五十萬哩。我們會算賬，梁大棟一樣會算賬。」

黃嘉歸一聽，馬上想到在報社做娛記的同學劉立昌，前次去北京，聽劉立昌說起歌星公開價碼與人睡覺的新聞，他覺得那是相當遙遠的傳說，想不到今日竟被自己遇到了。他明明知道拉這個皮條荒唐，但鄭仁松要他辦他不得不辦，這是兄弟的情分。於是，他翻開通訊錄，找到劉立昌的電話，當著鄭仁松的面撥了過去。

劉立昌正好在辦公室，聽了黃嘉歸的話，嘿嘿笑著說：「靈北的女人還不漂亮嗎？半年前我去靈北，怎麼滿大街都是美女。」

靈北的美女的確是出名的。有一年省裏搞選美，全省十個佳麗，靈北居然占了六個。黃嘉歸說：「景色還是遠處的好。別說廢話，能不能辦？」

可能黃嘉歸的口氣認真，電話那頭的劉立昌就不笑了，略停了幾秒鐘，說：「辦！不過得花大價錢。錢是導彈，女人是地堡。」

鄭仁松在旁邊說：「錢沒問題。」

黃嘉歸說：「報個價！」

劉立昌在電話那頭說：「我可不是和你黃兄談買賣。我還得找文化公司的朋友幫忙，歌星得二十萬，得在五星級賓館請一桌，這樣的女人講排場，一桌至少也得二十萬，仲介費十萬，總共得五十萬。」

黃嘉歸聽了，就伸出左手，翻了一下，說：「五十萬。」

劉立昌說：「是五十萬，不是五萬。」

鄭仁松點點頭，說：「答應他。」

黃嘉歸說：「就這樣說定，可不能有閃失，這是一件很重要的事，是給一位有身分的人辦的，不能出差錯。你給個賬號，按規矩先付五萬定金，其他的錢，到時一次付清。」

劉立昌說：「是跑官還是跑錢？」

黃嘉歸說：「這你不用管。」

劉立昌說：「好的。兄弟你就放下心好了！」

黃嘉歸放下電話，鄭仁松問：「踏實嗎？」

黃嘉歸說：「拍賣管委會大樓時，他來過靈北，可惜當時你們無緣相見。這是他的本行，你放心。」

黃嘉歸既然這樣說，鄭仁松樂不可支，說：「我請你客。」說著神秘一笑，「不過這兩天你肯定得陪周小姐，過兩天，我約你。」

黃嘉歸一看，差一刻十二點了，他知道時迅一定等著他，於是起身告辭。鄭仁松留他吃飯，他執意要走，鄭仁松也就不留了，讓司機送他回去。

第七章 進京

18

天氣越來越涼了，樹上的葉子開始掉了，而且一天多似一天。站在街道兩旁的樹木，像一個個伸向空中乾枯的手。

這天，黃嘉歸送走去省城看望母親的時迅，一個人感到無聊，就開車直奔梅沙灘。

梅沙灘是靈北最大的海水浴場，很長，人稱十里梅沙灘，因她的沙粒細而無雜質，有一股梅花的淡香，沙灘前的村子又叫梅家村，所以人稱梅沙灘。這是靈北開發區第一個建成開放的海水浴場，中心地段已配套齊全，是一個非常美麗的景致。儘管秋季來人很少，但黃嘉歸依然不願去有可能碰見人的地段，他將車開到了沙灘盡頭緊挨山崖的地方。這裏離沙灘中心地段有一段距離，且離山很近了，水深，即使夏天，也很少有人來此游泳，所以，平時很少有人走動。而眼下是旅遊淡季，微風中頗有寒意，自然不會有人到這裏來。黃嘉歸就想一個人走走，聽聽十分熟悉的大海的聲音。

他把車停在路邊，踩著雜草，沿著一條很小的路到了沙灘上。有一陣風刮來，他打了個哆嗦，就拉了拉衣領，捂住了脖子。他坐在一塊礁石上，看著眼前的海。

梅沙灘的海，地處霻北灣的出口處，有一半屬於外海的太平洋了。極目遠處，蒼茫一片，微弱的光線像白色的霧幔，撒落在海面上，像有力量輕輕地向上提，海面便成了弧形的。目光所及，海天一色，天下便像一把剛剛打開的傘，那些模糊的皺褶裏，充滿了霧氣。這時，沒有過往的輪船，沒有嬉鬧的遊艇，就連平日裏穿梭的海鷗，也不見了蹤影，天下靜極了。

黃嘉歸有些發呆。突然，腳下有一股水灌來，脖子裏又鑽進了涼風。黃嘉歸後退一步，搖搖頭，這時的海面泛起了波紋，迅速有浪花的聲音傳來。薄薄驟起的波紋，快速湧向岸邊，立即沖起一團團白浪，像一朵朵緊緊相隨剛剛開放的花，轉眼被摔得粉碎，花瓣四處散落，周圍瞬間泡沫飛濺。這時的海，沒有暴風驟雨時的激烈，倒像大海向岸邊訴說著一個悠長的故事。波紋與浪花，由遠及近，一遍遍一次次地重複著同樣的節奏和同樣的形象，使時間一下子變得深不可測起來。

黃嘉歸感到了孤單，他希望時迅此時在他的身邊，哪怕是感到她呼吸的氣息，也會排遣他孤獨的心緒，使他覺得溫馨。他盼她來一個電話，但他知道那是不可能的，儘管通往省城的班車走高速公路，但也需要三個多小時。他拉緊了身上的衣服，呆呆地望著海面。他想著，人生也許就如這海邊的浪，一遍遍重複著相同的希望和奮鬥，撞向岸邊時卻粉碎了，那飛起的泡沫，使人很難分辨清楚它們的去向。

他覺著，自己正如這沖向岸邊的浪花，從無垠的海的深處，一次次地沖向自己要去的地方，但當浪花撞向岸邊的時候，雖產生了飛沫的美麗，但大多數的時候，他感到的是粉碎後的疲憊。他童年和少年最大的希望，就是走出開門見山的黃土地。毛澤東的名篇《愚公移山》，他倒背如流，但他認爲自己做不了愚公，只盼望上天看到一個少年因讀書而赤腳走在山梁上的辛苦，看到一個活蹦亂跳的生命如何因貧窮而陷入絕望的情景，能發慈悲之心救救他。他出門見山的地方，沒有王屋山，也沒有太行山，上天不用大動干戈，只需輕輕一拽，這個有著遠大理想的少年，就能走出山地。

他永遠不能忘記貧窮給他的記憶。在學校裏，他是一個學習優秀的學生，也是一個樂於助人的好學生，可他被選爲少先隊中隊長的第一天，貧窮卻給了他恥辱。當時，他站在全班第一排第一個位置，老師喊了一聲向右看齊時，他覺得全班同學都在看他，他們的眼光全部落在他的腳上。已是深冬季節了，同學們大都穿著襪子和棉鞋，唯獨他的腳上包了片棕葉，外面套著草鞋，完全一個電影上舊社會逃荒要飯者的形象。初冬的寒風滲進了他的全身，貧窮使他失去了面子和尊嚴。他盼望此刻突然發生地震，裂開一個口子，他掉進去的時候大喊一聲：請同學們退後保證安全！震口在合攏的瞬間掩蓋了他的貧窮，留下的是老師同學們肅然起敬的目光。在他童年和少年的記憶中，貧窮像一個魔鬼，從來就沒有離開過他。他全部的奮鬥就是爲了改變命運，擺脫貧窮。

因而，他認爲，只要擺脫了貧窮，一切即可改變。所以，當他軍校畢業穿上四個口袋的幹部服時，他認爲從此可以把握自己的命運，導演自己的事業。

至於愛情，更不在話下，以他的才智，贏得一個女人的心，是一件並不難的事。他要的愛情，是一個從來沒有聽說過的浪漫故事，他無數次地設想過各種版本，編排過各種可能。他認爲，一個人一生如果沒有浪漫，就不配叫人生。

當他調進軍機關一年半後，他確實遇到了愛情，不能說不浪漫，甚至十分有趣。那天他因加班去機關食堂吃飯晚了，偌大的食堂就兩個人，一個是他，另一個是她。他去得稍早，飯盆裏只剩兩個紅薯，他全拿了，背後的女人說：「一個農民。」他一聽，轉身怒目而視，那女人被嚇住了，忙解釋：「我是說，你肯定是農村出來的，所以愛吃紅薯。」末了，她又說，「我今天也特別想吃紅薯。」他本來想給她一個，但那女人因長得漂亮而太傲氣，他沒有理睬，端著飯碗離開了飯堂。

幾天後，處長給他介紹對象，一見面，居然是她。礙於處長的情面，他只好和她閒聊。她是軍部通信站副站長，是軍隊通信學院畢業的。他本不想提那天的事，她卻向他道歉，說：「我真的想吃。我媽愛吃，所以我就愛吃。」他只好說：「我當時想給你留一個。」她說：「那爲什麼沒給呢？」他乾脆實話實說：「看不慣你的樣子。」她好奇地問：「什麼樣子？」他說：「志在必得。」她笑了，說：「你很可愛。」第一次見面就這樣結束了，但他對她的印象卻因這次會面改變了，這個女人挺單純！她的父親是一個老紅軍出身的高官，在省裏主持一方政權，她可謂出身名門，本該嬌生慣養，可她卻少有小姐脾氣，更多表現出的是對他的包容和忍讓。在他的記憶裏，他們相戀的兩年時間裏，他從沒有和她吵過嘴。往往他發脾氣時，她會撒嬌，會說：「你吃了我吧，咱倆合成一個人，你就永遠不用生氣了。」他爲與這個女人相遇而陶醉，這是他此生天大的福分。

當時，他是軍機關司、政、後三部最年輕的幹事。身邊的人都說，他們是完美的一對。時間一天天過去，他終於難以離開這個女人了。她常常會帶給他一些驚喜，使他覺出了愛情的甜蜜和浪漫。兩年後，他十分幸福地和她結了婚。這個叫文理的女人，不但在單位上是一個受人稱讚的技術骨幹，在家裏也做得一手好菜，他時時被一種巨大的幸福感所包圍，他認爲此生足矣！然而被瑣碎生活消耗的日子，慢慢改變了以後的日子。

他們之間的矛盾到底是怎麼發生的，細細想來，一切都是模糊的。三年過後，他們竟然常常爲一些小事爭吵。讓他最爲反感的是，每當吃飯的時候，她說他吃飯的聲音不雅，滿嘴永遠像在啃骨頭，充滿了饑餓後的兇猛。這種教訓，喚起他童年關於貧窮的記憶，他認爲這是一種羞辱！她還說他不懂得生活趣味，不知道個人衛生，總之在她看來，他身上沒有任何值得讚揚的地方。

他們的感情終於疲憊了，他常常以沉默對付。時間久了，他終於知道，這是出身的差別。也許他和她的結合，本來就是一場錯誤。當他向大海尋求新生，他們的婚姻也就此結束了。當他背著幾件衣服，離開那個他們共同生活了八年的屋子，他突然有了心被掏空的感覺，他不知道人生怎麼會是這樣，而同床共枕的夫婦，從此也許人生茫茫，永不相見。他想，他為命運編排過無數腳本，但無一次是他導演命運，而是命運在導演他……

此時，他抬頭望海，似乎風大了起來，海面波紋的搖動也激烈了，浪花撲向海面的聲音也明顯地強烈了。那個和他生活了八年的女人，似乎就在眼前，她的聲音就在那海的浪花裏，一切猶如在眼前。他清晰地記得她第一次和他見面，告訴他她的名字叫文理，說是父親起的。老紅軍說自己沒有文化，女兒一要有文化，二要懂道理，當然不光是小道理，還要懂大道理。這個女人實現了她爸爸的願望，她不但有文化，拿了本科文憑，生活中也是處處講道理的，還不時有論文在專業報刊發表。此時此刻，他也不能說出這個叫文理的女人的半點錯處，她也是一個幾乎拿生命尋求幸福的人。然而要說出她的佳處來，卻突然模糊了。他居然記不起一次他們完整的談話，連面貌也如遠去的波浪，在礁石上粉碎了。

依稀記得，他們各自感到生活無趣的時候，就覺得這樣生活下去，對他們無益，日子一天一天地拉長了，感情卻在每天每時地消耗，終於有一天，他們把對方看作了自己真正的冤家。所以他們決意分手。這分手的話是誰先說的，他已沒了記憶，也許是她，也許是他。總之，是一個人先提出來，另一個人毫不猶豫地附和了。好像她先說：「咱們分手吧，這樣過下去對你我都不公平，家裏壓抑的氣氛，你不覺得終有一天會爆炸嗎？」

可惜那時他沒有學佛，他雖然知道緣分之說，卻不知道世間一切本來就是無常的，更不知道怎樣去面對這樣的局面，於是，他隨著情緒走。他說：「日子在發霉，因我出身的天性，使這個家裏沒有活氣，我走吧，我是個十足的混蛋，我不能帶給你幸福。」

他記得很清楚，她聽了他的話，流了淚。於是，他們就說好，在一個有霧的上午，去辦事處辦了離婚手續。扯了那張紙，他們一人一份，辦事人員告訴他們：「從法律上講，這張紙你們再婚還是要用的，所以要保存好。」他不知道是感謝還是以沉默對待辦事人員的提醒。這時，那個已經不再是他妻子的女人文理，卻把那張紙當著辦事員的面撕碎了，冷靜地對他說：「我是永遠不會再要這個證明了。」

辦事員睜大了眼，他也感到吃驚，文理的行爲，出乎了他的意料。那一刻，他知道她是在抗議，從此，也許她真的會永遠一個人面對全部的生活。此後，他們各走一邊，他也不再打聽她的訊息了。他認爲，任何的關注和過問，只能證明他的虛僞，一個已經毀壞了的幸福，過多的關注和過問，只能使遠離的艱澀更加心酸，因爲創傷是永遠無法彌補的，過去的那段日子，哪怕是細微的日子都是不能重演的，因爲那已是另一個空間和時間的歷史了。

面前的海，開始躁動起來，有很大的浪頭向岸邊撲來，那浪頭像一堵牆，有秩序地向岸邊推進，接近淺灘的時候，本來平穩的浪頭，卻突然提高起來，像豎起的一堵牆，猛地又摔下來，推進的水牆一剎那變作了巨大的浪頭，岸邊便成了開滿水花的白茫茫的一片。似乎刮起了不小的風，很快，那浪頭就形成了驚濤駭浪，傳播的聲音撼天動地，像從遠方滾動而來，攆著一個又一個聲響推進，聲音十分地沉悶。黃嘉歸不由地站起來。

這時，電話響了，時迅打來的？他一時不知道自己在這兒坐了多長的時間。接了電話，對方叫起來，聲音很大，也很急促的。

「黃老師，有時間嗎？現在哪兒？」是鄭仁松。

黃嘉歸說：「在海邊，」他還怕鄭仁松不明白，就說，「在梅沙灘。」

鄭仁松問：「和周記者在一起？」

黃嘉歸說：「一個人。」

「好，好，好。」鄭仁松說，「馬上到我辦公室來，有急事。」

應該到退潮的時間了，水流在迴旋，聲響也減弱了。

黃嘉歸猜想，梁大棟要進京了。鄭仁松曾告訴他，讓他作好準備，後來又說，梁大棟在一個會議上脫不開身。一推十多天過去了，想必梁大棟有時間了，不然鄭仁松不會這麼急切。黃嘉歸想著，快步到了路上，開車回去。

見到鄭仁松，黃嘉歸問：「是不是下午走？」

鄭仁松當然知道黃嘉歸指的什麼，但他卻不急，滿臉笑著說：「一個人在海邊有啥意思，至少也得兩個人啊。」

黃嘉歸笑笑，也就不再問了。

鄭仁松不等黃嘉歸坐下，就說：「好事，我說過要答謝你。咱們走。」說著就叫了司機，對黃嘉歸說，「開一個車吧。」

黃嘉歸說聲好，他們就下了樓。

他們很快就到了市裡，黃嘉歸問幹啥，鄭仁松不說。讓司機把車開到了皇宮御宴大酒店，直接到客房部開了房間，他讓司機在下面餐廳自己吃飯，鄭仁松則和黃嘉歸要了菜在房間裏吃。也就喝了兩瓶啤酒，半個小時就吃完了。

鄭仁松說：「下午再大吃。」說完了，又神秘地笑笑，說，「咱們坐晚上的飛機去北京，我讓司機開車去。你先約約，明天見你那個同學，把事情落實了，後天梁大棟去。」

黃嘉歸說：「我打電話約好，咱倆明早出發，開車去，下午也就到了。」

鄭仁松說：「十幾個小時太累。還不如我們早點去了玩玩哩。」

「十幾個小時是累。」黃嘉歸不解地問，「可我們跑到這兒來幹什麼？」

「感謝你啊。」鄭仁松笑了，說，「不是說五鐵嗎？我和你一沒扛過槍，二沒同過窗，三沒下過鄉，四沒有分過贓，看來只能是最後一個了。」

黃嘉歸以爲他開玩笑，就說：「大白天的，叫來就幹這活？」

鄭仁松說：「時間擠到這兒了。」

說著，鄭仁松打電話，叫服務員來收拾房間，說：「不能讓你幹髒活，我知道。」樓層的服務員很快進來了，清理了吃剩的東西和碗筷，又開窗透了空氣。待服務員走了，鄭仁松說：「開處，一個嫩得一提就會流水的小姑娘。」

黃嘉歸還是不明白，就瞅鄭仁松。鄭仁松興奮地說：「這你就不懂了吧？我知道你嫌髒，所以不讓你幹髒活。現在最時興的是開處，這是最高規格的請客了。請處叫『錦上添花』，開處叫『鴻運當頭』！大吉大利。」鄭仁松比劃著說，「我見了那個小女孩都忍不住了，才十八歲，嫩的就像早上帶露水的花，朋友找了幾個月才弄到的。但看她那麼乾淨，像我這樣動不動就和女人上床的老江湖，實在是碰髒了一件寶貝，所以特意留給你。」

黃嘉歸一聽傻了眼，想不到鄭仁松會這樣。

窗外的風有些涼，鄭仁松就去關了窗子，接著說：「找個好處很難，一要漂亮，二要人家願意。

本來想給梁大棟找一個的，但我覺得，梁大棟那樣不乾不淨的官員，只配睡被別人睡過的女人。處女讓他睡糟蹋了。」

黃嘉歸無言以對。

窗外起風了，海浪跳起來，開著慘白的花，卻沒有聲響，大概是窗戶密封的緣故，黃嘉歸一時倒不過神。鄭仁松又說：「就是給梁大棟，他說不定還嫌不風騷，床上沒功夫。我看這樣的女孩，最配給你這樣的文化人睡了。人家掙了錢，又沒被隨便糟蹋，也算不缺德。」鄭仁松並不等黃嘉歸表態，就說，「我在隔壁的房間，等一會兒人家女孩來，錢已經付了，你高興就是了。」說著，起身出去，隨手拉死了房間的門。

黃嘉歸一時有些慌亂，似乎聽到了自己的心跳。這種事過去雖有耳聞，但他覺得那是傳聞，是那些有錢人和社會敗類的事，於他十分遙遠。卻不料他馬上就要置身其中了。他原本可以拒絕，但他卻沒有反應，像是默認了。也許他的意識深處，還是被一種神秘的欲望誘惑著，默認了鄭仁松那些似是而非甚至是強詞奪理的說法。

落地窗的光線很強，近在眼前的海浪晃動著。他起身去拉了窗簾，先是一層薄紗，而後是一層厚厚的雙層窗簾，窗外的陽光立時被隔斷了。房間裏暗成一片，他的眼睛有些不適應，看到的儘是黑暗，於是，他打開了床頭上的臺燈，發黃的燈光立即撲向了空間，房子裏明亮起來。

他突然覺著口渴，就去飲水機旁邊拿了一個杯子，儘管很乾淨，但他還是接了開水搖了搖，倒了，又接了涼水，大口喝起來。他仰著脖子，沒有換氣，一口氣就把一杯水喝完了。他放下杯子，呆坐在床上，周身發木，似乎不知道自己置身何處。他想，即使人進來了，可以理直氣壯打發走，何必驚恐不安，渾身哆嗦？也許他的靈魂深處並不乾淨。

他曾翻過書市上一度走俏的關於青樓文化的書，或寫明清北京胡同的妓院，或寫西湖邊上的歌樓，或寫大江南北追求愛情的青樓烈女，或寫歷史事件中的名媛。此類書籍走紅，正好爲當今中國的娼妓文化做了輿論鋪墊，一度就有了繁榮「娼」盛的說法，正好爲尋歡作樂的男人找到了理論淵源。此刻，黃嘉歸似乎從那些書中得到了一絲心理安慰。

正在他念頭亂飛的時候，有人敲門，聲音雖然很輕，他卻覺得如一聲驚雷，他身子抖了一下，下意識地起來，打開了門。門外立即閃進一個人，怯生生地問：「是一〇一八房間的黃老師嗎？」

「是。」黃嘉歸應著，抬頭看，眼前的女孩穿著一件很豔的紅色上衣，不是十分合體，有些大。但掩不住少女成熟的身子，脖子雪白雪白的，在淡黃的燈光下，如去皮的蘿蔔般細嫩。再看她的臉，似乎比鄭仁松告訴他的年齡還小，是一張純淨的娃娃臉。她也看他，但她只看了一眼，目光就迅速地躲開了，有些驚恐。

「你坐吧。」黃嘉歸說著，就拉出了桌子下的凳子。那女孩低著頭，輕輕地走過去，坐在了凳子上。

黃嘉歸竟一時無話，臉憋得發紅。那女孩起來，說：「大哥你等等，我去洗澡，坐了一天的車。」

「等等。」黃嘉歸突然問，「是別人逼你來的嗎？」

「不是，是我自己願意的。」她說。

「爲啥要這樣呢？」黃嘉歸問。

女孩兩隻手交叉著，不停地捏著手指，說：「大哥，我是家裏的老大，書讀得不好，只上了初中，一個弟弟也該上初中了，還是希望工程資助的。」她抬頭看一眼黃嘉歸，說，「你不要看不起我。我們農村，如今都出門打工，我文化程度低，掙不了多少錢，沒辦法，總不能叫父母養著吧。我們那裏就有姐妹出來坐檯了，回去還在縣城開了商店，掙正經的錢了。我也是姐妹們領出來的。大哥你放心，我一個對象也沒處過。」她說著，又低下了頭。

黃嘉歸說：「我不是這意思。那個鄭老闆付錢了吧？」

「已經給了，」那女孩依然沒有抬頭，說，「一萬。」

黃嘉歸說：「既然他給了錢，我們坐坐，別的事就不做了。」

「那不行的。」女孩站了起來，她說，「你嫌我不好看嗎？不相信我是處女嗎？我保證！」

「不是，不是，我不是不相信你。」黃嘉歸說，「我……」黃嘉歸找不出一個準確的說法來表達自己的心境。

「我知道了，」女孩說，「你過去沒做過這樣的事，說明是乾淨的男人，那我真的是有運氣。姐妹中有的第一次就被嚇哭了。」

「我出去就說，什麼都做了，與你沒事的。」黃嘉歸說，「這樣好嗎？」

女孩搖搖頭，說：「大哥，你想想，一萬塊錢，我們家鄉一個農民，在地上幹三年，怕也掙不到這個數。人家出了錢，我不給，心裏虧。」她幾乎要哭了，她說，「大哥，你想想，我沒給你，我回去不說，明天後天，我再去見男人，人家幾百塊錢就打發了。賤嗎？我要說還是女兒身，人家誰信？求大哥依了妹妹吧！」

黃嘉歸一時無言了。

那女孩站起來，去了浴室，接著，黃嘉歸聽到淋浴出水的聲音。他周身發熱，口又渴了，他又接了一杯水，喝了；他打開電視，盯著電視螢幕，卻不知道電視畫面放的是什麼。

洗手間的門開了，女孩用浴巾裹著身子走了出來，露著的腿，像兩條出污泥的蓮藕，細長而白嫩。她走向床邊，拉開被子鑽了進去。就在她去掉浴巾的瞬間，黃嘉歸看見了一個美得出奇的女人的胴體，他感到了一陣眩暈，他燥熱的身子像要爆炸，那個邪惡的叫作欲望的東西佔據了他的靈魂。

他站起來，解開了第一個鈕扣，猛然抬頭，看見了那張少女的臉，微閉著的雙眼，似乎有淚光劃過，他的心裏突然像被什麼尖利的東西戳了一下，身子一抖，眼前突然出現了那個叫文理的女人的臉，雙眼皮，烏黑的眸子瞅著他。忽然，文理不見了，時迅在看他，那雙充滿激情卻又純淨的眼睛看著他。他有些慌亂起來，像有蠍子蠍進了他的胸腔，使他喘不過氣來。瞬間，他癱在椅子上，終於停止了他的行爲。

躺在床上的女孩許久沒有聽到動靜，她睜開眼，吃驚地看著黃嘉歸，急促地問：「大哥，你怎麼了？哪兒不舒服嗎？」

黃嘉歸搖搖頭，站起來，像喝醉了酒一樣搖搖晃晃進了浴室。

他突然想洗澡，他希望借助水的力量，安撫他的情緒，使他能夠平靜下來。在他意識裏，被子裏躺著的少女的姿勢，是一個難以言說的意象，他得儘快處理完這件事，他怕稍微的時間，會使自己的欲望失控。他快速沖洗完畢，穿好衣服，走出浴室。

他見她閉著眼睛，他知道她等著他。

他看一眼她那張稚嫩的臉，輕輕地推了她一下，小聲說：「起來吧。」

她睜開眼，不解地看著他。他又說：「起床吧。」

「你不要我？」她疑惑地問，她說，「你懷疑我嗎？大哥請你相信，我是乾淨的，我沒有被任何男人碰過。」

這一刻，黃嘉歸的眼眶突然潮了，他的眼淚幾乎要掉下來，他趕緊調過頭去。他不知道自己是因爲同情這個女孩的緣故，還是憎惡自己剛才的欲念。這時該不該念一句師父傳他的金剛薩埵咒「嗡班雜薩埵吽」？那是一個消業的咒語，他希望借助咒語的力量，消除自己剛才的意業。

女孩見他真的沒有動靜，無奈地坐起來，拉過衣服穿上。

他見她的情緒平靜了，就說：「小妹妹，你真的很好。我有一個小妹妹，和你一樣大，我看見你，就想起了她，所以我不能。」他隨口編了一個理由，說，「你在銀行有存摺嗎？告訴我賬號，我不能多幫你，給你存一萬，就算我對你弟弟的一點幫助吧。」

她有些吃驚，睜大了眼睛看著他。

黃嘉歸怕她不信，就從包裏掏了一張他在報社的名片，用手寫了他的手機號給她，說：「有事就打手機吧，我會幫你的。」

女孩接了名片，有些感動。她雖剛進城，但姐姐們告訴她許多道上的事，說千萬別問男人的姓名和職業，即使男人告訴你，那也是假的。敢花大錢找小姐的男人都是有錢有身分的，他們最忌諱暴露身分。眼前的這個男人，完全不是姐姐們說的那樣，何況，他什麼也沒做，她本來就少戒心，這時更沒了任何防備，說：「老闆給了一萬，被介紹的姐姐拿去兩千，八千都在我存摺上，上午存的。」說著，就從包裏掏了存摺，遞給黃嘉歸。

黃嘉歸接了，在賓館的便箋上，抄了存摺的號碼和存款的銀行。她的名字叫柳紅桃，抄完了，他還對她說：「明天我給你存一萬，誰也不要告訴。我希望你離開這裏回家去。」

女孩雖一時還不能理解黃嘉歸的行爲，但她相信他說的一定是真的。就收好了存摺，說：「我叫紅桃，存摺上的名字就是我的。大哥，我的運氣真好，謝謝你！」

黃嘉歸拉開門，她低著頭匆匆離去。黃嘉歸關了門，一下子癱在床上，他並不覺得自己高尚，反而覺得沮喪，他一時無法描述自己的心情。

他看了一下房號，給鄭仁松房間撥了個電話。隔壁的電話鈴響了，隔音不好，能隱約聽見，響了幾聲，無人接，他以為人不在，正要扣電話，那邊接了，是鄭仁松。他就說：「鄭總，走吧。」

「等等，我這還沒完。」說著，扣了電話。

19

夜裏，他們回來得很晚，鄭仁松在車上，也不避司機問：「不是假的吧？」

黃嘉歸有些尷尬，卻又不能不答，就說是真的。鄭仁松還要說什麼，手機響了，是辦公室主任馬可打來的，說機票已經買好了，明天下午一點的，問幾點走，鄭仁松就說上午十一點走，機場吃午飯。他扣了電話，接了剛才的話說：「如今他×的什麼都有假。假菸假酒是小事，竟然連處女也有假的了。」他說，「前次，有個兄弟招待香港來的一個很有錢的主，就找處。結果靈北沒找著，開了兩個多小時的車去嵩州找了一個，說好價錢，先給三千，完事後再給三千，朋友怕不安全，就拉回靈北。十分高興地送給港商，結果半夜被趕出了門。你猜怎啦，他×的是假處，她在裏面灌了紅藥水，結果流了一床。你想想，港商是什麼人，啥女人沒見過？一下生氣了，就把假處趕了出來。第二天早上，港商一見朋友，更是火沒處洩，退了房要走人，說涮朋友也不能這麼涮，玩一下都成了假的，還有什麼是真的？」

鄭仁松說得很興奮，他自問自答，「你說這叫什麼事？一點職業道德都不講！差點把一樁大買賣給砸了。」

黃嘉歸聽了，笑不出來。他想，人說樹林大了，什麼鳥兒沒有？這世上確是什麼人都有，什麼事都有。

第二天早上九點，銀行上班的第一時間，黃嘉歸就按柳紅桃存摺的號碼，存了一萬元。辦了這件事，他的心似乎落實了。昨晚，他睡得極不踏實，好在時迅不在，他一個人躺在床上，反覆折騰。他想，自己造的真是該墮地獄的惡業。他心神不寧地吃了早飯，巴不得等著鄭仁松早點來，趕快出門，不然自己被自己折磨得不能自控了。

終於等來了鄭仁松，他只拿了一個簡單的包，上了鄭仁松的車，直奔機場。在機場，他們吃了飯，一個半小時的飛行，他們到了首都機場，鄭仁松的朋友開著大奔來接。晚上七時，他們已經坐在北京飯店的包間裏，與提前聯繫的劉立昌見面。

劉立昌與黃嘉歸一見面，第一個動作就是抱住了黃嘉歸，說：「真的很想你。你說你跑到靈北那天涯海角去，有啥魚蝦可撈？到北京來，憑你的才華，一年幹個部主任，五年坐上總編輯的位子。否則，我們兄弟去掛靠個單位，自己戳起一個報紙或雜誌來，掙錢撈銀子。」

黃嘉歸也大笑著說：「我說老同學，你真把靈北當鄉下了？你不是沒去過，那可是中國改革開放的前沿陣地，也是聞名世界的旅遊勝地，不就比北京的官少一些嗎？」

「不光少，還小。」劉立昌說。

玩笑過後，劉立昌介紹客人，一位是報社的同事，一位是一家文化公司的經理，叫王驪，是個女的。劉立昌指著王驪介紹說：「王姐可是京城有名的腕姐，她的文化公司，主要經營電視節目製作和演藝，路子寬得很。這次的事，是王姐一手安排的。」

叫王驪的女人，看不出年齡，長得很有幾分姿色，打扮入時，雅而不俗，一看就知道是一個挺精明的女人。她只微笑，不多言。待劉立昌介紹完了，她握住黃嘉歸的手說：「以後都是朋友了。」

這時，服務員拿了菜單來，劉立昌就當起了主人，鮑魚，海參，龍蝦，魚翅……他淨揀貴的點。黃嘉歸瞅一眼，價格驚人，頭髮根倒立起來了。他倒不是心疼鄭仁松的錢，而是懷疑比靈北高出許多倍的菜價，是不是被人宰了。

鄭仁松倒怕黃嘉歸不悅掃了客人的興，就說：「看上啥點啥，別在乎價格，一分錢一分貨，這是在北京飯店，又不是在靈北的大排檔。今天兄弟們一定要盡興。」

要酒水時，鄭仁松就直接要了三千多塊錢一瓶的洋酒。劉立昌說好。

菜點畢，黃嘉歸就說：「我去過青島，那裏有條殺人街，吃飯就是殺人，我看這裏比青島殺人街的菜還殺人，北京真的是北京啊！」

劉立昌說：「這還是便宜的，不算酒水，超不過一萬塊。」

「不然怎麼叫北京。」鄭仁松說，「我佩服北京人，幹事他×的有氣派。前幾天在報紙上看到一個新聞，說廣州的大款在廣州花三萬請北京的大款吃了一頓飯，北京的大款就花十萬在北京回請廣州的大款，廣州的大款一看，不是說不到廣州不知道誰錢多嘛，就用十五萬又請了北京的大款。北京的大款更不服氣了，就拉著廣州的大款，去北京最豪華的飯店，沒有點菜，將三十萬元現金向桌上一擲，對廚師長說，就這三十萬，看著上菜。廣州的大款一看，傻了眼，雙手一拱，說，佩服北京的大哥。你說，啥叫氣派？這就叫氣派。他敢花那麼多，就說明他能掙那麼多，這才叫牛！」

菜還沒有上來，服務員在開酒瓶，劉立昌就接了鄭仁松的話說：

「社會上流傳說，不到廣州不知道錢少，不到海南不知道身體不好，不到北京不知道官小，這話絕對是外地人說的，不是北京人總結的。依我看，不進人民大會堂不知道官小，不橫穿長安街不知道錢少，不睡名女人不知道身體不好。人民大會堂不用解釋，長安街上開的車，十輛就有六輛是外國的名車，錢不多能買得起嗎？至於名女人，床上的技巧肯定把鄉下的阿Q搞懵。你說，這不都在北京嗎？」言罷，看著王驪，有些壞笑地說，「有女士在場，沒有注意口腔衛生，請王姐恕罪。」

王驪笑笑，不言。

菜上來了，開始吃喝，只是鄭仁松並不如平常放得開，桌上黃嘉歸倒成了主角，不停地和劉立昌、王驪碰杯，終因他並不十分好酒，喝起來也多是應付，所以，一直沒有喝興奮。於是，為了活絡氣氛，黃嘉歸說：「每人說個有趣的段子，大家不笑就喝酒。」大家一聽叫好。

劉立昌就自告奮勇先說。他說，他老家一位市委書記，姓黃，大家叫他黃書記，因好色，據說檔案裏裝有科級和處級時受的處分，都是因為男女關係，可他就是本性難改。有一天，他進京開會到了省駐京辦，迎面碰見一個很漂亮的服務員，他有些忍耐不住，但在大庭廣眾之下，也不能失態，他就上去握住服務員的手，問：「丫頭，你爸姓什麼來著？」女服務員見市委書記握她的手，很激動，也不敢把手抽出來，就讓黃書記握著，說：「我爸姓王。」黃書記一聽，立刻伸出左手，拍著握在自己右手裏的服務員的手背說：「老王家的丫頭長大了。」

劉立昌說完，大家笑起來。鄭仁松突然來情緒了，他說：「你們文化人的故事太文，我說一個粗的，正好葷素搭配。」

大家聽了，立即鼓掌。鄭仁松就說，五十年代，政府說他的老家有特務，公安局就派了人蹲點。有個公安的爹，見兒媳長得漂亮，心裏就歪了，但又不能怎的，就每天背著別人，在兒媳面前把他下面的東西亮出來，給兒媳耍流氓。兒媳不好說，就告訴自己的男人。公安一聽，這日子怎過？就提出分家。分家也就是把三間房隔成兩家，一家一間半，一個院子，用籬笆從中間隔住，變成兩個院子。結果老頭改不了毛病，趁兒子上班的時候，把那東西又掏出來，撥開籬笆塞過去，叫著兒媳的名字。兒媳怎能忍，就告訴男人，男人一聽，決心抓個證據，好好地羞辱他爹。第二天，他就假裝上班，又偷偷溜回來，身上披上麻袋作僞裝，蹲在籬笆下。老頭子見兒子走了，又來了，他剛把那東西伸過來，兒子就叫一聲，撲過去用手抓，結果老頭子受了驚嚇，縮回去了，兒子沒有抓著。老頭子反而來勁了，他理直氣壯地說：「你連個屌都抓不住，還抓特務哩。」

鄭仁松說完，大家笑得前仰後翻。劉立昌說：「鄭總高招，充滿時代特色和鄉土氣息。」大家笑過，王驪說：「精彩了沒人喝酒，我領一個。」說著，她提起杯子，和大家先喝了，大家也都舉杯一飲而盡。

這時，鄭仁松的司機開著寶馬到了。鄭仁松讓司機在大廳單獨吃。包間裏繼續熱鬧。

劉立昌說：「該王姐了。」

王驪也不推辭，說，北京有三個熟齡女青年，是搞藝術的，爲了尋找創作靈感，突發奇想，去瘋人院找三個男人結婚，號稱行爲藝術。她們在院長的引領下找人，當然要儘量挑思維正常一些的。於是在一樓，女藝術家甲，拿出一塊紅手帕，指著一名精神病患者，問她手裏拿的手帕是什麼顏色？患者答，紅的。確實是紅的，女藝術家甲就說，好，我嫁你了。接著，他們到了二樓，女藝術家乙，指指自己的鼻子，問一位精神病患者：這是什麼？患者答：鼻子。女藝術家乙就說，好，我嫁他了。接著，他們到了三樓，女藝術家丙，不想再出那麼簡單的問題，可不要小看三位中最後這位女人，她的智力是最好的，就說：只有那些清醒時智力最高，犯病時失去智力的患者，才最能體驗出性格的差異和精神的變異，這才是現代藝術最關注的人類的精神領域。於是，她問：「一節竹子有七個孔，它能同時吹出鳥叫和雞鳴，你們說是什麼？」大家一愣，鄭仁松就搶答，說：「笛子。」

這次是王驪一愣，也許她沒有想到鄭仁松會搶答，於是她笑著說：「那我就嫁你吧。」她的話剛落音，大家立時明白過來，都哈哈大笑起來。黃嘉歸大笑中，覺得這個女人聰明到了極致。

鄭仁松笑過，說：「王小姐我娶，那個女藝術家我可不要。」大家聽了又笑起來。劉立昌說：「愛美之心，人皆有之，精神病患者也不例外。」他們這麼說著，笑著，吃著，喝著，兩個小時很快過去了。結賬時超過了五萬。鄭仁松又要了一條中華和一瓶人頭馬，遞給劉立昌，說第一次認識，就算心意吧。又從包裏掏出一塊金表，遞給王驪，說：「王小姐，別嫌棄。」

王驪和劉立昌各自拿了，說：「謝謝鄭老闆。」出門，劉立昌說：「還早，帶你們去一個地方，那兒的啤酒是當場釀的，咖啡是正宗的巴西貨，現場製作。」

黃嘉歸看看表，還不到十點，就說：「去吧！」

「上王姐的車。」劉立昌拉了黃嘉歸向一輛白色的轎車走去，扭頭又對鄭仁松說，「鄭老闆，其他幾個朋友坐你的車，跟著我們。」

「好。」鄭仁松在後面答應。

到了車前，燈光下，黃嘉歸看清是一輛白色寶馬，他一愣，心想：這女人真有錢！是王驪自己駕車，先走前門大街，然後走長安街，很快，黃嘉歸就不知道什麼地方了，昏黃的路燈下，能看清飛起的塵土，視線比起靈北的夜路差遠了。

劉立昌問：「你和這個鄭老闆什麼關係？」

黃嘉歸說：「很好的哥們。」

劉立昌說：「那咱就真做。王姐可出了大力。」

黃嘉歸說：「十分感謝王姐。」

王驪說：「朋友了，不用客氣。」

王驪看著前面的路，車速正常，晚上好像沒有平日塞。她說：「鄭老闆土是土了點，但出手倒大方，看得出是一個有錢的主。」她對黃嘉歸說，「立昌是我的鐵哥們，朋友的朋友當然是朋友，鐵哥們的鐵哥們，當然是鐵哥們，我們一定辦好。」

黃嘉歸說：「王姐判斷很準確，鄭仁松是靈北開發區數一數二的地產大腕。人也很仗義。這次辦的事，也是爲了擺平開發區的領導，關係幾百畝地的開發。」

王驪說：「立昌，既然關係到位，又是大老闆，那就給黃總直說吧。」

「好。」劉立昌就問黃嘉歸，「讓鄭老闆拿五十萬你認爲他肯掏嗎？」

「沒問題。」黃嘉歸說，「電話上不是說過嗎？他答應了。只要事情辦妥就行。」

劉立昌說：「那當然沒有問題。不過錢得先付。北京人從沒有墊錢給人辦事的。所以，我提前跟你商量，行就說妥，不行拉倒，免得到時搞得大家不痛快。」

黃嘉歸說：「提前說了。」

劉立昌就說：「那就好辦。我們報社正在和王姐的文化公司聯手，做一個香港的文化專案。選取現當代中國一百首描寫中國歷史和香港的詩，然後請中國一百位著名書法家書寫出來，印成收藏版的書，絕版編號發行，〇〇一號由中國歷史博物館或故宮博物院收藏，〇〇二號至一百號，由香港特首和中央有關領導收藏，其餘的向社會發售，印一萬九千九百冊。」

黃嘉歸聽得有些不得要領，說：「青島有個作家，最近在北京西客站租了房子，籌辦迎接香港回歸百家藝術瓷畫大展，是文化部和國務院港澳辦、新聞辦聯合批的，他請了包括關山月、黃永玉、張仃、程十發、華君武、方成、朱乃正，還有臺灣的劉國松等一百位中國當代的藝術大師和著名畫家，在景德鎮四十到五十公分的白色瓷盤上作畫，一人一幅，然後再回爐燒製，成爲一百面瓷盤畫，叫『百位畫家、百幅瓷畫，迎接百年回歸，洗刷百年恥辱』。聽說還要出收藏版的金書。」

劉立昌說：「我們和他搞的不是一回事，他那的確是好東西，我也看報導了，說是中國五千年陶瓷史上的創舉，收藏價值當然大。但投資太大了，你想想，抱著瓷盤，動員全國一百個畫家，畫了再收，那是把文化搞成了力氣活。國家的批文，還不讓他集資。我們不同，就掛報紙的招牌，輕輕鬆鬆就搞成了。」

黃嘉歸終於忍不住，問：「和我們這件事有聯繫嗎？」

「當然有。」劉立昌說，「那五十萬就是當作贊助費，匯到王姐的賬上，出正規發票。剩下的事我們處理。」

「要不要發票鄭老闆倒不在意，他經常走現金。」黃嘉歸說，「我關心的是這件事能不能落實，說清楚，我好和鄭老闆說。」

劉立昌說：「沒說的。等一會王姐就約人，見面不就一切都明白了嗎？」

好像車已上了四環，有些地方是空地，有些地方正在建高層。劉立昌說：「多少女孩是從王姐的手裏走向銀幕，走向螢幕的。中國的演藝界，哪個王姐不認識？這個你放心。這個價，太大牌子的是叫不來的，有些大腕光吃頓飯，也得幾十萬。就是出上錢，人家也不一定願意幹。但王姐安排的，肯定是在銀幕、螢幕上露過臉，上過角色，唱過歌，臉熟，人長得漂亮，絕對是能拿下男人的角。砸了鍋，我負責，錢一分不要。」

「那就行。」黃嘉歸說，「我是受朋友之托，不要弄糟了朋友的事就行。」

劉立昌說：「我們當然為朋友負責，所以，出發票也是為了朋友的安全。你能保證行賄的這個貪官一輩子不出事嗎？萬一出了事，他供出你來，你成了行賄者。」劉立昌比劃著，說，「你看，發票一拿，你說我搞賄賂，我還說贊助香港回歸是愛國行為。你的證據在哪兒？我這裏有發票。」

劉立昌說著，不由自主地笑出聲來。

黃嘉歸也「吭」的一聲笑了。

說話間似乎到了，王驪的車速減下來。

車停在了一個龐大的建築群面前，借著如畫的燈光，黃嘉歸看見停車場停的幾乎都是進口的高檔轎車，顏色各異，像一個一個巨大的鐵蟲，臥在方石砌的停車場上，張揚著主人們的富有。

鄭仁松的車緊跟著也到了。大家就一起向建築群走去。大門的霓虹燈閃爍迷離，花花綠綠，很刺眼。進了大廳，卻見無一盞電燈，桌子上擺著造型奇特的彩色蠟燭，裏面的人，穿著時尙怪異。燭光下，有品茶的，喝咖啡的，抽菸的，聊天的。大廳裏充滿了一種說不清的神秘和詭異的氣氛。王驪招招手，要了個房間，他們就進去，裏面是一個長條的桌子，擺了多把椅子，大家就圍了坐。很快，服務小姐就點上了蠟燭，關了電燈，屋子裏立刻模糊了，燭光裏像有許多影子在晃動。

在這兒，王驪成了主人，她點上了茶和咖啡，又要了洋酒和烤肉，接著用手機打電話，讓一個叫藝藝的女孩快點過來。她說：「方便再叫兩個女孩來陪鄭老闆和黃總。」

劉立昌就說：「王姐想的真周到，就是把你立昌弟弟忘了。」

王驪說：「兔子還不吃窩邊草哩。」

劉立昌說：「這京城加郊縣，幾百平方公里，這窩也太大了點。」

王驪就笑著說：「到靈北去，請鄭老闆招待你。」

「沒問題。」鄭仁松笑著說。

吃喝的都上來了，擺了一桌。黃嘉歸品了品咖啡，味道確實香，就稱讚說好。王驪說：「這叫什麼地方？桃源仙境，是從國外剛剛引進的一家俱樂部，會員性質的，每年光會費得二十萬元人民幣，不是會員不接待。」

「牛。」鄭仁松說。

這時，王驪的手機響了，她一看，對黃嘉歸說：「黃總，我倆去接接，藝藝到了。」

黃嘉歸起來，跟著王驪出去，到了停車場，見一輛乳白色的車裏走出一個人來，手裏拿著手機。王驪就喊：「藝藝！」

那個從車裏走出的女人，就叫：「王姐！」她說：「幾個姐妹都不在。我一個人。」

黃嘉歸走近一看，又是輛寶馬，再看那女人，高挑個，身材出奇的魔鬼。王驪就介紹說：「這是靈北來的黃總。」又指著剛下車的女人說，「大明星，藝藝。」

藝藝伸出手，說：「歡迎黃總。」

黃嘉歸握了藝藝的手，禮貌地說了聲：「您好！」

他們穿過大廳，進了房間。王驪突然打開燈，屋子裏的光亮立刻飽滿起來，燭光變成了跳動的火苗。藝藝的形象，在燈光下暴露無遺，化了淡妝的一張臉，有幾分洋娃娃的味道，皮膚白細嫩滑，眼睛大而有水。王驪說：「現在，我向大家隆重推出，著名影星、歌星藝藝。」

「哇！」劉立昌誇張地叫起來。

鄭仁松眼睛直了，像有線拉了不動。黃嘉歸這時才認真審視起眼前的女人，藝藝簡直就是中國古典的宮廷畫裏走出來的美人，標緻的身材和性感的誘惑，使男人很難抵禦。王驪見藝藝把男人們的情緒調動了起來，就說了一個電視劇的名字，是講述一個大款包二奶的故事。

鄭仁松立即叫起來，說：「是是是，她演那個主角的原配妻子，不過本人比電視上更漂亮。」

「她是二號角色，」王驪說，「電視劇是從同情二奶角度去表述的，所以藝藝演的戲份少於二奶。化妝就化醜了些。」

鄭仁松說：「我看的時候，你的善良和漂亮感動得我流淚，我說如果是真的，我一定出錢幫你打敗那個當代的陳世美。」

「好呀，」王驪說，「看不出鄭老闆不但是個情種，還是一個有同情心的英雄。」

「哪，哪，好色好色。」鄭仁松說，「沒有王姐說的高尚。」

屋子裏的人笑起來。王驪招手，示意黃嘉歸出來。王驪隨手關了電燈，屋子裏立即又迷離起來。黃嘉歸跟著王驪到了門外，站在不遠處的一棵樹下，王驪問：「藝藝怎樣？」

黃嘉歸一時還未反應過來，說：「當然好呀，沒說的。」

王驪問：「那就她了？」

黃嘉歸明白過來，立即點了點頭，說：「可以，可以，名聲也行，關鍵長得漂亮。」

王驪問：「弟弟看上了？」

黃嘉歸笑著說：「有那個賊膽，也沒那麼多賊錢。」

王驪說：「弟弟需要還用錢嗎？一分也不要。姐招待你！藝藝可好了，不就陪你玩玩？並不跟誰都講錢，不宰有錢人和貪官我們吃什麼？兩回事。」

「別，別，別。」黃嘉歸連連擺手。

他們笑著進了屋。王驪耳語黃嘉歸一句。黃嘉歸站在門口，叫聲鄭老闆，招招手。鄭仁松就起身走了出來，跟著黃嘉歸到屋外，又站到那棵樹下。

鄭仁松問：「啥事，這麼神叨？」

黃嘉歸說：「王驪安排的就是藝藝，問你行不行？」

「當然行。」鄭仁松說，「名氣雖不太大，但人長得邪乎，夠份。」

黃嘉歸說：「英雄所見略同。」

鄭仁松「嘿嘿」笑著，搓著兩隻手。黃嘉歸就說：「還有啥？說。這幫兄弟姐們很會辦事。」

「他×的。這麼漂亮的女人，先叫梁大棟睡，不行！」鄭仁松口氣堅決地說，「睡了再給他，你去給姓王的女人說，現在就給二十萬，今天晚上睡。原先說好的五十萬，明天上午就匯到她的賬戶上。」

黃嘉歸一聽，愣了，想說什麼，但看鄭仁松的眼光，在模糊搖晃的燈光下發著綠色的光芒，有些饑渴難耐了。他就把到嘴邊的話咽了回去，說：「我去試試，你在黑處等著。」

鄭仁松就向右面退了退，到另一棵更大的樹的陰影裏躲著。黃嘉歸就進屋，一會兒，叫著王驪出來，就又站在剛才的樹下，黃嘉歸說了鄭仁松的意思。

「這怕有些難辦。」王驪說，「提得太突然，我們又不是專做人肉生意的。」稍停，說，「你等等，我去說說看，不成了不要怪我。」

說著，就進屋了，黃嘉歸也就退到了暗處。這時，見燈光把常綠的樹葉切碎了，投到地上和建築上，搖搖擺擺，陰陰的，浮浮的，夾著偶爾的一股冷風，天空就像滑過了一聲嘆息，把聲音傳得遠遠的，但卻十分微弱，瞬間便消逝了。

一會兒，王驪出來了，帶著藝藝，也站在那棵樹下，耳語一陣後，藝藝走到一邊，黃嘉歸過來。王驪說：「我說本是很熟的哥們，藝藝就答應了，不過她說不能過夜的，她今兒的身體不算太好。」

他倆說著，黃嘉歸就招呼鄭仁松過來，鄭仁松早就等急了，一聽，就滿口答應說，他本來就沒敢有過夜的想法。這樣，他們就一起進了屋，王驪對大家說：「我們出去有點事，大家喝好。」說著，鄭仁松要了司機的車鑰匙，藝藝也就跟著出來了，黃嘉歸不好不出來，也就跟著。鄭仁松打開車的後車箱，在一個類似小型鐵箱裏，拿出一個包，遞給黃嘉歸，說：「這是明天孝敬梁大棟導師的贊助費，先給了，明天再從銀行取。」黃嘉歸接了，遞給後面的王驪，王驪接了，看也不看，打開自己的車，扔到了後車箱裏。

「這？」黃嘉歸有些擔心安全，王驪說：「沒事，這裏梁上君子過不來，保安二十四小時巡邏。」

黃嘉歸眼見藝藝開著車，帶著鄭仁松走了。

「就近就有大賓館。」王驪說著，和黃嘉歸進了屋子。

三個小時後，鄭仁松一個人回來了，一看凌晨一點了，說好了明天的事，大家就散了。可到了賓館，鄭仁松卻無睡意，拉著黃嘉歸到他的房間，說那樣的女人才叫女人，身下流出的水都是香的，男人想跟她去死。他打包票地說，把梁大棟絕對搞定了。他們說到快五點了，實在睏了，才各自休息。

20

梁大棟站著，摸起桌上的電話，讓規劃局局長吳桐來一下。不到三分鐘，吳桐就進來了。吳桐在十七樓，梁大棟在十八層，怎麼上來的，梁大棟並不關心，吳桐的快，使梁大棟的心裏舒服。梁大棟把自己歸爲幹部隊伍的新生代，當然要體現新生代幹部的作風。叫下屬到他的辦公室，是梁大棟常做的事，一則當面交代要辦的事，以示重視；二則檢驗自己的權威。據說他曾親自坐電梯，測定各個樓層到他辦公室的時間，最高層和最底層，七八分鐘也夠了。所以，梁大棟打電話叫人，只要叫的人在辦公樓裏，超過十分鐘，他就對來者毫不客氣地說：「下次我叫你可以不來！」

這樣殺了幾個老資格局長的威風，就不敢再有人怠慢了。對他的工作風格，有人評價是能辦事，肯辦事；但也有人說，年輕氣盛，不知天高地厚。梁大棟偶爾聽到類似的話，回敬道：「世界上的事是評論出來的嗎？」慢慢也就沒人說了。

吳桐進門，就站在離梁大棟三米的地方，這個距離好像感覺是很適度的，不過分疏遠，也不過分親近。就問：「主任，有啥事，請指示！」他是老局長，並不怯梁大棟，但他還是一副謙卑的表情。

梁大棟手搭在轉椅上，輕輕一撥，那黑色的巨大的皮椅，像安了馬達一樣快速地轉了。梁大棟說：「香水灣松林置業的三百五十畝地的規劃，進展到什麼程度了？」

吳桐說：「局裏已經研究了三次，他們也作了修改，就等上規委會。」

梁大棟坐下，吳桐也在對面的沙發上坐下。梁大棟說：「你們土地和規劃部門，要注意扶植房地產大專案，不能一棟兩棟樓的起，要成片開發。說老實話，靈北開發區的工業案我是滿意的，有國際大公司投資，產品的檔次也能說得過去。但，地面建築不敢恭維，搞了十二年了，我看還是一個縣城的水準。有的房地產公司純粹就是村子裏的水準。這不行，等把地蓋完了，發現不行，又拆？所以一定要把住規劃這一關。鄭仁松的房地產公司實力強，重點支持一下，但我主張先開五十畝，蓋起來看，是不是他們說的那樣。要爭取在全省拿個樣板社區，也給開發區的房地產行業爭點光。」

吳桐說：「好好，一定按主任說的辦，我下去再佈置一下，把這次要上規委會的規劃再過一遍，從嚴把握。」

梁大棟說：「下一周研究。」

吳桐退出去，梁大棟就叫史九剛進來，說：「史秘書，所有來人和電話都擋了，說我有事。」他看一眼史九剛，問，「飛機是下午三點二十的嗎？」

史九剛說：「是。」

「一點十分走。」梁大棟說。

「好的，主任。」史九剛應著，小心翼翼退出去，拉住了門，突然想起一件事，又推門進來，說，「主任，藍鳥冰櫃集團的牛老闆約中午吃飯的事？」

梁大棟背對著史九剛，說：「今天沒空。」

史九剛「嗯」一聲就退出去。

吃飯，跟誰吃飯，對於梁大棟已成了十分講究的學問。吃飯是求他辦事的前奏，他絕對有自己的選擇標準和底線。他還年輕，今年剛四十出頭，他看重的是政治前途，說白了就是做更大的官。即使接受答謝，他有極嚴格的選擇，實力要強，關係也不是那麼十分複雜，又不捲進來第三者或第四個人。他選中了的人，當然他會有節奏地給他們辦事，也就理所當然接受他們的答謝。鄭仁松就是他選中的人之一。他做官的原則是，違法的事不幹，違紀的事太大也不幹，但要學會運用權力和享受生活。用權要讓周圍的人知道你手中權力的威風，但這威風絕不能被別人利用。享受生活，卻要掌握在一定的範圍內，不讓更多的人知道。

因爲梁大棟年輕，還不是官油子，所以，他的爲官之道，不可能出自政治經驗，而是來源於少年的經歷和最初進入官場當秘書時的見識。他至今記得很清楚，在他十三歲那年，鄰居王家要修新房擴地基，和他家發生了激烈衝突。他家與王家之間，隔一條半米寬的小路，王家找人看了風水，要把小路占了。父親是個軟性子，說不出話來，母親站出來說：「這路是祖輩留下來的，以路爲界，各家一半。我們也不是不讓你家占，你們用一半，還有一半留著走人不好嗎？」

王家不同意，說風水正好在挨你梁家的這一半路上。母親也相信風水，她當然不讓，何況，把路堵了，出門極不方便，要繞出很遠一段路，才能與村子裏的路接起來。那一段路，恰恰又是渠坎，仄不說，還長滿了雜草，且高出地面，根本不能當路走。村裏人說話時，村幹部也只同意王家占一半。可王家動工那一天，來了許多民兵幫忙，說是勞力，實際是準備動硬的。公社書記給村支書打電話說，又不是占地，不就是一條半米寬的路嗎？挖了！公社書記說話了，誰敢阻攔。王家當天就把路截斷了。

爲什麼王家有這樣的膽量？是因爲王家的二兒子，在公社裏當武裝幹事。母親吃不下這口氣，要到公社去論理，結果在渠坎上跌倒了，一條腿骨折了。梁大棟那年剛上初中一年級，住校。星期六下午放學回家，見母親的腿包紮著，十三歲的少年沒有哭，兩眼射著凶光，從廚房拿了兩把菜刀，要衝去王家算賬。他的一隻腳還沒邁出門檻，母親大叫一聲，喝住了他。母親說：「君子報仇十年不晚。王家的老二不就讀了個中專嗎？你要讀大學。王家的老二不就在公社裏吃官飯嗎？你要到縣裏、省裏吃官飯！」

他渾身一抖，記住了母親的話，他進廚房放下菜刀。當晚，他在一張紙上，寫下這樣一句話：「母親的傷疤使我終生難忘，母親的教育使我刻骨銘心。」從此，他學習更加刻苦，十八歲那年，以全省第二的高考成績，如願以償地上了大學。只是考前填報志願時，他並沒有聽老師的話，報考理科專業。雖然他數理化學得更好，但他報了法律院校的國際法專業，因為他看過許多外國總統的傳記，他們當中學法律的居多。他的理想，就是在中國未來的政壇，做一個管官的官。

這種想法，仍然基於少年的那場經歷，當然有所延伸，那就是讓更多的像母親那樣的百姓，能公平地生活。想不到，四年大學要畢業時，靈北市的改革開放熱火朝天，市委市政府機關人才結構急需調整，組織部長汪至平親自帶隊，到全國幾個大學城招聘應屆畢業的大學生，梁大棟就是在此次招聘中被錄取的，分配到了市委辦公廳秘書處。參加工作兩年多時間，他只是打雜，哪裡忙就到哪裡去頂。

有一次，已任市委副書記的汪至平接待一個國外商務代表團，梁大棟在現場作記錄。會談中，外商提出了一個投資的法律問題，由於涉及到國際法，很專業。翻譯幾次解釋，都不能令外商滿意，汪至平也聽不明白，就不知道該怎樣回答，現場一時尷尬。這個問題正是梁大棟的專業，他立時用流利的英語重複了一遍外商的問題；又因為商務代表團是德國來的，他又用同樣流利的德語，說了外商所提問題的法理淵源，外商頻頻點頭。梁大棟就把外商的問題完整地翻譯給汪至平，又對國際法與國內法的不同作了簡單的解釋。汪至平根據梁大棟的翻譯和解釋，迅速闡述了中國的法規和靈北市的優惠政策，令外商十分滿意。

會談結束送走外商後，汪至平特意喊住梁大棟，問：「你是哪個大學畢業的？」梁大棟答：「武漢大學法律系。」汪至平問：「哪一屆？」梁大棟說：「八二屆。」汪至平驚喜地說：「我招的？」梁大棟說：「汪書記和我談過話。」汪至平當即記起來了。但他倆的對話也就到此結束。

過後不久，梁大棟被調整爲秘書一處的秘書，儘管沒有直接跟領導，但是真正的秘書了。而且他的級別由副科級辦事員提爲正科。兩年後，汪至平調任省會城市當市長前，梁大棟被提升爲秘書一處副處長。因爲汪至平分管組織部，梁大棟明白，一定是汪書記說了話的。所以，在汪至平與他們告別時，梁大棟握著汪至平的手，十分感動地說：「謝謝汪書記的栽培。」汪至平拍了拍梁大棟的肩膀，平靜地說：「時代需要你這樣的人才。」汪至平的離去，使梁大棟在很長的時間裏感到若有所失。

想不到汪至平還沒有幹完一屆市長，就調任靈北市委書記了。汪至平上任當月，就讓梁大棟當了他的秘書，級別提爲正處。自從他給汪至平當了秘書，他才真正體會到官場的奧秘和味道。

有一次，汪至平的岳父身體不好，來靈北治病，並不是大病，很快出院了。汪至平覺得老人家沒有出過遠門，就自己掏錢，租了一輛車拉他轉轉，讓梁大棟陪著。不料所到之處，都是一把手出面請吃飯，而且幾乎說同一句話：「老人家，有什麼事就說，我們都是你兒子的朋友。」老頭子受不了約束，對梁大棟說：「這是幹啥哩？走路都不自然。」梁大棟也是第一次見這樣的陣勢，就笑著說：「大爺，當一次太上皇吧！」老頭子倒說實話，他說：「還不是沾至平的光，我一個農村的老漢算個啥？」末了還說，「趁你年輕，早把你娘接出來走走。到我這把年紀，看都看不清了。」然而，梁大棟沒有接老頭子的話，而是想著一路陪老漢的威風。從此，他徹底明白了權力的輻射力有時還是傘狀的，可以到達任何一個你想到達的地方，至於輻射的範圍，取決於傘蓋半徑的大小。

隨著時間的推移，他更見識了官場的玄妙，比如說才能，有時是優勢，有時則成了劣勢，全在於當事者如何應用。再如政績，一個沒有政績的官員，決不是好官員，常常會遭到外界的諷刺，沒有威望。做這樣的官，梁大棟以為沒勁。但如果政績太突出，就容易遭到嫉恨，出大政績，必冒大風險。搞不好連自己也會栽進去。這樣的事，梁大棟也不會幹。他說：「如今的中國，一個人改變不了什麼。」

兩年後，汪至平把他放到市招商局副局長的位置上時，他在官場已找到了感覺。幹他自己該幹的，玩他自己該玩的，他幾乎跑遍了全世界的發達國家，引來了不少案子，一時成了市府的官場明星。但他立即收斂自己，大多數的晚上與周圍的人喝酒，凡是請他吃飯的，他都到場。所以，他並不孤立，而且有了不少的人緣。只是有一件事，他並不如意。

就在他要提新職務之前，汪至平無意中對他說：「動動吧，老跟著我，缺乏各方面的鍛煉。」他當場表態：「跟著書記就是最全面的鍛煉。」這話當然中聽，誰聽了都高興。不過，梁大棟知道，他很快就會動的。不久，就傳出他要當招商局副局長的消息。就在這時，汪至平在美國讀碩士學位的女兒假期回國，說要做篇中國改革開發的論文，汪至平就把梁大棟叫到家裏吃飯，與女兒交談，兩人談得很投機，梁大棟的口才和知識令汪家留洋小姐佩服。事後，梁大棟以為，書記有更深一層的意思，就兩次在書記面前讚揚他的女兒。

梁大棟直奔事業，三十歲還沒成家，汪至平當然看出梁大棟的意思，就去徵求女兒的意見，想不到女兒這樣回答他：「好呀，像梁大棟這樣的年輕幹部，是中共官員中目前最能幹的一群。他們去過國外，眼界開闊，自己想有所作爲，時代又提供了必要的環境。他們希望自己的人生輝煌，又渴望中國儘快富起來，他們將遠遠勝過老一輩。但，他們不是決定中國命運的一代。」女兒說，「爸，我說了你不要不高興。他們這些人好像思想很開放，實際沒有受過系統的現代化的教育，他們不懂得真正的現代化；他們受教育的時候，又沒能充分理解五千年中華文明的精神實質，他們缺乏道德約束意識；他們自以爲是叛逆的一代，拋棄了父輩們爲了民族的強盛，所具有的矢志不移的信仰；他們沒有大愛精神，不會真正去愛一個民族甚至於一個人。說到底，他們仍然是農民的兒子，但已經失去了農民的質樸。他們如果能在現代社會的約束中履行職責，或許能將自己的國家帶進一個正常發展的時代。反之，他們會讓自己的國家富裕的同時，埋下後患無窮的禍根。至於嫁給這樣的人，不會幸福的。他的野心太大，缺乏正常人的思維；太自私，他們不會去注意別人的感受。」

汪至平被自己女兒的一席話說得目瞪口呆。他問：「你的結論是從哪裡來的？」女兒答：「從與梁大棟的談話中。」父親沒有話說了。他當然不會把這場談話告訴梁大棟。只是幾天之後，在辦公室他對梁大棟說：「她不想回國了。」梁大棟一聽就明白，他立即放棄了這個想法。

不久，他接受了市委常委、宣傳部長的女兒拋來的繡球，熱戀半年後他們成親。梁大棟對汪至平的女兒不嫁給他的判斷，相信書記的解釋。只是他有些遺憾，如果他能與這位留洋的汪家小姐結合，汪至平的背景固然重要，但更重要的是，這種不僅是郎才女貌的美滿婚姻，更滿足了他的征服欲。以一個農家子弟娶一個市委書記的女兒，本來就夠風光的，何況還是一位留洋的女碩士。

不過，這種遺憾很快就過去了，因爲宣傳部長的女兒也不錯，人不但長得漂亮，而且也是碩士，只不過沒有留過洋。

讓梁大棟感到慶幸的是，汪至平的女兒雖然沒有嫁給他，但並不影響書記對他的喜愛。汪至平在市委書記的任期內，把他放到了開發區管委會主任的位置上，使他真正成爲主持一方事務的行政大員，而且是靈北同級別幹部中最年輕的一位。這就意味著他前途無量。他也真正感到了當官的滋味。

但事情好像並不那麼簡單，他在得意的同時，不時生出一些煩惱。

比如說與戴力行的矛盾，就有些令他頭疼。好像現今中國，官場大多數黨政一把手，很少有不鬧矛盾的。他年輕，上任時，他本是想和戴力行搞好關係的。因爲事情明擺著，戴力行大他十五歲，只要熬過一屆，書記就是他的。但卻事與願違，常常由於認識不同，有些小摩擦，他又不得不讓著他。戴的資格比他老，而且和市委書記的關係也不錯。三年前，也是汪至平點名要戴力行到開發區任工委書記的，因爲開發區占地徵地矛盾越來越突出，與農民的衝突加劇，汪至平看上戴力行，是因爲他有多年的與農民打交道的經驗。在外人眼裏，戴力行和梁大棟本來乘著同一條船，所以，梁大棟不願輕易得罪他。但，戴力行似乎事事處處拿他一把，好像時時刻刻提醒他，在靈北開發區這塊土地上，目前的一把手是他戴力行，而非梁大棟。

實際上，他們的分歧，在最初用人問題上，就產生了矛盾。戴力行是在前一屆班子的中途調任工委書記的，所以，新一屆接著幹，梁大棟則是新任的管委會主任。調整下面的班子時，戴力行要大量延用當地幹部，說他們瞭解當地情況，對這片土地有感情，自然責任心就強。梁大棟卻不這樣認爲，他說：「中國缺的不是對土地有感情的人，而是缺乏有眼界有改革開放思路的人。靈北同樣需要有走出去面對世界勇氣的人。」因而，他堅決主張用外地招聘來的人才和已培養起來的大學畢業生。兩個人在常委會上鬧得很僵，導致會議中斷。最後的結果是平衡，當然，戴力行的意見還是起了主導作用。他只是把管委會幾個局長人選的權力，交給了梁大棟。

近半年來，在梅沙灘專案改造上，他和戴力行的矛盾更加公開化了。他主張採取強硬措施，迅速把梅沙灘前的梅家村一次拆遷改造，儘快弄出形象，因地皮是賣給香港的一個大地產商人，他要的是時間。戴力行卻說不能太急，因爲村民祖祖輩輩住在那裏，你說拆就立即拆了?得充分考慮村民的利益，徵得絕大多數村民的自覺配合。戴力行還以視察工作爲名，帶著辦事處的人，到梅家村召開現場辦公會，徵求村民意見，結果被村民包圍了起來，最後戴力行當場宣布拆遷暫緩。

他倒解了圍，問題卻複雜化了，村民的要求更高了，原來的補償條件只得擱淺。在討論下一步的行動時，他們在會上又爭論起來，最終沒有形成決議。外商一看複雜了，連交的一千五百萬元的訂金都不要，撤走了，辦公室追蹤了兩年的專案泡湯了。

再說空山開發吧，戴力行上來就提大旅遊的概念，可在具體操作上，他反覆強調要照顧農民的利益，說山是農民的，山下的土地也是農民的，沒有充分考慮好農民的出路，寧願不開發或晚開發，也不能匆匆開發留後遺症。他的看法則不然，什麼叫農民的利益?利益是在開發的過程中體現的，開發區建了多少工廠，上了多少專案，並沒有農民窮得去要飯吃，年輕的進了工廠拿工資，年老的靠集體發展的工業配套工廠，也能得到分紅。發展當代工業社會，不能處處以農民的意識去支配。認識不同，導致處理方法的不同，戴力行要空山辦事處的人先拿調研方案，梁大棟就讓空山辦的人儘快出規劃報告。好在按分工，空山辦屬行政職權範圍，戴力行也就下下指示，並不催落實。空山辦事處的人當然就聽他的，但時不時也拿戴力行的說法支應他。所以他近來就煩，就想出去輕鬆一下。何況在北京的大學裏讀在職博士學位，半年了，也得去見見導師。可惜一個事連一個事，竟拖了二十多天。

此時，他把自己關在屋子裏，也想把煩惱關到門外，他想好好清醒一下，理理要去辦的事。剛才似乎覺得去北京要辦的事挺多，實際坐下來細想，去上層活動，混混臉熟，但重要關係上的人，最近出國考察了，只能暫放。去見別的人，暫無事，他也不想照面。思來想去，就是去見導師，再就輕鬆輕鬆，他相信這兩件事，鄭仁松能安排好的。

想著，他就給鄭仁松撥了個電話，鄭仁松不等他開口，就先問：「主任沒有變化吧？我們都等急了。」

「導師見了嗎？」梁大棟問。他實際在告訴鄭仁松，這次的二十萬的課題贊助費在他到之前必須辦了。他去，就是讓導師輕輕鬆鬆高興的。

導師是一個十分講交情的人。他做碩士論文時，寫好了提綱，交導師徵求意見，導師請其他的同學給他整理資料和參考書，他寫好了，又是導師給他認真改了。他的碩士論文，不但成了全校的優秀論文，還在學校辦的刊物上發表了。凡是讀了他的論文的人，都說這個碩士是貨真價實的，並不比那些在學校讀正規研究生的人差分毫。

他對導師的厚愛十分感激。導師所求，也就是要點課題贊助費，導師除爭取國家的課題費外，常常帶著自己的研究生，做一些自己想做的課題，但經費困難，導師只好向他開口。他當然是有求必應。有時他見導師面有難色，不等導師開口，他就說：「導師有事儘管講，我們除了能給點經費上的支持還能幹什麼呢？」當然他話講得輕鬆，導師卻一點也不輕鬆，對於課題來說，最難的是經費，可目前高校的科研專案，缺的恰恰是錢。梁大棟給了導師巨大的支持，使導師在學校裏的位置無形提高了許多。他的學術成果最多，品質最高，帶的學生又是最多，他成了這所聞名高校裏的頭牌教授。這樣，導師對他這個學生當然也是盡心盡意。

而梁大棟也確信自己還是一個有良知的官員，有時面對導師評說學校經費的窘境時，他都有些可憐起這些所謂的民族精英。也許他領導下的靈北開發區，節省一年接待費的一半，就可以解決這所高校全年的科研經費。但這樣的事，他辦不了，他只能利用自己手中的權力，解決導師的暫時困難。這一次，導師做的是一個研究中國改革開放二十年的專題，計畫課題完成後出一套叢書的。還準備在人民大會堂召開叢書發行儀式和成果研討會。這件事的意義當然是很重大的，他理所當然贊助，他還答應，人民大會堂舉行發行儀式和研討會的經費全由他包。他對這件事看得很重，所以，他對鄭仁松的口氣是嚴肅的。

鄭仁松並不知道這筆錢對於梁大棟的意義，他只知道梁大棟讓掏，他必須掏，而且是應該掏的，因爲他的一千多萬元的大配套費是要經梁大棟的手減免的。可惜昨晚只顧盡興把錢用了，他原打算上午去銀行取了錢就去的，可又起晚了，錢剛取回來，他只好在電話裏說：「梁主任，我正在去學校的路上，車多，路堵。」似乎在北京，任何時候，任何情況下，只要誤了時間，說成是塞車堵路，大抵是不會錯的。

梁大棟卻不管這一套，他厲聲說：「下午你可以不到機場接我，我搭計程車。」

「哪能，哪能，快到了，梁主任。」鄭仁松扣了電話，就去叫黃嘉歸。

21

黃嘉歸躺在床上看電視，鄭仁松敲門進來，說：「快，快，他×的，梁大棟發火了，嫌沒有早送去。」

鄭仁松叫苦，說：「難伺候著哩，耍威風嘛！」

說著，他們匆忙下樓，開了車，直奔學校去。好在昨晚鄭仁松還清楚，最後登記賓館時，住到了學院路上，離學校近。上午跑了兩家銀行，提了二十萬現金。這會兒，路不堵，二十分鐘就到了學校門口，一打電話，老教授正在辦公室，一聽送錢的，立即叫了一個助手，趕到校門口。因史九剛提前有交代，說北京的事，梁大棟不希望靈北的人知道。所以鄭仁松也就沒有向老教授介紹黃嘉歸的身分，只說是北京的一個朋友。老教授倒無戒心，很熱情地掏了張名片遞給了黃嘉歸，黃嘉歸雙手接過名片，微笑著說：「對不起，我今兒沒有拿名片。」

老教授笑笑表示沒有關係。黃嘉歸認真看那張名片，是很講究的紙質，底色是淡黃色的，字是灰色的，校徽是老紅色的，整個名片簡潔醒目，很有品味，也很有文化。老教授姓牛，叫牛乳理，看頭銜，黃嘉歸嚇了一跳，上面有一個學術團體會長、兩個學術團體副會長的頭銜，都是全國有名的。黃嘉歸雖對梁大棟有微詞，但眼前這個老教授，他認爲還是貨真價實的。只是他要這二十萬作何用？黃嘉歸當然不知道，他自然定性爲貪官買文憑。所以，儘管這個教授是貨真價實的，但他對他還是先入爲主。

老教授看來是六十已過的人了，身體倒很健康，既未挺著肚子，滿臉油光，也不似一根筋挑著一個腦袋，走路風能吹倒的乾瘦形狀，臉色也沒有平常一些教授學者的樣子，不是疲憊的，就是蠟黃的，即使百分之百的健康，也給人幾分屋子裏窩出的酸腐味。這個教授是個例外，滿面紅光，頗有精神，看來活得是很有滋味的。

黃嘉歸有意說：「如今大學裏，也難清淨啊。」

「是啊，是啊。」老教授接過裝錢的皮包，遞給助手，也不點數，他應著黃嘉歸說，「學校裏的院牆又不是鋼鐵築的，即使鋼鐵築的，也不能隔絕校外的空氣。何況大學裏是爲社會培養人的，與社會密切結合才是大學的出路。」

老教授並未在意黃嘉歸話中的言外之意，只管接了自己的話題說。但是，鄭仁松聽出了意思，他知道黃嘉歸對梁大棟有看法，就立即截了他們的對話，看看表說：「接梁主任的時間還來得及，一起出去吃頓便飯。」

老教授忙說：「理應我請，出門學院路上有一家，味道還是不錯的。」

鄭仁松也就答應了，他讓司機打開車的後車箱，請老教授的助手將錢又裝到了裏面的鐵櫃子裏，就拉著幾個人去吃飯。老教授坐在前面指路，也就五分鐘的功夫，果然到了，是一家川菜館。他們下車，要一個房間，老教授理所當然地點起菜來，多是清淡的，也就要了兩個肉菜，他問鄭仁松有無忌口，鄭仁松答沒有。菜上了，做得還精緻，鄭仁松直說味道好。飯間也未喝酒，老教授和助手不喝，鄭仁松也不好意思喝，司機更不能喝，黃嘉歸本就無喝酒的嗜好，所以飯間就多說話。老教授給鄭仁松夾了菜，十分客氣，他說：

「難得梁主任這樣的學生，給我們幫了大忙了。學校眼下就這種狀況，經費十分地吃緊，做一個課題很不容易，沒有必要的經費，只有各自想法子。就說手頭這套改革開放二十年的叢書吧，是一個歷史和現實意義都很重要的課題，一個民族不注意總結自己，不注重自己民族的歷史，這個民族就是不成熟的，也很難更大步地前進。學校裏人人都說這個課題好，就是拿不出錢，我給梁主任一說，他滿口就答應了，他說：『我們這些有點職位和辦法的人，如對事關民族歷史的大事無動於衷，就沒有一點良知了，這個官也就白當了。』我聽了這話，當場掉了眼淚，我覺得我們的民族有希望，有梁主任這樣的幹部，我們看到的就不盡是滿眼灰暗。」

老教授說著，動了感情，他停下筷子，直直地看著鄭仁松，說：「鄭總，儘管梁主任沒有向我詳細介紹過你，但你能這麼慷慨地支持教育事業，你就不是一般的人。」

老教授又給鄭仁松的盤子裏夾了菜，說，「我不是一時心血來潮亂說，是說心裏話。鄭總，你如果有讀在職研究生的願望，我就收。你不要看我這麼大的名氣，好像不食人間煙火，我知道什麼是民族大義，把你們這些經過實踐經驗，積累了大量財富，又心裝天下的有錢人，注入更多的文化知識，使其能夠參與更高的社會事務，這就是在推動中國的改革，就是關注中國的明天。這不是在傍大款，而是給大款傍上民族的歷史使命感。至於課程和考試，我們會具體處理的，不會爲難你的。」

老教授的話，竟使黃嘉歸有些感動。但他知道鄭仁松是沒有這樣的雅興的。果然鄭仁松連連說：「不配，不配！」他實話實說，「牛教授，我初中都沒畢業哩，怎能去你的名下讀研究生，那才是我們老家的話，叫蛤蟆鼓眼——裝鱉。」

鄭仁松的話，倒使老教授一愣，但他很快正了神色，說：「不以知識論英雄，禪宗的六祖惠能大師，卻是一個字都不識的。只要願意上，我們可以先期培訓，再行入學，正式授課時，也主要是一些專題性質的研究或講座，與社會密切相關，主要是提高具有實踐經驗的人才的理論水準。」

老教授的話，倒使鄭仁松頗感意外。在他眼裏，像牛乳理這樣的大知識分子、大教授，歷來是他崇拜的對象，他看他們，是霧裏看花，始終看不清楚，走近卻是這般模樣，神秘感蕩然無存了。過去他從沒想過，有一天會和全國有名的大教授坐到一起吃飯，而且是大教授在請他的客。這一切來得太突然，使他倒不過神。猛然間，他覺得是自己口袋裏的錢起了作用。

在他的想像裏，大學的教授不應該是這樣的，他們清高得多，與口袋裏裝了錢的人是不能同日而語的。錢人人可以掙，但學問不是人人可以做的。他鄭仁松就讀不進去書，在父親的棍棒下，他也只上了個初中一年級。可眼前的大教授，與他一貫想像的學問人大相徑庭。他頓時有了羞愧感，他覺得這個顛倒的場面，是與他鄭仁松之流有密切聯繫的。老教授的可憐，更顯出他的可惡。

他想慌忙結束了這頓飯，趕去機場接老教授的弟子，他還得伺候好他，然後再去賺更多的錢。這一瞬間，他居然想到自己是皈依了班瑪上師的佛門弟子，他想真的有地獄嗎？班瑪大師說有，而且說地藏菩薩本願經說得很詳細，可惜他沒有看過，果真如此的話，他死了肯定會下地獄的。之所以有地獄，就是因爲有他這樣的人。

老教授似乎覺得自己還沒有表達徹底，說：「許多人怕外語，對特殊人才，特殊對待的，不考外語。中國的發展太快了，我們的目的就是把國外已經成熟的經驗拿過來，給他們補充理論知識。」

鄭仁松不知道怎樣接老教授的話題，就乾脆說：「牛教授，我這人上輩子可能是老鼠，咬爛了好多書，這輩子跟書有仇，一看書就瞌睡。」

牛乳理一愣，有幾分尷尬，黃嘉歸就說：「對不起了牛教授，要趕機場接梁主任。」

老教授忙說：「好好。」

他們就很快吃完了飯。老教授起身去結賬，鄭仁松一時有些發呆，倒是黃嘉歸要搶著去結賬，他覺得這個教授挺可愛，至少說的是實話，也不似他原來想像的那樣陰暗，還是一個有良知的學問家。黃嘉歸終能將他與梁大棟分開來，所以，他覺得這頓吃飯的錢不能讓教授出。但老教授哪裡肯，他一把拉住了黃嘉歸，說：「這你就不給我面子了，鄭總給了這麼大的幫助，這頓飯就是拿我的工資請也是應該的。」

黃嘉歸拗不過，也就不爭了。這時鄭仁松倒是明白過來，他不爭，只是說：「讓牛教授請吧，我出去可以吹，說名大學的名教授請我吃飯，這證明我鄭仁松還不是一個白癡。」說著，他笑起來。

老教授結完賬，他們把教授和助手送回學校。黃嘉歸和司機搭計程車回賓館，鄭仁松開車去機場接梁大棟。

梁大棟乘的飛機稍爲晚點，但並未影響王驪的提前安排，下午六時，他們準時坐到了五星級賓館的房間裏。飯菜雖然不及靈北皇宮御宴的豪華，但道道很精緻。梁大棟自然是以主人的身分出現的，他坐在主人的位置上，藝藝在主賓的位置上，黃嘉歸當然回避了。靈北的人，除了梁大棟，也就是鄭仁松了。其他作陪的人有王驪、劉立昌和他的兩位同事，他們都是以報紙編輯記者的身分出現的，也絕口不提黃嘉歸。

梁大棟離開靈北，在京城裏也就放下了平日的架子，不再滿臉的正經和嚴肅，他和坐在一起的人，一杯一杯地喝，又不失時機地向藝藝說幾句肉麻的話，說是天下英雄愛美人，他雖算不得英雄，也願以肉眼凡身抱美人。酒吃得嘻嘻哈哈，飯間笑聲不斷。梁大棟早已是心花怒放，兩眼放了強烈的光。王驪自是情場老手，早已明察秋毫，就不失時機地以朋友的身分宣布，宴會到此結束。她說：「梁主任從靈北飛來，累了，應早點休息，這幾天如有時間，大家再聚會。」

「無妨，無妨。」梁大棟雖嘴上推辭著，聽了王驪的話，卻第一個站了起來，舉了手中的杯，做出一飲而盡告別的姿態。大家就都回應，碰了杯，清了自己杯子裏的酒。於是，飯就算吃完了。各自散了，鄭仁松開車，將梁大棟和藝藝送到提前訂好的酒店，就一身輕鬆地開車去賓館見黃嘉歸。

見了黃嘉歸，鄭仁松罵一聲，就躺在沙發上，說快要累死了。黃嘉歸笑說：「咱們老家有個說法，叫嫖風的不累，望風的累。嫖風的只管快活，當然不累。望風的卻要保證嫖風者的安全，肯定累。」

鄭仁松聽了，笑著說：「望風是小事，他×的，我要是皇帝的太監，肯定急死了，沒有傢伙的日子怎過？」說罷，猛然從床上跳起來，說，「咱去歌舞廳吼吼，不然他×的憋屈。」

說著，就拽著黃嘉歸去賓館四樓的歌舞廳。進去，叫了兩個小姐，陪著他們在包間裏吼起來。鄭仁松的嗓音是破的，但他還是不停地喊，吼了一會兒，還覺無味，就對兩個小姐說：「跟我們到房間。」

其中一個小姐說：「我來敵人了。」

另一個說：「一千。」

鄭仁松不高興了，說：「叫媽咪。」

說著，給了兩個小姐一人一百塊錢，叫她們出去。一會兒，媽咪來了，是一個身材美妙的女人，她說：「老闆，什麼事？儘管吩咐，一定讓你滿意。」

鄭仁松突然把大燈打開，看那女人漂亮就笑說：「就看上你了，妹妹要多少給多少。」

媽咪說：「老闆開玩笑了，我給你叫兩個南方剛來的小妹。」

說著出去了。片刻，有人敲門，鄭仁松說：「請進。」

門推開，燈光下立即顯出兩個穿短裙的女人，不能說不漂亮，鄭仁松上去看看，說女人的皮膚挺細嫩的，他就喜歡這樣皮膚的女人。他說：「黃老師，你先挑。」

黃嘉歸覺得口乾了，就咽了口唾沫，說：「鄭總，你去吧。」

鄭仁松就拉了一個小姐說：「那我先走了，賬我完事了一塊結。」

鄭仁松剛出門，黃嘉歸就對小姐說：「你走吧。」

小姐說：「大哥沒看上，可以換的。」

黃嘉歸說：「我身體不舒服。」

小姐仍站著，沒有離去的意思，黃嘉歸說：「還有事嗎？」

小姐說：「大哥，你看，耽誤了十分鐘了，老闆要罰我錢的。我今天一天了，還沒有做成一個生意哩。心疼心疼小妹吧。」

黃嘉歸一時不知如何是好，就說：「那你說怎麼辦？」

小姐說：「不到房間，我陪你唱歌吧。總之有人掏錢，大哥就照顧一下小妹的生意。小妹如果有錢，不會來幹這一行的。」

黃嘉歸說：「我給你簽單該行吧？」

「行。」小姐高興地從手裏拿著的小包裏掏出小票，遞給黃嘉歸。黃嘉歸在上面胡亂劃了可能連鬼都看不明白的符號，小姐接了簽單，突然親了黃嘉歸一口，笑著出去了。

黃嘉歸無趣地回到房間，倒頭便睡。

第二天上午十時，鄭仁松開了車去看梁大棟，要拉他去牛教授那裏。進房間，梁大棟就讓鄭仁松留了車鑰匙，他說：「我自由活動活動，你不用管了。」

這時，鄭仁松聽見浴室裏有沖水聲，就知道藝藝還沒有走，就笑著問：「梁主任，怎樣？」

梁大棟笑言：「當然是首都，改革開放比我們靈北好。」

這時，藝藝出來，神秘地對鄭仁松拋了一個媚眼。鄭仁松就說：「我們梁主任可是靈北的大人物，藝藝要盡心盡意地照顧。」鄭仁松見梁大棟低頭拉褲角，就給藝藝送去一眼。

藝藝說：「鄭總放心。」

梁大棟揚起身，說：「有事我再和你聯繫。」

鄭仁松「嗯」一聲，趕緊退出來，搭計程車回到了賓館。見到黃嘉歸的時候，就情不自禁地喊：「拿下了，連鑰匙都留下了。」

黃嘉歸問：「什麼鑰匙？」

「汽車鑰匙。」鄭仁松說，「狗日的要了鑰匙，自己快活去了。只可惜這麼爽的女人，叫他占了。」他說，「我們也不能虧了自己。」

說著，他就打了電話，一會兒，北京的一位朋友就開車過來了，拉著他們去郊區的景區玩。

隔日下午一點多，梁大棟才打電話來，要鄭仁松再送十萬給藝藝。鄭仁松知道，梁大棟又過了一夜，而且到第二天的午休了，他是應該給藝藝補的。鄭仁松算算賬，還是在比例之內的，就滿口答應，立即到銀行提了現金去見梁大棟。到了賓館，梁大棟說下午六點的飛機，有急事回靈北。鄭仁松就和藝藝陪著梁大棟提前吃了晚飯，開車把梁大棟送到機場。

回來的路上，鄭仁松問：「梁大棟這人怎樣？」

藝藝說：「他倒像沒有見過女人，太可惡！」

鄭仁松說：「他？要啥樣的女人都有。」

藝藝馬上說：「我知道老闆是誰，他梁大棟雖有本事，但錢不是他掙的，他只不過是利用自己手中的權力，讓別人出血。鄭哥這樣的人不一樣，錢都是自己掙的，就是去做功德事，老百姓的看法也是一樣的。有錢人掏了錢，大家會說，有了錢心沒黑，是有良心的人，還算個好人。當官的掏了錢，說拿的自己的工資，肯定沒人信，人們會說：少貪一點，留給國家百姓，比他們做什麼功德都大。」

鄭仁松聽著，身上就發熱，欲望向頭頂衝，他一隻手把了方向盤，另一隻手就去摸藝藝的手，藝藝也不躲避，只提醒他：「前面車多。」鄭仁松心花怒放，他一時漲紅了臉，偏頭看藝藝一眼，說：「再陪陪鄭哥行嗎？」

「行。」藝藝居然沒有拒絕，她說，「什麼時候都聽鄭哥的。」

鄭仁松兩腿間發脹，他快速穿行，趕回賓館，也沒有敲黃嘉歸的門，就把藝藝領進了自己的房間。他迫不及待關了門，就將藝藝摟到了床上。

事畢，藝藝突然告訴鄭仁松，說：「梁大棟許願，要在靈北開發區搞個靈北文化旅遊節，說是專門為我辦的，請我去唱歌，說出場費給個大數。」

「存心不良。」鄭仁松說，「他想長期霸佔你。」

「他想得美。」藝藝看鄭仁松了一眼，說，「貪官哪天出事，也會把女人搭進去。」

鄭仁松笑著說：「妹妹是個明白人。」

他們說得十分親熱，也玩得十分開心，至十二點，藝藝說自己有些累了，鄭仁松知趣，就開車把藝藝送回了住處。

當晚，鄭仁松訂了機票，第二天上午，他就和黃嘉歸乘第二班飛機，回到了靈北。車仍由司機一個人開回靈北。

第八章 下海

22

天氣開始冷下來了，離一九九七年只剩一個多月了。

這天，鄭仁松約黃嘉歸晚上吃飯，定在西海大酒店。晚上六點半，黃嘉歸按時趕到，賀有銀、史九剛也在。黃嘉歸剛坐定，鄭仁松迫不及待告訴他，說：「五十畝大配套費免了，一千萬。」

鄭仁松的眼睛放光，他說：「梁大棟在我們公司遞的報告上批示說，目前房地產形勢不太好，支持開發區房地產企業是我們的責任，要放水養魚，爲他們發展壯大創造條件。他明確批示：免去配套費。」

黃嘉歸當然不感到奇怪，史九剛心裏也明白，只有賀有銀略感吃驚，他說：「我這個親娘養的，梁主任也只給減免了一半。鄭老闆，你的功夫夠深了！」

鄭仁松說：「給你減免等於自家優惠自家，給我可不一樣，我做大了是從自家口袋裏掏錢給國家。」

賀有銀笑說：「甭說好聽的。掰著指頭算，這靈北開發區，有哪個人，能他×的隨便辦成這樣的事？」

鄭仁松提提腰帶，滿臉是笑。

黃嘉歸說：「他今天能給鄭總免一千萬，明天就可能給王總免兩千萬，他的標準是什麼呢？」說著，黃嘉歸就有些不平了，罵起中國的腐敗，說，「腐敗使社會失去公平正義，失去善良與愛。看不見的潛規則，防不勝防的關係網，做事累，做人累。」

鄭仁松不以爲然，他更加興奮地說：「黃老師，腐敗好啊，你想想，腐敗不就是要錢嗎？他要錢，我們給錢，就沒有辦不成的事。如果沒有腐敗，我去找誰呀？像我們這種三輩子都是農民的人怎能進城？又怎能與城裏人競爭？」

黃嘉歸苦笑著搖搖頭，不料，鄭仁松又說：「黃老師，我十分尊敬你們文化人，可文化人經常一張愁眉不展的臉，跟誰有仇一樣，好像明天早上天要塌了。可第二天早晨，日頭照常出來，天沒有塌下來。愁眉苦臉能救國嗎？連自己都救不了。啥叫市場經濟？我看，改個鄧小平的字，叫發財才是硬道理。或者叫，不管白手黑手，抓住錢就是好手。」

鄭仁松的話，把黃嘉歸逗樂了，他說：「鄭總智商高呀！」

鄭仁松笑著，拍拍自己的肚子，說：「腐敗不就是讓你發財了不能獨吞，人家幫你辦的，你得給人家分成，走共同富裕的道路。」鄭仁松用牙籤剔著牙縫裏的東西，說，「汽車跑得快，光有汽油不行，還得機油。機油是潤滑劑。沒有機油，引擎很快就壞了。所以，潤滑劑的功勞是沒法代替的。腐敗就是今天中國發展的潤滑劑。」

黃嘉歸笑笑，沒有反駁。因爲他啓動般若園的五十萬，是鄭仁松資助的，又是他幫著鄭仁松在北京安排性賄賂梁大棟的。自己本來就是套中人，連潔身自好都沒有做到，還有什麼資格高談闊論？

鄭仁松見黃嘉歸不說話了，以爲他同意了自己的說法，就說：「我們還得接著腐敗。」他問賀有銀，「改制的方案弄好了嗎？政策隨時都會變。如今賺錢就像搶劫，得趁警察顧不上的時候。」

史九剛說：「怎麼，鄭總比賀總還急？」

賀有銀說：「不是皇上不急太監急，是皇上急，太監更急，因爲太監根本就沒有騙。」

鄭仁松「吭」的一聲笑了，說：「咱倆到底誰是太監，誰是皇上？」

賀有銀說：「當然你鄭老闆是皇上呀。我逃不脫被你騙的命運，一定得當太監，叫喊得再兇，到頭來皇后還是被你抱到了床上。」

鄭仁松笑著說：「你可不許反悔，整個盤子百分之五十一的股份一定歸我。我的董事長，你的總經理！」

賀有銀說：「你晚上請吃飯該不是這個目的吧？用不著把我想得那麼黑！你借我五百萬，我最多再能湊一百萬。整個盤子下不了五千萬，我能當皇上嗎？我離皇后的能耐還差得遠哩。」

鄭仁松說：「別小看人，在座的哪位兄弟我也不會忘的。」

史九剛提起酒杯，說：「鄭老闆夠兄弟！來，爲你們辦成這件事乾杯。」

大家附和著，紛紛舉起了杯，一飲而盡。

放下杯子，鄭仁松看著賀有銀，正色問：「神州集團名下的地，有你說的那個價值嗎？我掏的可是真金白銀。」

賀有銀用兩根指頭敲敲桌子，說：「我的股份再小也是一份，我騙你不就連自己也騙了？審計報告中的地價，是原先拿地時的地價，早他×的翻了一倍了。」

鄭仁松聽了笑著說：「現今狼多肉少，你得抓緊些辦！」說著，他又提杯說，「喝酒壯膽哩。」

賀有銀說：「有九剛小弟，還有梁主任，你怕什麼？」

史九剛說：「無非走程序，時間長些而已。」

正要結束飯局時，黃嘉歸的手機響了。是夏冬森打來的國際長途，說機票已訂好，三天後飛抵靈北。

十一月二十七日下午五時，黃嘉歸去接機。夏冬森登機前告訴他，宋隨良帶了律師和兒子，還有一位秘書。黃嘉歸怕車擠，就借了鄭仁松一輛車，時迅也陪著去。

客人到了，黃嘉歸拉著夏冬森和宋隨良父子，時迅陪著另外兩個人坐鄭仁松的車。

靈北的冬天，天黑得早，當黃嘉歸把夏冬森一行送到開發區西海大酒店時，天已黑淨了。他們在酒店吃完飯，宋隨良說有點累，畢竟是七十歲的人了，又乘了七八個小時的飛機。這樣，黃嘉歸就沒再安排其他活動，時迅在大廳等著，他把宋隨良送到房間，再去夏冬森的房間。進門，夏冬森先去洗手間，黃嘉歸順手拉開靠海的窗戶，空曠的夜空裏，掛著半輪月亮，遠處海面閃著微弱的光點。冷風灌進來，黃嘉歸打了個哆嗦，他趕緊關了窗戶，拉嚴了窗簾，然後在沙發上坐下。

夏冬森出來，黃嘉歸說：「天太黑，不然出去走走。」黃嘉歸知道夏冬森有晚間散步的習慣。

夏冬森說：「今晚就算了。」說著，從旅行箱裏掏出一塊金表，遞給黃嘉歸說，「這表給你的，我們在與時間賽跑。資金一到，立即開工，三年內必須完工。」

黃嘉歸接過金表，連說兩聲謝謝，他說：「只要談成，一切你放心。」他看著夏冬森問，「宋先生有什麼異議嗎？」

「我看沒什麼問題，他帶兒子過來，像是交代後事，相當鄭重其事。」夏冬森從箱子裏掏出兩瓶洋酒和幾條領帶，說，「宋隨良的律師已經把合作協議和章程擬好，細節等明天看完空山後談。」

夏冬森把幾件禮物放在茶几上，說：「兩瓶洋酒就給莊新吧，其他幾條領帶都是國際品牌，一條上千元人民幣，你看什麼關係需要表示，就送給誰。」

黃嘉歸說：「還是放你這，你當面送人家，效果更好。」

夏冬森點下頭，問：「和莊書記說好了嗎？」

「還沒來得及。」黃嘉歸說，「我想我們與宋先生見面談完了，再讓官方介入。」

電壺裏的水開了，黃嘉歸就起身泡茶，夏冬森打開箱子，取出兩個鐵盒的茶葉遞給黃嘉歸，說：「一盒綠茶羌苑翠芽，一盒紅茶羌苑紅，都是茶的故鄉陝西漢中產的。綠茶的茶尖像雀舌，一斤兩萬個頭，朋友送的。」

黃嘉歸一驚，想不到他這個陝西人，在這裏碰到老家茶了，而且是從一個外國人的手中，就說：「茶回老家了。」

夏冬森說：「泡杯綠茶吧，清火。」

黃嘉歸說聲好，給夏冬森和自己各沖一杯，品了一口，入口稍苦，咽下去，卻有一股甘甜的氣味從嗓子眼裏泛上來。看杯子裏的茶葉，確像鳥兒口中的舌，又像從地裏鑽出的兩瓣嫩芽，微微張開，

黃嘉歸連連說好。

夏冬森的心思卻不在茶，他說：「宋先生在中國大陸有幾處投資，他很瞭解中國國情，一定要讓官方介入，越早越好，這樣，介入的官員有面子，也有政績，他會賣力辦。」

這一層黃嘉歸沒想到，他只注重了事情的進展，周邊還沒有考慮。見夏冬森這麼說，他就立即拿起電話，給莊新打傳呼，三分鐘後，莊新回了電話，一聽是黃嘉歸，就問：「夏先生到了嗎？」

「正要給你彙報。」黃嘉歸說，「下午剛到的。」

「你怎麼不通知我們？按禮節也得去機場。」莊新說，「政府出面，政府接待，政府出錢，不光顯得重視，也給你省錢呀。」

黃嘉歸說：「是朋友，沒想那麼多。」

「要學會把自己的行爲變成政府行爲，這叫招商引資，是政府的頭等大事。」莊新說，「你稍等，我馬上過去。」說著，問了酒店和房號，就掛了電話。

黃嘉歸等著莊新來。夏冬森說：「嘉歸老弟，這件事在S國已傳得沸沸揚揚了，必須做好的。越快越好，S國新聞媒體時刻關注著動向。」

說話間，有電話打進來，夏冬森用英語通話，黃嘉歸聽出個大概，是問這邊的情況。夏冬森接完了電話，扣了手機說：「那邊新聞界的朋友打來的，問幾時開工，電視臺準備搞個專題節目。」

黃嘉歸問：「明天談合同時，還需要注意什麼？」

夏冬森說：「我們來之前討論過一次，開始宋先生同意你提出的方案，就是我以作品你以土地作爲合作的一方，宋先生以五百萬美元的現金投入爲另一方，這樣你出任董事長理所當然。可馮律師說這樣缺乏制約，董事會沒法對董事長的權力進行有效的監督。最後變成了你以土地，我以作品，宋先生以現金投入，三方合作，具體股份未定。」夏冬森喝了一口茶，接著說，「不過你放心，任何時候，我站在你一方，這個案子畢竟因你而起，換了別人也做不了。」

黃嘉歸說：「我的壓力太大。」

夏冬森說：「你我兄弟不用客氣。但宋先生畢竟是經商的，商人和我們想的肯定有差異，這點你要有準備，明天談判時要有應對的說法。」

黃嘉歸說：「好，我想想。」

這時，有人敲門。黃嘉歸開門，是莊新到了，隨來的還有辦事處招商辦的主任吳春樹。夏冬森起身，莊新迎上去，兩個人的手緊緊握在一起。莊新連說：「對不起，對不起，有失遠迎。」接著扭頭對黃嘉歸說，「黃總，這件事就是你的不是了。這麼重要的客人，怎麼不通知我呢？晚飯我應該給夏先生接風洗塵的，搞不好還要把梁主任請出來見客人，這是空山風景區開發的大事，又是外商投資的大案子。」

黃嘉歸連說：「我的錯，我的錯。」

莊新放開夏冬森的手，他們幾個人分別坐到床上和沙發上。

黃嘉歸給總臺撥了個電話，讓送幾個茶杯來。很快服務員送來了，黃嘉歸泡了茶，莊新忙問：「來的其他人呢？」

「宋隨良先生。」夏冬森笑說，「他可是S國排在前五位的大老闆。」

「方便嗎？去看看。」莊新說。

夏冬森拿起電話，但忘了宋隨良的房間，黃嘉歸說：「一八一八。」夏冬森就按號碼撥過去，是秘書小侯接的電話，說宋先生正在洗澡。

夏冬森說：「不好意思。」

莊新笑著說：「明天吧，今天就不打擾了。」

黃嘉歸泡好了茶，遞給莊新和吳春樹說：「夏先生帶來的。想不到還是我老家陝西產的。」他指指杯子裏揚起頭的茶葉說，「像不像麻雀的舌頭？茶神陸羽在《茶經》開篇就寫道，『茶者，南方之嘉木也』，然後就說『其巴山峽川有兩人合圍者』，可見當年茶樹在秦巴大山裏的壯觀。其他的茶，名氣再大，論輩分也是孫子。」

眾人聽了笑起來，莊新說：「那一定要品。」他端起杯子喝一口，連聲說好。接問：「還需要什麼服務儘管說，我們一定讓客人滿意。開發區的口號是：人人都是投資環境，來者都是服務對象。」

莊新對黃嘉歸說：「黃總，夏先生他們的房費政府管，我下去就簽字。」

黃嘉歸說：「哪能啊。」

莊新說：「爲了發展地方經濟，這點錢政府還是出得起的。何況這錢又不是我掏，也不是我辦事處掏，是管委會掏。省你黃總幾個錢，以後招待我吃飯。」

黃嘉歸笑笑，算默認了。夏冬森指著桌子上的兩瓶洋酒，說：「不好帶，兩瓶法國酒，算點心意吧。」

黃嘉歸將酒拿過來，莊新接過一瓶看看，說：「好酒！」

夏冬森笑著，又去拿了一條領帶，給吳春樹，說：「吳主任，別嫌禮輕。」

吳春樹接過領帶，忙說：「哪裡，哪裡，受之有愧。」

他們約定，第二天上午九點上山。

黃嘉歸代夏冬森送莊新他們下樓。到了前臺，莊新在夏冬森、宋隨良的房間登記單上簽了字。莊新笑著對服務員說：「照顧好外商，他是我的客人，該有的服務，一定要到位，所有的費用我買單。」

服務員滿臉笑著答應，莊新這才出門去。

送走莊新和吳春樹，黃嘉歸見大廳的沙發上沒有時迅，抬頭向茶座瞄去，時迅坐在一個椅子上寫東西。在散淡的燈光裏，只有她的手在動，整個身子的側影凝固不動。周邊釋放著柔和的光暈，側著的臉頰，像有一層薄薄的霧氣游動著，看起來是那樣的惹人憐愛。黃嘉歸甚至有些不忍看了。因她常常陪他忙碌，許多稿子擠到晚上寫，有時他睡一覺醒來，她還在那兒寫。他心疼，就去勸她，她說，自己必須儘快拿下幾個大的像樣的文稿。她也想調離開發區報，去市裡的報社，但她不想托人，只想靠本事去應聘。

黃嘉歸當然理解時迅的想法，但他看了還是心疼。也許，一個男人愛上一個女人，這女人所有的勞動，在這個男人看來都是辛苦的。卻不知，一個愛上男人的女人，卻把這個男人的勞動，看作一個大孩子的遊戲來欣賞的。這就是男人和女人的不同。

黃嘉歸輕輕走到時迅跟前，在她的背上輕輕點了一下，她抬頭，笑笑，就收拾了本子和筆，跟著黃嘉歸出來了。

他們沒有說話，車很快就到了，他們上樓，仍沒有說話。燈光裏，時迅那雙清澈的眼，泛起兩汪深深的水，動也不動地看著他，他知道她要什麼，但他卻沒有往日的激動。時迅看她媽媽剛回，他就叫她帶車去接客人，他們甚至都沒有互相傾訴多日來的思念。這時的黃嘉歸，看著時迅那雙溢出了水的眼睛，他的眼前突然顯出了那天賓館的情景。這些天，只要靜下來，他的眼前就會浮現出那個叫紅桃的少女的臉和那個令人心悸的女人的胴體。他無法描述自己的心境，儘管他沒有做什麼，但他仍覺自己是一個偷了祖傳寶貝的家賊，很難面對自己心愛的女人。但他又不能說什麼，他相信世界上沒有任何一個男人，遇到這樣的事，會去告訴自己的女人，除非他不愛這個女人。黃嘉歸渾身發熱，無力地坐在了椅子上。

時迅以為他累了，輕輕捧起他的臉，在他的臉頰上吻了一下，然後默默地鋪好床單，拉開被子。

接著，她就一件一件褪去了自己身上的衣服，躺進了被子裏。屋子裏的燈光是柔和的，四壁的白色，反射著淡淡的光線。空氣很靜，沒有流動。黃嘉歸卻移不動身子，他的雙腳沉沉的，像被定在地上，他的眼前，又一次出現那個少女的臉。

時迅靜靜地躺在那兒。黃嘉歸抬起頭，見時迅的肩膀抖了一下。他的心，像被人猛地刺了一下，是很疼的感覺，他罵自己是一個混蛋。他就起身，挪到了床前，迅速脫了衣服，鑽進了被子裏，他立刻感受到了一盆火。他的激情終於爆發了，他有了強烈的衝動。他摟住了她，然而，一瞬間，那個少女的臉又出現了，他發熱的身體突然間涼了，他的周身沒了一點力氣。時迅卻把他摟得更緊了，她喃喃地說著：「我知道你太累了，壓力也太大了。你休息休息。」她親吻著他的臉，她的眼睛潮濕了，淚珠滾了出來，沾在了他的臉上。

黃嘉歸握著時迅的手，瞬間淚流滿面。他對時迅說：「假如有一天，我背叛了你，做了對不起我們愛情的事，你會怎樣看我？」

「我永遠相信大哥，除非你哪一天不愛我了。不愛了就不存在背叛，也就不存在對不起我。」

黃嘉歸放開時迅的手，一下子摟緊了時迅，他說：「你是我的心，你是我的生命，我會永遠對你好的。我們一定要過好這一世。」

時迅用力地點了點頭。

黃嘉歸關了燈。夜，在黑暗中流動著。屋外，有了海浪拍打礁石的聲音。

23

第二天上午八點半，莊新和黃嘉歸他們在山下會面。

靈北的冬天少綠色，天空本就有些蕭然，今日遇到陰天，就更顯得陰沉。好在空山腳下成片的松林，顯出些氣氛來，山坡上像鋪了一層濃濃的雲，使周圍的環境有了些生機。天上一層薄薄的霧氣，隨著山勢似有似無地展開，視線在空中間或斷裂，山景變得模糊不清；遠處的山只有輪廓，比起晴天裏的走勢，就少了許多力度，像一幅揉皺了的水墨畫，在雲霧間飄蕩；近處松林間的空地，草完全枯萎了，厚厚的一層，地表就越加顯出些陳舊來。這時的山色是與天空銜接在一起的，成了灰暗的調子。

進山的有黃嘉歸、夏冬森、宋隨良、宋隨良的兒子宋小良、律師馮冬和秘書劉智仁。莊新除了帶著吳春樹外，還有司機。他們一行九人，一字排開，緩慢而行。

莊新問：「宋先生，爬到山頂嗎？」

宋隨良說：「一定。」他笑說，「我的一個朋友，在中國蓋了一家賓館，開業回去，家人問，一共幾層？他說，五層，實際是九層。朋友開玩笑說，你一句話拆了四層樓。」

莊新說：「錢對有錢人只是數字。」

宋隨良說：「我是小本生意，所以得登到山頂。」

莊新笑了，說：「宋老闆，我們辦事處在招商，可不是借錢呀。你是大老闆，五年前你就在南方投了十五億人民幣的公路專案，在S國是名列前茅的有錢人。」

宋隨良停下步子，笑說：「你可是美國中央情報局的人？」

莊新說：「我們既不是美國中央情報局的，也不是前蘇聯KGB，我是招商辦，這點資訊如果弄不明白，招來個窮人，那不自己砸自己的鍋嗎？」

大家聽了，都笑了。

進山的路，開始一段坡度不大，也並不費力，所以他們也能一路走，一路說笑。

莊新說：「我們招商引資已經有了一套完整的程序和經驗了。不像前些年，隨便來個人，說是哪個國家的大資本家的代理人，我們政府就派人出面，請人家住高級賓館，上高級飯店，陪吃，陪喝，陪玩，有的光招待費搭進去幾十萬元，過後沒影了，再問，這人又出現在別的地方，最後搞明白了，是個騙子。」

夏冬森說：「有這樣的事情？」

莊新說：「這叫改革開放的先期成本，我們的行話叫交學費。封閉久了，突然開放，不要說普通的政府工作人員，就是有相當職務經驗的官員，也感到外資神秘，覺得進來的每一個外國人，口袋裏都有大把的銀子。中國好像一下子由世界革命的中心，變作了全世界最窮的地方。錢錢錢，所以老百姓把向前看，改成了向錢看。我們交足了學費，才慢慢變得聰明一點了，知道了外國人不全是有錢人。」

宋隨良說：「我們也是炎黃子孫，希望中國好。」

夏冬森說：「是文化祖國啊！根是相連的。」

突然，宋小良叫一聲，眾人回頭看時，他踩在雜草上滑了一跤。黃嘉歸後退一步拉起他，因爲穿得厚，倒未傷著。大家也就不在意了。

這時，山間刮起了微風，半空的薄霧開始向四周褪去，剛才一色的天空，有了一團團蠶絲似的浮雲，在山間游動。空中慢慢明亮起來，不一會兒陽光開始露頭了。很快，游動的霧氣中，有幾縷陽光穿過雲層，直射到山坡上，他們的眼前就一片耀眼了。天空的浮雲也變幻著形狀，互相拉扯著散開，雲層迅速變得更薄了，天空的陰沉隨即向後褪去，整個山谷裏都有了亮色。山上成片的松林和間隔的粗壯的洋槐，一高一低，層次分明地排列著，使山的起伏變得愈加複雜起來。枯萎的雜草貼著地面，繡成厚厚的一層，如一片灰色的地毯，覆蓋了林間的空隙，使山變得柔和了。冬天也就不再冷了。

只是山間的路依然窄小，完全是在原始的樹木和石頭的空隙裏，被進山的人踏出來的，不但仄，而且路面極不平，還常有冒出地面的樹根和石頭擋磕著。宋隨良畢竟年齡大了，他的腳腿不很靈便，常常得彎下身子腳手並用，好在山坡並不顯得太陡，也沒有險要的地方，只在枯草和沙土間蜿蜒起伏。黃嘉歸幾次要上去攙扶宋隨良，都被他謝絕了。宋隨良也不讓秘書和兒子近身，他說要檢驗一下自己的身體素質，所以要自己攀登。

這樣，就走得慢，走一段，稍作休息後再走。宋隨良倒是情緒很高，走一段就停下來四下裏看看。

宋隨良有一次停下來時，莊新介紹說：「宋先生，空山是一座歷史文化名山，三千年前齊長城經過空山，唐代全盛時期，空山有五座寺廟！我們的口號是在保護中開發，開發思路不明晰，絕不動一塊石頭一鏟土。我們這一代人不能做歷史的罪人呀！」

宋隨良說：「應該這樣。」

莊新說：「之所以我們選黃總，是因爲他不但是有名的報人，人脈廣，思路新，而且他的方案，政府一眼就看中了。我們等的就是夏先生和您這樣的高人。」

宋隨良笑起來，說：「我是夏先生的崇拜者，他的書法，每一個字就是一塊寶石，在這千年空山的石頭上留下他的字，就給後人留下了取之不盡的財富，是一件功德無量的事。冬森兄才是真正的高人。」

夏冬森忙說：「隨良兄厚愛了。」

他們繼續向前走。突然，一個個巨石撲面而來。樹木開始稀了。一塊巨石，一棵老樹，山的地貌猶如回到了史前年代。天空漸漸地徹底開朗了，淡薄的光線，使灰色的大地更像遠古的歲月。霧氣在一層層地褪去，山頭的這邊和那邊有了明顯的變化，天色也就不一樣了。當頭的天，十分高遠，雲變作了塊狀，先前絲絲相連的團狀不見了，雲塊與雲塊之間，是大片的湛藍，雖不如完全晴空時的清爽，但也一掃剛才的灰色。如不是前面山頭的阻擋，亦會與山後的海融爲一體了。

由上次登臨空山算來，不過時隔半年，夏冬森卻覺得空山的景色完全不同了。也許上次他注重的是山間的石頭，那是他日後創作的材料，他對山的氣勢和變化，並沒有太多的注意，今日看來，仍是十分地新奇。雖是季節不同，但初春與冬天的色調幾乎是一致的，只是初春寒氣中，有明顯的春的萌動，空氣裏有升騰的暖意。而今日的天色和地氣，開始灰色一片，充滿了冬天的冷峻。風雖是微風，但偶爾掃過臉膛和鼻尖，還是能感到刀割的狠勁，寒意似乎是從天上掉下來的，使了十足的勁，向地下鑽。空氣裏的冷風是收斂的，雖然看不見，卻分明感到一團一團的寒氣在移動，偶爾會鑽進褲腳裏，立即就有涼氣向腳心竄動，身子也在這一刻覺出了寒意，人會不由自主地哆嗦一下，下意識拉緊衣服，把上衣的最後一個扣子扣緊，並豎起了衣領，擋著耳朵，以防寒風從脖子向裏鑽。

但這寒意，最終還是被登山的熱量代替了。夏冬森完全被眼前的新奇驅趕著，他大踏步地走到了前面，依著一塊石頭，看著山勢，感嘆說：「真是菩薩顯現啊！」

大家聽言，停了步子。夏冬森就對宋隨良說：「隨良兄，空山的山勢與走向，不但氣勢磅礴，而且層次豐富，不光有豁然開朗的大氣，也不時有曲徑通幽的妙處，這樣的山，在別處是很難尋到的。有的山是以秀而著名的，如黃山；有的山是以雄著名的，如泰山；有的山是以險而著名的，如華山。而美國的國家紀念公園，是以壯闊而名揚天下的。所以，他們就把四位對美國有重大歷史貢獻的總統頭像刻上去，讓這個國家的人民，永遠記住美利堅的歷史。」

夏冬森激動了，他做著手勢，說，「希臘的奧林匹斯山，籠罩在神秘的傳說之中，它就是希臘民族的精神象徵，每屆的奧運會的火種都是在那兒採集的。而這空山，以小中見大的萬千變化，與別處的名山分出特色來。如果我們沿曲徑通幽的山道，表現人類創造歷史文化、追索生命真理的歷程，於山梁豁然開朗處描述人類的精神實相，那可真是一沙一石一草木，示現佛陀對人生宇宙證悟的不可說境界。表現出大中見小，小中見大，大即是小，小即是大的宇宙觀來，空山就成了世界上絕對的獨一無二的文化名山了。隨良兄啊，這絕對是在創造歷史，絕對是在創造文化。」

夏冬森似乎等不及宋隨良的表態，就又轉向身後的莊新說，「莊書記，你應爲選擇黃先生而慶幸，絕對因這個人，空山的歷史永恆了。後人研究這一切，莊書記是頭功。」

「當然了，」莊新說，「不過對得起空山的百姓，說我爲官一任，還幹了件有意義的事，就心滿意足了。」

黃嘉歸笑說：「莊書記，你的期望值也太低了吧。」

莊新說：「黃總，你是搞新聞的比我明白。中國有多少從政者在幹人事？有時事幹多了只能給自己惹麻煩。空山的開發，對後代可能是件功德無量的好事，可對我莊新，未必是好事。」他似乎覺得自己說得過了頭，立即糾正說，「不過你們一百個放心，既然我們有緣，這件事又是我拍板的，就一定要辦好。我相信夏先生的話，未來的空山，一定是一座載入中國歷史的千古文化名山。」

黃嘉歸說：「莊書記，別說得那麼悲壯。你是目前靈北開發區十個辦事處最能幹的書記，這誰人不知？空山的開發，是一大政績。就等著與空山永恆吧。」說著，黃嘉歸笑了。

莊新說：「黃總又說外行話了，你看中國的哪個官，特別像我這樣兵頭將尾的官，是因爲政績提上去的？」莊新笑著說，「不過黃總，你還是一百個放心，我不求永恆，也不求政績，就求幹事。這件事我會負責到底的。何況吸引外資，是當前開發區各個部門的頭等大事。」

黃嘉歸說：「有你莊書記，我們當然一百個放心。」

宋隨良和夏冬森笑著算是附和。

他們又開始爬了。馬上到一座山峰的拐角處了。頭上的天，這時成了斜的，挨著山頭的一面，擋了眾人的視線，只見山峰不見天。而挨著山谷的方向，前面的山頭還十分地遠，看起來還得走一會兒。此刻，天愈加明亮了，空中的雲幾乎全部褪去了，山裏的灰色變出了亮色，山谷一片片樹林的頂部，抹了一層光暈，亮亮的，像撒了一層玻璃碎片，松樹的針葉上閃著些星星般的光點。

眾人的腳步，終於挨著了山頭。說是山頭，實則是山頭下伸出去的一塊平地，這平地隨了地形的變化，在第二個山峰的半坡，向南一直延伸而去，因已過了山谷，又在一個山頭的頂峰，所以三面十分地開闊。站在此，山下的情景一目了然。太陽已經中天了，天空成了暖色，天是徹底地晴天了，剛才還見的浮雲，這時跑得無影無蹤了。天空湛藍一片，與山下海的深處連接著，那白色的一簇簇的浪花，倒像十分溫柔，一個個擁在一起，沖上了岸邊。海灣的那邊，靈北老市區的建築也清晰可見，就如同隔了一條寬闊的河，沒有了平日霧氣裏的遙遠。山下的遠景，像無數雙生動的手，捧起了空山，這山，立即就像隆起的一條巨龍，騰空而起，俯臥在長空裏。

宋隨良看看，突然說：「三面環水，一面連陸，空山在風水上是一個金元寶。」

莊新馬上說道：「宋先生儘管放心來投資，我們政府提供一切優惠政策。」

宋隨良說：「案子不好，再優惠的政策也解決不了根本問題。」

夏冬森笑說：「中國有句話，叫薑還是老的辣。」

大家笑了。

莊新看看表，已過去兩個多小時，前面的山路陡了，幾乎沒有路，只能順著山洪沖出的壕溝爬。莊新就問宋隨良：「宋先生，還爬嗎？」

宋隨良看看，問：「到山頂還有多遠？」

莊新說：「還得兩三個小時吧。」

宋隨良說：「那就算了，已見空山真面目了。」

夏冬森說：「前面更壯觀。」

宋隨良說：「那就更不用看了。留個想頭吧，路修通了我再爬上去欣賞。」

於是，大家就說笑著開始下山。

下山的路十分難走。路是斜坡下的，小路上有許多小坑，路面上幾乎淨是間隔的小石包和沙粒，上山時抓著兩邊的雜草，還感覺不到危險，下山則不同，身子向前傾，力量移到了腳上，身子又不能蹲下來，手裏沒了抓的，身子感覺不穩當，兩邊雖沒有懸崖，但心裏還是有幾分緊張，生怕踏錯了步子滾下去。

黃嘉歸到了前面，伸出手，要拉宋隨良，宋隨良卻擺擺手，說：「有人拉反而不方便，我自己上得來，還下不去嗎？」

黃嘉歸就不再堅持，但他退到後面，以便關照前面的人。眾人也就小心翼翼地走著。突然，聽見一聲叫喊，黃嘉歸慌忙抬頭，就見宋隨良滑倒了，重重地砸在地上，一隻手撐著地面，一隻手抓著路旁樹根上乾枯的樹丫。

黃嘉歸急忙向前跨幾步，抓住了宋隨良的衣服。因爲坡陡路滑，幾個人幫忙，才將宋隨良扶起來。大家看時，宋隨良無大礙，只是他的右手被樹枝劃破了，手掌浸染著黑紅色的血。好在黃嘉歸裝著一包面紙，就急忙掏出來，壓在傷口上，但不一會兒，血又浸出來了，染紅了手掌。

大家一陣忙碌，湊出一疊面紙，壓在宋隨良的掌心，過一會兒，血終於被止住了，才擁著宋隨良下山。

瞬間，黃嘉歸有種不祥的預感，他不知道是自己的錯覺，還是心理作用。總之，一時心裏竟空空洞洞的。

下了山，他們到了山下農田的地頭，黃嘉歸介紹說：「這五百多畝地，是給專案配套的，莊書記做了大量的工作。」

宋隨良看了說：「也許商業價值就在這片地裏。山下如果沒有服務配套，那不是一個完整的旅遊景區。實際上，門票收入只占景區收入的小部分，大的收益應該是配套服務的收入。」

宋隨良扭過頭，對站在身旁的黃嘉歸說，「這塊地要得有眼光，黃總雖然是辦報的文化人，但不乏商業眼光的。」

黃嘉歸實話實說：「朋友提醒的，莊書記也支持，很快就辦了。」

宋隨良問：「可以建房子嗎？」

莊新說：「雖不是旅遊用地，但可以搞配套設施建設。」

宋隨良說：「條件成熟時儘量辦成旅遊用地吧，免得受政策和人事變動的影響。」

莊新說：「下次規劃調整我們一定辦！不過承包土地成本小，我這裏簽字就生效。」

夏冬森說：「我不懂。我們只能聽政府的。」

宋隨良說：「在這裏只能聽莊書記的。」

莊新說：「放心好了。」

中午莊新安排豐盛的午宴，辦事處的主任吳永久和招商辦的主任吳春樹都參加了。儘管宋隨良手上有傷，去診所處理了一下就無礙了。大家喝得很盡興，宴會進行中，黃嘉歸配合莊新不斷敬酒，使酒桌上的氣氛很熱烈。黃嘉歸知道，宋隨良的興奮，對此次的投資至關重要。

兩個多小時，宴會才結束。

飯後，宋隨良他們就回到了西海大酒店，約定第二天上午九時，在西海大酒店商談合作事項。

到了拍板定案的關鍵時候了。黃嘉歸反而冷靜了，因爲該做的都做了，宋隨良也看了地方，能否成功合作，主動權掌握在外方的手中，黃嘉歸只能隨緣。他覺得合作的條件已很清楚，只有明天商談時當面交流或交鋒。

晚餐時，他們只談山上的風景，也說些開發區的情況，合作開發的事，一個字也沒有提。可晚間十一點多，夏冬森突然來電話，說剛才宋隨良與他交流專案的事，談得很細。他們仍然主張你我分開成爲兩個股東，不過宋隨良對投五百萬美元所占比例，與宋小良和律師的意見不一致。他們說，如果形成三方，宋隨良理應是大股東，董事長自然應是宋隨良的。

夏冬森說：「我只能借你的口說，這件事是黃嘉歸先生開頭的，再聽聽他的意見。至於我，股份並不重要的。我只要把作品創作到山上，圓滿實現我們的創意，我就心滿意足了。」

夏冬森強調說：「你要有心理準備，宋先生並未表態，說明這個問題有商量的餘地。我百分之百推你做董事長。你做法人代表，事情辦起來方便，對案子的進展是有好處的。再說，從文化的角度考慮，商人的思維可能會更多地注意收益，對這個文化專案來講未必是好事。」

放了電話，黃嘉歸就給時迅說了夏冬森的大致意思。他說：「看來合作是沒有多大問題了，就是合作的細節了。」

時迅聽了，倒是冷靜地說：「再大的事情都是細節構成的，合作的細節不能疏忽，你聽夏先生的，多想想。不是說工於心計，而是要想清楚，人家為什麼和你合作？你能給人家什麼條件？實際也就是利益分配問題。如果你想明白了，照顧到各方所求了，也就平衡了利益，合作就會成功。」

黃嘉歸聽了，眼前一亮，他原沒想這麼多，以為夏冬森就是希望他的藝術與空山一起永恆的，目的在名而不在利。那麼宋隨良是夏冬森的朋友，也是夏冬森作品的收藏者，通過這個投資，他不但會獲得夏冬森許多作品的答謝，這個專案本身又是一個不會賠錢的旅遊案子，何樂而不為呢？

黃嘉歸說：「開始我想請夏先生主創，再邀請一部分國內外著名的華人藝術家參與，這樣比一個人的作品影響更大，內容和表現手法也就更豐富，但聽了夏先生的意見，我的想法就變了，就他一個人創作。何況宋隨良的投資也是衝著他來的。」接著，他就分析宋隨良說，「宋先生投資，至少有一半是衝著夏先生來的，但還有一半，是他看好了這個案子。他過去多次來過靈北，對靈北是很瞭解的，他一直有在靈北投資的想法，這次有了夏先生的機緣，一拍即合了。他讓兒子跟著，是準備留給子孫一份家業。所以要充分考慮到他的商業利益。」

他們分析得越細，黃嘉歸就越有把握和信心。看看表，晚了，時迅溫柔地鑽進了他的懷裏，說：「不早了，明天還有大事哩。」

很快他們就入睡了。

一覺醒來，已經早晨七點，黃嘉歸急忙洗漱，然後把時迅一個人放在家裏，自己開了車，飛速地去西海大酒店。客人們已到餐廳，他就陪著他們吃早餐。

商談的地點，放在宋隨良的房間。宋隨良的律師馮冬將合作協議和章程的列印文件放在每個人面前。黃嘉歸看一遍，多是依據中國的中外合資（合作）企業法律法規的規定寫的，他雖對這些法律不是很熟悉，他想大致是不會錯的。有兩處是實質性的：一處是說合作條件的，中方是以承包的一萬二千畝山林並交納承包費爲合作條件的，夏冬森自然是以創作山上的全部作品作爲合作條件的，宋隨良的合作條件是出資五百萬美金。山下的土地所產生的費用，由成立後的合作公司承擔。第二處是合作三方的利潤分成比例，實際也就成了所占股份的比例，那裏的數字是空著的。

商談開始，宋隨良拿起協議，一臉輕鬆地笑說：「黃總，這個案子肯定要你負責經營，把你和夏先生分開，我倆好監督你呀，你如果違反了約定，我們就罷免你。」

黃嘉歸明白，宋隨良是把真實的想法拿笑話來說，他就笑著應道：「聽宋先生的，如果你和夏先生相信我，讓我幹我就幹。如果哪一天幹不好，你們立即可以罷免我！」

宋隨良立即接過話題，對夏冬森說：「冬森兄如果沒有意見的話，那總經理就首先確定由黃先生擔任。」

也許夏冬森知道，宋隨良只不過拿理所當然的事送了個順水人情，也就樂觀其成，就說：「聽隨良兄的。」

現場的氣氛就不像商業談判，倒像話家常。但黃嘉歸明白，宋隨良把有可能爭議的話題放到了後面，先拿總經理這個必然要他擔當的職位讓他高興。他抬頭，從房間朝南的落地窗望去，前面沒有遮擋，拍岸的海濤雖然聽不到聲音，但那湧動的白浪還是依稀可見的。屋外是一個晴天，陽光在海浪上跳躍著，閃著明亮的光點。

宋小良突然說：「我提一個問題：整個合作，夏先生出作品，中方出土地，現金投入也就我們一方，如果建設資金超出預算，或經營超出了先前的評估，錢一直要投下去，這個事情該怎麼辦？這在中國叫什麼釣魚工程，我也是聽朋友說的，我擔心這個事。」

這是協議之外的內容，也是一個難以回答的問題。黃嘉歸也就實話實說：「這是個經營問題，任何案子都不可能沒有風險。不過，這個案子的評估是在大量的事實基礎上產生的，只要不出現特殊的不可控的因素，按正常情況發展，是不會出現宋先生擔心的情況的。」

宋隨良接過話題，說：「那是以後的事，先說協議和章程吧。」

宋小良看父親一眼，也就不再說話。馮冬說：「利潤分成比例要首先定下來。」按平常的慣例，要一條一條討論的，只是那樣太慢，作爲律師，馮冬把最難確定的這一條拋出來，這條定了，其他的各項條款，只是合作各方表態而已。

夏冬森見冷場，就說：「還是隨良兄說說意思吧。」

宋隨良卻說：「別喧賓奪主，先聽聽黃先生的意見，他是這個專案的主角啊！」

黃嘉歸見再無退路，也就只好說，因提前作了準備，也就說得很有條理，他說：

「中方的合作條件就是那塊山林，雖然政府的土地部門批准了估價，但那只是個參考，關鍵還是夏先生和宋先生的參與。夏先生的作品會給這座山帶來靈魂，但沒有宋先生的資金注入，夏先生作品就上不了山。一座沒有靈魂的荒山仍然是荒山。所以，對於利潤分配比例我沒有想太多，只強調一個想法。」

黃嘉歸看宋隨良一眼，又看夏冬森一眼，他說，「因這個案子完全是爲了推廣夏先生的藝術，而要保證這一點的落實，理解夏先生的藝術是第一位的，所以，利潤分配不是我考慮的重點，我只是想在建設和推廣的初期，最好擁有充分的決策和執行權。」

夏冬森馬上接著黃嘉歸的話，說：「嘉歸過謙了，山林土地是不可缺的要素，沒有這座山，我們到哪裡去做？再說，這個案子離了你，別的人做不了，說透了，你是導演，我是演員。當然，隨良兄是搭臺子的，沒有臺子，我也表演不成。」

黃嘉歸趕緊聲明：「夏先生說笑了，小弟豈敢。」

宋隨良這時反而笑了，說：「關鍵是案子做好了，賺了錢，股份大小就不是什麼大事。經營不好，賠錢，即使那股份全是你的，又能怎樣？」

宋小良見父親的態度，睜大了眼，不知道父親最終要表達什麼意思，馮冬也拿眼瞅著宋隨良，尋找後面的答案。

宋隨良卻不管兒子的眼光和律師的驚奇，拉過一張紙，說：「一萬二千畝山林不管怎樣講，是不可再生的資源，何況政府批准的估價在那放著，我們就不要太計較這個問題。這樣吧！」他隨手寫下三個數字：三三、三三、三四，他說，「我和冬森兄一樣的，黃總多百分之一，就擔任董事長和法人代表吧。」

宋隨良的表態，幾乎超出了所有人的意料。宋小良的眼神一時僵了，馮冬也是一副吃驚的樣子。黃嘉歸是想爭取董事長和法人代表的，但他想不一定順利，想不到結局完全出乎他的意料，一時不知道說什麼好。

夏冬森卻立即說：「不行，不行，我持百分之二十就行了，超過這個數，我絕不接受。嘉歸小弟能欣賞我的藝術，隨良兄能支持這個功德無量的事業，你們就是兩位大菩薩，我要用百倍的努力感謝的。我再聲明一遍，百分之二十是我接受的上限。」

夏冬森說得十分真誠，他表示堅持自己的意見，宋隨良就拿過紙，又寫了一個比例，說：「那就對不起冬森兄了。」

大家看時，三個數字是「二一，三九，四〇」。宋隨良對律師說：「就這麼辦吧。」

馮冬說聲好，打開手提電腦，輸入了這幾個數字。其他條款過了一遍，三方無異議，可以簽字了。這時，宋隨良卻說：「這畢竟是一個合作五十年的長遠專案，各方還是慎重些好。這樣吧，出三份，各拿一份，今天暫不簽字，黃先生也找個律師看看，明天上午十時，我們再簽如何？」

夏冬森和黃嘉歸自然說好。商談一個多小時就結束了。黃嘉歸十分滿意這個結果，要說那片山林估價是空的，那麼這五百萬美金投進來是真的。也就是說，他真正擁有了一千多萬元人民幣的資產，這是真實的。所以，他從心底感激宋隨良和夏冬森。

走出西海大酒店，黃嘉歸立即給莊新打電話，告訴他合作協議和章程已達成，明天上午十時簽字，協議和章程列印稿就在自己的手裏，請莊新找個律師來看一下。

莊新聽了興奮地說：「想不到黃兄真的是個人物。佩服，佩服！」他幾乎不等黃嘉歸插話，又說，「我立即派辦事處的法律顧問去。明天上午的簽字儀式要搞得隆重，電視臺和報社由我通知，也盡可能請一位區領導參加。」莊新乾脆說，「現場佈置你也不用管了，這是開發區招商引資的一大成果，要充分宣傳。」

扣了電話十五分鐘，開發區得順律師事務所的律師胡文凱就趕來了，黃嘉歸熟悉。於是，他就將協議和章程交給胡文凱，說好了下午三點碰面。黃嘉歸看看表，快到吃飯時間了，他就上樓，向夏冬森說了莊新的意見，夏冬森倒很樂意莊新的安排，他所到之處常有新聞媒體熱捧，他希望在靈北也不例外。

下午三點，黃嘉歸叫上時迅和他一起，在西海大酒店的茶座見胡文凱。胡文凱說他認真研究了幾遍，他說：「這個協議相當完善，起草者還是瞭解中國法律的。不過對合作各方出現爭議、提交仲裁地址的約定，由中國國際貿易仲裁委員會上海分會改爲北京總會爲好。」

黃嘉歸不解其中意思。

胡文凱說：「既然是投資案，還得從商業角度考慮，他提上海，宋先生在南方投資，沒準上海有他熟悉的要人。再說，如放到北京總會，更公證，也離靈北近。」

黃嘉歸說：「這樣想是不是太小人了？夏先生和宋先生都是很大器的人。」

胡文凱說：「黃總，你這件事做得是相當成功，這不假，但你不要老有占了便宜的感覺。你想，宋先生是一個經營了一輩子的商人，沒有利益他幹嗎？只不過我們無法完全明白他這項投資的想法。再者，你想，這一萬二千畝山林眼下是荒山，但它一旦開發成功，那是一筆無法估量的資產，開發區像現在這樣的速度發展五年，那空山的價值是要翻幾十倍的。」胡文凱看看時迅，又看看黃嘉歸，說，「我是搞法律的，你們既然請我看，我就得爲你們的利益負責。」

「這——」黃嘉歸表示，他很難開這個口。

胡文凱說：「我去現場說。」

黃嘉歸萬萬沒有想到，胡文凱的這個意見，在後來的仲裁爭議時，給他贏得了時間。

第二天上午八時半，黃嘉歸帶著胡文凱去宋隨良的房間，參加協議和章程的最後定稿。胡文凱說了意見，他說：「在中國，總會更權威，來靈北投資的外商，一般都把爭議的仲裁地點選在北京。」

宋隨良當即表示：「我們只是考慮到上海離S國距離近，既然慣例選擇北京就北京吧。」說著，就讓馮冬改過來。再無其他異議，馮冬就去酒店的商務中心列印了八份，三方各持兩份，另兩份報政府審批和工商登記註冊。

十時，舉行簽字儀式。莊新把簽字的現場安排在了大酒店的三樓會議室，拉了一個巨大的橫幅，上書「空山旅遊開發專案簽字儀式」幾個大字，莊新不但請了開發區的報紙和電視臺，還把靈北市的三家報紙和電視臺的記者也請來了，場面相當隆重。

在簽字儀式舉行前的五分鐘，莊新給黃嘉歸打電話，讓他到會議室外面迎接領導，說他們已經進了酒店。黃嘉歸扣了電話，剛到電梯口，莊新就陪著梁大棟和旅遊局、招商局、文化局幾個局長從電梯裏出來了。

黃嘉歸吃了一驚，他沒有想到莊新會把梁大棟叫來，他就急忙向梁大棟問好。梁大棟一愣，說：「報社的總編親自來跑新聞？」他扭頭看莊新，「莊書記也夠排場的！」

莊新忙解釋：「主任，這個專案就是黃總引進的。」

梁大棟立即說：「好啊，開發區就應該人人招商。」

莊新說：「為了一心一意搞這個專案，黃總已辭了報社的總編輯。」

梁大棟一怔，但立時說：「好事！機關裏正在號召有能力的幹部下海，眼下的時代，是經濟的時代，人才就應該到大潮裏去搏殺，中國現在缺企業家，不缺辦報的人。」他又說，「不過，我一點也沒有輕視辦報人的意思，只想說，如今，是需要人把文章寫在大地上而不僅僅寫在紙上的時代。」

莊新說：「領導看問題就是站得高。」

梁大棟正色說：「莊新，你少給我來這一套，我還不明白你的道道？我也希望空山開發及早見效。空山開發成功了，也給開發區的大旅遊戰略開了個好頭。」

莊新笑著說：「我們一定加快步子。」

進了會議室，莊新向梁大棟逐一介紹現場貴賓。

梁大棟和夏冬森、宋隨良等一一握手，寒暄幾句後，莊新宣布簽字儀式開始。梁大棟的出席，使這個簽字儀式更加隆重起來，記者們快速將鏡頭對準了他。梁大棟激情澎湃地開始講話，他說，作爲空山開發的第一個外商投資旅遊專案，一定會帶動西海岸大旅遊的發展。他也代表靈北開發區管委會，對夏先生和宋先生的投資表示歡迎。講話結束時，他說：「案子如果遇到什麼問題，可以直接給我打電話。政府就是爲投資者服務的。」說完，他給夏冬森和宋先生遞了名片。

梁大棟的講話，使夏冬森和宋隨良十分滿意，在熱烈的掌聲中，他們就鄭重地在協議和章程上簽字。爲了便於新聞報導，簽字時，三個簽字者被安排在一張大桌子前，莊新陪著梁大棟和幾個局長站在後面，爲了顯得更熱烈，把到場的吳永久和吳春樹也叫了上去。一切進行得順利而熱烈。可黃嘉歸瞅著梁大棟就感到彆扭，身上像有蟲子爬，他對他如何也恭敬不起來。

梁大棟並不知道黃嘉歸的情緒，吃飯的時候，還熱情地舉起酒杯對黃嘉歸說：「文人下海理應鼓勵，我代表政府感謝你爲開發區招商引資！」他又對莊新說，「莊新同志，按政策是要獎勵黃總的，你負責落實。」

莊新說：「梁主任，我還沒有來得及報告你，黃總是股東，獎他什麼？獎勵應歸我們辦事處。」

「那就不光感謝，更應該祝賀了！」說著，梁大棟又舉起了酒杯。

黃嘉歸笑著，裝作很恭敬的樣子，和梁大棟碰杯。

當晚，靈北市電視臺和開發區電視臺，在新聞中播放了空山總投資千萬美元專案簽字的消息。

第二天早上，黃嘉歸在開發區郵局門前的報攤上，買到靈北市的四家報紙，報紙的頭版同時出現了這條新聞，兩家發圖片，兩家發文字。

24

夏冬森一行的行程，只四天。臨行吃飯時，黃嘉歸又提出了經營人員的事，他極力主張外方派人，至少應有一個副總或財務總監。宋隨良一句話否定了，他說：「這個案子，我早對冬森兄表過態，一切都交你辦，人員在中國招聘，我們一個人也不安排。」

夏冬森說：「由嘉歸老弟你說了算！」

黃嘉歸見說不動兩位，就有些急。他擔心，這麼大的案子出一點漏洞，沒法給外方交代。夏冬森見他有疑慮，飯後回到房間，對黃嘉歸說：「宋先生是隻老狐狸，他知道只有完全相信你，你才會百分之百地努力，出了問題他也有理由說話。他這樣做是對的，我倆也只能這樣做。宋先生在中國南方的專案，總經理也請的是中國人，那是一個十幾億的投資呢。」

黃嘉歸說：「那也得出個財務人員，對你我也是個交代。」

夏冬森說：「清者自清，我們不是在弘揚佛法嗎？我任何時候都相信你，支持你。」

夏冬森的態度很堅決，黃嘉歸一時無話。看來只能自己扛起來！這麼想，也就坦然了。

政府這邊，莊新把這個專案當作開發空山旅遊的第一把火。他安排吳春樹帶了三個人，組成服務小組，專門針對「般若園旅遊專案」，提供被稱爲「一站式」的全面服務。莊新對黃嘉歸說：「你只要準備了資料，其他的事他們辦。我給吳春樹下了命令，必須在十二月三十一日前完成註冊登記手續。」

這樣，在外方離開靈北的前一天，吳春樹陪同夏冬森和宋隨良，當著開發區工商局工作人員的面，寫了委託書，全權委託黃嘉歸在登記註冊合作公司的相關文件上簽字，委託書還註明，作爲委託人的黃嘉歸，可以再委託他人。這樣，黃嘉歸就乾脆將中方達迅旅遊公司的公章和作爲法人的個人印章都交給了吳春樹，又寫了一份委託書，這樣，審批註冊登記的所有事項，就由空山辦事處的招商辦去做。

機場告別時，宋隨良握著黃嘉歸的手，用力一搖，說：「黃總，你辛苦了，一切就交給你了，我是小本生意人。」

宋隨良緩緩放開黃嘉歸的手，眼睛卻並未離開，他專注地看著他，黃嘉歸突然從這位老人的眼中讀到了少有的深情。他說：「南方的投資，多次超出了預算，希望這一次是個例外。S國在中國大陸的投資成功率不到一半。但我答應了冬森兄，我也認準了你，我對你百分之百相信。」

黃嘉歸被宋隨良的話深深感動了，他說：「請夏先生和宋先生放心，如果說S國在中國大陸的投資有一百個失敗者，我們的合作絕不是第一百零一個；如果說有一百個成功者，我們的合作就是第一百零一個。」

宋隨良說：「借你的吉言。」幾乎同時，夏冬森和宋隨良抓住了黃嘉歸的手，三隻手重疊到了一起。

他們的信任，使黃嘉歸感到責任重大，告別時，黃嘉歸說：「我儘管辦過報，當過領導，但現在孤掌難鳴，何況公司一定要有一個骨幹層，核心人物至少得三兩個，你們即使不派管理人員，也得派個財務總監來，這也是對各方負責。」

也許是黃嘉歸多次要求，也許是他表現真誠，宋隨良終於說：「這個事情我們回去商量商量再答覆。」

送走夏冬森他們，從機場一到家，黃嘉歸就先給莊新打電話，問：「土地弄到什麼程度了？」

「我以爲你忘了。」莊新在電話裏說，「黃總真是大家風範，合同一簽，錢一付就不管了。這樣的事，一般都是公司派專人盯著，你倒好，全由我管了，辦事處的書記成了你公司的職員了。」

黃嘉歸忙說：「我們老家有句話，叫神小使不了你這檀香木拐杖，你何止是檀香木，是一根百分之百的純金拐杖，我敢嗎？」他急於想知道結果，問，「到底怎樣了？」

莊新說：「剩七八戶了。」

黃嘉歸急：「還有這麼多戶？」

莊新聽黃嘉歸急，就說：「好我的大總編，一百多戶只剩下七八戶沒領錢，是什麼比例？我肯定給你搞定，你放心。我們拔過多少釘子戶了，有經驗。」

黃嘉歸說：「我只能拜託你了。」

莊新又交代，請夏先生儘快把山上創作的內容拿出樣稿來，爭取早報規劃，因爲審批需要一段時間。

爲了給夏冬森提供更多的創作素材，黃嘉歸又上了一趟山，對沿路的石頭和山崖進行了拍照，洗出來後，選了二百多幅他認爲可以創作的巨石山崖照片，給夏冬森發了特快專遞。他覺得加上夏冬森自己現場的拍照，搞出一個像樣的創作方案是沒有問題的。

這件事情辦妥，他立即拉上時迅去招聘工作人員。因合作公司註冊還沒有完成，黃嘉歸就用達迅旅遊公司的名義去人才市場進行登記招聘。

人才招聘會在靈北推行才一年多時間。過去由國家包分配的大中專畢業生和不滿意當下工作的人，還有各式各樣的失業者，一下子湧入這個新興的行當，企圖改變自己的命運。所以，場面異常火爆。可當上午的招聘結束後，他在車裏看了所有的招聘登記表，傻了眼，幾乎登記的每一個人，似有一點印象，卻說不清任何一個印象，最終模糊一片，留下的只是擁擠人流的散亂記憶。無奈中，他就問時迅怎麼辦，時迅和他是同樣的感覺，就說：「只能用笨辦法，多見人呀！」

黃嘉歸立時明白，就說：「那就趁熱打鐵，下午在市裡找個地方面試。」

時迅說好。黃嘉歸就想找鄭仁松，在市裡找個商界的朋友，地方還得氣派些，也給面試的人一個好印象。於是，他給鄭仁松打電話，鄭仁松接了說：「賀有銀的神州集團在市裡就有辦公樓，我馬上給你聯繫，你等我電話。」

過一會兒，電話來了，不是鄭仁松，而是賀有銀的，他說：「我正在市裡哩，你過來，我把總經理辦公室讓給你。」

黃嘉歸問清了地址，和時迅在一個小吃鋪吃了兩碗餛飩後，就開車找賀有銀辦公的地方。在車上，時迅按人才招聘登記表上的聯繫電話通知面試。在篩選出的五十多人中，電話聯繫上的也就三十個人。

他們很快到了賀有銀的辦公室，在一棟高層的十八樓，占了一層，電梯口的當頭，做了很大的看板，是人工繪的，上有大海和土地，遠處還有密密的高樓，兩句廣告詞是：「神州，神州，胸懷神州。」坐下後，黃嘉歸就說：「賀總，你們的口號可是很有氣勢和神韻的。」

賀有銀問：「啥？」

黃嘉歸說：「神州，神州，胸懷神州。」

賀有銀一聽，來了精神，他說：「不是說靈北沒有文化嗎？都是你們文人說的，還搞什麼大討論哩，說靈北的海浪只擁抱沙灘不擁抱世界，真是胡話，啥叫只擁抱沙灘，太平洋的那邊不是美國嗎？擁抱了美國還不是擁抱世界嗎？難道娶些美國女人回來就算擁抱世界了？」說著他就大笑，說，「這個主意是《靈北日報》的一個記者出的，在報上搞了個徵集廣告的活動，也是為了企業形象嘛，我就掏了十萬搞這個活動。」

可能他聲音太大的緣故，有人推門進來，賀有銀就擺手讓她出去，接著說：「不過這句話還是我想出的，結果匯總的時候，一共收到一萬多句，這句詞有三個人說，該算誰的呢？我說算我的吧，評委會的人說，那樣真的也成了假的。不就一萬塊錢的獎金嘛，這樣就把一等獎給了投得最早的這句話的人，後面的兩個人，各給了兩千，還有三十名二等獎和三等獎。記者寫了篇評述這次活動的文章，說了實情，結果發表後影響很大，說這個企業太有文化了，老總能想出這麼有氣勢有文化內涵的宣傳語，而且還把獎讓給了別人，這個企業一定是誠信為本的，這才是具有中國企業文化的企業。」

賀有銀攤開手，一副興奮的樣子，說：「你看看，我一個初中文化的大老粗，怎成了有文化的人？看來文化是舌頭說出來的。」

黃嘉歸喝了口茶，覺著一股清香，就說：「這茶真是好茶。」

賀有銀說：「說是給高層特供的，你看包裝挺簡單的。」說著，賀有銀就把盒子遞過來了。黃嘉歸無心去細看，就接過來看了一眼，放下。賀有銀卻說：「幾萬塊錢一斤的。」

黃嘉歸一聽，嚇了一跳，喝進口裏的水差點噴出來。說：「難道不是茶樹上產的嗎？」

賀有銀說：「當然是茶樹上產的。摘的方法可不一樣，每斤需兩萬多個頭，都是春天剛冒出的芽，非得十八歲以下沒有結婚的處女去採摘。」賀有銀兩眼泛著光，看了時迅一眼，就說，「全是美少女摘的，然後人工製作，聽說十個處女一天摘的也就炒出一兩斤，你說珍貴不珍貴？」

黃嘉歸細看，竟然沒有商標和廠家，他本沒有扯這個話題的興趣，就說：「這倒是第一次聽聞。」

說話間，有人敲門，聽聲音，很規矩，想必是應聘的人來了。黃嘉歸就坐到了總經理的皮椅上，時迅坐在老闆桌的旁邊，賀有銀坐在沙發裏，現出一副隨便的樣子。

時迅說聲請進，結果進來三個女的，說是一個學校畢業的。黃嘉歸要過她們的畢業證，見是南方一所師範大學的本科，雖是原件，但好像是新發的，而且三個號碼連著。黃嘉歸有意問：「哪年畢業的？」

其中一個女的答：「前年。」

黃嘉歸就說：「我們公司是搞文化旅遊的公司，所以問你們三個人一個基本的問題。」

三個人很恭敬的樣子，看著黃嘉歸。

黃嘉歸說：「請說出你熟悉的一至兩位當代畫家的名字。」

三個人互相看看，其中一個略胖的問：「說的是畫家嗎？」

黃嘉歸說：「是的。」

剛才問話的女的，就大聲說：「王吾增。」

黃嘉歸一愣，有些發懵，他急急地在自己的腦子裏搜尋這個名字，無果，就問：「王吾增是誰？」

「我家的鄰居。」那個女的答，「就住在我家的樓上，是個退休幹部，在老年大學裏學畫畫。我看過他畫的公雞，真像，就像真雞打鳴一樣。」

黃嘉歸想笑，就忍著，又問：「還知道別的畫家嗎？」

三個人同時搖頭。黃嘉歸就把畢業證原件退還給她們，請她們出去。待她們出去後，黃嘉歸說：「肯定是假的。」

時迅接過看看問：「畢業證也有假的了？」

賀有銀說：「什麼沒假的？你這個秘書就是假的。」

時迅不習慣賀有銀的說話方式，就不語。賀有銀自我解嘲說：「我和你開玩笑，周記者別在意。你這麼美的大記者，怎麼能在乎我這樣沒文化的大老粗的屁話？」接著，他的粗話又上來了，說，「他×的，如今什麼假的都有。前幾年還說，這個世界，除了母親是真的，什麼假的都有。可沒過幾年，連母親都有假的了。」

黃嘉歸問：「怎麼講？」

賀有銀說：「借腹生子呀，外國不稀罕。中國過去男人不能生，就借種，老子是假的，可母親起碼是真的。可如今，不願意懷孕的男女，把自己的精子和卵子做成胚胎，放到別的女人的肚子裏，這母親也成了假的。這世界真的瘋狂了。」

這時，又有人敲門。時迅就叫了聲：「請進。」門推開，很大方地走進一個身材不算高但很精緻的小女生，黃嘉歸問：「叫什麼名字？」

對方答：「高靜。」

時迅把登記表遞給了黃嘉歸，黃嘉歸見登記表的後面，附了一張自我推薦表，在介紹文字的前面，用黑體標出一句話：「希望我成爲你手中的一張王牌。」

這句話倒有意思，黃嘉歸抬起頭，認真看了她一眼，人長得不錯，也很有精神，一看她應聘的職位是文秘，就問：「有過工作經歷嗎？」

她說：「應屆畢業生。」

黃嘉歸問：「那你能說說文秘的職責嗎？」

她說：「雖然我現在不知道，但到單位學了就知道了。」

黃嘉歸有些氣不打一處出，但他還是忍了，問：「你喜歡讀什麼書？」

「雜誌。」

「什麼雜誌？」

「街上賣的各種雜誌。」

「學什麼專業的？」

「土木建築。」

黃嘉歸終於說：「我們招的是文秘，條件是全日制大學的中文或新聞專業畢業的本科生。謝謝你。」

那個叫高靜的女生，知趣地退了出去。她一出門，黃嘉歸就躺在了椅子上，兩個人就把他搞懵了。

接下來進進出出，三十個人面試用去了三個小時，後面的人他幾乎三五分鐘就結束了面試，似乎沒有一個留下深刻印象的，最後也就勉強確定了一個中專畢業有一年工作經歷的辦公室文秘。

「找人真難！」面試結束後，黃嘉歸長嘆一聲。無奈之中，黃嘉歸對賀有銀說：「賀總，你手下有合適的人先借我一個救急，眼下的事情太多。」

賀有銀說：「別，我的手下，都是些混慣了的人，也差不多都是機關裏小幹部沾親帶故的關係戶，做小事可以，做像你那樣的大事，不夠檔，好看不中用。」

黃嘉歸知道賀有銀說的是真話，就說：「這就難辦了。」

賀有銀突然眼睛一亮，說：「我給你推薦一個人，你不就缺一個辦公室主任？她去一個頂十個。」

黃嘉歸問：「誰？」

賀有銀說：「馬可，鄭仁松的辦公室主任，你不是和她很熟嗎？她可是一個厲害的角色，再難的事她也能拿下。」

黃嘉歸怦然心動，說：「鄭總能給嗎？」

賀有銀說：「憑你和他的關係，他會給的。再說，他有的是人。」

賀有銀的話讓黃嘉歸眼睛一亮，如果有馬可做幫手，當然最好不過了，但鄭仁松不一定放手。馬可對他也許是很重要的。

一次，他在鄭仁松辦公室說起馬可，鄭仁松說：「這女人給我幫了大忙！一次拿塊地時，局長對我說：『這塊地給你沒問題，但有一個附加條件，把你的辦公室主任給我，我們局裏正缺一個辦公室主任，公務員編制。』我知道土地局長不安好心，我也捨不得呀！可那塊地我又十分想要，至少能掙五千多萬呀。我只好笑著說：『我公司裏能有人到政府機關，臉上多有光！請局長直接問馬可吧。』下午酒桌上，局長真的開口了。他說：『馬小姐，我說的可不是醉話，到我們土地局當辦公室主任吧，以你的能力，三年後保證能到副處級。』馬可給局長添了酒，說：『我是鄭老闆的人，得聽鄭老闆的。』局長就拿眼睛瞧我，我就笑著拿實話當笑話說：『領導看上的人才，我得罪不起，不敢不給，可我公司又需要這個人才，這叫兩頭難啊。』局長就哈哈大笑著說：『論你實力，要誰誰都會來的，隨時可以招聘，可機關招人是受編制、時間、崗位多種限制的。』我一看，局長耍流氓了，非得要。我只好說：『叫馬主任選。』馬可不慌不忙，與領導碰了杯，一口把杯中的酒喝了，說：『我首先感謝領導的厚愛，這個機會也難得的。可我事前和鄭老闆簽了合同，至少服務兩年，到今天爲止，才一年零一個月。請允許我兌現承諾，如果我是一個不講規矩和誠信的人，領導也不會重用我。領導如果不嫌棄，而且時間上也允許，我一定在一年後投奔領導麾下。』局長聽了當時就不高興，說馬可不給他面子，馬可馬上陪著笑臉，連喝三杯賠不是，終於把局長逗笑了。

事後我擔心局長使壞，馬可說她包辦，但要捨得花錢。我說錢沒問題。馬可說：『局長看女人的眼光，恨不得當場把女人吃了，所以肯定是個貪官，財和色是連在一起的，沒有錢，他很難滿足欲望。』結果辦土地手續的前一天晚上，和局長一起喝酒，局長竟然沒有帶司機，酒後馬可把錢送到車上，局長一把拉住馬可的手。事發突然，馬可幾乎叫出聲來，說：『有人！』局長說：『沒有司機，就我們兩個人。』這時馬可才發現車裏確實沒有別人。知道不好，如果弄僵了，又會影響第二天領證，她急得沒法了，就說她的男朋友是省委組織部部長的秘書，還說出了名字。局長一愣，但他不是一個省油的燈，就當場撥了一個電話，向市委組織部他的同學落實，結果他的同學說出的省委組織部部長的秘書名字，和馬可說的一樣，局長就信以為真。馬可馬上說：『過幾天男朋友來了，一定請局長賞臉，以後有用得著的一定幫忙。』說著，把裝錢的紙箱一推，說，『鄭老闆的一點心意，五十萬，請你收下。』」鄭仁松說，「真是一物降一物，局長連客氣話沒說就收下了。第二天順順當當辦了土地證。」

黃嘉歸問：「真是那回事嗎？」

鄭仁松說：「哪能那麼巧？省委組織部長的秘書，是馬可大學同學的男朋友，他們在一起吃過飯，馬可就記下了。」

黃嘉歸說：「這女人真的聰明絕頂。」黃嘉歸調侃說，「就沒有過非分之想嗎？」

鄭仁松說：「這樣漂亮的女人，如果男人沒想法就不是男人！雖然如今的女人愛錢，可不是天下的女人都愛錢。」鄭仁松說，「後來才知道，她父母都是大學教授，我這樣的土包子，根本沾不了她的邊。」

他們說話間，馬可進來送文件，一眼瞅見坐在沙發上的黃嘉歸，興奮地叫了聲黃老師。黃嘉歸笑說：「馬主任，我那可需要你這樣能幹的人才，如果我問鄭老闆要，你肯屈就嗎？」

馬可立即說：「求還來不及哩。」

鄭仁松搶著介紹黃嘉歸的專案，他說得不少，但並未說清專案的內容，馬可只是附和著說：「是嗎？」黃嘉歸就講了般若園的構思，又講了工程的浩大，同時講了文化意義，黃嘉歸說完，馬可兩眼放光，說：「這麼有意思，誰不想去呀。」

鄭仁松說：「我這個沒有文化的人，還能輸出人才。」

黃嘉歸說：「鄭老闆不會不同意吧？」

鄭仁松忙說：「黃老師看上的人，我絕對放人。」

黃嘉歸說：「那我等一會兒就領人走了。」……

想起他們說過的玩笑話，又想起她在他額頭上的一吻，黃嘉歸突然覺得一切都像提前安排好的，這也許就是緣分。

黃嘉歸一時來神，就當場給鄭仁松打電話，他訴說了今天招聘的苦處，又說事情如何急著需要人去做，把鄭仁松的情緒調起來，他就向他求助，說無論如何也得幫一下。鄭仁松聽了，笑著說：「黃老師，你就直接說，除了老婆不借外，其他人都可以。」

黃嘉歸說：「就借辦公室主任。」

鄭仁松有些吃驚地問：「馬可？」

黃嘉歸說：「捨不得了吧？」他開玩笑說，「鄭總，咱們可是有言在先。」

鄭仁松笑說：「你早就打馬可的主意了？」

黃嘉歸說：「這你就冤枉我了。」他說，「這回可是真的，你得幫幫我。」

鄭仁松說：「黃老師你說了，我能不給嗎？可我得問問馬可，不能背著她把她賣了。」

黃嘉歸問：「你一個月給她多少錢？」

鄭仁松說：「五千，不包括年底的獎金。」

黃嘉歸一驚，但還是在最短的時間裏說：「可以，不低於你那裏。」

鄭仁松說：「我給她說說，明天給你回話。」

放下電話，黃嘉歸立即輕鬆了許多。賀有銀要招待他們吃晚飯，說把鄭仁松喊到市裡來。黃嘉歸以忙為由謝絕了。

賀有銀開玩笑說：「我只學了一句文話，叫秀色可餐。就不耽誤黃老弟了。」說著，嘻嘻哈哈把黃嘉歸和時迅送到了樓下。

第二天，鄭仁松回了話，說馬可同意。待遇她說到公司再談。這倒使黃嘉歸有些意外。但他仍認為事情不那麼簡單，馬可去鄭仁松那兒，不排除是衝著錢去的，除了工資，鄭仁松給的獎金肯定不少。

兩天後，馬可來報到，她一副很快樂的樣子，黃嘉歸開門見山地問：「要什麼條件儘管講，能達到的我一定答應。」

馬可微笑著說：「有口飯吃就行。跟鄭老闆學會了蓋房賣房，想跟黃總學點別的。」

黃嘉歸也笑著說：「鄭老闆可是靈北地產大鱷，這幾年房地產市場這麼低迷，他竟然一棟一棟蓋，一棟一棟賣，真是牛氣沖天。我是跟荒山打交道。」

馬可說：「有一樣東西他沒有。」

黃嘉歸問：「啥？」

馬可說：「文化。」

黃嘉歸說：「他缺你不缺，你可是名牌大學的高材生。」

馬可說：「文化靠積累，我們這個年齡的人，充其量是一本速食式的現代小說，黃總可是一部文學名著。」

黃嘉歸聽了，立即得意起來，好像他提起鄭仁松的話題，就是要這個漂亮女人讚揚自己。突然他覺得這樣想太淺薄了，就轉換了話題，說：「鄭老闆捨不得放，我把好話說盡了，他才答應。」

黃嘉歸把話引到待遇上，說：「按鄭老闆那兒的水準，月薪五千元，年底獎金另算。」

馬可聽了，起身給黃嘉歸鞠了一躬，說：「謝謝黃總。」

黃嘉歸忙說：「別這麼客氣。」

馬可說：「得按規矩來。」

她說話時，臉上兩個酒窩始終帶著淺淺的微笑。猛然，黃嘉歸覺得，這個女人就是爲他做事準備的，有一種天助的感覺。他竟一瞬間喜歡起這個女人來，覺得先前對她在鄭仁松手下時的感覺實在是一種誤解。看來，人確實不能隨便用自己的心態去推論別人，不以小人之心度君子之腹也。

想著，黃嘉歸也就不再閒聊，交代了幾件急著要辦的事：一是趕快租用辦公場所，二是招聘相應的人才，三是編寫公司裏的規章制度，四是追蹤空山辦事處註冊公司的事。

馬可做了筆記，略作思考，就訂出了一個大致的計畫，把時間都標明了。她說：「黃總，到時完不成，甘願受罰；按時完成，當然要獎了。」

黃嘉歸笑著答應：「那是肯定的。」

有了助手，工作效率提高不說，事情都變得有秩序了。四天後，馬可就確定了辦公地點，在離鄭仁松辦公樓不遠的同一條路上，是一個六層的寫字樓，價格便宜，五間辦公室，總經理一個套間，其他四個房間，每間也有二十多平米，一年兩萬塊錢就拿下了。

鄭仁松去看了，說：「這是搶人家的。」

賀有銀看了說：「肯定施了美人計。」

鄭仁松笑罵：「你是狗嘴裏吐不出象牙，什麼事都向歪裏想。」

第一件事，就使黃嘉歸十分滿意，接下來的事，更讓他驚喜。馬可參加了兩場人才招聘會，就淘到了工程部經理和工程師，還有一個出納，加上她推薦的比自己低一屆的校友來做會計，一個精幹的五六個人的核心層就組成了。

辦公室佈置好了，說事、開會也有了地方，公司真的像個公司了。他坐在老闆寫字臺的大轉椅上，確實有了總經理的派頭。這時，他才真正找到了下海經商的感覺。

十二月下旬的一天，馬可報告，空山辦事處的人來電話說，與外方簽字的合作合同和章程審批時，發現有不合規範的地方，需要作技術性修改，如果黃嘉歸改就送來，如同意他們代改，就不必送了。

馬可提醒黃嘉歸，說：「黃總，合同章程是一個公司最基本也是最主要的法律文書，還是拿回來改爲好。讓他們隨意改，萬一出了問題，責任還是我們的。」

黃嘉歸不以爲然，說：「那本來就是幾張紙，事都是人做的。只要不改投資總額和利潤分配比例，其他的他們都可以改。沒事。」

馬可還是不放心，說：「需要不需要他們改完後我們拿來看看，把修改的條款傳給外方過目？」

黃嘉歸說：「不用，又不是壞心，目的不就是趕快註冊下來嗎？」

黃嘉歸這麼說，馬可就給空山招商辦的人回了話。

十二月三十一日上午九時，營業執照終於辦好了。黃嘉歸由馬可陪著，按規定去工商局簽了字，從工作人員手中接過營業執照，上面有大紅的國徽，下有國家工商總局局長的簽名，執照的註冊資金寫著五百萬美元，企業性質欄寫著中外合作，法人代表欄寫著黃嘉歸，後面的括弧裏注明董事長。同時還有一份外商投資企業批准證書，總投資欄寫著一千四百萬美元。也就是說，從這一刻起，一個總投資過千萬美元，註冊資金五百萬美元的旅遊公司，正式誕生了。

興奮中的黃嘉歸立即要馬可號召公司的人，準備了鞭炮禮花，將一九九七年的元月一日作爲公司的成立紀念日，並在第二天早上，舉行了簡短的慶典儀式，雖然沒有請外人，中午公司的人也到酒店去集體吃了一頓，算是自我慶祝。

第九章 開工

25

公司有了人馬，黃嘉歸覺得做事輕鬆多了。也就這時，時迅調《靈北日報》的事情也落實了。時迅只在一個週末參加了《靈北日報》的正常招聘會，負責現場面試的人事處長和新聞部主任童敏捷看了她的作品，交談了十分鐘，就決定錄用她。

時迅到《靈北日報》上班第一天與童敏捷閒聊，互相一說，童敏捷不無嗔怪地說：「怎麼不讓嘉歸說一聲？直接調動就是了。」他說，「總編牛恒，是我從小長大的哥們，辦你的事，一路綠燈。」童敏捷說著，還不忘貶損幾句開發區報，他說，「那麼一張破報紙，還是內部的，嘉歸去都屈才了，再搭上你這個千金小姐。」

時迅笑著說：「我們可像當年投奔延安的那些熱血青年一樣去的。不是說靈北是全省改革開放的龍頭，開發區是龍頭上的龍眼？我們當然就是龍眼的眸子。」

童敏捷聽了哈哈大笑。

時迅的能耐，很快就表現出來了，童敏捷把她放在跑文化新聞的位置上，放手讓時迅去幹，重量級的稿子都讓她採寫。時迅很賣力，發稿量和品質迅速地排在了《靈北日報》記者排名榜的前幾位，加上她人長得好看，很快就成了《靈北日報》的明星記者。

童敏捷也真有野心，有了時迅這個強有力的助手，他竟在兩個多月時間裏，弄出一個《靈北日報》的《文化週末》，對開四版，作爲日報的增報，與日報一起發行。童敏捷說：「人們不是說靈北無文化嗎？我就辦一張中國最好的文化週末版，讓她成爲靈北文化的一個象徵。」

童敏捷這樣做的結果，使時迅的工作量大幅增加，她除了週末外，很難回開發區。她常常在電話裏給黃嘉歸撒嬌道歉。

黃嘉歸也常常在夜深人靜時，打電話和她說一會兒話，更多的不是說思念，而是安慰。有一晚，時迅問：「不需要我了吧？幫你的人多了是吧？」

黃嘉歸也就隨口說：「我倒想你隨時幫我，你能來嗎？」

時迅就說：「你真需要，我就辭職。」

黃嘉歸趕緊說：「別，別，有一天我幹不下去了，還等著老婆養活哩。」

時迅立即抓住話柄，說：「誰是你老婆？你說過，還是我說過？」

黃嘉歸故意說：「算我沒說。」

時迅說：「那不行！」

黃嘉歸說：「那我現在就說。」

時迅說：「不行！」

黃嘉歸說：「不說不行，說也不行。做男人真難啊！」

時迅說：「誰讓你是大哥哩。」

時迅當然希望黃嘉歸說出來，但得在一個正常的場合。當下黃嘉歸夠忙的。週末見面，常常是她從海這邊都到家了，他還沒有回去，或者他出去和人吃飯了，過去那種兩人世界沒有了。這樣的情景，時迅不願他匆匆地說出。所以她盼他把公司打理正規，案子有了起色，然後在一個輕鬆的充滿溫馨的情景中，黃嘉歸拉著她的手，告訴她關於婚姻的承諾。

黃嘉歸當然明白。他也在尋找適當的時機，然而，每日都有幹不完的事，很難找到清靜的時候。今天是時迅第一次說出這個話題。他對這個女人寄予太深的感情，把她看作一個女神，他的命運似乎是在她的參與下，才發生了根本的變化。他不是得道的高僧，自然無法說清他們歷世的因緣，但他認定了，這個女人的出現，就是奔著他來的，眼前的一切，包括正要展開的事業，也是有她一份的。所以，這個女人不僅是他生命的一半，而且是他的保護神，是他今世永遠不能背棄的一個信念。因而，當時迅偶爾說出這句看似玩笑的話，他卻認了真。他就毫不含糊地給了她一個答覆，他說：

「就定在般若園開工的那天早上，不管是星期幾，你一定要在，我向你求婚後再到現場，把開工的慶典，當作送給你的禮物，讓參加慶典的人爲我們祝福。」

黃嘉歸情至深處脫口而出，他的聲音幾乎是顫抖的。他想，時迅一定會爲他這個臨時的創意而興奮。然而，時迅的態度卻出乎他意料。他說完，時迅並沒有立即回應，而是短暫的沉默之後，說：「我謝謝你，可你不要太高興，你先答應我。」時迅堅持要他先表態，不要因爲她說的話而不高興。

黃嘉歸開玩笑說：「該不是不願嫁我了吧？」

時迅說：「想得美！」

黃嘉歸說：「那我就答應。」

時迅把話筒貼著嘴邊，黃嘉歸似乎能聽到她的呼吸聲，似乎還有心跳的聲音。

時迅說：「熱鬧是別人的，只有寧靜是屬於我們的。」

黃嘉歸一愣，本來他躺在床上，一下子坐起來。

時迅說：「等你忙完靜下來時再說。」

黃嘉歸說：「什麼時候能忙完？鴨子上架，下不來了。」

時迅說：「那我就一直等。」

黃嘉歸一時竟有些急，問：「爲什麼？」

時迅輕聲說：「那個日子，大說是官方慶祝招商引資的典禮，小說是你們股東的重要日子。我們的事就不要去湊熱鬧了！」

黃嘉歸一愣，一時竟有些感動。他就不再討論這個話題，只說：「我一定會讓你高興的。」

他們就不再說話了，時迅說她剛學了一首歌，覺得挺好聽的，就在電話上唱給黃嘉歸，歌詞說：

你我今生一世緣，
五百年前許的願，
綿綿情緣需了斷，
不再留下遺憾。
嗡嘛呢唄美吽，
嗡嘛呢唄美吽，
祈願我具殊勝緣，
菩提道行咸圓滿。

時迅的聲音很低，像是從心底流出的，句句字字透著清澈如水的明淨，像春天早晨葉間的露珠，晶瑩剔透，散發著草葉天然的芳香。黃嘉歸聽著，默默地流下了兩行淚水。他想，這個女人確如一個天使突然地墜入紅塵，來到了他的身旁，也許這是他今生最大的福報。

黃嘉歸和時迅，大多數週一至週五晚上十點到十一點，都是在電話上度過的，有時晚些，有時早些，也有到晚上十二點的，總之，沒有這個電話，他們就覺得少了一件什麼事，互相牽掛著，睡不踏實。當然有時話長些，有時短些，但絕不會少了這個通話。正因爲這樣，時迅常常掌握著黃嘉歸的情緒，在他不高興時，當他的開心果；在他過分興奮時，就充當一回降溫的角色。雖然他們不能時時在一起，黃嘉歸卻沒有太多的分離的感覺。

當然，這其中一個很重要的因素是，馬可代替了時迅，八小時甚至是十小時跟隨著黃嘉歸，在黃嘉歸看來，做事上不需要時迅幫忙了。何況，馬可是一個十分會照顧男人的女人，她對黃嘉歸時而像對老闆，恭恭敬敬，惟命是聽；時而像母親，端茶倒水，照顧入微。一時沒有馬可在身邊，黃嘉歸覺得少了什麼，偶爾連文件也找不著。有時，馬可又變成了一個小妹妹，嗲聲嗲氣，耍點小性子，變得十分可愛。

這倒使黃嘉歸工作之外的時間變得豐富起來，特別是他與馬可單獨相處的時候，不管是在辦公室，還是在車裏，他突然間會把她當作時迅，一旦明白過來，就有些手足無措。偶爾他想，如果沒有時迅，這個女人也許是最好的老婆候選人。當然，這個念頭也就一閃，他會馬上咒罵自己無恥，原來天下的男人都不知足，欲望總是無止境的。

也許正是有了這種感覺，黃嘉歸就越加信任馬可，將許多重要的事交她處理。

公司理順後，黃嘉歸就帶著馬可去見莊新。

那天，空山辦事處剛剛上班，黃嘉歸就帶著馬可到了。莊新正在開門，走廊裏本有些暗，莊新只聽到了黃嘉歸的聲音，就說了聲：「黃總好。」

進門，見身後跟著一個女人，就問：「周記者也來了？」

馬可說：「莊書記只認識周記者嗎？」

莊新看時，早上窗子的陽光剛好射進來，打在馬可的臉上，她的頭部立刻像上了光的雕塑，泛著玉質的光潔，臉部如磨砂藝術，使面容的色彩高貴富麗，異常生動。莊新一驚，說：「黃總從哪兒又淘來一個美女？看來黃總不光會賞山，更會賞人。」

黃嘉歸笑著說：「莊書記真會誇人。」他指著馬可，說，「般若園辦公室主任馬可，馬上的馬，可以的可。以後她可常來麻煩你，請多給面子。」

莊新笑著說：「馬上可以，馬上可以。」

馬可說：「謝謝莊書記！下次黃總不來，可不要不認我。」

莊新說：「求之不得，馬上可以。」

幾句說笑，氣氛活躍起來，不等黃嘉歸開口，莊新就說：「我馬上叫吳永久主任和招商辦的吳春樹主任，咱們議議。」

說話間，莊新就撥了電話，也就幾分鐘時間，吳永久和吳春樹就到了。他們坐定，辦公室秘書進來倒了水，他們就開始議起來。

黃嘉歸說：「元旦過後上班，我們就去外管局拿了批件，在開發區中國銀行開了外匯賬戶。有關資料傳真給了宋隨良先生。昨天下午接宋隨良先生辦公室傳真，外匯前天已經匯出，因S國的外匯必須走美國的一家銀行才能到我們這兒，預計一周後就能到我們的外匯賬戶上。」

莊新問：「多少？」

黃嘉歸說：「先期一百五十萬美金。按合同和章程約定，第二期半年後到，也是一百五十萬美金，第三期二百萬美金。」

莊新說：「最好給宋先生說說，第二期一百五十萬美金第一季度內也能到，辦事處招商任務壓力大。」

黃嘉歸說：「這怕難辦。當時商量資金到位時間，宋先生的意見是，按山上工程進度到位資金，夏先生也是這意思。既然這樣定了，外國人是講究規範的，達成了協議，就不再好開口。」

莊新說：「你試試。作爲政府，當然希望早到，我們好向上彙報，每月都要匯總，這是政府工作績效的一個指標。宋先生熟悉中國，他能理解。」

黃嘉歸說：「好，我試試。」

接著，他們進入第二個話題。黃嘉歸說：「夏先生打電話來了，說他的設計稿這幾天寄到，他催著批規劃，說儘量五一之前他能來靈北創作。地也得儘快拿下來，不然山上開工後，釘子戶知道你要大幹了，更要提條件了！」

莊新問吳永久：「吳主任，這幾天進展如何？」

自從上次黃嘉歸說了，辦事處由吳永久牽頭，成立了吳春樹等人參與的五人專案跟進小組，直接抓土地的事。

吳永久說：「還有六戶，以各種理由不交地，逐戶做了工作，效果不大。」

莊新問：「你認爲怎麼辦好？」

吳永久回答：「不宜太急，背後有人做手腳。」

莊新說：「我們不急可以，可黃總急。」他問，「是什麼人在做手腳？」

吳永久回答：「還是上次沒有選上的那幾個人。他們甚至說，只要讓丁業亮下臺，他們就交地。」

莊新一聽，火起來：「這不是在向政府叫板嗎？」

吳永久說：「是這樣的，所以不能太急，得摸清楚。」

莊新聽了，說：「下去專門研究。」他看黃嘉歸一眼，說，「黃總，你放心，我答應了的，就一定會辦好。這樣吧，一周內我給你準確的答覆。你抓緊時間把夏先生的設計稿準備好，最好做出效果圖。你那藝術，說老實話，規委會成員沒有幾個人能看懂，做幾個好看的效果圖讓他們瞅著舒服就行。」

再無其他話題，黃嘉歸說：「那下一次我就不一定來了，馬主任全權負責。」

馬可接上話說：「莊書記，我會常來的。」

莊新說：「歡迎，歡迎。」

回辦公室的路上，黃嘉歸說：「這事不能大意，國家的許多大案子，因釘子戶鬧出人命的。」

馬可就說：「答應越痛快，說不準麻煩越大，我看莊書記的話只能相信一半。」

黃嘉歸說：「你這樣說，我就放心了，要有打持久戰的心理準備。」

馬可說：「外商能理解嗎?他們覺得已經和政府簽了約，那地就一定沒有問題。」

說話間，對面突然衝過來一輛大卡車，過了中央雙線，黃嘉歸慌忙躲閃，急打方向盤，車就在路上走出一個S型，好在前後無車，有驚無險。

馬可驚出一身汗，捂著胸口，說：「黃總，嚇死我了！得給你招個司機了，不能老自己開車，事情一多，容易走神。」

黃嘉歸笑說：「想不到馬可也有怕的時候。」

馬可叫著，聲音裏有了嗔怪：「黃總，這可是要人命呀！」

黃嘉歸說：「像你這麼有福報的人，一定是前世修來的，哪能隨便出事？沒了你，般若園專案誰做呀，誰給我當辦公室主任？」

馬可說：「黃總，你是佛門弟子，可知道突然暴亡的人，恐懼中不墮地獄也到了畜生道，你就忍心？」

黃嘉歸忙說：「不說不吉利的話。」

馬可說：「招個司機吧。」

黃嘉歸說：「招兩個。」

馬可一愣。

黃嘉歸說：「外資到後，再買輛山上施工職工上下班用車。提前和外商說好了的。」

馬可說：「你也得換輛車了，也是幾千萬元公司的老總，不能坐著人家送的一輛破車，影響公司形象呀！」

黃嘉歸說：「咱又不搞房地產，沒有必要坐輛好車裝大款。」

馬可說：「那也不能一概而論，認爲坐好車就一定是裝派頭，車也是一個公司實力的展示，是公司形象的一部分。」

黃嘉歸說：「到底是辦公室主任。鄭仁松怎麼捨得放你？」

馬可說：「他什麼都跟我說，你幫過他大忙。」

馬可這麼說，黃嘉歸有些做賊心虛的感覺，脊背冒冷汗，他畢竟不願意在一個漂亮的女人面前暴露他另一面，何況這個漂亮的女人是他的下屬。他就裝作什麼事也沒有，說：「不就是給他介紹了些文化圈內的朋友嘛。」

馬可說：「鄭老闆給我吹，說經你搭橋，他贊助了北京一個大型畫展，迎接香港回歸的，說到時還要在人民大會堂開新聞發佈會，國家領導人也要出席。還說這件事，被到北京開會的梁大棟知道了，說這麼大的活動，也是擴大靈北開發區的知名度，回去我支持你的企業。結果梁大棟說話算話，回來就免了鄭老闆一千多萬元的配套費。」

黃嘉歸一聽釋然了，就隨口說：「看來梁大棟這個人還是不錯的。」

「不錯？」馬可扭頭看了一眼，以爲黃嘉歸在說笑，見他一臉的嚴肅，就說，「北京有些文化掮客，什麼人民大會堂的發佈會，什麼五星級國賓館的宴會，都是糊弄人掙錢的把戲。我上大學去北京實習時，有一次差點被人拉去當了陪客。」

這一說，黃嘉歸又一驚，他想這個女人太明白，就繼續裝作沒事的樣說：「鄭老闆贊助的事可是真的，梁大棟和我都看到了。」

馬可說：「假事多了，有時就把真事當假的了。對不起黃總，我相信你。」

馬可又扭頭看黃嘉歸，見他還是一臉的嚴肅，就說：「梁大棟可不是好惹的，鄭老闆帶我和他吃過一次飯，他的眼光嚇我一跳，像兩把刀子，還帶著鉤，我趕緊半途說肚子疼，讓司機把我送到醫院才逃脫。鄭老闆無奈就把歐陽玉娟叫去了。第二天，歐陽玉娟告訴我，說梁大棟喝醉了酒，在包間裏咬了她一口。她說著掉淚了。」

儘管馬可說的是梁大棟，可黃嘉歸心裏發虛，在這麼個聰明的女人面前說假話，靠勇氣是不行的，完全是因爲她對他的信任。於是，他對身邊這個女人更加刮目相看了，就說：「看來，真正認識一個人是很難的。」

馬可問：「黃總，什麼意思？」

黃嘉歸的感嘆，是爲了釋放心裏一時的羞愧。他就實話實說：「有一次我去鄭老闆那兒，一見秘書換成歐陽玉娟了，我就想，肯定有事，鄭仁松拿職位做了個人情。」

馬可聽了並不責怪，說：「錯了吧。鄭老闆雖然有好色的習慣，但絕不拿工作去交易的。因爲他知道，色用錢可能換來，但事情做砸了，多少倍的代價也換不回來。前任辦公室主任出了點事，我剛到他公司，他就讓我頂上，結果做了幾件事，他發覺我行，所以兩個月就正式聘用了。我得感謝鄭老闆，他讓我得到了鍛煉。」

黃嘉歸說：「看來我是以小人之心度君子之腹了。」

馬可笑了。這時，手機響了，黃嘉歸放慢了車速，接了電話，是鄭仁松打來的。他急迫地說：

「黃總，向你求救。」

黃嘉歸問：「什麼事？」

鄭仁松說：「他×的，一個刁民，說我開工的地裏有他家的祖墳，鬧著不讓開工，政府抓他蹲了十五天，出來還鬧，結果手下的兄弟失手把他打死了。公安局把人抓走了，這事又不能直接找梁大棟，我又不願見公檢法的人，一見他們就覺得不安全，好像我是罪犯。」

黃嘉歸說：「你讓我幹什麼？」

「叫馬可去一下，她熟，找對人，出多少錢都行，叫他們就此打住，不要追究公司了。」

「馬可在我身邊，你給她說吧。」黃嘉歸說著，把電話遞給了馬可。

馬可接了，鄭仁松在電話裏不停地交代，馬可不停地點頭應著。

車到公司的辦公樓下，他們下車，馬可的電話也接完了。這時有人叫：「馬主任！」

馬可看時，是鄭仁松的司機，就對黃嘉歸說：「那我去一趟。」

「好的。」黃嘉歸應著，一個人上樓。

馬可坐上鄭仁松的車，急速奔去。

整整一個晚上，黃嘉歸放心不下，不知道鄭仁松弄出了多麼大的漏洞，馬可能否處理得了，他又不便問。第二天上班的第一時間，他見著馬可，她卻神情輕鬆，無事一樣，他問：「辦得順利？」

馬可一邊打掃黃嘉歸的屋子，一邊說：「不算太順利，不過達到了目的。」

「噢？」黃嘉歸倒有些疑惑。

馬可停下手中的活，關了辦公室的門，看著黃嘉歸說：「開始不順利，一直等到晚上十點半才見到要找的人，說順利是十多分鐘就辦妥了。」

黃嘉歸說：「還神了。」

馬可說：「我可嚇出了一身汗。」

黃嘉歸一聽，睜大雙眼看著馬可，馬可也不躲閃，就說：

「管這件事的是姓劉的一個副局長，他說他在賓館接待客人，讓我到賓館。進去後，房間裏就他一個人，他說客人剛走。我見他抽菸，但房間的煙灰缸裏沒有菸頭，我就明白他專門開的房間。他見我進來，立即起身，說，早聽說鄭老闆的女秘書漂亮，真是相見恨晚啊。我立即說，梁大棟主任讓我來找你的。他一聽，突然一愣，馬上換了副表情，色眯眯的眼有些收斂。我就坐在沙發對面的椅子上，把我背著的包放在他面前，微笑著說，梁主任說，讓我有話儘管跟你講，如果你有爲難的，可以直接給他打電話，或去找他。」

馬可像是在講故事，可黃嘉歸卻有些像看驚險片，額頭發緊。

馬可略停了一下，接著說：「他就直點頭，我就指著包說，這是我們鄭老闆的一點心意，不多，也就二十萬。鄭老闆說，工地發生的事，當事人也是一時失手，再者，純粹是個人行爲，與公司無關。我看他已完全明白我的意思了，就說，劉局這事如果能辦，我就把這東西留下，如果有難度，我就提上走，你看怎麼辦？」

黃嘉歸問：「結果怎樣？」

馬可說：「他大約想了十幾秒鐘，就點點頭，說留下。這樣我就起身告辭，說，請劉局多關照，他說盡力。」馬可說，「鑽進鄭老闆的車裏，我嚇出了一身汗。」

黃嘉歸說：「你怎麼想起打梁大棟的牌？」

馬可說：「我讓史九剛聯繫的，他讓我到賓館找他，就知道他有不良企圖，不去又辦不成事情，我就想了用梁大棟打他。梁與鄭老闆關係好，地球人都知道，他還能不知？我這樣說了，他還能去落實？他怎麼落實？他明知是假的，也得當真的辦，萬一要是真的，他怎麼向梁大棟交代？還有那關鍵的二十萬潤滑劑。」

黃嘉歸聽了，沒有讚揚她的機智，反而不安地說：「以後再不要幹這樣的事了。」他說，「不是說朋友的事不該幫，而是說這樣做事太冒險了。我倒不是怕壞人欺負你，相信你有辦法應付，而送錢這樣的事，我們可以保證自己不出事，但無法保證他們不出事。這是我北京的一個朋友說的。包括像梁大棟這樣的人，膽子太大了，簡直可以說是膽大包天，肆無忌憚，搞不好哪天就會出事。他是受賄罪，送的人是行賄罪。」

黃嘉歸這麼一說，馬可倒有些害怕，她說：「鄭老闆就是這樣打天下的。」

黃嘉歸說：「別人是別人，你再不要做了。」

馬可竟有些感動，她十分理解黃嘉歸的意思，就點點頭。

黃嘉歸說：「每個人做事都要有自己的底線。」

這時，有人敲門，他們就中止了談話。

四天後，得到的消息，公安局將打死人的人正式逮捕了，並未追究公司的責任。

三個月後，被打死人的家屬得到了十萬元的賠償；打死人的人，以防衛過當致人死亡罪，被判了三年，進去一年後，就以保外就醫的名義出來了，當然沒有再在鄭仁松的公司幹。那次事件後，鄭仁松的地裏也再無人敢找麻煩，工程也就順利地開工了。

26

就在宋隨良一百五十萬美金到位的第三天，夏冬森的設計稿也到了。黃嘉歸打開一看，眼前不禁一亮，整個身心爲之一振。夏冬森的才華充分地表現了出來，顯然是一般的畫家不能比的。在進入山門由凡入聖的參拜人物造像中，首先是老子的形象，創作在一個像古樹幹的巨石上。樹幹的部位，是老子的頭部和上半身，用的手法是相當精細的，面部的表情如凝固的鐵流，湧動著火一樣的力量，湧入山體，與山林融爲一體了；雕塑的頭部，能十分清楚地看見眼中的神氣和額頭上刀刻一般的皺褶，鬍鬚的細緻，似乎能一根根撿起來。而下半身則變爲散裝的線條，終於如樹根般扎入了大地，正好與那塊巨石的形狀融爲了一體。接著是孔子的造像，採用面部寫實的手法，表現頭部造型。是創作在一塊圓形的巨石上的，四周稍作處理，就有了光線的感覺，實際是些風化的紋路和裂紋起了作用；石頭的中央，是孔子凝聚目光的頭部表情。看一眼，就會永久地刻在腦子裏，猶如中華文化的一輪太陽。這一創意妙不可言。

巴金則被安排在一塊豎著的長形石頭上，頭部運用寫實手法表現，臉上的表情憂傷而慈祥，身體卻拉長了，長長的，如重壓下掙扎的樹幹，已經歪曲和變形，兩側正好有兩條裂開的紋，就把老人家的身體夾在中間。旁邊有幾個字，叫「說真話」。黃嘉歸想不到的是，夏冬森不但對中國古文化有深刻的理解，對當代中國的巴金老人，也能創作出如此傳神的造型來，顯然不僅是形似，完全是巴金老人命運與精神的表現。

人物造型中，有四大發明之一的紙聖蔡倫、開拓絲綢之路的張騫，還有當代華人科學家楊振寧、外國文化巨人亞里斯多德、德國詩人歌德、科學巨匠愛因斯坦等。這些作品，有線條，有圓雕，有些則是深、中、淺多個層次的浮雕，寥寥幾筆，便見神韻。

黃嘉歸將五十多幅手繪的圖案全部看完後，驚嘆不已！他想這個案子絕對成功了，如此龐大而又奇特的創作，是無人可以替代的。他激動得難以自制，拿起辦公桌上的電話，給馬可打電話：「回來，快回來！」

馬可聽黃嘉歸的口氣，竟一時急了，問：「出什麼事了嗎？」

「回來再說。」黃嘉歸說著就放了電話，免得馬可耽誤時間。

馬可放下電話，就把買東西的事放到了一邊，攔了一輛計程車，五分鐘就趕到了辦公室。

馬可問：「黃總什麼急事？」

「快來看。」黃嘉歸說著，兩步跨到辦公桌前，舉起夏冬森那一疊設計稿。馬可接過看，她翻了幾下，問：「有丟失嗎？」

黃嘉歸說：「我讓你欣賞！」

馬可這才定了神，一頁頁翻看，雖然她沒有爬過空山，沒有現場感受，更不知道這些畫稿將來的位置，但她還是被設計稿本身所具有的藝術感染力打動了，她剛看完，黃嘉歸就已經急不可耐，道：「說說直觀感受。」

馬可說：「當然不同凡響。」

「說得細點。」黃嘉歸似乎要通過第二個人的肯定，來驗證自己的感覺。

「我不是學藝術的，」馬可說，「所以說不出什麼具體的意見，但我從審美的角度講，這些作品是很搶人眼球的。它不同於龍門石窟，也不同於大足石刻。那些是古人創造的，儘管手法和表現方法十分地精細，創造了很高的藝術成就，但那畢竟是古人的創作。像夏先生這樣，將中國傳統藝術表現手法與西方現代藝術表現手法完美地結合在一起，做得這麼好，的確是一個創新。如果這個意圖全部實現了，般若園是了不得的一大創造呀。」

馬可的一番評論，使黃嘉歸吃驚，他本想，她一定會大加讚賞的，或許看不懂的地方還要請教他的。想不到這個女人一下子就抓住了大的感覺，不說單個作品，而是整體評價，還說得十分內行。這使黃嘉歸又一次對她刮目相看了。

爲了再一次驗證自己的判斷，黃嘉歸就隨手抽出一幅作品，遞給了馬可，說：「說說你對這幅作品的評價。」

馬可看是霍金的造像，就問：「背景的山崖是實景嗎？」

黃嘉歸點了點頭，馬可說：「這可真是大地藝術的表現手法，依據天然石崖的形狀，略加雕鑿，一個現代科學巨人的形象就出來了，看似表現了他的殘疾身體，實則刻畫了他的偉大創造力。」

黃嘉歸說：「說得再細點。」

馬可像受了鼓勵，接著說：「一個全身癱瘓的人，用他能動的兩根指頭和別人無法替代的大腦，創造出了科學奇蹟，這是對人類極限的挑戰。他在《時間簡史》中所描述的時間空間沒有邊界這樣看似簡單卻深奧的宇宙科學理論，常人是很難理解的。這幅作品，既讓他坐在輪椅上，客觀地表述了他身體的缺陷，卻又懸在常人無法企及的半空。這懸崖不僅僅是懸崖，而是人們抬頭仰望的浩瀚太空，他的理論是站在地上的人創造的，所說的卻是太空的神話。作品實現了這個意境。」

黃嘉歸被馬可的聯想折服了，就說：「你應該去寫詩。」

馬可說：「霍金才是大詩人，夏先生才是大詩人，你同樣是大詩人。霍金把詩寫在無垠的太空，夏冬森把霍金抽象的詩變成形象的詩，而你是把詩寫在山林大地間。」

黃嘉歸笑說：「你在吹捧自己的老闆。」

馬可眸子裏閃著光，說：「誰吹捧？我本來就是這樣認爲的。」

「好，說正題。」黃嘉歸說，「給你一周時間，把夏先生的設計稿做出效果圖來，然後報規劃。」

馬可這才記起她沒有來得及買東西，問：「就這事？」

黃嘉歸反問：「難道不重要嗎？」

馬可看了看黃嘉歸，說：「重要！可這樣的效果圖設計，必須到市區去找，也不能晚上過海呀。」

黃嘉歸說：「我不知道。」

馬可說：「還是老闆好當。」

黃嘉歸說：「好好好，我請客！酒店由你挑。」

「這還差不多。」馬可笑著，跟著黃嘉歸下了樓。

第二天一早，馬可就坐輪渡去市區設計效果圖了。黃嘉歸到辦公室處理完手頭的事，就給莊新撥了電話，問：「莊書記，外方的資金已到賬了，地的事有沒有眉目？」

莊新說：「你黃總辦事就是利索，還得勞駕你把外資的進賬單複印一份，我讓招商辦的人去取，第一季度招商引資的情況得彙報了。」

黃嘉歸說：「舉手之勞。」他問，「地到底怎麼樣了？」

莊新說：「黃總，你聽了可不要不高興，不是我不辦，而是事情太複雜，但不管多麼複雜，最終還得辦，不但辦，還要辦徹底，辦漂亮。」

黃嘉歸聽得有些暈，就說：「莊書記，該不是村委會反悔了吧？」

莊新說：「不是，不是，哪能呀，簽了合同的，哪能說反悔就反悔。」

黃嘉歸說：「就是嘛，要是出了問題，可就是真正的國際玩笑了。」

莊新停了一下，說：「要給外商講明白，中國有中國的國情，有些事情是急不得的。比如農民交地，中國出了多少事！我們會盡力做好的，但不能太急。」

黃嘉歸急了，問：「莊書記，我怎麼越聽越糊塗？」

莊新說：「有空，你來一趟，電話上說不清。」

黃嘉歸立時說：「我馬上去。」

二十分鐘後，黃嘉歸就開車到了辦事處。一進門，黃嘉歸就說：「莊書記，你可不能敞開門招商，關住門打狗，外商錢一到就出事，小心外商撤資。」

莊新說：「你黃總也會嚇唬人？不要忘了，這錢是你用而不是我用。再說，事情也沒那麼嚴重。」他說著，把黃嘉歸按在沙發上，叫人倒了茶水，說，「這是最好的空山茶，你喝一口聽我說，絕對讓你滿意。」

黃嘉歸剛要說什麼，莊新用手制止了，說：「叫你來，就是要當面告訴你我們的措施，當然你得配合一下。」

黃嘉歸說：「我們怎配合？」

莊新變得嚴肅起來，說：「我們認真研究分析了，得徹底解決問題。換官上村的班子，支部和村委一起換，也剛好到了換屆的時間。」

黃嘉歸問：「現在的班子有問題？」

「支部書記丁業亮當時是以一票之差當選的，人還過得去，也聽招呼，就是軟一些，工作能力弱，許多時候拿不住事。」莊新說，「村委主任丁小祥是個有心計的人，話不多，但常打自己的小主意。他和丁小溪的哥哥丁小勇兩人，在選舉時爭這個位子，打了個平手，最後因為丁小溪進了村委會當會計，無奈丁小勇退了一步。但他經常鬧彆扭，這次叫嚷丁小祥不下臺，就不交地。跟他的有一幫人。」

莊新看著黃嘉歸，說：「我準備徹底進行一次改選，現在中央也在強調基層村委會的民主選舉，我就來個海選，把得民心又有能力的人選出來。」

黃嘉歸說：「換班子跟專案有多大關係?別越搞越複雜。」

莊新說：「你放心。競選之前，辦事處以黨委名義，向參選人提出具體要求，最重要的一條，就是要保證推進空山專案的開發，必須公開演講，向全體村民承諾，這樣，至少村委五人是真正海選的，是民意的體現，我們只控制村委主任一職不被別人拿去。」

黃嘉歸問：「主任一職有人選嗎？」

莊新說：「因事關般若園，我就給你交底，內定丁小溪，村子裏的事她熱心，又當了幾年會計，人緣不錯。我們支持一下，她可拋出解決官上村村民房地基的話題，五年沒有解決一戶，她承諾解決，進村委就沒問題。她當選了，空山開發至少在農民手裏就不會有問題。」

黃嘉歸說：「丁小溪知道嗎？」

莊新說：「只鼓勵她參選，底牌沒有告訴她，現場再說，留有餘地。」

是丁小溪最早把交地有可能出現問題的資訊告訴了黃嘉歸，黃嘉歸當然希望她當選。不過，黃嘉歸還是有疑惑，問：「丁小溪當選可以，但你們怎樣保證丁小勇就不再搗亂了?」

莊新說：「只要丁小溪當選村主任，他讓丁小祥下臺的目就達到了，再說丁小溪是他妹妹，他沒有搗亂的理由。」

黃嘉歸說：「那你讓我們配合是啥意思?」

莊新說：「問題還是出在丁小勇，他也是黨員，因爲支部改選在前面，根據上次的票數情況分析，當然也包括這次做工作，要保住丁業亮沒有把握。兩人都換動盪太大，何況丁業亮聽招呼，不胡來，也防止他落選了起反面作用。」莊新說，「這樣，要保證丁業亮的票數，現二十二名黨員，再做工作的餘地不大，就想到了你們。你不是黨員嗎？再找一個。就說公司的地址在官上村，黨員關係自然就落在官上村，這誰也提不出反對的理由。你們先落黨員關係，我後選舉，以防萬一。」

黃嘉歸覺得難爲莊新了，就當即給馬可撥電話。

馬可說：「出效果圖的地方已找到了，六天完成。」

黃嘉歸就問：「你是不是黨員？」

馬可一時不明白，問：「什麼黨員？」

黃嘉歸一笑，說：「問你是不是中共黨員。」

馬可笑著說：「當然是，我在大二就入黨了，當了三年我們班的團支部書記。難道你要在外資企業成立黨支部嗎？」

黃嘉歸說：「回來說。」說著就扣了電話，對莊新說，「剛好有兩個現成黨員，一周內辦妥。」

莊新說：「好，那就這樣。我不能留你了，我們馬上還有個會。」說著，就站了起來。

黃嘉歸已經出門，莊新又叫住他，說：「規委會六月底開會，也就十多天準備時間了。」

黃嘉歸說：「好，效果圖已經去做了。」

一周後，馬可果然拿出了五十幅設計稿的全部效果圖，背景用了原始照片，經電腦技術處理，很難看出是人工設計的圖片，倒像實景照片。黃嘉歸就給莊新打電話，說效果圖出來了。莊新讓多出幾冊，到時供規委會的人翻閱。

第五天，莊新突然打電話說，因幾個地產案子急，規委會提前召開。從莊新說話口氣判斷，規劃方案就是在規委會過一下，走走程序而已。所以他讓馬可給夏冬森發傳真，說規劃馬上通過，請夏先生作好來靈北的準備。

當晚，夏冬森就回了傳真，說馬上簽證，七天之內到靈北。

規劃委員會會議召開時，黃嘉歸帶著馬可去參加。會議在管委會十九樓的會議室舉行，黃嘉歸以為到了就可以進會場，過一遍就出來了。結果他到了，莊新卻讓他在旁邊的辦公室等著，說規劃是一個一個過的，輪到誰家就叫誰家的人參加。並說，空山辦事處包括般若園，需要通過兩個規劃，排在倒數第二位，所以得耐心等等。

黃嘉歸一聽，只好和馬可坐在那裏等。

九點開始，整整三個小時了，會議室的門才打開，隨著椅子的移動聲，人們開始向外走。一看，就知道散會了。黃嘉歸一愣，站起來，出門就遇到了莊新，他說：「上午來不及，只好等下午，一點半開始，你準時來。」

黃嘉歸只好和馬可下樓，偶爾遇見熟悉的人，就打聲招呼。

下午，會議按時召開，但輪到般若園時，已經三點半了，莊新出來喊他，說：「黃總，該你們了。」

黃嘉歸急忙和馬可帶著文字資料和三本效果圖進去，一看，會議室很大，坐滿了人。可能人多的緣故，稍有異味。這時，有人上去打開排風扇。莊新站著，說：「把效果圖給梁主任一份，其他兩份大家傳看。」

這時，黃嘉歸才看清，梁大棟坐在對面圓桌的中央，面朝著門口。他沉著臉，有些發胖的身子窩在椅子裏，十分地沉重。黃嘉歸看他一眼，他沒有任何反應，馬可把效果圖遞給他時，梁大棟的目光也不動，左手接了，放在桌子上，翻了幾頁，又拿起來迅速看。其他兩本就遞給圓桌兩邊的人傳看。

莊新說：「般若園是空山旅遊的第一個中外合作專案，也是開發區第一個中外合作的旅遊專案，是一個文化主題公園，就請黃總彙報他們的規劃。」

會場的氣氛很沉悶，黃嘉歸一時找不到說話的感覺。他就準備照著文字稿說，剛要開始，坐在梁大棟身旁的一個滿臉肥肉嘴巴特別大的人，突然說：「這個規劃提前報了嗎？」

黃嘉歸的腦子「轟」的一聲懵了。因爲一切都是莊新安排的，他連程序都不明白。這時，莊新開腔了，他說：「因事急，外商等著開工，就直接拿到會上了。」

剛才說話的人立即說：「再急也要按程序辦。」

這時，梁大棟突然說話了，他說：「莊新同志給我說過。」

因梁大棟兼任規委會主任，他說話了，自然再無人插嘴，剛才說話的人就宣布：「那就簡單地彙報吧。」

黃嘉歸還沒有醒過神，莊新說：「黃總，孟主任說了，你就彙報吧。」

黃嘉歸這才知道，剛才說話的是管委會分管土地規劃的副主任孟千貝，他只知其名但並不認識其人。

黃嘉歸已完全沒了情緒，就斷斷續續地彙報，無半點往日闡說這一創意時的激情。勉強說完，現場也無人發言，似乎大家也沒有聽明白。冷場了半分鐘，孟千貝搖著手中的效果圖說：「外國人太多，沒幾個中國的，不行，在中國的土地上，不能全搞些外國人像。既然是一個主題文化公園，我看可以把毛澤東、周恩來等老一輩無產階級革命家放上去，要搞成一個愛國主義教育基地。」

孟千貝說完，看看周圍，就說：「大家發表意見。」

人們相互傳看效果圖，卻沒有人發言。過了片刻，莊新說：「效果圖只是進山的第一部分，表現推動人類歷史進程的科技文化巨匠的形象，組成人類科技文化歷史長廊，很有創意。」莊新停了一下，說，「我給吳桐局長說過這個案子。」

這時，規劃局長吳桐說：「這是一個文化專案，我們這些搞土地規劃建設的人看不懂，是不是請旅遊局尋找有關專家評估一下？」

聽到這裏，黃嘉歸覺得莊新把事情搞砸了。

也許話題扯遠了，也許佔用時間太多了，梁大棟乾咳一聲，從椅子裏正起身子，拍拍效果圖，說：「怎麼樣？」見沒有人答，就接著說，「我看整體構思不錯。靈北需要一個這樣的主題公園，不能老是沙灘沙灘，好像靈北除了沙灘就沒有地方去了。海岸沙灘，這種自然景致是美，但世界上多的是，中國多的是，人家爲什麼一定要來你靈北呢？開發區的旅遊發展，要區別於老市區。在這一點上，我們要代表靈北旅遊發展的未來！發展大旅遊，首先要抓特色。旅遊局要重視這件事，多出去走一走，看一看，搞明白外國人是怎麼搞旅遊的，中國南方那些搞得好的景區是怎樣發展旅遊的。不要怕別人說你們遊山玩水了，說你們公款吃喝玩樂。這是工作！你不走，你不看，你怎麼把關？」

梁大棟講到這裏，停了一下，掃視全場一眼，舉起手中的效果圖，說：

「但這個設計檔次不夠，要下大工夫修改。巴金，我們大家都熟悉吧，下身變形有些牽強，人還健在，你這樣扭曲，讀者不答應，家屬還可能告。你不能認爲是現代派，願怎麼變就怎麼變。要知道你不是畢卡索，也不是在外國，是在中國，是做給中國老百姓看的。」

他又掃視全場一眼，接著說，「老子是中國文化的代表人物之一，是中國哲學的鼻祖，我們首先要抱著敬仰的態度去創作。老子的鬍子怎麼變成樹根了呢？太荒誕！雙腳沉入大地還可以理解。道可道，非常道，名可名，非常名，說得多麼精闢！不能這樣隨心所欲地表現，要提高檔次。」

梁大棟看看周圍，他的目光不容別人插話，他說：「如果大家沒有意見，就這樣吧，拿回去修改，下一次規委會再議。」

梁大棟說完，孟千貝說：「按梁主任說的辦。」

這樣，莊新向黃嘉歸擺擺手，黃嘉歸和馬可退出了會議室。

黃嘉歸退出後，孟千貝宣布：「下一個，開發區文化中心大樓。」

梁大棟突然問：「文化部誰來了？」

有人說：「主任，是我。」

梁大棟隨著聲音看去，是新任宣傳部副部長兼任文化局局長胡世明，就說：「空山開發，不僅僅是空山辦事處的事，而是整個開發區發展的大事。規劃局牽頭，文化局把關，旅遊局總協調，用一兩年時間搞出一個像樣的景區出來。」

胡世明連忙點頭。其他幾個局長也先後表態下去立即辦。

回到辦公室的黃嘉歸，氣不打一處出，他完全沒有料到會是這樣的結果。

馬可第一次經歷這樣的場合，辨不出什麼味。過去，她給鄭仁松跑土地規劃時，規劃局的關口打通了，規委會也就走個程序，當然相關的人要打好招呼，不排除有否定方案的可能，但是可以找到下手的地方。今天的會，全程如一部西方現代派荒誕小說，誰也不知道該怎麼辦了。她看看黃嘉歸一臉無奈，就勸一聲，說：「黃總，想想再說，總能找到辦法。」

黃嘉歸實在忍不住，就給莊新打電話，莊新說：「不要看得太嚴重，他們懂什麼？無非是要那個過程，不然怎麼證明他們盡職了呢？」他還把梁大棟在黃嘉歸離開後說的話告訴黃嘉歸，以說明領導重視，說明這個專案是開發區人關注的重點。

黃嘉歸沒好氣地說：「我不管他誰關注，是不是重點，我要的是立即批准規劃，我好給外商交代。」

莊新說：「關注和重點，不是你想要的嗎？我相信你一定會找到辦法，修改就修改，記住梁主任的話。」

放下電話，黃嘉歸突然明白過來，叫來馬可說：「再做一遍，圖形不變，把背景做大，造像縮小。打亂順序，讓景物的視角衝擊大些。如果原來的照片不行，可重拍，也可以從別的地方移植一些。總之，他們沒有幾個人上過山，就是上過山的，也沒人能記住。注意表現四周的環境。」

馬可問：「這樣行嗎？」

黃嘉歸說：「肯定行。」

於是，第二天早上，馬可就到市區趕做新的效果圖了。

27

按黃嘉歸的說法，製作公司到山上補拍了些照片，又從別處移了一些風景，用了五天重新製作一遍，作品還是那些作品，效果卻變了，環境和道路成了主線，作品退爲自然風景的陪襯。黃嘉歸看了，覺得只能這樣，就準備找莊新再申報。

這當中，夏冬森到了，見到黃嘉歸的第一時間，就問：「批准了嗎？」

作為一個外國人，夏冬森不可能理解未通過的理由，所以黃嘉歸不能實話實說。但他又不能說假話，就避重就輕地說：「政府對整體設計充分肯定了，只是作些環境的調整。」

夏冬森聽了，還是不高興。他並不清楚中國報批規劃的程序，他這次來是準備直接實地創作的，黃嘉歸的答覆當然令他不滿意。黃嘉歸覺察出他情緒變化，說：「沒事的，中國的有些事辦起來程序上慢，你多理解。」

夏冬森沒再說什麼。

可幾天過去，黃嘉歸急了，讓夏冬森等下去總不是事。馬可分析認為：「還得找人，鄭老壁報規劃，每次也得幾個來回，不過他在規劃局有人，總能知道進度，我們不能瞎等。你想，你做的事可能很偉大，會給社會帶來很大的利益，但那些掌握權力的人卻不一定這麼想，他會想，這個事情跟我有什麼關係呢？所以必須提前找好人，不能到了會上任人評說，沒有給咱說話的人。」

黃嘉歸覺得馬可說得有理，想了想，就問：「這件事找鄭仁松能擺平嗎？看那天的場面，梁大棟還是傾向咱的。」

馬可說：「就我對鄭老闆的觀察，他一般忌諱幫別人求官場上的人。」

黃嘉歸說：「吃頓飯總行吧？搭個橋。」

馬可說：「那應該可以。」

他倆商量好了，黃嘉歸就給鄭仁松撥了個電話，說了意思，鄭仁松稍停一會兒，說：「梁大棟最近多出個毛病，不喜歡在靈北吃請。這幾天我剛好有事找他，不如你弄個啥稀奇一點的東西，我順便送上，到時方便我喊你一起去，比約他吃飯自然些。」

黃嘉歸覺得鄭仁松說得也有道理，何況他對梁大棟沒什麼好感，爲這個事專門坐到一起，實在不是一件高興的事，所以，他就同意了鄭仁松的說法。可放下電話犯難了，琢磨不出送什麼東西好。他問馬可，馬可想想說：「送的東西既値錢，又不常見，最好是收藏之類的稀罕東西。」

馬可這麼一說，黃嘉歸想起鄭仁松曾托人搞古董，可他到哪兒去搞一件値錢的古董呢？這幾年有人送化石、恐龍蛋什麼的，但他平日裏只當新聞聽，並不知道到哪兒去弄。

馬可突然提醒：「名人字畫。」

這倒使黃嘉歸豁然開朗，夏冬森送他的那幅作品肯定是好東西。他立即叫上馬可，開車去家裏取。

到了家裏，他從書櫃裏翻出來，緩緩打開，六尺宣紙，內容是一首七律唐詩，那字一個一個像活潑的靈物，在紙面上跳動，而那質白的宣紙，看著，看著，黃嘉歸就有些不忍心了。

黃嘉歸說：「這是夏先生的得意之作，參加過兩次展覽的。」

馬可問：「値多少錢？」

黃嘉歸說：「兩萬美金。」

馬可吃了一驚，說：「應該算厚禮了！可他識貨嗎？」

黃嘉歸說：「就得讓鄭老闆告訴他。」

馬可說：「鄭老闆給梁大棟送過名人字畫。可夏先生在中國的知名度不高，就得鄭老闆說明。」

黃嘉歸說：「再送本夏先生的畫冊，那裏面有S國總理拿夏先生的作品作爲國禮送給中國領導人的照片，還有外國總統參觀夏先生畫室的情景，看看份量不就出來了。」

馬可說：「要這樣，肯定打到他！」
黃嘉歸咬咬牙，說：「就它了。」
可真的捲起來要送人了，黃嘉歸卻有些心疼，看著捲好的畫筒，不願放手，大約過了幾秒鐘，黃嘉歸還是說：「只好這樣了，捨不得孩子套不住狼。」
他們很快開車到鄭仁松的樓下，一塊上樓，把字當面交給鄭仁松。黃嘉歸反覆說：「這是割肉哩！」
鄭仁松笑說：「狼專吃肉！」

然而，第二天下午，莊新卻來了電話，說與梁大棟約好了，去彙報空山辦事處的工作，般若園的規劃是彙報的內容之一，要黃嘉歸一起去。黃嘉歸有些遲疑，說他正托人先給梁大棟說說。莊新說用不著，正常工作正常彙報，何況空山開發是開發區的重點項目，梁大棟本就應該支持。黃嘉歸說不過莊新，又聽他催得急，就只好帶了新的設計效果圖本，直奔管委會樓下，見面後一起上樓。
到了梁大棟的辦公室門口，黃嘉歸把莊新讓到了前面，莊新正要敲門，聽屋裏有人說話，莊新就停了手，這時，隔壁屋子裏有人出來，黃嘉歸一看，是史九剛，就打了一聲招呼。史九剛熱情地握住黃嘉歸的手，又叫了一聲莊書記，低聲說：「梁主任正與規劃局的吳局說話，稍等。」
說著，請莊新和黃嘉歸到他的辦公室坐。史九剛給梁大棟打了電話，說空山辦事處的莊書記和般若園的黃總來了。黃嘉歸聽到話筒裏梁大棟說：「等一會。」
史九剛放下電話，給莊新和黃嘉歸倒了水，兩人接過水放到桌子上。
莊新說：「史秘書，我到空山辦事處兩年了，你可正兒八經一次也沒去過。雖說那兒窮，一頓酒還是能管得起的。」

史九剛說：「莊書記說笑話了，這路是你走過的，秘書的時間又不是自己的。」

莊新說：「我理解，吃這碗飯，不自由啊！黃總這會兒算解套了，願到哪兒就到哪兒，誰也管不著。」

黃嘉歸笑說：「飽漢不知餓漢饑，天下人人說虧欠。人的欲望沒有滿足的時候，所以就時時生出煩惱。」

史九剛說：「黃總又佈道了。」

說著，三人笑了。

大約過了十多分鐘，史九剛桌上的電話響了，是梁大棟打的，史九剛答應一聲放下電話，就對他倆說：「梁主任叫。」

他領著莊新和黃嘉歸到了梁大棟的辦公室門前，掏出鑰匙，打開了門。黃嘉歸跟在莊新後面，進了梁大棟的辦公室。

梁大棟並沒有坐著，而是雙手撐著皮椅的後背站著。他的辦公室夠大的，黃嘉歸掃一眼，覺得至少也有一百多個平方。辦公桌也是龐大的，與這大房子倒也匹配。辦公室的三分之二處，擺了一圈沙發，沙發的周邊有很大的空間，是可以來回走動的。兩邊擺著幾盆造型別致的花，從沙發左側走過去，是帶衛浴設備的臥室。

史九剛給莊新和黃嘉歸倒了水就退出去了。

黃嘉歸從袋子裏掏出效果圖本遞過去，梁大棟接了，並不在他們前面的位子上坐下來，而是退回到辦公桌跟前，轉了一下椅子，面朝門口的方向停下來，這才坐上去，給莊新和黃嘉歸一個側影。

梁大棟接下來的動作，使黃嘉歸吃了一驚，只見他向皮椅背上猛一靠，皮椅晃動了，梁大棟就勢抬起兩隻腳，放在了寫字臺的第三個抽屜上，身子躺著，上身至下身成了一條弧線。他隨手揚起手中的效果圖本，左手拿著，右手如同洗牌一樣隨意滑動，也就幾分鐘，就翻完了。他收了腳，揚起前身，晃了一下手中的效果圖本，說：「這不就對了？有進步，比上次的稿子好多了，我看就這樣吧。」

莊新急忙說：「梁主任還有什麼指示？」

梁大棟站起來，說：「就這樣，」他雙手放在椅子背上，說，「報規劃局，下次規委會上過一下，我看不會有多大問題。」

梁大棟說完，去辦公室桌上摸起電話，按了一下號碼，對方接了，梁大棟說：「老吳，過來一下。」

不一會，就聽到開門聲，規劃局局長吳桐進來了，他見莊新和黃嘉歸在座，就舉起手示意，算是打招呼，接著問梁大棟：「主任有何指示？」

梁大棟指指桌子上的效果圖本說：「這是莊新他們修改過的空山公園的效果圖，我看了，你們就拿去，列入下次規委會吧。」

吳桐拿過來，捲起來放在胳膊下夾了。

黃嘉歸插空問了一句：「吳局，規委會大概什麼時候開？」

吳桐只管面朝梁大棟，隨口說：「等通知吧。」接著就和梁大棟說起了別的事，兩人一對一答，旁若無人，看來是重要的話題。因不關黃嘉歸的事，他就坐不住了，莊新看出來，就說：「沒有什麼事了，黃總你就先走吧。」

黃嘉歸如釋重負，站起來，向梁大棟打招呼，梁大棟說話間點了點頭，黃嘉歸開門出去了，下樓進到車裏，居然打不正方向盤，身子輕飄飄的，說不出是什麼感覺。

回到辦公室，他一屁股坐在椅子上，整個身子癱了。馬可進來問怎麼樣，黃嘉歸說：「整個一個荒誕劇。」

馬可還想問什麼，黃嘉歸卻說：「給鄭老闆說一聲，夏先生那幅字不送了。」

馬可有些吃驚：「不送了？」

黃嘉歸說：「梁大棟那一關算過了。沒有必要肉包子打狗了。」

馬可問：「怎麼回事？」

黃嘉歸把見梁大棟的情形講了，說：「我看送不送沒多大作用，有莊新他們在那撐著。」

「也是。」馬可說，「你給鄭老闆說還是我說？」

黃嘉歸說他告訴鄭仁松，接著就撥了電話，說了來由，道：「用不著給梁大棟送了，只好等。」

鄭仁松聽了，叫起來，說：「本來約好今天上午哩，梁主任有事挪了時間。看來他不該得。」不過他說，「昨晚上，朋友帶來一個很有名的書畫家，請他吃飯時，看了夏先生的字，那個書畫家眼睛就直了，說，這樣的字，國內的書法家寫不出來，什麼自由奔放的，啥子融進中西文化的什麼鳥素。說得好的了不得。他當是我收藏的，就說，別輕易送人，這個姓夏的作品在香港臺灣偶然見一幅，值十幾萬元的，增值的可能大得很。在S國的上層，家裏有一幅夏冬森的字牛氣。」

黃嘉歸還沒接話，鄭仁松又說：「這樣好不好？你天天和他在一起，要一幅不難，你開個價，這幅我留著，我不圖它增值，裝裱了放在辦公室，拿名人壯壯膽！」

鄭仁松張口，黃嘉歸沒有想到，說不給不行，說給他又不情願。不過，他很快找到了藉口，說：

「這是夏先生送的，當初叮嚀了好幾遍，讓我不要送人，日後問起來，我不好回答。這樣，鄭老闆，我一定代你向夏先生求一幅，寫上你的名字！」電話那邊鄭仁松一時沒了言語，黃嘉歸就說，「你還不相信我嗎？」

鄭仁松終於說：「只好這樣。用你們文化人的話說，叫什麼君子不奪別人愛！」

黃嘉歸卻突然說：「晚上如果沒有安排，咱陪夏先生吃頓飯吧。」

鄭仁松聽了立即說好。他說：「我做東，馬上到，你在辦公室等著。」

不一會，鄭仁松到了，他帶來了夏冬森的字。交給黃嘉歸時，又展開看看，搖著頭說：「實話實說，看不懂。」

晚上，他們在西海大酒店設宴，席間，鄭仁松說了許多讚揚夏冬森的話，爲索取夏冬森的墨寶做了鋪墊。

然而，快一個月了，規劃的事卻沒有絲毫進展，黃嘉歸只好陪著夏冬森考察靈北周邊的旅遊景點，除此之外，夏冬森就在房間裏研究佛經，創作其餘的作品。黃嘉歸見他的情緒還穩定，就不多說，只講只要規委會開會就肯定通過。他笑著解釋，這叫中國特色。夏冬森似乎也不多言，只是表情偶爾流露出焦急。這期間，黃嘉歸給董事會提交了公司工作安排和經費預算，夏冬森簽了字，他又傳真發給宋隨良。據此，公司又招聘了一部分人，增加了兩個司機；花了近三十萬元，購置了一輛越野車。

萬事俱備，卻遲遲不能動工，即使夏冬森表現得再平靜，黃嘉歸也如坐針氈。每天公司有開支，不停增加成本，卻不能做應該做的事，實在如困獸一般。直至有一天晚間，黃嘉歸找夏冬森說事，到了門口，未敲門前，聽見夏冬森在打電話，聲調很高，口吻有些生氣，黃嘉歸站在門外聽。

夏冬森說：「怎麼回事呢？怎麼會呢？堂堂這麼大個專案，政府當面承諾了的，怎麼會規劃批不下來？」

接著夏冬森停下來，可能是在聽對方說什麼，稍等，他又說：「文件我都看過的，說同意規劃，怎麼又出來一個規劃？我住了一個月，毫無動靜，這裏面到底有沒有其他的問題？」他停了，又在聽對方說什麼，接著又說，「真是他×的頭痛，你過來一趟。」

稍停，黃嘉歸覺得聽牆根不是君子行為，就敲了門，這時就聽夏先生說：「你儘快來。」說著掛了電話，過來開門，見是黃嘉歸，他的情緒還倒不過來，就說，「有個南方的朋友說來一趟，也是搞藝術的，請他來看看，出出主意。」

黃嘉歸坐下後，委婉地又把批規劃的事解釋了一遍，夏冬森並未接話，突然激動地說起自己在世界上的影響力，他本來就大的眼睛，一時間睜得更圓，無形中給人難以回避的凌厲。他說：「在S國內，文化部長見我，也得提前預約，到法國、德國那些歐洲國家，所到之處都被新聞媒體追蹤。說實話，中國是中華文化的祖國，我是懷著崇敬的心情來朝聖的，但也不能這樣慢待呀。」

黃嘉歸理解夏冬森的發洩，畢竟在這個房間裏憋了幾十天了，遠遠超出了原先的計畫。黃嘉歸只好連連道歉，說自己提前也沒有想到如此之複雜，請夏先生多原諒，他一定盡力促進。

也許夏冬森覺著自己說過了頭，情緒有些失控，就平靜了一會兒，說：「這也不能全怪你。莊新當著我面表態了的，他代表政府，說話不能不負責任。」

儘管夏冬森沒有直接表示對他的不滿，可黃嘉歸回到住處，怎麼也睡不著覺，他覺得應該立即採取措施。像夏冬森這樣的大藝術家，在靈北被冷落一個多月，是無論如何說不過去的，何況還是一個大案子。於是，夜裏十二點了，他給時迅撥電話，時迅聽了他的分析，覺得他說得有道理，應該儘快改變目前的被動局面。一是要上層知道，二是要媒體關注，不能在靈北開發區這麼一個巴掌大的地方困守。

時迅提醒：「找人直接和靈北市領導接觸。劉立昌肯定能找到路子。」

本來黃嘉歸琢磨著是否通過《靈北日報》童敏捷，請總編輯牛恒出面找市裡的領導協調，時迅的提醒使他改變了主意，畢竟中國人有外來的和尚好念經之說，何況北京的和尚。黃嘉歸就不管三七二十一，乾脆給劉立昌家裏撥電話，準備吵醒劉立昌挨罵。不料響一聲，電話就被接了，黃嘉歸還未開腔，劉立昌就說：「有線索了嗎？」

黃嘉歸知道劉立昌搞錯了，說：「是我，黃嘉歸！我沒有線索。」

劉立昌叫道：「嘉歸！這麼晚了你有什麼事？我還以爲是線索到了。」

黃嘉歸問：「什麼線索？」

「明星大腕的線索，還能有其他的？」劉立昌說，「這年頭，連明星們也學賊了。他需要你宣傳了，就出來晃悠一下，或露一個破綻，讓你去追；不需要你了，就想各種辦法躲著。可讀者想要的不是宣傳，而是他們的生活細節。這不，我自己掏錢雇了個小兄弟在一個當紅的女星家門口蹲著，一天一夜了。聽說她晚上有吃夜宵的習慣，有一個男人前天就到她家了，估計今夜會出來。」

黃嘉歸笑著說：「幹點出息活吧。」

劉立昌就叫：「這他×的娛樂記者不是人幹的，趕稿，今晚又得一個通宵！」劉立昌突然換了口氣，說，「我辭職到你那給你做秘書，混碗飯吃吧。」

雖然是電話裏，黃嘉歸也能想像出他那副玩世不恭的神態，就說：「不是說靈北是鄉下嗎？」

劉立昌說：「爲了生存，顧不了那麼多。」

黃嘉歸說：「好啊！正有一件事，非得你辦，開個價吧。」

劉立昌說：「該不是又拉皮條吧？」

黃嘉歸正言道：「可不是鬧著玩！」接著，把事情說了，他說，「最好找國務院的關係，聽說靈北分管外資的副市長郝大偉，是國務院政研辦下來掛職剛落地的。」落地是指掛職的幹部脫離了原先的單位，正式調入任職的地方。不用解釋，劉立昌明白。

劉立昌聽了，說：「算你找對人了。新華社一個哥們，他的同學就在國務院政研室，還有點職務的，這事沒問題。」

黃嘉歸說：「你開價吧！」

劉立昌說：「你真把我當生意人了？你這事，說大不大，說小不小，你點票子，人家還以爲多大的事，反而謹慎了。你乾脆向小裏說，就說夏冬森是個國際著名的藝術家，到靈北投資了，有關領導得出面見見。就說新華社記者要去採訪，到時請市裡的領導談談這個案子。」劉立昌十分有把握地說，「你想，他們能不見嗎？至於見了面說什麼，就由你和夏先生了。後面的事，你策劃。」

黃嘉歸說：「那就事後感謝你。」

劉立昌說：「要當正事辦，當然得出血，但你又不是外人，再說，鄭老闆那五十萬元贊助沒給你回扣，就算扯平了！」

劉立昌這麼一說，倒使黃嘉歸想起來，就說：「那件事辦得漂亮，鄭老闆很滿意，目的達到了。」

劉立昌笑著說：「不賺這等傻冒的錢，賺誰的錢？」

黃嘉歸一時不明白，就問：「你指誰？」

劉立昌說：「第一大傻冒是梁大棟，第二大傻冒當然就是鄭老闆了。」

黃嘉歸追問：「什麼意思？」

劉立昌說：「別問了，十年之後告訴你。大家都滿意不就得了。」

黃嘉歸一聽，有些心虛，說：「立昌，咱可是老同學，過去的事我不管，這次你可得來實的，要砸了鍋，不僅是五百萬美金的投資，還有國際影響，再者，我也對不起朋友。」

「放心好了，我在你老兄面前敢耍花槍？」劉立昌說，「何況不就那麼點事嗎？」末了劉立昌又說，「給鄭老闆帶個好，那個畫展已籌備得差不多了，人民大會堂的新聞發佈會下月就要舉行，一定請他參加。」

黃嘉歸說：「鄭老闆不看重那樣的事。」

劉立昌說：「這條線不要斷，鄭老闆是個人物，出手也大方，到時你一定拖著他來。」

黃嘉歸只好答應。通完話，雖然事情有了頭緒，但黃嘉歸心裏還是不踏實。他似睡非睡，第二天早晨仍覺昏沉，只好讓馬可去陪夏冬森吃飯。馬可以爲他病了，吃完飯，匆匆地趕到了黃嘉歸的住處，敲門，很長時間黃嘉歸才開門，他一直躺在床上，聽了敲門聲，才起身穿衣服。見是馬可，就說：「沒有事。」

馬可說：「你可別嚇我，我以爲發生什麼事了。」

黃嘉歸就說了昨夜的事，說：「沒休息好。」

馬可讓黃嘉歸不要動，自己到廚房裏忙乎，也就二十分鐘，不但煮好了小米粥，還做了兩樣小菜，一熱一涼都端出來了。黃嘉歸洗漱了正在翻東西，沒想到馬可這麼快，說：「想不到嬌貴的小姐還會下廚房。」

馬可笑著說：「這個你不懂吧。現在又回歸了，有個說法叫，上班圍著工作轉，下班圍著鍋臺轉，事業家庭兩不誤，這樣的女人才圓滿。」

黃嘉歸說：「新鮮，第一次聽。不過，男人肯定都歡迎。」

馬可說：「你又走到男權道路上去了吧。女人這麼說，是爲了提高自己的生活品質，主張學會生活。男人去欣賞，意思就變了。」

黃嘉歸笑著說：「如今這世道，真是說不清，允許女人公開標榜，卻不允許男人發表見解。」

馬可說：「同一件事，角度不同，表達的意思當然就不同了。」

他們說著話，黃嘉歸很快吃完飯，就一起去辦公室。

第二天晚上八點多鐘，黃嘉歸在車裏接到了劉立昌的電話。劉立昌高聲叫道：「我和哥們正在喝酒，你的事辦了，兄弟剛和靈北的郝大偉市長講了，他說馬上過問，說不定明天就會找你，作好準備吧。」

劉立昌好像喝多了，有些吐字不清，但他還是說，「給李兄說句話。」說著，好像把手機遞給了別人，周圍有嘈雜聲。對方喂一聲，黃嘉歸也不知道李兄到底是什麼人，就叫了一聲李兄，說：「感謝，感謝！有空到靈北來玩，自己來行，帶上家人也行，接待都很方便的。」對方也說：「謝謝，到北京找我和立昌，一起喝酒。」隨後又說，「見郝大偉的事說定了，那是個辦事扎實的哥們。」

接完劉立昌的電話，黃嘉歸突然覺得身上像卸下了一塊巨石，周身輕鬆起來，心情也興奮了，剛才與夏冬森吃飯時，還有些調不過情緒，這時撥開了雲霧。他立時給馬可打傳呼留言，讓她和司機一起到辦公室。接著，他就調轉車頭，向辦公室去。他想繞海去市裡，約童敏捷出來，一起商量怎樣調動新聞媒體配合。停下車，他又給時迅打電話，讓她告訴童敏捷，一個小時後，他們到市裡，找家咖啡館見面。

黃嘉歸到辦公室，馬可和司機牛奔正在吃速食麵。他就問：「你們還沒有下班？」馬可說，正在修訂公司的考勤制度，幸好辦公室備了速食麵。她說：「這是朋友傳的招，只要備好速食麵，就不怕老闆喊加班。」

黃嘉歸等他們吃完了，一起下樓上車。他讓司機在注意安全的情況下儘量開快些。司機「嗯」了一聲，車快起來。馬可說：「黃總，公司規定了，高速公路上最快不得超過一百一十公里。」

「好，那就按公司的規定辦。」黃嘉歸說著，靠在後座上閉目養神。

車還未進市裡，時迅來了電話，說已約了童主任，在黃山路六十七號一家叫「夢回巴黎」的咖啡館等。他們出了高速公路，就直奔黃山路，司機不熟悉，七拐八折，竟多費了二十多分鐘。到了門前，馬可覺得時迅在裏面，這麼晚，她跟著不合適，就說：「黃總，你進去，我和牛師傅在外面等。」

黃嘉歸回頭，說：「叫你來幹什麼?這是工作。小牛留著，你跟我進去，見見報社的人，以後有事就找他們。」

馬可不再說什麼，跟著黃嘉歸進去。服務小姐問幾位?黃嘉歸說找報社的周記者，服務小姐就把他們引到了一個小包間，裏面的燈光反而比大廳裏亮。馬可見了時迅，就叫了聲：「迅姐！」聲音親暱，聽起來自然清純。別人以爲她們很熟，實際她們也就見過幾次面，只不過通過黃嘉歸，各自都瞭解對方。

時迅拉過馬可坐下，說：「不是你，還不知道嘉歸會忙成什麼樣子。」

馬可立即說：「跟黃總學了不少東西，在哪兒找這樣一位免費的好老師。」說著，還不忘避嫌，說，「黃總過去經常自己開車，這回好了，招了個專職的司機。」

兩個女人說話的空隙，童敏捷說：「嘉歸，有什麼事你說一聲，我去辦就行了，何必跑一趟。」

黃嘉歸說：「老兄，這對我來說，可是大事，非得親自登門。」接著，他就將事情說了，問童敏捷，「是單個叫還是通過官方？」

童敏捷說：「都是朋友，單個叫也沒有問題，但這是個大專案，從長遠看，通過官方顯得正規。」

黃嘉歸問：「怎麼個辦法？」

童敏捷說：「這你就不用管了，你擬好新聞稿就行了，把夏先生的成就介紹清楚，再把般若園的案子說明白。我明早上班，就給市政府新聞辦公室的張主任打電話，也是哥們，先打個招呼。一旦郝市長接見，提前一小時告訴我，我就讓他以市政府新聞辦的名義，把靈北市以及駐靈北的所有新聞媒體都忽悠出來，來個地毯式的轟炸。文化人自有文化人的招數。」

聽了童敏捷的安排，黃嘉歸也就不再說什麼。他們就輕鬆地閒聊起別的話題。兩個女人提議去唱歌，說好久沒有去野了。於是，他們就出去找了一家歌廳，一唱過了十二點。

隔日中午十點，黃嘉歸的手機響了，是市政府辦公廳一位秘書打來的，他問清了黃嘉歸的身分後，通知：「下午三點，郝大偉副市長在市政府大樓四樓會議室接見S國藝術家夏冬森，請黃嘉歸和夏先生按時到，有新聞記者採訪。」

黃嘉歸接完電話第一件事，不是通知夏冬森，而是馬上告訴了童敏捷。一會兒，童敏捷回電話，說：「市政府辦公廳走官方管道已通知了新聞辦，張主任按我們的要求，讓駐靈北的所有媒體都到場。」

與童敏捷通完電話，黃嘉歸這才給酒店打電話，告訴了夏冬森。夏冬森聽了當然高興，就問：「該送個什麼禮物呢？」

這事黃嘉歸倒是沒有想到。但夏冬森常出國訪問，與各國政要文化界人士多有交流，是十分明白的。他說：「這是慣例，見面要贈禮品的，我們不準備，到時失禮！」

兩人在電話上商量許久，最後決定，夏冬森寫一幅字，再送一本他的畫冊。說好，黃嘉歸很快趕到酒店夏冬森的房間，筆墨本來有的，他們就抽出一張四尺整張宣紙，黃嘉歸按住上面的兩個角，夏冬森調好了墨，想了想，一筆下去，筆鋒猶如一條黑色的蛇在紙上舞動，一分鐘不到，紙上出現「黃河之水天上來」幾個大字。夏冬森用筆確令人眼花繚亂，排山倒海，氣勢磅礴，唐人的詩句如決堤的洪水，傾瀉而下。

夏冬森放下筆瞧瞧，說：「就這了，到哪兒去找這樣的禮品。」

說著，夏冬森蓋了印章，與黃嘉歸一起把寫好的拿起來放在一旁。黃嘉歸本要收拾筆墨，不料夏冬森說：「見者有份。」

說著，又抽出一張四尺宣紙，說話間落筆，陸游的詩句「柳暗花明又一村」就出現在宣紙上了，筆法比剛才更有神。夏冬森蓋了章子，遞給黃嘉歸說：「兄弟好好放著，不要輕易送人。」

黃嘉歸笑著應道：「當然，當然。」他突然起念頭，說，「那天請你吃飯的鄭總，很想要你一幅字。」

夏冬森笑說：「一頓飯就想要幅字，這飯錢也太貴了吧？」

黃嘉歸說：「中國人的習慣，看見寫字的，就想要幅字，看見畫畫的，就想要幅畫，附庸風雅。」

夏冬森展開一張紙，說：「他附庸風雅可以，我可對不起我的收藏者，人家花錢買，你這裏不收一分錢，對人家不公。世界上所有的事，公平是它的基本標準。」

黃嘉歸說：「普通人很難這樣去思考問題。」

夏冬森說：「只能看你面子了。」說著，疾速下筆，蘇軾名句「天涯何處無芳草」就流到了紙上。夏冬森蓋完章，收了筆。

下午三點，黃嘉歸陪著夏冬森，準時趕到了市政府四樓會議室。實際上，那兒根本不是個會議室，可能就是政要接待賓客的地方，不過房間挺大的，當頭放了一對沙發，兩旁也擺了沙發，對面留了很大的地方，顯然是記者的席位。

他們到時，已經有記者在等，而且門外站的也有人，有扛攝影機的，也有拿照相機的。他們剛進去，郝大偉就進來了。不用介紹，他們就迎上去，郝大偉握住夏冬森的手，說：「久聞大名，失禮了，失禮了！」

這時，就有閃光亮閃，剛剛架起的攝影機也開拍了，一束強烈的光打進來，熱烘烘的，是電視臺的記者打的新聞燈。黃嘉歸竟有些緊張。

郝大偉把夏冬森讓到當頭的沙發上，自己也坐了，黃嘉歸就在旁邊的沙發上坐下。郝大偉開口居然說出夏冬森許多作品的名字，這不但使黃嘉歸吃驚，也使夏冬森吃驚。夏冬森就問：「請教郝市長，你是在哪兒知道拙作的？」

郝大偉說：「我去年在日本訪問時，主人領我們參觀了一個藝術展覽，說是一個華人藝術家的作品，我們去了，見了你的字，還見了你的畫。主辦方還送了畫冊，回國後我認真地看了，非同凡響。」

夏冬森說：「過獎，過獎。」

接著，他們就討論起中西藝術的差異來，兩個人你來我往，說得十分熱烈，郝大偉有時是請教的口吻，有時是說自己的觀點。想不到兩個人交談毫無障礙，有時還夾雜幾句英語，探討藝術名詞的翻譯，這大大出乎黃嘉歸的意料，本想是個走走樣子的遊戲，不料弄出了一個高水準的藝術對話。郝大偉不愧是京城裏走出來的人，黃嘉歸暗暗佩服。

他們的交談大約進行了半個多小時，郝大偉就適時地將目光轉向了旁邊坐著的黃嘉歸，說：「我也聽了你黃嘉歸先生的大名，不過，聽說你寫過一篇記述終南山高僧的文章，我倒沒看過，以後一定要找來拜讀。」

黃嘉歸說：「不值一提，比起夏先生是小兒科。」

郝大偉問：「黃總哪兒人？」

黃嘉歸說：「陝西。」

郝大偉說：「那可是十三朝古都，中華文明的發祥地。」

黃嘉歸問：「郝市長去過西安嗎？」

郝大偉說：「去過，不止一次。你是什麼時候到靈北的？」

黃嘉歸說：「十年了。」

郝大偉說：「那應該算是靈北人了。」

接著，郝大偉就問空山專案的情況，黃嘉歸就把大致構思和投資情況講了講。郝大偉聽了，說：「這是很好的案子，我看靈北就是需要這樣有文化含量的旅遊專案。」末了，他問，「有什麼困難需要我協調解決嗎？」

黃嘉歸就說了幾句開發區領導如何重視的套話之後，說：「規劃審批太慢了，夏先生等了一個多月了，太浪費時間。」

郝大偉立即說：「我馬上過問。」說罷，又對夏冬森說，「夏先生多多包涵，我們辦事效率有時太低。」

夏冬森也就笑著說：「如果知道規劃一時批不下來，我就暫時不來了。」

郝大偉說：「你放心，會儘快的。」

會談大約進行了四十分鐘，郝大偉站起來說：「本來晚上要請你吃飯的，結果又有其他的事，就改日吧。」說著，招了下手，站在門口的秘書捧了一套很精緻的禮品來。打開一看，是封面鍍了金的全套靈北風景照畫冊，上面還有國家郵政總局發行的一套表現靈北風景的郵票。

夏冬森接過，連說謝謝。這時，黃嘉歸也就拿出了隨身帶的夏冬森的畫冊和那幅字。郝大偉展開那幅字，黃嘉歸拿著另一頭，記者們就擁上前，閃光燈不停閃起來。

28

第二天，靈北所有報紙都報了，電視臺是當晚在新聞裏播的，《靈北日報》在頭版發了照片。晚報則發了一篇特寫，用了個很有內涵的標題，叫「有一種行動叫文化」，詳細記述了夏冬森與郝大偉的藝術對話，當然也說了空山的專案，稱般若園是中國旅遊業一次里程碑的突破，稱其為「功在千秋的偉大藝術工程」。新華社則重點介紹了空山般若園的內容，說她是中西文化的一次親密接觸，向全國發了通稿。

上午，黃嘉歸剛到辦公室，馬可就把當日報導郝大偉會見夏冬森的七八份報紙一起拿給了他，黃嘉歸翻翻又遞給馬可，說：「保管好，這都是公司的歷史。」

馬可說：「我給小龔說了，建立一套完整的檔案，把這些資料裝訂成冊。」

黃嘉歸說好。

馬可說：「昨天太晚了，你休息一會吧。」

馬可這麼一說，黃嘉歸覺得是沒有休息好。夏冬森是一個十分注意交朋友的人，他知道新聞媒體是童敏捷幫了忙，所以昨天下午見完郝大偉後，就一定要請他吃飯。同時又把晚報的記者喊上了，飯桌上聊了聊，所以晚報的文章發得最長，內容也是最豐富的。他們回開發區已晚上十二點多了。

黃嘉歸揉了揉發澀的眼睛說：「沒事。」

這時，黃嘉歸的手機響了，是空山辦事處吳春樹打來的。吳春樹說：「接管委通知，明天上午九時，在空山召開般若園專案現場辦公會，因這個案子在空山落戶的，所以讓辦事處通知你們。」

黃嘉歸判斷是郝大偉打招呼起了作用，就裝作什麼也不知道，說聲好就放了電話。可電話剛放下，又響了，他接起一聽，是管委會辦公室的秘書打來的，說管委分管旅遊的副主任高雄起專門交代打給黃嘉歸的，電話通知說：「般若園專案現場辦公會由高雄起副主任主持，區政協、區人大的領導也要參加，請公司準備好相關資料現場彙報。」

兩個電話，同一個內容，看來事情有了重大轉機，黃嘉歸的睏意全無，就叫馬可把另兩份效果圖準備好，列印了二十份關於般若園專案的文字說明。黃嘉歸給馬可交代完，就去西海大酒店告知夏冬森。

第二天上午九時，黃嘉歸帶著馬可，準時到了空山腳下，大約五六輛車先後也到了，下車後相互介紹時，黃嘉歸才知道，人大參加辦公會的是副主任隨立先，政協則是副主席楊力挺，規劃局、旅遊局、文化局、林業局等相關業務分管局長都到了，大約有十七八人。開發區電視臺的記者還扛了攝影機，看來陣勢是不小的。

時間雖已四月天，但空山的風依然很刺人。儘管是個大晴天，九點多，日照也已灑滿山坡，但微風刮在臉上和手上，依然能感覺到冷。這些在辦公室裏待慣了的人，下車就有些縮頭縮腦，倒是高雄起乾脆領了大家前面走。他是去年全市招考局級幹部被錄取的，年輕，也沒什麼官架子，自然就多了些朝氣。

走到一處開闊的地方，前面的視野也明朗，他就停下來，說：「今天的太陽真好，」說完見大家不解，就又說，「空山是大有希望的。」

眾人就笑，覺得他嫩。他倒不管，正式宣布會議開始，大家散亂地站著。他說：「首先我傳達一下戴書記和梁主任的指示。」高雄起力圖使聲音宏亮些，就清了清嗓子，說，「戴書記今天在市裡開會，所以不能來；梁主任前天出國了，是從國外打電話回來的。他們都十分關心這個專案的進展，希望儘快通過規劃，儘快動工。他們傳達了市裡分管外資的郝市長的指示，說這個專案不單是開發區的，也是屬於靈北市的，希望大力支持，辦快辦好。」接著他宣布，黃嘉歸彙報。

黃嘉歸還沒有說話，馬可就迅速把列印的文字說明資料發給在場的每個人，把兩本效果圖給了高雄起一本，另一本給了人大、政協的兩位領導。大家拿了資料也不看，就等著黃嘉歸介紹。

高雄起提醒：「揀主要的說。」

於是，黃嘉歸就抓住文化的主線，大講文化底蘊在旅遊業開發中的重要性，他說：

「空山的自然環境雖然不錯，但她無法與黃山、九寨溝等全國名勝風景區的自然景色相比。那麼，你以什麼吸引人呢？這就要有人文景觀。但如今大多景區的開發搞得所謂的人文景觀，胡編濫造，你一個神話洞，我一個豬八戒背媳婦，低俗淺薄，毫無文化含量，結果開業的鞭炮聲還未散去，人氣就完了。般若園的構思與建設，就是要徹底走出這種媚俗的陷阱，取佛教文化的精髓，向石頭注入靈魂，也就是抓住中國乃至東方文化中天人合一大同世界的理念。」

黃嘉歸慷慨陳辭，眾人洗耳恭聽，但似乎大家並不明白他在說什麼。一陣風刮來，就有人伸手去捂耳朵。

高雄起借機說：「氣溫有點冷，這樣行不行？說得具體些，比如要做什麼景點。」

黃嘉歸心裏明白，要的就是這個效果，必須先用所謂的高深的開場白震住這些人，不然，也許會出現一些如上次規委會上的情景。見高雄起說了，黃嘉歸就把話題收回來。他的第二個話題就是要引到具體景點上的。他指了指前方五十米外的巨石，正是那塊要雕刻老子形象的石頭，他說：「大家看，前面那個像樹幹一樣的巨石，稍雕鑿，便成了中國文化的代表人物老子的形象。大家可以傳看一下效果圖。」

聽了黃嘉歸的話，高雄起和人大、政協的隨主任和楊主席拿起手中的效果圖，翻到第一個畫面。

這時，人們也湊過來。黃嘉歸說：「上半部分像樹樁一樣的位置，雕刻老子的頭像，大家看，那幾條裂紋一直到了根部，就變作老子的鬍鬚。樹樁中間部分當然就可雕成老子穿長袍的身子。然後什麼也不用表現了，鬍鬚與下身的底部連成一體，就成了無數條樹根扎進大地的感覺，上下形成一個不但形似而且神似的老子的造像。」

這時有人拍手，黃嘉歸看時，是政協副主席楊力挺。

「妙，妙，妙。」楊力挺連說三個妙字。

人大副主任隨立先從效果圖上抬起頭，看看那塊巨石，突然叫道：「妙然天成。」隨立先說，「你們再用心瞧瞧，這真是大家用筆。老子《道德經》五千言，就是在說大地的哲學，在表述宇宙的生存之道，天上地下，本來是道，庸人還要去問神仙要。」

因隨立先在市裡任過文化局副局長，後調開發區成了分管文化的副主任，再後就成了人大副主任，雖然仕途不算太威風，但他的文化鑒賞力確是班子裏無人比的，平時人們喊他時，時不時就叫一聲：「隨老師。」他年齡並不大，也就五十五六歲，但在下級中的威信挺高。所以，他這麼一說，眾人就毫不猶豫地附和，雖不是異口同聲，但都紛紛說像，或叫好。

接著，黃嘉歸指了指路旁的另一塊巨石，隱在兩棵樹的背後，離他們站的地方，也就二三十米的距離，看得十分清楚。黃嘉歸說：「各位領導還是看效果圖。這塊巨石，上寬下窄，尤其那兩棵樹一夾，下面就只有上面的一半了。上面寬的地方，雕刻巴金的頭像和肩部，下面就不動了。簡單的一連，就成了一個身子極度變形的巴老的造像，只要讀了巴老《隨想錄》的人，都會被這尊造像所要表達的思想所震撼。」

黃嘉歸話剛落音，隨立先又說：「這真是對文革的徹底批判。文革是什麼？文革把人變成了妖魔。好在巴老有一顆令人敬仰的偉大的頭顱，普通人被變成讓他說什麼就說什麼，讓做什麼就做什麼的機器。夏冬森真是一個奇才，一個外國人能把中國的文化理解到如此深刻的地步，實在令我們這些人羞愧呀。」說完了似乎意猶未盡，就又叫一聲黃嘉歸，說，「黃總，也有你的，實在感謝你給開發區引來的這麼個案子。」

這個時候，楊力挺說：「開發區搞了十幾年建設了，終於引進一個文化專案。」

今天的會議雖是由高雄起主持的，最終也得由他負責的，但按正常排名，人大是排在政府的前面的，隨立先也是今天會議當中年齡最大的，所以他的意見就成了主導意見。不知是他憑官場的經驗判斷，現場辦公會只是走個程序，還是長期從事文化工作的領導，專案的內容使他真的激動了，總之，他今天的話特別的多，又加上楊力挺的附和，眾人就沒了發言的機會。何況幾個局的分管副局長，論年齡幾乎可以當他的兒子，所以他們都退到了一邊。

黃嘉歸還準備介紹，隨立先衝著高雄起說：「高主任，你看怎麼樣？我覺得看這幾件作品就夠了，這個水準我們只能是來學習的，天氣又冷，你看？」

高雄起就說：「按理說，我們走一遍，統統都看看，也是個學習的過程，但天氣有點冷，大家看，還有什麼意見？」高雄起還專門瞅了瞅楊力挺，說，「楊主席，你看？」

楊力挺回答：「我看行。」

其餘人無言，高雄起也就不再問了，說一聲：「回辦事處。」

這樣，大家很快下山，乘車去辦事處。

到了辦事處的會議室，茶水已備好，大家搓搓手，喝喝茶，很快精神煥發，高雄起就宣布會議繼續進行，讓規劃局負責整理記錄，辦事處的秘書也已作好了準備。還是隨立先開了口，他說：「這麼好的專案，早就應該批准規劃開工了，竟然市裡的領導都知道了，我們才動作，實在不應該。」

他直接對參加會議的規劃局的副局長張之同說，「限你三天批出規劃來，不要有什麼想法。我來參加會議前，戴書記專門給我打了電話，說如無大的分歧，就定下來，小的分歧下去可以再完善。書記的話都說到這個份上了，我們不能再拖了。」

隨立先的話，等於給這個會議定了調，別人不好再表態。見無人再說話，高雄起就說：「大家如果沒有其他意見了，我就說三條：一、這個專案，是一個高端的文化旅遊專案，涉及各個相關部門審批手續的，要大力支持，特事特辦，儘快落實；二、依據今天現場辦公會議精神，規劃局儘快批准本專案規劃；三、般若園積極籌備，空山辦事處協助，保證十日內正式開工；四、空山辦事處作爲這一專案的落地單位，要提供一切必要的措施支持，保證這一專案儘快建成。」說完，他問大家還有沒有意見，無人發言，就宣布現場辦公會結束。

這時，莊新說：「請各位領導留下來，吃完飯再走。」並開玩笑說，「空山雖然窮，但一頓飯還是管得起的。」

高雄起說自己有事走了，請隨立先和楊力挺兩位領導留下和大家用餐。

現場辦公會後的第四天上午，黃嘉歸接到規劃局的電話，他匆忙趕到張之同的辦公室一看，旅遊局的副局長賀長智也在。三個人握過手，張之同拿出規劃局的批文，黃嘉歸看時，是普通的一張紙上，打了一個通知：

靈北般若園大地藝術風景區有限公司：

根據靈北開發區管委會一九九七年四月十四日關於空山開發的現場辦公會議精神，經審核，同意你公司上報的《般若園專案規劃方案》，可進行基礎設施、道路和景點的建設。如遇重大建築或方案調整，需另行報批。本批文內容如涉及其他行業管理的，請另行審報。

靈北開發區規劃建設局

一九九七年四月十七日

雖沒有紅頭的「文件」字樣，但蓋了規劃局的大紅章，文號「五八九」。賀長智交給黃嘉歸一份由高雄起簽發的現場辦公會議紀要，儘管沒有蓋章，但高雄起、隨立先、楊力挺簽了名。紀要的內容很全面，完整地記錄了那天高雄起講話的主要觀點，當然也說了隨立先、楊力挺的表態。這兩份文件的產生，就等於批准了夏冬森的設計方案。張之同和賀長智兩個人，同時表達了一個意思，說：「領導很重視，安排給我們的工作都完成了，下面就看黃總的了。一定抓緊時間，把開工典禮搞得隆重些，區裏的主要領導要參加。」

拿了文件，黃嘉歸就叫上馬可，帶著會議記錄本去找夏冬森。

到了夏冬森的房間，他知道規劃已批的消息並不顯得激動，也未細看文件，只問黃嘉歸：「如何安排？」

黃嘉歸說：「正要找你商量的。」他說政府希望辦一個隆重的開工儀式，利用這個機會擴大影響。夏冬森說應該的，但他對細節不感興趣，直接說：「明天我就上山創作，你讓工程部配合我，開工儀式你們辦，開工時，一定要讓嘉賓看到一些作品。」

黃嘉歸聽了，當場就給工程部經理韓得明打電話問：「刻工能立刻到嗎？」

韓得明回答：「一個兩個隨叫隨到，更多的要從外地調，得提前三四天通知。」

黃嘉歸立即回到辦公室召開會議，組織工程部對施工方案和施工隊伍作調整，先小後大，先山下後山上，明確了時間進度。確定施工計畫後，黃嘉歸就讓馬可給宋隨良發傳真，也送給夏冬森一份。這樣，工程從第二天就在空山展開了。

對於開工慶典儀式，黃嘉歸對馬可說：「得搞點新鮮的，不能走放鞭炮、領導剪綵的老路子。」馬可帶著人，按黃嘉歸的要求一一落實。黃嘉歸集中力量寫兩個講話稿，一個是自己的，列了要點即可；另一個是管委會辦公室要求的，說梁大棟從國外打電話，開工儀式他一定參加，讓準備好講話稿。管委會秘書處的人說，般若園專案他們說不清，去問規劃局的人，分管的副局長張之同也表示他不十分明白。「只好麻煩黃總代勞了。」講稿不一定長，但要把般若園說清楚，評價到位，又要符合領導的口吻。他用了整整一個上午的時間，才算弄出個樣來，至於是否符合梁大棟的口味，他管不了，就交給了管委會辦公室。

舉行開工儀式的先一天，黃嘉歸正在空山現場確定開工儀式的背景時，突然接到馬可的電話，說剛接工委辦的電話，說工委書記戴力行馬上到空山現場視察，看望正在創作的夏冬森先生。這可是黃嘉歸沒想到的。戴力行的關心，就等於把專案的關注度突然提升了規格，這當然是求之不得的事。他掛了電話，讓工程部的人按照他的要求定位。他趕上去告訴了正在現場創作的夏冬森，夏冬森自然很高興。他說戴力行來了，由他現場講解，一定要讓這位靈北開發區的最高長官瞭解這個案子的內容。

雖然只有幾天工夫，山上有了不小的變化，在約三百多米的距離內，山路整修一新，走起來已有了下腳的地方，雜草被剷除，橫在路中和邊上的亂石變得規整了。老子和巴金造像的形狀已基本出來了，其視覺效果甚至比效果圖還好。更有一處絕的，是原先沒有設計的，夏冬森現場發現了，就處理了周邊的環境，一個斜身躺著的女人的裸體就出現了。豐滿的臀部，圓潤的大腿，還有修長的身材。平日藏在雜草叢中的一塊普通石頭，經整理環境後，露出了驚世駭俗的美豔，似乎還散發著體溫的芳香。雖然這尊天然石雕，少了頭部的表達，但她的靈魂似乎已融入了連體的山崖。旁邊的一塊石頭上，是夏冬森手書的「鄧肯」兩個字，再下面就是鄧肯的一句名言：「我們的藝術不過是以姿態和動作，把自身整個的真實表現出來。」

還沒忙完的夏冬森直起腰說：「真是震撼人心。」

黃嘉歸說：「是的。要是放開講，也得幾十分鐘的。」

夏冬森說：「我當導遊。」說著就笑了。

這時，下面有人喊，黃嘉歸就向下跑。果然戴力行到了，後面還跟著區人大、政協的一把手。黃嘉歸快步上去握了戴力行的手，同時給後面的兩位領導點了點頭。

戴力行一反往日的嚴肅，握著黃嘉歸的手，說：「黃總，你終究是個人才！你怎麼離開報社的，我都不知道。你居然搞出這麼個驚天動地的事來，看來他們放你走是對的，那個灘小，是養不了你這條大魚的。」

黃嘉歸忙說：「戴書記讓我無地自容了，走到哪裡也是您的部下。這案子要不是您關心，還不知道該怎麼辦了。」按黃嘉歸的性格，過去，他是很難說出這樣的話的，即使想好了，也是難以說出口的。今天倒是一張口就來了，可見平日裏人們說的「人在江湖，身不由己」的說法還是很有道理的。

戴力行聽了，當然高興，他依然笑著，說：「我今天不就來了？」說著，就問夏先生在哪兒。黃嘉歸就陪著戴力行向上走。這時夏冬森也聽見了動靜，就向下趕，在老子造像的地方，他們遇到了一起。不用黃嘉歸介紹，戴力行一把握住了夏冬森的手，說：

「夏先生，你能把精湛的藝術帶來中國，帶到靈北開發區，是我們的榮幸，十分感謝你。因這些天一直在市裡開會，沒能抽出時間。聽說明天開工，郝市長也來參加開工儀式的，我就無論如何也得先抽時間來看看你，不然就失禮了。」

戴力行的熱情，竟使夏冬森一時有些感動，他說：「能來中國是我的榮幸，一個海外遊子終於在文化祖國的懷抱裏做點事情，把自己的藝術貢獻給這大好山河，世界上還有什麼事情比這更榮幸？」

突然，戴力行看見了不遠處老子的造像，就說：「有作品完成了？」

夏冬森說：「做了幾件。」言罷，就指著前面的老子造像說，「這是中國大哲人老子。」

「道可道，非常道，名可名，非常名。」戴力行口裏吟道，說，「非常之手筆。」然後就對身邊的人大主任和政協主席說，「你們看，就那麼幾刀，將鬍鬚與原本的裂紋連起來，深入地下，把老子的思想表現得入木三分。以老子爲題材的國畫和油畫我見過，雕塑我也見過，但從沒見過這樣生動傳神的。」

圍在左右的人立即點頭稱是，電視臺的記者就把鏡頭緊緊對準了他們。後面的人向上圍，爭看老子的造像。黃嘉歸一抬頭，居然在七八個人中看見了胡世明，他端著一個照相機，正跑前跑後拍攝。許久不見了，聽說在那次幹部評議中，胡世明不稱職票超過了三分之一，理所當然地掛了起來。時迅也已調離了靈北開發區報社，他如今是什麼角色，黃嘉歸已感到十分地陌生了。他在這個場合出現，還是令黃嘉歸詫異的。但他很快就淡漠了。胡世明似乎也不在意，偶爾與黃嘉歸目光相遇，他倒不躲閃，專心致志拍他的照片。

戴力行與夏冬森說話間，就走到了那塊裸露的石頭旁，戴力行停下來，夏冬森說：「這是美國現代舞鼻祖鄧肯，一點人爲加工的痕跡都沒有，完全是自然的，只是埋在雜草中，沒有被我們發現而已。」

戴力行說：「黑格爾說過，生活中不是缺少美，而是缺少發現。」

突然就有人鼓掌，黃嘉歸看時，見是胡世明帶的頭。於是，大家都鼓起了掌。

夏冬森說：「戴書記，真是高山流水遇知音呀。」

戴力行笑著說：「學習，學習，向大師學習。」

夏冬森說：「鄧肯首創現代舞，強調自然美，但她的自然美，是表達人的自身，包括形體。從人類文化史角度看，她是個了不起的人物。但她說過一句名言：人之所以有德行，是因爲誘惑得不夠。她表達的是人們的欲望，欲望恰恰是佛家所說導致無明貪嗔癡的根源，所以，她需要參悟。如一位東方學者所說，西方因開悟走近東方。西方文化過於宣導人欲，表現個性張揚，必須在東方文化中尋求融合，這樣東西文化的融合，才是世界大同的明天。」

戴力行笑說：「這就叫講政治。」

聽著的人們就笑了。戴力行說：「看來夏先生對中國的國情和文化是十分瞭解的。藝術離不開思想，在中國就叫政治，宣導什麼，反對什麼，一定要十分明確。我看這個案子的創意構思十分好。思想先進，文化優秀，藝術精湛。我們引進這樣一個專案，不單是爲了發展旅遊經濟，更重要的是，在我們這樣一個具有五千年文明的古國，弘揚優秀文化，是每個公民的責任。」他對身邊隨行的記者說，「報紙電視臺把我說的這些話報導出去，不但支持了這個案子，也給那些說我們這些年來一點文化事都不做的人一個回答。希望這是一個好的開端，開發區今後是要加大文化事業的發展的。」

視察結束，戴力行握著夏冬森的手說：「我們是朋友了，有什麼要求就直接找我說。」

夏冬森直接發出了邀請：「請戴書記明天來參加開工典禮吧。」

戴力行說：「那是肯定的。」

戴力行要離開了，突然把黃嘉歸叫到跟前，問：「與農民的手續還有沒有問題？」

黃嘉歸一時覺得沒有什麼不妥，就說：「空山辦事處辦的，應該沒有問題。」

戴力行卻說：「一定要把農民的利益想清楚，要達到均衡，眼下還是荒山，可能人們不太在意，但當你有了收益時，會怎麼樣？所以農民的問題要處理好，山下的地，更是不能出問題的。」說完，他又把胡世明叫到跟前，對黃嘉歸說，「你們過去是同事，世明同志現在是工委宣傳部分管文化的副部長，山上創作的作品由胡部長負責以文化局的名義批一下。因為規劃局的批件只管形式，內容應該走一下文化局的程序。」

胡世明點頭答應著，黃嘉歸也就說：「謝謝戴書記的支持，我們會辦好的。」

上車時，戴力行專門叮囑黃嘉歸：「作品在文化局的程序一定要走一下，政府批准了，就合法了，即便以後有人有不同看法，也與你們無關。」

儘管黃嘉歸不以為然，但還是點頭答應著。

戴力行視察空山般若園的新聞，當晚就在開發區的電視臺播出了。

然而，第二天早上八時，黃嘉歸到開工典禮現場作最後的檢查時，接到莊新的電話，說梁大棟不來參加開工典禮了。黃嘉歸一愣，判斷不出到底是什麼原因，就問莊新：「不是說好了嗎？管委辦的人講，說講話稿他都同意了。」

莊新說：「這叫政治。兩個頭都來，誰是主角？你們開工典禮規格也太高了吧？郝市長來，加上戴力行，分量夠了，就這樣吧。」

莊新掛斷了電話，黃嘉歸還是有些倒不過神，他希望開發區的黨政一把手都參加，何況有許多人知道梁大棟要來的，卻突然不來了，總不是件完美的事。他只好去向夏冬森解釋，說：「中國的官方，一般有個習慣，企業開工儀式，同級主要領導只能來一個。」

夏冬森並不在意，只問，郝市長來不來？當得到確切的答覆後，他就囑咐黃嘉歸：「注意郝市長的穿著。他如果穿西服，我們就一定得穿西裝；如果他只穿了襯衫，我們也得穿一樣的。這是國際通行的禮儀。」

黃嘉歸見夏冬森不在意梁大棟的來與不來，也就釋然了。他點頭答應夏冬森的囑咐，因他本來就作了穿西裝的準備的，穿襯衫更好辦，脫了外衣就是的。

十點，開工典禮正式開始，莊新主持。戴力行陪著郝大偉一同到的，他們都穿著西裝，夏冬森就和黃嘉歸穿了西裝迎接。黃嘉歸穿衣服鬆散慣了，西裝領帶倒是令他極不習慣，但他也只好忍著。平日穿衣並不講究的夏冬森，今日卻穿著筆直的西裝，皮鞋專門擦了的，雖在山上，卻一塵不染。

今天的天氣，似乎一夜從初春跳到了仲夏，太陽格外地豔，出奇地熱，黃嘉歸穿了兩件衣服，脖子裏一會就冒汗。整個空山的上空，一絲雲彩也沒有，天高深得似乎離了山峰要遠去。開工典禮的場地，安排在山門前的空地裏，那兒沒有樹木遮蔭，現場直接暴露在陽光下。掛在山崖上的巨幅紅色背景，一片通紅，像著了火的紅色的海，被提起來掛到了天幕上，上書夏冬森書寫的「般若園開工典禮」幾個大字。雖只有一個背景，卻因它的巨大，改變了周邊的環境，站在遠處望去，異常耀眼。山口的水潭邊，放著黃嘉歸讓工程部提前選定的約三米多高的一棵雪松，旁邊的樹坑也已挖好。

到場的新聞媒體有十多家，是童敏捷給市政府新聞辦打了招呼通知的。時迅也到場了，她見現場佈置十分到位，似乎也不需要她幫什麼忙，所以就退到了後面。黃嘉歸只給時迅點了下頭，表示看見了，就只顧忙他的。

不知是否因爲郝大偉或戴力行參加的緣故，現場還來了許多公安，他們並未通知般若園，是自己開了專車來的。加上請來的賓客，現場一時聚集起一百多人，場面熱烈。莊新宣布開工典禮開始，先是一陣鞭炮聲，因山的背後是山谷，所以，鞭炮聲連續的回音，比鞭炮本身還響。山谷裏像有無數的場景迎合著，現場的氣氛就更加熱鬧。接著戴力行說了幾句祝賀的話，就輪到黃嘉歸講話了，稿子是提前反覆琢磨了的，所以他就對著稿子講，他的聲音十分宏亮，不時在山谷裏引起回音。空谷裏像有巨大的熱流沖了來，他越講越覺現場的炙熱，甚至一度有了窒息的感覺，一會兒，汗水就從他的額頭上流下來了。

莊新上前悄聲說：「太熱，儘快。」莊新一催，他乾脆越過一大段，結束了講話。這時，場上響起掌聲，還算熱烈。

接下來的程序是植樹，當莊新宣布請郝市長、戴書記等領導，用長江黃河源頭的水、中國四大佛教名山的泥土，種植般若園紀念樹時，現場的氣氛一下被帶動起來。這些都是黃嘉歸動員各地的朋友代辦的。泥土和裝水的容器都是提前裝飾了的，上面直接貼了紅色的文字說明，而且繫了紅色的綢花。市電視臺、有線電視臺、開發區電視臺擁著搶鏡頭，各路的攝影記者也不甘示弱，站在後面的人群也向前擠著湊熱鬧，現場竟一時混亂起來。這時公安就發揮了作用，上前幾個人喊話加手勢，很快，散亂的人群就恢復了秩序。

植樹完了，人群就擁著郝大偉和戴力行向山裏走去。當創作的作品展現在人們面前的時候，就有人叫起來。新聞媒體更忙乎，他們似乎被突然的景象激動了，就不再把鏡頭對準領導，而是對準了作品。這時，夏冬森給人群當起了導遊，當然主要是對郝大偉介紹的。雖然戴力行提前看了的，但還是興趣不減，不時附和著郝大偉的讚賞。

幾件作品介紹完後，立即就有記者擁上來採訪郝大偉，靈北新聞六十分的記者，第一個把麥克風遞到了郝大偉的面前。他說：「請郝市長談談你對般若園這一文化旅遊專案的印象和對她未來的希望。」

郝大偉的確被夏冬森的作品感染了，何況他對夏冬森是大概瞭解的，他說：「這個案子有兩個很好的理念，這就是生態環境和東方文化。大家看到了，如『鄧肯』這一藝術景點的創作，完全是出自自然的；再看周邊的環境，只整理了一下而沒有絲毫的破壞。其表達的東方文化的意蘊就更不用說了。所以，我認爲，這個案子的完成，不但是對靈北，而且對全國的文化旅遊景區景點的開發，會提供一個範例。」

正如預計的那樣，開工典禮結束的第二天，靈北的各新聞媒體又是一輪轟炸，靈北的大部分人知道了空山所發生的事。而新華社的新聞稿寫得更精彩：「投資超過一千萬美元，占地達一萬二千畝的世界首座大地藝術風景區在靈北開工建設。」由於它獨特的文化主題，被全國多家報紙轉發了。

這週六的下午，從市裡回來的時迅對黃嘉歸說：「我們應該去請童敏捷吃頓飯，這些都是他盡心安排了的，朋友們都買他的面子。一般的專案開業，也就在報紙露幾行新聞。而《靈北日報》的文化專欄發了半個版，還配了作品的照片。」

「應該的。」黃嘉歸就叫時迅約定時間。

開工之後，般若園進入緊張的施工階段，夏冬森的作品創作也全面展開，一百多名刻工，整天在山上忙碌著。

黃嘉歸的主要精力，轉移到了山下土地的處理上。

第十章
抗爭

29

黃嘉歸被夢驚醒，夢裏遇到了古代戰場的場面，他有些莫名奇妙。看了看表，凌晨四點，今天要和莊新碰頭，商量辦事處確定的解決土地的方案。對般若園而言，是一件大事，不能再拖了。他不知道這個夢意味什麼……

八點，他趕到辦公室，匆忙叫了馬可去空山辦事處。

他們剛到辦事處，會議還沒有開始，黃嘉歸接到工程部從山上傳下來的消息：空山兩個村約有三四十人，衝到山上，搶走了刻工的工具和發電機，現在雙方在對峙中。

夏冬森在電話裏問黃嘉歸：「怎麼會出現這樣的事？」他很生氣地說，「今天的活幹不成了！」

韓得明說：「不給點厲害的手段是不行的，我們人多，他們大部分是老頭和婦女，瞅準那幾個年輕的，教訓一頓。」韓得明幾乎喊起來，說，「他們太囂張，說這山是他們的。未經他們同意，一寸也不能動。黃總，只要你說一聲，我們就處理了，這樣的事我在別處也遇到過，有事與你無關。」

黃嘉歸制止了韓得明的激動，說：「他們要什麼就讓他們拿什麼，我在辦事處開會。」

莊新坐在黃嘉歸旁邊，也聽明白了，就說：「問問帶頭的是誰？」

黃嘉歸對韓得明說：「查查帶頭的。」

韓得明說：「人家上來就報了姓名，領頭的是北山村的劉秀中。」

黃嘉歸扭過頭對莊新說：「劉秀中。」末了，對韓得明說，「保護夏先生下山，暫時休息，聽我的音信。」

黃嘉歸放下手機，莊新就問參加會議的丁業亮：「劉秀中是什麼人？」

丁業亮一時答不上來，就看丁小祥，丁小祥說：「北山村的刺頭，丁小勇他舅的兒子，表兄。」

莊新說：「這就對了，這是一個信號，你們要明白是怎麼回事。早不去，晚不走，這個時候去。」

大家不解，都看莊新。

莊新說：「這不是明擺著?借村委會改選之機，給我們施加壓力，一定是丁小勇幹的。」莊新對吳春樹說，「去給北山村的馮支書打個電話，問問上山的原因。」

吳春樹出去了。莊新說：「這次一定要把有可能出現的問題估計到，要有相應的處理方案。不能等問題出來了再忙乎。」

莊新問：「北山村鬧事，你們官上村想到過沒有?」

丁業亮說：「沒有，一點風聲都沒有。」

莊新說：「這說明什麼?說明人家的工作做到了我們的前面。黨支部要發揮作用，不能老是被動。」

這時，吳春樹回來了，說：「劉秀中還是村委，他說般若園的開發超出了官上村的山界，到了北山村的地界。」

不等吳春樹說完，一向話語極少的丁業亮突然罵了一句：「放屁！」他說，「那地方我熟得不能再熟悉了。本來就沒有明確的界線，老祖宗傳下來，就是以山梁上水的流向劃界的，流向北面的就是他們的，流向南面的就是我們的。山梁又不是路，本來就不爭，誰能說得清。莊書記說得沒有錯，肯定是丁小勇叫他的表兄來攪和的。」

莊新對吳春樹說：「他們找麻煩不要緊，只要我們自己不找自己的麻煩就行。給林業局和農業局說一下，要求他們下午就到現場勘察，把兩個村裏上了歲數的人和兩委班子的要都叫上，現場確定，劃清界線。過去是過去，現在是現在，一定得說清。」

吳春樹出去了。

黃嘉歸說：「夏先生很生氣。這樣一鬧，外國人不明白，這麼大的專案用地，簽了合同開了工，怎麼會弄出一個界線問題？」

莊新說：「這就是中國的老百姓。我中午請夏先生吃飯，給他解釋，下午接著幹。」

會議繼續進行，莊新宣布了官上村黨支部和村民委員會選舉方案，強調兩點：一是改選的目的，就是要選擇一個強有力的能促進空山開發的班子；這個班子同時必須是被大多數村民擁護的班子。莊新說：「我就不相信中國的基層民主沒法搞，這次一定要弄出個樣子來。」他說，「只有大部分村民擁護了，這個班子才是真正有力的班子，空山的開發也就自然順暢了。」

黃嘉歸對此持懷疑態度，但他不能明說，就只表明了自己的意見：「保證投資者的利益不受損害。」

莊新說：「黃總，你一百個放心。如果辦事處連這點事都辦不好，那不成了笑話，還發展什麼地方經濟？」

突然，黃嘉歸想起了戴力行的話，要把農民的事辦好，要均衡利益。戴力行說了一句偉大正確的空話，到底怎麼均衡？他不知道，他斷定莊新也心中無底。

會議結束後，黃嘉歸陪莊新到西海大酒店看望夏冬森。他們進房間，夏冬森滿臉不高興，當著莊新的面問黃嘉歸：「怎麼會出現這樣的事？」他攤開兩手，表示難以置信，他說，「界線是雙方最起碼的一個財產界定依據，那麼大的山，存在也不是一日兩日了，怎麼可能還有界線的爭議呢？如果是這樣，我就得問，對於這個專案，政府批准的依據是什麼？如果沒有充分的依據，它的可靠性就值得懷疑了。」

夏冬森不是在說笑話，他的眉毛本來就濃，生氣的時候，濃眉就豎起來了，面相也顯出幾分威嚴。

莊新見夏冬森真的生氣了，就趕忙把事情的責任攬過去，他說：「夏先生息怒，責任是我們的，是辦事處工作做得不細，讓極個別村民鑽了空子，無礙大局。你放心好了，這樣的事情，在開發區，幾乎每天都會發生。一來是老百姓的素質不高，二來是政府的執法水準不高。空山開發的事情，我們辦事處是想從根本上解決問題。工委和管委會的領導也支持。」莊新陪著笑臉說，「夏先生儘管放心，再不會發生這樣的事情了。」

莊新的態度使夏冬森的情緒緩和了過來，他開玩笑說：「莊書記管不了，我就找戴力行書記，他讓我有事找他。」夏冬森似乎覺得這句話還不夠，就又笑著說，「莊書記是書記，戴書記也是書記。」

莊新並不氣惱，笑著說：「雖然都是書記，但有大小，戴書記是中共靈北市委開發區工委書記，我是一個區區辦事處的黨委書記。我能辦的事，就不必麻煩戴書記了。我辦不了的事，夏先生不找戴書記，我也要找戴書記。」說著，兩個人都笑起來。他們的笑聲，給黃嘉歸解了圍。

中午吃飯倒輕鬆，莊新大講中國招商引資的笑話，惹得夏冬森幾次大笑。

飯後，辦事處的人報告莊新，北山村的村民已撤離。這樣，夏冬森就直接到現場繼續創作，莊新則安排吳永久與相關人員和管委會派出的人去空山勘察地界，黃嘉歸則和馬可隨著包村的吳春樹一起，參加下午的官上村黨支部選舉。

官上村，歷來被空山十八村的人高看，原因並不是他們居住的位置佳或富有。他們和空山十八個村的村民一樣，在中國漫長的歷史長河中，大多的時候是很窮的。他們的榮耀就因爲他們叫官上村，八百多年前修築北斗運河時，朝廷的指揮機構設在這裏。如果沒有今日中國的巨變，如果沒有靈北開發區的設立，如果空山不開發，官上村就如同中國大多數的偏遠山村一樣，緩慢地發展著，人們不會在短暫的時間裏富起來。

然而，中國巨變了，靈北設立了開發區，官上村雖然不在選址的中央地段，但它有一半以上的土地被工廠徵用了，子孫萬代生活的土地，一下子換出許多的大票子，每家至少也可領到幾萬元。不少年輕人進工廠當了工人，剩下的坡地和邊地，由年老者和婦女耕種。官上村的村官，包括五個人的村委委員和黨支部委員，工作有分工，如同政府吃財政的官員一樣，按月拿工資。空山又要開發了，雖然空山的林權是屬空山十八村共同擁有的，但官上村占了三分之一的面積，何況按政府的規劃，進出口設在官上村所在的山口，空山開發可能產生的利益，使官上村在靈北設立開發區十三年後，成爲空山最大的受惠者。

因此，官上村這一屆兩委班子的產生，必然是近千名村民關注的焦點。

還好，官上村黨支部選舉，完全實現了莊新的意圖，未出亂子，最終的票數統計，不包括剛轉去黨員關係的黃嘉歸和馬可兩人，丁業亮也多出一票，連任支部書記；丁小溪幾乎滿票當選支委。黃嘉歸慶幸般若園沒有蹚進這灘渾水。

一周後，村委會進行選舉。莊新現場坐鎮，他不怕黨支部選舉出漏洞，卻怕村委的選舉出問題。他說，不管怎麼說，黨員總是少數，何況還有黨紀的要求。老百姓則不同，一個村莊，一千多人，除了不滿十八歲的小的和不能出門的老的，到會的也有五百多人。雖劃分爲小組，有黨員分工掌控，但既提出了海選的口號，那麼符合規定的人就得讓人家參選，這樣成分就複雜了。儘管選舉前對各小組進行了摸底，但掌握的情況是否準確，並不十分確定，所以，他得親自出馬，出現問題，隨時解決。

黃嘉歸雖沒有去選舉現場，但他安排馬可去掌握情況，一旦有什麼不好的苗頭，公司能及時應對。

選舉的會場設在村委會門前的廣場上，三條簡單的桌子擺成主席臺，莊新、吳春樹和辦事處另外兩名工作人員，由丁業亮陪著坐在主席臺上。莊新爲了記錄下自己的壯舉，告訴了《靈北日報》。總編牛恒一聽，很感興趣，不過沒有派新聞部的記者來，而是派了群工部的一位王牌女記者李陽，說要搞個內參。李陽和時迅熟悉，就拉了時迅一起來，剛好碰見馬可，三個女人就坐在了一起。

會場幾乎坐滿了，能集中起這麼多的人，真不是一件容易的事。村子裏的青壯年，大都在工廠裏上班，平時很難抽出時間，所以，村裏就先給各家發傳單動員，再由辦事處工作人員牽頭，和支委、村委共十多個人，逐家落實，又把選舉的日子定在了一個星期天，所有的努力，都是爲了動員人們到場。經清點人數，該來的差不多都到了，莊新的第一個目的達到了。接下來是體現民主的時候了，莊新坐在主席臺上並不說話，選舉大會由丁業亮主持，他宣布由村黨支部組織委員丁小溪，公佈選舉規則。

丁小溪看了看坐在旁邊的莊新，莊新點點頭，她就拿著提前準備好的稿子宣讀：

「選舉規則如下：第一步，說明參選人產生的過程。一、原村委會委員是當然的參選人；二、十人以上聯名推薦的參選人十一名，經審查合格；三、現場十人以上，仍可聯名推薦參選人。第二步，確定參選人的名單後，現場進行投票，選出十名候選人；第三步，現場選舉，在十名正式候選人中，選舉產生五名村委；第四步，在五名村委中，選出一名村委會主任。」

丁小溪讀完了，丁業亮就宣布：「請莊書記講話。」

莊新站起來，神情嚴肅，他說：「我做農村工作時間雖不長，但也有三年多了，我也是農村出身的，所以對農村也算是瞭解的，也是有感情的。」他說，「發展村集體經濟，帶領農民致富，保障全體村民的權利不受侵害，就要有一個好的村集體班子，更要有一個好的村主任。今天就是大家行使權利的時候，該把票投給誰，你們說了算。平時大家都有意見嗎？那麼就請你們用手中的票說出你們的意見吧！」

接著，丁業亮宣布，再給現場十分鐘，如有新的人參選，就把名字直接報到主席臺。丁小溪已把提前印好的推薦表拿在手中，說，誰要誰來領。

丁小溪剛說完，就有人上來取表。這時，有人指揮幾個小夥子，從村委會的院子裏扛出一些礦泉水，立時就有人圍上來搶。搬的人喊：「每人一瓶，保證供應，這是我們空山礦泉水廠出的，特意供給今天大會的。」

人們搶水的時候，莊新也感覺出熱來。雖然是個陰天，也已五月天了，又是大中午的。何況這麼多的人，像三天一逢的官上村大集一樣，人擁人，人擠人，熱鬧了自然就熱。丁小溪遞過一瓶水，莊新擰開蓋子，喝了一口，說：「想不到。」

丁小溪問：「莊書記，想不到什麼？」

莊新搖搖頭，笑著說：「我大學畢業時的志願，就是到政府大樓裏去坐機關，謀劃中國命運的大事，想不到我又進了農村，還這麼徹底，我差點忘了我是在城裏，在一個經濟最爲發達的沿海城市。」

丁小溪說：「你是在親自參與中國城市化進程，難道這不激動人心嗎？」

「你是一個詩人。」莊新說，「我只是覺得奇妙，坐在政府大樓裏，幹的未必是與國家命運相關的事。而基層民主的推進，是在爲我們國家未來的民主發展作準備。」

丁小溪說：「過去可沒有人這樣選過村幹部，都是上面定了的，下面走走樣子，甚至誰送的禮多就讓誰當。你這是第一次。」

莊新問：「你有信心？」

丁小溪說：「當然有信心。我不去工廠上班的原因，就是認爲村子裏的事幹起來更有意思，在我們自己的家園裏，用我們的雙手，一點一點改變著面貌，當我們成了奶奶輩的時候，我們就可以講故事，我們並不是在國家發展到我們這裏的時候，發了多少橫財，而是借了機遇，一塊發展起來了。我們的村子變成了城市，那裏也有我們自豪的汗水。」

丁小溪完全不像平時那樣拘束。她滿臉紅光，精神氣十足。在這些農民之間，她好像找到了一種生存的動力。莊新聽著，有些感動了，他看慣了農人們爭奪利益的狹隘，隔幾天就會遇到上訪的村民。這些向基層政府要說法的農民，幾乎都是東家長西家短的鄰里糾紛，村子裏解決不滿意的，就找到了辦事處。辦事處不得不安排專人應對此事。他想不到自己管轄的地盤上，居然有這樣一位充滿理想主義色彩的年輕農民。他對選擇她作爲村委會主任的候選人下了決心。她雖然年輕，但憑她的激情，一定能做出樣子來。當今的社會，理想所剩無幾了，這樣的人才難得。他一定要把她扶上去！不能出半點差錯。

他本來想等到選舉最後階段，再把底牌告訴她，但這時他已急不可耐，就側過頭悄聲給丁小溪說：「到辦公室去一趟。」

丁小溪一點就明。莊新離開會場，走入村委會的大門幾分鐘後，丁小溪就若無其事地跟了進去。進門，四下無人，莊新就說：「最後把這個拋出去。」說著，遞給她一個紙條，莊新接著就出去了，丁小溪看時，只見上面寫著：「徹底解決歷年來拖欠村民應該有的宅基地問題」，丁小溪立時明白，將字條撕了。

過一會兒，她就拿了一疊稿子進了會場。場上的人並未覺出什麼。丁業亮面前的桌子上，已放了幾張推薦表，辦事處來的工作人員和村委會的人聊著天，小聲說著笑話。其中一個說：「最近我聽了一個段子，十分精彩，說：政策下了鄉，忙壞了書記和鄉長，夜夜當新郎，村村都有丈母娘。」莊新聽見了，就向那裏瞅了一眼，旁邊的人用肘子一頂，說著的人就停了下來。

莊新看表，時間到了，就說：「開始吧。」

這時，丁業亮站起來，對場上喊：「時間到了，還有沒有參選的？」

場上再無回應，只是秩序有些亂，人們的嘈雜聲並未停止。丁業亮就喊：「大家靜一下，宣布參選人名單。」

這樣，丁小溪就開始念名單，念一個，就由另一位工作人員寫在豎在會場前面的大黑板上。原村委會五人，前期申報的十一人，現場又提名五人，共二十一人。莊新看了黑板上的名單，丁小溪的名字在先前申報的人的名單裏，丁小勇也在裏面。原先的名單已印好，新的五個名字，就由現場抽出的二十多人，分別塡到每張選票預留的空白處。參加選舉的人，共五百二十一人，超過了有選舉權的村民的一半。這些人，按自然村分成七個小組，每個小組三個人統計票數。

第一輪的時間長些，人們吵吵嚷嚷，有相互商量的，有大聲叫名字的；場外還突然來了個賣冰棍的老太太，不少的人圍上去搶購，好不容易被執勤的工作人員請出場；還有喝完了水再來領礦泉水的人，工作人員就告訴他，一人只有一瓶，那人就很不高興地摔了手中的空瓶子。

十五分鐘過後，開始唱票，會場才暫時平靜了些，每個小組高聲叫唱參選者的票數，也就二十分鐘不到，結果就出來了。十一人落選，十人成爲正式的候選人。丁小溪、丁小勇都已過半數，丁小勇的票數還排在前面，丁小溪的票數居中。

使莊新吃驚的是，原村委會主任丁小祥，居然沒有進入正式候選人。

結果出來後，場上就有人跳起來叫好，也有人罵娘，秩序一時亂起來，但無大礙，派出所民警和城管工作人員都在周圍待命。

這時，十多名工作人員忙起來，他們提前備了三臺影印機，兩臺是辦事處臨時借的，一臺是村委會的。於是，十個人的名字迅速用電腦打入提前畫好的正式選票裏，三臺影印機同時複印。也就十多分鐘，五百多張選票就出齊了，這時，按小組領發選票，接著每個候選人允許有三分鐘的演講，主要表達你當選後要做什麼。開始前五分鐘，所有候選人被召集到村委辦公室，每人簽寫了一份競選承諾書，承諾書的條款中，寫了在競選演說中所應遵循的規則，當然包括政治上、法律上的，很重要的一條，就是所有競選者必須當場承諾，當選後全力擁護和推進空山般若園專案的開發與建設。

在多次喊話後，會場終於靜下來，當候選人全部站到主席臺上的時候，選票也已發到了每個選舉人的手中。

競選演說開始了，是按得票多少開始的。

輪到丁小溪了，她走到主席臺的中央，看了全場一眼，因她是今天全場唯一的一個女候選人，也許稀奇，會場上一下靜了下來。這時太陽突然鑽出了雲層，有一束光漏下來，落在了丁小溪的臉上，她的雙頰立時泛起了紅，鼻尖有少許汗珠，這更使她顯得精神。她說：

「在座的都是父老鄉親，我們是一家人，一家人不說兩家話，比起前些年，大家確實有錢了，但我們沒有資源了，我們的土地減少了，還在繼續減少，我們的山林承包出去了，那麼十年後，二十年後，我們吃什麼？我們的子孫吃什麼？」她略停一下，說，「這就要求我們改變思想，調整產業結構，我們不但要參與到空山的開發中去，從這個旅遊大案子中分得一塊利益，當然，我們不是爭，而是做配套服務，我們要利用現有的資金實力，與其他的力量聯合，辦企業。既然交了土地要城市化，工業化才能真正地城市化，不然我們的錢哪裡來？我們怎樣生存？」她提高了聲音說，「我是官上村的人，我當選，就是給官上村的全體村民辦事的，如不稱職，隨時下臺！」

丁小溪利索地結束了自己的講演，場上響起熱烈的掌聲。許多人交頭接耳，還有年輕的小夥子喊。

人群稍靜下來，又有三個人演講了，他們說的大同小異，並未引起太多注意。這時，輪到丁小勇，人們知道，丁小勇與原來的村主任丁小祥因上次選舉成了對頭，這次丁小祥失去了候選人的資格，人們就關心他怎麼說。

丁小勇果然口氣很盛，他說：「前面的人說的好話我不再重複，需要保證的事情，演講前簽了承諾書，我不會違犯。我要說的是，」他提高了嗓門，一字一板地說，「我並不反對開發空山，也不反對任何開發商來我們這裏投資，我反對的是損害農民利益的事。現在人們都熱衷打著招商引資的旗號，開發專案，許多時候是以犧牲我們農民的利益爲代價的。我們是土地的主人，可土地上發生的許多事情我們並不知情。現在我們可以當糊塗蟲，可十年後，二十年之後，我們吃飯靠什麼？我們就有可能遇到過不去的坎，我們的子孫會罵我們是大傻瓜！」他把手在空中一揮，說，「所以我當選，就不讓損害農民的利益的事再在我們的村子裏發生。」他的聲音降下來，說，「我並不想得罪人，可你在我們的土地上做事，你用我們的土地，得給我們說明白。你想佔便宜，說清了理由也行，但你不能把我們當傻子。」

丁小勇的話剛結束，下面就有人拍手叫好，會場氣氛似乎驟然有些緊張，周圍站著的工作人員一下子聚攏了。

一直坐在一旁置身度外的時迅，見這樣的場面，覺著新鮮，總算見識了一回農民的選舉。隨著事件的進行，她覺出事情的複雜，當丁小勇說出那番話，她覺著每一句都是對著般若園案子的。黃嘉歸承包的一萬二千畝山林，是直接與空山辦事處簽訂的合同，官上村的老百姓是事後才知道的。這樣做，是不符合法律程序的。她擔心好不容易促成的案子，有可能因村委會班子的複雜引出麻煩，所以她緊張地靠緊了身旁的李陽。

李陽卻是另一副表情，她對現場充滿了好奇，心思全在現場的情景上，她甚至眼尖地看到了一位現場繡花的中年婦女。她想去採訪幾個農民，比如說落選的原村委主任丁小祥，還有剛剛演講完的丁小勇。她的手突然被時迅抓疼了，就扭頭問：「怎麼了？」

時迅驚醒，這才覺出自己的緊張，就笑笑說：「我看丁小勇的話裏有話，來鬧場子的吧。」

「你放心好了，」李陽說，「那個姓莊的不是一般的人，否則他不會請我們來。」

馬可笑笑，表示認可李陽的說法。

坐在主席臺上的莊新確實不在乎丁小勇的話，他依然沉靜地坐在那兒，示意丁業亮繼續進行。就在這時，已落選的丁小祥突然從人堆裏站了起來，問主席臺上的莊新，說：「我可以問一句嗎？」

莊新說：「可以。」

丁小祥說：「我提醒大家，丁小勇和丁小溪是兄妹，是一家人，如果他們都當選，一個村委會，他家占兩個，辦事我們不放心。」

這真是好事找上門。莊新本想等十個人都演講完了，以適當的方式把這個事情提出來，以打壓丁小勇，不料丁小祥這個時候跳出來了，這比他自己說出來更有力量。

丁小勇立即反駁說：「我們已經分家，是兩戶人。」

丁小祥並不相讓，說：「再分家也是直系親屬。」他環視會場一遍，說，「我只是提醒大家注意這個事，我並沒有反對丁小勇參選。萬事講公平，什麼是公平？就是好事不能讓一家人占了。」

丁小祥的話起了作用，會場上立刻有了議論的聲音，也有人直接喊了出來，說不行。會場一時又有些亂。丁業亮站起來喊安靜，似乎沒有人聽。莊新表現出不耐煩的神情。

這時，坐在莊新左邊的吳春樹站起來大聲說：「不要說了，每人手中都有票，用票說話就是了。」

也許吳春樹說的話提醒了大家，也許吳春樹是包村幹部，所以，現場的嘈雜聲突然靜了下來。

這時，丁業亮就宣布繼續演講。

剩下的三個人很快演說完了，沒有意外的反應。這時，莊新反而有些煩躁了，因爲剛才丁小溪並未將手中的最後一張牌拿出來，儘管她的人氣很旺，但要保證當選村委會主任似乎沒有充分的把握。所以，他就想製造機會，還是要讓丁小溪把手中的牌打出來，以防萬一。於是，他就擺了一下手，示意丁業亮宣布他講話。

丁業亮明白，說：「歡迎莊書記講話！」

莊新站起來，說：「今天的選舉到這會兒，進展順利，也很有水準，說明我們農民可以很好地行使自己的民主權利，可以自己選自己的領導人。大家還有什麼要求，希望候選人答覆的，都可以提出來，既然大家選，就把權利統統交給大家。不過揀主要的說，小的問題可等新主任上任後，到村委會繼續反映，現在主要講大事。」

現場的人並不知道莊新的目的，自然不知道什麼是大事，什麼是小事，他們聽了莊新的話，就互相商量起來，大約幾分鐘過去，就有幾個小組提出來了，有說村子裏家家戶戶門前的道路是應該硬化的，說開發區有的村子就做到了，不然下雨出不了門，一伸腳就是泥；有說村子裏應該搞舊村改造了，明明這裏可以依山修出許多別墅的，可以招商引資，不但改善了村民的住房，還能積累出一大筆資金；有說大的一時辦不了，小的總可以吧，村民洗手間應該統一改造了，村子裏的衛生太差，不像一個靠山近海的地方；最後一個問題，是一個五十多歲的村民站起來喊出來的。他說：「莊書記也在現場哩，我就問，我們村子五年沒有批宅基地了，老百姓要生孩子，要結婚，總不能摞在炕上吧，這事啥時能解決？要說大事，這就是我們農民最大的大事，誰答應，我就投誰的票。」他剛說完，立時就有許多人回應，迅速形成了熱點。

莊新暗喜，再說下去，已無必要，莊新就示意丁業亮向下進行。

丁業亮就宣布：「按各小組和大家反映的意見，各競選人可以挑自己能辦到的回答，辦不到的就不回答。」

莊新的這一招，真的起了作用，老百姓提出的許多問題，不是一個村委會主任的權力可以解決的。所以，競選一時冷了場。

心中有數的丁小溪也不急，她待大家靜下來，才慢慢地走出來，站到了前面，她口氣堅決地拋出了莊新給她的殺手鐧：保證兩年內按政策解決拖欠的宅基地，解決不了立即下臺！她的表態立即引起人們的熱烈回應。

天上的雲已退去一大半，太陽時隱時顯，天熱起來了，只是偶爾有微風吹來，發熱的空氣突然就被激涼了。這樣的天色，倒像是春天的一個好天氣。

這裏離海遠，但大風裡海的濤聲是能聽到的，特別是在寂靜的夜裏，海浪撲岸的聲音，就像巨大的物體從空中摔到了地上，發出沉悶的驚心動魄的聲音，外地人到這裏做客，晚上常常睡不著覺。但在官上村人聽來，就別有一番韻味，似乎是給寂靜的夜間增添了聲音的伴奏，使他們睡著後，也能感到力量的存在。然而，今日白晝因風很小，農曆也是月中，這樣的天氣和時間裏，是沒有大浪的。聽聽，遠處沒有濤聲，大地像睡著了，完全沒有了海的感覺。只是村後的空山，像一個龐然大物，連綿起伏地矗立在那兒。這時已是草綠花開柳絮飛揚的時節，山上一片茂盛，山林間突兀的岩頭，也像是沾了春色的光，在綠紅的包圍裏顯出春天的靈動。

山下的人啓動了這座山，在這個春天裏，他們興奮了。

投票終於結束，丁小溪得二百八十七票，以高出第二名八十一票的高票當選官上村村委主任，其餘四名村委，兩人是原先班子的成員，兩名是新當選的。丁小勇落選。

莊新對走過來的時迅說：「晚上請你們吃飯。給黃總打電話吧，在空山飯店。」說罷，就問李陽，「李記者，感覺如何？」

李陽說：「不錯，有點意思。想不到民主在中國的靈北一個靠海的山村子裏展開了，這是個有意義的試驗。我立即整理一份內參，送新華社一份。」

莊新說：「可惜中國的民主化進程需要太長的路，我這點試驗，都不是一件輕鬆的事。」

30

對官上村村委會海選的成功，莊新得意地宣稱，他在中國最基層進行了一次真正意義上成功的民主選舉實驗。所以，他認爲贏得了民心，般若園的土地應該沒有問題，他就胸有成竹地確定了交地時間。

交地前一天，他作了周密的佈置，抽出包括派出所、城管在內的近五十人，組成清交隊伍。提前三天，官上村的喇叭通知各戶：三天時間騰清地裏的青苗；三天內未清者，清地時一次掩埋或清除。行動當天正好是星期二，在工廠上班的人都走了，村子裏留下的多是老弱病殘和婦女。這樣做，是爲了減少鬧事的可能，防止群體性事件的發生。

莊新當然是不出面的，他在辦公室裏聽彙報，隨時掌握現場情況。黃嘉歸也退到了背後，他只讓馬可帶著工程部和辦公室的人在現場瞭解情況，絕對避免與村民爭執，一切問題均交辦事處清地小組處理。

清理的五百畝土地，與官上村民宅最近處一千多米，是空山下一個獨立地塊，被西、南兩條山洪沖出的河溝圍繞著，北面則是天然的石崖，地與崖下亂石的河道相距七八米。所以圍住了西、南方向進出的路，就堵住了眾人可能進出的口子。清地小組的人，站在不長的幾百米的地頭，形成了一道人牆，橫穿土地而過的道路上，則停了三輛警車，穿著警服的警察就在周邊走動。現場指揮是吳春樹，清理土地機械施工的人員是提前聯繫的施工隊，工錢由般若園出，但以政府的名義施工。

馬路上除了三輛警車外，也停滿了各色的小車，最高級的也就是桑塔納兩千，但十多輛車一溜排開，也是一道村民平日難見的風景。工作人員到位後，吳春樹一聲令下，十多臺挖土機同時開動，「轟隆隆」的機械聲一時把這個千百年寂靜的山村攪動了，人們還沒有見過這樣陣勢的場面。

不多時，就有許多村民扶老攜幼前來圍觀，他們站在路邊，向地裏張望，封鎖的現場，是不允許施工之外的人進入的。這些村民，不管老的，還是幼的，在他們平日進出自由的地方，突然成了看客，覺出許多新奇。他們就議論著，有人說，這裏要發生翻天覆地的變化，什麼叫翻天覆地，就是完全不是原來的樣子了。更有老者說，活了七十多年了，想不到趕上這樣的日子，農民可以徹底地不種地了，不知是禍是福。總之眼下，每戶地錢帶著青苗錢，最多的人家一次也領到了上萬塊錢，以後每年不用動彈就可以領錢，這是一件了不得的事。說是福的人說，幾千年遇一回，這是大福大貴，到哪兒去找，不是國家搞經濟開發區能遇這種好事？說是禍的人說，土地本是一年一年收成，想想，一次拿了這麼多年的錢，以後不用種地還拿錢，把幾年十年甚至更多年的福加在一起享了，不知會引來怎樣的災難。老者多感嘆說，想不到福氣也會這麼折騰人，看看眼前的情景，幾乎要派部隊來把守了，這哪兒是與福氣有關的景象，完全像要發生一場災難啊！

百姓的議論總是小聲，何況都是在馬路邊說的，地裏的人聽不見。他們無需聽，那些話與他們無關，他們的任務，就是今天之內，全部清空這片土地。清地的標準，就是徹底推平各家各戶地塊之間的界線，即使有人日後找事，連地界都說不清了。所以，機械施工要在土地裏過一遍，青苗也要一棵不留地清掉，以絕後患。過去別處曾有過這樣的事，有村民說，你地還沒用到這兒，留著，用時我再挖，結果留了，日後他說他的樹與別家的大小不一樣，是要加錢的，不答應不移走。開發商爲了息事寧人，只好多掏錢，但事情被已交了地的人家知道了，就說，他留著就可以加錢，難道我們配合的人，提前清了就該吃虧？結果鬧出了許多麻煩，還是開發商最終私下找了托，說要買苗子，讓那戶得了錢了事。至此後，政府清地吸取了這一教訓，一次清理徹底。如果有釘子戶鐵了心作對，只好動用公安機關的力量。總之，不能輕易放過哪怕是一棵有可能引起後遺症的苗子。

今天又是豔陽天。二十天不見一絲雨，空山已經乾渴了，樹葉也變得有些力氣不支了；山色乾燥，林間露著的崖頭，顯出鋼裂般的硬度來。遠看，空山像一頭揚起脖子的巨獸，面目有些猙獰。山下的田地裏，本來地皮就滾過一層熱氣，加之隆隆的機械聲，空氣也就顯得火烤一般，儘管提前準備了各色的遮陽帽，但工作人員還是一個個汗流浹背。平日坐機關的幹部，即使包村下鄉，也多是在屋子裏，就是到了田野裏，也只走走。而今天，一個也不能離開現場，這樣的場合誰都不願來，但他們誰也躲不過。誰讓你是吃國家飯的，又在這樣的崗位上幹事呢？而且，這樣場合的表現和參加的次數，是作爲年終考核指標的，關係到年底上萬元的年終獎金。再者，其表現態度，也是他們這些基層官員政治生命考察的指標。

這裏站著的大多數人，競爭辦事處書記、主任的，只是極少數，但辦事處的中層領導，卻是他們最大的嚮往。儘管級別不高，但總能領導一個部門，走出去大小是個管人管事的官，被人叫起來也好聽。何況人事一波波變動，老的退了，新的來了，雖說鐵打的營盤流水的兵，但對吃官飯的個人而言，總要有進步啊，不能一個科員混到老吧？所以，這樣的場合也是表現一個人綜合能力的時候。就是你站在那兒不動，也要防止圍觀的人從你身旁鑽進去。所以，現場看似寬鬆，但大家的心裏並不十分踏實，只有徹底清完撤離現場後，心裏才能完全地鬆弛下來。

官上村的支委、村委兩委會委員，全部被叫到了現場，如出現問題，他們是第一梯隊。因村民不是他們的鄰居就是親戚，即使平時不走動的，查一查輩分，大都姓丁，至少也是家門裏的人，一橫一豎勾，丁字連著筋。儘管兩委十個人都在現場，但真正把事情往心裏擱的，或者怕出事的，也就兩個人，一個是支書丁業亮，一個是新當選的村委主任丁小溪。丁業亮雖是連任，但他知道，村子裏能耐大的人，要麼出去了，要麼在工廠上班或自己做生意，像他這樣有點小本事，卻又辦不了大事，為人厚道，又能聽上面招呼的人，並不好找。所以，村子裏的人認可了他，辦事處也找不出更合適的人選，顯然他的當選是平衡的結果，自己充其量是個矮子裏的將軍。因而，他明白辦事處領導並不欣賞他，村民們也不全買他的賬，萬一出了事，影響辦事處給他的年底考核獎金，幾千塊錢，對農人是一個巨大的損失。何況他喜歡這個工作，希望繼續幹下去，不光在人面前有面子，村子裏一年也有不少錢的花銷，支部書記和村長兩人說了算，也是一個不小的權力。

丁小溪與丁業亮的心態不同的是，她年輕，她沒有想到莊書記選上了她，在關鍵的環節上幫了她一把。她是一個有理想色彩的人，空山開發成功，真正長遠得利的是山下的農人，而不是開發商。開發區把招商叫作引雞下蛋，而對於空山腳下的官上村的人來說，空山的開發是借蛋生仔，是無本萬利的事。開發好了，誰也把空山背不走，所有來這裏旅遊的人，都得從村頭過，勢必帶動山下村民致富，老百姓至少可以沿路賣賣農副產品、手工藝品、農家飯等。對於窮了不知多少年的官上村人而言，是走路天上掉金磚的事。因此，即使她沒有當選村委會主任之前，也是百分之百擁護空山開發的，不然她不會去給黃嘉歸報信的。

她到現場，並不和村裏的人在一起，而是直接去找馬可，她十分喜歡般若園漂亮的辦公室主任。她不但人長得美，還有文化，有氣質，跟她能學到東西。

她跑過去抱住馬可的肩膀，好聽地叫道：「可姐。」

馬可笑著說：「我看了你競選村主任的登記表，比我大三個月，按理我應叫你姐。」

丁小溪笑著說：「山羊的鬍子長，也不能去叫爺爺呀。智者爲大，我叫你姐是應該的。」

馬可搖著手說：「別，別，我可羨慕你哩。」

丁小溪睜圓了眼睛，一副誇張的表情：「我有啥好羨慕的？」

馬可說：「你那麼單純，那麼熱情，還那麼有理想。」

丁小溪說：「我好羨慕你有文化，看見你，我就想起了許多職場上成功的女性，你們的人生那才叫精彩。」

馬可說：「千萬別羨慕這樣的人生，黃總說過，煩惱都是人找的，複雜是人爲的結果。至少你是在爲理想工作，可我們都是爲了生存而工作。」

丁小溪搖搖頭，說：「跟黃總還不是在爲理想工作嗎？般若園的文化是常人不能理解的。在我看來，那是世界上最有理想、最有追求的人幹的事。」

馬可說：「一半對一半吧。我十分佩服黃總的才華，可這件事情讓他太累了，他本是可以當好中國一個出色的報人的，可如今，和石頭、土地打交道，這不是他的長項，這難道不是錯位嗎？所以人在許多時候是說不清的。」

丁小溪說：「這可能就是錢鍾書說的圍城吧，城裏城外，風景不同，任何一種職業，局外人總有羨慕的理由。」

兩個人就這樣你一言我一語地閒聊，打發時間。

現場越來越熱，站著的人有些吃不消了，吳春樹就喊馬可，這才中斷了兩個女人的談話。吳春樹問馬可：「能不能弄些水來？」

馬可應一聲，立即安排公司的人到空山辦事處旁邊的百貨商店買礦泉水。不一會兒，就拉了十幾箱礦泉水來，每人平均三瓶。礦泉水一到，人們爭先恐後去拿，剛才圍成圈的人就有些散亂，大家喝著水，現場似乎沒有了剛才的乾燥，一時氣氛有些舒緩了。

站在地頭人群中央的吳春樹已汗流浹背了，他不敢離開現場。在這樣的天氣裏，他希望儘快結束，但時間也得一分鐘一分鐘地走，地得一塊一塊地推。五百畝地，一百多戶人家的界線，許多戶又交叉著分出大小不等的地塊來，何況有些坡度和地形變化的土地，中央還隔了一些高低不平的小凹地。整個地形也不都是平坦的，有許多縱橫交錯的溝，有的低窪處還積了水，水潭裏還長著水草，水中還有跳動的蟲蛙。這樣，推挖的速度受了一定制約，時快時慢，慢時他盼快，快時他盼更快。總之，那隆隆的機械聲，似乎每一個節奏，都在他的心裏敲出聲音來。

他本是負責招商的，但這個專案是他全程辦的手續，官上村又是他包村，理應由他出面。每當這樣的場面，辦事處實行包村幹部負責制，誰包就歸誰辦，別人只是協助。空山辦事處的十多個村子，是由辦事處副職以上領導加上武裝部、招商辦、辦公室等幾個重要部門的中層領導包了的。當然不管誰出動，背後的總指揮是莊新。這幾年來，基本還是穩定的，沒有出現大的衝突。但這次不同，因般若園專案是旅遊用地，土地不是建設用地，類似的專案對土地的處理，各地均打擦邊球，行話叫以租代徵，所以，沒有正規的用地手續。那麼，所謂的清地，也就是利用老百姓不明白政策又信服政府權威的狀態進行的。這樣，雖然公安、城管都到場了，但也是虛張聲勢，如有老百姓較真，是無法強行推進的。

現場的人責任重大，吳春樹自然希望儘快結束。如出了問題，儘管是政府的集體行爲，他個人的責任也躲不掉。這樣的心境，使吳春樹顯得極爲煩躁，他這裏走走，那裏看看，甚至催起施工的挖土機司機。他認爲他們太慢了，總之，他顯得過於急躁，畢竟是第一次處理這樣的場面，過去他也曾參加過幾次類似的行動，但都是清理建設用地的，何況他是副手，今天他可是主角。

吳春樹看看表，十一點半，再過半小時就該吃午飯了。說好了吃盒飯，由般若園管。現場的司機輪班吃，總之人停機械不能停。吳春樹見無動靜，有些不放心，過去問馬可：「午飯準備好了嗎？」

馬可說：「沒問題的，飯店裏訂好了的，十二點準時送到。」

吳春樹叮囑：「多搞點稀的來。」

馬可說：「想到了，放心，專門要了小米粥。」

由於太熱，圍觀的老百姓陸續散去，道路上一時空蕩了，圍站在地頭的工作人員一時鬆懈下來，有的坐下喝水，有的蹲著聊天，現場的氣氛輕鬆了。

吳春樹說：「這真不是人幹的活。」

馬可說：「這樣對付老百姓，可能只有在中國。」

吳春樹說：「中國特色的土地大戰。上面的人只要求招商引資的政績，只要求ＧＰＤ的增長，誰管你是怎麼來的。這碗飯不好吃啊，在內地落後的地區，政府還能威風，事情也就好辦些。我們這裏，老百姓可不是省油的燈。」

馬可說：「做正經事，卻像做賊一樣。」

吳春樹說：「摸著石頭過河嘛！」

說話間，送飯的車到了，吳春樹就招呼大家吃飯。沒有坐的地方，也沒有蔭涼的地方，人人就端著盒飯站著或蹲著吃。因爲人停機器不能停，司機們就輪班吃飯。

太陽毫不吝嗇地投射著炙熱的光線，天空如同著了火一般，幸好還沒到靈北最熱的時候，人們還能承受得了。

很快吃完了飯，大家又各就各位，站在各自分管的地段。推進很順利，但畢竟地方過大，按進度估算，還得加班，約莫晚上八點左右才能完成。這樣，馬可就讓辦公室的人再安排晚飯，開飯時間定在下午六點半。

太陽終於偏西了，天氣開始有了些涼意，天上也飄過幾塊大而厚的雲團，陽光被遮住了大半，天下的許多地方就陰了。這時，該是加緊施工的時候，但有兩臺機械卻壞了，人們剛鬆下口氣又緊張起來，如不馬上修好，加班還得延長，每延長一分鐘，就多一分冒出事來的可能。

吳春樹急得大喊加快。

似乎人們怕什麼就偏來什麼。下午五點，那些上早班四點半下班的工人三三兩兩回家，路上圍觀的人一時增加了幾倍。他們從沒見過自己的家門口出現這樣的陣勢，就停下來看熱鬧，而這些人卻不像先前那些老者和幼兒只是圍觀，年輕人覺得這麼多的人，自己只是看客，場面太平淡，應該有所互動，弄出點動靜，不然這樣的熱鬧不能算作真正的熱鬧。

就在這時，突然山上有人大喊大叫地衝過來，開始，維護秩序的工作人員以爲是施工的人員吼，並不太注意。待他到了一臺施工的挖土機前，正和馬可在一起的丁小溪發現是村民丁小夢，她就趕緊跑過去，給不遠處的吳春樹報信。

而這時，丁小夢大聲說地是他的，他沒有領錢，也從沒有同意交地。他叫著，衝上去躺在一臺挖土機的挖兜裏。他的叫喊聲如一陣疾風，迅速掃過地面，同時從一條溝裏衝出一群人，並未注意這一環節的現場工作人員，一時竟有些吃驚，離溝最近的十多位工作人員飛一般跑去阻攔。但從溝裏出來的人不是少數，而有十多個人，所以圍上來的人並未將他們攔住。他們急促的步子立即使乾涸的地表騰起一縷煙，向四周散開，接著灰土與人影模糊一片了。

吳春樹見狀，立即大呼：「圍住他們！」這一呼，使原本在地頭站成一排的工作人員，立即變作了一股席捲的風，首尾迅速地合攏，向前奔去，隊形跑出三四米就亂作一團。奔跑的人群騰起更大的塵土，立即如刮起一股龍捲風，向地的中央捲去。

圍觀的人群似乎找到了刺激，終於發現了新的興奮點，隨即從各自站著的地方，向出事的地方跑去。

馬可與丁小溪跟在人群的後面，向出事的地方急步趕去。待她們到時，現場已圍得水泄不通，丁小溪撥開人群才擠進去。後面跑來的人，均被辦事處工作人員組成的人牆擋在了外面。馬可知道，這不是她出頭的地方，就叫了辦公室的人，退到一處高地，站在那兒觀察事態發展。

坐在挖土機挖兜裏的丁小夢，和丁小祥是一爺之孫，和丁小祥關係不錯，他脾性古怪，人稱「一根筋」。

人群集聚的當頭，趕在前面的丁業亮最先上前，指著丁小夢連喊三聲，丁小夢居然一聲不吭。丁業亮一時僵住，不知說什麼好，氣得雙手發抖。這時，丁小溪上前，她對丁小夢說：「小夢哥，有意見到村委會提，也可以到我家裏說，坐在這裏面舒服嗎？天大的事得找解決的辦法。」

丁小夢倒給她面子，抬起頭，看了她一眼，說：「解決甚？這地我就是不交。我家祖輩是種地的，我爹都八十了，他說不能交。除非你把我爺倆殺了，不然你們別想拿去。」他躺在挖兜裏，揮著手，叫丁小溪，「走開，拿你家的地來換也不行。」

站在旁邊的吳春樹終於忍無可忍，他一步上前，眼睛裏冒著凶光，指著丁小夢，大聲問：「你想幹什麼？」

丁小夢說：「我要找今兒在場的頭。」

吳春樹說：「我就是今天這兒最大的頭，有事就說。」

丁小夢說：「這地是我的，想霸佔？沒門！」

吳春樹說：「你的地？你把證明拿來我看。」

丁小夢說：「我拿來？土地承包合同在我家裏，我拿來你撕了怎麼辦？」

吳春樹問：「難道你不相信政府的幹部？」

丁小夢惡聲惡氣地說：「你這樣欺負老百姓，我怎相信你？你還不如回家種地去。」

吳春樹厲聲喝道：「我告訴你！我種地照樣是個好把式，不會比你差。你今天必須把手續拿來！」

吳春樹是要調離丁小夢，只要他走開，機械就會立即動起來，推平了事。然而，丁小夢就是坐著不動，他本是半趴著的，這會兒乾脆躺下。因兜子不夠長，他就蜷著身子，像一個半盤的大蝦，一副你愛怎樣就怎樣的架勢。

時間不等人。這樣僵持下去，說不定會鬧出更麻煩的事。吳春樹見過這樣的場面，於是他大喊一聲：「抬出去！」

吳春樹的話剛落音，旁邊早已作好準備的兩個城管工作人員，不聲不響地上前，一人抓住丁小夢的一隻手，另一隻手抓起了他的後衣領，只輕輕一提，丁小夢就被提了出來。這時，圍著的人群讓開一條道，兩個城管就擠出人牆，將丁小夢扔到了地下。

破口大罵的丁小夢被摔到地上的一剎那，確實感到了暴力的威力。他的罵聲稍停，伸手去摸自己的屁股，才發現坐在了一塊石塊上，一時痛得直不起身子。於是他大叫：「打人了，打人了！」

圍觀的人中，有幾個上前扶起丁小夢，問傷著沒有。丁小夢也不回答，只是口中不停地叫喊，說要上告。攙扶他的人見無恙，也就放了手。現場看熱鬧的人本想助威，見吳春樹動了真的，誰也不再出頭。他們畢竟摸不清政府的底線，所以終未攪起大的風波。丁小夢依然罵罵咧咧，但聲音小了許多，頭也不回地離開了。

場面一時平靜，人牆隨即散去，工作人員回到了各自的崗位，重新封鎖了現場。地裏的挖土機也一刻不停地加緊施工，剛才壞了的兩臺挖土機已恢復了正常，機械的隆隆聲比剛才大了許多，站在路上的人似乎感到了大地的震動，地表上滾過一波又一波熱氣。

突然間，天陰了下來，夕陽的光線迅速變暗了，天上有了連團的烏雲，雖不似大山壓頂，卻也像鋪開的黑色的巨大的毛絨地毯，劈頭蓋臉地壓過來，天上和地下的空間被壓縮了，那滾動的飄浮著的雲團，似乎頃刻間就會掉下來。天空沒了中午的高深，自然沒了熱氣的折磨，但瞬間而至的烏雲，卻使大家並不輕鬆，萬一有雨下來，今天的活是完不成了，明天還得來。這樣的活幹起來，不但受累，還受罪，誰願意冒著風險，在光天化日下曝曬？何況每個人的手中，都有處理不完的事。

然而，人們擔心的雨並沒有來，只是烏雲濃了些。就在這暗淡的天色裏，村頭突然響起了吶喊聲，地面上的塵土雖不明顯，但滾動的人群卻越來越近。不等清地現場的人們明白過來的時候，飛奔的人群已經近前了。男的女的，老的少的，扛著鋤頭、鐵鏟，還有拿著棍棒的，多達四五十人。帶頭的就是剛才被扔出去的丁小夢，他叫喊著，說不光他家的地被侵佔了，許多人家的青苗沒有來得及移栽就被推掉了。

現場工作人員迅速組成了人牆，封鎖了地頭。而叫喊的人群圍成一團，朝一個地方衝去，與執勤的工作人員形成對峙的局面。這時，丁業亮和丁小溪也無能爲力了，吳春樹上來喊：「我是辦事處的，有事我負責。你們可以派出代表，向辦事處反映，妨礙執行公務是犯法的。」

人群中有人大聲喊：「我們不管是誰負責的，我們只要求幹活的停下來，說明白了再幹。」

吳春樹大聲說：「活不能停，我們好不容易招來外商，也是爲了官上村的發展，停工了如何給外商交代？」

有人大聲喊：「不要聽他瞎叨叨！衝進去。」

這時，激動的人群像點燃了的火藥桶，猛地爆炸了，他們吼叫著，揮舞著手中的勞動工具和棍棒，直接衝向人牆，人牆被迅速衝開了一個缺口，發瘋的人群分成幾股，包圍了機械，施工被迫停了下來。

這樣的局面，吳春樹沒有想到，身邊有人說：「官上村過去出過許多土匪，解放戰爭時，空山就有一個團的兵力，與解放軍激戰五天六夜，才被趕下山。」

吳春樹窩著滿肚子的火，沒地方發洩，他立即打電話給莊新彙報。

莊新見得多了，立即指示停工，他說：「這裏面一定是有指使者提前安排的，否則不會這樣的。立即停工撤離，過激處理會激化矛盾。」

吳春樹接到莊新的指令，就命令收工。被圍困的挖土機也向出口開，圍攻的人們似乎感到了勝利，也就叫喊著讓開了道。二十分鐘不到，十幾臺機械順著土路一字排開，離開了施工現場。

辦事處的工作人員，也在很短的時間裏坐車撤離了現場。馬可當然是機靈人，帶著公司的人隨著辦事處的人迅速躲避了。

打了勝仗的人們卻突然覺出茫然，現場的土地被翻得面目全非，只有山根下還不到三分之一的地保持著原樣。既沒有戰利品，又沒有了對峙的目標，人們的激情失去了發洩的管道，也就只好罵著三三兩兩退回了。

突然，空中打了一個閃電，陰沉的天空立時被照得通明透亮，緊跟著是一個巨大的悶雷，許多人覺得是在頭頂炸開的，頭皮都有了發麻的感覺。當人們還沒有反應過來時，瓢潑大雨就傾盆而下了。乾渴的土地裏立即揚起一陣濃烈的土腥味。來不及跑回家的人們被淋濕了。

空山的乾渴，在這場突來的暴雨中得到了徹底的釋放。

第十一章

斡旋

31

官上村村民鬧事的消息，當天下午就傳到了山上夏冬森的耳朵裏。第二天早上，他推遲了上山的時間，把黃嘉歸叫到酒店的房間，進行了一場嚴肅的談話。

夏冬森說：「昨晚我一晚未眠，一直在思考這個問題，你回答我，合同簽了，政府答應了，還有什麼問題？爲什麼會發生如此嚴重的事件？宋先生多次打電話，催問土地清理的情況，我都講你在負責，政府在全力推進，不會有什麼問題。可問題偏偏出了，你說說，這到底是怎麼回事？」

黃嘉歸就耐心地解釋中國的土地政策，講山下的用地是租而不是徵，所以土地性質還是農用地，也就是國家所說的基本農田，這樣，清地就不是管委會的土地局，而是空山辦事處，是莊新在負責。由於不是建設用地，沒有明確法律依據，政府就不能強行清理，老百姓就容易鬧事。

黃嘉歸越解釋，夏冬森就越不明白，他打斷了黃嘉歸的話，說：「我就問你一句，這地是不是和山一樣可以做旅遊專案？在S國，土地是幹什麼的就是幹什麼的，法律有嚴格的規定，絕對不能亂來。亂來就要坐牢！」

黃嘉歸說：「目前還是基本農田性質。」

夏冬森似乎聽出了點門道，他的眼睛顯出十分驚奇的神情，說：「就是說不能蓋房子？」

黃嘉歸說：「按道理講，是這樣的。」

夏冬森立即質問：「那要這地幹什麼？」

黃嘉歸說：「地方政府可以變通，在靈北許多專案都這麼辦，這是有先例的，又不是我們一家。」

夏冬森問：「變通？國家查下來，你有法律保障嗎？是中國的法律大，還是中國的地方政府大？」

黃嘉歸說：「不會查的，即使查，責任也是政府的。」

夏冬森說：「就按你說的，有問題責任是地方政府的，我們就沒事了？出了事，損失是我們的，地方政府會賠嗎？弄砸了，我們怎樣向宋先生交代？」

黃嘉歸說：「這是慣例，出事之類的說法，只是推論。」

夏冬森猛然坐下，睜大了雙眼，瞅著黃嘉歸，說：「慣例？推論？我說嘉歸兄弟，你說這樣的話，實在是不負責任。」

他們的談話再難進行下去。稍停，夏冬森站起來，提高聲調說：「我接受你的建議，派一個副總來。我不明白爲什麼搞得如此之複雜。這事我得彙報給宋先生，也希望公司寫一個文字彙報，給宋先生傳過去。」

黃嘉歸點頭說是，夏冬森不再說什麼，下樓坐車上山了，黃嘉歸自己開車去公司。

他們在酒店裏爭吵的同時，莊新在空山辦事處召開緊急會議，情況已摸清，他直接說：「這是外商投資專案，夏先生還在山上搞創作，不迅速解決，會打擊外商的投資信心。」

他當機立斷，讓吳春樹通知官上村兩委成員在村委會集合，他要去立即召開現場辦公會。

吳永久卻表達了不同意見，他說：「是不是可以緩一緩？對農民的問題，許多的時候需要冷處理的。」

已經決定的事，莊新是不會輕易改變的，他說：「這事不能冷處理，就按我說的辦。」

吳永久又說了一句：「萬一被情緒激動的村民包圍了怎麼辦？開發區又不是沒有發生過這樣的事。」

莊新已經很不耐煩了，他說：「出了事我負責，共產黨的一個基層書記，還怕被村民包圍？笑話！」說完，他宣布散會。

就在莊新要離開辦事處時，突然接到戴力行的電話，戴力行在電話裏說：「有人報告，說昨天官上村出事了，你要儘快平息。穩定是大局，再深的矛盾，也要化解在基層。」

莊新急忙解釋，說：「戴書記放心，農民交地時鬧出點小糾紛，我現在就去解決，不會讓一個村民上訪。」

戴力行說：「關鍵是要處理好他們之間的利益，既要保護企業的正當權益，也不要以犧牲農民的利益換得暫時的發展。關係擺不正，沒有從根本上解決問題，你壓得了一時，壓不了長久，一旦村民覺得你對不起他們，他就會鬧事。所以，一定要從根本上把問題解決了。」

莊新應著：「一定，一定。」實際上他心裏明白，眼下的相關政策不配套，從根本上解決問題是不可能的，只能儘量做好些。

戴力行並不因莊新口口聲聲的答應而干休，他加重語氣說：「農村的穩定，是社會穩定的重要基石，對於我們開發區來說，農民的穩定是首要的任務。你抓緊處理，過幾天我去調研。」

莊新說：「我保證給戴書記一份滿意的答覆。」

半個小時後，官上村的兩委成員共十人，一個不少地被叫到了村委會的辦公室，莊新帶著人也到了，隨去的有吳春樹和辦公室的李秘書。本來吳永久建議莊新多帶幾個人，莊新說：「打仗去？人多反而會影響處理問題的效果。」所以，他就只帶了兩個人。

然而，正當莊新和大家分析掌握情況時，眼尖的村民就看見辦事處來人了，迅速把消息擴散了出去。早已作好準備的村民互相轉告，二十分鐘不到，就有不少的人向村委會門前聚集。

丁業亮見狀，問莊新是不是避一避，莊新說：「避什麼？我們是來解決問題的。如果一個村幹部，一個辦事處書記，怕自己的村民，那你就乾脆不要占這個位子。再說，你能避過去？你躲得了初一躲不過十五。」

屋裏的人本來有些慌，莊新這麼一說，大家鎮定了，就看莊新怎麼處理。

也就半頓飯功夫，村委會門前已聚集了一百多人，進出辦公室的路被堵死了，裏外形成了對峙。好在辦公室裏有水喝，有洗手間，相互的僵持並沒有影響到屋裏的人的行動自由。正如莊新分析的，的確有人組織，人群只在院內院外集結，並不向屋裏衝，而且有人還帶著喝水杯子，看來是做長時間的打算。

莊新這時需要的是細心觀察，他並不作聲，倒是丁小溪有些著急，但這樣的場合，她出面分量不夠，她就看丁業亮。丁業亮感到力不從心，但他不首先站出來，說不過去。於是，他無奈地站起來，走到門口，對院子裏的人說：「不用這樣，你們跟我過不去是吧？」

有人喊：「你還有臉說話？你是村支書，卻不站在村民的立場上，隨便就把我們的地賣了，就把我們的青苗毀了，我看你分明是家賊。」

又有人喊：「般若園給了你多少好處？」

丁業亮想不到會遭到這樣的羞恥，他有些氣憤地說：「我拿了好處？說話要有憑據，捉姦捉雙，抓賊抓贓，你有什麼憑據說我得了人家的好處？有證據可以去辦事處告。」

還是剛才那個人說：「沒好處你積極什麼？不就是一個支部書記，不當就是了。」

丁業亮說：「是黨員投票選的，又不是我想當就能當。」

有人說：「誰知道你花了多少錢買的。」

丁業亮氣得脖子通紅，但卻無人幫腔。幾個支委和村委沒有見過這樣的場面，根本不知道如何應對。莊新仍然不急不慌，坐在那兒觀察。

眾人一時將矛頭對著丁業亮，你一言我一語，大約爭執了近半個小時，並無明確目的。莊新要的就是這個場面，他需要人們充分發洩完激動的情緒後，再摸清實質性問題。但丁小溪並不明白莊新的用意，她見莊新既不離去，又一言不發，看來是考驗官上村的新班子，更可能是考驗她。於是她站起來，對門外的人群說：

「大家有意見提意見，有事說事，但對人要尊重，不能信口開河，不負責任。這樣鬧下去，能解決問題嗎？」

有人立即喊：「解決什麼問題？從領地錢開始，我們提過多少意見，快半年過去了，沒有答覆。還好意思說解決問題哩？我們就是要讓你們看看老百姓的力量，不能讓你們爲所欲爲。」

丁小溪說：「這麼短的時間裏，能聚這麼多的人，力量還不大嗎？但萬事總得有個理。我這個主任是大家選的，國外叫民選，民選只有通過法定程序才能罷免。現在，我以村主任的身分，要求你們立即退去。這裏有辦事處的領導，是在執行公務，圍攻是違法的。」

也許丁小溪的口氣過於嚴厲，也許人們從未見過全村最漂亮的女孩，居然用這麼居高臨下的口氣與他們說話。總之，他們被她的氣勢震住了，爲頭的幾個人向後退了幾步。然而，這種狀態持續沒有兩分鐘，後面的人隨即擁了上來，剛才退回去的幾個人，不由自主地又被擁到了前面。

突然，丁小夢從人群裏鑽出來，說：「你嚇唬誰?!你以爲我們是三歲小孩嗎？昨天，他們把我從挖土機的兜子裏向外扔，你在哪裡？按年齡你得叫我哥，按親疏，我們還沒有出五輩人哩，你連親兄弟都不認，你還能替老百姓說話？我看你和丁業亮一樣，都是家賊。」

丁小溪氣得睁圓了眼睛，本來大的眼睛就顯得更大了，眸子裏居然有了虎氣，她說：「丁小夢，我叫你一聲哥，你得回答我，我怎麼就成了家賊？你說話得有證據，不然我告你誹謗罪。」

「噢，哈，」丁小夢叫一聲，說，「我就不信，豬八戒倒打一耙！他們占了我的地，我沒有領錢，我也沒有簽字同意，憑什麼平了我的地，還叫農民活不活？我不去告你們侵害農民利益，你還告我誹謗哩。」

丁小溪見這樣爭下去，不會有結果，她就緩和了口氣，說：「政府招商，我們不讓人家來，就靠我們自己的力量能發展起來嗎？大家不能在口頭上說招商好，可一到具體事上就反對。這樣，誰還敢來投資？」

丁小夢說：「我不管誰來，我要我的地。」

丁小溪說：「人家也不是白要你的地，是付錢的。」

丁小夢跳著說：「他管得了我一時，管得了我一輩子嗎？總之，這地我不交，昨天給我平了的，今天給我復原，不然我就去上訪。告到北京城也要把地要回來。」

這不是胡攪蠻纏嗎？丁小溪無法控制自己的情緒了，大聲說：「你瘋了嗎？」

丁小夢又跳起來，說：「你說誰瘋了？」

人們叫起來：「是，問她，說誰瘋了？是我們瘋了，還是你們瘋了？」

後面的人向前面擁，前面的人有些頂不住，屋子裏的氣氛一下子緊張起來。由於人多，門口被堵實了，屋子裏就有些不透風，氣溫也明顯升高，有人打開了風扇，但空氣依然是熱的。十分煩躁的丁業亮看看表，已接近十二點了，他也沒有徵求莊新的意見，就對著人們喊：「讓開，讓開，辦事處領導要回去吃飯了，有事以後說。」

說著，就上前去推前面的人。然而，不但沒有一個人讓，他的話反而使人們本來就激動的情緒立時爆了鍋，有人大叫道：「別放走他們，不說清楚，一個也不能讓他們溜。」

人群呼地一下把丁業亮圍住了。一直未曾開腔的莊新，聽來聽去，沒有人說出一個實質問題，似乎都是憑一時的情緒在鬧。於是，他向旁邊的吳春樹耳語了幾句，吳春樹就站了起來，到門口說：「我是辦事處招商辦的主任吳春樹，也是你們官上村的包村幹部，大家有什麼要求可以提。這樣吧，你們派代表進來談，要提具體要求，我們一條條落實，這樣好不好？」

村民中有些人認識他，他的話似乎起了點作用，但並未引起太大反應。

這時，已退到後面的丁小夢突然喊：「昨天就是他帶人平了我們的地，就是這個姓吳的，還指揮人打我，絕不能讓他走。」

眾多的人附和：「好，就先說打人的事。」

丁小溪上前說：「我一直在現場，並沒有打人，只是在清理現場，大家說話要有依據。」

丁小夢衝到前面，指著丁小溪說：「你眼睛瞎了，欠揍！」

丁小溪的眼淚下來了，說：「你真是無法無天。」

前面的人也許覺得丁小夢的話有些過分，又見丁小溪眼淚下來了，就向後退，但後面的人卻向前擁。

人群一時無話。大家你看看我，我看看你，竟有些發愣。這時，後面有人大喊一聲，人群立刻讓開一條道。

大家看時，是前任村委會主任丁小祥，他到了門口，卻轉身對著院子裏的人，說：

「般若園的土地承包合同是我以村委會主任的名義簽的字，合同規定，除每畝地給村民四百元外，村委會每畝還有二百元。可半年了毫無動靜，是不是有些人貪了？如果沒有貪，為什麼不給大家公佈？五百畝地也十萬元哩。」

有人喊：「就回答這個問題。」

吳春樹站出來說：「個人領了錢，但地沒有交給人家，人家憑什麼給村委會錢？這是合同上寫明了的，難道你丁小祥不知道嗎？」

丁小祥說：「我是在問新的村主任，沒有問辦事處。」

丁小夢惡狠狠地問：「不說錢，說地，你打了我怎麼說？」

吳春樹說：「一條一條說，你要幹什麼？」

「我就打你，大不了你抓我坐牢。」說著，丁小夢就衝了過去，丁小溪一步上前，擋在中間，丁小夢的拳頭停在了空中，後面立即有許多人吼叫著附和，院子裏一時大亂。

這時有人向前面摔礦泉水瓶子，前面的人被擠進了門，屋子裏的氣氛驟然緊張起來，吳春樹見狀，又不敢打電話報警，急忙躲進廁所，從後窗跳出去，叫了路邊的司機，開了車飛也似的回到辦事處。

吳春樹趕回辦事處，向吳永久彙報，建議出動派出所的警察去把莊書記解救出來，他認爲事情到了如此地步，是無論如何也說服不了村民的。

吳永久聽了，半天不作聲，吳春樹急了，說：「吳主任，我是從廁所跳窗子出來的，情況相當危險。」

吳永久還是不作聲，他奇怪地看了吳春樹一眼，說：「你跳窗子出來的？還從廁所裏？你真丟政府的臉。叫警察去？你說得那麼輕巧，你知道這樣的場合派警察是什麼性質？弄大了怎麼收場？需不需要給區裏報告？」

吳永久幾句話，堵得吳春樹啞口無言，他畢竟年輕，第一次遇到這樣的事。良久，他只好說：「那也得解決問題。」

「怎麼解決？」吳永久說，「請示莊書記吧。」

吳春樹說：「屋子裏不能接電話。」

吳永久說：「怎麼不能接？莊書記不是說，共產黨的基層書記還怕自己的老百姓嗎？你先聽他的意見。」

吳永久坐在那兒，面無表情。吳春樹第一次見吳永久以這樣的態度對待莊新，也許這就是關鍵時刻吧。吳春樹無奈，只好撥了官上村的電話，接電話的是丁業亮，吳春樹說：「叫莊書記接電話。」

丁業亮在電話裏問：「你在哪兒？」

吳春樹很不高興地說：「辦事處。」

說完，他聽到丁業亮放電話的聲音，很快，莊新接了電話，問：「誰？」

「我，吳春樹。」

莊新問：「你怎麼在外面？什麼事？」

「我跳窗出來的，我給吳主任彙報了現場情況，想讓派出所出警，吳主任叫請示你。」吳春樹好不容易把話說明白。

「胡鬧！」莊新說道，「誰讓你辦的，你考慮後果了沒有？這樣只能激化矛盾，於事無補。你立即給我回來，從哪出去的，從哪兒進來。」說著，就放了電話。

吳春樹無趣地退出了吳永久的辦公室，叫了司機去官上村。這時，司機剛好從廚房裏拿出兩個饅頭，夾著幾片牛肉，就給吳春樹一個，說：「墊墊肚子，餓死人了。」

吳春樹擺擺手，說：「還有心思吃飯？老闆被人困著。」

下屬把自己的頂頭上司叫老闆，這是新生起的時尚，吳春樹第一次這麼用。司機大口嚼著，說：「我餓得受不了啦。」他一隻手拿著饅頭夾肉，一隻手開著車，拉著吳春樹去官上村。

圍困村委會的村民有了倦意，十分煩躁起來，畢竟五六個小時了，中午也未吃什麼東西，手中的水也喝完了，這時的天氣好像專與人作對，太陽狠毒地照著地上，人人都感到了太陽的炙熱，又感到了眾人散發出的汗臭味。人們想散去，卻不甘心；不散去，已無鬥志。這時，吳春樹的電話到了，耳尖的村民聽到了，立即喊：「派什麼？難道是派警察嗎？」

「叫他們派吧，把我們都抓起來。」人們七嘴八舌地叫喊著，場上一時嘈雜一片。

放下電話的莊新覺著火候到了，就走出來，面對大家說：「鄉親們聽我說好嗎？」他緩了口氣說，「我是空山辦事處的書記莊新，有什麼問題，可當面提出，我當場答覆。」

當然村民們知道空山辦事處的書記叫莊新，只是許多人沒有見過，或對不上號。聽莊新這麼一說，嘈雜的人就靜了下來，莊新對丁業亮說：「丁書記，讓人搬些礦泉水來，大家渴了，喝了坐下說，賬記在辦事處。」

丁業亮應著，就叫兩個村委去辦。場上比剛才更靜了。人們似乎一時反應不過來，不知道該如何與這位辦事處的最高長官對話。終於還是丁小夢說：「你是說了算的官嗎？」

莊新回答：「是的，今天我說了算。」

有人問：「你是這兒最大的官嗎？有沒有管委會的人？」

莊新說：「沒有管委會的領導，有事直接跟我說，符合政策的我當場答覆，需要研究的給我三天時間。」

村委會的坡下就有一個商店，很快幾捆礦泉水就提來了，支委和村委們一齊動手，現場每人領到一瓶，渴急了的人們打開蓋子就向口裏灌。

這時莊新說：「我是來聽大家意見的，也是來解決問題的。什麼意見都可以提。我解決不了的，還有開發區管委會，再向上還有靈北市政府。大家放心好了，我今天一不派人，二不叫警察，大家不滿意我不離開，這樣行嗎？」

人群裏有人喊：「莊新書記說得好，對，我們相信。」

也有許多人附和，現場的局勢發生著微妙的變化，剛才還在前面的丁小祥退到了後面。

莊新又說：「我相信大家。作爲政府工作人員，處理不好自己管轄的事，就是我的失職，與老百姓無關。」

現場一時鴉雀無聲，人們雖無法判斷這位書記說話的真假，但也沒有了鬧事的理由。主動權顯然轉到了莊新的手裏。莊新見無人表態，就說：「既然大家同意我的觀點，就以生產小組爲單位，把要提的問題集中起來，然後由各小組的代表提出來，如果有重複的，可以併到一起提。」說完，見丁小勇在前面，就說，「請小勇收集一下大家的意見。」

「好！」人們叫喊著，人群迅速鬆動了，圍成幾個圈議論起來。

正在這時，吳春樹回來了，他沒有從後窗跳進來，而是從大門口進來的。因司機仍在下面的樹下乘涼，吳春樹就一個人進來了，並未引起人們的注意，他進了屋，就在莊新旁邊的椅子上坐下。

約莫二十多分鐘，丁小勇拿著匯總的紙條走了進來，遞給莊新，院子裏的人們伸長了頭張望，要看看莊新怎麼給他們答覆。

莊新接過紙條，大問題就四點：「一、沒有領錢不同意交地的人，不能強行推地；二、丁小溪承諾的歷年拖欠村民的房地基，什麼時間解決；三、般若園專案佔用官上村土地交給村委會的錢，必須賬目公開；四、失去土地的村民沒有活幹，要求般若園把山上村民能幹的活給官上村人幹。第五條至二十條，均是說計劃生育罰款過重，村民左鄰右舍矛盾處理不公，困難人家應該經濟補助等與這次清理土地無關的事。」

莊新站起來，面對院子裏的人，把手中的兩頁紙搖搖說：「我都看了，大家提的都是實際的事情，要求都是合理的。因事情有大有小，也需要時間，這樣，我先答覆幾個大的，小的下去村裏兩委立即研究，逐條解決，六天之內不能解決的，到辦事處直接找我，我給處理。好不好？」

「好！」場上有人鼓掌。不叫好的人似乎也無異議。

略停，莊新說：「第一條，我同意，包隊的吳主任今天也在這裏，沒有交地的六戶，辦事處保證他們同意後再推地，未同意前，保持原狀。」

吳春樹有些迷惑，他睜大了眼，不知道莊新爲什麼這樣表態，難道功虧一簣嗎？兩委成員也傻了眼。但院子裏的人們卻熱烈響應，有鼓掌的，也有叫好的。

莊新接著說：「第二條，讓丁主任答覆。」

丁小溪沒有反應過來，直至莊新叫她第二遍時，她才回過神來，莊新說：「你表態，什麼時候給符合政策的人家解決房地基？」

這件事是她當選後和莊新議過的，她心裏當然有數，她知道，這是莊新給她一個樹立威信的機會，就說：「今年內一定解決。」

莊新說：「我支持！」

莊新的話剛落音，立時迎來了許多掌聲。因五年未解決一戶房地基了，全村大約有四五十戶符合政策的人家，當然贏得了掌聲。

而這時，丁小夢跳了出來，他漲紅著臉，說：「我的兩個兒子都到了結婚的時候，必須蓋房子，我是夠政策的。」

丁小溪說：「你的情況在兩可之間，等你兒子結婚成家後，再報批房地基，就很硬朗地符合政策。」

丁小夢的口氣一下子軟了下來，說：「我說好妹子，你得給我解決，不然我被兒子罵死了。」

丁小溪說：「我給你面子，你也得給我面子。」

丁小夢問：「你要啥面子？」

丁小溪說：「你提什麼條件我都可以答應，但你得把地騰了。」

丁小夢說：「這是你說的？」

丁小溪說：「是我說的。」

丁小夢想了想，說：「我要村南邊你家那塊地兌換。」

這是丁小溪沒有想到的，村南她家承包的那塊地，地勢平，水源好，也肥沃，是一等的好地。和哥哥分家時，老爸硬是留下來給她的。但這時候，她知道不能有半點猶豫，否則可能錯過這個時機，丁小夢是一個直腸子的人，他認準了的，是不會輕易改變的。於是，她的念頭只一閃，就說：「好，一言爲定，我給我爸說一聲，明天就來村委會辦手續。」

丁小夢一時有些不相信自己的耳朵，問：「真的？」

丁小溪答：「真的。」

這時，丁小祥猛地從後面衝出來，指著丁小夢說：「你不是說天王老子來，答應你上天的條件，你都不同意嗎？」

丁小夢問：「那麼好的地，你給我嗎？」

丁小祥一時語塞。

莊新覺得時機到了，說：「丁小祥，你可是上屆的村委會主任，又是黨員，農民的正當利益我們一定要保證，但如果你在後面指使不明真相的群眾鬧事，立即讓辦事處的紀委查處，開除黨籍，永不起用。我莊新說話算數。」莊新口氣十分嚴厲，他的眉毛也豎了起來。

丁小祥自知理虧，嘴裏像塞了雜物，說不出話來。

後面的兩個問題本不是什麼大問題。所交土地款本來是要公佈的，莊新要求村委會務必做到，否則追究責任。第四條，莊新當眾表態，說：「儘管般若園的黃總不在現場，但我可以代表黃總答應，在同等條件下，般若園的工程，官上村的村民有優先承攬權，具體由村委會組織投標，辦事處協助。」

莊新的表態是很圓滿的，當事人紛紛離去，那些湊熱鬧的，也紛紛退場。很快，院子裏空無一人，只有亂扔的礦泉水瓶子。

大家動手把空瓶子集中到了一起，莊新說：「這水我請了，多少錢？」說著要掏錢。

丁小溪立即攔了，說：「莊書記，你不是打我們的臉嗎？」

莊新笑著說：「你表現不錯，那塊地換得值。」

大家都笑了。一時院子裏空了，繁鬧的緊張突然不見了，大家的神經隨即鬆弛了，幾乎跌倒在凳子上。丁小溪突然覺得肚子餓了，就說：「莊書記，吃飯吧，我快餓暈了。」

丁小溪一說，大家才覺得確實餓了，從上午到現在，他們被圍了八個小時了。莊新說：「下次再請你們吃飯吧，今天我還是先回去。」

大家不好再說什麼，莊新交代了幾句就走了。

莊新回到辦事處，簡單地吃了一點東西，剛進辦公室，就接到開發區工委辦的電話，說工委書記戴力行第二天上午九點，到空山辦事處就空山開發的事作調研。剛放下電話，又接到戴力行的電話，說第二天來辦事處瞭解空山專案開發的情況，要求通知黃嘉歸參加。

第二天上班，莊新號召辦事處主要部門的負責人在會議室集結，等候戴力行的到來。戴力行九點準時到了，他還帶著人大副主任隨立先、政協副主席楊力挺和管委會分管旅遊的副主任高雄起，當然，林業、農業、旅遊、土地、規劃、文化等部門也都派人參加了，形式相當正規，規模也不小。

黃嘉歸是九點過兩分鐘到的，他到時，戴力行已和辦事處的人握完了手，正要就座，黃嘉歸就隔著桌子點了下頭，說了聲：「戴書記好。」

戴力行向黃嘉歸伸出了手，黃嘉歸就急忙向前傾著身子，握住了戴力行的手。戴力行雖握著黃嘉歸的手，眼光卻掃視全場，他笑著說：「黃總可是個大人才，最近我仔細地研究了一下空山開發的構思，過去我們真是小瞧黃總了。」

他放開黃嘉歸的手，說，「不過現在也不晚，能把才智貢獻給一座山，把文章寫到大山上、石頭裏，這是空山，甚至開發區、靈北市的一大創舉。」

戴力行的過分熱情和稱頌，使黃嘉歸很不適應，他慌忙擺手說：「戴書記言重了，我只是一個凡人，做了一件小事而已。」

全場笑了，戴力行剛剛進來時的嚴肅氣氛一時活躍了。

莊新宣布會議開始後，戴力行先講話，他說，他是給夏冬森打電話問候時，知道般若園的土地出了問題的，後來又聽別人彙報時提起，所以今天來的目的，就是聽彙報，幫助解決問題。他說：「外商的事情無大小，件件都是關乎經濟發展的大事情。我們不是說『人人是投資環境，個個是優惠政策』嗎?我們之所以搞出那麼多的服務措施，就是因爲我們做得不夠，做得不好。服務到位了，還制定措施幹什麼?」

接著，他就要莊新著重彙報土地的事，需要上級辦的也講明。

莊新本來就和戴力行交情不錯。莊新任空山辦事處書記，儘管是鄭華升提前安排的，但畢竟是戴力行任職後提起的，莊新得認這個情。戴力行也時不時打電話詢問莊新工作，兩人就顯得親切，關係也就拉近了。所以，莊新也不客套，直奔主題，將般若園案子的進展稍作介紹後，直接說了清理土地與村民發生衝突的情況，當然也簡要彙報了爲推動案子進行的官上村的兩委選舉，和發生衝突後與村民對話的情況。

戴力行聽著，時而點頭，時而插話，還不時在本子上作著記錄。給這樣的領導彙報工作，莊新就起勁，因他不但聽著，還偶爾互動，使彙報者感到成績被肯定，人格被尊重，就有了成就感，所以，他的彙報也就生動。如果遇到三句話就打斷彙報，不停地提問題，逼著彙報的人按他的思路走，那樣，彙報的人成了回答問題的人，當然就沒了被尊重的感覺。那樣的狀態裏，只能應付，而沒有互動，許多的真實情況就被掩蓋了。所以，莊新的體會是，能傾聽下屬說話的領導，才是一個目清耳聰的領導。

可以說，莊新的彙報是在講故事，將清地時現場的氣氛和與村民對話時的緊張，說得繪聲繪色，並理性地總結了幾條：一是遇事不怕，敢於負責；二是只有讓村民滿意了，最終才會使投資商滿意；三是當作自己的事辦，做村民和開發商的朋友；四是爭取各方支持，辦實事。當然，對吳春樹將丁小夢扔出挖土機挖兜的情節和吳春樹跳窗逃跑的事沒有說。需要上面解決的問題，他提出兩個：一是外環境大配套，儘快完善，給外商增加投資信心，特別是由開發區通往空山的旅遊大道，應儘快動工；二是官上村村民的房地基，因五年沒有解決，積攢的欠賬太多，但用地指標又不夠，希望土地規劃部門在全區範圍內調劑，大約得需一百戶左右，村民也可以多掏錢購買指標，總之不管什麼辦法，得解決這個問題。

戴力行對莊新的彙報很滿意，他的心情出奇地好，於是他當場宣布，鑒於空山辦事處在空山般若園專案的開發引資上的成績，根據管委會招商引資工作的獎勵辦法的有關規定，給予直接承辦人空山辦事處書記莊新獎勵人民幣兩萬元。他的這一宣布出乎許多人的意料，因為按相關規定，得授獎個人或單位憑外商入賬外匯單據等證明資料審報，最後由招商局、財政局和業務分管局聯合確定後兌現。

大家一愣，然後才鼓掌，戴力行立即覺出了什麼，他補充說：「這錢不是招商引資提成的獎勵，而是對於在招商引資工作中，有重大貢獻的單位和個人的獎勵，是書記的特殊獎金。」

戴力行的決定，無疑全面地肯定了莊新在這一專案引進中的做法，立即引來全場更熱烈的掌聲。激動中的莊新站起來，當眾宣布：兩萬元獎金，其中五千元交空山辦事處招商辦，作為對招商辦工作人員在這一案子引進過程中的獎勵；另一萬五千元，捐贈給官上村，用於對困難村民的照顧。

要說戴力行的決定，是這個彙報會的一個高潮，那麼，莊新的決定就又是一個高潮。儘管現場的人不一定全部理解，但莊新是真誠的，他不是為了作秀，而是從內心發出的。自然他的身邊有許多人理解的，黃嘉歸就是理解的，他就拼命地鼓掌，他的掌聲先起，全場就又響起一輪掌聲了。

掌聲停，戴力行接著講：「我們工作中就要有這種敢於負責的精神，我聽說，當時莊新同志已經被村民包圍了六七個小時，有人提議派警察把莊新同志解救出來，我看那樣也說得過去，但會是怎樣的影響？我們的一個基層辦事處的書記，去和村民見面，被包圍了起來，最後被警察救出來。這是什麼影響？這又是什麼形象？莊新沒有這麼做，而是耐心地說服群眾，最後與群眾打成一片，村民帶著怨氣而來，歡歡喜喜而去，這才是共產黨人的形象。開發區的建設，是一個農村急劇的城市化過程，與村民幾乎天天打交道，莊新同志的做法，是一個榜樣，可以推廣。」

戴力行稍作停頓，掃視全場，接著說，「特別使我驚喜的是，莊新同志在官上村進行了村委會主任、委員的海選，我聽了就讓組織部儘快搞出個資料來。《中華人民共和國村民委員會組織法》試行十年了，但像莊新同志這樣，真正把選舉權交給村民自己，是很少的，在我們開發區，更沒有，莊新同志開了一個好頭。對於農民，你交心了，他就不會和你作對。當然，對於這樣的選舉，要嚴密組織，要可控，如果選出了意外，那就說明你工作不到位，你的想法與群眾不一致，你的做法就有問題。」戴力行強調，「這也與招商引資密切相關，哪個專案不要土地？又有哪一寸土地不和農民打交道？」

對莊新提出的要求，戴力行說：「旅遊大道已進入招投標階段，要求三個月內完工，這一點，請黃總也告訴夏先生一聲，這是沒有問題的。對於第二點，請土地局在十天內拿出切實可行的方案，我本人同意用調配的方式，解決官上村的村民房地基問題。這件事我們做好了，也是促進空山般若園專案的發展，大家要有全面觀念，要立體思考問題，不能就事論事。」

戴力行覺著自己已經講得很全面了，就徵詢全場的意見，問誰還有說的，在沒有回應後，莊新就準備宣布散會，但戴力行的眼光落到了黃嘉歸身上，問：「黃總還有什麼要求嗎？」

黃嘉歸本來不想說話，經戴力行一問，突然想起一件要緊事來，就說：「外商對現在案子的用地很有意見，只是一紙合同，沒有政府批准的手續。根據省政府頒佈的土地承包條例和國家頒佈的《森林法》，應該給專案頒發經營權證書，沒有政府的批准手續，從法律上講是不完備的，希望儘快辦理。」

戴力行聽了，問林業局和農業局來參加會議的兩位局長：「有沒有政策上的障礙？」

農業局副局長周智豐說：「障礙倒沒有，但得走程序，需要村民代表或村民大會通過，然後由辦事處報我們審批。」

林業局長韓明偉說：「梁主任曾作過批示，租用農地和山林的，一律不辦手續，以防給後面的土地調整利用帶來麻煩。所以，一家也未辦。」

戴力行聽了，說：「程序的問題，由莊新同志解決，至於辦手續的問題，農業、林業兩個局，一周內打個報告給我，我再和梁主任碰下頭解決。」他說，「這是一個問題，人家投了那麼多錢，手裏卻沒有一個關於土地、林地使用的證明，叫誰心裏也不踏實。」

莊新和農業局、林業局兩位局長隨即表態，按戴書記的指示辦。

再無其他議題，莊新就宣布散會，一看表，會議進行了兩個多小時。莊新就讓辦公室的人安排午飯。

戴力行站起來，笑著對黃嘉歸說：「黃總，給夏先生說一聲，最近這幾天我請他吃飯，給他說說土地的事。請他不要擔心，一切都會很快解決的。」

黃嘉歸忙說：「謝謝戴書記。」

第十二章

山頂

32

過了三天，戴力行給黃嘉歸打電話，說第二天要請夏先生吃飯，他強調說：「不是去酒店，是到我家裏。」

黃嘉歸有些吃驚，這年頭人們都圖方便，即使親戚朋友吃飯，經濟上能過得去的，都去飯店招待，吃了一抹嘴走人，少了主人勞頓的麻煩。對於戴力行而言，酒店吃飯，花的錢再多，他不但不掏一分錢，簽單也由下屬代勞。他設家宴，這可是很少聽說的，表示他對這件事的重視，他不想簡單地公事公辦。

戴力行覺得般若園是個好案子，確能帶動空山開發，又是郝大偉副市長支持的外資專案，自己理應促進這件事。但他隱約覺得，梁大棟在這個案子上有不同想法。所以，他在空山辦事處剛送來的報告上，批了明確意見：

「由於般若園影響大，又是外資專案，市領導也十分關心，做好了，對開發區大旅遊能起到帶動作用。鑒於此，特事特辦，儘快按法定程序給外商辦理土地和林地經營權證。請大棟同志處理。」

他讓秘書送去後，還不放心，就又給梁大棟打了個電話，他說：「大棟同志，這件事，抓緊辦，不然影響外商投資信心，也不好給郝市長交代。」梁大棟說：「好，我儘快安排辦。」話只能說到這裏。這個案子到此，還有許多不完備的地方，他覺得應該在家裏請夏冬森吃頓飯，顯得更親切，也算給夏冬森吃顆定心丸。剛好是週末，也輕鬆一下。

黃嘉歸接了戴力行的電話，看看表，下午四點，夏冬森一般下午五點半到山下。他就在辦公室等。這時，他突然想起作品審批的事，就把馬可叫來，問文化局批了沒有。

馬可正在忙作品的電腦打樣，放下手中的活，急匆匆地進了黃嘉歸的辦公室。她的額頭上浸著汗，臉色一片紅暈，一直紅到了脖子上，膚色就越發細嫩，透著水的靈秀。

打樣不是一件輕鬆的活，首先得掃描，然後按比例放大，再出樣稿，如若原跡太小又放得過大，有的地方就要作技術性的修補。雖然天氣並不十分熱，也有幾個幫手，但不停地蹲下修正，站起來檢查，不但需要全神貫注動腦子，而且還是力氣活，連續幹個把小時，肯定身上出汗。這件事，最早是黃嘉歸親自幹的，慢慢地他的事多，還常常出去應酬，有時等不及誤事，就由馬可承擔了。

黃嘉歸第一眼看見馬可臉上的汗，竟有些心疼，心裏像被什麼刺了似的，連他自己都感到莫名其妙。也許這個女人太乖巧了，從不給他添麻煩；也許是這個女人太能幹，代他做了許多的事，何況後面還有辦理土地經營權證和林權證的事，只有靠她盯著；也許這個女人太有女人味了，比時迅多了些無法言說的嫵媚。也許太多，但似乎任何一個理由都不足以使他產生這樣的感覺……

黃嘉歸的直視，反而使馬可感到不自然，她從沒有見過黃嘉歸用這樣的目光看她。作爲女人，她迅速從他眼中讀出了隱隱的感動，同時她被他盯得有些慌亂。她躲開了黃嘉歸的目光，低下了頭，輕聲地問：「黃總，有什麼事嗎？」

黃嘉歸一愣，有些不好意思，他說：「想到別的事了，走神了。」他笑笑，就讓馬可坐下，馬可在他對面的椅子上坐下來，這才抬起頭看他。

黃嘉歸說：「山上的石刻作品已近三分之一了，臨近主峰的作品要特別注意，那幾幅很重要。」

馬可說：「我們去夏先生房間拿作品時，他說主峰的《金剛經》要專門抽時間寫。」

黃嘉歸說：「是的，安排個時間，得有大場地。」說著，他從文件夾裏抽出一份報告，看看下面的日期，說，「關於山上作品的批覆文化局下文了嗎？我看時間過了三個月了。」

馬可說：「我電話催過胡世明局長多次了，他每次都說不要急，領導還沒有過目。」

黃嘉歸本不想多說，但想想，還是說了，他對馬可說：「有個情況你知道就是了。我在報社時和胡世明有過節，他可能會找麻煩。」

馬可聽了，說：「怪不得，每次聽他的口氣就覺得彆扭。本來規劃局已經批了，文化局就是走程序，看來我們得動點腦子。」

黃嘉歸拿過杯子，杯子裏是空的，馬可拿過暖瓶添了水，黃嘉歸接過來，打開蓋子吹吹，喝了一口，說：「人說冤家宜解不宜結。得罪一個人，等於給未知的路上設了一道障礙。按因果律說，今世不遇下一世也會遇到，躲不過啊！」

馬可說：「人們常說，寧得罪君子不得罪小人。小人的身分決定了他做事的境界，好事他促不成，但他完全可以把好事辦成壞事。」

黃嘉歸倒並未多想，不就是走程序批一個文件嗎？而且是戴力行當面交代的，他還能不辦？他就笑笑，說：「我們不要自己嚇唬自己了，盡他去，我看他還能壓著不辦？」

馬可卻反對，她說：「黃總你想想，會不會還有其他的背景？戴書記當面交代的，而且只走程序，一拖就是三個月。難道就他一個人的因素嗎？依他的膽量，我看他不敢。」

黃嘉歸有些不相信，就說：「你覺得有什麼背景？說說看。」

馬可看一眼黃嘉歸，說：「我覺得不對頭，比如說，審批規劃的現場辦公會是梁大棟讓高雄起副主任主持召開的，這個專案也是管委會求之不得的外商投資大案。開工時本來說好梁大棟要講話的，結果戴力行書記搶先一步視察了，梁大棟就不來了。修旅遊大道的事，聽莊書記說，是梁主任在辦事處召開現場辦公會時宣布的，可督辦山下土地的辦公會卻是戴書記召開的。咱搞不清領導之間的關係，你覺得這正常嗎？」

黃嘉歸想想，說：「有這麼嚴重嗎？」

馬可說：「我們雖不在政府機關裏工作，但戴和梁不和的事是公開的秘密。所以我看，胡世明說不定利用梁大棟的態度。」

黃嘉歸不以爲然地說：「批不批無妨。」

馬可卻說：「黃總，我覺得既然戴書記說讓批，就一定有他的道理，官場上的事只有官場上的人知道套路，說不定這是件要緊的事，不然戴書記不會當面交代的。國家對這方面的專案沒有明文規定，越是這種情況，越要把政府拉進來，萬一有什麼問題，是你政府批准的，我們沒有責任。戴書記就是要給我們再上一層保險。」

黃嘉歸聽了馬可的分析，覺得她說得不無道理，但他還是不願意想得那麼複雜，就說：「你去處理吧。」

黃嘉歸抬起頭，看一眼馬可說：「戴力行明天中午請夏先生吃飯，還是家宴，你一起去參加吧，有些場面應付應付。」

馬可一聽，樂了，說：「辦法有了！」

說著，馬可拿起黃嘉歸辦公桌上的電話，撥了一個電話號碼，只響了一聲，就有人接了，黃嘉歸正要問是誰的電話，馬可急忙擺手，臉上充滿了詭秘的笑，她問：「是胡部長嗎？」

能聽出對方的聲音，是胡世明，他說：「我是胡世明，請問你是哪一位？」

「馬可。般若園的馬可，胡部長聽不出我的聲音了嗎？」馬可向黃嘉歸擠擠眼，說，「沒什麼大事，是小事，明天中午，戴力行書記設家宴招待夏冬森先生，戴書記特別叮嚀，把夏先生創作作品的批覆帶上。」

黃嘉歸有些驚異，馬可搖搖手，對著電話說：「胡部長，電話清楚嗎？」

胡世明說：「清楚，清楚。」

馬可說：「戴書記專門交代了，一定要把批文拿上，給外商一個態度，還說胡部長有時間也可以一起去。」

胡世明略頓，就說：「批覆我準備好，家宴就不去了吧。」

馬可不給胡世明思考的時間，她立即說：「唉呀，那多不好，讓戴書記再給你打個電話吧？」

胡世明忙說：「不用，不用。」

馬可說：「那我明天上午八點準時去你辦公室拿，和戴書記一起走。」

胡世明滿口答應：「好的，好的。」

馬可說聲「再見！」扣了電話。

黃嘉歸笑笑不說話。馬可說：「對付這樣的人用這樣的辦法最見效。」

黃嘉歸笑問：「明天如果他真的去了呢？」

馬可說：「他真的去了，戴書記請客是真的，又不是假的，戴也不能伸手打上門客呀。再說，給胡世明兩個膽，他也不敢去。請外商，又是家宴，管委會的副職都沒去作陪，他算哪個林子裏的鳥？就是去了，也只能放下批文走人。」她見黃嘉歸笑，就說，「黃總，這不是打誑語，是佛家說的方便。」

黃嘉歸笑著點頭，連說：「好，好。」

馬可像想起了什麼，突然問：「準備不準備筆墨和宣紙？」

黃嘉歸問：「幹什麼？」

馬可說：「我爸每次出門，都要把自己最得意的筆墨帶上，別人請吃飯，不能白吃，得畫，大凡請畫家吃飯的，不能白吃呀。」

「你爸是畫家？」這倒令黃嘉歸吃驚，他從沒聽她說過，怪不得她對藝術的感悟力那麼強。他問：「你爸的大名叫什麼？」

馬可說：「名字就不說了，我爸是美院的一流教授，中國的二流畫家，你不會知道的。」

黃嘉歸也就不再問，說：「夏先生堅決不會在這種場合留東西的。他喜歡在正規的場合，在人多的時候表演。連S國的文化部長請他吃飯，飯後請他寫幾個字留念，他都以身體不適拒絕了。搞藝術的人就是順著自己的情緒走。」

馬可說：「那就算了，說不定戴書記的家裏就備著。」

黃嘉歸說：「隨緣吧。」

吃晚飯時，黃嘉歸告訴夏冬森戴力行設家宴招待的事，夏冬森當然樂意接受這種安排，他也明白在中國一個地方做事，與地方當局最高官員關係的重要。

第二天上午八點半，馬可到了胡世明的辦公室，文件已經列印好，也蓋了公章。馬可沒有多說什麼客氣話，說了聲謝謝，就拿了文件下樓了。戴力行的車停在樓下，是一輛掛著軍牌的奧迪。馬可和戴力行的司機見過幾面，她就上去打了個招呼。而這時，胡世明從五樓房間的窗戶裏向外張望，正好看到了。

黃嘉歸開車，夏冬森、馬可同行。戴力行隨車帶著電視臺女記者劉美，還有來開發區辦事的劉美的同學、市外貿局辦公室主任吳芬。

一個半小時後，他們就到了戴力行市區的家裏。

戴力行的家，在海邊的一處環境幽靜的住宅區裏，雖處鬧市，卻很少聽到聲音。這裏是市政府機關的一個住宅區，裏面住了副局以上級別的幹部。南面離海也就三百多米，除了綠化帶和步行道，就到海邊了，空氣清新，視野開闊。

女主人不在家，到外省參觀去了。一進屋，戴力行帶來的兩個女的就忙起來，馬可也去打下手，幫忙洗菜。戴力行親自下廚。肉、魚、菜等戴力行的司機提前買好了，隨車帶來了，還缺幾樣配料，司機就去不遠處的菜市場裏買，十多分鐘就返回了。

戴力行說，接待夏冬森這樣的大師級人物，必得他親自動手，也只有這樣才能表達他的心意。不過他說，請夏先生和各位放心，他的手藝是絕對過關的，他一直以來，工作再忙，每週都要下廚兩次，特別是星期六下午，一定要讓家人吃一頓好飯。

洗菜的劉美就恭維戴力行，說：「像戴書記這樣的男人，真是稀缺，既能高高在上，還能下廚做飯，只恨生得太晚。」

吳芬就笑說：「真是佛家所說的貪嗔癡，看見一個好男人就首先想到自己生得晚了。如果要想當第三者，不用分先後。」

劉美聽了，就向吳芬的身上灑了一把水說：「真是胡說八道，我們說的是理論問題，你動輒就形而下。」

馬可與他們不熟，就只管忙著手裏的活，並不搭言。戴力行不時插一句，他們就一起大笑起來，看來他們平時是很熟的。

黃嘉歸陪著夏冬森在客廳裏喝茶聊天，突然，他的手機響了，是吳春樹打來的。他口氣十分急促，問：「黃總，你在哪裡？」

黃嘉歸一聽斷定有事，就慌忙起身，到另外一個房間去接。吳春樹說：「剛才梁大棟主任帶著區人大、政協和各部門的領導，大約有十多人，在空山般若園的現場召開辦公會，當場宣布，般若園停工，等候重新審批規劃。」他焦急地說，「會議剛結束，莊書記讓我先給你通報一聲，讓你有個心理準備。」

黃嘉歸的腦子「轟」的一聲大了，問：「什麼原因？」

吳春樹說：「連莊書記也感到意外，情況複雜，見面再說。」

接完電話的黃嘉歸，一時有些回不過神來。這邊是書記在請客，那邊是主任宣布停工，不知唱的哪齣戲？不過，也就三兩分鐘的時間，黃嘉歸就想好了對策，於是，他沒事似的走出來。

夏冬森問：「工地有事嗎？」

黃嘉歸說：「不是，朋友打來的，說別的事。」

夏冬森也不再問，他說：「時間過得很快，算來我到靈北也有三個多月了，應該回國去一趟，家裏還有許多事等著。」

黃嘉歸坐下說：「把《金剛經》寫完了，你就可以回去暫時休息一下，金剛頂雕刻至少也得四五個月，年底再來也不晚。」

夏冬森說：「這倒是。就這幾天，我抽個時間一氣呵成，那是需要很好的心境和現場感受的。」

黃嘉歸說：「地方馬可聯繫好了，就在西海大酒店的會議室裏，他們騰地方。」

夏冬森問：「收費多少？」

黃嘉歸說：「西海大酒店的經理說，夏先生長期住在我們酒店，我們還能收錢嗎？不過方便的時候，給我們酒店寫兩個字。」

夏冬森笑著說：「還是有條件。正如中國人說的，天下沒有免費的午餐。」

黃嘉歸說：「他們十分地崇敬你。給我說了好幾次只要兩個字，可我就是沒有答應。開發區知道你的人不少，不敢輕易答應的。」

夏冬森一笑，說：「這就對了。字是不能隨便送人的，這人要一張，給，那人要一張，也給，不是怕寫字麻煩，而是對我作品的收藏者不公正。人家花幾萬幾十萬買你的作品，你卻一分錢不要送人，保不準有人拿了你送的字到市場上去低價賣，這對真正的收藏者不公。」

黃嘉歸說：「是這樣的。但在中國就這風氣，萬一有躲不過的領導，爲了案子，也要應付應付。」黃嘉歸這是在做鋪墊，以防今天出現馬可分析的情況，也好讓夏冬森有個心理準備。

夏冬森說：「個別特殊情況當然可以，我們又不是不食人間煙火。」

十二點一刻，飯做好了，雖是些家常菜，但色彩十分惹眼。戴力行的廚藝受到了一片叫好。十菜一湯，葷素搭配，有清淡綠色的西蘭花，也有顏色鮮豔的紅燒肉，更叫絕的是一條清蒸大鯧魚，足有三斤重，整條躺在大盤子裏，未動筷子就已鮮味四溢。不過，戴力行解釋說：「知道夏先生是佛教徒，絕對沒有殺生，這條野生鯧魚是保鮮的。」

戴力行說著，就夾了兩隻魚的眼睛，放到了夏冬森的盤子裏，說：「靈北人有個習慣，就是魚的眼睛留給尊貴的客人吃，吃一隻叫高看一眼，吃兩隻叫高看兩眼。」

夏冬森聽了哈哈大笑，說：「看來，最高禮儀也就是高看兩眼，可惜沒有三隻眼的魚。」

戴力行說：「所以，我只能以高看兩眼這最高的禮儀歡迎你了。」

說著，司機已打開了酒瓶，戴力行先給夏冬森倒滿了酒，說：「國酒茅臺，是國家機關特供的。」說著，就把瓶子遞給夏冬森，夏冬森見瓶子上貼了個紙條，白紙黑字，「國酒茅臺」下面，寫了「特供」兩個字，瓶子上並無其他包裝。

劉美要過酒瓶，說：「戴書記，你也讓我們表達一下對客人的敬意。」

戴力行說：「你們知道夏先生是什麼人嗎？」

吳芬看一眼戴力行，說：「著名的藝術家。戴書記，你可太小看人了，你今天設家宴，請我們來沾光，我們如果連貴客是什麼人都搞不清，那可真是白吃（癡）了。」

戴力行說：「夏先生可不是如今國內動不動就戴個著名帽子的藝術家，這可是真正的大師，聯合國總部也收藏有他的作品。你們知道他的畫一幅值多少錢嗎？」

劉美和吳芬搖頭，表示不知。

戴力行說：「香港拍賣行多次拍賣過夏先生的作品，今年春季拍賣會上，夏先生一幅四尺整張的畫，三百八十萬元港幣成交。」

劉美和吳芬睜圓了眼。
劉美趕緊說：「這樣的大藝術家來我們開發區是破天荒的，十分難得，我們得做一個專題片，不但向全區介紹，還可以報市臺、省臺，甚至中央臺播出。」
戴力行給夏先生夾了菜，又給近旁的劉美夾了菜，吳芬趕緊搖手表示自己夾。
戴力行說：「劉美這個想法才是做事的思路。」他說，「我沒有時間和你們探討，你看你們整個一個電視臺，每年拿開發區幾百萬元的經費，就每天播二十分鐘的新聞，沒有播過像樣的專題。夏先生這個題材多麼好啊，市臺都做了新聞專題片，你們卻沒有動靜，希望你們抓住。這個專題片如果上了市臺獎三千，上了省臺獎一萬，上了中央臺獎五萬。」
劉美立即興奮地說：「戴書記，這可是你說的！」
戴力行說：「有什麼錯嗎？」
劉美說：「我是說到時要兌現。」
戴力行說：「需要讓宣傳部發個文件嗎？」
劉美趕緊說：「戴書記的話當然比宣傳部的文件管用。」
黃嘉歸覺得火候正旺，應再添把柴，使這個話題變成一團大火。於是他說：「中國的一位副總理訪問S國時，專門到夏先生的畫室去參觀，看了他的畫說，我在這兒見到了中華藝術的頂尖藝術家。並當場在夏先生的一幅畫旁題字：『中華之魂，藝術瑰寶』。」劉美立時問是哪位副總理？黃嘉歸就說了名字，並說了大概的時間。
夏冬森立即把具體日期說了，並連說：「鼓勵，鼓勵。那是領導人對海外炎黃子孫的一種厚愛。」

戴力行就說：「夏先生過謙了。國家領導人出訪，到哪裡去，都是提前與到訪國家政府磋商安排好了的，所到之處都是有意義的，夏先生的藝術，一定是作爲一種標誌性的意義體現的。既是所在國的光榮，也是中華文化的一種光榮。」

劉美和吳芬立即附和：「是，是。」

黃嘉歸又說：「如果說領導人是爲了象徵性推崇，那藝術泰斗的評價就是貨真價實了。」於是，黃嘉歸說出當今中國文化藝術界無人不知的大藝術家吳松濤，問大家有沒有看過吳老的畫和文章，在場者，除戴力行的司機小許說不知道外，大家異口同聲讚嘆吳老是真正的藝術大師。

戴力行說：「那是真正的權威，在香港的拍賣會上，一幅畫如今下不了一千萬港幣，而且次次都是天價，那可不是吹出來的。」

黃嘉歸問：「你們知道吳老是怎麼評價夏先生的嗎？」

大家就停了手中的筷子，看著黃嘉歸。

「喝了這杯酒，請黃總講。」戴力行提起杯子，幾個人立即回應，除司機小許，大家一飲而盡。夏冬森本不怎麼喝酒，也許是現場的氣氛所感染，也一口喝乾了杯子裏的酒，捂住鼻子搖了搖頭。

大家放下杯子，看著黃嘉歸。黃嘉歸說：「吳老稱夏先生是當代東方文化的高地，是中華藝術的畢卡索。」

劉美忍不住叫一聲，夏冬森忙說：「言過其實，是吳老對後生的厚愛。」夏冬森五十多歲，八十多歲的吳老當然是應該稱前輩的。

這一說，戴力行找到了一個喝酒的理由，他先給自己添滿了杯子，劉美就拿過酒瓶給每人都添滿了。戴力行說：「我們得祝賀夏先生這麼一位世界級藝術大師與黃總的珠聯璧合，空山一定會因夏先生的到來而揚名全球。」

大家同時提了杯子，說：「是的，是的，祝賀，祝賀。」

夏冬森舉著酒杯說：「各位原諒，我平時很少碰高度白酒。」

戴力行就宣布：「夏先生例外。」說著，他先提起杯子乾了，其餘的人只好一飲而盡。

這頓飯大家吃得很開心，戴力行反覆申明一個觀點，就是開發區引來夏冬森，是一件十分榮幸的事，所以一定要服務好。對土地的事，戴力行也請夏冬森放心，說中國的許多事情是很靈活的，地方政府有能力辦好這件事情。當然，引起夏冬森誤解的土地政策的細節，他就一帶而過了，只是強調，一定要處理好與農民的關係。他說：「不是一天，兩天，而是長久的，因為這個案子是五十年的期限。」不過他又強調，「很大的責任在空山辦事處，與企業無關。」他承諾，他會催促辦事處辦好一切手續的。

儘管夏冬森對中國的用地政策不明白，但有了戴力行的承諾和說明，他就放了心。宋隨良曾告訴他，一定要有地方官員的支持。他說，在中國，任何一項政策，不能僅僅看條文，到了地方執行才是最關鍵的。所以，戴力行今天的表態，使他十分滿意。而戴力行對他的高度評價，使他又一次在中國大陸找到了感覺，他覺得他與這片土地有了很深的緣分，空山的創作非他莫屬。於是，他給大家講了件事，說他接到黃嘉歸郵寄的空山照片準備創作時，他要找一套原版八十卷的《華嚴經》，多處尋找無果，正在焦急無奈時，接到一個書店老闆的電話，說有人送他一套書，挺厚的，請他去取。他問誰送的，書店的老闆說，是一個長得挺端莊的中年婦女。再問，什麼也不知道了。他就急忙開車去取，當場打開一看，是八十卷精裝的《華嚴經》，他問書店老闆，送書的人留紙條或姓名了沒有？書店老闆滿臉茫然，說送書的中年婦女說你們很熟，不用留什麼。

說到這裏，夏冬森睜大了眼睛，攤開了兩隻手說：「我的朋友中沒有這麼個人。這不是觀世音菩薩是誰？就是菩薩送的，難道這機緣還不深嗎？」

夏冬森的話，給般若園蒙上了一層神秘的色彩，這樣常人不可思議的靈異現象，從夏冬森這位非同一般的人物口中說出，在場者無不相信。

隨後的談話，大家越加讚美夏冬森了，劉美與吳芬帶著崇拜的口吻說：「一定要多聽聽大師的教誨，親近像大師這樣的人物，實在是千年的造化。」

黃嘉歸希望看到的就是這樣的效果。

飯後，大家興趣不減，戴力行就說請大家看幾樣好東西，說著，他把大家引上樓。這時，黃嘉歸才發現，原來這房子是五樓，上面還有一層頂樓。他們就跟著戴力行爬了上去，是一間有五十平米的大房間，圍著四周的牆壁，掛了中國當代的名家關山月、張仃、黃永玉的畫，還有啓功、舒同的字，還有一幅朱乃正的油畫，大家一見，立即叫了起來。

夏冬森和這些中國的大家多有交往，一看，便知是真跡。他立時對眼前這位中國地方當局的官員刮目相看了。在S國，這些中國大家的知名度也是很高的，他們的作品並不能輕易得到。

屋子的中央，是一張巨大的書臺，筆墨紙硯擺放齊全，書臺旁放有兩大摞宣紙，四尺六尺的都有。

夏冬森見了，說：「戴書記還練書畫嗎？」

戴力行忙說：「我是瞎練，純粹是消磨時間。也太忙，抽不出多少時間。」

夏冬森說：「我在中國大陸走，許多地方官員都練書法，這是好事，中國是個人口大國，政府官員帶頭，中華文化的復興，就有了希望。」

戴力行笑說：「別忘了，我們共產黨的領袖毛澤東就是大書法家。」

夏冬森說：「那是，那是。」

劉美突然說：「夏先生不留下一點墨寶，讓我們見識見識大師風采？」

吳芬也高興地說：「是的，是的。」

黃嘉歸就看夏冬森，夏冬森似乎並未多考慮，就走到了桌子前，拿起一枝大筆看了看，又瞧了瞧墨汁，對戴力行說：「戴書記，這筆墨都是一等的，你是行家。」說著，展開一張六尺整張宣紙，說，「破個例，畫一張，到了靈北，有很好的感覺。」

只見他屏住呼吸，提起大筆，在清水中涮了涮，然後提起來重重地放進墨汁裏，再提起來，在硯臺上一滾，就高高提起，看了宣紙幾秒鐘後，將筆鋒有力地擲向宣紙的右側，接著以令人眼花繚亂的運筆，在宣紙上狂草起來。

也就兩分鐘的時間，只見白色的宣紙掀起滿天的巨浪，那在墨中運行的空白中，像有千鈞的力量衝出畫面，向人們襲來。在大家還未回過神來的時候，夏冬森就放下了大筆，拿起一枝小筆，在空白間勾勒起來，也就兩三分鐘，海底的礁石和幾隻因海浪而瘋狂奔跑的魚就出現了。雖是黑白兩色，但一個從未見過的但卻是實在的大海就出現在眾人的面前了。

大家激動地鼓起掌來。

戴力行看得有些呆，叫一聲：「這是真正的功夫！」

這時，只見夏冬森移了移畫，揉了一張宣紙，在墨汁厚的地方印了印，接著在右角很小的地方簽了名，放下筆，用大拇指在印泥裏狠狠地壓了一下，抬起，把指印印在了簽名的空白處。立時，畫面被指印的紅色帶得更活了。

夏冬森說：「天下獨一無二的防僞。」

「好，好，好！」戴力行鼓掌，其他人也就隨著鼓掌。

興致極高的夏冬森，抽出三張宣紙，說：「今天人人有份！」

大家樂不可支。劉美和吳芬高興地跳了起來。

夏冬森抽出一張四尺宣紙，揮筆而就，一句唐詩就出現在紙上：「不盡長江滾滾來」。他揮筆運墨的速度極快，所以他書的字就有極強的動感，如狂風掃過紙面一般。

接著，他把兩張四尺的宣紙，裁爲四張對開，給每人書寫了兩個字。給劉美的是「絕梅」兩字，「絕梅，絕美也。」夏冬森說，眾人大笑鼓掌；給吳芬寫的「荷香」兩字；給司機小許寫的「奔馳」；給黃嘉歸寫了「慧海」。夏冬森要收筆了，黃嘉歸提醒，說還有馬可，夏冬森說聲對不起，就在最後的半張紙上寫了「心行」兩個字送給馬可，馬可接了，笑著說聲「謝謝！」這樣，眾人就皆大歡喜地下了樓。

這樣的場合，馬可是可以說說自己的感受的，也許她的藝術鑒賞力不亞於在場的任何人。但她始終一言不發，只是臉上時刻掛著笑容，做了一個看客的角色。就連夏冬森也差點將她忘了，寫「心行」兩個字，也有讚賞她的意思。

到客廳，他們又泡了茶，少坐，戴力行說：「回開發區，把客人送到家。」

於是眾人起身，準備下樓。黃嘉歸覺得火候到了，就對戴力行說：「戴書記，有點小事想給您說一下。」

戴力行就請大家先下樓，他關了門，和黃嘉歸進到裏屋。

黃嘉歸問：「戴書記，梁主任今天在空山召開現場辦公會，您知道嗎？」

戴力行一愣，但迅速恢復了常態，說：「知道。」

黃嘉歸沉重地說：「他當場宣布，要般若園專案停工，我剛才接到辦事處的電話。」

戴力行聽了，臉上的表情立時僵了，他問：「什麼原因？」

黃嘉歸說：「不知道。」

戴力行的臉色有些發白，他快速地思索著，也就十幾秒的時間，他口氣堅決地對黃嘉歸說：「你不用管，不但照常施工，還要加快施工進度。其餘的事，我處理。」

黃嘉歸得到這個答覆，就知道其餘的事用不著自己操心了。他立即說：「好的，聽戴書記的。」

他跟著戴力行下了樓上了車，戴力行的車跑在前面，黃嘉歸開著車，拉著夏冬森和馬可，跟在後面，他們快速向開發區奔去。

33

梁大棟在空山召開般若園專案現場辦公會，不是一時的衝動，他想了許久才做出這個決定。本來，在開發區像般若園這樣投資規模的專案，何止十個八個，過億美元的案子也有的是，他完全可以不過問。但是，令他費解的是，一個投資也就千萬美元的案子，戴力行竟然三番五次地介入。審批規劃本來按程序走就是了，只是受了郝大偉副市長的要求，他才指示特事特辦。但開幕式前戴力行搶先視察，使他不得不打消了出席開工儀式的決定。一個不大的案子，兩個黨政主要領導都去湊熱鬧，給人的印象不嚴肅。再者，專案本是管委會管的，可戴力行常常插手，使他不舒服。最後促使他下定決心的是一封舉報信。舉報信是匿名的，但是宣傳部分管文化的副部長胡世明親自送到他辦公室的。胡世明說，信反映的問題很嚴重，但由於這個案子影響太大，郝副市長參加了開工儀式，所以不好辦，因爲是案子的事，就直接報梁主任過目。

信中反映兩點：一、作品格調不高，手法怪異，聽說是被規委會否定了的作品，卻依然原封不動地刻在了石頭上；二、空山本來是一座千年名山，自然風光本來就是難得的旅遊資源，現在被一個號稱國際藝術大師的外國人搞得滿目瘡痍，自然山體、岩石全被破壞了。

梁大棟看了舉報信，臉當即陰沉下來，口氣堅決地對胡世明說：「不管影響多大，真理只有一個。」他當即指示胡世明：「你們去現場瞭解一下情況，再聽聽其他人的反映，一周之內拿出一個簡短的調查報告。」

胡世明點點頭要出門，梁大棟又叫住他，說：「我要的是實際情況！過去你和黃嘉歸是同事，我不管你們關係好還是不好，在這個問題上，你的態度必須是公正的。」

胡世明連忙說：「我知道，主任！」他說，「我一定抱著爲你爲開發區人民負責的態度去做。」

第四天，胡世明果然拿來了調查報告，結論是人們的看法分歧很大。贊成的人認爲，有文化，塡補了靈北文化旅遊的空白；反對的人認爲，一般人看不懂，所以沒法判斷是不是那麼一回事。不管贊成的還是反對的，都認爲保護環境是很重要的，不能隨便下手。可眼下漫山遍野開花了。胡世明說他到現場看了，做的和規劃有很大的差距，許多原始的山石和崖體被破壞得不成樣子了。他說：「你在規委會上否定的巴金和老子的造像，原封不動地出現在山體上，而且很大。」

梁大棟強忍憤怒，對胡世明說：「你先下去。」

胡世明離開後，梁大棟決定立即採取行動。他叫秘書史九剛過來，讓他通知區人大、政協和林業、農業、土地、規劃、旅遊、文化幾個部門的主要領導參加，半個小時後，在管委會大樓門前會合，去空山般若園召開現場辦公會。

梁大棟的命令是九點半下的，十點鐘，該去的人就在樓前彙集了，人大去的還是副主任隨立先，政協是副主席楊力挺，管委會分管旅遊的副主任高雄起理所當然參加了，各個局不是局長就是副局長，總之，凡是通知了的，無一家缺席。十點過五分，梁大棟出現在樓門口，陰沉著臉，不和任何人打招呼，鑽進車裏就走了。後面的人也就尾隨其後，剎那間，由十多輛車組成的車隊向空山進發。

接到通知的莊新，當然不敢怠慢，立時叫上吳春樹，開車在路口等待。十點半，莊新就聽到了梁大棟的司機常按的三聲笛音，他們就鑽進了車裏，見梁大棟掛軍牌的車過來，他們就立即起步，等車隊的所有車輛過去後，他們立即加速跟在車隊的後面，飛也似的和車隊一起奔去。車隊揚起的塵土一溜飛起，捲起一陣風，瞬間翻滾著向四周散去，接著，後面就變作了薄霧，但前面的灰塵越加的厚重。零星的路人被這樣的車隊驚呆了，就駐足觀看，猜想一定是位大官來空山視察了。

很快，車隊到了山下，人們紛紛下車，向梁大棟周圍聚攏。

剛才還在的太陽，這時鑽進了雲裏，空山的雲層似乎比別處更厚，而且不是一塊一塊的，也不是一大片的，而是像從頭頂扣了鐵鍋，光線十分暗淡，山上的樹木成了墨綠色，遠處的山頭淹進了霧氣中，若隱若現，山間的空氣沉重起來，壓得人們有些喘不過氣。

不過，這樣的天色，氣溫倒是降了，人們只感到稍微發悶，並不如平日熱。所以，他們的腳步就加快了，跟著梁大棟，急促地上山。

轉眼間，他們就到了夏冬森創作完成的作品前，首先令梁大棟刺眼的就是那尊老子雕塑和巴金造像。頓時火氣沖上了他的頭，老子雕塑的鬍鬚不是在地裏，而是扎在了他心裏，巴金的造像扭曲的身體，分明是在扭曲著他。梁大棟的眼睛裏幾乎冒了血絲，他厲聲問：「這兩幅作品不是規委會否定了嗎？怎麼又出來了？」

所有的人面面相覷，不知道該如何回答。

莊新四周搜尋，企圖找到般若園的人，但沒有看到，他悄聲問站在身邊的史九剛，才知道沒有通知般若園的人參加。

梁大棟見無人響應，就直接點名，問規劃局長吳桐：「這規劃是你們批的嗎？」

吳桐不急不慢地答：「是我們批的，是依據高雄起副主任主持召開的現場辦公會的紀要批的。」

梁大棟就看高雄起，高雄起不語。梁大棟就大聲說：「現場辦公會是我要高主任主持召開的，但那些作品都是規委會的會上大家看過一次的，發表了意見讓修改的，他們不是重報了設計方案嗎？」

吳桐說：「我無意中把兩份方案對比了一下，作品並沒有改動，只是把背景放大了些。」

像有一口氣噎在了胸口，梁大棟一時感到了氣短。

他突然叫了一聲胡世明的名字，說：「把那封舉報信念念，讓大家聽聽。」

胡世明答應一聲是，就掏出放在公事包中的信，看來他是專門複印了幾份的，原件是報給了梁大棟的。胡世明向高處站了站，以便人們都能看見他。他顯得並不急，慢慢地展開了信，清晰地念道：

開發區各位領導：

我作為開發區的一名普通市民，也作為在這片土地上生活了多年的空山人，反映一個問題：空山的開發不能這樣下去。讓一個所謂的國際藝術大師的外國人，在這座破壞了就可能永遠無法復原的自然山林中胡刻亂畫，是極不嚴肅的。只要走進去看一看，幾個月前還是一座美麗的原始山林，如今已是滿目瘡痍了。且不說作品格調的低下，許多人物造像隨心所欲，號稱大地藝術，實際背離了中國的傳統，特別是社會主義所宣導的現實主義精神，造像顯得怪異醜陋，是很難接受的。即使真如創作者所聲稱的那樣，是世界第一，是偉大的創造，那麼，這些作品也應聘請專家，組織專家，逐件進行審閱，然後做出結論，這才是嚴肅的，合乎國際慣例的。我們不能讓一個外國人加上一個中國人，兩個人把開發區的人都糊弄了。

這種自我欣賞的個人創作行為，應立即終止，否則我們對不起腳下的土地，對不起我們的子孫萬代，我們要把一堆文化垃圾留給後代嗎？

不對之處請指正！

靈北開發區一個普通的人

胡世明念完，將舉報信重新放進自己的皮包裏，就又退回到低處站著。

現場無一人回應，反而比剛才更靜了，似乎人們保持了一個姿勢，連步子也不挪動。天上依然濃罩著陰雲，雲層的縫間，透不出半點光來。山色比剛才更加灰暗，不像是中午的時分，倒像是落日後的黃昏。

梁大棟走到高處，把手一揮，說：「聽聽，大家聽聽，這是群眾的聲音。你們怎麼看，我還不知道，但我的看法是，說得太對了，對我們是提醒，對我們是一種吶喊，難道我們這些掌握著這片土地未來的人，能無動於衷嗎？能眼見這種破壞自然環境的行爲繼續發生嗎？不管你名聲多麼大，影響多麼廣，你得按照中國的法律法規辦事，不能自己想怎麼做就怎麼做！這不是畫在紙上，也不是畫在牆上，撕了、拆了就可以了事。這是永久性的破壞啊！」梁大棟說著，就喊莊新的名字，說，「通知般若園，明日起全面停工，重新審定規劃。」

莊新一時語塞，但他憋了半分鐘，還是開了腔，他說：「梁主任，這怕有難度，因爲規劃是發了文的，戴書記還當面讓文化局下了批文。如果這樣停了，給外商不好解釋，引起外商不滿。」

梁大棟揮了下手，高聲說：「那是你的事，你願怎麼解釋就怎麼解釋。我要的是對歷史負責，我們不能做歷史的罪人。在地上挖個坑可以塡平，石頭山體破壞了能恢復嗎？」

莊新只好把要說的話咽了回去，不再爭辯。

這時，隨立先突然站出來，說：「梁主任，郝市長參加了開工儀式，又是戴書記重點抓的，規劃也是政府批准了的，社會影響大，突然停工，給各方面恐怕不好交代。」

隨立先畢竟年齡大，論資歷年齡都可以給梁大棟做長輩，何況他是在戴力行主政時由法院院長的職位退下來進入人大的。人們劃線，通常把他劃爲戴力行的人。所以，他說話，也是在情理之中的。

但是，隨立先的話並未引起任何人附和，現場一時沉寂。

梁大棟倒不像對莊新那樣的態度，一句堵回去，而是等隨立先說完了，停了幾十秒才說，口氣也緩和了許多，他說：「隨主任說得沒錯，但我們不能因爲眾多複雜原因，就眼看著錯誤繼續下去。從歷史的角度和負責任的角度，我們寧願在條件不成熟時把空山保護起來留給後人開發，也比我們沒有規劃好就胡亂開發要好得多。」

話已至此，別人就不再好插言了。梁大棟見無異議，就又問了一句：「大家看還有沒有其他意見？」

結果可想而知，現場鴉雀無聲。於是，梁大棟就宣布散會，並要求規劃局和旅遊局牽頭，出一份今天現場辦公會議紀要。

於是，他們就下了山，各自鑽進了自己的車裏，車隊又一溜煙出發了，由慢加快，終於飛奔起來。

突然黑暗的天空，被一道閃電照亮，接著，就是一聲比閃電更令人驚駭的雷鳴。那聲音掃過天空，塞滿空間，鑽進了地心，人們分明感到了大地的搖撼。這時，就有碩大的雨點砸了下來，鋪滿灰塵的路上，立即冒著被雨點砸中而騰起的煙塵，不過這煙塵在騰跳幾下後，就被雨水的力量掃平了，地上立即就有了流動的泥漿。

這雨雖然來得突然，但人們立即明白，季節已快到仲夏了，突降暴雨是再平常不過的事了，還有比這來得更猛烈的時候。

車隊在雨中經空山辦事處的門口，並沒有停下來，而是冒雨快速前行，莊新就左轉車頭回辦事處了。下車後，他對身後的吳春樹說：「給黃總打個電話，說說今天的事。我們只能這樣。」

吳春樹只好上樓，給黃嘉歸撥了電話。

莊新窩了一肚子的火。這叫什麼事呢？他想的更遠，更複雜些。因爲，一旦工程停下來，正在加緊辦理的官上村的土地自然就沒法辦了，給老百姓又不能解釋，費了九牛二虎之力的空山開發，可能會夭折了。他本想立即給戴力行打電話，但那樣就有了告狀之嫌，他想黃嘉歸得到消息後一定會比他更急，也許會去找戴力行的。

他不管怎樣說服自己，也不能排遣心中的悶氣。他就乾脆什麼也不做，什麼也不想了，倒了一杯水，站在辦公桌前發愣，直到吃午飯時，他也沒有出辦公室半步，別人敲門彙報工作，他也不應。

中午，莊新在辦事處食堂匆忙吃了幾口，就又回辦公室了，他在想，這件事該如何收場？他現在該做什麼？怎樣去向夏冬森解釋？他分析，以梁大棟的個性，這件事情是一定得按他的意見辦，即使走形式，夏冬森的作品也是要交有關專家組成的小組審定的，那也是給夏冬森一個下馬威，以顯示梁大棟的權威。

直到下午兩點多，他也沒能想出一個好辦法來。而這時，辦公室的電話響了，他接起一聽，是戴力行打來的，他的心裏立時產生了一種莫名的激動。

戴力行並沒有和他客套，就直接問了上午發生的事。

屋外的雨，吃午飯時就停了，急雨並沒有下透，不過這時太陽出來了，屋裏也很亮了，他的心情一下子輕鬆起來。莊新就毫不避諱地把梁大棟現場辦公會的情景描述了一遍，當然還夾雜了他的看法。他說：「關鍵是那封舉報信，還是從宣傳部轉給他的，本來宣傳部是工委的部門，先轉你才對的。」莊新說，「我看他們是有意的，是策劃好了的。」

戴力行問：「就沒有人提出不同意見嗎？」

莊新說：「我說了，隨主任也說了，但當時的氣氛很不好，梁主任有備而來，那封舉報信一念，把大家的嘴都堵住了。再說，現場有幾個人懂藝術？我也半通不通，拿不出有力的論據，這事情只能任他說了。」

「這是在純粹說藝術嗎？」戴力行口氣嚴厲地說，「胡鬧，真是一點政治也不懂，他考慮過影響嗎？這麼大的一個案子，而且社會回響如此之大，就憑一個領導一句話就停工，這真成了笑話。你們知道夏冬森是什麼人嗎？真是要鬧出國際笑話。」

也許戴力行覺得自己口氣過於激烈，說得多了，就突然停下來；也可能爲了表示親近，也可能是對莊新的完全信任，他緩和了口氣，說：「可能聽到什麼風聲了，市上要調整班子了。」

這句話，對莊新而言，既說明了上午事件的深層原因，也表明了上級的信任，不是自己的人，官場上是不輕易這樣說話的。但到底是市裡的班子要調呢，還是市上要調整開發區的班子，也只能猜，戴力行的話沒有向下說，他也就不能再問了。

莊新就說：「戴書記，那我們該如何處理呢？通知不通知般若園的黃總？」

這句話問得很得當，既是請示的口吻，又把話說明了，也能討到處理的方法。

戴力行說：「黃嘉歸陪著夏先生就在我後面的車上，我們正在向空山趕，大約一個小時後到。」

說一個多小時到，顯然不是在開發區，但莊新是不能再問了，他只知道現在戴力行是和夏冬森黃嘉歸在一起的這個事實就夠了。他要做的，就是一個小時後迎接戴力行。在門口迎接，顯然晚了，去更遠的地方又顯得多此一舉。正好，由開發區至空山兩條路有個交叉口，從市區來的車也是必經此處的，將要開工的旅遊大道也正好是從那裏起點的。於是，莊新就掐好時間，帶著吳春樹開車出去等。他們見路口塑膠布撐起的棚子下，有個老頭在賣瓜，就走過去蹲在那兒，要了個瓜吃。

而問明情況的戴力行，採取的第一個措施，就把電話打給了郝大偉。他們有一定的私交，所以，說話也就直接些，再者，戴力行兼了個靈北市經濟改革領導小組副組長的職，組長是市委書記汪至平兼任，所以，他享受的是副市級的待遇，雖是個虛職，但論級別和郝大偉平級。

電話接通後，戴力行就將梁大棟未和開發區任何領導碰頭商量、宣布般若園停工的情況彙報給了郝大偉，他的彙報語氣冷靜，講得有理有節。最後他說：「太年輕了，這事如何收場？」

郝大偉參加了開工儀式，又會見過夏冬森，應該說對這個案子和夏冬森是瞭解的。他不排除梁大棟召開現場辦公會肯定有其理由，但宣布這個案子停工顯然草率了，甚至有些不把戴力行和他放在眼裏的意味。他畢竟公開支持過這個案子。

郝大偉說：「案子不能停。」他對戴力行說，「你讓梁大棟給我打個電話。」

戴力行扣了電話，手機在叫，電力不足了，他換塊電池，接著就給梁大棟打電話。他極力壓著心頭的火氣，說：「梁主任，對般若園這樣有影響的案子，就是有不同看法，也是正常的，藝術本來是仁者見仁，智者見智的，但要交流；要停工重新審批，也是可以的，但要通氣。郝市長公開表態支持，新聞媒體都報了，影響那麼大，你一句話說停就停了，太不嚴肅了。」戴力行壓住的火氣終於爆發，他說，「你給郝市長打電話解釋吧，他現在就等著。」不等梁大棟作出任何反應，戴力行就扣了手機。

這時，戴力行的車，已行至離空山辦事處不遠處的一個交叉路口，遠看就見站在路邊瓜棚旁的莊新，就讓車減速。待走近停車，莊新迎上來，手裏舉著一個瓜，隔著車門問戴力行：「戴書記，去辦事處嗎？」

「就這下車。」戴力行說著，從車裏鑽了出來。跟在後面車裏的夏冬森和黃嘉歸也下了車，馬可隨後，他們笑著，握手。

戴力行向前幾步，停了下來，黃嘉歸本想詢問莊新上午發生的事，但見戴力行停下來，莊新把瓜遞給身邊的吳春樹跟了上去，就不好再開口。這時的戴力行，已滿面紅光，剛剛下過雨的路面也沒了平時的塵灰，他一副興致很高的樣子，似乎什麼事也沒有發生過。

夏冬森和黃嘉歸上前後，戴力行指著前面的路，對夏冬森說：「夏先生，我是專門帶你到這兒看看的，黃總知道地方，你可能還不十分清楚。」戴力行說，「從這個岔路口開始，直至空山腳下，要修一條雙向六車道的旅遊大道，這個月就開工。這條路一旦加寬硬化，從開發區到空山腳下也就二十分鐘，從市裡過了輪渡也就二十分鐘，從市區環灣高速，也就一個半小時。」

從哪到哪，夏冬森根本沒有概念，因爲他對周邊的地名和方位是陌生的，他就笑著說：「我每天上山都是從這兒過的，他們天天告訴我，說要修旅遊大道了，但幾個月了，沒有動靜。」

戴力行就解釋：「去年就定的，是爲空山開發配套的，但決策之後，有個履行的過程。」

莊新接過話頭說：「夏先生，爲了你們的般若園，配套這條路，投資也得上千萬了。」

夏冬森笑了，說：「什麼我們般若園，難道不是你莊書記的嗎？我做好了能背到S國嗎？就是背回去，我的家門前也放不下，就是放下了，也成了出行的障礙啊，還得學愚公移山。」

莊新就趕忙說：「是的，我們的，我們大家的。」他說，「不過，爲這件事，戴書記操心了。他今天又帶你們來看，就是給你們堅定信心，不要有任何動搖。」

夏冬森一攤手，說：「我可從沒有失去過信心，當然也不會動搖了。」

天太熱，就這幾句話的時間，他們臉上的汗就下來了。莊新問：「戴書記，辦事處去坐一會吧？」

戴力行說：「我就是帶夏先生看看，下午另有安排。」

「那就吃個瓜涼涼。」莊新向後看一眼，吳春樹趕忙直奔瓜攤，讓賣瓜的老頭把剛才挑的那個瓜打開。

戴力行對黃嘉歸說：「明天照常幹，不要管別的事。」說著，就向瓜攤走去。其他的人跟在後面。

夏冬森被戴力行的話弄得有些不知所云，他問黃嘉歸：「戴書記讓加緊幹什麼意思？」

黃嘉歸不想讓夏冬森知道得太多，怕他誤解，就說：「早點完工，政府當然高興。」

黃嘉歸的解釋並未消除夏冬森的疑惑，但夏冬森也不再多問。

瓜倒是很熟的，大約是海邊的緣故，水分太多，味道遠不及大西北的瓜香甜。黃嘉歸只吃了一塊，就索然無味。雖然許多年過去了，黃嘉歸依然不能忘記家鄉的瓜，每當瓜熟的季節，在悶熱的夏夜裏，借著月光，在一絲清風中，吃著熟透了的西瓜，真是一件享受的事。而海邊的瓜，雖大又圓，卻皮厚瓤悶，咬到口裏全是水，全然不如老家的西瓜甜香。

不過別的人也許沒有這樣的感覺，也許只是爲了解渴，一個十多斤的西瓜，很快就被他們消滅了。

吃完了瓜，他們握手告別。

上了車，夏冬森追問黃嘉歸：「戴書記剛才說的什麼意思？」

黃嘉歸還想瞞，但夏冬森從前面座位上轉過身，瞅著黃嘉歸問，他的目光不容回避。於是，黃嘉歸就乾脆告訴了夏冬森，說：「梁大棟今天上午在空山召開現場辦公會，宣布般若園停工。」

「爲什麼？」夏冬森的眼睛充滿了疑問，他的眼睛本來就大，眉毛也很粗，這時眼一圓，眉毛一豎，就有了幾分不容侵犯的威嚴。

黃嘉歸說：「具體原因我也不清楚，只是接了個電話。」

夏冬森立即說：「爲什麼不問莊新呢？他肯定知道，在他們管轄的地方。」

黃嘉歸說：「沒有必要了，戴書記已告訴我，一切按原計劃進行，其餘的事他處理。」

夏冬森不清楚中國的官員設置，問：「聽誰的？是聽梁主任的，還是聽戴書記的？」

黃嘉歸說：「在中國，當然要聽書記的，書記是一把手。」

但夏冬森並不完全聽信黃嘉歸的解釋，他說：「這是一個嚴重的事件，政府批准了的專案，怎麼可以宣布停建呢？梁大棟還是批准當局的最高行政長官。」他用看似玩笑的口吻說，「黃總啊，你可得給我弄清楚，不然，我和宋先生不會放過你的。」

「夏先生放心好了，」黃嘉歸說，「在中國，像這樣領導之間分歧的事多得是，協調好了就沒事了。」

夏冬森的神情並未放鬆，他嚴肅地說：「既然我們是奔著你來的，你就得給我們負責到底。」

黃嘉歸還沒有接話，夏冬森又說：「我和宋先生通話了，他南方那個專案的總經理推薦了一個人，今年三十五歲，到般若園任副總，這幾天就到。」

黃嘉歸沒有半點遲疑，立即說：「好！這樣就多個幫手。」他扭過頭，對坐在旁邊的馬可說，「馬主任，這兩天租個住的地方，辦公桌之類的東西也準備一下。」

馬可點頭應道：「好的。」

「地方不要太大了。」夏冬森說，「屋子裏的東西說好了他配，記上賬，錢從他的工資裏扣。」

馬可點頭應了。

黃嘉歸並不在意夏冬森派人，因爲他多次要求過。他們派了人，介入了公司的管理，許多事，他們就會明白。眼下的當務之急，是抓緊時間施工，儘快建成般若園，一切爭議都將不會影響未來的發展。否則，有可能在爭議中真的停下來。於是，他對夏冬森說：「夏先生，頂峰的《金剛經》這幾天得寫了，工程大，動手越早越好。我們已給西海大酒店說好了，就等你定時間。」

夏冬森說：「知道了。」

車速很快，車內卻無話了，儘管開著空調，依然悶熱。

送夏冬森到酒店後，黃嘉歸就和馬可回辦公室。

剛進門，馬可就問黃嘉歸：「黃總，有沒有緊要的事？我想和你說個事。」

黃嘉歸看看表，說：「離下班還有個把小時，我正好把頂峰的施工方案看看，如果不是急事，吃完飯到海邊說吧，今天太熱。」

馬可聽了，說：「好吧。聽黃總的。」

黃嘉歸就說：「別，別，下班後的時間是你自己的。」

馬可笑笑，打開了黃嘉歸屋裏的空調，退出來關了門。

靈北的夏日，天氣很長，吃完晚飯，正是夕陽西下的時候，黃嘉歸開著車，拉著馬可，到了海邊。他們選了少有人去的一片礁石區，那是在一段山崖的下面，沿著海的岸邊，有許多形狀怪異的礁石，路是原始狀態的，高低不平。他們把車停在路邊，就走了過去，儘管路不好走，但只要步子踏穩了，走起來也不太費事。

到了海邊，他們挑一塊大的平坦的礁石，面對面地坐下。

這時，夕陽把海面照得通紅透亮，靠近落日的地方，更是金黃一片，如爐火的中央，閃著耀眼的光芒，那海水也如沸騰的鐵水奔流，充滿了動感。天空無風，近海的水如平鋪的淡黃色的錦緞，在夕陽的殘照裏鼓起緩慢的節奏，隨著遠處的動感而搖曳，整個海面似乎與大地一起擺動，礁石如楔進大地的塞子，防護著可能溢出地平線的海水。

他們坐著無語，也許今天一天經歷的事情太具戲劇性，太累人，他們需要在這樣的環境裏歇歇略顯疲憊的心境。兩人幾乎要和礁石融爲一體了，遠處沙灘上偶爾跑動的下海衝浪的人，給顯得有些沉靜的情景突然增加了一些生動。

過了很久，黃嘉歸終於抬起頭來，說：「你不是有話要說嗎？」

馬可也抬起頭，她面朝西，夕陽的餘暉經海面的反射，使她的臉上有了些微微的紅光，她長長的睫毛似乎挑起了一縷上揚的光線，使眼睛變得十分深邃曠遠。她說：「這樣美妙的情景，只應默默地體會，是不能讓煩惱來打攪的。」

黃嘉歸看看她說：「班瑪大師說，煩惱即菩提，它們是一不是二，可惜我們體會不到那個境界。」

「是的，」馬可說，「否則我們成佛了。」

黃嘉歸說：「那我們還是說凡事吧。」

馬可點下頭，說：「這事我本不想說，但又覺得不說不行。」

黃嘉歸問：「有這麼嚴重？」

「嚴重倒不嚴重。」馬可說，「你和夏先生之間的分歧很明顯了，他有些看法需要你去認真對待。我去了幾次施工現場，每次都有員工向我反映，說夏先生當著民工和公司員工的面，說你搞了這麼個山，把他和宋先生拉來，結果鬧出許多事來。他懷疑是你和政府聯合做的套子讓他們鑽。」馬可看看黃嘉歸，說，「黃總，說明他已經對你有了很深的成見了，你和他們打交道應該注意些，常言道：害人之心不可有，防人之心不可無。」

黃嘉歸聽了，倒還冷靜，他說：「這個案子的關鍵，就是夏先生的作品和宋先生的資金。如果沒有他倆，這山只是荒山。」

馬可說：「話雖這樣說，但沒有這座山，他拿了錢，也找不到地方去做。天下比他們有錢的人多的是，可像空山這樣的山頭只有一座，實際上三者缺一不可。再說，土地是不可再生的資源，他到哪裡去找這麼一座山？是他的作品刻上去了，又不是你的什麼。」

黃嘉歸說：「我個人的想法不多，我只是想通過這種形式讓更多的人親近佛法，感受一種精神的力量，種一點善根而已。至於能否永存，那不是自己說了算的事。正如一位偉人說，好好生活吧，別指望大地記住你的名字。」黃嘉歸說，「但這件事情的成功，夏先生是關鍵的因素，所以在任何情況下，都要告訴員工和公司所有的人，無條件地支持夏先生創作，否則我們就失去了方向。」

馬可說：「這我理解。不過，你也不能太委屈自己了。」

黃嘉歸說：「委屈什麼？就這點事，外面已經夠複雜了，我們不能再在內部瞎折騰。」

馬可說：「我知道了。」

夕照已完全退去，天暗下來了，海面一片沉寂，暮色就從四面包圍過來。又過一會兒，遠處有浪頭撲來的聲音，黃嘉歸說聲走吧，他們就從礁石上向下爬。馬可高跟鞋突然夾在了礁石的裂口裏，不能動了，黃嘉歸伸手去拉，一用力，馬可從上面跳下來，由於地方狹窄，黃嘉歸無處躲避，馬可就撲到了他的懷裏，兩人的身體接觸的瞬間，各自感受到了對方的顫抖，他們趕緊躲開。

許久，馬可說了聲：「時迅真幸福。」就低頭不語了。

他倆一前一後，默默地到了停車的地方，開了車回去。

34

第二天早上八點，黃嘉歸在般若園施工現場召開員工大會。

黃嘉歸強調施工不但不能停，而且要加緊，並要求工程部招用更多的工人，提前原先的計畫。他要用這種辦法，與梁大棟搶時間。因爲他判斷，如果人事調整，戴力行離開開發區，而梁大棟又能如願以償地接了戴力行的班，那麼，根據昨天一天發生的事情邏輯判斷，梁大棟一定會爲難這個案子。即使繼續進行，山上的作品也怕要作調整，不然，梁大棟是不會放過的。

會議二十分鐘就結束了，實際是一個加快施工進度的動員會。

在回來的路上，馬可問爲什麼這樣急促。黃嘉歸說：「昨天事情雖然過去了，戴力行讓我們繼續施工，而且要加緊時間，還說是郝市長的指示。也就是說，梁大棟召開現場辦公會宣布停工後兩個小時，他的決定就被推翻了，這是一件嚴重的事，等於領導間的分歧公開化了。這種情況下，一旦出現人事變動，戴力行離開了，專案的前景就有了極大的不確定性。」

馬可聽了，覺得黃嘉歸分析得有道理，但她還是說：「那麼嚴重嗎？案子影響大，而且郝市長都介入了，誰當權，也不能說變就變呀！」

黃嘉歸說：「嚴格說，做專案應該按市場規律走，企業就是企業，但在中國做案子大都和政府的某些官員聯繫在一起，正因爲我們的案子影響太大了，就會樹大招風。案子雖然給當地帶來了好處，也給當地老百姓帶來了長遠利益，但對有些官員來說，給他們帶來了什麼呢？我們不但沒有給人家帶來利益，還得罪了不少人，這就埋下了隱患。梁大棟在辦公會上讓胡世明宣讀的那封信是有來頭的，這事又不能給夏先生說明白。鄭老闆做房地產花了多少錢擺平這種事你是清楚的，而我們案子的性質，決定了我們必須做得很正，也正因為我們做得太正了，就不符合眼下的潛規則。」

馬可若有所思地點點頭。

車到西海大酒店門前，馬可回辦公室，黃嘉歸上樓陪夏先生書寫《金剛經》。《金剛經》全文五千多字，書完不是一件簡單的事。按夏冬森的書寫習慣，黃嘉歸要了西海大酒店十八樓的會議室，酒店的工作人員撤走桌椅後，空間足有一百多平米。

他們先在地板上墊了三層報紙，以防墨滲下去。然後將專門去市裡文化市場買的丈二的宣紙打開，鋪在屋子的中央。

夏冬森淨了手，在窗臺上點了一炷香，和黃嘉歸一起雙手合十，誦了一遍《心經》，念了二十一遍蓮花生大士心咒：「嗡阿吽，班雜兒咕嚕唄嘛斯德吽」，接著又誦一百零八遍六字大明咒：「嗡嘛呢唄美吽」，夏冬森這才調理筆墨。

太陽從窗外照進來，掉在地上，房間裏光亮一片。光線透過空氣，落在宣紙上，本有些發黃的宣紙，立即變得幾乎透明，薄厚均勻的紙面，偶爾顯出細微的瑕疵，紙面就出現顏色深淺有別的斑點，這也更能顯出宣紙的質地。夏冬森脫了鞋，光著腳站在宣紙上，他蘸了墨汁，將筆提起來，稍作運氣，然後快速下筆，這時就見「金剛般若波羅蜜經」幾個大字出現在光亮的宣紙上，散發出濃濃的墨香。

夏冬森又蘸了濃墨，稍作調理，立刻下筆，他握著的筆宛如魚翔淺底，飛速游動，而筆鋒則在手腕的帶動下，如天馬行空，縱橫馳騁，那筆下的文字，如同注入靈魂的山泉噴灑而出。夏冬森的手腕和筆鋒在紙上作四周翻滾運動，一時使黃嘉歸眼花繚亂，難以分辨，而這時的夏冬森卻如靈性奔湧，四周已沒了世界的存在，只有他在癲狂創作。

他蘸墨，運筆，再蘸墨，再運筆，文字便一刻不停地奔湧向前。隨著「姚秦三藏法師鳩摩羅什譯」之後，便是「如是我聞，一時，佛在舍衛國祇樹給孤獨園」的出現。至「三十二相，即是非相」，整張的丈二宣紙便滿了，夏冬森已大汗淋漓，如同水中撈出一樣，他本是穿著一件短衫，這時已被汗水濕透了。

夏冬森直起腰來，休息片刻，就與黃嘉歸把書好寫成的作品，輕輕挪到了旁邊，又鋪好了第二張。

黃嘉歸上前，輕輕打開了窗戶，就有風灌進來。十八層的高處，自然風要比空調舒服。但地上的宣紙卻被風吹捲了。黃嘉歸趕緊關了窗戶。見夏冬森又提起了筆，黃嘉歸就說：「休息一會吧，太累了。」

夏冬森抬起頭，兩根指頭併住，去捏筆尖上一根伸出的細毛，他說：「得一口氣完成，斷了氣韻，風格會變。」說著，夏冬森抽出一張面紙，擦了擦手指上的墨，又蘸墨下筆了。

他雙腿叉開，彎著後退。筆下的文字如農人耕作，種子迅速地長成了茂盛的莊稼。筆劃雖然有粗有細，字也有大有小，但那宣紙瞬間變得已不再是紙，而是土地，是石林；字的筆劃，如同刀，如同筍，從石頭上刻下去，從地縫裏鑽出來，力量無比。用力透紙背來形容，不足以表達眼前文字的力度。每一筆，就如注入了頑強的生命，從遙遠的天體裏噴薄而出，充滿了神秘的力量和閃電般的靈動。

黃嘉歸震驚了，這樣的文字，也許不會輕易出自一位書法家之手，他以變化的神奇和內力的爆發，攝受觀賞者的靈魂，令人相信這書者一定是不食人間煙火的仙人；而那飛舞的筆鋒，似乎是在懸空運動，一筆一劃，皆來自瞬間感覺的把握。立刻使他聯想起布袋和尙的插秧歌：「手把青苗插滿田，低頭便見水中天。六根清靜方爲道，退後原來是向前。」

整整一個半小時，書寫已到「若人言：如來有所說法，即爲謗佛，不能解我所說故」，第二張紙又滿了。

夏冬森又一次大汗淋漓。他放下筆，站起身來，接過黃嘉歸遞過的面紙，擦著滿頭的大汗。

黃嘉歸看看時間，快三個小時了，又看看經書，說：「到此吧，該吃飯了。」

夏冬森喝口水，說：「體力也支持不住了，下午吧。」

他們移開第二張作品，攤開第三張宣紙，爲下午書寫作了準備。

中午在西海大酒店用餐，黃嘉歸特意點了幾個好菜，餐後讓夏冬森睡了一覺。下午三點，他們到了會議室。

這時的陽光有些收斂，天下像是起風了，窗外不遠處的浪濤似乎隔了窗戶撲進來，儘管聲音很微弱，但力量卻分明掀動著大地和這層拔地而起的高樓，窗戶的玻璃似乎在震動。夏冬森站在窗前，默默地看了幾十秒鐘，也許被濤聲的力量激動了，他轉過身，提起筆，迅速調劑了墨汁的濃淡，彎腰疾書。

黃嘉歸忽然發現，這次的字比上兩篇略微變小，但卻如鐵流奔湧，更顯造型的力量和空靈。夏冬森手中的筆似乎並未握在他的手中，而是一張吊在半空行走於宣紙上的犁，那文字煥發出了自然中田野的芬芳。慢慢地，黃嘉歸覺出這芬芳充滿了整個房間，似乎穿過了牆壁，越過了門窗，向更大更宏闊的空間瀰漫而去。

黃嘉歸雖無修證經驗，但他明白眼前的文字，不僅來自夏冬森精湛的書法藝術，更來自於對兩千五百年前一位超凡的聖人的感動。

突然間，黃嘉歸感覺身體消融了，虛空充滿了光明，大千世界的所有障礙消除了，山河大地、過去未來成爲一體。他無法言說自己的感受，他搖搖頭，確定自己站在原地。當他把眼光移到夏冬森的筆下，見他已書滿了第三張宣紙，經文也已至「一切有爲法，如夢幻泡影，如露亦如電，應作如是觀」，還有幾十個字便到結尾。

轉眼間全部經文書寫完畢，夏冬森收了筆，說：「今天只能這樣了。」

夏冬森擦擦汗，讓黃嘉歸讀經文，他對照，檢查書完的三張，竟一字未漏未錯。

夏冬森連說三聲：「菩薩加持，非人力所爲！」他直起身子，說，「明天再看，如不行再另寫。」說著，他和黃嘉歸一起收拾了桌上的筆墨，回房間休息去了。

而黃嘉歸還未回到辦公室，卻接到了規劃局長吳桐的電話，請他去規劃局一趟，說有重要的事情。

黃嘉歸答應了，就讓司機直接送他去管委會樓下，看看表，下午五點了，他讓司機在樓下等著，他快步上樓。到了吳桐的辦公室，見剛任旅遊局長的賀長智也在場。兩人熱情地給黃嘉歸讓座，吳桐還親自給黃嘉歸倒了杯水，還說，這茶是兩千多塊錢一斤的好茶，態度過分的熱情。過去，黃嘉歸很少見到這個實權局長如此對待來辦事的人。

於是，黃嘉歸就開玩笑說：「兩位局長大人有何見教，黃嘉歸洗耳恭聽便是了。」

吳桐已在沙發上坐下，聽了黃嘉歸的話，又站起來，攤開兩手說：「好我的黃總，你不愧是辦報掌握過輿論權力的人，你把我們折騰苦了。」他說，「梁主任追問，那些創作的作品到底是怎麼批的，難道審查都沒有審查就批准了，你說我們虧不虧？」

賀長智接過話頭說：「我們旅遊局只是業務主管部門，審批規劃本來不是我們的事，可也被叫了去。所以，我們倆是受領導之托來找你談話的。」

吳桐說完話又坐下，正色道：「黃總，玩笑歸玩笑，正事歸正事，梁主任的態度是很明確的，山上那些作品要嚴肅對待，儘管政府下了批文，但還是希望你們停下來，不要做了，道路、涼亭、觀景臺之類的基礎設施可繼續做。我代表梁主任和規劃部門正式向你傳達政府的意見。」

賀長智說：「黃總，說句實在話，你山上那些作品，我看不懂，我們旅遊局也沒有責任，規劃不歸我們管，作品審查也不歸我們管，但因爲是旅遊專案，我也得正式表達主管部門的立場。」

黃嘉歸心裏很清楚，於是，他也嚴肅地說：「吳局，賀局，不是我不給領導面子，因爲般若園是中外合作企業，外商是講規矩和法制的，他不聽別的解釋。我十分同意領導的意見，這樣吧，規劃部門或主管部門最好下個正式文件，這樣我好給外商交差。不然我沒辦法應付。」

吳桐搖搖頭說：「領導可沒有說下文件的話，你這就是難爲我了。」

賀長智說：「不會下文件，這是領導的意圖，黃總得顧及各方的反應。」

黃嘉歸突然覺得尿急，他奇怪自己爲什麼一上政府大樓就尿急呢，是不是有什麼心理障礙？可一想早上到現在，只管忙，還沒有上過廁所，尿急就成了應當的。他就說：「我到洗手間去一下。」說著，就起身出去了。

賀長智也跟著站了起來，他說：「我也去一下。」說著，就隨著黃嘉歸出了門。

兩人進了洗手間，裏面沒人，賀長智低聲說：「我們只是受命辦事，既然批了的，你該怎麼幹就怎麼幹，我們理解。」黃嘉歸看著賀長智，笑笑，點了點頭。

兩人再回到吳桐的辦公室，三人似乎都覺無話可說了。吳桐給黃嘉歸的杯子添了水，問：「味道還行吧？」

黃嘉歸說：「不錯，少有。」

吳桐聽出了話音，就說：「我們傳達的是領導的意見，當然，執不執行那是你的事。」說著，就給黃嘉歸點了點頭。

黃嘉歸看了一下表，五點四十一，就說：「下班了，再無別的事，我就不打擾兩位局長大人了。」

於是，他們起身，會心地笑笑，握手告別了。

下樓，黃嘉歸又看看表，他們實際談話，連二十分鐘都不到，但這場談話，卻傳達出一個重要的訊息，那就是梁大棟並未就此甘休，他的分析是準確的，般若園案子一定潛伏著危機。這更堅定了他的主意，加快施工，特別像石刻《金剛經》這樣的大作品，必須搶在梁大棟有可能做出更大的動作前完工，一切成爲事實後，是政府批准了的，他也奈何不得，也就保證了這個案子的基本成功。

當他回辦公室，馬可告訴他，說：「剛接到要來般若園任副總的鄭少春的電話，說晚上七點乘火車到靈北，讓接一下。」

黃嘉歸一愣，但他並未表現出吃驚的樣子，平靜地對馬可說：「派司機去接一下，這邊該準備的準備好。」

馬可說：「上次說了，都準備好了，房子也租了。」

黃嘉歸說聲好，忙別的了。

馬可安排完司機小許去接站後，就進了黃嘉歸的辦公室。

馬可說：「也許人家真的是來配合工作的，我們不能隨便亂猜人，但防人之心不可無啊。對這個人，你又不瞭解，夏先生也不瞭解，僅僅是通過另一個案子的人推薦的，如果他對這個職位和角色認知有問題，那可能會給今後的工作帶來麻煩。現在的事情就夠複雜了，土地的手續還沒辦利索，又加上領導之間的爭執，我們的內部再亂了，事情就太難做了。」

黃嘉歸說：「是這麼回事。但我們還是小心處理為好，夏先生現在對我們的工作有看法，怕就怕這個鄭少春插進來，使本來複雜的問題更複雜，事情就難辦了。」

馬可說：「怕的就是這個。」

黃嘉歸說：「我們只能做到自己問心無愧！」他抬頭看了一眼馬可說：「不過，我們要在管理上加強，我的事情太多，常常顧不過來，這就要一個協助抓全盤工作的人。我想聘你做總經理助理，兼辦公室主任。」

馬可趕忙說：「這怕不妥吧，人家一來，你就升我的職，人家肯定會有想法。」

黃嘉歸說：「不能因為怕別人怎麼想就放棄自己應該堅持的東西，那不是我的作風。公司章程上寫了，這是我的職權範圍，不用給董事會打招呼。」

馬可說：「實際上不用安什麼頭銜，我不是一直在做嗎?沒有實質的差別，事情在人幹，而不是職位幹。」

黃嘉歸喝一口，說：「總經理助理可以名正言順地代表總經理，職位是可以安排在副總之前的，這樣，你的職權範圍擴大了，對內好工作，對外能更好地協調，我想好了，不是一時心血來潮，就這樣吧。」

黃嘉歸笑笑，說：「馬可，我倆已上了同一條船，正在大海上飄搖，說不上大浪滔天，也說不上風平浪靜，總之，離陸地還遠得很。」

馬可也笑著說：「風雨同舟，患難與共。」

黃嘉歸說：「不至於那麼悲壯，但煩惱肯定是少不了的。」

第二天一早，黃嘉歸和夏冬森到了西海大酒店會議室，夏冬森站在昨天書完的三張作品前，認真看了一遍，說：「怕是再寫不出來了，確是佛菩薩加持的。」他說，「就這了。雖無法窮及佛法的境界，但已盡心了。」

黃嘉歸說：「如此巨大的篇幅，又能一氣呵成，怕是很難見到第二個人寫了。下午我就安排照相，電腦放大，儘快抓緊施工，力爭三個月內完工。」黃嘉歸當然不會提及他的擔心，他也並未提及吳桐和賀長智找他的事。

夏冬森希望聽到的也就是這個說法，他立即接了話說：「鄭少春不是來了嗎？就讓他上山負責這件事，對他也是個檢驗，能行還可再委任更重要的責任。」

黃嘉歸聽出了夏冬森的話音，就說：「我的事情也太多，再說，我一直是做報紙新聞工作的，對企業管理也不是十分在行，如果鄭少春確實行，可以讓他當總經理。」

夏冬森聽了，毫不掩飾自己的情緒，立即說：「那就再好不過了。宋先生說了，舵還得你把，讓鄭少春幹具體的事。我也同意宋先生的看法，離開你是不行的。」

話到此，黃嘉歸覺得，他與夏冬森之間的裂縫，也許只有時間證明了，他的任何解釋都是蒼白無力的。國情和文化的不同，很難用簡單的解釋說明白。但有一點是明確的，就是必須抓緊時間，只要實現了目的，一切分歧就顯得不重要了。於是，他回辦公室後，馬上佈置《金剛經》的拍照和電腦放大的事，他對馬可說：「金剛頂的石刻，必須立即動手，容不得半點拖遝。」

鄭少春是晚上八點半才到的，黃嘉歸和夏冬森請他吃了頓飯，也算是洗塵吧。因彼此不熟，黃嘉歸也未多言，只說了幾句客套話，飯很快就吃完了。

第二天下午四點半，山上的人下山，公司召開了員工大會。會上，黃嘉歸介紹了鄭少春，說他大學畢業五年了，也在一家企業幹過中層，有一定的實務經驗，且年輕，充實公司是一件大好的事。公司的領導層加強了，就更有利於公司的發展，並當場分工，金剛頂石刻由鄭少春負責。

黃嘉歸說：「作爲副總，要分擔更多的工作，但因剛來，就先落實金剛頂石刻，工程部密切配合。在這個過程中，鄭總可以對公司和整個專案逐步瞭解，儘快進入情況，以便擔任更大的責任。」黃嘉歸強調說，「儘管鄭總暫時分管金剛頂石刻，但作爲公司副總，有權過問山上的工程，希望大家加強團結，支持鄭總的工作。」

黃嘉歸同時宣布了對馬可的聘用，他說：「馬可主任到公司來，算是最早的員工，也是公司的創始人之一，工作成績大，工作能力強，對公司的貢獻是很大的。爲了加強協調工作的力度，充分發揮她的管理才能，聘任馬可爲總經理助理，並兼任辦公室主任，受總經理委託，主抓管理工作。」

宣布後，員工們報以熱烈的掌聲。

輪到鄭少春講話，他說：「受外商的信任，推薦我來，我很高興和大家一起工作。黃總是一個很有文化品味的儒商，我得用心去學習；般若園是一個很有文化含量的企業，我也得用心學習。希望大家多多幫助，也希望獲得大家的信任，把工作做好。」

馬可說：「謝謝公司和黃總的器重，但高處不勝寒。」她說她爬了般若園的主峰，風光很美。她說：「這說明般若園的高處風景獨秀，但山風也很大，沒有大家的協助，我會被山風吹下山。可既然到了這個地方，也只有站住了，把事做好了，才能對得起公司和黃總，希望大家伸出手，我們握到一起，實現般若園專案的目標。」

夏冬森也參加了會議，他說：「大家都很辛苦，特別是山上的人，每天在風裏和太陽底下幹活，吃苦不少。應該說我們的目的在不斷地實現，但出現的問題太多，所以就加強了公司的領導。相信鄭總的加入，一定會使公司的力量加強。」他當眾宣布，金剛頂的工程需三四個月的時間，所以，他想暫時回國去處理些別的事情。他說：「這裏的一切，就都拜託大家了。」

會議半個小時就結束了。黃嘉歸最後講話，強調了加快進度的必要性，並說，般若園的石刻方案，必須在一周內確定下來，三個月時間必須完工。

第二天，鄭少春就把石刻的方案拿來了，而且做了電腦效果圖。黃嘉歸看了，就立即去施工現場，召開了由工程部和石刻負責人參加的會議，討論它的可行性。

從效果上看，經文與山崖融合到一體，應沒有什麼問題。但當討論以什麼方法，按效果圖的大小尺寸確定每個字在山崖上的位置時，出現了問題。因山崖是凸凹不平的，做效果圖的照片的拍攝是有角度的，失之分毫，差之千里，是根本對不到一起的。

烈日中，他們爬到了主峰，現場對照的結果，與效果圖相應是根本辦不到的一件事。

鄭少春很賣力，不停地給大家介紹尺寸和他的推斷，但當他親自上山對照後，他的情緒一落千丈，強烈的陽光下，他的衣服被汗濕透了。最後，他讓大家下山，他說他得在現場認真研究一番。大家拗不過他，也就下山了，他獨自一人在那兒琢磨。

但時間又過了兩天，鄭少春還是一籌莫展，無法確定最終方案，因爲整個山崖的面積是個未知數，每個字多大也就無從計算，放在哪個位置當然就更無法確定了。

第六天早晨，是個星期天，黃嘉歸叫了馬可，與工程部的幾個人和石刻工隊的負責人，一起到了山頂，當場研究解決辦法。

主峰的山崖背東面西，正好頂起了早晨的太陽，峰頂猶如爆開了一朵明亮的花，放射著耀眼的七彩光芒；懸崖的立面因背光，在頂峰光芒的暗影裏，顯得凝重而挺拔，就更加氣勢磅礴了。

黃嘉歸開玩笑說：「我們做不好，對不起這面山崖，地殼運動以來，無人動過，留給我們來做，這是天大的福分。夏先生的字寫好了，剩下就看我們的了，我們不能表現得過分無能。」

眾人笑著圍攏。黃嘉歸說：「我琢磨了好幾天了，只能是笨辦法，先把山崖的面積搞準確，然後除去不能刻字的斷紋和碎石的地方，用《金剛經》全文的字數除，每個字的面積不就出來了嗎？」

石刻工隊的經理沈秋實說：「對呀！身上綁上繩子，從山頂吊下來，用皮尺量準了，不就能算出每個字的面積嗎？要精確，就按字數打好框，一框一字，還能有錯嗎？」眾人一聽，立即叫好。

事情就這麼定了。黃嘉歸強調了安全，操作就交刻石的工隊去處理。兩天時間裏，他們用了七八個人，吊下兩個人來，沿著山崖的四邊，量定了尺寸，高是一百八十九米，上寬九十八米，下寬一百二十一米，除去頂端的峰頭，能刻字的地方是呈梯形的，這麼一算，面積共計兩萬零六百九十五點五平方米，每個字是可以平均放到四平方米。

他們確定了方案，有人突然提出：「字與字之間留行距嗎？」

黃嘉歸還沒想明白。馬可說：「從觀賞的角度說，遠觀，字與字之間的行距是不需要的，這樣計算的面積應該是準確的。當刻好後上了墨綠色的漆，字與字的筆劃變化就如同山上的植被，整個山崖就有了生命的感覺，我想是很好看的。」

沈秋實聽了，說：「是這樣的，馬助理說得對，她比我們表達得更明白。」

鄭少春要說話，但動了幾下嘴唇，終未說出來，他的表情有些尷尬，本來是爭面子的機會，但第一件事情就沒有拿出個漂亮活，自感臉上無光。好在夏冬森已離開四天了，鄭少春也就少了些壓力。大概夏冬森和他深入地談過話，希望他能有出色的表現，以便出任更重要的角色。畢竟是第一次介入這個工程，黃嘉歸總結時，還是肯定了鄭少春的努力。但黃嘉歸越是這麼說，鄭少春就越不自在了。黃嘉歸佯裝不知，安排了進度就結束了會議。

從第二天起開始，往山上扛鋼管，準備搭架子了。

鋼管由人工從山下向上扛，每根鋼管兩到三米，整個工程需要幾千根鋼管，就動員了二百多人的民工隊伍，按勞計酬，扛一米鋼管一塊錢，年輕力壯的小夥子，每天來回跑四趟，一次扛兩根，最多時每天也可掙到二十至三十元錢。扛鋼管的工人，多是從外地招來的，當地的村民嫌累，幹不了這活。整整十多天時間裏，每日裏二百多名民工，扛著鋼管，從早上五點開始，躲過中午十二點至兩點半的高溫天氣，用八九個小時的時間成批搬運，一個人挨著一個人，沿著簡易的山路向上爬，山頭與山嘴之間，就出現了一條長龍，斷斷續續，絡繹不絕。

每當黃嘉歸站在山下，在豔陽裏看著這火一樣流動的隊伍，他的眼眶就濕了，他想，他們是真正用汗水創造未來的人，這座山因爲他們的辛勞而發生變化。看著，他會產生崇高感，也就有了一種被打動的純淨感。

二十天後，金剛頂的鷹架搭建完成。站在崖下，抬頭仰望，山峰頂著了天，鋼管交錯中的山崖如矗立在蒼穹中的一座鐵山，一節節緊扣的鋼管，如同排列的雲梯，直達天庭，雄偉無比。

紮好了架子，字的位置就很容易定位了。還是用笨辦法，確定了每個字的平均尺寸後，在山崖上用石灰水刷出大致五千多個方框，雖然每個字的大小有別，現場調整即可解決。這樣，先由電腦噴繪出字，然後貼在字的位置上，刻工用發電機帶動的電動刀割出字的外形，然後人工去雕刻。一鑿一鑿下去，但見火星飛迸，一塊塊指甲大小的石片就一點點飛起落下。因山崖的石質是高強度的花崗岩，那錘子和鏨子下去，在冒出火花的同時向上彈跳，雙手立刻震得生疼，時間不長，工人們大指與食指之間的虎口，就有了浸血的裂紋，手套也有了血色，這樣的大型石刻，不單靠技術，也靠毅力。工地每日兩班輪替，避開中午的高溫時間，早起晚休，只要光線看得見，就一直幹下去。

每每黃嘉歸上山，站在崖下或對面的山頭，看著鷹架上如蜘蛛般爬滿了的刻工，聽著有節奏的雕鑿聲，他就感動，時常有淚水在眼眶裏滾動。當他再登上鷹架，檢查一個個筆劃的時候，工人們的勞動場面在眼前清晰地具體化了。他們大多是三四十歲的中年人，最大的過了五十歲。他們來自中國的石刻之鄉山東萊州。

這些離開了土地的農民，幾乎整年遠離家鄉，四處攬活，若遇資金不足或企圖賴賬的主，他們的勞動很多時候就無報酬了。每當年關，他們揣著掙來的錢走進家門時，是年邁的父母和老婆孩子們最高興的時候，儘管他們滿身灰塵，但手中的錢使他們曬黑的臉上充滿著喜悅的色彩。過年的幾天裏，他們走親訪友，穿起了體面的衣服，就會贏得一片讚嘆和羨慕，有的來年還會帶著身邊的親人和親戚一塊走出來。那些沒有拿到錢的，或得到很少錢的，他們走近家門時，臉上雖沒有喜悅，但當他們看到家門的一剎那，眼睛裏還是飽含了淚水，他們的辛苦雖沒有給親人們帶來更多收入，但他們畢竟安全地回來了。走進家門的時候，他們的臉上雖儘是酸楚，但迎接他們的家人還是問長問短，見他們周身不缺一根頭髮地站在面前，年邁的父母就會謝天謝地，也許他們唯一的願望就是出門在外的兒子安全歸來。也許被生活拖累了的女人，會有不悅的眼色，但畢竟多次呼喚的男人真實地出現在了眼前，再說，要不到錢的人又不是他一個人，這不是自己男人沒有本事，而是那些有錢的老闆黑心。女人這樣安慰著自己，很快把熱飯端到了男人的面前，讓他嘗到久違了的自己的手藝。

黃嘉歸每當想起這些，他在鷹架上的腳步就停下來，不光檢查每個筆劃的深淺，驗收它是否合格，很多時候，他就問問刻工們最近的伙食，問問家裏的狀況。儘管工人們是按工作量計酬的，但刻工們還是停下手中的活，與眼前這位毫無架子的總經理話幾句家常。黃嘉歸幾乎每天都要上一次鷹架的，他很快和刻工們成了朋友。

爲了節省路途的時間，刻工們在主峰的窪地裏搭了臨時帳篷，四周用雜草、泥土和石頭壓實，晚間就睡在裏面。他們還在沒有植被的石頭後面避風處搭了鍋，用山上的枯枝做飯，這樣，除水需要從半山的泉裏向上擔外，生活全在山頂上了。米飯可在山上隨時做，饅頭則在山下做，發好了麵，一次蒸上兩天或三天的送到山頂。每頓的菜，很多時候是白菜、豆腐、馬鈴薯、粉條做成的大燴菜，也許人多的緣故，大鍋煮的菜味道還是不錯的。只要黃嘉歸上鷹架，中午飯就必定與工人們一起吃，這樣也可多聊聊。

工人們怕的是晚間下大雨，因夏季的靈北常常下夜雨，而且雨來得急，人們時常在睡夢中被雷聲驚醒，他們爬出帳篷時，如繩的大雨抽在地上，不吃水的石山立即水流成河，腳下就濕成一片。而帳篷上的雨點似乎比落在地上的還多，還重，帳篷就在雨中搖晃起來，這時如果沒有大風，那麼周邊提前挖好的水溝，會把地面上的雨水排走，人在帳篷裏還能待得住。如遇大風，山頂就刮得異常的猛烈，每當這時，人們就不能睡了，得防備風把帳篷刮走或撕破，有時撕開了一個口子，就得趕緊出來冒雨修理。這種時候，人們就無法安寧了，直至雨停才能入眠。

不過，夏季山頂的雨，一般是來得快，走得也快，最長的時間也就半個多小時，但前後一折騰，一個小時的時間就過去了。開始幾次，他們沒有經驗，有幾個刻工還被雨激得病了，隨後，他們加固了帳篷，黃嘉歸又專門爲每人準備了一套雨衣，又加深了帳篷四周的排水溝，晚間的大雨就減小了威脅。

七月過去，雨水少多了，也就六七天或十多天才下一場，白天的時間也顯得長了。黃嘉歸幾乎每天都要上山一趟，由於和刻工們交流，他們之間相處很融洽，工人們幹活也就讓黃嘉歸放心。這樣狀態裏，工人們很賣力，常常超出了進度，一個個巨型的字，順著崖頭向下走來，一天天增加著數量，轉眼間就已到達山崖的中間位置了。石刻的深度一般都在十五到二十公分深，隨著筆跡的粗細和神韻變化，雕刻完成的字，深深地鑲進山體裏，白色的刀刻與發灰的崖體形成了鮮明的對比，那些字就有了強烈的動感，像飛翔的雄鷹，在山體上演繹著生命的活力。每次到現場，黃嘉歸就會激動地和隨行的人交流觀賞。

黃嘉歸幾乎天天忙在山上，辦公室的事就多由馬可做了，他只是聽聽彙報，說說意見，並不去管具體的事。整整三個多月時間，他除了陪鄭仁松去過一趟北京外，大多時間都是與山爲伴的。

去北京，也是被鄭仁松逼得沒有辦法了才答應的。劉立昌和王驪分別給黃嘉歸打電話，說這麼隆重的活動，一定要來捧捧場。爲了拉他進京，鄭仁松還破天荒地爬了一趟山，按他的話說：出了一身臭汗，連小時候吃奶的勁都使上了。

鄭仁松用了兩個小時爬到頂峰，看了現場說：「我修樓也不會這麼整，你太偉大了，能不能掙錢不說，你在這千年的荒山頂上弄出這麼大的響動，前無古人了。我佩服，我沒這麼牛！」他說了一大堆「了不得」之類的話後，才轉入正題，他說，「我這人狗肉上不了臺面，還到人民大會堂去參加畫展開幕式，你不陪我去，我敢嗎？」

黃嘉歸說：「那有什麼難的？你住在酒店裏，王驪會派人送請柬，開幕時，準時拿請柬進去就行了。參加的人肯定不少，誰也不認識誰，現場搞自助餐，該看就看，該吃就吃，怕什麼？」

鄭仁松說：「劉立昌說儘是名人，聽了名字腿就哆嗦。」

黃嘉歸說：「你把他當陌生人不就得了。」

鄭仁松說：「就是看成狗也是名狗。」

黃嘉歸笑著說：「名狗也不會隨便咬人。」

黃嘉歸越說，鄭仁松就越顯得無奈，他說：「到時可能車都沒地方停。」

黃嘉歸說：「自然有人引導，不會讓你開進人民大會堂。」

兩人在山頂就這麼一來二去說了半個小時，黃嘉歸也沒能說服鄭仁松，反而被鄭仁松將住了。他說：「這事可是你牽的頭，兄弟有難事你不能不管。」

無奈，黃嘉歸只好答應，說：「不過，我乘飛機早上走，晚上回來，只陪你一天。」

鄭仁松搓搓手，說：「沒有去過的地方我怯陣，陪我去人民大會堂就行了，不耽擱你其他的時間。」

他們就這麼說好了，參加活動的當天，乘早晨的航班走的，到北京後，劉立昌專門來車接他倆。在車上，劉立昌說明了情況，說有兩位國家級的領導人出場，這個畫展是爲慶祝香港回歸，文化部批准的，規模很大。他們到了人民大會堂後，確實嚇了一跳，這樣的場面，不要說鄭仁松，就是黃嘉歸也是第一次見識，大廳裏擺了一百多臺圓桌，主席臺是一排條桌，坐滿了黑壓壓的人。

當主持人宣布大會開始後，介紹貴賓的名單裏，果然有一位現任的全國人大副委員長和一位全國政協副主席，部長級別的官員至少也有十幾位；更讓他們大開眼界的是，平日裏，只在報紙上或電視裏見著的文化名人，一個個都現身眼前。鄭仁松因爲是這次贊助活動的主要企業家之一，和黃嘉歸一起被安排在了離主席臺較近的桌子上。

主持人宣布開始後，主辦單位的領導介紹了畫展的意義和規模，號稱「中華民族藝壇巨匠迎接香港百年回歸慶典」。幾個畫壇泰斗的講話，贏得了一陣陣掌聲。

簡短的儀式結束後，就是吃飯，菜並不多，也就八熱四涼，十二個菜，但因是在人民大會堂，就有了神聖感，吃起來自覺味道不一樣。讓黃嘉歸頗感新奇的是，主席臺上的領導人並未到圓桌上用餐，而是直接在主席臺的條桌上吃，面對數百人一個個低著頭用餐，似乎有些滑稽。這時，劉立昌過來說明，說今天現場的費用，也得花去十幾萬，不過這次的贊助共有五家，最多的一家拿了一百多萬，他說：「鄭老闆的贊助是排在第二位的。拿四十萬的還有三家。」

黃嘉歸對贊助不感興趣，他指著主席臺，說：「這樣的安排有失莊重，怎麼能讓領導們在主席臺上吃飯呢？」

劉立昌隨便應了一聲，說活動基本是這樣的。言罷就與鄭仁松說起話來，鄭仁松自然就問起藝藝，劉立昌說等一會兒。果不然，宴會開始不久，就有歌星上來助興，藝藝排在第二名，她一出場，鄭仁松的眼光就直了。

化了妝的藝藝，似乎還沒有臺下卸了妝漂亮，但在燈光的映襯下，又有華麗的服裝作陪襯，還是有說不出的韻味。鄭仁松就叫劉立昌無論如何宴會結束後也要跟藝藝見一面。劉立昌顯得有些爲難，說儘量爭取，只不過是吊鄭仁松的胃口。

開幕式大約進行了一個多小時就結束了，先是領導人退場，然後是那些扛了攝影機的各路記者們離去，剩下的人也三三兩兩向外走。黃嘉歸陪鄭仁松在裏面等著，待人走完了，主席臺的東西也收拾完了，才隨劉立昌出來。

劉立昌遞給鄭仁松一份紀念品，當面打開讓他看，是一幅參展畫家的畫作，雖然篇幅只有四尺對開，但顯然是精品，再怎麼著也得值幾萬元。鄭仁松卻不感興趣，只說聲謝謝，看也不看就疊了放進手提袋，他的眼光四處遛達，直問：「藝藝在哪？」

劉立昌笑而不答，走到一輛車前，拍拍車門，車門就打開了，藝藝從裏面鑽出來，她滿身珠光寶氣，全然不像上次見時的淡雅，但還是難掩十足的女人味。然而，黃嘉歸有些疑惑，怎麼也不能把她和剛才現場演唱的藝藝聯繫起來。儘管長相一樣，甚至說話的神態也一樣。但這種感覺很快被鄭仁松的對話打亂了。

鄭仁松在看到藝藝的一刹那，竟激動得有些口吃，他說：「唱得好，唱得好，我，我真是想上去親妹妹一口的。」

藝藝比鄭仁松有過之而無不及，她幾乎撲上去抱住了鄭仁松，說：「想死鄭哥了，可惜剛才人多沒看見。」

說著，鄭仁松就要拉藝藝走，黃嘉歸只好讓劉立昌送他到機場。

去機場的路上，黃嘉歸說了自己的疑惑，他說：「你們該不是耍什麼花招吧，我總覺得此藝藝非彼藝藝。」

劉立昌抓著方向盤，開得飛快，說：「什麼此藝藝彼藝藝，你不是信佛嗎？佛家高明，說萬物唯心造。鄭老闆認爲是藝藝就是藝藝，你們那個梁大棟認爲是藝藝就是藝藝。」

黃嘉歸說：「鄭仁松可是我的好朋友，是對我有過大幫助的人，兄弟你可不能坑他。」

「什麼叫坑？」劉立昌說，「他就是錢多，他是給了你五十萬的幫助，可你給他接了我這條線，讓梁大棟睡了一覺，就掙了一千萬，到底是誰在幫誰呢？我說兄弟，不宰這樣的人宰誰去？」

黃嘉歸說：「兩碼事。」

劉立昌說：「你老想做好人，這點倒可愛。」

黃嘉歸說：「你可不能搞砸了，不管怎麼說，鄭仁松是不能騙的，梁大棟是不能惹的。你騙了鄭仁松，就等於惹了梁大棟；你惹了梁大棟，就等於害了鄭仁松。你在京城可以不管，但弄出事來，我在靈北可交代不了，以後怎樣見朋友？」

劉立昌見黃嘉歸當真了，馬上改了口氣，說：「放心好了哥們，沒有假的，此藝藝就是彼藝藝，沒事了嗎？」

劉立昌這麼說，黃嘉歸就想，也許是自己太過於敏感，就不再說了。

他乘下午七點的班機回靈北。過了三天，鄭仁松打電話來，說他回來了，他說，這趟沒白去，玩得挺高興，他感慨地說：「北京與靈北真不同，想想老家的鄉親們，怎叫活人呢？」黃嘉歸聽了鄭仁松興奮的口吻，也就徹底打消了原先的疑惑。

不過，鄭仁松又問黃嘉歸：「市文化局有熟人嗎？」

黃嘉歸說：「靈北說大不大，也就那麼點地方，什麼事，你儘管說。」

鄭仁松說：「在北京，藝藝給我介紹了一個有來頭的人，和幾個高幹的兒子是鐵哥們，希望我在靈北搞一個大的娛樂場所，上面的事歸他管，靈北的事歸我管，問我靈北官方的關係如何，我就說了你，還說藝藝就是你牽的線。他一聽，就說沒問題了。遊戲設備他投，我出現金，共同投資，利潤平分。」他說，「咱不能讓北京的哥們小看咱。」

黃嘉歸說：「什麼賺錢能比你蓋房子賺錢？」

鄭仁松說：「你說錯了，做房地產累，週期長，不但要跟銀行攪和，還要經常到政府多個廟裏燒香。這個娛樂生意，打國家法規的擦邊球，說是娛樂就是娛樂，說它搶錢也不錯。它每天都是現金流通，比房地產賺錢，每天遇到的都是送錢的，不需要你去討賬。」

黃嘉歸聽他這麼說，就問：「你說的該不是賭機吧？」

鄭仁松也不掩飾，說：「國家允許的，有時間我再給你詳說，北京朋友希望快辦。」

黃嘉歸不再多問，把童敏捷的電話告訴了鄭仁松，他又給童敏捷打了個電話，請他幫忙。童敏捷滿口答應。

第二天，鄭仁松來電話，說已通過童敏捷，和文化局的人接上了頭。

黃嘉歸說完就忘了，只管忙他的。爲了節省資金，公司組織了施工隊，由工程部經理韓得明負責，開始山路的備料。黃嘉歸要求嚴格保護空山的石頭，除了一些獨立的不能做景觀的碎石可開採外，其他一律不許動；特別對山體和可做景觀的巨石，必須保護其原貌不受絲毫損傷。這樣，許多的鋪路石，需要到空山之外二十多里地的石場去買。黃嘉歸把這件事交給鄭少春分管，他把主要精力仍然放在金剛頂的石刻上，除非下雨停工，否則黃嘉歸堅持每日上山驗收，簽字認可，需要修整的也當場指出，這樣就保證了工程的品質。

每天，當黃嘉歸爬上鷹架，或站在山崖下，看著不斷增加的字數，就會興奮，空山的高度和遼闊的視野，帶來心情的開闊和舒展，免去許多疲勞和煩惱，使他與這座山的感情與日俱增。

也有偶然的事情惹得他不快：不時有員工反映，鄭少春在工地上，經常找員工談話，有時還約人晚上吃飯，對公司的一切沒有一件不感興趣的。他還說，他是外商派來監督公司高層的，看他們有沒有違規的地方，還說外商已經許諾了，他很快會接任總經理。他希望談過話的員工好好地幹，他當總經理後，一定不會虧待他們的。

這些傳聞馬可先聽到的，開始她不在意，在她看來，依黃嘉歸的才華和能力，沒有人可以替代。對於般若園而言，不是開工廠，也不是蓋房子，總經理不但要會管理，還要有吃苦的精神，更重要的是要有文化底蘊的功力，所以她認爲黃嘉歸的位置別人不可能撼動，何況他還是股東，是董事長。但是，反映的人多了，她就不能不認真對待。她選了一個雨後晚間散步的時候，把自己聽到的和員工們反映的，都給黃嘉歸講了。她說：「害人之心不可有，防人之心不可無。鄭少春的行爲多少有些不正常，背後肯定有原因，他的話雖然不可全信，但至少透露了一定的訊息。」

雨後的夏夜雖不熱，但十分潮濕，空氣裏夾雜了厚厚的水分，空間似乎在收縮，朦朦朧朧的夜空，也少了些亮色。黃嘉歸雖不能看清馬可的神情，但他能感覺出她的憂慮。

他們坐在挨近海灘的小道旁說話，不遠處海浪的聲音清晰可辨，有節奏地響著。許久，黃嘉歸才接了馬可的話，他說：「這些事對我來講是小事，我是一個搞新聞出身的人，多年來辦報辦刊，對企業管理的確不懂行。說老實話，要不是你在我身邊，許多事情肯定要出紕漏。因此，我也給夏先生表示過，如有合適的總經理人選，我會讓出來的。我的心思只在山上，只在作品中。」

馬可聽了不以爲然，她說：「可你在辦企業，你已經離開了報刊，你的職責已不在紙上，而是在山上，最終要反映在企業的利潤上。而中國的企業和這個社會是一樣的，因人而異。人有能力，這個企業就活了；人出了問題，這個企業就倒了。許多國營企業，不就是人出了問題，把企業搞垮了嗎？也許這是你們股東之間的事，我只是一個打工的，本不該說，可我既然是你的助理，拿公司的錢，我就不得不爲公司的發展說這些話。」

黃嘉歸聽出了馬可的情緒，忙說：「馬可，我早已不把你當作打工的了，而是看作一個不可多得的朋友，一個不能少的幫手。」

馬可說：「這個我知道，朋友是講感情的，幫手是做事情的。朋友也好，幫手也好，沒有內在的利益關聯。」

黃嘉歸說：「幹好了有你一份，不管外商怎麼看，我會把我持有的股份拿出至少百分之五贈給你的。」

馬可聽了，立即不高興了，她說：「黃總，我說的是這個意思嗎？你明明知道我不是這樣的人，還這樣看我，我離開鄭老闆到你這裏來，就已說明了一切。」

馬可感到委屈，她說：「我敬重你，我是覺得這樣下去，會出事，會把事情搞複雜，最終把這麼好的一個專案做砸了。我說句過頭的話吧，我看夏冬森也不是做企業的，宋先生我相信他懂，可這筆投資對他是小錢，所以他不太過問。最終做壞了，責任是你的。即使不計較利益的得失，好端端一個大案子葬送了也令人心疼。」

黃嘉歸承認馬可說得對，但他說的也是心裏話，也許是對馬可的賞識和感激吧。他說：「我只是表達一種情緒，如果傷害了你，我表示道歉，對不起！」

馬可說：「我可不是為了讓你道歉，你說的有你的道理，但我說的你也要聽聽，公司出現混亂的聲音不利於案子。」

這一點，黃嘉歸是同意的。

於是，在隨後的公司周例會上，黃嘉歸專門講了這個問題。他說：「我們講團結，是講公司的所有人必須擰成一股繩。不管原來幹什麼的，也不管是誰派來的，只要是公司的人，就是為公司服務的，就要執行董事會的決議。除此之外，沒有另外的領導層，對影響公司團結和不利公司發展的話不說不傳，誰說了，誰傳了，一旦發現，按公司規定處理，該辭退的辭退，該解職的解職。」

黃嘉歸的話說得重，也說得明瞭，鄭少春當場臉色有些變。但事情也只能到此為止，鄭少春畢竟是外商派來的，是不能輕易處理的。

此後，鄭少春比過去注意多了。

十月中旬，金剛頂的工程終於結束，上了專門製作的墨綠色塗料後就撤了架子。站在崖下再向上望，飛動的字跡攀爬在山崖上，一個個如通靈的生命，飛翔在山崖之上，似乎即刻就會離開地面奔向天宇，眾多飛動的文字，像要將巨大的崖頭提起來一同飛去，金剛頂摩崖石刻的壯觀震撼了幾乎所有看過的人。看著多日的辛苦終於有了結果，黃嘉歸十分激動。

山道的路基也已出來了，上山的路好走多了。

黃嘉歸讓馬可將金剛頂完工的消息，傳真給夏冬森和宋隨良。七天後，夏冬森返回靈北。他到的當天，黃嘉歸陪著他從飛機場直奔景區。

他們登上主峰，巨大的金剛頂展現在眼前，在夕陽的光照裏，崖面放射著淡紅色的光，山峰沉浸在一片柔和的光海裏，墨綠色的文字，鍍上了耀眼的光環，平時硬度極高的崖石，似乎此刻變作了柔軟的水幕，托起了舞動的文字，與天上的雲彩接壤了，天和崖上文字融合在一起，在藍天夕照的映襯下，構成了一幅壯美的難以描述的景象。

站在崖下發呆的夏冬森，兩眼充滿了淚光，他向前一步，一把握住了黃嘉歸的手，用幾乎不能連貫的發抖的聲音，對黃嘉歸說：「謝謝兄弟，知道你辛苦了，這是一項千古工程，功德無量，功德無量呀！」

黃嘉歸說：「感謝諸佛菩薩加持！一切都是我們應該做的。」

夏冬森說，這個工程不容易，又是景區的最大亮點，應該搞一個完工儀式，擴大社會影響。黃嘉歸覺得有道理，但覺得不宜搞得太大，畢竟不是景區建成開放。於是，他們定了一個方案，主要邀請幾家靈北的地方新聞媒體參加。時間定在一周之後。

黃嘉歸給童敏捷說了自己的想法，童敏捷立即贊成，說在建的過程中，就要不斷製造新聞點，引起人們的關注，這樣有利於將來市場啓動。他說新聞媒體由他負責。

舉行活動那天的早晨，是個陰天，天空有一層不薄不厚的雲，太陽被遮擋了，在微風的吹拂下，天底一片涼意。這樣的天氣裏，登山就涼快得多。來的人，除了公司的員工和四家新聞媒體的記者，還有山上施工的工人，也有不少的老百姓跟了來。

入秋的般若園，松林的空處，雜草已泛黃，而那些成片的雜樹葉子則金黃一片，順溝的楓樹則變得豔紅。色彩豐富的植被，此時將空山扮成了一座彩色的山，在微微的山風裏，變幻出不同的層次，使山色更加美麗壯觀，如一幅巨型的油畫。

上山的兩百多人，沿一條山道，浩浩蕩蕩從溝口掛到了半坡，途中還有許多彎道，人流就像一條移動彩條，使整個山也有了動感。有的年輕人大喊大叫，還有人對著山谷吼山歌，也有人唱流行歌曲，空山一時喧鬧起來。

黃嘉歸陪著童敏捷和幾家新聞媒體的記者，一路走著說著。夏冬森很多時候停下來，給身邊的人講解，特別是向記者們介紹已經做好的景點。

走到半山的山窪裏，眾人不由地發出驚嘆，在斜坡的巨大的坡面上，樹與樹的空間，像是天外飛來無數大小各異的石頭，布成了乍看散亂細看有序的石陣；這些石頭生動傳神，像一個個禪定的行者，巍然端坐。夏冬森的創作更爲奇妙，他在石群的中間，間歇選了一些不同的石頭，有的貼金，有的鑲銀，有的則點了局部的塗料，由遠及近，由濃化淡，由清晰變模糊，最終彩色的石陣翻過山梁，化入天色。這樣一來，似乎山窪成了石陣的中心，滿山的石頭在向中心靠近，氣勢磅礴，無量無邊。

在一塊圓石上，則刻了夏冬森手書的草書「頑石點頭」幾個大字，圓石下方的另一塊石頭上，刻了「頑石點頭」的說明：生公說法，頑石點頭，出自晉人《蓮社高賢傳》，說鳩摩羅什的高才弟子，晉末義學高僧竺道生，悟解非凡。當時《涅槃經》只譯出一部分，其中說除一闡提（**善根斷絕的人**）外皆有佛性。道生卻堅持認爲「一闡提人皆得成佛」，一時被同道視爲邪說，逐出僧團。道生入今蘇州虎丘山，聚石爲徒，講解《涅槃經》，說到一闡提有佛性時，群石皆爲點頭。此景恰被前來求見的朋友看見，傳爲佳話。其後，全部《涅槃經》譯出，其中果然說「一闡提人有佛性」，這時人們才佩服道生的卓越見識。於是頑石點頭的傳說不脛而走，流傳至今。

大家一時駐足，童敏捷說：「難道佛家眼裏沒有壞人？」

黃嘉歸說：「好壞只是眾生的分別念。」

夏冬森揚起手，說：「佛性本來圓滿，眾生卻心外求法，以爲與佛相差十萬八千里，豈不知佛性就在自己的眼前。」

童敏捷笑道：「看來我們這些常常心懷欲望的凡夫還是有救的。」

黃嘉歸說：「華嚴經教言：往昔由無智慧力，所造極惡五無間，誦此普賢大願王，一念速疾皆消滅。」

夏冬森笑道：「放下屠刀立即成佛！」

黃嘉歸說：「佛氏門中，不捨一人。」

夏冬森說：「佛陀只說了實相，等你的功夫到了自然明白。」

童敏捷說：「那我們只好等功夫到了再說。」

眾人笑著繼續前行。

走到接近頂峰的一個山頭，出現了十分壯觀的景象，山頭的坡度變得陡峭，順著斜坡而上，直至主峰的山梁，形成寬大的坡面。在樹與樹的空間，當頭一塊巨大的自然山石，直立在一片石林的前方，經簡單的線條勾勒，便見一尊彌勒菩薩挺著誇張的肚皮而立，肩背包袱，笑迎四方，造型惟妙惟肖。

讓人忍俊不住的是，夏冬森在象形的包袱一角，隨石頭的波紋走向，隱約可見石刻的四句話：「前面腆著大肚，後面扛著包袱，裏面裝的是啥?天機不可洩露。」

眾人看了大笑，有人問：「夏先生，你可要告訴我們天機，不然我們今天白來了。」

夏冬森笑說：「在場者，慧根了得，看完自然明白。」

眾人一陣大笑。

再往前看，彌勒菩薩的身後，則是一片天然石林；這些石頭，有大有小，有長有短，但如一條條石板，鑲進山崖。因長年自然風化，顯出古老的歲月遺跡。夏冬森根據石頭的大小長短，刻了長短不等的經文，塗上了金色的塗料，經如此創作，形成了高低不同的層面。在彌勒菩薩造像靠近山崖的一塊直豎的巨石上，石刻「大莊嚴樓閣」五個深達二十公分的行草。此刻，「大莊嚴樓閣」在陽光下，形成一片金碧輝煌的奇觀，恰似隱於山林海天之間如夢如幻的奇異建築。在一塊平臥的石板上，鐫刻善財童子五十三參第五十一參的部分文字說明：

善財童子問彌勒菩薩：「大聖，您是從什麼地方而來的？」

彌勒菩薩說：「菩薩從大悲處來，從大慈處來，從大願處來，從神通處來，從無搖動處來，從無取捨處來，從智慧方便處來，從示現變化處來……」

童敏捷見了驚嘆道：「絕了！這是用最現代的藝術手法，表現了一個最古老的題材，簡直是皇上喝茶——極品。」

夏冬森說：「算你老弟有法眼。這是真正的現代大地藝術，西方人搞了幾十年，想不到祖宗在中國。創作這樣的作品，不光要才氣，更重要的是精神，是這種難覓的現場！這樣的場地和情景，在哪兒去找？可遇而不可求，這是大地的造化，是自然的鬼斧神工，是諸佛菩薩的加持，非人工所能爲也。」

夏冬森指著說明文字說：「善財此一參，是五十三參中的重要一參，彌勒菩薩還說，一切菩薩無來無去，無所行無所住，無所出無所著。」他看著大家，說，「菩薩哪裡來的？菩薩是自性的顯現，去除貪欲，自淨其意，我們就都是菩薩！」他看著剛才的問話者說，「這就是天機！」

夏冬森的話一落，記者們一片叫好，除了搶拍照片外，紛紛拉夏冬森和黃嘉歸留影，場面忙亂，足足在此停留了十多分鐘。

忙過之後，爬山的隊伍又開始鬆動了。

有鳥兒從頭頂掠過，擺動著翅膀，輕輕地如同光線劃過，沒有聲息；路邊的石縫邊，有攀爬的千腳蟲，臥著不動，微風中的草葉偶爾從它的身邊滑落，卻依然沒有能驚動它的寧靜。在這寂然的秋色裏，生命成了深邃的時光，天下變得寬廣無垠了。

不多時，他們就登上金剛頂，在山脊和谷地行走多時的人們，一旦站在巨大的金剛頂下，就有了突遇奇蹟的震撼。峰頂壓著幾許造型生動奇特的雲塊，山峰幾乎刺進了天裏。發灰的天色裏，崖上的字，反而顯出了石刻的深度，那飄動的文字，也就越加顯出了重量，如鋼鐵的結構鑲嵌進了石崖的深處，露出的字跡僅僅是它的影子而已。

到場有兩百多人，金剛頂下的場地不大，顯得有些擁擠，有些人就鑽到了松林之中。也許自古以來，空山的頂上，從沒聚集過這麼多人，一時間人與樹連成一片，場面壯觀。黃嘉歸站在高處，說明金剛頂的構想和施工過程，重點介紹了夏冬森。

該夏冬森講話了，他對人們表示了一番感謝後，話題一轉，說：

「金剛頂是東方文化最高智慧的藝術表達，不是我夏冬森有多大才能，而是東方文化的一位大聖人悉達多的偉大。」夏冬森說，「以現代工業文明為代表的西方文明，企圖用科學技術的手段，無限擴展人類對世界的認知，但他們的探索，帶來的結果是，炸藥被用於戰爭，太空被當作軍事手段。每一次所謂的科學發現，無不是在擴展人的欲望！即使如此，他們所到達的最遠距離永遠是有限的。他們中許多人無法理解的是，兩千五百年前，我們東方的一位聖者，用由定而生慧的方法，認識了宇宙真相，這種智慧打破了人們的時空觀念，把真理的觸角伸向了無所不在的虛空，告訴了我們生命與宇宙的本來面目。西方學者把這種方法稱其爲冥想，實則大謬，佛陀的智慧超越思維，既不是理論，也不是玄學，它是一種狀態，佛陀稱其爲覺悟，是排除了我執，在清淨中的生命覺醒。當人類眼見滿目瘡痍的地球，接受來自自身不端行爲的懲罰時，似乎認識到，人與人、人與自然應該和諧相處。佛陀之所以具有無緣大慈、同體大悲的悲憫心，是因爲佛陀早已證得世間萬物本爲一體的本來面目。即所謂天人合一、色空不二。金剛頂上的文字，就是先賢聖哲描述超越人間思維的清淨境界，當然理解它是需要智慧的。」

現場的記者，本來都是管文化版面的，一聽了得，在人們把西方文明吹上天的時候，居然有一位全身浸染了西方文化的藝術大師，在中國的土地上，宣稱東方文化代表了世界的未來，這是最好不過的搶眼新聞。他們帶頭鼓掌，一時贏得滿山喝彩。

突然，金剛頂崖頂飄動的雲層，裂開了一條縫，強烈的陽光從雲層裂縫中直射而下，如同聚光燈打到了崖上，剛才還略顯灰暗的山崖，猛然間光亮一片，那些鑲進岩石的文字，變得異常的耀眼，一個個如同騰飛的生命體，閃爍著銀亮的光芒。人們紛紛抬頭仰望，似乎發現了奇蹟。見那雲中裂開的縫隙慢慢地在擴大，終於，太陽從張開的隙縫裏擠了出來。而這時，更大的奇觀出現了。太陽的周邊，出現了耀眼的七彩光芒，形成了一道亮麗的光環；太陽放射著熾熱的白光，如同爐火的中心，高溫使熾熱變成了一種游動的透明的霧氣。而周邊的光暈，閃爍著一層又一層的光照，將天幕照得十分奇特，聚集的雲快速地升騰變化著，那熾熱的太陽和七彩的光暈，將雲朵變作了盛開的蓮花。

人們被眼前的景象激動了，許多人用鏡頭記錄下了這稀有的奇觀。

半個小時過去，天象依然如此，太陽與七彩的光暈直射在山崖上，滿山的松濤也奔騰著，向山頂滾滾而來。

金剛頂的奇觀，人們認爲是菩薩顯靈，經親歷者的傳播，又加上新聞媒體的宣傳，般若園的名聲驟然間大震。時不時有人爬山朝拜，而且還有靈北以外的人趕來。

第十三章 山下

35

般若園的石刻作品已成規模，童敏捷在《靈北日報》文化版作了連續報導，引起連鎖反應，靈北的其他新聞媒體，特別是電視臺，追蹤報導了多次，還拍了夏冬森的專題片，播出後，影響頗大，靈北一時傳說，有個外國的大藝術家，在空山創作摩崖石刻作品。這樣，儘管未對外開放，還是吸引了不少人來觀看。

終於一日，中央電視臺的晚間新聞播報了般若園的新聞，金剛頂幾個不同角度的大特寫令人震撼，稱它為世界最大的摩崖石刻，是一項影響深遠的千古文化工程。這條新聞，恰恰被當晚看電視的靈北市委書記汪至平看到了。因中央新聞只講在靈北，並未提空山的名字，汪至平立即就給市旅遊局長打電話，當得知在開發區時，他又馬上給戴力行打電話，他說：「力行同志，開發區有這樣的好地方，我怎麼不知道呢？」

戴力行忙說：「汪書記你忙，哪敢打擾你。」說完了，他不忘補充一句說，「中央臺播的新聞太短了，實際上還要壯觀得多。」

汪至平說：「就定這周星期六上午去爬般若園。」他又說，「不過不要告訴別人了，也不要通知新聞媒體，就算個人行爲吧，你陪著我就行了。」

汪至平放下電話，戴力行就給黃嘉歸打電話，他說：「大頭要來了，這是一個好機會，不帶新聞媒體，但你們要準備攝影和攝像，到時就說這是公司留資料的。」

黃嘉歸當即作了安排。

果然，星期六上午九點，汪至平就到了空山山門口，提前等在山門口的戴力行和黃嘉歸迎了上去。

過去，黃嘉歸只在汪至平視察開發區時見過幾面，他以開發區報的記者身分參加的，並未直接和汪至平說過話。今天見面，戴力行就給汪至平介紹說：「這是般若園的老總。」

黃嘉歸趕緊自報姓名說：「黃嘉歸。」

戴力行又說：「他過去是開發區報的總編輯，下海搞起了這個案子。」

汪至平伸過手，笑著說：「那我們肯定見過面。」

黃嘉歸握住汪至平的手，說：「和汪書記見過三次面。」

汪至平說：「那我們應該是老熟人了。」

黃嘉歸覺著汪至平的手十分軟綿，他說：「可惜我認識汪書記，汪書記不認識我。」

汪至平說：「這次不就認識了嗎？」

說著，他們就笑起來。當汪至平問那位藝術家在嗎，黃嘉歸說：「他到北京去見一位朋友了。」

汪至平說：「看來無緣相見了。」

黃嘉歸說：「歡迎汪書記常來，我向夏先生轉達您的關心。」說著，他們就開始登山。

年近六十的汪至平，有年輕人一樣的身板，走起路來，完全不像是一個坐機關的大官。跟在身後的戴力行，很快拉開了距離，但又不好喊休息，只得硬著頭皮追趕，不一會，戴力行周身被汗濕透了。黃嘉歸講解景點作品時，就儘量說得慢一些，穿插文字多一些，等著跟上來的戴力行。因戴力行登過兩次，一次還是夏冬森當的導遊，他只是陪汪至平來爬山，所以對內容也就不在意，但戴力行還是顯得很吃力。有些作品的內容點到為止，可為了稍延時間，黃嘉歸還是多講了，汪至平只管聽，只管點頭，中間很少插話，登到半山，他終於停下來，說：「緩緩氣吧。」

戴力行跟上來後，汪至平說：「越是這個年齡就越要鍛煉，機關裏那些很少動的人，怎麼面對下半生的生命？」

戴力行喘著氣說：「汪書記，市委機關動員爬山，我看沒有人能比得上你。」

「這倒是。」汪至平說，「把剛參加工作的年輕人都算上，我也不會比他們差。」

戴力行忙說：「是的，是的。」

終於登到了主峰。時間已是深秋了，又是一個好天色，站在山崖下望，天藍得像秋水一般，沒有一絲雲。這樣的季節，是靈北最少霧的時候，視野沒有遮擋，深藍的天幕上偶爾掠過一隻鳥，更顯出天的高遠和純淨。眼前的金剛頂，刺入青天，像一個巨大的盆景矗立在藍天和大地之間，因四周的空曠更顯其突兀和挺拔。那崖上的文字，如綠色的瀑布飛流直下，完全不在崖石裏，而在離開崖面的虛空中懸著飛舞，那墨綠的色彩，只是一種外形，文字裏像有萬頃波濤在湧動。

一路走來的汪至平，雖然被沿路作品構思的精妙所打動，但他依然保持著冷靜和嚴謹的態度，不肯說出哪怕是一個字的評價。然而此時，他被金剛頂的壯觀情景震撼了，他走到山峰下，摸著鑲進山體的文字，顯出少有的激動。許久，他退回來，對戴力行說：「力行同志，這些年，我們靈北的經濟確實發展了，但我們忽略了建設文化大市的理念，我們這些人都會走的，但文化是要留下來的，所以，文化不是一時一世的事，而是子孫萬代的事情。」

也許汪至平有感而發，但他的話題太大了，戴力行一時不知如何回答，就說：「這個案子也是受到了市領導的大力支持的，郝副市長還親自參加了開工典禮，又多次過問。」

「做得少了。」汪至平說，「我們應該把文化作為戰略來對待，光這麼一個案子不行，靈北多不說，有三四個這樣的案子，外地人就不會說靈北是一座只有經濟而沒有文化的城市了。」

戴力行說：「是的，是的。」就用請示的口吻說，「汪書記，您看能不能把您剛才的講話整理一個紀要，或者做一個新聞，這件事情很重要。」

汪至平看了一眼戴力行，說：「既然沒有帶新聞媒體和其他人，又有言在先，個人意見吧，不作其他的處理了。」

戴力行點點頭。然而，黃嘉歸安排了攝像和拍照，汪至平沒有問是哪裡的，實際上是認可他們的拍攝。

下山的時候，汪至平握住了黃嘉歸的手，說：「感謝你對靈北的貢獻，這件事的確是一個千秋文化工程。」

黃嘉歸忙說：「謝謝汪書記的鼓勵。」

汪至平搖搖黃嘉歸的手，說：「我應該謝謝你，你讓我們今天大飽了眼福，給了我們一頓精神大餐。」

黃嘉歸本是一個不會說客套話的人，此時竟不知道如何回答了。這時，戴力行上前說：「書記肯定了，你的信心就更足了。」

戴力行的話，汪至平當然不知道其中滋味，黃嘉歸可能聽出其中的玄機，就忙說：「是的，是的。」

吃完飯送走汪至平後，戴力行對黃嘉歸說，「把照片儘快洗出來，選一張你和汪書記一起的，送給我，我讓開發區的報紙發一下。」

黃嘉歸有些不解，就說：「汪書記不是說不讓做新聞嗎？」

戴力行說：「你不用管，我來處理。」他還交代，「鏡頭中不要有我。」

於是，黃嘉歸就按戴力行說的，當天下午就沖洗了照片，剛好有一張黃嘉歸和汪至平並排在山上走的照片，黃嘉歸就選了這張，第二天上午上班，送到了戴力行的辦公室。

戴力行沒有讓黃嘉歸離開，打電話叫來了報社的總編輯，是黃嘉歸辭職後從外地聘來的，黃嘉歸並不認識，戴力行也沒有介紹，就對總編說：「這是汪書記昨天視察空山般若園的照片，發個圖片新聞，內容就一句話，省委常委市委書記汪至平，在般若園董事長黃嘉歸的陪同下視察般若園。」

總編看了看，恭敬地問：「按規定，發汪書記的新聞是不是給市委宣傳部說一聲？」

戴力行說：「你不用管了，去發。」

總編也就只好知趣地拿了照片退了出去。

第三天，週二出刊的開發區報，就在頭版的報眼位置，發表了黃嘉歸陪同汪至平視察般若園的照片。開發區電視臺並不知來歷，在晚間的開發區新聞中播報了，而且對般若園進行了全面介紹。

靈北開發區只有幾十萬人，每天發生的新聞也就那麼點事，坐在工委管委會辦公大樓裏的人，是開發區新聞的最大觀眾。由於報紙和電視臺發佈的緣故，汪至平到般若園視察的事情，幾天時間裏，該知道的人都知道了。

莊新看到報紙新聞的第一時間，給黃嘉歸打來電話，說：「想不到黃總還有這麼一手，居然把靈北的一把手運作到了山上。這樣的好事你也不叫著我，讓我們也親近一下領導。」

黃嘉歸本想解釋，但一想，怎麼說別人也是不會相信的，因爲照片只有他和汪至平兩個人，還有什麼人陪同都成了一個謎。他就乾脆不解釋了，這樣也罷，給人留有想像的空間，對黃嘉歸而言，也不是壞事。於是，他把到嘴邊的話咽了回去，說：「汪書記提前交代了，任何人都不讓驚動，所以我也就沒有聯繫你。」

莊新並不聽黃嘉歸解釋，他說：「你小子太厲害了，你把反對的人一拳打懵了，不過得小心反彈。」

黃嘉歸也只好打著哈哈說：「莊書記，你說得嚴重了。」

然而，汪至平空山之行還沒有給這個案子帶來任何實際意義的時候，他卻在視察般若園二十天後，離開了靈北市委書記的位置。

黃嘉歸是在第二天《靈北日報》的頭版看到這個消息的。新聞並不長，只說汪至平不再擔任靈北市委書記，另有任用，市長周正被任命爲靈北新的市委書記。兩個月後，省人大換屆，汪至平當選省人大常委會副主任，就此離開了靈北。新上任的市委書記周正在換屆中調整靈北市各區縣的班子，戴力行離開靈北開發區，去省人大擔任外事委員會主任，算是高升了。而開發區的書記一職，由梁大棟接替。春節來臨之前，在開發區班子調整中，莊新調任工委統戰部副部長，任職命令的括弧裡加了一個正處級待遇。

實際上，這些萬花筒般的人事變動的調整期間，每天都會有新的消息傳出，各種說法滿天飛，誰也不知道哪個是真的，哪個是假的。在眾說紛紜的同時，有人採取了各種辦法去打聽，去找人，去求情。終於塵埃落定的時候，有人出乎意料，有人在意料之中。這時，包括鄭仁松在內的企業家，就把目光投向了變動後的人事，他們的行話叫作重新洗牌。代表了自己利益的人上去，那是皆大歡喜的事，立即賀喜；如果自己的人下來了，就得趕緊找關係貼上新上來的人。總之，這段時間，許多人的心情也如變動的人事，一刻也沒有清閒。

黃嘉歸不擅此道，也不關心，他只希望即使戴力行任職屆滿離開後，梁大棟不要接一把手的班，這個希望落空後，他就希望莊新能在目前的位置上再待三兩年，這樣般若園的案子就會少些麻煩。然而，一件事也未如願。

就在靈北人事變動的時候，夏冬森接到宋隨良的電話，說有重要的事情請他回去，夏冬森並未給黃嘉歸多少說明，就讓辦公室給他訂了第二天回國的機票。回國三天後，夏冬森打來國際長途電話，半夜把黃嘉歸叫醒，說有緊急情況不得不把他吵醒通報。夏冬森在電話裏口氣沉重地說，宋先生在泰國的投資遇到了空前的麻煩，因亞洲金融風暴，宋先生的投資受到了致命的打擊。夏冬森說，原本還指望S國內的資產抵擋，想不到這場由泰國泰銖急促貶值引發的金融風暴迅速席捲亞洲，S國也未能倖免。

夏冬森說，宋先生價值三億美元的不動產，如今以不到八千萬美元的價格在法院拍賣抵償銀行的債務了。這一切發生之時，宋先生以最大的努力，又調出五十萬美元，匯入靈北般若園的賬戶，他說，就連中國南方的投資，也準備出讓股份。因而，匯出的五十萬美元恐怕是最後的一筆投資款了，所以般若園的專案，只能先完成目前正在進行的工程，其他的以後再議。他強調現有的資金一定要控制使用，每筆超過五萬元人民幣的開支，要給他打招呼，夏冬森說，他已給會計交代過了。

接了夏冬森的電話，黃嘉歸一夜未眠，他分析了各種面對的方案，覺得只有對外先保密是最好的辦法了，然後再根據事情的進展尋求解決的辦法。因般若園未建成，目前沒有任何收益，靠的全是投資款，那麼日後如果資金跟不上，維護就成了一件關鍵的事情，就得有收益的來源。這樣，報批般若園的門票就成了當務之急。黃嘉歸決定第二天去找莊新，以外商計算收益爲藉口，請莊新協助報批般若園門票。

然而，第二天上午，他還沒有來得及給莊新打電話，卻接到莊新打來的電話，似乎事情很急。平時，莊新打電話要黃嘉歸到辦事處去時，總要先問一問：「黃總有沒有時間？」而今天，他直接說，快速到辦事處來一趟，有重要的事情商量。

本來徹夜未睡好的黃嘉歸，頭有些暈，聽莊新這麼一說，知道肯定有急事，就叫司機開車去辦事處，他坐在後面想迷糊一下，但怎麼也睡不著，只好昏昏沉沉趕到辦事處。見面後的一句話，他的腦袋就像被人猛地潑了一盆冷水，立時清醒了。

莊新說：「我要離開空山辦事處了，剛定的，要求六天內到任。吳永久接任。」

早有耳聞的黃嘉歸，在聽到這一消息時，還是有些不能接受，他曾聽人說莊新找人反映了，說空山開發剛剛起步，他想再幹一屆。也從管委會傳出一種說法，說機關裏暫時沒有合適的位子和他調換，空山也確實需要熟悉的人抓開發。再說官上村的老百姓，比別處更難纏，空山辦事處的發展重點又在開發空山上，所以沒有人願意來。想不到最終還是讓莊新走了，更想不到的是，並不被許多人看好的吳永久卻被提起來接任了。

愣了一會兒的黃嘉歸說：「事情怎麼是這樣的呢？」

莊新看著黃嘉歸，把茶杯向他面前推了推，說：「事情確實這樣了。」

黃嘉歸抓起茶杯，看著莊新說：「不是說你不願意離開嗎？這兒是能幹事的。」

莊新苦笑著說：「組織部不歸空山辦事處管。」

黃嘉歸聽出了話中的無奈，就說：「還沒有公佈，沒有任何迴旋的餘地了嗎？」

莊新說：「不可能了，繼任者都確定了，你認爲還有可能嗎？不過離了誰地球都會轉。」

黃嘉歸站了起來，大聲說：「可你對我不一般，對般若園事關重大。」

莊新站起來，也有些動情地說：「這我明白，謝謝你對我的信任。」

黃嘉歸說：「你把我引來，你走了我怎辦？你又不是不知道目前的情況。」

莊新說：「事情沒有那麼嚴重，無非是再找人，我相信兄弟你的能力。把周正運作到山上一次，什麼問題都解決了。」

黃嘉歸說：「問題就出在上次汪至平上山了，否則還不被動。」

莊新說：「這叫中國特色，你是報人，比我懂得中國的政治。」

黃嘉歸無奈地看著莊新。莊新說：「我之所以匆忙叫你來，就是說說情況，有什麼急要辦的事，我能辦的就辦。」

黃嘉歸問：「土地手續到什麼地步了？」

莊新說：「我本不想告訴你，辦完了你拿證就行了，可我要走了，只好告訴你。我安排吳春樹直接和丁業亮丁小溪三人操作的，村民代表簽名的事，不管他們採取什麼辦法，一定要有二十五個村民代表的簽名；公示每天上班貼出去，一個小時後揭下來，第二天再貼出去，總之不能惹出事來。兩關都過了，已報到辦事處，今天我打算研究一下，明天上午就報區農業局，估計也就十天半個月，土地經營證就會下來。」

黃嘉歸問：「村民代表簽名應該不是假的吧？」

莊新說：「你管他是真的，還是假的，證只要是真的就行。你難道不知道官上村的農民？如果嚴格按要求去做，永遠做不成。」

黃嘉歸見莊新這麼說，也就不再多問了。

莊新說：「還有急需辦的事嗎？」

黃嘉歸就說了審批門票的事。他說：「每天不停地來人，堵也堵不住，不如申報試營業，這樣也可接受遊客的檢驗，提升後面的建設。」爲了表示這件事的迫切性，黃嘉歸說，「你如果走了，萬一他們從中作梗，拖下去，我給外商交代不了，變數太大。」

莊新聽了立即說：「這事我給你辦，物價局局長是我同學。」他說，「下午四點之前你把報告打好，我專門去一趟，力爭這幾天批下來。」

別無他事，黃嘉歸告辭。

黃嘉歸走後，莊新立即叫吳春樹通知相關的人到會議室開會，商量般若園承包土地的手續問題，他要搶在任職命令公佈前，給黃嘉歸辦成這件事。

回到辦公室的黃嘉歸，立刻叫來了馬可，交代了申報門票的事，馬可問：「道路的表述怎麼說？按要求，還要上山檢查的。」

黃嘉歸說：「按實際說，已基本具備了遊人觀賞的條件，正在加強和完善中。」

做這樣公文的事，馬可是很快的，也就一個小時，吃中午飯時，報告就已打好了，交黃嘉歸過目。報告中說了投資金額，說了已完成的作品，還說了社會影響，強調了外商的大投入以及社會的需求，最後用黃嘉歸的說法：般若園已基本具備了遊人觀賞的條件。報告的理由很充分，任何一個看完報告的人，是不會提出反對申報門票的意見的。黃嘉簽了字，馬可立即列印。下午四時，馬可將報告交給了莊新。

隔日上午，黃嘉歸就接到了物價局辦公室的電話，詢問旅遊道路的安全問題。黃嘉歸回答，雖然是土路，但安全沒有問題，危險地段還安置了警示牌。物價局的人說：「本要到現場看的，既然辦事處同意了，就算對外資企業特事特辦吧。」

這樣，第二天下午，馬可就去物價局取回了批文，原報門票每張四十元，批了三十元，物價局說，運行一段時間後，還可以調整價格。對門票的價格，當時申報四十元，也就是為了給審批留有餘地，黃嘉歸的心理底價是二十五元，批了三十元，是皆大歡喜的事。拿了批文，黃嘉歸當然很高興，至少添了一條後路，可以經營了。為了答謝，黃嘉歸就讓莊新約物價局長，請他們吃飯。飯間物價局長保證，門票運行三個月後，即可調整為每人次四十元。黃嘉歸雖然滿口答謝，但對此他心中無數，也不抱什麼希望。

然而，當馬可把批文傳給夏冬森後，卻遭到夏冬森的強烈反對，他堅決不同意這時開門售票。他說，沒有建好的半拉子工程就對外開放，會嚴重影響景區形象。黃嘉歸因此就打消了春節封園售票的打算。總之批文到手了，何時開始售票，是公司自己的事。

臨近春節放假前，他們通過招標，終於把鋪設山上旅遊石道的施工隊定了，其中的三分之一多一點的工程，給了官上村。村上就組成了五六十人的施工隊伍，由一名村委帶隊。春節過後，山上化凍了，三支工隊同時進山施工。儘管官上村就在山下不遠的地方，若住在家裏，每日來回路途，就得花去一個小時的時間，山下的一段路還需車送。這樣算賬的結果，成本大，還費時，於是，他們在半山腰平整出一塊地方，利用四周的樹拉了繩子，搭了簡易的帳篷，水從更高地方的泉眼裏用膠皮管子引下來，吃住都在山上。每當天亮，空山就響起了叮叮噹噹的聲音，從民工的錘子下發出，四面響起回聲，這個寂靜千年的山林突然一下子熱鬧起來。

山道的鋪設是很順利的，半年後，石板道路就已貫通到了山頂，沿途還修建了十多處觀賞平臺。一進山口，便見一條三米寬的石鋪道路蜿蜒起伏，時隱時現，沿山谷的南北坡交替著向裏延伸，在第一個山梁處消逝，在盛夏萬物瘋長的綠色中，山道更顯出飄逸的神韻。

儘管山下土地經營權證還未辦下來，但專案的進展似乎並沒有受到干擾，只是關注的人少了些，官方很少再有人上山。空山辦事處的吳永久接手後，一次也未到過山上，連分管旅遊和招商的吳春樹也問得少了。不過，由於山上的活交給官上村一部分，村裏能做活的都上了工地，山下的土地也暫時處在平靜中，公司按規劃在地裏進行的綠化工程，也並未受到什麼人的干擾，幾處果樹也栽好了。事情的進展，並未像黃嘉歸原先估計的那樣壞。這種狀況下，黃嘉歸就琢磨著什麼時間試營業。

讓黃嘉歸沒有想到的是，夏冬森突然從S國回來了，他這次來的目的，不是爲了再創作，而是帶著宋隨良的意見處理後事。夏冬森叫了黃嘉歸，又叫了財務人員，對正在進行的和已經完成的工程進行了一次梳理，結果到位的兩百萬美元，只剩下一百萬人民幣了。這樣，應付的款抓緊付，正在進行的工程儘快結束，後面不再開建任何新的工程，等重新找到錢後再繼續。

一天飯後閒聊，黃嘉歸憂心地對夏冬森說：「轉讓股份吧，只有重新找到新的投資人，才能解開這個包袱。」

夏冬森卻說：「暫等一等吧，宋先生在商業界那麼多的朋友，他找錢總比我們容易。」

他們說這番話時，是在西海大酒店的房間裏，身邊沒有其他的人，可以實話實說。談話當中，酒店突然停電，房間立時一片黑暗。西海大酒店是開發區唯一一家三星級酒店，也是開發區唯一涉外飯店，平時絕對不會出問題。今天卻突然停電，事先沒有預告，連蠟燭也供應不上。整棟樓，除了走廊裏的應急燈發出慘白的微弱的光，就如豎在天地間的一棟黑色的鐵塔，在夜空裏孤獨地張望。黃嘉歸站在窗前，無意識地看著夜景。

夏冬森在黑暗中說：「三星級的酒店突然停電，這在S國是不可思議的，任何一個客人，都可以去索賠。」夏冬森的話，使黃嘉歸收回了目光，回到了房間裏的黑暗中。

黃嘉歸說：「在中國，這樣的事情常有。」

黃嘉歸覺著黑暗並不能阻止對話，就接了剛才沒有說完的話題說：「那就降低註冊資本吧，雖然難辦些，但給政府做工作總是可以辦到的。」

夏冬森一直坐著未起身，他在黑暗中說：「那樣解決不了根本的問題，何況現在不想讓中國官方知道這件事。」

黃嘉歸說：「現在保密的確關鍵，目前知道情況的，公司裏也就我一個人。」他略一停就說，「那就打報告延長資金到位時間吧。」

夏冬森說：「什麼理由？」

黃嘉歸說：「按工程進度投資。」

夏冬森聽了，無異議，說：「那就這麼辦吧，我代表宋先生簽字。」

第二天上班，黃嘉歸就讓馬可打了報告，但他並沒有解釋延長資金到位的真正理由，因爲他覺得，既然和夏冬森說了保密，那就不應該告訴任何人。他不說，馬可當然也不問，她只是理解爲外商對公司的進一步控制。何況馬可對財務狀況並不瞭解。

報告送出後，夏冬森並沒有離開，黃嘉歸就以爲他在等待著手續辦妥後才回國的，他就讓馬可盯著，加快時間辦理。

36

夏冬森沒走，宋隨良的律師馮豐突然到了，而且沒有通知黃嘉歸去機場接人，是自己搭計程車到的。下午吃飯時，夏冬森給黃嘉歸打電話，說馮豐到了，一起吃飯給馮律師接風。

飯吃得簡單，就在他們住的西海大酒店，點了幾個菜，三個人坐到一起，也沒有要酒，簡簡單單地吃了頓飯。飯間，馮豐說：「我代表宋先生來看一下專案。宋先生遇到了麻煩，對不能按時到位資金表示歉意。」

黃嘉歸舉起茶水說：「以茶代酒，歡迎你。」放下茶杯，他說，「應該提前告訴我們，去機場接你。」

馮豐說：「就一個人，搭計程車挺方便，還節省了成本。」

黃嘉歸說：「我們不接，失禮。」

馮豐說：「自家人不必客氣。」

用完飯，馮豐去房間了，夏冬森對黃嘉歸說：「這次馮豐來看看賬，也算我們對宋先生的一個表示吧。你叫會計黃晶來一下，到我的房間。」

黃嘉歸並未多想，股東是可以隨時看財務賬目的，何況會計黃晶是鄭少春任副總後不久外方派來的。原來的會計名義上提爲財務總監。所以黃嘉歸立即打電話通知了黃晶。

山上山下很忙，近幾天黃嘉歸覺得特別的累，身子像散了架似的，常常有躺倒起不來的感覺，不到四十歲的人，居然突然間老了一樣，體力不支。所以，他給黃晶打完電話就回去休息了。夜裏做惡夢，夢中有人卸了他的腳，又卸了他的胳膊，最終把他卸成了八大件，血濺得到處都是。沙發上，地板上，統統染紅了。他明明看見那個分解他的人，腳踩在被血染了的地上，發出泥中拔出來的聲音，令人毛骨悚然。然而，他卻分明活著，意識十分清晰，未感覺出疼痛。

他醒來，仍然以爲是累的緣故。

上班，黃晶敲開了他辦公室的門，神情有幾分不自然。這個三十多歲的女人，很敬業，只是黃嘉歸平日裏從不和她說多餘的話。她也不多言，只按公司的規定和黃嘉歸的要求處理賬務，別的事情幾乎不參與。總之，他們之間總覺有層隔膜似的。在黃嘉歸眼裏，認爲她是外方派來的，儘量少打交道爲好，以免引起不必要的誤解。今天，看她的表情，黃嘉歸感覺出她特意在表現親近。

黃晶回身關了門，看看黃嘉歸，有些難言的樣子。黃嘉歸就說：「黃會計，有事嗎？」

黃晶說：「黃總，有件事，我想向你報告，但不知道該不該，我昨晚覺都沒睡好。」

黃嘉歸很平靜地說：「說吧，不必忌諱什麼。」

黃晶說：「說起來我是外方派的，但你是董事長和總經理，這樣的事應該讓你知道。」

黃嘉歸看看黃晶，沒有表態。黃晶挪了挪身子，說：「昨晚，夏先生和馮律師叫我把賬都抱去，一張發票一張發票地查看，所有賬目一筆也不漏過，到凌晨一點，只看了一半，通知我今天上午九點半再去酒店。」

黃嘉歸雖然對外方這種查賬的方式心生不快，也有些意外，但他並不明白黃晶告訴他的用意，她又是宋先生另一個專案負責人的親戚，這裏面的水究竟有多深，他摸不清底細，所以他仍表現很平靜，但口氣比剛才更柔和，問：「你覺得有什麼問題嗎？」

黃晶說：「這外國人做事就是怪，就是查賬，也可以明白告訴你呀，我做的賬難道還不明白嗎？再說了，既然派我做會計，我代表他們，就應該相信我，一張一張發票審查，用得著嗎？」

這時，馬可敲門，黃嘉歸就讓她等一會。他對黃晶說：「按公司章程規定，股東有權查賬。只要我們心中無愧，人家願怎麼查就怎麼查。」黃嘉歸站起來說，「你要配合人家，別讓人家誤會咱們不樂意人家查。」

黃晶見黃嘉歸站起來，知道門外有人等，黃晶起身說：「我一定按黃總說的辦，不給你添麻煩。」

黃嘉歸點點頭，黃晶出去了。

馬可進來，黃嘉歸問：「什麼事？」

馬可把手中的報告遞上去，說：「丁小溪剛才來電話，問能不能給他們撥付部分工程款，工程部寫了報告，我看了合同，應該付第三筆了。」說完，馬可起身，看看黃嘉歸的杯子裏是乾的，就起身出去洗洗，進來放了新茶葉，沖了一杯水，放在黃嘉歸的面前，說，「多喝點水，你總是記不起。水是萬物之源，我看《傅雷家書》，傅雷告訴他兒子，每天早起，必須喝一杯涼開水，許多保健書上都講這一條。」

黃嘉歸的眼光從報告上抬起來，看馬可一眼，算是回應和感謝。對於眼前這個女人，他已無須用語言表達什麼了，似乎一切都融入了一種感覺和默契。

黃嘉歸在報告上簽了字，遞給馬可，說：「通知丁小溪來辦。」馬可說聲好，起身要走，黃嘉歸又叫住她，說了黃晶講的事，不過他說，夏冬森提前告訴他了。

馬可聽了，坐下，說：「你不說我還忘了，夏先生來的這段時間，又有員工反映鄭少春在找員工談話了，不過這次並不問別的，就問山上工程的事，從每塊石頭多少錢，到一個刀具成本多少都問了。」馬可說，「山上已經是他的天下了，我前天上山，他躺在路邊抽菸，明明寫了牌子，工地不准抽菸，他是副總，這樣做，還能管別人嗎？」

黃嘉歸搖搖頭，嘆口氣說：「這是無奈的事。」他說，「投鼠忌器，你說過了頭，會被外商誤解。我甚至覺得，夏冬森的一些不滿，是鄭少春傳達了錯誤訊息而造成的。」

馬可說：「你應該找夏先生多聊聊，溝通總比不溝通好。」

黃嘉歸說：「由於國情和文化不同，夏先生很難理解中國政府的做法，案子進展出乎他的意料，誤會在所難免，解釋也很難解釋清楚。身正不怕影子斜。我們盡職盡責，清者自清吧。再說，壞又能壞到哪裡去呢？」

馬可卻說：「你是好人，可事情並不是都按好人的願望走的。說不定他們真的是動了換人的念頭了。」

黃嘉歸喝了口水，說：「能換什麼人呢？投資還能不能繼續，都成了一個謎。」

馬可一聽，愣了，竟一時回不過神來。她看著黃嘉歸，雙眼皮擠成了單眼皮，眼睛出奇的大，眸子裏充滿了疑問。

黃嘉歸見了馬可的表情，也一愣，突然明白了她的疑問，就說：「亞洲金融危機已波及到宋先生了，他在泰國的投資失敗了，S國內的資產已被法院查封了。」

馬可終於明白，但她並不評價這件事，而是說：「越是這種時候，越要注意不要把事情搞複雜了，到時難以收場。」

黃嘉歸說：「這是需要注意的。」他說，「我們又能怎麼樣呢？」

馬可說：「心中有數，遇事明白就行了。」

話到此，馬可出去給丁小溪打電話了，黃嘉歸接著忙其他事了。

丁小溪接了馬可的電話，並未通知帶工隊的村委來，而是自己和工隊長來了。

馬可把丁小溪引進黃嘉歸的辦公室，給丁小溪倒了茶水，說她有事要處理，黃嘉歸說：「一起和小丁說說話。」

馬可聽黃嘉歸這麼說，就坐下了。

丁小溪見這樣，也就不避什麼，低聲說：「帶隊的工隊長給我說，前幾天，鄭總時不時找工隊的人問情況，還挺細的，連一塊石頭的價錢和一車沙的成本都問，還說是外商讓調查的。我納悶，這些事問一下黃總不就對了，或到財務一查，不就什麼都知道了嗎？」她說，「我覺得這裏面有事情。」

黃嘉歸笑笑說：「工程大，花錢多，外商問問也是正常的。」

丁小溪說：「人家都說文人心裏道道多，我看黃總你是直槓槓，啥彎彎都沒有。」

黃嘉歸說：「煩惱皆由心生，心裏沒有彎彎繞，事情也就直了。」黃嘉歸把話又開說，「土地承包證辦得怎麼樣了？」

丁小溪說：「前幾天我還催啦，農業局答覆，等著領導簽字哩，總之口氣不冷不熱。」

黃嘉歸說：「這件事還得催緊，早點辦了，外商心裏就踏實了，不然總是個心思。」

丁小溪說：「按理說，該走的程序都走了，上面不就批一下蓋個章發證嗎？」說到這裏，她嘆了口氣說，「莊書記離開，事情辦起來難多了。」

這時，黃晶敲門進來，請黃嘉歸在付款報告上簽字，給官上村工隊付款的支票也已開好，黃嘉歸就簽了字。丁小溪見狀，起身告辭，黃嘉歸要留她吃飯，她說村子裏有事就離開了。

第三天下午，夏冬森和馮豐看完了賬目，叫黃嘉歸去他們的房間。黃嘉歸去了，以爲要談賬目上的事。然而，夏冬森卻隻字未提賬目的事。不過黃嘉歸敲門時，聽到屋子裏大聲說話，可以猜得出，一定有什麼事。黃嘉歸進房間，夏冬森臉色潮紅，馮豐在屋子的中央站著。夕照的陽光射進來，雖然開著空調，屋子裏仍然熱。

黃嘉歸坐下，屋子裏一時很靜，黃嘉歸反而覺得不自在，不知道他們到底查出了什麼，似乎自己真的做了什麼對不住人家的事。

還是馮豐先說話了，他說：「我到景區去了，工程做得很不錯，進度也快，黃總功不可沒，我回去告訴宋先生。」

「應該的。」黃嘉歸說，「做好是我們的責任，出了問題是我們的失職。」

馮豐還要說什麼，夏冬森卻開了腔，他仍未提及查賬的事，突然語氣嚴肅地說：「黃總，我是給你抓貪污犯，不知道你有沒有察覺？」

黃嘉歸一驚，不知道夏冬森說的什麼意思，也就不知道怎麼回答。

夏冬森似乎並不需要他回答，說：「工程部有幾個人吃回扣，我已調查清楚了。我們這樣的工程，我們這樣的文化事業，是不允許任何人貪污一分錢的。」夏冬森在屋子裏走著，顯得異常激動，他說，「我主張立即查清，馮律師說不妥，但我聽你黃總的，你既是總經理，又是董事長，你說吧。」

夏冬森說明了，黃嘉歸立即說：「聽夏先生的意見。」

夏冬森站著，把手向下一揮，說：「立即找來工程部的人調查，韓得明有不可推卸的責任！」

黃嘉歸一怔，覺得不妥，但如果不同意，就有庇護之嫌，他只好說：「這樣吧，這件事由我處理，如果確認有人吃回扣，立即辭退！」

夏冬森立即說：「那我就等結果。」

黃嘉歸不再說什麼，出門下樓了。

今晚的天色異常晴朗，天空的星星和地上的燈光一樣的耀眼，黃嘉歸很久沒有看見這樣的夜空了，也許平日太忙，許久以來，竟忘了抬頭仰望頂在頭上的天空。今夜反而有了看看天的強烈念頭。他仰起脖子，天空的高深和星辰的奇妙充滿了神秘和遐想。空曠的天幕使生命成了一個問號，人生的成敗榮辱果真那麼重要嗎？突然有一種悲傷的情緒襲上黃嘉歸的心頭。不過這情緒一閃而過。

他掏出手機，給韓得明傳呼留言，讓他七點半到辦公室。然後，他開車到辦公室的樓下接上馬可，一起去吃飯。在車裏，黃嘉歸簡單地說了剛才的事，馬可聽了，許久才問：「你準備怎麼處理？」

黃嘉歸說：「聽聽韓得明怎麼說。如真有事，只好叫韓得明走。」

馬可問：「非得這麼做嗎？」
黃嘉歸說：「只能這樣，由於文化背景的差異，夏先生不能容忍這樣的事在公司發生。」
沉默片刻，馬可說：「你什麼時候讓我走？」
黃嘉歸說：「兩回事。」
他們進了一家速食店，邊吃黃嘉歸邊說：「晚上我就準備處理，快刀斬亂麻，拖久了會有更大的問題，保護專案是唯一的目的。」
七點半，韓得明準時到了。黃嘉歸說了夏冬森的意思。
韓得明說：「我是實在氣不過，鄭少春竟在工地的工棚裏，把工隊長審了五個小時，不許吃飯，不許別人近前，說是要抓貪污犯。你就是看見別人殺了人，也得報警，你有什麼權力審人？」韓得明說，「大家為了不把矛盾上交到你這裏，才沒有給你反映，太不像話了！」
聽韓得明這麼一說，倒使黃嘉歸一驚，他沒想到。但他還是平靜地說：「那些事，咱們暫時不管。你我現在以兩個朋友的身分說話，不是總經理對工程部經理談話，沒有上下級之分，你告訴我，夏先生說的事情到底有沒有？」
韓得明顯然沒了退路，他的語氣變得軟了，說：「我問了官上村帶隊的村委，他們的確給了工隊長兩萬塊錢。我一聽慌了神，儘管這是中國現今做工程的慣例，可夏冬森是外國人，不懂，弄出去，最終傷害的是黃總。所以我們統一了口徑，鄭少春和夏冬森也只是聽聞，並無實據。」
黃嘉歸站起來，說：「我們出去走走吧！」
他們下樓，不到二十分鐘，就到了海邊，選了兩塊平坦的礁石坐下。天空還是那麼高遠，天上的星星似乎更密了，也許離開了建築群的原因，夜色中的世界，顯出無邊的空曠。在微風吹拂下，浪花一波一波撲向岸邊，發出清晰的節奏。夜空的月亮和星星，被海水揉碎了。

許久，黃嘉歸才說：「韓經理，說心裏話，我得感謝你，你在山上吃了許多苦，如果沒有你，工程很難說能進展得這麼順利。我是報人，缺乏企業管理經驗，案子能做到目前的程度，要感謝許多人，你是其中之一。」

星光下，韓得明抬起頭，語氣沉重地說：「黃總，客氣話我就不說了，我來公司應聘，拿誰的錢給誰幹活，這是天經地義的事。但眼下這件事無法躲開，你們畢竟是合作夥伴，不能因爲這件事影響你們的合作。」他停一下說，「雖然我需要這份工作養家糊口，但是不可能再做了，明天我辭職。只希望不要按合同約定扣我的錢。」

海浪的聲音很低沉，在夜空裏顯得異常的凝重，似乎貼著地面傳播的，餘音走得很遠很遠，以至於沒有回聲，在遠處徹底地消逝了。

黃嘉歸說：「好吧，多餘的客氣話我也不多說了。明天上午開會，你遞交一份辭職報告，公司同意你辭職，補發你三個月的工資。另外，我本來準備年底獎勵工程部，你要走了，提前獎勵你三千塊，也算公司對你的肯定吧。獎勵的事就不在會上提了，我單獨處理。」

韓得明說：「謝謝黃總。」

第二天早上七時，黃嘉歸讓馬可通知工程部的員工推遲上山時間，先到辦公室開會。

八點半，會議開始，黃嘉歸當場宣布，經公司研究，同意韓得明辭去工程部經理職務。接著，宣布工程部的工作，暫時由工程師楚卓負責。

散會後，黃嘉歸把馬可和黃晶叫到了他的辦公室，在韓得明的辭職報告上簽了意見遞給了黃晶，說：「上午就辦妥。」然後對馬可說，「注意辦好交接。」

剛才一直愣著的鄭少春，這時敲門進來，問：「黃總，怎麼回事？韓得明這個時候辭職，不是給公司難堪嗎？山上的工程到了收尾的時間，許多細節都需要他處理。」

黃嘉歸沒好氣地說：「你在山上又不是一天兩天，應該明白。」

鄭少春一副為難的樣子，說：「具體的還是他熟。」他說，「不是因為我的原因吧？人們反映工程部有人吃回扣，我只是調查調查，並沒有其他惡意。」

黃嘉歸說：「與你沒有關係。」

鄭少春問：「夏先生知道嗎？」

黃嘉歸冷冷地說：「你去問夏先生吧。」

頗感意外的鄭少春一愣，就知趣地退了出去。

接著，黃嘉歸就去酒店，把韓得明辭職的結果告訴了夏冬森和馮豐。事情出乎夏冬森的意料，他沒有想到這麼快，又這麼徹底。他既未說贊成，也未表示反對，這件事也就算過去了。

當天下午，夏冬森就訂了第二天回S國的機票，與馮豐離開了靈北。

夏冬森回國不久，突然打來一個電話，說S國一個朋友到靈北，順便到景區轉轉，請熱情接待，多餘的話沒有說。

航班是中午的，黃嘉歸帶著司機去機場接人。飛機正點，來了三個人，他們寒暄幾句，就鑽進了車裏。其中一人遞過名片，黃嘉歸才知道其中一位是S國有名的商人宗光貯，其他兩位無疑是他的下屬。夏冬森曾告訴過他，說宗光貯是他作品的一個收藏者。宗是最早在中國投資的商人，在離黃河入海口，建有一個黃河主題公園。不過黃嘉歸聽說，經營並不好。

上了車，黃嘉歸還未開口，宗光貯便說：「聽夏先生和宋先生說，你們的景區很有文化，特來走走，看看有沒有聯手的可能。」

這日的天空，灰暗堵塞，太陽的光芒似乎短了許多，至半空就無一點熱量了。

聽了宗光貯的介紹，黃嘉歸猜出夏冬森讓他接待宗光貯的用意。進一步深談，黃嘉歸聽明白了宗光貯的目的，他是想把般若園和他的景區捆綁銷售，打造所謂中國北方最大的旅遊景區。黃嘉歸覺得有門，當天下午就陪他上了山，一路用心介紹。

然而，宗光貯登到半山就不上了。他說：「般若園不像一個商業景區，倒像一個公益項目。你拿什麼賺錢呀？」他問，「山下的土地證拿到了沒有？」

黃嘉歸實話實說：「土地是承包的，暫時辦不了商業用地。」

宗光貯聽了，表示遺憾。

下山後，宗光貯說市區晚上還有安排就走了。

可是第二天，黃嘉歸接到夏冬森打來的國際長途電話，他生氣地質問：「你是怎麼給宗先生介紹的？」他說，「去之前，宗先生興趣很大，這麼走了一趟就表示無能爲力了。我好不容易找到了有實力的人，卻叫你搞砸了！」

夏冬森不聽黃嘉歸的解釋，說：「我們當面說好了的，他知道般若園的狀況。怎麼你說土地有問題，而且解決不了？」

黃嘉歸明白，夏冬森急於找到再投資的人，難免急躁，就忍著性子解釋：「他認爲山上沒有市場效益，只有山下的土地有開發價值。我說了土地性質，他就說土地不是商業用途，形不成固定資產。宗先生的目的很明確，是想通過新專案拉動他的黃河主題公園。這個目的達不到，他當然就不做了。」

夏冬森聽了，回答了一句：「你看著辦。」

這件事後，黃嘉歸知道寄希望於宋隨良再融資的可能幾乎沒有，般若園的未來只能靠重新招商。這樣，黃嘉歸琢磨著尋找新的合作夥伴，把握最大的人莫過於鄭仁松。但對於賺大錢的人而言，他們無不希望早上養雞下午下蛋，追求的多是短線投資的高回報，因此，鄭仁松未必能看上這個案子。黃嘉歸考慮用什麼方式去和他談。可是，未等黃嘉歸運作，又接到夏冬森的電話，說經深圳的一個朋友介紹，靈北有人想介入，希望黃嘉歸認真對待，促成這件事。夏冬森說，自己的股份可以退出一半，也希望黃嘉歸讓一點。他說，對於宋先生而言，破產是件十分可怕的事，連進飯店吃飯，超過普通消費，被人舉報就有可能坐牢。他說，儘量保住宋先生的股份。黃嘉歸當然同意，也樂觀其成。夏冬森又交代：「般若園主題不能變，其他一切都可滿足對方的要求。」

黃嘉歸聯繫後得知，中間人是靈北一個文化傳播公司的小老闆，叫成功。真正投資的是在深圳做房地產的一個靈北人，姓沈，成功一口一個沈老闆。黃嘉歸陪成功爬了一趟山，成功讚不絕口。

和成功見面後幾天，沈老闆趕回了靈北。見面後知道了他叫沈林海。

沈林海說：「黃老師，我雖然沒有上山，但我聽成功說了。我不叫你黃總，叫你黃老師，叫總的人太多了，有辱你的身分。深圳的人曾開玩笑說，天上掉下一塊磚，砸傷了三個人，兩個是總，一個是副總。我叫你老師，是我佩服你！佩服你的眼光，佩服你的學識。」他說，「你是董事長兼總經理，當然，你的意見要占主導地位。」

黃嘉歸說：「我只是負這個責，資金是宋先生的，藝術創作是夏先生的。」

沈林海立即說：「可創意是你的，山林地是你拿的。這兩個，一個是專案的靈魂，一個是不可再生的資源。」他本來就站得離黃嘉歸很近，說完這句話，他又挪了半步，離得更近了。黃嘉歸感到了他說話時口中的異味，不由自主地退了一步。沈林海倒不在意，他提高了聲音說：「不過黃老師，景區首先應該是一個商業項目，得賺錢，沒有錢賺，就不能叫成功。等賺了錢再回報社會，那是另一回事。所以，我看好的是山下的地。」

沈林海說到此，黃嘉歸倒徹底放心了，不過他提醒說：「夏先生不一定這樣想。」

沈林海說：「所以，我飛回靈北，不光想看看地，還想和你提前聊聊。我們畢竟都是中國人，得首先溝通好。如果你有什麼不好說的，到時我說。」

黃嘉歸介紹了山上的創意和夏先生的作品，說：「山上是長線，山下是短線，兩者同樣重要。」

沈林海說：「我明白，不做山上，夏先生那關過不了。我關心的是，原來的股東以什麼樣的價格轉讓多少股份？」他說，「黃老師，你是大股東，是董事長，所以我得先聽你的意見。」

黃嘉歸說：「我和夏先生沒有溝通，不好單獨發表意見。」他說，「你可以把你的想法告訴我，我去做夏先生的工作，儘量滿足你的要求。」

沈林海說：「那我就直說了，山上的景點你把關，這個我不懂；但山下的土地開發得我做主。你的第一股東身分可以不變，但我希望我是第二股東，我投的錢肯定比外商多。」

話說到這裏，黃嘉歸已明白了對方的意思，就不必再談了。他們當即和夏冬森電話約好了見面的時間，地點定在深圳。因爲沈老闆在市區住，就由他預訂飛機票，說好第三天在機場見。

想不到啓程當天起大霧。早晨的靈北一片迷茫，天上地下如同被裹進了一個深邃的地洞，不見天日。中午時分太陽才露頭。所以，到深圳的班機誤了兩個小時。當他們到達預訂的酒店時，已是晚上九點。他們一起去見先到的夏冬森，夏冬森大笑著說：「你們早說，我去靈北不就行了，何必你們跑一趟。好在半天的霧，否則不知道我得等多久。」

沈林海說：「大霧在靈北，你去了也下不去，這不符合中國人的待客之道，所以我們就來了。」他指著成功說，「我這個兄弟沒有來過深圳，趁機讓他開開洋葷。」

他們說笑著去餐廳吃飯。一邊吃一邊聊，多說些與案子無關的事。

成功說：「夏先生的名氣夠大的，我在中央電視臺的訪談裏見過您。我是搞文化傳播的，知道上中央臺的難度。通常幾分鐘，甚至幾十秒，那些企業家也願意掏幾萬甚至幾十萬。」成功的表情很激動。

夏冬森立即聲明：「這個專訪可是你們中央電視臺找上門的。」

沈林海看了成功一眼，說：「夏先生是文化名人，文化名人上電視是新聞，企業上電視叫廣告。」

成功馬上附和：「是，是，是。」

黃嘉歸說：「夏先生是國際華人藝術界公認的大藝術家。沈老闆你能看好這個案子，也眼力不一般呀。」

沈林海立即說：「哪裡哪裡，我對藝術一竅不通，聽了深圳的朋友介紹，我請老同學成功去看了一趟。他告訴我，果然非同一般。他是文化人，我信他的。」

成功說：「我只是把黃總說的記住了，轉述給了沈老闆。說實話，我上大學讀的歷史專業，對佛教文化僅僅停留在文字的瞭解上。以後還得各位老師指教。」

黃嘉歸見夏冬森談話興趣不高，就說：「沈老闆參與了案子，慢慢就熟悉了。關鍵是現在做起來，不要成了半拉子工程。」

成功說：「是是，山上急需資金。」

夏冬森說：「今天太晚了，我們就不談案子了。我還代表宋先生哩，今晚我和黃總溝通後，再和宋先生通通電話，明天上午再談。」

沈林海和成功說好，他們就起身回自己的房間了。

黃嘉歸跟著夏冬森進了房間，剛坐下，夏冬森沒有客套話，就說：「是深圳的一位朋友介紹的，這兩天他正好有事在外地，我對他倆不瞭解。」他問，「你覺得他們行嗎？」

黃嘉歸說：「我打聽過，實力沒有問題。沈林海是靈北人，來深圳做房地產做大了，想回靈北投資。」

夏冬森說：「我問的是他們能管好這個案子嗎？因為他們已通過朋友傳話，說如果他們參與，就一定要當總經理。」

黃嘉歸說：「現在最主要的是資金，至於人事方面的安排是下一步的事。誰幹不重要，幹不好可以換人，董事會四票哩。」

夏冬森說：「那不行。我問過宋先生的意見，他說選人最關鍵。」

黃嘉歸問：「那你的意思是？」

夏冬森說：「不少於百分之二十五的股份可以答應，問題是這兩個人根本就擔當不了這個大任。」

黃嘉歸問：「怎麼講？」

夏冬森反問：「你還看不出來嗎？他們只不過對山下的土地感興趣，如果是這樣，我們在S國搞商業不就得了，何必跑到中國的靈北。」

黃嘉歸問：「那怎麼辦？」

夏冬森說：「直接說，不招商了。」

黃嘉歸說：「那怎麼行，人家跑了一回靈北，又帶人到了深圳，說不過去。」

夏冬森一怔，問：「你說怎麼辦？」

黃嘉歸想了想，說：「明天還是見面談談股份構成，但當場不表態，就說碰碰頭再說，然後找個理由就說董事會統一不了意見。這樣有一個說辭，也顯得我們鄭重其事。」

他倆說妥，就按黃嘉歸的說法做。

第二天，他們吃過早飯，就一起到夏冬森的房間商談。

因夏冬森已有了打算，就開門見山說：「都是朋友，就不要客氣了，把你們的想法說出來，我們再溝通。」

沈林海問：「朋友沒有轉達嗎？」

夏冬森說：「大致說了說。今天不是正式談嗎？」

沈林海就說：「實際上，我在靈北也給黃老師簡單說了我的想法。」沈林海重複了自己對專案開發的意見，不過他強調了之所以要派總經理的理由，他說，「不是我信不過黃老師，而是我從事房地產業十年了，有經驗，我只是想叫案子的利益最大化。」

夏冬森怕話題扯遠了，就說：「沈老闆想占多少股份？」

沈林海說：「不少於百分之二十五。」

夏冬森說：「明白了，我們下去通通氣，商量一下再回話。」
沈林海有些詫異，問：「你們沒有商議過嗎？」
夏冬森說：「我得當面聽你說。」
談話就這樣結束了。
回到房間，夏冬森問黃嘉歸：「你說，以誰的名義回絕？」
黃嘉歸說：「宋先生不在，當然不能用他的名義，何況，他本來就不知道。以你的名義，說不過去，你請人家來的，道理不通。」黃嘉歸看一眼夏冬森說，「你就說，我不同意讓股份，談僵了，放放再說。」
一個小時後，夏冬森約沈林海到他的房間談。黃嘉歸一個人在房間看電視。他們的談話快一點了才結束，出來見了黃嘉歸，夏冬森說：「中午這頓飯我請，也歡迎你和兩位新朋友抽空到S國玩，我隆重接待。」
後面兩個人不說話。沈林海的車在門口等著，夏冬森坐前面，其他三個人坐後面，沈林海說了個地方，司機就拉到了那裏。進去後，黃嘉歸才發現是一家特色大酒樓，專做魚翅、鮑魚。
夏冬森請沈林海和成功點菜，不過他說，就不要點活的了。那兩個人看了好一會，也沒看好幾個菜。夏冬森就說：「雖不能點活的，可也要吃好。這樣吧，每人一隻澳洲鮑魚，再來一份青島對蝦和大連刺參。」
這頓飯，夏冬森花了五千多塊，但大家吃得並不高興。吃完後，夏冬森說，他過香港還有事，就不陪各位了。回到酒店拿行李時，夏冬森交代黃嘉歸，說他還會找人的，眼下景區最主要的是完善土地的法律手續，管理好已完成的景點。

幾個人把夏冬森送到口岸，看著夏冬森消失在人流裏。上車，黃嘉歸說：「我想搭今天最後一班飛機回靈北，成功你走嗎？」

成功還沒有回話，沈林海卻說：「黃總，再待一天，我倒想和你好好聊聊。我怎麼發現不對頭，是你反對的嗎？是他找人求我的，又不是我找上門去非要投資的。」

黃嘉歸說：「沈老闆別誤會，也就是一些機緣未到。有錢還怕花不出去嗎？」

成功說：「黃老師，我都聽糊塗了，我明明知道你的想法。可夏先生說他和宋先生連股份都說好了，宋先生讓百分之十二，他讓百分之七，你讓百分之十。這樣沈老闆持百分之二十九，你持百分之三十，仍是大股東，可你不幹，說是以承包的山林土地出資，已經到位了，憑什麼讓？」

黃嘉歸聽到這裏，心有不快。其實他應該明白，夏冬森也只是在找一個說辭，只不過說得跟真的一樣。

車跑得飛快，打開車窗的縫隙裏，漏著呼叫的風聲。

沈林海說：「我想請你多待一天，再聽聽你的想法。你說這是什麼事？我老媽常嘮叨，說我離得遠，也不知道在家門口做件事，好讓我天天看見兒子和孫子。我給老媽說，這次一定。爲了這個案子，我把深圳看好的地產案停了，準備了一筆資金。可好，不是我不投，而是被招商的人耍了，你說我怎麼給老媽交代，這不是傷她老人家的心嗎？」

黃嘉歸一時衝動，不知是對夏冬森的說法惱了，還是被沈林海的話打動，他脫口而出：「我同意讓出百分之十的股份。」

成功說：「這不就對了！也給我找個活呀，不能有吃的人撐死了，沒吃的人餓死了，那也太不公平。」

黃嘉歸說：「我回到靈北，就給夏先生發傳真，表明我的意見。」

到了酒店，沈林海一再挽留，黃嘉歸堅持趕今天的航班，說這件事必須儘快處理。沈林海挽留不住，一看時間來得及，就和成功一起把黃嘉歸送到了機場。

黃嘉歸回到靈北，已是晚上十點了。時迅值夜班，沒有去機場，是馬可帶著司機接的。在車上，馬可問談得怎麼樣，黃嘉歸沒有細說。馬可見黃嘉歸情緒不高，就沒再問。

第二天上午剛上班，黃嘉歸交給馬可一份傳真，讓她列印後發給夏冬森。馬可細看，字數不多，也就半頁：

尊敬的夏先生：

同意沈林海和成功兩人轉達的你和宋先生的意見，擬按以下比例轉讓股份：

宋先生讓出百分之十二；

夏先生讓出百分之七；

中方達迅公司讓出百分之十。

轉讓後股份構成：

宋先生持百分之二十七；

夏先生持百分之十四；

沈老闆持百分之二十九；

原中方達迅公司持百分之三十。

馬可正要轉身去列印，黃嘉歸突然要回了稿子，快速在手稿的後面寫道：「如需要，本人願轉讓所有股份。」馬可看了，一怔，看看黃嘉歸，見他心緒不寧地在抽屜裏亂翻，她脫口而出：「黃總，出什麼事了？這樣會引起夏先生的誤會。」

黃嘉歸頭也沒抬地說：「由他去吧！」

馬可不明事理，又不好再說什麼，只好照辦。

傳真發出去，三天沒有回音，到了第四天，夏冬森才回傳真，也只有兩句話：「宋先生不知所蹤。你可以轉讓你的股份。」

當馬可把夏冬森的傳真交給黃嘉歸時，黃嘉歸立即明白了夏冬森的意思。但他又不願意把來龍去脈全部說出來，看著一臉疑惑的馬可，他說：「只能這樣。」

當即，黃嘉歸給成功去了電話，請他轉告沈老闆，因宋先生聯繫不上，專案的招商暫停。

37

眨眼，被嚴寒壓抑的枝頭，眼見著奔放出花蕾，空山的溪流開始奔走了，路邊的枯草叢裏也偶見綠芽。春天的訊息到了。

這段時間裏，很少有宋隨良和夏冬森的音訊，每月發去的財務報表極少回音，而隨著冬季工程的驗收和結算，般若園的賬面上現金已所剩無幾。公司延期出資的時間只剩三個月，新的投資也無著落，黃嘉歸暫時也不願意把鄭仁松拉進這個漩渦，所以和馬可商量的結果，趁春遊的時機，在山口安置了簡易的攔擋，將原先山門口的守護房改建爲售票房，拉了橫桿，開始售票。

爲了慢慢讓人們接受，三十元的票價暫售二十元，也未舉行任何開放儀式，選擇了一個星期六的早晨開始售票。靈北人有踏青的習慣，當一些人來到空山的時候，發現這兒開始收錢了，而且售票房的門口掛了物價局的批文，似乎一切都是順理成章的，只有極個別人發出些莫名其妙的怨氣返回，大多數人還是接受了現實。也許開發區新一屆的政府，要做的事情太多，暫時難以顧及空山，幾乎無人過問。偶來爬山的政府官員，只要報了哪個局或單位名稱的，黃嘉歸交代好了一律放行，這樣，許多的局長都來過了，但也無人對空山售票提出質疑。

黃嘉歸也讓馬可與官上村主任丁小溪作了很好的溝通，只要官上村村民出示身分證，即可免費進山。因而，隨著春暖花開，來空山的人慢慢增加，加之時迅在《靈北日報》又陸續發了幾篇介紹空山般若園的文章，還配了照片，加之原先的宣傳效應，般若園在靈北的影響也越來越大，雖沒有作大規模的市場開發，每天至少會有幾十上百的人來。多時，每天的門票收入可達四五千元，少時也一兩千元，偶爾星期天還有收入超過萬元的時候，這樣算來，只要不搞工程建設，維持現狀，人員工資、景點維護等日常營運還是過得去的。

當然，從建設轉到經營，儘管是半成品的試營業，黃嘉歸還是作了仔細的分工和安排，財務售票和監督由馬可負責，山上的秩序維護和安全，由鄭少春負責。由於外方對專案的熱度減弱，鄭少春似乎也和夏冬森聯繫少了，他也偶爾聽聞了宋隨良遭遇財務危機的事，黃嘉歸也告訴了他般若園的財務狀況。因此，他對開園售票一事也就無充分的理由反對，雖不積極，也被動地接受了。對於分配的工作也理所當然地接受了，所以他大多時候在山上。

山上嚴禁菸火，做了明顯的標誌牌，員工上山，也禁帶香菸和火柴之類的易燃物。爲了便於聯絡和及時處理情況，山上員工配發了對講機，一千米之內通話無礙。由於準備充分，保證了山上的秩序。一時，般若園的經營狀況十分平穩。

開園後，空山辦事處也不大關注，分管的吳春樹只來過一次，交代說辦事處的人來了應該免費，黃嘉歸當然同意。就這樣過了一月有餘，黃嘉歸突然接到吳永久的電話。

開始，黃嘉歸未聽出聲來，對方報了姓名，黃嘉歸才知是吳永久。說了幾句客套話，吳永久就提出每月給辦事處一部分免費門票，供辦事處和管委會相關部門的人進山用，就免了出示證件通報說話的麻煩。黃嘉歸也滿口答應。在黃嘉歸看來，這都是些小事，只要他們不找麻煩，使經營正常進行，就謝天謝地了。他對管委會和空山辦事處近來一直對般若園的冷處理存有戒心。土地經營證的事，壓根沒有音信，山門前的土地，也只是植了些樹，關於建設旅客接待中心等配套設施的規劃，無人表態，似乎一切都處在爆發前的靜默中。所以，他對官上村的村民在山口和半山擺攤設點，售礦泉水和餅乾火腿腸之類的行爲，一律採取默認的策略，這倒也好，緩解了遊人的急需。

這樣簡單的開放條件，按理說，應改善一些，但黃嘉歸一點也不敢動，一是資金問題，二是對梁大棟主政開發區後對空山開發的態度，他心裏一點底也沒有。他唯一的選擇，只能這樣將就著，平穩過渡，尋求機遇。

在相當長的時間裏，黃嘉歸心裏總是空落落的。由於沒底，他總覺得會發生什麼大事，每日似乎時間不夠用，但坐在辦公桌前，又一時不知道幹什麼。沒有抓摸的時候，他就叫上司機，有時是自己開車，去般若園轉一趟，每當看到那些鬱鬱蔥蔥的草木和隱於林中的石刻，他的心裏就有了一時的輕鬆，似乎一切落了地。

春夏接頭的時節，天氣已漸熱了，他穿了單衫，在林中小走，空氣清新醉人，草木的香味伴著習習的清風，一時就想這樣永遠地走下去。然而，時不時就有電話進來，有時是辦公室的，有時是催賬的（因結算還欠工程款），有時又是相關部門統計資訊的，總之，沒有安靜的時候，因而，走一段，他就得下山，就得再回辦公室。過去辦報，他小看了辦企業，以為生產經營正常了，就如同過日子一樣，日出日落，日進斗金。現今他做企業了，才知道辦企業的不易，不光有市場風險，還得不時接受工商、稅務、安全等諸多部門的各種檢查，還不時遇到各種拉贊助的，名目繁多，人情複雜，都得花費腦子去對付，如沒有馬可在前面擋著，他怕會被逼瘋。他時時想起每天早晨必做的功課《大圓滿前行念誦》中「深受役使」的教言，感嘆世人每時每刻被各種欲望和外境所役使，沒有絲毫的真正自由。

然而，即使這樣的日子也沒有持續太久，就出大事了。

出大事的前一天夜裏，黃嘉歸做了一個奇怪的夢，他雖然到海邊七八年了，但他從沒見過海嘯，何況靈北屬北方的海，即使夏季狂風大作時，也並無颱風登陸，更不要說海嘯了。所見海的咆哮，最高也只有三四米的浪頭，它會折斷沿岸的樹木，偶爾也會撲到路上，阻礙交通，但絕不會造成大的災害。但那天晚上，他在夢裏見到了海嘯，海水的巨浪，有幾十層樓房高，形成了一堵巨大的牆，像要從天上摔下來，頃刻間毀滅人間。然而，那堵牆卻久久不曾落地，也不曾摔碎，如同加足了馬力的戰機，狂風般地向前俯衝，當遮天蔽日的浪頭終於落地的時候，已變成了炸彈。

黃嘉歸清清楚楚地看到，岸邊的山地被移平了，堅固的房屋倒塌了，有許許多多的植被與建築統統被吞沒了，天空立即變成了汪洋一片。他是被海浪擊醒的。他站在一個遠離海岸的高地上，當排山倒海的巨浪襲來時，他看見了，他感到了從未有過的恐懼。他想跑，但他的雙腳卻像被牢牢釘住，無法挪動，身子也是沉重的，像綁了巨大的鐵塊似的。當遠處那排巨浪沖潰他腳下的高地時，餘波打到了他的身上，他被冷涼的海水擊醒了。

當他在驚恐中翻身坐起時，就再也睡不著了，依然感受著夢中的恐懼。也許是因爲這些天電視畫面的衝擊。西元一九九八年的中國，陷入了一場洪水之戰，十數萬軍人衝上了長江和松花江、嫩江的河堤，與百年不遇的洪水展開了搏鬥。抗洪救災的場面，成了每天新聞的焦點，黃嘉歸和大多數的中國人一樣，毫不例外地每天注視著這個新聞，也許裏面的場面看多了，就有了深刻的刺激，才會有夜間的惡夢。然而，細想之後，似乎不盡然，河流的氾濫遠不及海嘯的猛烈，夢中所見到的場景，是電視畫面中所沒有的。

八點起床，他突然想到，在老家的農村有一種說法，說夢是反著的。那麼夢見了水，就一定是火。於是，他上班前，還特意到廚房，關了煤氣罐的開關，平日裏他是不關的，用完了，只關煤氣灶上的開關而不關煤氣罐的。他還關了電視的開關，將屋子裏所有電器的開關都置於斷電的狀態。到了辦公室，他也未說什麼，只叫馬可最近注意辦公室的用電，離開前檢查一下，將所有用電設備關閉。說完了，他自己呆坐在椅子上，想自己是否神經過敏了，甚至對夢的反應也過激了。

但他想到了用電，想到了用火，也想到了身體，他還打電話囑咐時迅，提醒她最近注意火。似乎該想的都想到了，就是沒有想到山上，直至下班時，他猛地想起了景區，就立即叫來了馬可，安排她第二天上山落實防火措施。

第二天一早，馬可就帶著司機上山了。

這天的氣溫有些出人意料。靈北的氣候本來十分宜人，炎熱的夏季與北方別處不同，常常五六天一個週期，一場雨過後，天氣涼下來，然後一天一天升高，三四天後，氣溫就到了最高處。這時往往又該下雨了，雨後又是新一輪的攀升。因爲雨天剛過，氣溫不應該高，但有些反常，出奇地熱，樹林間的空氣在燃燒，那枝葉間飄動著的氣流，梳出一縷縷游動著的波紋，依稀可見，綠色的樹葉也低下了頭，無力地在游行的空氣中滑動；鳴叫的昆蟲會突然地停下來，像遇到了刀劈，一下子斷了聲。

因爲進山，馬可把裙子換成了褲子，上身穿件短袖的白衫，但職業的裝束並不能掩飾她修長的身材，在豔陽的天色裏，突然山間飄出這樣一位美麗的女人，看見的人們即使不認爲遇見了一位下凡的仙子，也會認爲是一位變幻的女鬼。

山門售票處全是男的，加上保安，有六七位工作人員，他們見到平時難以見到的年輕美豔的女助理，實在有些心動，他們紛紛圍了過來。馬可就詢問了近期遊人進山的情況，反覆強調景區不准抽菸的規定，要求工作人員將她隨身帶來的嚴禁菸火的標誌，貼在售票口。

當馬可帶著司機步行四百多米時，見鄭少春躺在一棵樹下睡著了。馬可本來要叫的，但見他的眼皮在動，馬可就知道他是裝睡的，就未再驚動他。長久以來，馬可很少和這位外商派來的副總深交，只是工作上公事公辦，她也無意去逗惹他，抱著能躲則躲的態度。她認定這位副總是一位小人，所以她遵循中國人「寧可得罪君子，不可得罪小人」的古訓對他敬而遠之。當然，鄭少春也認爲她是黃嘉歸的人，而且很鐵，且不是一般的女人，也就不去招惹她。這樣，雙方相安無事。正是基於這種心態，馬可給司機擺了一下手，兩人就從鄭少春的身邊走過去了。

馬可和司機上到半山腰，在山上和山下員工交接班的平臺上停了下來，那兒剛好有幾棵大樹遮陽，她就向值班的兩個景區管理人員詢問山上的情況，強調防火的重要性，要求山上不管是誰，一律不准抽菸，一旦發現明火或暗火立即消滅。這時，已到中午十一點了，山上雖然有風，但依然很熱，兩個員工就請馬可在樹下乘乘涼。一旦坐到蔭涼處，就沒了炎熱的感覺，一陣陣微微的山風吹來，倒是十分涼爽。馬可吹著風，就與員工聊天。

二十多歲的小夥子，當然十分願意和眼前的這個女人聊天，對這樣美的女人，他們不會有非分之想，只是在背後開開玩笑而已。當面說話，自然是一種享受，所以，就將山上的細節一一道來，博得馬可高興。說著說著就說到了鄭少春，其中一個抱怨說，鄭總常常在山上抽菸，有一回還和遊人發生了爭吵。我們讓那個遊人掐了正在吸的菸，可那遊客指著站在不遠處的鄭少春，說他怎麼不掐呢？我說，那是我們領導。遊客說，你們領導能抽，我就不能抽？難道這山見了你們領導的火就不著，見了我們的火就著？遠處站著的鄭少春過來，冷冷地對那個遊客說，我引起火災我負責，你能負得了責嗎？那遊人一聽火了，差點動起手來。員工說，我們一看事不好，就把鄭總拉到了一邊，那個遊客罵了一句，把手上的菸扔到了地下，我們趕忙上去踩滅了。說完，那個員工還不好意思地說：「馬助理，我可是隨口說，不是告領導的狀。」

馬可笑說：「我們不是在聊天嗎？」

聊了一會兒，馬可看看時間，就起身下山，當她轉過一個山頭，聞到了一股焦煙的味道，儘管很淡，但卻刺鼻，馬可四周看看，並未發現什麼地方冒煙，就問身邊的司機小許：「你聞到什麼味沒有？」

正在低頭下坡的小許，停下步子揚起頭，聞聞，說：「是有一股燒了東西的煙味。」

因他們在的地方，是一個山頭拐過的凹裏，視線有障礙，馬可立即對小許說：「跑回去幾步，讓那裏值班的兩個人來一個，帶著話機。」

小許應著，轉身趕回去。等司機和一個員工趕上來時，馬可已走出了凹地，這時，她看見山谷裏大約剛才鄭少春躺著的地方，有一股並不明顯的煙從山林中冒出來，在豔陽下，如一縷紗向上飄浮。馬可叫一聲不好，就向下跑，身後跟著的小夥子們也快速地跟了上來。馬可要過對講機向山下喊話，要山門口除留一個值班的，趕緊向上趕。也許下山快些，他們趕到時，山下的人還未上來。

樹下睡著的鄭少春依然閉著眼，而他躺著的地方扔著一節菸頭，三米之外的雜草燃了起來，而且點燃了灌木叢，火勢雖不大，但已向四周蔓延。因風向與鄭少春躺著的方向相反，鄭少春全然不知。焦急中的馬可大叫一聲，就指揮兩個小夥子折了路旁的枝條，一齊衝上去撲打火苗。

從沉睡中驚醒的鄭少春，被眼前的情景驚呆了，當他猛地反應過來的時候，立即折斷了身邊的樹梢，發瘋般向火苗撲去。然而，這時一股大風刮來，火苗如潑了油一般竄起來，像有一股巨大的力，拉著向上飛奔，火勢驟然加大。馬可立即用對講機向山下喊話，要山門口值班的保安立即報火警，並報告黃總。隨之，她呼喊山上值班的立即趕來救火。

這時，山門口上來的六個人，立即加入了撲火的隊伍，他們扛來了山門口放著的滅火器，但根本起不了多大作用，很快就噴灑完了；半山的壕溝中雖然有水，但由於水量小，也沒有工具，來人只能折下樹梢迎著火頭撲打，雖有作用，但效果不大。而被山火烤熱的空氣，似乎也燃燒了起來，四周的雜草和灌木叢紛紛被火舌吞沒了。那些挺立著的大樹，雖然只有樹葉和枝條燎著火苗，但隨著燃燒的枝葉的掉落和周邊烈焰的熏烤，樹皮發出劈劈叭叭的聲音，像豆子炒著了似的緊迫，也許要不了多久，粗大的樹幹也會燃燒起來。而發綠的雜草叢，似乎已被烈火烤乾，已沒了任何水分，只要火苗到達的地方就立即回應，騰起一片烈焰。草叢中潛伏著的昆蟲和飛蛾，只在炙熱的氣流中掙扎幾下，便被火焰吞噬了。

山溝裏立即成了火的洪流。而這洪流勢不可擋，不是向下流動，而是向上衝鋒，如入無人之境，所到之處，立即掀起一陣更大的烈焰。

馬可雖然沒有經歷過這樣的場面，但她在大學和電視裏學到過一些常識，她動員現場的人，集中力量斷其右邊山崖上的火路。因風向是順著山谷向上刮的，迎頭撲救會傷人，只能從山谷的側面追打著撲救。但成效不大。通往山下的火頭已被撲滅，而崖頭植被少，有的地方只是石壁，起到了阻斷的作用。但是，一旦火苗衝過崖頭，進入更大的坡面，就會如虎添翼，難以控制了。於是，馬可指揮眾人分段切割，斷其橫行的路線。

隨著山上值勤員工的陸續到來，撲火的人數已達十八九人，撲向南邊崖頭的火勢基本被控制了。火只順著山谷的方向向山上蔓延。風一陣大，一陣小，但烤熱的氣流如同加熱了的油，助長著火苗騰空舞動，要想控制順溝而上的東南方向的火勢，靠這十幾個人是萬萬不能的。馬可根據風向，判斷著火勢的方向，不斷地向司機傳達她的提醒，要人們躲避火焰的方向，切不可迎頭撲打。儘管撲救的員工體力越來越弱，但還未有一人被火燒傷。

接到電話的黃嘉歸，立即要了鄭仁松的一輛車，飛一樣向空山開來，同時他向空山辦事處報告了情況，請求支援。

也許平日裏半個小時的路程，黃嘉歸只用了二十分鐘，當他趕到空山山門的時候，空山辦事處和官上村的村民也到了，三輛消防車也已到達，他們簡單地碰頭，立即向山上進發。消防隊員們預先知道車是不能上的，就一個個扛了消防器向上趕，而空山辦事處的工作人員，也搬了平日裏辦公室放著的滅火器，村民們則拿了臉盆和桶，一百多人的隊伍，迅速形成一條長龍，沿著進山的石板路快速飛進。

當眾人趕到現場後，吳春樹充當了臨時總指揮，見靠路的一邊，因爲水溝和石板道路的隔斷，並未燃起來，靠山崖的一邊，又被前邊的人截斷了，他就立即將人分成三路：擁有滅火器的消防官兵和空山辦事處的人，組成一個先鋒隊，立即向火頭衝去，由後面向前噴射；第二組人，是拿了盆和桶的村民，立即從截流的小節水潭中舀水滅火；第三批人，就折下樹梢和先前的人一起撲打。

大約是人多的緣故，加上幾十個滅火器的威力，半個小時後，大火就被撲滅了，只有極少數的地方冒著煙。消防官兵和其他的人，逐一對冒煙的火點進行了清理，有些地方又澆了水，這樣又清理了半個小時，現場就徹底沒有了火種。見再無隱患了，人們才陸續撤離。

這時，吳春樹走過來，打聲招呼，說恐怕明天就得開會，追查著火的原因。黃嘉歸點點頭，沒說什麼，吳春樹就下山了。

黃嘉歸轉身，這才發現站在身後的馬可和公司的員工。馬可的臉上，煙灰已遮住了她的眉毛和臉頰，只有兩隻眼睛閃動著，身上的衣服已有多處小洞。他與她的眼睛對視的一剎那，他看見了她眼中閃動的淚花，似乎要湧出來，但她還是忍了。黃嘉歸的眼光，掠過每一個員工的身上，他們有的頭髮燒焦了，明顯地捲了起來，有的褲子被撕爛了，多數身上的衣服已不完整了。黃嘉歸低沉地問：「有沒有人受傷？」

大家似乎都在搖頭。見無人受傷，他說：「大家盡力了，特別是山上的員工，我代表公司感謝大家。留兩個人值班，其他的人去洗澡換換衣服吧，山門口暫時封閉，不要售票了。」

到了山下，黃嘉歸讓兩個司機開著麵包車和小車拉著員工們離去。他開著借來的鄭仁松的車，拉上馬可。剛剛過去的這場大火來得凶，來得太倉促，誰也沒有心理準備，開著車的黃嘉歸不知道該說什麼好，馬可則沒有從剛才的緊張和焦慮中調整過來，她也無話，他們就只管飛一樣地隨車奔去。

馬可租的是公寓樓上的一個單間，這時也沒有熱水，到別處去又不方便，黃嘉歸就直接拉了馬可去自己的住處，煤氣熱水器，打開就可以洗澡的，也有時迅的衣服可以換。

他們進門，黃嘉歸將門關住的時候，剛剛進門的馬可，突然放聲哭起來，黃嘉歸剛轉身，馬可就撲進了他的懷裏，她的身子瑟瑟發抖，似乎處於一種極度的恐懼中。黃嘉歸立時想起了前天的夢中的海嘯，他雖然沒有在起火時的現場，但他完全可以想像出那種突發現場的恐懼，而燃燒的火勢在風力的作用下，不亞於海嘯的兇猛。而當他們趕到時，大火已燒出了幾百米，而那幾百米灌木和雜草是十分茂密的，順溝的兩千多棵大樹，完全成了一個個黑樁，而在幾百米的燃燒的時間裏，馬可是現場唯一的一個指揮者。她不但指揮了有序的撲救，還及時報了火警。突然火情的瞬間，她的壓力是可想而知的，而在撲救的過程中，在未見到增援的人之前，是在恐懼中指揮的。而這時，似乎所有的壓抑瞬間爆發出來了，她的身子，像一個篩子急促地抖動著，而發出的哭聲，像是從胸腔中擠壓而出，低沉而傷心。

黃嘉歸不由分說地擁住了她，他的雙手在她的背部不停地拍著，說著：「不怕，不怕，已經沒事了，你比現場任何一個人都做得好……」

過了許久，馬可的情緒才慢慢平靜下來。當她的身子完全停止顫抖的時候，黃嘉歸突然感覺到了她胸脯的熾熱和心臟的跳動，他似乎突然受到了電擊，一下子鬆開手，與馬可分離了，而馬可搭著他雙肩的手，是在黃嘉歸放開手後過了一會兒，她才拿掉的。

黃嘉歸去浴室打開了熱水器，調好了水溫，出來對馬可說：「洗洗澡吧。」

馬可點點頭，什麼也沒有說，就進了浴室。

黃嘉歸也覺著累了，就靠在大廳的沙發上，閉著眼睛想打個盹。然而，當他一閉上眼睛，眼前就出現了夢中曾出現過的海嘯的場面，而那洶湧的海嘯瞬間卻變成了大火，順著山勢燃燒，他的眼前一片火光。他無法制止這個念頭，就只好搖搖頭睜開眼，景象消逝。過一會兒，他又閉眼，然而仍然是海嘯，接著便成了山火。如此幾遍，他終於無法打盹了。

突然他覺得自己坐在大廳不妥，等一會兒馬可出來，要去臥室的穿衣鏡前整理的。於是，他就到了另一個房間裏，剛在單人床上躺下，又突然想起，馬可並沒有拿衣服，身上的衣裳顯然是不能再穿了。他就只好起身，去臥室的衣櫃裏給馬可找時迅的衣服。時迅的衣服和他的衣服平時都是時迅整理的，他換衣服時，只管從衣架上拿，而時迅的衣服，他平時是不動的。這時去翻，不知道拿哪一件合適，就翻出好多件，一件件擺在床上，等著馬可自己去選。

這時，馬可在浴室裏問：「有浴巾嗎？」

黃嘉歸猛地想起忘了給她毛巾或浴巾，就說：「有。」

黃嘉歸急忙從衣櫃裏翻出了一條新的浴巾，拿到浴室的門口，卻不知道該如何給馬可。馬可也許聽到了他的腳步聲，就把浴室的門開出一條縫，從縫中伸出了手，黃嘉歸慌忙把浴巾遞過去。馬可把浴巾拿進去的時候，門縫一下開大了，黃嘉歸躲避的瞬間，門縫中露出一線白和香皂夾雜著的女人身上的清香。黃嘉歸急忙閃身，幾步奔到拉亂了衣物的臥室裏。

黃嘉歸正低頭在衣櫃裏整理的時候，聽到了輕輕的腳步聲，他轉身看時，馬可裹著浴巾，靜靜地站在他面前，她的眼睛佈滿了一層厚厚的霧，黑黑的眸子此刻變作了一汪深潭，映照出一個變形了的頭像。

就在黃嘉歸準備轉身離去時，馬可突然鬆開了手，浴巾像一片樹葉從她身上飄落。這時，一個驚人的女人的胴體出現在黃嘉歸的眼前，光滑豐滿，蘊含生命的雙乳，如兩隻雪白的兔子伏臥在她的胸前，洋溢著生命的激情，她的身體，如同古典的漢白玉雕塑，放閃著難以掩飾的動人的活力，白色的肌膚閃爍著迷人的光澤。還未反應過來的黃嘉歸呆立在那裏，不知如何是好。瞬間，馬可撲了上來，緊緊抱住了黃嘉歸。

這一刻，呆立中的黃嘉歸，立刻明白發生了什麼事。他站著不動，輕輕地說：「馬可，你和時迅都是我生命中不可或缺的人，我不能對不起你們其中的任何一個。」

而這時的馬可，身子顫抖著，和剛才進門時不同，她的整個身體像火一樣地燃燒，她無法控制自己的激情。她揚著頭，眼眶裏噙滿了淚水，她喃喃說：「我對不起迅姐，可我說服不了自己。我愛你，就這一次。」

她語無倫次，像是說給黃嘉歸聽，更像是說給自己聽，她將炙熱的嘴唇微微張開，緊緊閉住眼睛。而此時的黃嘉歸，已完全被眼前的這個女人感染了，也許平日裏他對她的感覺太好，也許他很久以來就喜歡這個女人，只是理智的原因，他遠離著她。而此刻，他覺出了她的憐愛，他看著她發紅的臉頰和顫動著的濕潤的雙唇，他再也無法抑制自己，那個被稱爲魔鬼的欲望，在腦海裏閃過一念，便與他合二爲一，那一刻，他伏身噙住了她的嘴唇，隨即墮入了一片光霧之中……

透過白紗窗簾，跳進屋子的細碎的光點，在那一刻晃動起來。三伏天的炎熱吞噬了他。屋外的枝頭上有鳥兒鳴叫，天下一片火爐……

38

火災之後第二天，一上班，黃嘉歸就把山上的工作人員叫到山下分別詢問。馬可當然把她所見到的給黃嘉歸說了，所以談話的第一個人就是鄭少春。

昨日，救火的現場，黃嘉歸幾乎沒有發現鄭少春，實際他在，只是出事後，他儘量躲著，唯恐被人發現。黃嘉歸坐在辦公桌前，滿臉嚴肅，鄭少春有些膽怯，在沉默中等待黃嘉歸發問。他設想過黃嘉歸多種開口的方式，所以他準備了多種說辭。然而，唯獨沉默是他沒有想到的。雙方沉默的時間越久，鄭少春的心就越虛，他不知黃嘉歸到底要把他怎麼樣，甚至連報案把他抓起來都想到了。

屋外下著雨，天陰沉得厲害，完全沒了昨天的高溫。房間是用不著空調，但光線顯得異常的重，屋頂像要隨時塌下來，氣氛壓抑，這種情景裏，鄭少春終於無法承受了。他問：「黃總，找我有事嗎？」

黃嘉歸連頭也不抬，反問：「你說呢？」

鄭少春一下子亂了陣腳，他最善長的是與人針鋒相對，這樣的氣氛，他一時竟不知道如何應對。他只好先問：「是不是說昨天山上著火的事？」

黃嘉歸仍然未抬頭，反而顯得心不在焉，又問：「你說呢？」

鄭少春忽地從椅子上站起來，說：「黃總，如果你懷疑是我，可以向公安局報案！」

黃嘉歸這才抬起頭，他的眼光直逼鄭少春，問：「我說是你了嗎？你急什麼？我只想讓你談談昨天山上失火的情況，因爲那是你分管的工作，你在事發現場。」

黃嘉歸的話，一下子使鄭少春如放了氣的皮球癟了下來，他重新坐在椅子上，說：「我有責任，我也不知道怎麼會發生這樣的事。」

黃嘉歸說：「少春兄弟，不管我們過去關係怎樣，昨天發生的事，已把我們連到一起了。你想想，政府能放過這件事嗎？你又不是不知道開發區和空山辦事處班子調整後，我們面臨的局面。」黃嘉歸站起來，顯得語重心長地說，「你也應該知道宋先生因受亞洲金融危機的影響，已無法按約定到位其餘的資金了，儘管對外是一個秘密，可對你我而言，是一個千真萬確的事實。我們眼下雖不能說是四面楚歌，但也是腹背夾擊。稍有閃失，我們怎麼向宋先生和夏先生交代？」

鄭少春睜圓了雙眼，一副驚詫的表情，他問：「難道前面辦延期批覆，是因爲宋先生不能再投資了嗎？」

屋外的雲層更厚了，屋子裏的光線更暗了，黃嘉歸卻沒有開燈。他看了鄭少春一眼，說：「是的，當時只是找了個說法。」

鄭少春突然有些激動，說：「我怎麼不知道？沒有人告訴過我。」

黃嘉歸說：「夏先生沒有告訴你，自有他的考慮。」

鄭少春站起來，說：「讓我代表外方，這麼大的事，不能把我蒙在鼓裏！」

黃嘉歸說：「這是公司的機密，少一個人知道，也就少一個漏出去的可能，是爲了保護股東的利益，不涉及對哪個人不信任的問題，我想你應該理解。」

這一說，鄭少春顯得更激動了，說：「就算是秘密，我能外傳嗎？他什麼都告訴我，包括和你們之間的分歧和矛盾，說我是他們的全權代表，這麼重要的事情卻不告訴我，我是什麼全權代表？」

黃嘉歸說：「少春兄弟，我不叫你副總，你也不要認爲我是總經理，咱們就以兄弟交談吧。你也不要想那麼多，我只想給你交個底，賬上的現金，也就今年以來門票收入的六十多萬元，山上什麼也不幹，保持正常的費用和員工的工資，最多只能撐到明年的上半年。山上一出事，能否再營業已成了一個未知數。所以，情況對我們而言是嚴酷的，意味著搞不好就得關門，這個案子從此夭折了。」

聽到這裏，鄭少春深深埋下了頭。這時，黃嘉歸的手機響了，是吳春樹打來的，他口氣沉重地說：「黃總，辦事處通知你們必須在今天下班之前交一個關於昨天山上失火的報告，公安局已經立案了。」

黃嘉歸聽完，只說了聲謝謝就扣了手機。他同樣用沉重的口氣對鄭少春說：「鄭總，空山辦事處吳春樹的電話，說公安局已經立案了，追查起火原因，這次是來者不善。」

沉默片刻，鄭少春突然抬起頭，滿臉都是破碎的眼淚，他說：「黃總，我說，昨天我是躺在失火的地方抽了幾支菸，可後來睡著了，等馬助理叫醒我時，山火就已經起來了，我也不知道怎麼回事，不一定是因我抽菸引起的。」

他怕黃嘉歸不相信，又說，「黃總，我說的是真的，如果有半點假話，出門被車撞死。」

黃嘉歸搖手制止了他，問：「你不能確定是你扔掉的菸頭引起的火災？」

鄭少春說：「我不是找死嗎？有意縱火是犯罪。」

黃嘉歸說：「我不是說是你有意縱火，而是說，你並不認爲火災是因爲你扔的菸頭引起的？」

鄭少春這次聽明白了，說：「是，絕對是。」

黃嘉歸又問：「有沒有可能是其他人抽菸引起的呢？或者說，還有沒有其他可能？」

鄭少春見黃嘉歸並不追究他的責任，也許是爲了表明自己的配合，很認真地說：「山上沒有其他火源，唯一可能是遊人抽菸扔的菸頭引起的。」

黃嘉歸問：「這點你肯定？」

鄭少春說：「肯定。我曾聽空山辦事處的人說過，最容易引起山林火災的幾個原因是：遊人抽菸的菸頭，老百姓上墳燒紙錢，爬山者野炊，大雨中的閃電。這次唯一的可能就是遊人的菸頭了。」

黃嘉歸略停，說：「我同意你的說法，有可能是遊人扔的菸頭引起的山火。其他的因素就不要談了，」黃嘉歸看了鄭少春一眼，說：「你明白我的話嗎？」

鄭少春一愣，突然醒悟了，說：「馬助理她？」

黃嘉歸說：「這你不用管，管好自己，不管在什麼情況下，自己知道的就說，不知道的不要亂說。」

鄭少春馬上說：「黃總，我明白，謝謝你！」

鄭少春出去後，黃嘉歸起身拉開了燈，房間裏立刻明亮了，窗外的陰沉遠去了，辦公室的空間也一時大了起來。黃嘉歸撥了辦公室的內線電話，叫馬可進來。

馬可敲門進來，看見黃嘉歸第一眼，兩頰緋紅。她的睫毛挑著少許燈光，一雙不願睜大的眼睛似乎躲閃著什麼。要說昨天之前，她和黃嘉歸之間，是清白的工作關係，而昨天之後，他們已不如從前簡單了。

黃嘉歸的眼光也在極力躲避，他的眼前不時出現兩個女人的影子，馬可和時迅。作爲佛教徒的黃嘉歸，自然不是一個愛情至上的人，但受戒是必須的，忠誠是男女相處的底線。他無法理解自己昨天的行爲，他同樣不能把責任推給馬可，也許馬可對他的愛很久了，只不過昨天遭遇驚嚇之後，急需感情撫慰，所以突然爆發。而自己呢？昨天是星期一，也就是說，和時迅見面，剛剛過去十幾個小時，他就在另一個女人的身上放縱自己的欲望。難道自己是一個不講道德玩弄感情的男人嗎？儘管眼下世風，人們已經對這種事情習以爲常，有人甚至求之不得，可他仍然感到內心深深的失落。

在那件事發生的最初瞬間裏，他確實感到了有別於時迅的另外一個女人的不同，讓他迷惑顛倒。然而，當事情過去之後，他就覺得自己丟掉了一件什麼東西，心裏空得如同無法見底的黑洞。偶然間，他想到了鄭仁松曾給他安排那個女孩的情景。每當遇到惡緣時，自己並不能清醒而堅決地自淨其意，此刻，他認爲自己和社會上那些吃喝嫖賭五毒俱全的男人沒有什麼兩樣，而所謂的報人、文化人這頂不算高貴的帽子，充其量只是一塊遮蓋布而已。更不敢奢談佛門的修行。他覺出自己的無恥，他不但怯於見時迅，也怯於見馬可。

馬可進來，他就一直躲避她的目光。馬可突然低聲說：「都是我不好，如果你感到不舒服，我就辭職離開這兒。」

黃嘉歸一驚，他從沒有想到這一層。他迅速轉過身，面對馬可，盯著她的臉。她的眼睛裏噙滿了淚水，似乎頃刻間就要掉下來，砸到地上。她的眼光已沒了平日的光彩，完全被淚水遮擋了，像一位犯了過錯的孩子，她的眼中充滿了絕望和憂傷，顯得可憐而無助。那一刻，黃嘉歸徹底地感覺到了這個女人對自己的感情。他深深體會到了佛家所說的情迷。然而，他仍是一個凡人，他不能傷害眼前這個女人的感情，對自己而言，不管是工作還是生活，她都不可替代。就剛剛過去的火災而言，不是她果斷處置、及時報警，還不知道會釀出怎樣的大禍，而她在事情處理過程中所承受的壓力和驚恐，是任何一個未身臨其境的人很難體會到的。

於是，黃嘉歸極力掩飾著剛才的躲閃，儘量把話說得柔和些，他說：「哪兒的話，我在想怎樣處理昨天火災的事，吳春樹剛來電話，說公安局已經立案了。再說，我能離得開你嗎？」

黃嘉歸這麼一說，本來就爲火災擔心的馬可，一下子繃緊了神經，她的疑慮一瞬間全部消逝了，焦急地問：「鄭少春承認了嗎？」

黃嘉歸說：「不能讓他承認。」

馬可一聽，愣了，問：「爲什麼？」

黃嘉歸說：「他一旦承認，我們可以把他攆走，公安局甚至可能把他抓起來，但結論就是這次失火是由般若園造成的，是我們的人引起的，事情的結果我們就很難預料了。何況，並沒有證據證明這火就是鄭少春扔的菸頭引起的。」

馬可似乎明白了黃嘉歸的意思，說：「我們自己要明白，我明明看見他身邊扔的有菸頭，周圍又沒有其他人。我去之前，有兩批進山的遊客，也就二十來人，事發時，那些人都在山頂上還沒有下來。」

黃嘉歸說：「既然我們明白了，就不排除別人明白的可能性，所以我們就不能說我們明白。只要我們不明白，就不會再有人明白。」

馬可突然笑了，點點頭，說：「我明白了。」

接著，黃嘉歸就向馬可說了剛才與鄭少春談話的內容。末了，就叫昨天在現場的員工們一個個進來單獨談話，馬可作記錄，鄭少春和工程部負責人楚卓也來參與談話。

在隨後兩個多小時的談話中，事發時山上的員工，除了在山門口值班的兩個人外，其餘的全部調查過了。核對了山上遊人的數量和批次，都有什麼樣的人，有沒有看見遊人抽菸。談來談去，說明當天進山的遊人不超過二十個人，分兩批進的，其中有抽菸的，但在山門口就讓他們掐滅了，至於他們上山後，離開看護的人還會不會再抽，誰也說不準了。每個人說起自己時，都保證說自己絕對沒有抽菸。對於鄭少春抽菸，無人提及，一則鄭少春抽菸時的位置，別人不會看到；二則他在調查的現場坐著，即使平時有人發現他在山上抽菸，也不敢當面提及。

最後一個進來的是司機小許，他和馬可一同上的山，看見了鄭少春扔掉的菸頭，今天上班他就向馬可說了自己的意見，他懷疑是鄭少春扔掉的菸頭引發的火災。但當著鄭少春的面，他還是沒有說出來，他就耷拉著腦袋不說話。黃嘉歸就問：「你和馬助理一起上的山嗎？」

小許答：「是。」

黃嘉歸又問：「除了馬助理掌握的情況，你還有什麼新發現嗎？」

小許說：「我看的和馬助理看到的一樣。」

黃嘉歸說：「馬助理說你們並未看見遊人，進山的兩幫遊人已經到了山頂。」

小許冷不丁地抬起頭，看馬可，馬可正好從記錄本上抬起頭，就點點頭。

黃嘉歸說：「沒有新的發現，你就下去吧。」

小許好像明白了什麼，說聲「沒有」，就出去了。

鄭少春已完全明白了黃嘉歸的意思，他十分感激黃嘉歸這種時候保護他，他的眼眶濕潤了，他強忍淚水，用眼睛表達對黃嘉歸的感激之情。

黃嘉歸一副隨意的樣子，眼光只在鄭少春的臉上一掠就過去了。他對現場的幾個人說：「我們這裏坐的幾個人，是公司的核心層了，要統一口徑，以今天的調查爲準，剛才大家都聽到了，馬助理下去儘快整理一個調查報告，下午報辦事處。形成資料後，給全體員工看一下，所有人必須統一口徑，要特別強調一下。」

下午，馬可整理的調查報告出來了，黃嘉歸立即召開公司員工大會，講明了情況，強調口徑一致，不瞭解情況不能亂說。山上值班員工由鄭少春負責傳達。佈置妥當後，下午下班前，馬可將調查報告送到空山辦事處，交給了吳春樹。

隨後的幾天，就有公安局的民警，分頭到公司和山上找每一個員工詢問，不但問在現場的人，也問不在現場的人，既問了平日的管理措施和落實情況，又問每個人的判斷。還在山上對個別員工進行了封閉式的談話，態度十分嚴厲。

由於提前有調查報告的統一說法，每個人只說自己的經歷，不說聽到的或推斷的。這樣，用一周時間調查對質，有的員工被單獨約談三次，然而，結果除了馬可整理的調查報告所提供的情況外，沒有任何新的線索。最後得出的結論是，可能是遊人扔掉的菸頭引發的火災。據說梁大棟聽了這個結果，很不滿意，但由於當日的遊人無法尋找，自然就無法落實了，這件事也只能這樣了。但梁大棟要空山辦事處通知般若園歇業整頓，整頓驗收合格後再行開放。

這個結果，在黃嘉歸的意料之中。所以，聽到吳春樹的電話通知後，他只說了服從上級決定幾個字，未作任何爭取。只是黃嘉歸在和鄭少春單獨通報這一情況時，有意識地將情況說得更嚴重。鄭少春說了一番感激的話之後，告訴黃嘉歸，他在網上搜索得知，宋先生的公司已被S國法院宣布破產，投資肯定無望了。

黃嘉歸知道宋隨良破產是遲早的事，但速度之快，而且出自鄭少春之口，還是出乎他的意料。他自然不願更深地議論這個話題，他只是附和鄭少春說：「這就叫屋漏又遭連天雨。」

鄭少春看看黃嘉歸，嘆口氣說：「實在對不起黃總，由於我的失職和疏漏，導致這樣的後果，給你和公司添麻煩了。」

黃嘉歸並不戳破他的話，只說：「這是誰也想不到的事，既然發生了，我們只能面對。」

談話的當天，是靈北盛夏又一輪高溫天氣，屋子裏悶熱，黃嘉歸稍有感冒，所以就沒有開空調，鄭少春的臉上淌著汗，不時從口袋裏掏出面紙擦，黃嘉歸要去開空調，被鄭少春攔住了。他說：「你感冒了，不能吹冷風。」

黃嘉歸一時無話，鄭少春站著，忽然說：「黃總，我辭職吧，這樣對誰都好。」說著，他從口袋裏掏出早已準備好的辭職報告。

黃嘉歸並未去接辭職報告，而是故作驚訝地問：「你要辭職？」

鄭少春幾乎帶著哭腔說：「我不辭職又能怎麼樣？夏冬森給我許願，讓我接替總經理，還說可以送我乾股。我把這種經營安排當成了人事糾葛，所以產生了許多非分之想，做了一些不利於你的事。現在和他失去了聯繫，公司又面臨這麼多問題，我幫不上什麼忙，也難以面對大家，我對案子也失去了信心。」

黃嘉歸說：「你平靜些。」說著，拿過鄭少春放在桌子上的辭職報告，掃過一眼，說，「我理解你的心情，不過，這件事你得認真想想，還有一個對夏先生交代的問題，不要讓外商產生誤解。」

鄭少春說：「黃總，我想了很久了，你就同意吧，至於對他的交代，我聽你的。」

黃嘉歸說：「事情變得複雜往往是溝通不夠造成的。這個案子，沒有夏先生，不會叫般若園。所以，不管怎麼說，夏先生是這個案子的靈魂。問題出在國情文化不同，理解有別，造成溝通不暢，就產生了誤會。叫你來，也是董事會的決定，不是哪一個人的意見，你既然代表外商，當然要聽人家的。問題是我們自己做的到底對不對？」

鄭少春看看黃嘉歸，低頭沉默了幾秒鐘，抬起頭說：「黃總，你教會了我許多東西，我是應該想想自己，我缺乏生活閱歷，自以為人家要用我，我就得賣力。有些事，並不是夏先生交代的，是我自作主張。那次查韓得明他們，也是我的主意，是我……」

黃嘉歸打斷鄭少春的話，說：「過去的事不用提了，我剛才說了，許多事是誤會造成的。」

鄭少春說：「我給你和夏先生造成了許多矛盾，我向你們道歉。如果有必要，我給夏先生寫封信，你交給他，也會消除一些誤會。」

黃嘉歸站起來，走了幾步，站著說：「生活閱歷少，缺乏經驗是難免的。你的好意我領了，但信就不必寫了。以夏先生的性格和目前他對我們的印象，搞不好他會認爲是我安排的，效果很可能適得其反。」

鄭少春不再說話。

黃嘉歸說：「你既然想好了，我就不強求你了。」他把辭職報告遞給鄭少春，說，「這樣吧，你把報告改一下，寫成給董事會的。把火災的事情提一下，但按統一結論，只說你在山上負責，負有領導責任，再者就說家裏有什麼事，非得回去。其他的不用說了，因爲還要考慮到公司，對案子負責。」

鄭少春聽了，點頭表示同意。二十分鐘後，他就把改好的辭職報告又遞給了黃嘉歸。黃嘉歸看罷，覺得措辭得當，理由還充分。就寫了一句「請夏先生閱」幾個字，要馬可傳真給夏冬森。

想不到夏冬森接到傳真後，在鄭少春的辭職報告上打了一個驚嘆號，並在表述火災的文字下面，劃了粗粗的槓子。什麼意見也沒有簽署，就把傳真又發了回來。他是夜裏十時回的傳真，黃嘉歸是第二天上午上班看到的。鄭少春準備離開，所以沒有上山，黃嘉歸就把鄭少春叫來，讓他看了夏冬森回覆的傳真。鄭少春看了，臉色變得煞白，許久才說出話來，他說：「我把他也得罪了。」他看看黃嘉歸，說，「我還得回去給我舅舅交代，是他推薦我來的，他在南方給宋先生做事。」

黃嘉歸說：「不要想那麼多了，活在當下吧，所有的事情都是因緣聚合而成，就當人生一次經歷吧。」他說，「實際上，你想想，夏先生有什麼錯嗎？他跑那麼遠來，爲了什麼？出名？刻到石頭上，真的就能永恆嗎？他的名聲已經夠大了，以他的智力，他不會不知道的；掙錢？這個案子是一個長線投資，爲了賺錢划不來。也就是各種因緣聚到一起，促使他做了這件事。他費了那麼大的心血，花了那麼多的錢，又遇到那麼多的問題，現在又被火燒了一把。如果換成你我，我們還不跳起來嗎?!」

鄭少春點點頭，說他想馬上離開靈北。

黃嘉歸沒有再說什麼，就叫馬可來，安排人去火車站給鄭少春買火車票，並說：「晚上把楚卓和黃晶叫上，一起給鄭總送行。」

晚上的飯，是在西海大酒店吃的。黃嘉歸很少在這裏安排飯局，因爲價格太高。而今天的安排，出於照顧鄭少春的面子，喝酒前，黃嘉歸對黃晶說：「按公司的規定，給鄭總補發三個月工資。另外，鄭總在山上辛苦了，本來到年底才考慮獎金的，但是他要走了，時間也已超過半年，就發三千塊錢的獎金吧，明天上午兌現，別誤了鄭總下午的火車。」

黃嘉歸的安排，鄭少春沒有想到，他只是想把當月的工資結了，聽黃嘉歸這麼說，他的臉漲紅了，借著酒勁，說：「感激黃總的恩德，感激黃總對我的一切。」

他的話裏，當然包括了黃嘉歸對火災的認定和處理方法的感動，但現場只有黃嘉歸和馬可明白，黃晶和楚卓並不清楚，他們只是對鄭少春的反常感到納悶。鄭少春並未把話打住，他對在座的人說：「我說一句心裏話，也是一句大實話。馬助理肯定是死心塌地跟黃總幹的，你們其他人未必。我要說的是，要救這個案子，除了黃總，誰也不行，一要有能力，二要有德行。」

他倒了一杯酒，與黃晶碰杯後一飲而盡，說，「黃會計，聽我的，不管誰派來的，跟黃總幹不會錯，別人不一定靠得住。」

黃晶附和著說：「鄭總，我懂，我懂。」

黃嘉歸勸他：「鄭總，給你送行，說高興事，我們以後又不是不見面了。」

鄭少春說：「高興不起來，我以後是沒臉再見你黃總的。」

黃嘉歸安慰鄭少春，馬可讓服務員打開音響，唱起了女聲《朋友》。鄭少春的情緒慢慢緩過來，拿起麥克風，吼起了《妹妹你大膽地往前走》。

這頓飯吃到十一點才結束。

送走鄭少春，黃嘉歸吁一口氣，山上的事就交給楚卓負責，景區暫時無事。

然而，就在鄭少春離開靈北的第三天，也就是八月十三日，長江第五次洪峰逼近荊州，危及武漢。整個夏天未曾出現大雨的靈北，也遭遇了有史以來最大的暴雨的襲擊，一直未曾發揮作用的抗洪救災指揮部立即發揮了作用。人們擔心的是大暴雨過後的海嘯，然而海嘯沒有出現，但瓢潑的大雨，如銀河決堤，天水墜地，四十八小時幾乎沒有停歇。墜落地面的雨水，濺起一個又一個巨大的水柱，幾個小時後，靈北的街道幾乎成了河流。到處是漂浮著的物品和垃圾。行進中的車輛成了浮舟。

空山幾小時之內爆發的山洪，像成群的瘋狂的猛獸一樣，橫衝直撞而下，拔起了許多樹木，沖垮了許多石頭。而般若園火災過後的地段，已被洗劫一空，只有仰頭望去發黑的樹樁。山洪爆發時捲著發黑的泥水，沖進山下二十里外城市用水的空山水庫，只有少許的灰燼像一條條撕碎的布條掛在山壁上，留下被山洪洗劫的痕跡。

水災過去剛剛幾天，吳春樹打來電話，說吳永久主任請黃嘉歸去一趟空山辦事處。這是吳永久上臺以來第一次約黃嘉歸去，黃嘉歸覺得肯定有事，不然吳永久是不會親自出面的。

按吳永久約定的時間，下午兩點半，黃嘉歸帶著馬可，準時到了空山辦事處。還是那個院子，還是那幾排平房，但旁邊的那棵麻柳樹死了。它是莊新從空山的一條溝裏移來的。當時這棵樹被一場大風連根拔起，倒在空山的一條溝裏，由於周邊土層薄，無法就地栽植，莊新就把它移到了辦事處的院子裏。去年還活得好好的，今年卻死了。黃嘉歸居然有些傷感，似乎一切都變得陌生了。

黃嘉歸去敲他熟悉的那間辦公室的門，他想吳永久一定坐在莊新原來的這間房子裏。實際上開門的卻是新任空山辦事處主任柳春山。他是從別的辦事處調來的，雖未見過黃嘉歸，但十分耳熟了。雙方客套幾句，他就把黃嘉歸引到了吳永久的房間，原來吳永久還在原先的辦公室裏辦公。吳永久見了黃嘉歸，握手，但未讓座，卻叫辦公室的人打開會議室的門，把黃嘉歸和馬可引到了會議室，接著就通知吳春樹和柳春山一起來開會。

會議室裏安了櫃式空調，打開幾分鐘後，溫度就降下來了，隔著窗戶，幾米外就是太陽曝曬下的樹叢，在強烈的光照裏顯得十分饑渴。本來應該堅挺的枝葉，這時一個個低下頭，一副病懨懨的樣子。

坐定後，吳永久開門見山，說：「黃總，請你來，是想和你說說案子的事。」

黃嘉歸說：「是啊，我們應該早來，但知道你忙，也就一推再推。」黃嘉歸不忘火災的事，就說，「給你找麻煩了。」

吳永久嫌茶水燙，叫吳春樹拿礦泉水來。吳春樹出去，吳永久說：「談不上麻煩，我們就是幹這個的。」

多次打交道，黃嘉歸很少見吳永久對一件事情利利索索表態，常常寡語少言。今日的話卻多起來了，口氣也明顯的不一樣，他畢竟已經是一把手了。吳春樹拿來了幾瓶礦泉水，每人面前放一瓶。

吳永久說：「今天請你來，不爲別的，就是問一下外資到位的情況，因爲今年剩下沒有幾個月了，管委會考核。聽說你們辦了外資延期到位？」吳永久看著黃嘉歸。

黃嘉歸說：「是辦了延期。」

吳永久問：「不是一次只能延期半年嗎？時間恐怕到了吧？」

黃嘉歸已摸清了吳永久今天叫他來的目的，心中有了底，說：「時間快到了，但我們準備繼續延期。這是外商的意見。」

吳永久急問：「什麼原因？」

黃嘉歸說：「外商對至今未辦妥土地手續不滿，派了一個副總，一個會計監督，我能說啥呢？」

吳永久一愣，說：「這是兩回事，資金到位是他們的承諾，是有法律依據的，土地手續的事，是工作上的事，慢慢會解決的。」

黃嘉歸說：「外商不管這些，他們說，只能根據專案的進展情況到位資金，沒有土地，拿錢去幹什麼？」

吳永久聽了，口氣有些軟，他說：「黃總，你要考慮我們的難處，這個案子，有些事你知道，有些事你不全知道，我們受了很大的壓力啊。如果資金再不到位，我就很難再說話了。」

黃嘉歸說：「吳書記，儘管有些情況我不十分清楚，但我完全可以想像得出來，你們確實不容易，但我已經被逼得沒有辦法了。夏先生電話、傳真不斷催問。」

這時，作記錄的馬可停下筆，插話說：「吳書記，夏先生已經懷疑我們黃總了，說與政府說得好好的，怎麼就變了，要黃總解釋。」

黃嘉歸擰開瓶子喝口水，問：「吳主任，當時不是說報告已經報領導了嗎？」

吳永久說：「那是莊書記辦的，我就不清楚了。」他說，「我問的結果是停辦，說不符合用地要求。」

黃嘉歸說：「意思就是說，這個案子不能搞了？」

吳永久說：「沒有人說案子不能搞了，只是得考慮怎麼個搞法。空山開發有不同意見，管委會不能不顧社會反應，政府也只能這麼辦。」

黃嘉歸一聽就有些火，說：「吳書記，案子規劃是政府批准了的，外國人講法制。」

吳永久也許感到他的話說漏了嘴，就改口說：「我的意思是般若園做到目前這個程度，是按政府批准的規劃走的，但下面再做，也得聽聽社會反應，這也不是辦事處說了能算數的。」

這時，坐在旁邊的吳春樹插話，他說：「黃總，這件事吳書記費了心思了，可眼下只能這樣。另外，火災後，管委會安檢小組專門上山檢查了一次，提出了整改意見，要求所有危險地段必須設置護欄，否則不准再接待遊人。」

黃嘉歸聽了一喜，也就是說，並沒有人要讓般若園關門。黃嘉歸正想再問，吳永久卻接上話說：「春樹不提，我還把這事忽略了。黃總，今天請你來，必須把這兩件事研究出個結果。這不但對案子負責，也對辦事處負責，更是爲開發區負責。」

黃嘉歸說：「護欄的事，夏先生考慮過的，只是沒有找到一種更好的形式。他不想把山上搞得太醜，儘管是護欄，也不能單是爲了安全，還要從審美和生態的角度考慮。」

吳永久說：「我要的首先不要把人掉下來。」吳永久一副語重心長的口氣，「黃總，萬一掉下一個人來，那不但是事故，如今的賠償可不是幾千一萬能拿下來的，死個人得十幾萬甚至更多。企業要承受多大的風險！」

吳永久的說法顯然在理。但夏冬森反覆強調審美，他的觀點是，如找不到最佳的表現形式，寧願不設。黃嘉歸既不能反駁吳永久，又找不到一個好的說辭，就說：「這只能給外商做工作了。」

吳永久問：「誰去做？」

黃嘉歸說：「辦事處。」

吳永久不置可否，就又說起了資金的事，依然強調不管什麼理由，必須按政府審批的期限辦理。兩人一來二去，說了很久，有爭論，也有說服，更有看似推心置腹的交流，但吳永久最終沒有和黃嘉歸取得共識，他無奈地問：「黃總，那你給我指條路。」

黃嘉歸說：「即使我答應了你，外方也不相信，等於沒有答應。這樣吧，你把辦事處的意見，形成一個文件，作爲一個通知，直接下給般若園，我立即傳給外方，看他們的反應，外方是很看重政府的意見的。」

吳永久同意了黃嘉歸的意見，說明天上午來取文件。

商談就這樣結束了。

第二天上午，紅頭文件果然出來了，而且有文件編號，只有兩頁，內容不超過三百字，說得很簡練。文中對般若園專案給予肯定之後，提出兩項要求：一、爲保證遊人安全，經開發區安全領導小組檢查評估，般若園約兩千米危險路段，需設防護欄；二、般若園應按政府批准的合同章程，及時到位資金，保證建設進度。

黃嘉歸看了，無不可，這是政府的意見，也讓夏冬森知道公司面臨的壓力，至於辦不辦，那是另一回事。但馬可看了，卻提醒黃嘉歸，說：「夏先生會不會誤解，以爲是你和政府商量的？」

黃嘉歸不假思索地說：「沒有別的辦法，只能這樣，對雙方都是一個交代。」

馬可想想，也覺得在理，就給夏冬森發了傳真。

隔日收到夏冬森的回覆，遠遠超出馬可的擔心，夏冬森幾乎是怒不可遏地寫了段文字說：

「明明知道宋先生已經拿不出錢了，卻合謀炮製出這樣的所謂文件，令我像吃了蒼蠅樣噁心。告訴政府，如果他們認爲必須設置保障遊人安全的護欄，要他們設計出樣子來，我們用造飛機的材料去製作。他們如果要錢，告訴他們沒有！要他們馬上退回我們的投資，我們不再參與這樣荒誕的遊戲。」

他的筆跡是顫抖的，想像得出，他是在極度憤怒的情緒中回覆這個傳真的。

黃嘉歸和馬可看了這份傳真，也感到吃驚。

馬可問：「是不是給他寫個東西解釋一下？」

黃嘉歸說：「沒有必要了。你怎麼說，他也不會相信的，只能越抹越黑。」

當然，黃嘉歸沒有把這份傳真的內容告訴空山辦事處。如果說了，等於將宋隨良破產的消息洩露，將他們的矛盾徹底暴露了，案子的未來就更難預料了。

第十四章 山外

39

秋天是靈北最好的季節，不但少雨，而且不像夏季潮濕，不像春季多雲，也不像冬季寒冷。夏天喜歡海水的人們，這時卻湧向了山地，雖不同於踏春時的興奮，卻也欣賞著終於到來的秋色。人們的臉上洋溢著輕鬆的笑意，腳下的步子也邁得從容，這樣的情景裏，要的不是趕路，也不是鍛煉，而是放鬆，是遊玩。對般若園來說，正是旅遊收入的一個好時節，但它卻一直未開放。雖然政府沒有明令禁止開園，但進山幾百米的山谷，展現給人的是被山火摧毀的植被，那些在火中得以保存的粗壯的麻柳樹幹，已變成了一根根仰天長嘆的黑樁，向無垠的天空發出深深的嘆息。

儘管山洪沖刷過火災現場，地面已少見燒毀的草木痕跡，然而，那些粗壯的樹幹是不能輕易改變的，如動員工人砍伐，山林承包合同規定，樹木的所有權不屬於般若園，歸官上村。如果請空山辦事處或開發區林業局處理，無疑會給自己找麻煩，搞不好爲了敬神引出鬼。所以，黃嘉歸就採取讓時間來還原創傷的辦法，眼看著票款流失，他也不主張開園。有遊人來，就說明情況，門口也掛了告示牌。如果遊人非得上去，就讓他們免費進入。黃嘉歸想讓火災引起的不良影響儘量淡化。

空山辦事處和開發區管委會對這件事情一直保持沉默，調查結論出來後也不了了之。無人告知般若園，也無人明確說明下一步該怎麼辦，似乎大家都在等待時間的遺忘。這種狀態，對黃嘉歸而言，何嘗不是一個好的結果，至少沒有人找麻煩，何時開園的主動權也就掌握在他的手中。他準備明年春天草木返青時，山火燒過的地段復蘇後再重新開園。原來的門票收入，可以支撐到那個時候。

自從夏冬森回覆傳真後，就再無音訊，似乎他對般若園失去了興趣，而宋隨良破產後，他的電話傳真就撥不通了，似乎一下子消失了。黃嘉歸只好讓黃晶每月將兩份財務報表寄給夏冬森，一份請他轉宋隨良。

一時，般若園成了一座遠離都市的野山，一座海中孤島，幾乎與周圍的人失去了聯繫。黃嘉歸也不時有種孤立無援的感覺，一種恐慌的情緒時刻跟隨著他。

他與馬可的關係也變得微妙起來。馬可一如既往地關心他，只要他進辦公室，她會第一個進去倒茶送水，即使他衣服上有了一點污漬，她也會馬上告訴他，提醒他換衣服，有時衣服是馬可洗的。黃嘉歸很難設想，時迅不在身邊的時候，如果沒有馬可，他該怎麼生活，他已經越來越依賴馬可了。但同時，除了工作上的事，他很少和馬可說話，馬可好像也在有意躲避他，儘量減少兩人單獨相處的機會。有時，他的目光偶爾落到馬可臉上的時候，他看到的總是略帶憂傷的眼神，但當他的目光觸及馬可目光的一剎那，她眼中的憂傷就瞬間消逝了，留給他的是一個平靜的馬可。每每這種時候，他就憐愛地看一眼馬可，然後迅速地轉移了目光。

這種狀態，對黃嘉歸顯然是一個折磨，但他卻沒有勇氣讓馬可離開公司，而馬可似乎也沒有這樣的打算，他們始終就在這樣的感覺中，挨著一個又一個日子。

也許是爲了改變這種狀態，自己能夠把握感情的界線，黃嘉歸突然想到與時迅結婚，他想只有和時迅結婚，才等於給了馬可一個明確的交代。這個念頭一閃，他就想立即行動，似乎一天也不能等待。當晚他做了一個夢，和時迅爬山，明明是夏天，他們卻在半山腰的山洞裏發現了一個冰窖，時迅好奇，低頭看時，冰窖裏突然伸出一隻手，猛地拽住了時迅的腳，時迅掉進了冰窖。

他慌忙伸手去拽，卻滑倒了，快要掉下去時，被人一把拉住了。他回頭看時，見是班瑪大師，他大叫一聲師父，驚醒了。他摸過手表看看，正好凌晨四點，他再也不能入眠了，就想以怎樣的方式向時迅求婚。突然間冒出一個靈感，他被自己的創意激動了。

早晨八點，他沒有去辦公室，在家裏給時迅打了個電話。要時迅無論如何今晚一定回開發區，說明天有事，要她請一天假。時迅問什麼事，黃嘉歸只說到時就知道了，現在保密。時迅笑笑，也不再追問就答應了。她說，剛好做了一周的夜班編輯，可以調休一天。

黃嘉歸決定下午完成自己的創意。他正要出門，座機響了，他接起，是馬可打來的。

馬可說辦事處來電話，下午兩點半，去般若園清點燒毀的樹木。

黃嘉歸問：「他們怎麼想起清點樹木了？」

馬可說：「他們只說給林業局報數字，沒有說別的。」

黃嘉歸說：「不盡然。」

馬可說：「難道他們還有其他目的嗎？」

黃嘉歸說：「來者不善。」

放下電話，黃嘉歸就趕往辦公室。雖然他不知道他們的用意，但不會那麼簡單，至於究竟要幹什麼，也只能隨他們去。他懶得再琢磨，只想著明天與時迅辦理結婚登記的事。

到了辦公室，他把馬可叫過來，說：「下午我們倆一起上山，你在下面和他們清點，我去頂峰一趟。」

馬可有些吃驚地問：「頂峰？」

黃嘉歸說：「好久沒上去了，突然想上去了。」

馬可笑笑，說了聲是。

黃嘉歸與馬可說話時，第一次用了很久以來沒有過的熱切的目光看著馬可，馬可頓時臉頰緋紅，露出了多日來少有的笑容。

馬可出去，黃嘉歸給時迅打了一個電話，確認了時迅的調休。

吃完午飯，他先去買了一部手機，他要在求婚時送給時迅，他突然覺得他一刻也不能離開這個女人，他甚至想這樣一周見一次面的生活方式是否需要改變。偶然有念頭掠過他的心頭，他怕失去這個已和他生命融爲一體的女人。

下午，他們提前到了空山，馬可帶著楚卓和司機，等辦事處的人來一起清點。黃嘉歸交代，只點數不簽字，特別是在不明用意的情況下。交代完，他一人向山頂爬去。

被火燒過的地段，雖然被山洪沖刷過，但裸露出的亂石，顯出被大火燒過的慘狀，那些雖未燒毀但已失去再生能力的樹樁，在慘敗的秋景裏，成片地沖天豎立，如一個個被削掉了腦袋的武士，散發著衰敗的氣息。

黃嘉歸走得快，用了一個半小時的時間就爬上了頂峰。這時太陽的光線已經西射了，金剛頂顯出了極強的立體感，崖面上的石縫和石坎切割了陽光，暗影與向陽的正面折射著光照，使石刻的平面顯出了自然原始的皺紋。似乎那刻著的字，是千百年的歷史風蝕的結果，有了年代的印跡和厚度。五千餘字的經文，靜靜地站在山崖上，在陽光下如無風的秋湖，只能用明淨二字來形容。而那堅硬如鐵鑄的花崗岩崖面，此刻卻如流動的鐵流變幻著光點，更顯出石刻的寧靜與深厚。

黃嘉歸面對金剛頂，雙手合十，誦了一百零八遍六字真言：「嗡嘛呢唄美吽」，叩了三個長頭，就鑽進了南坡的松林。金剛頂下的松林，此刻是一幅令人驚異的景象，那些沐浴著陽光的松葉，像一團團一根根彩色的針，懸掛在松樹的枝幹上。也許由於地勢和水分的原因，這兒的松樹長不高，也長不粗，樹幹成了彎曲的盆景，也就更加增強了它的觀賞性。似乎它們的生長，就是要襯托金剛頂的雄偉，它們簇擁著金剛頂，像萬頃的海波中，托起了一座巨型燈塔，使金剛頂更顯其莊嚴神聖了。而濃密的松林中，不時露出些空間，這無樹的空間，分散在一條淺溝的兩邊，而那邊溝裏，卻分段流淌著山泉。雖然水流很細，但在光照裏，不時折射出銀白的光芒，像夢幻的銀河在閃爍。而山溝兩邊的崖壁上，長著許多野菊花，在這深秋的時節裏，興奮地盛開著，形成了一團團一簇簇的錦繡，閃著金色的光芒，使這片古老的綠色松林，立刻顯出了空靈和秀美。

這情景，比黃嘉歸想像的更爲美麗和浪漫。於是，他在盛開的山花中挑選著採摘，慢慢地，他的手中拿不住了，他就將它們放在溝中背陽的水潭旁，接著又去採摘。

時間一分一秒地過去，他終於採摘了九十九朵菊花。然後，他坐下來，用溝渠邊上扯下的藤蔓編織起花籃。少年時，爲了生活的需要，他常常用篾條編織用於挑土挑肥的竹筐，用它來掙錢。二十多年過去了，當他年近四十的時候，他突然用少年學會的編織手藝，來編織著這個與自己生命密切相關的花籃。

他並不是一個浪漫的人，在他的生命中，也幾乎沒有浪漫的記憶可以使他回味，童年農家生活的貧困，少年求學的艱辛，青年生存的壓力，使他來不及去享受任何與浪漫相關的生活。那個和他生活了多年的前妻與他曾有過的浪漫，此刻卻如凋零的秋色，只有淡忘的嘆息。然而，今天，他想要用他認爲最浪漫的方式，向他心愛的女人表達他的愛。也許他過於用心的緣故，他用了整整一個多小時，才編好了花籃。

當他把花籃放在沒有樹蔭遮擋的空地上的時候，他簡直有些不相信是自己編織的。幾根彎曲的松枝做成底部花盤的經，密密麻麻的藤條做了緯，一隻造型別致的花籃就織成了，然後把菊花九支一把，紮好了插進去，最終形成一個別致的造型，像一朵巨大的向日葵，熱烈奔放，金黃燦爛。做好這一切，他就將花籃小心翼翼地提到溝渠的一個水潭邊，輕輕地灑了水，然後採了幾支松枝，蓋住了花籃，他又站到高處和遠處反覆瞧了瞧，確信不會被人發現後，他才跳下崖頭。這時太陽已快要落海了，海的盡頭與天相接的地方，已成了一片金黃的顏色，金色的晚霞是空山的一景，但他來不及欣賞，就匆匆忙忙下山了。

到了清點樹木的地方，辦事處的人都已離開了，只有馬可和司機在那兒等他。

馬可看見他第一眼時，說：「我們差點要上山去找你。」

黃嘉歸笑著說：「山上沒有狼。」儘管他口裏這麼說，但他還是被馬可感動了，這個女人有著比時迅更多的傲氣，卻和時迅一樣細心和善良。

當黃嘉歸下山趕回家時，時迅已經回來了，做好了晚飯。

黃嘉歸說：「這麼快？」

時迅說：「聽從你的召喚，還能不快嗎？我趕的最後一班快艇。」

說著，時迅問什麼事，黃嘉歸說天機不可洩漏，明天就知道了。他說昨晚他夢見了班瑪大師，是大師在夢中交代的。他說：「我們今晚早休息，明天去爬般若園，到了頂峰，就一切都明白了。」

時迅見黃嘉歸神秘的樣子，就不再問。他們很快就吃完飯，一起到樓下散步，在路邊的超市裡買了些明天上山的乾糧和礦泉水。

他們順路邊慢慢走著，車輛很少了。夜空雖然沒有月亮，星星卻顯得異常多，滿天的繁星，將夜空推得十分高遠，像是一直在向遠處走去，星星背後的夜空，由淺藍變作深藍，漸漸地如同虛空而不存在了，只有星星無序的排列，在半空懸綴。他們只管默默走著，沒有一句話，黃嘉歸突然低頭，看看挽著自己臂膀的時迅，有一種莫名的感動，他希望這樣的時光不要中斷。

大約十點，他們回家休息。他們一夜未醒，幾乎同時被鬧鐘驚醒。他們起床，麻利地沖了牛奶，在微波爐裏熱了幾片麵包。吃完了早餐，下樓開車，時迅問：「就我們兩個人嗎？」

黃嘉歸一邊紮著安全帶，一邊說：「沒有必要麻煩別人了吧。」

時迅知道黃嘉歸在說笑，就不再說話，坐在副駕駛的位置上，盯著黃嘉歸開車。這個女人，幾乎把自己的全部感情都傾注在了身邊這個男人的身上，看著他開車的動作，她也像是在欣賞一個藝術家的表演，她的心裏充滿了一種快樂的感受。

他們到了山下，值班的人還沒有起床。他們停了車就開始爬山。他們走得很快，只在火災發生的地段停了停，看著那些如破敗的旗桿一樣矗立的樹樁，時迅頗為傷感地說：「怎麼會這樣呢？」

黃嘉歸說：「也許把它當作結果看時，這場火災是無法躲避的；如果把它當作因來看，由此所造的因，恐怕惡果還沒有顯現出來。」

時迅搖了搖黃嘉歸的胳膊，說：「別說得那麼神秘，讓人怪怕的。」

黃嘉歸看時迅一眼，說：「眼見實相是因果報應的唯物所現，宇宙中所有的一切，都在因果這個科學規律中存在、變化。說它不可思議，是因爲凡夫當下造因，無法預知未來的果；說它不是不可思議，是因爲世間萬事萬物無一不是因緣而生而滅。」說完，他又看時迅一眼，見時迅在沉思，就換了口氣說，「不說了，我們爬山。」

由於過早的緣故，般若園空無一人，不過山間已有了鳥鳴，幾隻喜鵲不停地跳在枝頭，跟隨著他們。林間的溪水也不時發出歡快的聲音，有時在跳下高處的時候，變成了很響的敲打聲，像是地心的回音，空曠而深邃。

差不多和昨天用時一樣，一個半小時後，他們登上了金剛頂。

這時，太陽還沒有升頂，面向西南的山崖，還在晨光的暗影裏，然而，頂峰背後的陽光，卻像一塊展開了的巨大的金色的錦緞，向金剛頂相擁而來，金剛頂的背景，如同披上了燦爛的錦衣，放射著耀眼的光芒，高大而挺拔的身軀如一尊巨型造像，矗立在天地間。崖面石刻的經文色彩暗綠，和不遠處的松林遙遙相對，似乎因色彩的一致而融合了，崖面便有無數的生命在跳動，向著峰頂的光明而升騰。

金剛頂下的南坡已陽光明媚，松林的針葉上，飛滿了一層光暈，墨綠色的針葉立即變得鮮嫩，似乎葉尖上還掛著少許的露珠，閃出夢幻般的光暈。

時迅忘情地叫道：「太美了，我從沒見到過這樣的情景。」

黃嘉歸不顧時迅的忘情，拉著她的手，走近了昨日他隱藏花籃的地方。時迅並不知道他要幹什麼，就順從地一邊跟著他走，一邊還在忘情地讚嘆著。

到了稍顯開闊的地方，黃嘉歸就讓時迅站好，轉身，然後說：「極目遠眺，不許回頭，當我叫你回頭時再回頭。」

時迅愉快地答應著，因她背對金剛頂，前面是一個面對太陽的小山頭。這時的松林，已被升起的太陽全部照耀了。而松林的下方，是一片楓樹，這時的楓葉，在陽光裏像燃燒了一樣，騰起鮮紅的火苗；火苗之中飛行著一群小鳥，那群小鳥，一會兒到了松林，一會兒又飛回楓樹林，牠們左突右衝，歡快地飛躍著，緊緊地吸引了時迅的目光。她的心似乎與這些小生命融到了一起，看著看著，她就情不自禁地揚起了手召喚牠們，直至黃嘉歸輕輕地喚她的名字，她才轉過身來。

轉過身，時迅還沒有從剛才的情景裏出來，當她確定看清了眼前的景象時，驚喜使她一瞬間呆了。接著，淚水就如秋月裏的細雨，快速地淌下來了。黃嘉歸單腿跪在地上，手中捧著金黃色的花籃，九十九朵菊花，在秋色的陽光中，散發出金屬般的亮光，那上面的水珠，卻如包容了江河大地的色彩，放射出七彩的光芒。這一瞬間，松林，楓葉，高山大地，似乎都不存在了，只有眼前的花的世界。金色的花籃此刻覆蓋了虛空，時迅的眼前只剩下一片金黃。

黃嘉歸用厚重而充滿磁性的聲音說：「就讓金剛頂見證，祈請諸佛菩薩護佑，願你嫁給我，願你永遠幸福。」他說，「我雖不是一個完美的人，但我願意用我的生命，保護我們的愛情，用真情過好今生今世。」

時迅無語，淚流滿面，她曾無數次地想像過他向她求婚的場景。但是，她還是沒有料到他會用這種浪漫的情景，向她表達自己的感情，而且是在空無一人的山巔，在神聖的金剛頂下。她相信，此刻她是世界上最幸福的女人。

時迅接過花籃，高高舉過頭頂，然後又迅速放下，接著就撲過去，緊緊地擁抱了黃嘉歸。許久，許久，他們才分開。

就在他們分開的同時，黃嘉歸拉起了時迅的一隻手，將已握在手心的鑽戒戴到了時迅的無名指上。他說：「我已珍藏許久了，希望你喜歡。」

時迅仍然說不出話來，只用力地點著頭。

黃嘉歸又從他的挎包裏掏出了一款嶄新的銀灰色的女式手機，遞給時迅，說：「你不在我身邊的時候，請你二十四小時開機，我想你的時候，能隨時聽到你的聲音。」

時迅接過手機，雙手捧著貼在自己胸前，一個本來就倍感幸福的女人，完全被黃嘉歸的三部曲擊暈了，她的感受，她的感動，是無法用語言表達的。

黃嘉歸的眼裏突然間也湧動著淚水，他拉過時迅，面向金剛頂，雙手合十，恭敬下跪，深深地叩了三個頭。

他們坐下來，稍作休息。

這時，太陽已完全升頂了，金剛頂沐浴在一片光海中。石刻的崖面也已完全擁抱了陽光。整個空山，像從萬里無雲的蒼穹裏飛來一樣，坐在了一覽無餘的海岸線上。黃嘉歸拉起時迅，背對金剛頂，面對大海，自拍了幾張照片。

然後，他們拿著花籃下山了。

這時，到官上村處理土地費用的馬可，知道黃嘉歸上山了，辦完事就到山門口等候。見了下山後捧著花籃的時迅，立即猜出了事因，就一下子撲上去，摟了時迅的脖子說：「我什麼時候能得到這樣的浪漫！」

時迅放下花籃，笑著拍著她，說：「你這樣的大美人，又這樣高貴的氣質，還怕沒有這樣的浪漫？到時怕是要到海中去取的。」

馬可說：「那我一定要時迅姐陪我去。」

時迅笑著說：「那樣的事情怎麼能叫外人去陪的？」

馬可說：「你怎麼成了外人了？你我就是姊妹。」

時迅說：「你願意，怕送花的人不願意。」

馬可說：「那我就不接受。」

時迅說：「到時由不得你。」

馬可馬上說：「噢，我明白了，所以你今天沒有叫我。」

時迅說：「你不是在這嗎？」

馬可說：「但最精彩的情景我可沒見著。」

時迅就笑而不答。

馬可問：「什麼時候吃喜糖？」

時迅說：「到時請你做伴娘。」

馬可說：「一定。」

她們說笑著向回走，麵包車留在山上，馬可就和時迅一起上了轎車，跟著黃嘉歸回開發區了。

走到半道，鄭仁松來電話，馬可接了，就遞給黃嘉歸，黃嘉歸放慢了車速。鄭仁松在電話裏興奮地說：「本來要早告訴你的，因太忙，就推了幾天。」他說，「你介紹的《靈北日報》的童敏捷，真夠朋友，帶我認識了市文化局的頭，那頭更講朋友，滿口答應了，我們的生意已經開業了，開門十多天了，每天的現金流量超過十萬，多時到了二十萬，真他×的比蓋房子還賺錢。所以，這幾天，我要好好地請你吃頓飯。」黃嘉歸說聲好，就扣了電話。

這時，馬可向時迅訴苦了，說：「黃總太忙，常常開車打電話。」

「那樣的確不安全。」時迅對馬可說，「你就多操心，替我管著他。」

馬可說：「遵命，夫人。」

時迅拍馬可一巴掌，說：「你說什麼？」

馬可說：「難道有錯嗎？」

她們說笑著，很快到了開發區。馬可打趣，說：「黃總，今天是個好日子，要請客。」

黃嘉歸笑著，把她們拉到西海大酒店，說：「是得慶賀一下，馬可就做娘家人吧。」

馬可說：「樂意，本來就是娘家人嘛。」

於是，他們三個人高高興興地吃了一頓飯。

下午，黃嘉歸拉著時迅，去民政局辦了結婚登記，當他們拿著兩本豔紅的結婚證，居然有了久別重逢的感覺。

今天的天氣真好，至晚間，天空裏沒有一絲雲。

晚間，時迅摟著黃嘉歸的時候，淚水打濕了黃嘉歸的胸。她覺得自己的確是世界上最幸福的女人，這樣的感覺越強烈，就把黃嘉歸摟得更緊，她怕在她鬆開的瞬間失去他。直至她熟睡的時候，她的手仍然摟著他的脖子。

40

天氣漸漸冷了。冬日的空山，顯出蒼涼的景象，落葉之後樹叢中的岩石，更顯出了生冷的堅硬。這時般若園幾乎沒有遊人光顧，黃嘉歸等著這個嚴寒的冬天過去。

然而，這時，公司接到了工商局發來的整改通知書，說般若園未按章程約定按時到位資金，如在四十天內，資金仍不能到位，將受到處罰。黃嘉歸看到通知書後，問馬可：「還可以辦理延期嗎？」

馬可答：「按規定，可以再辦一次。」

黃嘉歸就讓馬可將通知書和再辦延期的董事會該簽字文件，傳真給夏冬森。幾分鐘後，馬可進門說：「夏先生的傳真電話都不通了。」

黃嘉歸想想，說：「總得告訴他們一聲。」說著，就讓馬可將所有文件發國際特快專遞給夏冬森，至於延期辦理的事，只好代他們簽字。

半個月後，延期資金到位的手續辦妥了，但寄給夏冬森的特快專遞卻沒有回音。

這天下午，黃嘉歸接到鄭仁松的電話，說約了幾個月了，晚上一定要一塊吃飯。

黃嘉歸說：「自從上次接你的電話，三個月了，你也再沒約啊。」

鄭仁松說：「我參加了兩次政府舉辦的出國考察團，一次就是二十天，耽誤時間了。」

黃嘉歸說：「怪不得聽不到你的聲了。」

鄭仁松說：「晚上不去遠了，在西海大酒店吧，我還有好事告訴你。」

黃嘉歸說聲好。

晚七時，黃嘉歸帶著馬可，到了西海大酒店的包間裏。鄭仁松已到了，還有賀有銀，鄭仁松說剛升工委辦副主任的史九剛，晚上陪領導吃飯不能來。這樣，加上歐陽玉娟，就五個人。

飯局開始，鄭仁松還沒有舉杯，倒是賀有銀舉起了酒杯，他說：「雖然是鄭老闆請客，但我得先說一句，你們兩個總帶著女秘書，唯獨我是一個人，你們得先敬我，讓我也分享一點幸福。」

本來鄭仁松已端起了杯子，聽了放下，笑著叫道：「老賀，你裝什麼孫子，今天晚上是咱兩人請大家吃飯，你別得了便宜又賣乖！」

鄭仁松見黃嘉歸疑惑，就說，「神州集團改制完成了，他不但是總經理，還是股東。一夜之間，他從拿工資的政府機關工作人員，變成了擁有兩千萬資產的企業主。如今，不要說帶一個秘書，就是一個連的女秘書也沒有人管。」

賀有銀大笑，說：「還不是沾了你鄭老闆的光？再說了，你是董事長，我一夜之間有了兩千萬，你的資產卻漲了兩個億。按比例出場，你帶女秘書，我也只能帶二秘。」

鄭仁松用筷子點著賀有銀，說：「真是人爲財死，鳥爲食亡。有多少錢也不會滿足。」

歐陽玉娟突然插話說：「馬姐有涵養不說，我可要說，不要動不動就拿女秘書找話說。就是老闆對女秘書真的有非分之想，也不能說明所有的女秘書都會上鉤，還要看值不值，別以爲選擇的權力全在男人手裏。」

鄭仁松聽了拍手叫好。

賀有銀放下酒杯拱起雙手，說：「佩服，不愧是鄭老闆培養出來的辦公室主任。」

鄭仁松忙說：「我這個初中還未念完的人，能培養出誰來？都是人家培養我，不信你問馬可。」

馬可笑而不答。賀有銀卻不依不饒，非要馬可表態。馬可就說：「德國的大詩人歌德說，女人是一所學校。可惜中國有許多男人，不是去學校讀書，而是常常想拆學校。至少鄭老闆不是一個拆學校的人。」

鄭仁松指著賀有銀說：「賀老闆聽過嗎？這才叫文化！」

賀有銀說：「黃總的秘書，黃總是什麼人！」

黃嘉歸岔開話題，問：「鄭老闆，你剛才說神州集團改制完成了？名下的存地可不少。」

鄭仁松說：「政府推廣山東×城經驗，賣光國有中小型企業。碰上一個不勞而獲的好機會，賀總可算逮著了。」

賀有銀這次不說笑了，認真地說：「神州集團看似盤子大，債務已經很大了，五家工廠也就一家贏利，兩家持平，兩家虧損，政府不賣又能怎的？時間越長，包袱越重。那麼多幹部家屬在裏面拿工資混日子，總有一天把國有資產吃光。還不如賣了，不管賣多賣少，總是收回了一些，比糟蹋光強。在這件事情上，梁大棟辦得是英明的。」

歐陽玉娟叫道：「賀老闆，你得了兩千萬，也該讓我們吃頓安生飯。」說著，她就舉起了杯子，並不和別人碰，把杯中的半杯白酒一飲而盡。

賀有銀帶著笑臉說：「我什麼時候把玉娟妹妹得罪了？」

歐陽玉娟狠狠地說：「你不是把我得罪了，你是把人民得罪了。」

鄭仁松只管笑，賀有銀說：「鄭老闆有了，你就有了，人民你就不要管了，管你也管不過來。」

歐陽玉娟似乎有股氣沒處撒，要尋找聽眾，她就看著黃嘉歸說：「錢真好，有錢能使鬼推磨。賀老闆連幾十個工作人員的工齡都買斷了，這回神州成了他的了。」

賀有銀說：「什麼我的了？如果那樣，我分你一半。」他對黃嘉歸說，「史九剛負責走程序，他拿了百分之十的乾股，我不就占百分之二十五嘛，還是借鄭老闆的錢買的。」

黃嘉歸總算聽明白了。

歐陽玉娟的氣好像還沒撒完，她對賀有銀說：「大男人說話要算數。」

賀有銀說：「好妹子，你又不是不知道，買神州的錢是我向鄭老闆借的。等房地產開工，我首先把答應你的錢給你。」

鄭仁松說：「看吧，說話不兌現，自找麻煩。」

賀有銀問：「你給了？」

歐陽玉娟說：「鄭老闆才不會像你，說話不算數。」

直至賀有銀徹底揭開謎底，黃嘉歸才明白。原來，神州集團改制的所有手續，史九剛和賀有銀做上面的工作，全部手續都是歐陽玉娟跑的，最後梁大棟簽字那一關，多虧歐陽玉娟作了一次犧牲。鄭仁松和賀有銀事先有言，改制成功後，他們每人給歐陽玉娟五十萬元的答謝費。看來鄭仁松給了，賀有銀說自己一時拿不出來，就遭到了歐陽玉娟今晚的奚落。

歐陽玉娟不依不饒，說：「我沒有馬姐純潔，我也不怕馬姐笑話，我不能被梁大棟白咬了幾口。」

賀有銀立時臉色難看，說：「鄭老闆，你借我五十萬，我給你的女秘書。」

鄭仁松說：「這不就對了？只要你張腔，我就借給你。」

歐陽玉娟這才消氣。

鄭仁松說：「喝，喝，喝！」說著，鄭仁松端起酒杯，和黃嘉歸碰了，杯子在桌子上敲兩下說，

「放電，代表了。」說著，舉杯，一口喝了。

因是五十六度的烈性酒，黃嘉歸只喝了一點就放下了，馬可要了果汁，陪著喝了一口。賀有銀要大家清杯，說：「不喝完不行。我給大家賠不是，誰也不許不高興。」

鄭仁松不耐煩地說：「今天咱們是專門答謝黃老師的，聽他的。」

賀有銀停了吆喝，說：「好，聽黃總的。」

這時，鄭仁松倒滿了酒，端起來，說：「我打心眼裏敬重黃總，感謝黃總！這次如果不是你的朋友幫忙，市裡兩千平米的娛樂廳就開不起來的，也掙不了這麼多的錢。人說房地產掙錢，如今房子不好賣！這個大型娛樂生意比房地產好做多了，把公安、文化的人擺平了，每天就只管收錢，省心。」

鄭仁松說著，又與黃嘉歸碰了一下，說，「我敬你，你隨便，我喝了。」說著，就仰頭又喝了。放下杯子後，他說：「我正準備再開一家分店，還可以向其他省市擴展，黃老師入股，山上的高雅要做，山下的錢也要掙的，如暫時抽不出來錢，我借給你。」

黃嘉歸吃了口菜，放下筷子說：「我只不過給你介紹了個朋友，說了一句話而已。掙大錢那是一個人的福報，不是說誰願意掙就能掙到的。」

鄭仁松說：「話是這麼說，但班瑪大師不是講了嘛，萬事都是緣，沒有你引這個緣，我這個事也就做不成。所以還得感謝你這個緣。」

鄭仁松又舉起酒杯，黃嘉歸就笑著說：「鄭老闆，我倆不早就是朋友了嗎？」

賀有銀湊趣說：「等我發達了，也不忘兄弟們。」

鄭仁松說：「不發達就忘了兄弟？與你真是結惡緣。」

賀有銀笑著說：「不管是惡緣還是善緣，總之都是緣。」

他們就這樣你一句我一句扯著，喝著，吃著，居然三個小時了還未結束。

就在他們喝得最起勁的時候，在報社值夜班的時迅，接到一個舉報電話，說烏江路上的京松遊戲廳，有幾臺老虎機賭博，舉報者說他一個小時被吃進去幾萬元。最近，報社幾次接到讀者來信，反映遊戲廳對社會，特別是對青少年的危害，因時迅側重跑文化新聞，這些來信就交她處理。有學生家長哭訴，說遊戲廳已成爲社會一大公害，呼籲救救孩子！她給童敏捷講了，童敏捷說近期安排三五個記者，暗訪市裡所有的遊戲廳。想不到晚上讓她遇到了。

時迅放下電話，出門看看，偌大一層樓，就她的辦公室亮著燈，才記起新聞部另外兩名值班記者跑夜間新聞了，再找人恐怕延誤時間，其他部門值夜班的人又不很熟。好在烏江路離報社不遠，也許此刻需要的是行動。記者的職業道德突然使時迅產生了一種莊嚴神聖感。不到一分鐘思索後，她決心獨闖虎穴，探個明白。於是，她迅速拿過相機檢查了一下，下午剛裝了新膠捲，只照了一張。爲了及時報警，她按了一下手機上的一一〇，然後又掛斷，把手機調至待機上鎖狀態，只要她連按兩次發射鍵，立刻就通。作好準備，她迅速下樓，衝到馬路邊，攔下一輛計程車。

她說：「烏江路京松遊戲廳。」

計程車起步，她才覺出大街上的安靜。路燈下，道路兩旁的樹影模糊不清，偶爾有一輛車衝過，更顯出夜的沉寂。她抬手看表，時間已過十點，靈北人沒有過夜生活的習慣，這時已算夜深人靜了。

不到五分鐘，計程車就到了京松遊戲廳門前。裏面的情景可謂燈火輝煌，別樣洞天，閃爍的霓虹燈，把門前的路面照得通明透亮，只有離門口二十多米處的路邊，有一棵老樹的巨大的樹梢，留出一塊黑影。大門洞開，門口溜達著幾個穿著統一黑色服裝的小夥子，一看便知是保安。時迅和朋友曾進過遊戲廳，也就隨便玩玩。真要暗訪了，突然覺得裏面很神秘，像是一個魔窟。時迅摸了一下隨身挎著的小包，上午剛領的三千塊錢的季度獎金在裏面，她立時壯了膽，大步向遊戲廳門口走去。

門口的人問：「小姐玩嗎？」

她誇張地說：「玩！」

兩個人湊上來問：「玩哪種？」

時迅說：「刺激的。」

其中一個人說：「小姐行！」

另一個說：「比玩男朋友爽！」

時迅被領到收銀臺，她順手從口袋裏掏出那個裝獎金的信封，一把抽出裏面的現金，放在收銀臺上。也許她的動作太誇張，也許旋轉的燈光本來使人變了形，收銀小姐竟一時發懵。站在時迅身後的人立即說：「姐玩大的。」

收銀小姐馬上明白過來，接過錢點了一遍，並在驗鈔機過了一遍，隨即點出一小筐金色的硬幣遞給時迅，時迅接過並不清點，一副急切的樣子。營業者要的就是這樣的主，時迅立即被引進了裡間的第三臺遊戲機前。

引導者從自己口袋裏掏出幾枚硬幣，放進遊戲機，在臺面拍了兩下，螢幕上立即出現了一組畫面，隨即從出幣口彈出十多枚硬幣。他說：「祝姐發大財！」

時迅問：「多少爲大？」

那人說：「一次有掙幾萬的。」

時迅顯得頓時激動，她知道遇到了真正的賭機。進門時的一絲恐懼感驟然消失，取而代之的是興奮，她立即抓起手筐裏的硬幣，向進幣口裏投，另一隻手不停地拍打，隨著螢幕畫面的變換，出幣口的金幣紛紛墜落，當她手筐裏用去一半金幣的時候，淌出的硬幣已是她兌換硬幣的兩倍。她再繼續投幣的時候，出幣口時淌時停，有時會突然連續蹦出許多，有時會長時不見動靜。慢慢地，手筐裏的硬幣所剩不多，突然，出幣口又跳出幾枚，接著，嘩啦啦吐出幾十枚。時迅相信，失去理智的玩者遇到這種情景，絕望的心境一定會突然興奮，必定如絕處逢生，欲罷不能，從而更瘋狂地投入。

時迅當然不能停下來，她等著最後的底牌。這一次高潮過後，手筐裏和贏來的硬幣統統被吃進去了，再沒有一枚掉下來。這時，身後的人像一個幽靈出現在她的跟前，說：「小姐，還玩嗎？今晚的大頭還沒有出來。」

時迅發現，剛才只注意了賭機，沒有在意周邊的情況，這個房間約有上百平方米，至少放有三四十臺遊戲機，型號不盡相同，看著發瘋的人們，她相信裏面至少藏有三分之一的賭機。

身後的幽靈又說：「小姐還玩？」

時迅見時機已到，說：「我讓朋友送錢來。」

幽靈說：「我們的電話不外借。」

時迅說：「不用。」說著，她掏出手機，按下了剛才輸入的號碼。也就響了兩聲，對方接起了電話，時迅立即喊：「我輸完了，快送錢來，烏江路十八號京松遊戲廳。」她怕對方聽不清，又重複了一遍地址。

這個年代的違法經營者雖然膽大妄爲，但遠沒有多年後那些藏汙納垢的經營者成熟，他們還不知道利用多層監視器來保護自己的違法經營行爲。所以，時迅的報警居然沒有被他們察覺。然而，正因爲沒有被察覺，時迅就想留下證據。

正這時，旁邊一位手筐裏已沒有了金幣的玩者，聲嘶力竭地叫喊：「迗幣來！」叫喊的同時，從口袋裏掏出一疊百元人民幣，在搖曳的燈光裏當空抖著。立即就有兩個人迗上了硬幣。時迅迅速掏出照相機，在他們交接的瞬間，以賭機為背景，按下了快門。隨著閃光燈爆出的一道白光，被雜亂搖曳的燈光充斥的空間，突然一片慘白。就在這慘白閃過的一剎那，有人厲聲喝道：「幹什麼！」

這時，遊戲廳的燈光突然滅了。接著聽到了跑動的腳步聲。

時迅判斷一一〇會在幾分鐘之內趕到，保護證據是第一位的。因而在保安將她包圍起來的時候，她迅速卸下了膠捲，裝進上衣口袋，隨即被人搶去了相機。接著她聽到了第二聲叫喊：「不要放走人！」

這時，她感到自己的頭上被重重擊了一下，隨之眼前閃過一道白光，一股熱流從頭上澆過，她聽到一聲警笛的尖叫，卻覺得自己離開了地面，向空中飄浮，她看見了兩個男人，遠處有明媚的陽光……

眼見十一點了，鄭仁松還沒有結束酒場的意思，黃嘉歸去趟洗手間，回來想走，突然，他感到胸部憋氣，接著太陽穴針刺樣疼痛，像外力猛烈撞擊頭部後的感覺。他捂著胸慢慢坐下，馬可見了，問：「黃總，怎麼了？」

黃嘉歸鬆開手，說：「好像胸間神經引起頭疼。」

馬可說：「這些天太累了，休息不好。」

鄭仁松說：「要不要到醫院去？」說著，他掏出了手機，說，「我專門請了個家庭醫生，在開發區，二十四小時服務，我叫他來。」

黃嘉歸說：「不用，稍過一會再看。」

這時，馬可倒過一杯熱水，黃嘉歸喝了幾口，疼痛減輕了。當他起身準備走時，手機突然響了，他接過一聽，是童敏捷打來的。他身上突然掠過一股涼氣，忙問：「童主任，這麼晚了有事？」

童敏捷喘著氣，說：「你在哪？快過來，到市第一人民醫院，時迅病了。」

黃嘉歸一聽，腦子轟地一下成了空白，但他還是問：「什麼病？」

童敏捷說：「你來再說。」

那一刻，黃嘉歸從椅子上跳了起來，扣了電話。

鄭仁松問：「什麼事？」

黃嘉歸說：「時迅病了。」說著就向樓下跑。馬可拿著黃嘉歸的衣服，跟著下了樓。

他們上車，向市裡狂奔。馬可安慰說：「迅姐平時身體挺好的，不會有大問題的。」

黃嘉歸說：「我剛才覺著胸悶頭疼，就有不好的感覺，事情不會簡單，不然，童敏捷不會這麼晚了還來電話，又不說病情。」

馬可一聽，本也有一種預感，經黃嘉歸這麼一說，心情沉重起來，就不再說話，兩個人沉默著向市裡飛奔。

黃嘉歸下樓五分鐘後，還未離開酒桌的鄭仁松，接到市區遊戲廳經理的電話，說半個小時前，遊戲廳遭暗訪，不明情況的弟兄們下手重了，打倒了《靈北日報》的一位女記者，已拉到醫院搶救了。

鄭仁松一聽，腦子轟的一聲爆炸了，他問：「打到哪兒了？」

經理回答：「用一塊磚頭砸的，好像砸到了腦袋，她當場叫了一聲，就倒地了。」

鄭仁松叫道：「後來又怎麼了？」

經理回答：「警察就衝進來了。他們現在已控制了整個遊戲廳，不許一個人進出，逐臺檢查。我在洗手間給你報告的。」

鄭仁松吼道：「你們怎麼搞的！」

經理說：「誰也沒想到，是那位女記者自己來的，文化糾察大隊和公安局的朋友都不知道這回事，八成是她自己的個人行動。」

鄭仁松說：「那也得長隻眼，不能亂來。」

經理說：「有客人正在玩得起勁，突然有人照相，閃光燈很強，跟前看場的保安就喊了一聲，上去奪照相機，結果她死死不放，接著旁邊的幾個弟兄就衝上去了，其中一個拿了磚頭去砸，結果用力過猛，一下了把她砸倒了。」

鄭仁松問：「還有別的人動手嗎？」

經理說：「我們關了燈，兄弟們一擁而上，拿什麼工具的都有，看不清，她倒了，我們按住，才發現是個女的。不是警察到，還不知道她是記者。」

鄭仁松問：「傷得重不重？」

經理說：「拉去搶救了，不知道怎樣。」

鄭仁松大怒道：「那你給我打什麼電話？」

經理帶著哭腔說：「我們在她拍照後就迅速更換了模板，並勸退了客人。奪過了她的照相機，可剛才救護車拉她走後，我打開相機，裏面沒有膠捲，會不會已被她卸走了？」

鄭仁松說：「卸了又怎麼啦？」

經理說：「那有可能就是證據，如果女記者死了，法人代表也躲不掉。」

直到這時，鄭仁松才知道事情的嚴重性。他問：「現場有事嗎？」

經理回答：「幾臺賭機的模板都換了，不會查出問題的。」

鄭仁松又交代幾句就扣了電話。他擔心的首先是時迅的安全，預感告訴他，那位女記者一定是周時迅，不然黃嘉歸不會接到那個電話的。如果周時迅沒有生命危險，一切都好處理，他相信黃嘉歸不會太爲難他。但如果周時迅出了問題，死了，那他不但無法說情，他的良心也會永遠不安的。是黃嘉歸引見他，才做成了這個生意，而對這個生意起了關鍵作用的童敏捷，不但是黃嘉歸的朋友，而且是周時迅的上級。

鄭仁松徹底地暈頭了。他再無喝酒的興致，就帶了歐陽玉娟到了辦公室。呆坐一會，他見十一點多了，就讓歐陽玉娟回去休息，自己坐在沙發上發愣。當他終於理清頭緒後，他就先給黃嘉歸撥了一個電話，但已不通了，手機處在關機狀態。於是他就給市文化稽查大隊的朋友和市公安局治安處的朋友打電話，得到的答覆是晚上沒有行動，如果是他說的那種情況，是記者自己的行爲。他們還分別說：「如果有，還不提前告訴鄭老闆嗎？」

得不到黃嘉歸任何消息的鄭仁松，六神無主，居然開了空調，在辦公室的沙發上躺了一夜。

當黃嘉歸和馬可趕到市第一人民醫院時，時迅還在手術室裏搶救，童敏捷和《靈北日報》總編輯牛恒都在。

童敏捷見黃嘉歸來了，一把握住他的手，表情沉重地向牛恒作了介紹。

牛恒一聽是周時迅的丈夫，握住黃嘉歸的手，聲音低沉地說：「進去一個多小時了。」

黃嘉歸問：「出了什麼事？」

牛恒把他拉到靠牆的椅子上坐下，說：「近來，遊戲廳的猖獗引起許多家長的不滿，我們報社接到了十幾封家長的來信，就準備選發幾封，以引起社會的關注。時迅是文化部的，這件事就由她做。可昨天，她接到一封舉報信，說烏江路上的京松遊戲廳裏有老虎機，每晚吃進十幾萬，可贏的人很少，說肯定是賭博。這樣，敏捷就讓時迅注意一下。想不到她今夜值夜班，不知怎麼的，就一個人出去了，我們接到電話，她已被送醫院了。」

這時，童敏捷上來說：「剛才問了警察，說他們是在時迅被打前七分鐘接到時迅用手機報的警。」他分析說，「大約是時迅看到了什麼，就報了警，她又在警察未到前暴露了身分，所以被圍攻受傷。」

黃嘉歸問：「這麼惡劣，是什麼人幹的？」

牛恒說：「剛才警察查了，是北京的一家公司和靈北的一家房地產公司合作開的遊戲廳，法人代表叫鄭仁松。」

站在一旁的童敏捷後退了一步。

黃嘉歸聽到「鄭仁松」這三個字後，像一塊巨石向他砸來，胸口劇烈疼痛起來，他的臉色煞白，額上滾下了汗珠。儘管手術室門外的燈光是昏暗的，但牛恒還是看出了黃嘉歸的異樣，忙問：「黃總，怎麼了？」

馬可慌忙攙住了黃嘉歸的胳膊，說：「黃總剛才吃飯時就不舒服。」

其他幾個人擁了上來，牛恒問：「叫醫生看看吧。」

黃嘉歸搖搖手，說：「不用。」

這時，手術室的門開了。黃嘉歸忽地站起來，其他的人也跟著擁了上去。然而，只出來一個人，隨後門又關住了。出來的醫生取下了口罩，低聲問：「家屬來了嗎？」

黃嘉歸說：「我。」

醫生看了一眼黃嘉歸，又看了牛恒一眼，然後說：「實在對不起，我們盡力了。病人的前胸和後背都經受了猛烈的打擊，心臟受到了無可挽回的損傷，頭部也受了重傷。」然後，他對黃嘉歸說，「進去看一眼吧。」

這時的黃嘉歸，發瘋似的衝進了手術室。

醫生對牛恒說：「牛總，家屬看過後，大家都去看看，然後我們就送太平間了，知道是記者，而且是公傷，我們特殊照顧。」

愣在門口的馬可，突然大叫：「不，不要送太平間，留個單間的病房吧，黃總是不會讓時迅一個人這時去太平間的。收多少費用我們出。」

醫生吃驚地看著馬可。

牛恒似乎明白過來，忙說：「希望你們給予關照，這也是我們報社的意見。」

醫生說：「好吧，我們商量一下，稍等。」

幾分鐘後，醫生來了，說：「醫院同意了。」

這時，馬可才衝進手術室，她見時迅已被移到了手推車上，身上蓋著白色的床單，她的臉色蒼白，平日充滿喜悅的面容，此刻儘是憂傷，只有長長的睫毛依然靈秀，帶著一絲生命未曾消失的光彩。滿臉淚水的黃嘉歸，緊緊咬著牙，顯出無比的痛苦。他的手緊緊握著時迅的手。

看見時迅熟悉的面容，馬可終於忍不住哭出了聲，她努力地壓抑著自己，但她的淚水，如深谷中奔湧的洪水，難以抑制。

手術室裏陰森森的，冷氣襲人，四面像有看不見的手向她抓來。兩名護士已悄然站到了他們的身後，馬可終於忍住了抽泣，她對黃嘉歸說：「和時迅姐到房間去吧。」

傷悲至極的黃嘉歸，並不明白馬可話中的意思，就機械地後退一步，身後的兩名護士上前，緩緩推著時迅走出了手術室。剛走出手術室的大門，牛恒和報社的其他人都圍上來了，護士稍停了停就又推著走了。黃嘉歸突然感覺到了什麼，大叫一聲：「不！」就死死抓住手術車，不讓前行。

馬可上前，說：「和時迅姐到房間去。」黃嘉歸似乎明白了，鬆開了手。車被緩緩地推進了一間單床位的房間。

兩名護士要挪動時迅，黃嘉歸制止了她們，自己上去，輕輕地抱起了時迅，馬可提起下垂的床單，護士撤出了推車，黃嘉歸輕輕挪了幾步，把時迅放在了床上，又輕輕地蓋好了床單。門外站著的牛恒和其他人，緩緩地走了進來，圍在床前。

也許由於白熾燈的緣故，時迅的臉色顯得更蒼白了，但她的五官如同生前一樣端正而柔和，一雙大眼，這時輕輕地閉了，像在回憶著兒時的歡樂或青春的華麗，空間裏似乎有了她的聲音和笑容。片刻，牛恒輕輕地對黃嘉歸說：「黃總，節哀……」

童敏捷的眼睛裏已轉著淚水，他什麼也沒有說，只輕輕地握了一下黃嘉歸的手，其他人也一一上來與黃嘉歸握手問候，接著他們依次退了出去。

遠處有鐘聲響了，時已零點。黃嘉歸對馬可說：「去車上後車箱裏的盒子裏，給我把念誦法本拿來。」

馬可知道，那是班瑪大師傳授的《大圓滿前行念誦集》，黃嘉歸時常帶在身邊，有時不能按時回住處做功課，他會在車上或辦公室裏念誦。

馬可下樓，很快拿來了。黃嘉歸接過法本，說：「你到外面吧，我和時迅獨處一會兒。」

馬可點點頭，出去坐在走廊的凳子上。

夜很靜了。這個有著上千張床位的醫院裏，靜得無一點聲息，只有樓層護士值班室裏的燈光閃爍著。馬可靠在凳子上，處在迷迷糊糊半醒半睡狀態。

黃嘉歸抬起頭看看，確定房間裏只有他和時迅了，就站起來，整理了整理蓋在時迅身上的床單，他靜靜地看著時迅。時迅的臉上雖沒有血色，但他卻覺得依然有著生命的體溫，肌膚有著和過去一樣的彈性，突然看見她在向他微笑。他慢慢伏下了身子，小心翼翼地在她的額頭上輕輕地吻了吻。他怕驚醒她，只吻了一下他就輕輕離開了。

他已沒了淚水，他坐下來，說：「時迅，你答應我們去旅行，去爬峨眉山，去登五臺山，去走九華山，去拜普陀山，我們還約好要去西藏，去布達拉宮，去三百年前那個詩人倉央嘉措去過的瑪姬阿米，可你失約了。但我不怪你，班瑪大師說過，好好善過今世吧，不要想著來世，那不知道又會轉到什麼地方去。我也給你說過：我們過完今世，不求來世，到極樂世界相會吧。」

黃嘉歸說：「我知道你看著我，你能聽到我的話，我就在你前面，我也知道你希望我做什麼。我說完話就做。」他說，「時迅，我們雖然沒有白頭到老，但我們彼此相愛。我從在金剛頂下將金黃色的花籃送給你的時候，我就從心底裏把我整個身心交給了你。如果以前有過什麼過失和缺憾，但從那時起就不會再有了。儘管我們相處的時間太短，但我們彼此理解對方的心。當每晚睡覺前，在電話裏聽到你的聲音，也就知道你和我在一起，我們一刻也沒有分離。時迅，我們過去的日子是真實的，是沒有缺失的。這時，我們雖然分離了，但你不要悲傷，也不要掛念，理解世間的一切都是無常的，就按班瑪大師說的，走，一直向前走，向著耀眼的光明的地方，義無反顧地走。我們總會有一天，在極樂世界相見的。」

說完這些，黃嘉歸坐下來，打開了法本，開始誦讀《寂怒白尊》，接著又誦《聽聞解脫》，他低沉而又清晰地誦道：

「……自心之外無一物，請汝於此勿恐懼……外境好似天破曉，內境如同瓶中燈……金剛薩埵大密門，射出中空光入目，剎那其心得清淨，祈請大悲心攝受……捨棄心中貪及嗔，虔誠安住三摩地，即成殊勝妙法子，疾得智慧之成就……」

他按法本的儀軌要求，每誦一遍後，就誦《普賢行願品》，而每次當他誦到「普願沉溺諸眾生，速往無量光佛剎」的結束語時，他像聽到了千里之外的迴響，看見了無數無量的眾生充滿虛空。每當這一刻，他的聲音就有了顫抖，就有無邊的淚水奔湧而出。

他就這樣一遍又一遍念誦。周圍的一切退去了，只有夜的深沉。然而，屋子裏的燈光似乎越來越亮了，終於使夜色退去了，寂靜的虛空裏，光明一片，只有他念誦的聲音在傳遞，像一片片金色的樹葉在虛空中飄浮，起伏著，閃動著。

燈光下時迅的臉，慢慢似乎有了紅色，那紅潤的色彩，開始慢慢地滑向了她的眼簾，又到了她的雙頰，慢慢地，終於在脖子上分出一條淺淺的淡淡的雪白與紅潤的界線來。那是她平時睡著的姿態，是黃嘉歸多次早晨醒來，在晨光中所見到的她的樣子，那是印在他腦子裏永遠不可抹去的形象。他繼續誦讀經文，他摸摸她的臉頰，似乎也有了體溫，綿綿的，充滿了彈性。

他相信，她聽清了，她感覺到了一切。他仍然字句清晰地念誦。而這時，突然，從他的上方飄出一股濃濃的檀香味，慢慢飛來，接著向四周擴散，片刻功夫，房間裏充滿了淡淡的香味……

夜色終於退去了，晨光跳進窗子，新的一天又來了。

被走廊裏走動聲驚醒的馬可，從椅子上站起來，看看天亮了，就輕輕推開門進去，她立時聞到了檀香味。她驚奇地睜大了眼，但她並未發現屋子裏有任何燃香的痕跡。她見黃嘉歸還在那裏念誦，她就站在他的背後，雙手合十默默地在心裏跟著念誦。

屋子裏一片銀白了，朝陽的光線落在屋外的樹梢上，慢慢地向房間的窗櫺上靠近，不多時，就有光線射進來。黃嘉歸依然沒有停止念誦。

馬可輕輕地退出來，去護士站要了紙杯，倒了一杯溫水，送進了房間，把水放在了桌子上。黃嘉歸感到馬可進來了，他結束了整夜的念誦，放下手中的法本，但他並沒有去喝水，而是看著馬可。一夜的念誦，他並未疲憊，只是眼睛裏稍有血絲。

馬可說：「你出去吃點東西吧，我在這裏陪一會時迅姐。」

黃嘉歸點點頭，拿起桌子上的手機出來，下了樓，他到醫院門前街上的小吃店，要了一碗稀飯和一個茶葉蛋。吃完後，他打開手機，第一個電話打給童敏捷，問時迅的母親是否已知道，童敏捷告訴他，昨晚牛恒已聯繫上了，今天下午一點前，時迅的母親和哥哥就會到。當他剛要撥第二個電話時，卻有電話進來了。他接，是班瑪大師的。他叫聲「師父」，眼淚立即湧滿眼眶。大師說：「節哀，你不要太傷心，昨晚你做得很好，我也一直在誦經。她一定會往生善處。」

黃嘉歸再也忍不住了，他叫一聲「師父」，說：「這一切就不能改變嗎？」

大師說：「生命無常，世人誰不希望自己的親人朋友快樂長壽呢？可又有多少事能如願呢？」

他說，「藏傳佛教的許多高僧大德，他們可以扭轉乾坤，使江河倒流，但他們今日又到何處去了呢？只是佛教典籍中的記載，人們口頭的傳說。所以佛告訴我們：人身難得，生命無常，所以要尋求解脫。」

黃嘉歸想哭，如若不是在醫院的大門口，如若在空寂無人的地方，他會嚎啕大哭。他的心碎了，他的身體在顫抖。

大師說：「一切皆有因果，萬法皆空，因果不虛。修行佛法的人，應該明白這一點。過去的要放下，不要怨恨任何人。如果你發現了什麼，我相信你會恰當處理的。」

聽大師這麼一說，黃嘉歸突然想起了什麼，他隱隱覺得，時迅一定留有東西。

大師說：「我在四十九天內，會誦經迴向給時迅的，你要振作起來，還有許多的事要做。」大師說完，就掛了電話。

黃嘉歸上樓，進了房間，馬可站起來，黃嘉歸見她流淚，從口袋裏掏出一張面紙遞給馬可，輕聲說：「去吃飯吧，街對面的店裏有粥和包子。」

馬可點點頭，出去了。

黃嘉歸怕驚醒了時迅，就心裏默念佛號，手輕輕地伸進了時迅上衣的口袋裏。時迅穿一件薄毛衣，外面罩一件夾克，當黃嘉歸的手輕輕地伸進右邊的口袋時，他捏著了一個滾動的東西，他立即判斷那是一個膠捲。當他拿出來看時，果然是一個樂凱牌的膠捲。他緊緊捏在手裏，他知道這裏面一定有一個秘密。他從口袋裏抽出幾張面紙，將膠捲包住，放進了自己的口袋裏。

很快，馬可就回來了。童敏捷和報社的同事也過來了。他們默默地和黃嘉歸握手後，就去走廊裏商量後事的辦理。童敏捷說了報社的意見，說時迅因公犧牲，而且是在調查社會關注的遊戲廳的時候犧牲的，報社要舉行隆重的追悼會。黃嘉歸此時的心境是無法和報社進行這樣的細節討論的，他只希望時迅不受干擾地安息。但他知道，他不能違背社會正常的習俗，何況時迅是《靈北日報》的一名記者，還是犧牲在那樣的場合，他只有毫無異議地同意報社的安排。

下午一點，時迅的母親和哥哥趕來了，見到女兒的一刹那，看似幹練和精神的母親，幾乎跌倒了，站在一旁的兒子和黃嘉歸急忙扶住了她。當老太太回過身後，黃嘉歸撲通一聲跪在她的面前，說：「媽，我沒能照顧好時迅。」說著就泣不成聲了。

瞬間明白過來的母親，輕輕地拉起了黃嘉歸，她帶著滿臉縱流的老淚，緩緩地說：「孩子，時迅電話裏都說了，作爲一個母親，我要感謝你，在我女兒生命的歲月裏你給了她愛，給了她幸福，她沒有缺憾。」

「媽！」黃嘉歸叫一聲，抓住了時迅母親的手。

看到這樣的場面，身邊的人都抽泣起來。

下午，時迅被推進了太平間。

三天後，時迅被火化，在《靈北日報》的大禮堂舉行了隆重的追悼會。在眾多的花圈中，有一個用金色的菊花編織而成的巨大的花籃，是匿名者送來的，上面寫著「讓一顆美好的心永遠留在人間」。也許是一個孩子家長送來的，黃嘉歸看重這句話，於是將這個花籃和黃嘉歸以及時迅的母親送的花籃，一起放在了前面。

這期間，黃嘉歸接到了鄭仁松發來的傳真，是發給神州集團在市區的辦事處的，然後派人交給馬可轉黃嘉歸的。鄭仁松在傳真中說：「黃老師，我多麼想表達我的心情，但我知道我的出現是不合適的。是我的人造成的這個惡果，我向你表達最深切的懺悔，我是應該下地獄的。願你節哀，願時迅走好，我過幾天再去看你。」

黃嘉歸看了一眼，鐵青著臉，將它交給了馬可。

追悼會完畢，黃嘉歸送走時迅的母親和哥哥，就去洗印中心沖洗那個膠捲。沖洗出來，就兩張照片。一張是時迅坐在辦公桌上的照片，顯然是裝了膠捲讓同事給她留下的一張照片。另一張，則是晚間在一個地方拍的，黃嘉歸細看才看清，畫面上有一隻手，捏著一疊錢，另有一個人端著塑膠小筐子，裏面裝著滿滿的發亮的硬幣。雖然他的身子大半被遮擋了，他的面部是十分清晰的。黃嘉歸一眼認出，那是用於遊戲的代幣。畫面的中央是一臺正在閃爍的大型遊戲機，畫面的遠處，似有無數的人在吶喊，黑暗中噴發著一種難以言說的氣氛。這無疑是時迅在現場搶拍的，而那臺機器無疑就是賭機。黃嘉歸聽人說過，這樣的大型賭機，是隨時可以更換模板的，在不知不覺中會變成吞錢的猛獸。在稽查人員到來前，他們可以更換模板，機器就變成了一臺正常的遊戲機。

捏著這張照片，黃嘉歸全身的血液在燃燒，這是時迅用生命換來的。也許這張照片，會成爲行凶者的鐵證，當然也會把鄭仁松送進監獄。時迅的眼睛在看著他，鄭仁松的眼睛也在看著他，他捏著照片的手，周身劇烈地顫抖著……

41

黃嘉歸還沒有離開洗印中心，童敏捷就來電話了，說市公安局已對時迅被害一案做出了結論，因未發現《靈北日報》要報導的京松遊戲廳賭博的證據，定爲流氓傷害罪起訴，受害家屬可以附帶提出民事賠償。

黃嘉歸問：「如果有證據會怎麼樣？」

童敏捷說：「警察在現場把可疑的幾臺遊戲機都查了，未發現任何賭博的證據。辦案警察說，如果查到證據，行凶者就成了故意殺人罪，必判死刑無疑。另外，法人代表也會追究其刑事責任。」

放下電話，黃嘉歸的腦子十分混亂，他始終下不了決心：交了手中的照片還是不交？時迅的音容笑貌，無時不在他眼前晃動；鄭仁松的面孔也揮之不去；班瑪大師的聲音，也不離他的耳畔：「一切皆有因果，萬法皆空，因果不虛。修行佛法的人，應該明白這一點。過去的要放下，不要怨恨任何人。如果你發現了什麼，我相信你會恰當處理的。」

黃嘉歸回到辦公室裏，重重地跌倒在椅子上，他不希望任何人打擾他，一個人靜靜地待一會兒，他感到無比疲憊和無奈。

馬可進來，說：「該吃午飯了。」

他擺擺手，說不吃，要馬可自己去吃。馬可看著他，不願離去，見他沒有動的意思，乾脆坐在那兒陪著他。大約過了半個小時，黃嘉歸才站起來，隨著馬可去吃飯。

他們剛下樓，黃嘉歸的手機響了，是鄭仁松來的，黃嘉歸沒有說話，鄭仁松說：「黃老師，這些天我一直想給你打電話，但我不敢，可我今天一定得打了。」他說，「你吃午飯了嗎？我們見見面吧。」

是的，是應該見見面了，是應該說說這件事了，但黃嘉歸絕沒有心情和他吃飯。他說：「一個小時後到我辦公室。」

說完他扣了手機。

他們去一家餐館吃了碗拉麵，就回到了辦公室。一會兒，有人敲門，馬可知道是鄭仁松到了，就去開門。鄭仁松完全沒有了往日的瀟灑，滿臉的倦容，見了馬可，有一種遇到救星的表情，討好地點頭。他要上前和馬可握手，馬可指了指黃嘉歸的辦公室，搖了搖手，示意他不要作聲，鄭仁松就僵立在那兒。般若園辦公室租了一層樓的半邊，封了半邊走廊，重新安了一個門。鄭仁松搓了搓手，站在門口等著。

馬可敲了敲黃嘉歸的門，說：「鄭總來了。」

黃嘉歸說：「讓他進來吧。」

馬可招招手，鄭仁松這才走過來，進了黃嘉歸辦公室。他不知道該說什麼好，黃嘉歸起身指了指座位，鄭仁松坐下。

坐定後，黃嘉歸還是無話，鄭仁松說：「出了這樣的事，我沒有臉見你，我想我不管怎麼表示，也不能表達我失魂落魄的心情，我派任何人去，也不能洗刷我的罪業，我只好匿名送了個菊花花籃。我知道你們訂婚時，你給她獻了菊花，我想，金黃色一定是她喜歡的，也是極樂世界的顏色。所以我就送了，請黃老師理解。」

這時，時迅追悼會現場，和他的花籃擺在一起的巨型菊花花籃，再次出現在他的眼前。如果他當時知道是鄭仁松送的，他會毫不猶豫地扔出去。而此時，他覺得鄭仁松還有點人味，他畢竟表達了他的悼念。在世人眼裏，行凶者沒有表示天理不容，而對黃嘉歸而言，鄭仁松任何公開的表示，都是他不能接受的。

窗外的陰冷，並不能掩蓋這座新城區的浮華，不遠處的樓群中央，偶爾響起了鞭炮聲，還有沖天的禮花。也許誰家在辦排場的婚慶喜事，也許有企業搞周年慶典，也許又有新的專案開工了。也許，也許……也許太多，沖起的五顏六色的煙火，表達著主人的喜悅，表達著世間的歡樂和幸福。然而，同樣的時間，這間房子裏，兩個當事人卻進行著艱難的談話。

黃嘉歸不知道這屋外沖天的禮花到底象徵著什麼，他只覺得自己的心冷，冷得似乎到了嚴冬，以至周身沒有一點溫暖。他希望這沖天的禮花趕緊結束，他希望一切歸於平靜。然而，那禮花卻如同一個興奮的少年，比剛才更加地歡暢，它變幻著各種色彩，一個又一個地沖上了天，在半空中開花，閃耀著巨型的圖案，將原本陰暗的天空照得發白，一剎那映在窗戶上，似乎玻璃也發出了驚裂的聲音。這座城市，似乎在今天預備了一場巨大的歡慶，這歡慶更加地刺激著黃嘉歸的神經。

黃嘉歸突然拉開抽屜，從紙袋裏抽出了上午洗出的照片，扔到了鄭仁松的面前。正不知如何再表達的鄭仁松，突然發現眼前飛來一張照片，就迫不及待地抓起來，當他的眼光看清照片上的畫面時，他的臉色一剎那變得煞白，嘴唇顫抖著說不出話來。黃嘉歸冷冷地盯著他，並不說話。

許久，鄭仁松放下照片，他終於鼓足勇氣，說：「黃老師，我可能不配在你的眼前說這樣的話，但我又必須說。你就提條件吧，提什麼我都答應。」他語無倫次地說，「歐陽玉娟告訴我說，般若園出現了資金問題，宋先生破產了，你需要多少錢我都可以投，股份也可以不要，只要，只要……」

黃嘉歸站起來，盯著鄭仁松，欲言又止，隨之他又坐下，收回了目光。

鄭仁松又說：「我請教班瑪大師，大師說你會處理，大師讓我怎麼想就向你怎麼說。」

這時，馬可進來倒水，見他們倆誰也不說話，就放下茶杯退了出去。鄭仁松幾乎用乞求的目光看著黃嘉歸，但黃嘉歸並無反應，他沉著臉，眼光裏雖然並非仇恨，但卻如寒冬臘月的雪，閃著陰冷的光。

鄭仁松說：「這事給你的傷害太大，我的罪業無法贖清。《靈北日報》的人鐵了心要抓凶手，公安局要的就是證據，一切結果都取決於這個證據。我沒有什麼說的了，請黃老師決斷。」鄭仁松說完坐下，似乎一下子輕鬆了許多，他的臉色不再煞白，只是頹喪地低著頭，一隻腳在不停地磨擦著地板。

黃嘉歸突然站起來，拉開抽屜，將一個牛皮紙信封抓出來扔在桌子上，吼道：「連底片都在這兒，你拿走吧。」說完，他坐下不動了。

鄭仁松抬起頭，驚愕地看著黃嘉歸，然而黃嘉歸低著頭，似乎周圍的一切與他沒任何關係了。鄭仁松急忙拿過桌子上的信封，連同那張照片一起裝進了信封，他還想說什麼，抬起頭的黃嘉歸只給他擺擺手，鄭仁松只好起身深深鞠了一躬，轉身出了房間。

馬可迎過來，把鄭仁松送到了走廊的門口，鄭仁松跨出了門，又轉身，對馬可悄聲說：「晚上，你抽個時間和我聯繫一下，有事。」

馬可點了點頭。

晚上十點，馬可與鄭仁松聯繫，鄭仁松開車到了馬可住的樓下，他按了一聲喇叭，稍候，馬可下來了。

馬可進了車裏，鄭仁松問：「想去哪兒玩嗎？」

馬可說：「沒有心情。」

鄭仁松從手提包裏掏出一個信封，打開車內的燈光，說：「那就在這說吧。」他把信封遞給馬可，說，「這是一百萬的存單，是以黃老師的名字存的，下午我就想給他，但他肯定不接受，所以我就沒有說。我不是拿這點錢買安全，那樣就辱沒了周小姐，也就辱沒了黃老師。這只是我的一點意思，我拿出這點錢，心裏會好受些，沒有別的意思。」

鄭仁松扭過身，看著馬可說，「你代他收下，不一定現在給他，在他可能接受的時候，或者在他需要的時候給他，也可以說是我給的，也可以不說明，由你處理。」

馬可說：「鄭總，你給我的任務太重，也太相信我，說不定過幾天我就辭職。」

鄭仁松說：「馬可，你不要給我說這種話。鄭仁松再沒有文化，認人還是能看出個大概的，再說，你也給我當過辦公室主任的，像馬小姐這樣心氣高的女人，是不會放棄黃嘉歸這樣的優秀男人的。」鄭仁松似乎言猶未盡，對馬可眨了一下眼，說，「現在已經沒有障礙了。」

馬可一下子惱了，大叫一聲：「鄭總！」

鄭仁松知道自己失言，說的不是時候，忙道：「原諒，原諒，多有得罪。」

馬可不再說話，鄭仁松也覺無趣了，就說：「那我就走了。」

馬可說：「好，我就先代他收下，他不要我再還給你。」

鄭仁松說聲謝謝，馬可下了車，他就開車走了。

已經完全冬天了，陰森的夜色裏刮過一陣冷風，馬可裹了一下上衣就跑進了樓裏，她的眼前晃動著黃嘉歸的臉。

還有兩天，就是一九九九年的元旦了，鄭仁松的松林置業公司舉行盛大的捐贈老年公寓和帝都花園開盤儀式。他提前一周給黃嘉歸和馬可送了請柬，但黃嘉歸未來，馬可代表般若園送了一個花籃和條幅表示祝賀，一個人來了。

鄭仁松捐贈的老年公寓，叫海虹大廈，在他從神州集團拿的五百畝地的範圍裏，和他正在蓋的帝都花園是連著的，旁邊還有一所政府投資的小學。政府之所以在這兒蓋海虹大廈，是聽了一種理論，叫老少相逢；說這裏有所小學，可常常由學校舉辦活動與老人們見面，平時這些老人，也能見到少年，就不孤獨了；說這樣的設計，要比把敬老院之類的老年公寓，蓋到遠離城市的自然風景區好得多。因爲，人在許多時候是離不開人的，特別是不同年齡的人相聚，老人們感到了生命的傳承，生活也就豐富了，內心也就踏實了。

靈北市老齡委想在開發區搞個試驗，根據規劃選了這塊地方，開始鄭仁松覺得占了他的地，很不樂意。梁大棟給他遞了話，說這塊地由政府劃撥，配套由開發區管委會負責，你只出蓋房子的錢，就算捐了，開發區需要這樣的模範。你旁邊蓋的樓，十萬平米之內，政府就讓大專案作爲家屬樓買了，也可從別的地方調地；政治待遇上，市人大代表、政協委員由你挑。說這話時，梁大棟剛剛接任開發區工委書記職務，急於想做點事，好讓市裡，特別是老幹部認可。老齡委選了這個地方，又有市委書記周正的指示，所以梁大棟就想極力做成這件事。

鄭仁松聽了梁大棟的話，回去計算琢磨了一個晚上，第二天就答應了，他說他這個人上不了臺面，所以對市人大代表、政協委員的虛名不看重，等他的企業做得更大些，再來弄這個事。他目前最感興趣的還是錢，所以他算了賬，覺得這個買賣可做，雖然建這座公寓需投入六百多萬，但銷售額達一億八千萬的帝都花園，卻因此大大降低了市場風險。何況讓建築商墊資承建，轉手近億元的利潤就到手了，這對於他鄭仁松來說，是一樁大買賣，所以他就同意了。

今天的捐贈儀式，規格很高。平整出的空地上，停了幾十輛車，而且多是進口車，賓士、寶馬就四五輛。已封頂的十棟帝都花園小高層的樓上，掛滿了各種名義的祝賀條幅，每棟樓上至少五六條，隨風飄動，在陽光下十分耀眼。最爲奇特的是風箏造型的升空氣球，在一百多米的高空，猶如十隻展翅的雄鷹，隨時準備俯衝而下襲擊地上的任何獵物。而鷹的尾巴上，各自垂著巨型條幅，上書「發財致富，不忘報國利民大仁大義」「建房築屋，牢記興邦治世高風亮節」等各色標語，齊刷刷地形成空中叢林，隨著風向擺動，成了一道惹人的風景。

海虹大廈則是九層的半圓造型小高層，像一個人敞開懷抱，環抱的中央，臨時搭建了一個不大的臺子，作爲今天捐贈交接的主席臺，上面佈置了各種花籃，並拉了一條會標，上寫「海虹老年公寓捐贈儀式」。雖未寫帝都花園開盤儀式幾個字，但在花籃的緞帶上和空中飄浮的標語上，都寫了熱烈祝賀帝都花園開盤的字樣，誰也不會認爲這個造勢的儀式，與帝都花園的開盤銷售無關。

慶典終於開始了，當宣布嘉賓名單時，馬可才知道市政府分管文教老齡工作的副市長也來了，儀式由市老齡委主任主持。鄭仁松一反往日的隨意形象，專門做了頭髮，穿著一身得體的西裝，胸前的大紅花，像一團燃燒的火焰在跳動。第一項，由鄭仁松將一把象徵房子的模型鑰匙移交給市老齡委主任，接著是鄭仁松講話。他說：

「我由一個普通農民的兒子，做買賣成了一個所謂的有錢人，要感謝改革開放。沒有中國的改革開放，就沒有中國的富裕，當然我也就不會有錢。」他說，「我文化不高，不會講話，但我知道一點，這就是知恩圖報。感謝政府，感謝國家，所以我把這座新建的老年公寓捐給社會，希望我們爲前輩們做一點事情，使他們能享受到改革開放的好處。」

鄭仁松話畢，臺上臺下自然是熱烈的掌聲。

然後，梁大棟講話，他說：「改革開放的目的，就是要讓中國富裕起來，如小平同志說的，先由一部分人富起來，然後帶動整個社會富起來。但先富起來的人，不能忘了還沒有富起來的人，所以自己富了，就要回饋社會，這是我們民族的光榮傳統，也是我們中國民族的文化使然，更是我們黨的政策的感召，當然也是作爲公民的良心。我們需要像鄭仁松這樣的仁義之士，我們呼喚更多的鄭仁松這樣的企業家。你有錢了，說明你有才能有能力，但任何時候，社會的背景總是至關重要的，沒有黨的強國富民的好政策，沒有二十年改革開放的大環境，就不可能產生今天鄭仁松這樣的企業家和有錢人。所以，我們對鄭仁松先生富了不忘回報社會的義舉，表示崇高的敬意和真誠的感謝。」

梁大棟的講話充滿激情，沒有官話套話，臺上和臺下掌聲熱烈。

隨後，是靈北市總工會主席講話，他說了幾句感謝鄭仁松的義舉之後宣布，授予鄭仁松先生靈北市勞動模範的稱號，接著當場把一枚獎章別在了鄭仁松的胸前，立時，那朵鮮豔的大紅花下面，有了一個閃閃發光的圓點，在日照下特別顯眼。

捐贈儀式後，爲帝都花園開盤進行了剪綵，立即就有無數的人擠進了剛開門的售樓處，一時偌大的售樓處前站滿了人，很快就有人簽合同，交訂金。帝都花園除大專案買斷的十萬平方米外，還剩十二萬平方米，被這個促銷活動帶進了熱銷的氛圍。半天時間，就有五十多人簽合同交了訂金。

中午宴請，放在西海大酒店，馬可無心參加，只去售樓處看了看就回去了，她畢竟在這個工程案子待過，前期的手續還是她辦的。

馬可並未將今天的現場情況告訴黃嘉歸，她知道他不感興趣，儘管他的情緒近來好多了，但他並未從失去時迅的悲痛中完全解脫出來，他常常會和人說話時突然發呆。

然而，下午三點，鄭仁松給馬可來電話，說官場上已應付完畢了，晚上想約幾個朋友去市裡皇宮御宴坐坐，他說：「很想黃老師，特別希望黃老師參加。」

馬可本想拒絕，但想了想，還是放下電話去問黃嘉歸，進了黃嘉歸的辦公室，見他正在寫東西，就沒有說話。黃嘉歸見她進來了，抬起頭看她。

馬可說：「鄭老闆請你今晚到皇宮御宴坐坐，說約了幾個要好的朋友，特別希望你去。」

黃嘉歸說：「代我謝謝他，你說方便的時候我約他吧，今天我有事，對他今天的開盤表示祝賀。」末了，又看看馬可，說，「如果你願意去就去吧，這個樓盤你出了力的。」

馬可不樂意地盯了黃嘉歸一眼說：「你不去，你讓我去幹什麼？」

黃嘉歸笑了一下，說：「我隨便一說，生什麼氣？」

馬可一笑，嗔道：「誰生氣？」

黃嘉歸就說：「那就勞駕你晚上做個青菜吧，我想喝稀飯。」

馬可說：「好，我先去買菜。」

黃嘉歸說：「不用，開車回去時，路上隨便買一點。」

馬可回到自己的辦公室，給鄭仁松回了電話。鄭仁松沒說什麼，長長一聲嘆息。

馬可當然知道他嘆息什麼，傷痕的彌合是需要時間的。但鄭仁松很想見到黃嘉歸，這樣的朋友不能丟。遊戲廳事件終因沒有證據，他逃過了一劫，最終只抓了現場一名出手的保安，以誤傷人命的罪名判了七年，文化部門給予京松娛樂有限公司十萬元罰款，停業整頓一個月。對於附帶民事賠償，因爲死者家屬未提訴訟請求也就作罷。就連《靈北日報》的人也對黃嘉歸的沉默表示不滿，只有童敏捷表示最大程度的理解，但他仍然當著馬可的面，對黃嘉歸說：「因爲朋友，可以不去追究更深的責任，但賠償應該要，至少叫他明白應該去尊重別人的生命。」黃嘉歸看了看童敏捷說：「如果錢能根除邪惡，問題就好辦多了，何況時迅不在了，這樣的錢拿著，會更加痛苦。」

無奈中的童敏捷只好搖搖頭。但馬可理解，鄭仁松在事後對馬可說，黃嘉歸教育了他，他已將遊戲廳所持股份，全部轉讓給了北京的合作夥伴。也許這正是黃嘉歸要的。

馬可勸了鄭仁松一句，說：「再瞅機會吧，要給黃總時間。」

鄭仁松無奈地說：「後天上午十一點，在西海大酒店舉行神州集團改制成功慶祝酒會，看來還是請不到黃老師。」

馬可說：「是，他暫時不會出面，我代表黃總，向你們祝賀！」說完，放了電話。

下班時，馬可還是給黃嘉歸說了鄭仁松的話，她說：「他們真的有手段，是經商的高手，這個年代可能只有這樣，才能快速致富。」

黃嘉歸鑽進車裏，說：「財富本身沒有善惡，但獲得財富的手段肯定有善惡。」

他們路經農貿市場，買了幾樣青菜，到了黃嘉歸的房子。馬可一會兒就做出兩個菜：酸辣白菜、燒茄子，小米粥也很快熬好了。他們一邊吃飯，一邊打開電視。

沒有了時迅，馬可變得拘束起來，她似乎等著什麼，但她又覺得她和黃嘉歸之間，隔了長長的空白地帶。這空白地帶，也許只有一步之遙，也許相隔萬水千山；也許眨眼即到，也許需要很久的時間。時迅在時，她可以一無所求地表達自己的感情，但時迅離去之後，她卻不能這樣。她知道她只能等待，因爲等來的不再是一時激情，也不是特定環境的表達，而是一種可能長久的幸福和依靠。對於黃嘉歸這樣的男人，只有留給他充分的主動權，才有可能獲得他真正的愛，而不是男人的一時風流。所以，吃完飯，馬可就端正地坐在沙發上，靜靜地陪著黃嘉歸看電視。

黃嘉歸也無言，靠在沙發上，瞇著眼睛，隨意瞅著電視畫面。他們默默地感受著溫馨的氣氛，享受著心靈的撫慰。日子的繁雜和一段時間以來的傷感，漸漸地遠去了。這種溫馨隨著時間的拉長，似乎拆除了兩人之間的距離，各自感到了對方的氣息，身心在慢慢地靠近，感到了對方的心跳。

看完新聞聯播，他們又看一檔談話節目，主持人在說生命、幸福、愛情的話題，談得並不深刻，多是些老生常談的話題。只是其中插了些歌舞和詩，形式倒活潑，據說收視率挺高的，是靈北電視臺的王牌節目，每次現場直播一個小時。

快九點時，談話節目突然中斷，電視畫面上出現了新聞播音員，他說：

「現在播報重要新聞，本臺消息：我市靈北灣今天下午六時半，發生局部不明原因海底塌陷，未造成大的破壞，但海上皇宮御宴大酒店位於塌陷中心地段，餐飲樓沉入海底，當時正值用餐高峰，傷亡人員不詳。我臺記者路經此處，記錄了驚心動魄的一幕。」

接著，電視臺上出現了皇宮御宴塌陷的畫面，只見海流突然湧起巨浪，在浪頭的襲擊中，凸出海面的皇宮御宴大樓，像被抽掉了地基，緩緩下墜，在陷入海面的一剎那，掀開一個巨大的漩渦，四周的急流向漩渦裏湧來。接著，漩渦中心掀起的巨浪沖天而起，下落的浪頭向四周撲打，鋪天蓋地的水花下落時，變成了千萬條密集的水柱，海面立時掀起又一輪波浪。幾分鐘後，皇宮御宴從海面徹底消失了，沒有留下任何痕跡，只有連接陸地的橋梁剩下一個斷面，斷裂扭曲的鋼筋挑起破裂的水泥板，顯出剛剛過去的災難的跡象。而斷裂的地下通道，立即注滿了海水……

新聞播報說：「事發後，市政府立即動員搶救。至發稿時，未發現任何生還的人。據皇宮御宴大酒店工作人員說明，每天在皇宮御宴飲食樓用餐的人數約在三百至五百人，如果這一數字屬實的話，現已全部失蹤。」

聽完這條新聞，馬可驚叫一聲：「鄭仁松！」

本來靠在沙發上的黃嘉歸立即跳了起來，他來不及穿拖鞋，就衝到電視櫃旁，拔下正在充電的手機，立即撥打鄭仁松的電話。他的腦子裏成了一片空白。號碼撥出後，居然通了，也許這個手機在水裏也能響。然而響三聲後，竟然有人接了。

黃嘉歸大喊一聲，對方聽出了黃嘉歸的聲音，立時興奮地叫一聲：「黃老師！」

黃嘉歸一聽是鄭仁松的聲音，就大聲問：「你在哪兒？」

鄭仁松說：「在吃飯。」

黃嘉歸問：「沒有在皇宮御宴？」

鄭仁松說：「沒有。」

黃嘉歸叫：「房間裏有電視嗎？看靈北新聞。」

鄭仁松說聲有，就聽見有人開電視的聲音。

黃嘉歸扣了手機，一下子癱在沙發上，周身像被抽了筋似的，沒有半點氣力。

當這條電視新聞連續播出三遍後，黃嘉歸的手機響了，是鄭仁松打來的。他說：「黃老師，說明我們還是親弟兄，這種生死關頭能接到你的電話，我十分感動。」鄭仁松說，「因爲你沒來，我又突然想起班瑪大師的提醒，就改了地方。」

黃嘉歸聽著，並未說話，鄭仁松又說：「黃老師，這下，我們更鐵了，你和班瑪大師對我有救命之恩，大恩不言謝，這情報不盡。」

黃嘉歸並未附和鄭仁松，等他說話的空間，說：「你們吃罷。」說罷他扣了電話。

馬可說：「鄭老闆躲過一劫。」

黃嘉歸說：「算他命大。」

虛驚之後，黃嘉歸感到極度空虛，他站起來，看著馬可，說：「送你回去吧，晚了。」

馬可點點頭，卻站著不動，她的眼光迷濛一片，靜靜地看著黃嘉歸不願離去，像在等待著什麼。

黃嘉歸慢慢走過去，雙手輕輕放在馬可的肩上，說：「真的十分感激你對我的關心。」

馬可抬起頭，看看他，有些不認識他似的，想說什麼，但終於沒有張口。他們下樓，他把她送到了住處。

42

皇宮御宴飲食樓塌陷的新聞播出幾遍後，出現了後續報導，又有新的畫面播出：在大樓塌陷沖起巨大的水柱同時，地面出現多處裂口，不遠處居民樓上的玻璃窗戶被震落，馬路上蜂擁而至的人群向海邊湧來；當巨大的水柱落下，掀起強烈的風暴時，本來散亂的人群突然像迎頭遭到了痛擊，四處逃散。電視畫面一時擺動，鄭仁松似乎感到腳下在顫抖，他雙手抓住桌沿，雙眼死死盯著電視機。

新聞終於播完後，鄭仁松愣了兩秒鐘，突然跳起來，大叫：「他×的，撿了一條命。換地方慶賀！」

賀有銀跟著叫道：「真他×的玄！一念之差，不然我們這時早就餵魚蝦了。今晚不睡覺，喝個通宵。」

史九剛說：「不行不行，我明天還要陪梁書記出去哩。」

賀有銀說：「不夠意思！夥計，撿了條命呀！」

鄭仁松說：「陪一會兒你回。」

史九剛說：「好好好！」

另外幾個人表示，一定陪鄭總喝到天亮。

於是，鄭仁松掏出手機，撥通了海王大酒店總機電話，念了貴賓卡號，問：「總統套房空著嗎？」

得到對方肯定後，他說：「一個總統套房，四個標準間。馬上到！」接著他說，「通知餐廳，叫餐，八人，每人一千的標準，酒水另計。」

現場除了史九剛，還有四男一女。聽鄭仁松一說，大家歡呼雀躍，因爲海王大酒店是靈北唯一一家五星級涉外酒店，在座的，除鄭仁松之外，其他人還沒有光顧過。

十五分鐘後，他們就移到了海王大酒店的總統套房。叫的菜也上來了。鄭仁松打開房間裏的洋酒，既不問價格，也不看商標，他說：「總統套房不會有孬貨，也不會訛人。」

兩瓶洋酒下肚，史九剛要走，鄭仁松說，不能不吃主食。就打電話要了幾碗米飯。

賀有銀說：「這就對了，出去被車撞死，也不當餓死鬼。」

鄭仁松罵道：「你積點德好不好？狗嘴裏吐不出象牙正常，但也不能整天放狗屁！」

史九剛說：「賀總也是佛門中人，口無遮攔滿口胡說，不怕死後墮地獄？」

子，你們咒我沒用。」

賀有銀說：「你倆饒了我吧！我不就說了一句話嗎？再說，我只給師父磕了個頭，不算佛門弟

鄭仁松說：「你是不是佛門弟子不重要，下地獄是肯定的。」

賀有銀說：「我們誰到地獄還說不準哩。」

這時米飯上來了，鄭仁松說：「堵住你的臭嘴！」

吃完飯，史九剛下樓，鄭仁松讓司機送他過海。其餘的人，又打開了洋酒，繼續喝。

這時，已近凌晨兩點，他們吃飽了，也喝得半醉。但誰也不說離去，因爲有言在先，要喝通宵。此時，有猜拳的，有歪著腦袋的，還有口裏說話，實際閉眼打盹的。勉強又喝了一瓶，鄭仁松自己也有些堅持不住了，就說：「大家回房休息吧。」

眾人巴不得他這麼一說，立即起身回應。賀有銀倒精神，見大家離去，就對歐陽玉娟說：「玉娟妹妹得陪著鄭總，鄭總喝多了，這時才能體現出秘書的價值。」

歐陽玉娟上去扶鄭仁松，鄭仁松站起來，腿有些挺不直，嘴裏卻清楚，他說：「今晚我一個人靜靜，他×的太高興！」說著，又抓起桌子上的洋酒，倒滿三杯，舉起來說，「乾最後一杯，祝大家晚上做個好夢！」

賀有銀和歐陽玉娟只好拿起杯子，和鄭仁松一起喝乾。

賀有銀知趣地退出，歐陽玉娟給服務臺打了個電話，很快服務員上來了，三分鐘不到，屋子裏就收拾乾淨了。

服務員離去，歐陽玉娟進裡間，見鄭仁松已和衣躺在床上，上去搖他，他含糊不清地說：「你去，我要睡覺。」

歐陽玉娟只好給他脫了鞋，蓋好被子，輕輕退出來，鎖上門，到自己的房間休息。

熟睡中的鄭仁松，夢中又趕了個酒場，在場的人，似曾相識，卻一個也不認識，但大家好像認識他，紛紛起來敬酒。他來者不拒，統統接住，一口一杯，喝得痛快。突然，那些人不見了，酒場也不見了，他好像被拋到了一座山頂上，滿目荒涼，腳下是萬丈深淵，深不可測。猛然間，他的胸腔和嗓子裏像有烈火在燃燒，痛苦難忍。瞬間，有一股惡臭從胃裏噴出，幾乎同時，他感到了呼吸的困難。終於，他的嘴巴被一隻無形的手死死堵住了，沒有一絲空氣可以進得了他的氣管。他拼命地掙扎著，呼喚黃嘉歸，呼喚賀有銀，呼喚歐陽玉娟……然而，他叫不出任何聲音，他的四肢像被死死地捆綁在了柱子上，動彈不得。

他的周身沒有一絲力氣，像一灘化掉的水，被炙熱的烈焰烘烤得失去了生命支撐。突然，他看見一張豪華的大床上，一具屍體在猛烈的抽縮中，重重地摔在了床上，那張已經完全蒼白的臉，在屍體挺直的瞬間，他覺得面熟，他終於認出那是他自己。也就這時，他看見前方有一道灰暗的光線，慢慢變得柔和，他掙扎著準備撲過去，然而，在他起身的同時，他被一掌擊下了看不見的萬丈深淵，他感到毫無阻攔的墜落，他感到了從未有過的恐懼，隨即，他看見萬丈深淵下騰起的熊熊烈焰……

第二天下午兩點，黃嘉歸午休，被歐陽玉娟的電話吵醒，她哭著說，鄭老闆昨天晚上去世了，公司和家裏已鬧成一鍋粥，因事發突然，不知道該怎麼辦好。

黃嘉歸一聽，腦子轟的一聲，頭髮豎了起來。他懷疑昨晚不是和鄭仁松通話，而是和鬼魂說話。他問：「人在哪兒？」

歐陽玉娟帶著哭腔說：「市第一人民醫院。」

本來因昨晚的電視新聞，黃嘉歸很晚才睡著，中午想多睡一會，這會睡意全無。他跳起來，拿過外衣，就給馬可打電話，接著就讓司機拉著馬可到他樓下。

他們走高速，直奔市裡醫院。

他們趕到後，鄭仁松還在單間的病房裏，人未送進太平間。這時門外圍了許多人，他的家屬、朋友，還有公司的人，歐陽玉娟也在。黃嘉歸驚愕地詢問發生了什麼事。在歐陽玉娟斷斷續續的訴說中，黃嘉歸大概聽清楚了事情的過程。說昨晚鄭仁松接了他的電話，就急忙把電視調到靈北一臺，看了新聞後，高興地直叫，說他命大逃過一劫。一感謝班瑪大師，二感謝真正的兄弟黃嘉歸。他還興奮地說，不但撿一條命，還收到了一個真正的朋友的友誼。他說，這場災難太慘，但對他鄭仁松是個緣，看來不管善緣還是惡緣，因人而異，果報不一樣。

他不但興奮得話多，還喝了比平時多得多的酒，十二點了，他給班瑪大師打電話，可不知怎地，他撥了有十幾遍，終南山的電話就是不通，也許是線路出了故障，始終沒有撥通。後來因酒喝得過多，他就不撥了。突然一時興起，又移到了海王大酒店的總統套房裏喝酒，酒後，他一個人在房間睡了。

按習慣，他每天上午十點多起床，今天到點了沒有動靜，覺著老闆酒喝多了，多睡一會兒。可到十二點了還沒動靜，他們就急了，打房間的電話，打手機，沒有人接。他們慌了，就叫服務員打開門，進屋才發現，他的身子已僵硬了，送到醫院檢查的結果，是酒精中毒窒息而亡。

聽完這個並不離奇的訴說，黃嘉歸冒出來的第一個念頭是，鄭仁松也許是因他而死的。如果他不打那個電話，他當晚又沒有看到那則新聞，可能他今天依然活著。因為自己許多天不和他說話，突然和他通話，又告訴他那樣的消息，興奮是他狂歡的直接原因，也就是造成他斃命的直接因素。自己無形中成了殺手，難道鄭仁松是以死來償還時迅的命嗎？他想到這裏，十分恐慌，他不知道該如何理解這一切。

悲傷至極的黃嘉歸，幾乎是在馬可的攙扶下，來到鄭仁松的床前，鄭仁松的太太叫一聲黃老師，就泣不成聲了。黃嘉歸緩緩拉開蒙在鄭仁松臉上的白色的床單，鄭仁松發青的面容就暴露在他面前了。他的嘴角似乎還有酒味，緊閉的雙眼也像飽受了酒精的浸泡，眼瞼呈現著烏青慘白的顏色。雖然房子裏的氣溫很低，但依然能聞出濃烈的酒味。

看著這張雖然變色但依然熟悉的臉，他的音容，他的行爲，一個接著一個情景，混亂地在黃嘉歸的腦子裏交替晃動。他無法表達自己的心情，他深深地鞠了個躬，然後靜靜站著，默念往生咒。

幾分鐘後，他拉上床單蓋住鄭仁松的臉，然後慢慢退出了房間。他問後事的安排，歐陽玉娟說，因班瑪大師一直聯繫不上，就請靈北普度寺的住持做法事，後天召開追悼會。

黃嘉歸說：「需要我做什麼，隨時打電話。」

歐陽玉娟說：「一定。」

當晚，黃嘉歸給班瑪大師去電話，一撥竟通了，聽到師父的聲音，如久久分別的母子突然相見，黃嘉歸淚流滿面。他說了鄭仁松去世的事，大師說：「這幾天山裏線路不好。」師父平靜地說，「我在山裏爲他誦經超度。」

黃嘉歸長嘆一聲，說：「我不該打那個電話。」

大師說：「我的提醒，也只延長了他幾個小時的壽路。佛陀教言：你的行爲決定你的命運！從這個意義上講，眾生的死亡都是自殺。因爲三世果報都是自己種下的因。他能以低價轉讓了遊戲廳的股份，退出了那份經營，總算生了善念。」

這一刻，黃嘉歸突然想到了隨同皇宮御宴墜入海底的食客們，他打了個哆嗦。

大師繼續說：「你不打那個電話，他也會從別的管道知道那個資訊。」

黃嘉歸聽了大師的話，心裏稍微平靜些。

鄭仁松的追悼會，開得很隆重，因他是區政協委員，就由開發區政協的一位副主席出面主持；他又是市勞模，就由區總工會的主席致悼詞。梁大棟也來了，還有政界、商界的各路朋友，追悼會的規模是開發區少見的，人們說了許多好話，表達了惋惜和對家屬的慰問。幾天來，一直被憂傷籠罩著的鄭仁松的家人，總算在悲痛中得到了一些面子。

鄭仁松的追悼會後，黃嘉歸在四十九天時間裏，每晚誦一遍《聽聞解脫文》，迴向鄭仁松，向這位曾經幫助過自己又傷害過自己的故友，送去最後的關愛。

神州集團改制的慶典，不得不推遲一個多月舉行。鄭仁松一手打造的松林置業，淨資產已達五億五千萬元，然而作爲獨生子的鄭仁松，兒子還在上初中，太太只有初中文化程度，不懂經營，交到親戚手中，也沒有可靠人選。無奈中，鄭仁松的妻子在聽了公公的看法後，把這份信任交給了賀有銀。理由很簡單：賀有銀既是改制後神州集團的第二大股東，又是總經理，不靠他靠誰呢？與其交給一個在資產上毫無瓜葛的人，還不如交給賀有銀。

爲了名義上的表示，鄭仁松七十歲的父親，出任了改制後的神州集團和松林置業的董事長，鄭仁松的妻子則掛了個松林置業副總經理的名。

在這場突然變故中，最大利益獲得者，無疑是賀有銀，何況神州集團改制內幕，只有他和鄭仁松全部掌握，現在鄭仁松不在了，他是唯一掌控的人。

然而，讓賀有銀想不到的是，就在神州集團改制慶典舉行的頭天晚上，安排慶典儀式的歐陽玉娟忙完最後一個環節，突然約他說事。正在酒桌上吆喝的賀有銀，接到歐陽玉娟的電話。要在過去，他會立即答應，當下卻不同了，歐陽玉娟是他的辦公室主任，他是總經理。於是，他一隻手捏著酒杯，一隻手接著手機，說：「我正在陪客人，有事明天說。」

歐陽玉娟說：「我知道你在陪誰，不就是表現你的得意嗎？」她加重語氣說，「明天慶典，來不及！」

賀有銀說：「那就後天。」

歐陽玉娟口氣堅決地說：「請賀總半個小時後，到松林置業來，我在鄭總的辦公室等，你最好不要失約。」

歐陽玉娟不容賀有銀回話，就扣了電話。賀有銀一時發懵，捏著酒杯的手定在空中，拿著手機的手，也不知往哪兒放，依然扣在耳朵上。坐在對面的史九剛見狀，喊：「賀總，賀總，怎麼了？喝酒，喝酒……」

賀有銀一驚，忙說：「史主任包涵，有急事，我得出去一趟。」

史九剛大笑，說：「眼前就是最大的事，該做的都做了，明天慶典一結束，權力金錢美女都有了。想不到五十歲之前想要的，得不到，五十歲之後一夜之間全得了。如果仁松兄真的地下有知，該作何感想？這才叫人算不如天算。」

在場的人立即附和，叫：「是，是，是，喝酒！」

史九剛說：「兩耳不聞窗外事，一心只喝杯中酒！天塌下來也沒有賀兄這陣子刺激。不要說人生如夢，也不要說及時行樂，眼下得到的一切，誰也拿不走的。就為這個，你哪兒也不去，否則，對不起幫你的兄弟們。」

賀有銀一口把酒杯裏的酒喝了，雙手抱拳，說：「天上掉金磚，也是你九剛老弟把我推了一把，我才接著。」他說，「真的有事，去去就來。」

賀有銀下樓，叫了司機，一出酒店大門，他打了個寒噤，天上沒有一顆星星，天空佈滿黑暗，只有昏暗發黃的路燈下偶爾奔去的車輛，顯出一些活力。他的酒力猛地清醒過來，他知道時節已近深冬，天下本該這麼冷了。

路上車稀，也就五分鐘車程，賀有銀就到了松林置業的樓下。這座開發區最早的高層建築，此刻豎立在空曠的夜空裏，毫無生氣可言，像一座巨大的墓碑，陰森孤獨。大廳裏昏暗的燈光，像墓地的鬼火在晃動。樓上只有十八層的一個房間亮著燈，那無疑是鄭仁松過去的辦公室，歐陽玉娟一定在那裏等著。

賀有銀下車，抬頭一望，又打了一個寒噤，寒氣比剛才更猛烈。他分明覺得亮燈的窗戶，就是鄭仁松的眼睛，而且眨也不眨地看著他。似乎他得到的一切是一個陰謀的產物，他心裏隱隱地發虛。

進樓裏，保安認出了他，給他打開了電梯。他鑽進電梯裏，隨著電梯的上升，似乎有了些暖意，但他的腦袋依然發暈。

而歐陽玉娟打完電話後，就站在窗口向下望。她看到的，當然與賀有銀不同。她站在高處，馬路上奔跑的汽車變成了甲蟲，在發藻的路燈下，像飛過的影子，十分模糊和渺小。她忽然想到了美國的電影，如果拿著西部牛仔的獵槍，在窗口瞄準奔跑的車，擊中一個個活動的靶子，肯定是件過癮的事。

賀有銀的車到了，她看得清楚，當聽到走廊的腳步聲，她轉身打開了門。

一頭扎進屋裏的賀有銀，一下子對燈光還不適應，當他抬頭看見站在面前的歐陽玉娟時，酒力的作用，竟使他春心蕩漾。屋子裏的燈光很亮，歐陽玉娟姣好的面容，雖然不是笑著歡迎他，但那對明亮的眸子，足以穿透他的胸膛，讓他心跳不已，周身的熱血在奔湧，像有無數條小蟲由腳心向身上爬動，他幾乎不能控制自己，瞇著眼睛說：「玉妹妹是我的辦公室主任了，不像過去鄭老闆在，不用避嫌了，哥哥我想你。」說著張開雙臂撲上去，歐陽玉娟突然閃身，賀有銀差點跌倒，他定神看時，才見歐陽玉娟面帶怒色。

賀有銀自嘲說：「妹子不能這麼狠心。」

歐陽玉娟指著靠窗的沙發，說：「請你坐下，我要和你談事，不是叫你來開玩笑的。」

女人的威風，使賀有銀一時規矩，他一屁股坐進真皮沙發裏，龐大的身軀，像一團肉癱在那裏。他的腦子似乎這一刻徹底清醒了。眼前這張女人的臉，依然豔麗漂亮，他不相信這張迷人的臉與他無緣，只是一個時間問題，因爲他現在擁有了讓女人上床的充分理由。於是，沉默了一分鐘後，他換了口氣說：「妹子不要生氣，我只不過酒喝多了，冒犯！說正經的吧，有啥事儘管講，我能辦的一定辦。」

已經坐下的歐陽玉娟，忽地站起來，指著身後的長沙發說：「你不是常想和女人睡覺嗎？我現在就告訴你，我就是在這張沙發上，把女兒之身交給鄭老闆的。你能看到嗎？他現在還坐在這裏，看著你和我，看你怎樣對我不懷好意。」

賀有銀睜大了眼，看著歐陽玉娟，他不知道她究竟要表達什麼意思。他突然覺得眼前這個女人十分陌生，他從來就不認識她。

歐陽玉娟並不在乎他的反應，她盯著賀有銀說：「你問我為什麼嗎？好，我告訴你，我生在偏僻的農村，我從小學到大學，一直都是好心人資助的，我走出校門，想的就是儘快報答救助過我的人，報答社會。可我看到了什麼？看到是你們這些社會渣滓，你們官商勾結，把大眾的財富非法據為己有。」

賀有銀只見眼前這張女人的臉，越說越紅潤，血液似乎沖到了耳根，與雪白的脖子形成了兩重天地。一邊是細嫩透紅的臉蛋，血液在皮膚下流動，似乎用手指一彈就會破的；一邊是細長的脖子，如出泥的蓮藕，白皙如玉，充滿了瓷器般的光澤。賀有銀已無暇去聽這個女人的談話，想像著摟住這個女人的感覺，他的眼睛放著光，似乎喝醉的酒勁又上來了。而此時的歐陽玉娟，不會去顧及眼前這個男人的感受，她只管按照自己的思路走，她說：

「如果我按社會的正常規則，拿我的工資，我哪輩子才能過上真正的生活？我感謝馬可招聘了我，又培養了我，但我沒有馬可高尚。鄭老闆不是看上我了嗎？想和我上床，可以！買賣講公平，他看上我的青春和美貌，我看上他的財富，公平交換，我有錯嗎？你過去不是也常常這麼想嗎？只是條件不允許，所以你只能混吃混喝。」

恍惚中的賀有銀，終於聽清楚了這個女人最後的一句話，她在羞辱他。但他並不生氣，他想這個女人一定是想從他這兒得到點什麼，他紅著眼說：「鄭老闆可以，我也就可以，你說條件吧。」

歐陽玉娟冷笑一聲，說：「你配嗎？」

賀有銀搖著二郎腿，說：「過去不配，現在配！」

歐陽玉娟冷冷地說：「你自我感覺過於良好，依我看，過去是半斤，如今是八兩。」

這句話激怒了賀有銀，他指著歐陽玉娟，厲聲問：「那你叫我來幹什麼?!」

歐陽玉娟說：「我要通知你，鄭老闆有過交代，神州集團改制完成後，我出任總經理，並說，其中有我百分之五的股份，他還說，我可以代表他行使百分之五十一股份的權利。」說著，她從包裏掏出一份影本，扔到沙發上，說，「需要證明嗎？」

賀有銀拾起一看，果然是鄭仁松的筆跡，但他不相信突然死亡的鄭仁松會留下這樣的東西。歐陽玉娟並不給他思考的餘地，隨之又抽出一份資料，也是影本，她揚起手搖了搖，說：「這是我寫給中紀委的舉報信，反映你們怎樣把一個國有企業改到自己名下的。這一點，我是經手人，賀總不會懷疑吧？」說著，把資料扔了過去。

像有悶棍打在了後腦勺，賀有銀一看傻眼了，光地價低估這一項，就造成一億的國有資產流失，不用說多處廠房的低價處理。因歐陽玉娟參加了改制的全程，所有的細節她都瞭解。這時的賀有銀，才覺出眼前這個女人的厲害，他怎麼也想不明白，一張看似漂亮溫柔的面孔下，竟有這樣殺人的手段。雖然他明白，這種操作，靈北不是他們一家，但關鍵在於操作程序的合法和細節的保密，民不告，官不究，如若有人告了，一查就暴露，那麼大的金額要掉腦袋。

窗外的黑暗愈加嚴重了，濃霧鎖住了虛空，這間屋子似乎成了孤島，四面冷風襲來，整座樓房都在搖晃。賀有銀拉了拉衣服，沮喪地說：「你要什麼條件，你說，我找史九剛和鄭老闆的家人商量。」

歐陽玉娟說：「按鄭老闆說的辦。這件事，我本不準備提起的，但鄭老闆死了，你賀老闆沒有死，在整個事情處理過程中，只叫我幹活，從沒有人問過我有沒有什麼想法。」她說，「既然撕破了臉皮，別人那裏你怎麼處理我不管，你今晚必須給我一個說法。」

賀有銀為難地說：「我一個人說了能算嗎？」
歐陽玉娟說：「一時辦不了也可以，但得叫中間人做證，今晚簽字畫押。」
賀有銀問：「叫誰？」
歐陽玉娟說：「馬可和黃總。」
賀有銀看看表，說：「十點了，太晚。」
歐陽玉娟說：「不辦，明天的慶典就不要舉行了吧。」
賀有銀聽出了威脅，他只好掏出手機，撥打黃嘉歸的電話，接通了，黃嘉歸「喂」一聲，賀有銀就叫道：「黃兄，快來幫一把，歐陽妹子有事，非得叫你和馬助理來。」
黃嘉歸問：「在哪裡？」
賀有銀說：「松林置業辦公室。」
黃嘉歸說聲馬上到，就扣了電話。
賀有銀放了電話，依然窩在沙發裏，右手托著下巴，一個姿勢不動。歐陽玉娟也靜靜坐著，屋子裏一時無話，門外偶爾有模糊的汽車聲傳進來，玻璃窗似乎震動了一下。
也就十幾分鐘時間，黃嘉歸和馬可就到了。他倆進門，賀有銀和歐陽玉娟都站了起來，黃嘉歸說：「什麼事這麼急？」
歐陽玉娟還是生氣的樣子，說：「賀老闆叫你們來的，讓賀老闆說。」
賀有銀就把黃嘉歸和馬可叫到另一個辦公室，說了事情的經過，他憤憤地說：「人說女人是毒蛇，這回見識了。」

馬可看他一眼，賀有銀立即改口說：「不包括馬小姐，像馬小姐這樣的女人，是人中豪傑、巾幗英雄。」

馬可並不接話，黃嘉歸問：「你叫我們來，想讓我們做什麼？」

賀有銀說：「我們都是鄭老闆的朋友，現在鄭老闆不在了，這件事就拜託你們了，歐陽玉娟聽你們的。」

黃嘉歸說：「怎解決？你得有具體意見。」

賀有銀說：「她要總經理的位子是不可能的，現有職位安排，是鄭的家人、史九剛和我多次商量才定下來的，我一個人說了不算。要股份更不可能，繼承權是鄭老闆的老婆，她歐陽玉娟插那麼一腿，鄭老闆在，老婆怕，鄭老闆不在了，老婆還怕誰？這件事想都不要想。」賀有銀捏著兩手，一副為難的樣子。

黃嘉歸說：「你的意思是想讓我們告訴歐陽玉娟，什麼條件也不答應？」

賀有銀說：「不全是這個意思。」

黃嘉歸問：「還有什麼意思？」

賀有銀說：「叫她提出一個錢數，我去和人家商量了給她辦。就以答謝她這幾年來對公司貢獻的名義，她拿錢走人。」

黃嘉歸問：「就這樣？」

賀有銀說：「有一個條件，她拿了錢以後，對公司的一切，包括神州集團的事，必須保守秘密。」

黃嘉歸對馬可說：「我們去說說？」

馬可說：「聽聽玉娟的想法。」

黃嘉歸說好，就讓賀有銀等著，他和馬可去歐陽玉娟待的房間談。

黃嘉歸和馬可一進門，歐陽玉娟立即上去把門反鎖了，接著撲到了馬可身上，抱住馬可，「撲」的一聲笑了。

馬可扳過歐陽玉娟肩膀，搖著說：「還笑，你這麼有能耐，叫我們來幹什麼？」

歐陽玉娟說：「怕呀！」

馬可問：「怕什麼？」

歐陽玉娟說：「姐，你想想，這麼一棟大樓，深更半夜，就我和他兩個人，我又把他刺激得那麼厲害，萬一他下手，連個目擊證人都沒有，更不要說安全了。」

馬可說：「那你招惹他幹什麼？有事說事。」

歐陽玉娟說：「我氣不過！姐，你知道，你走了以後，松林置業的事，我裏裏外外出了多少力？再說，神州集團改制，跑腿都是我的事。他們倒好，什麼都安排好了，沒我的事，也沒有一個人給我說一聲，哪怕是表達一點感謝之意。」

他們一直站著說，黃嘉歸坐下，拍拍沙發，說：「請你們照顧照顧自己的腿，別讓它們累了。」

歐陽玉娟笑一聲，拉著馬可坐下。

馬可說：「你準備怎麼辦？」

歐陽玉娟說：「賀有銀什麼意見？」

馬可就把剛才賀有銀說的，簡單地複述了一下，說：「最終還得聽你的。」

歐陽玉娟說：「我早知道結果，想讓那幫人吐出點血來，比真叫他們吐血還難。我也不會去黑吃黑，就是嚇唬他們一下，讓他們不要以爲天下儘是他們的威風。姐，你沒見他們多麼得意，好像鄭老闆的死，就是讓他們囂張的。」

黃嘉歸說：「一個農民半個世紀的夢想，因一個人的去世突然得以實現，他能不發狂嗎？沒有進瘋人院就不錯了。」

馬可和歐陽玉娟被黃嘉歸的話逗笑了。黃嘉歸看看表，說：「快十二點了。」

馬可說：「玉娟說你的條件。」

歐陽玉娟說：「走人，跟一幫豬狗在一起，自己最後也就變成了畜生。」

馬可說：「什麼也不要了？」

歐陽玉娟說：「便宜他們。」她說，「鄭老闆說過，我離開公司時，給我兩百萬，我就拿這個數，一分不多要，一分也不能少。」

馬可瞧她，歐陽玉娟急了，說：「姐，你肯定說我心重了，我真的和鄭老闆上床了。他對我說，馬可心氣高。他說我不同，我提啥條件他都答應，我就說了兩百萬，結果他想都沒想就答應了，我不好再拒絕，他平時對我也不錯，人也仗義，我就同意了。」她低下頭，說，「姐，你知道嗎？我給他當了兩年多情婦。他算是一個有良心的人，活著時，就專門開了個賬戶存了兩百萬，摺子讓我保管著，說走時，在財務蓋個章就拿走。」

馬可說：「那你何必折騰他？」

歐陽玉娟說：「姐，那是一群狼，不把他制服了，說不定哪一天他給你找個事，你說不清，也跑不掉。」

黃嘉歸說：「我去給賀有銀說，就這麼辦。」

歐陽玉娟感激地說：「謝謝黃大哥！」

馬可說：「還是我們一起去吧，女人有時好說話。」

黃嘉歸說好，就和馬可出來了，走廊的窗戶開著，刮來一陣冷風，黃嘉歸覺出冷，馬可擁上去，拉住黃嘉歸的手。

他們進了賀有銀待的辦公室，賀有銀捂著頭好像睡著了。黃嘉歸推一把，他揚起頭，說：「腦袋有些暈，這幾天血壓高，心臟也不好受，看來最近太累了。」他問，「那小娘們怎麼說的？」

馬可盯著他看，他忙說：「看我這臭嘴。」他無趣地笑笑，問，「她什麼條件？」

馬可說：「黃總費了多大的力啊，你就偷著樂吧。」

賀有銀急不可耐，問：「她怎說的？」

馬可說：「她什麼職位也不要了，離開公司。」

賀有銀睜大了眼，像聽天書，一時琢磨不透那個女人的目的。

馬可說：「很簡單，就兩百萬，還是鄭老闆準備好了的。」

馬可就把鄭老闆存了兩百萬的事說了，當然她不會告訴他真相。她只說：「鄭老闆爲了答謝玉娟爲改制出力，自己提前就存了兩百萬準備著，現在你簽個字，明天讓財務蓋個章就行了。」

賀有銀還是有些不相信，問：「她不要股份了？」他掏出剛才的資料，說，「這個。」

黃嘉歸接過看看，遞給馬可，馬可看一眼，說：「她都放棄了。不過賀總，有言在先，就當今晚什麼事也沒有發生過，她答應不再糾纏，你也保證，絕不做對不起她的事。」

賀有銀說：「好我的妹子，現在是她找我麻煩，我能找她啥事？」

馬可說：「那就這樣辦吧。」

賀有銀表示同意。當場在存摺上簽了字。第二天，歐陽玉娟拿出了那兩百萬。一個月後，她在靈北市區開了一家房地產諮詢公司。

當晚，賀有銀走出大樓，就頭暈胸悶，被一陣冷風吹出了毛病。第二天慶典後，住進了醫院，不過只住了七天就出院了，許多事等他處理，日子已完全沒有以前混吃混喝時悠閒。但他確實在財富中，找到了一直盼望的感覺，他將自己坐了多年的桑塔納，一步到位換成了賓士，還招聘了一位英文系本科畢業的女秘書，聚會時總帶著。他出入交際場合，也注意形象了，頭髮、皮鞋時常是光亮的。一時間，他覺得自己活得很滋潤。

第十五章 山鑒

43

一九九九年元旦過後第一天上班，靈北開發區就發生了一件不大不小的事，迅速在管委會機關炸開了。當天上午，梁大棟乘坐軍牌轎車行至管委會大樓門前時，突然對面車道上，衝過來一輛寶馬。最早看見的人以爲誰不懂規則逆向行駛了，並不在意。待門口的保安發現時，已經來不及了，那輛已近大樓門前的寶馬突然加速，衝向梁大棟乘坐的軍車。一剎那，上班高峰的人們才發覺要出事了！

隨著一聲驚叫，人們紛紛向旁邊躲避。不過，梁大棟的司機畢竟在部隊開車多年，轉業後跟上梁大棟的，小夥子眼尖手快，一打方向盤，轎車就轉了方向，在穿過大門前左側的柱子後，猛地刹住了車。而直撞過來的寶馬，因來勢兇猛，撞到了梁大棟軍車的後側。兩輛車一正一斜，堵住了管委會的大門。

驚出一身汗的梁大棟，迅速明白了事情的緣由，他立即給公安局長打電話，口氣嚴厲地說：「管委會門口有人製造惡性事端，立即抓捕。」［扣了手機，他恢復了鎮定，拉開車門，頭也不回地走向大樓。倒是嚇得有些發木的司機，反而坐著不動，見書記下了車，才解開安全帶出來。

這時，已撞碎前燈的寶馬，也打開了車門，從裏面走出一個女人，撲向梁大棟。梁大棟的司機一眼就認出是卜亦菲，他有些不明就裏，只是出於保護老板的目的，叫了一聲，門口的保安立即圍上來，攔住了卜亦菲。

卜亦菲立刻大罵：「你們這些狗，滾開！」

這位土地估價所的所長，平日裏頗有風度，今日竟如村婦般兇悍。門口的保安和進出的人一時不知發生了什麼事。梁大棟卻頗有大家風度，目不斜視，如同什麼事也未發生似的，徑直走向電梯口。一時無法追趕上梁大棟的卜亦菲，只能大喊保安讓道。見這種情景，保安只有死死地將她圍到中間，使她無法耍潑。片刻，就有警察趕到，憤怒中的卜亦菲，似乎找到了臺階下，不再叫罵，跟著警察走了。

梁大棟的車，迅速被司機開到了修理廠，十分鐘，管委會大樓前就恢復了平靜。大樓進進出出的人們，或多或少，或稠或稀，或單個出入，或三五成群，腳步匆忙，無人停留，這兒似乎並未發生過任何事情。大門口走動的保安逐個盯著，未戴機關工作牌子的人，就上前去登記，偶爾也有未戴牌子的人，目不斜視地向樓內走去，保安發現了的就叫回來登記。總之，管委會大樓裏匆忙的景象與往日無二，大樓顯示著一貫的威嚴。

然而，大樓裏的人迅速傳播一則新聞，說卜亦菲開著寶馬車去撞梁大棟。還加了描述，說卜亦菲很早就在大樓左側停車場的第一個車位盯著，車雖停著，卻沒有熄火。有人說，這女人眼尖，居然在那麼遠的地方就能辨清梁大棟的車，左右兩側通向門口的車道，少說也有一百米，中間還隔了五十九級臺階，卜亦菲不遲不早不偏不斜衝上來，絕非一時所爲，肯定是精心策劃的。

熟悉梁大棟的人都知道，梁大棟的車，一般是快到門口才減速。司機吳傳遠的技術確實過硬，他在臨近管委會大樓門口三十米內，迅速減速，剛好將車穩穩地停在門口的正中央，梁大棟下車，只兩三步就步入大樓。人們說，要不是吳傳遠在部隊給首長開過多年車，處理險情有經驗，今天梁大棟至少被撞傷。

對卜亦菲爲何要撞梁大棟，雖然說法很多，但結論是一樣的：梁大棟嚴重傷害了卜亦菲，不然這個女人不會採取如此極端手段的。人們對一個女人在大庭廣眾之下，在管委會大樓的門口採取這種類似魚死網破的做法，有些不可思議，想來必有大仇。但傳聞歸傳聞，分析歸分析，真正的原因只有當事者知道，猜測也許離事實很遙遠。

這樁轟動事件，到黃嘉歸的耳朵裏，已是第三天的事了，不是聽別人說的，而是卜亦菲親口告訴他的。黃嘉歸聽了吃驚不小。

當時，黃嘉歸準備下班，突然接到一個陌生女人的電話，對方的口氣挺放鬆，問：「黃總嗎？你還記得我嗎？」

她的聲調不但溫柔，而且充滿了熱情，黃嘉歸力圖辨出她的聲音，但腦子裏轉了幾個圈都是徒勞的，他只好問：「對不起，請問你是哪一位？」

對方就說：「黃總該不是看不起我這樣沒有文化的人吧。」接著就自報家門，「卜亦菲。」

黃嘉歸忙說：「卜所長，對不起，好久沒聯繫，怪我笨，沒聽出你的聲音。」

卜亦菲說：「松哥不在了，朋友們也很難再聚一起了。」卜亦菲的聲音居然有些憂傷。黃嘉歸聽了，也想起了鄭仁松，這些天，總覺平時少了個去處，好像生活中少了個親近的人，卜亦菲這麼一說，黃嘉歸確有些感傷。

黃嘉歸說：「挺想他的。」

卜亦菲說：「松哥不在了，你願意和我吃飯嗎？」

儘管黃嘉歸對她沒有好感，但也沒有惡感，何況，她確實給他辦過事。上次吃飯，聽出她與梁大棟有矛盾，黃嘉歸反而有些同情她。對於貪官與情婦這種交易關係，有人說，是女人為了利益投懷送抱。黃嘉歸卻認為，多是貪官為了美色，用利益引誘了女人。把罪過歸於女人，是男權社會的藉口。

所以黃嘉歸說：「那還用說。」

卜亦菲得到黃嘉歸的肯定後，說：「晚上我請你吃飯，你肯不肯賞光？」

這是黃嘉歸未想到的，他本能地問：「還有別人嗎？」

卜亦菲說：「就咱兩個人不行？」她說，「我有事向你討教。」

既然這樣，黃嘉歸就答應了。卜亦菲說：「整六點，我在西海大酒店大堂等你。」

黃嘉歸忙說：「隨便找個地方就行了，不就吃飯嘛，兩個人能吃多少？」

卜亦菲說：「我請你，也想招待自己一頓，這些天太悶了。」

卜亦菲這麼說，黃嘉歸只好認可了。

放下電話，黃嘉歸叫馬可過來，說了卜亦菲請他吃飯的事，他說：「我和她平時沒有來往，只是和鄭老闆一起，與她吃過幾次飯，實在想不出她為什麼叫我吃飯。」

馬可笑說：「和一個單身女人吃飯不好嗎？」

黃嘉歸說：「我可不想和這樣的單身女人吃飯。」

馬可知道他指什麼，就說：「你不是說班瑪大師說，一杯水，天人看是甘露，人看是水，餓鬼看是膿血。」

黃嘉歸笑說：「好吧，我雖不能把她看作天使，就看作人吧，儘量不去想餓鬼的事。」

馬可說：「肯定有重要的事哩，說不定還得感謝她呢。」

黃嘉歸說：「但願。」

六點，黃嘉歸按時到西海大酒店，卜亦菲居然要了一個包間，偌大的房間就他倆，顯得空蕩。她已要了海參、鮑魚，還有幾個青菜。黃嘉歸一到，卜亦菲就把菜單遞給黃嘉歸，讓他再點，黃嘉歸看她點過的單子，就說：「夠了，再點吃不了。」

點菜的服務員退出去，進來另一個服務員倒水，卜亦菲對服務員說：「我們自己來，你出去吧。」

服務小姐倒了水，拉了包間的門出去。

卜亦菲喝了口水，講了三天前她開車衝撞梁大棟的事。黃嘉歸聽了一驚，覺得這個女人夠猛的，就問：「那麼恨他嗎？」

卜亦菲說：「我的青春和美貌供他玩了四年，總不能說甩就甩了?!」她的眼睛狠狠地盯著黃嘉歸，眸子裏竄著火焰，說，「他躲我幾個月了，我打手機他不接，我給辦公室打電話，他讓秘書搪塞我。這樣的男人我看透了，女人就是他洩欲的工具，有什麼感情可言？我只是想跟他了結，他躲著不見，逼得我採取極端手法。我造成轟動事件，看他理不理！」

卜亦菲的語氣裏充滿了自豪。她說：「我怕什麼？我陪他梁大棟睡了四年，管委會大樓裏沒有幾個人不知。我咽不下這口氣。」

黃嘉歸說：「過去就過去了，班瑪大師講，慈悲、看破、放下。不能讓過去的煩惱纏著自己。」

卜亦菲說：「那不行。我的青春和美貌給了他，他就得付出代價。因爲那不是真愛，跟他交換，交換就得等值。他不是自稱英雄，說征服一個女人，就是對他英雄氣概的一次證明嗎？不能光證明了他，不證明我呀。」

黃嘉歸被她的話逗笑了，就戲問：「怎麼證明你？」

卜亦菲說：「權力和權利，先用權，再得利。」

黃嘉歸說：「我沒聽明白。」

卜亦菲說：「跟你黃總還打啥馬虎眼，你啥不知道？」她說，「讓我佩服的男人不多，只有兩個，一個是松哥，一個就是你黃哥。松哥做事果斷，敢說敢幹。你是智慧，大氣。不要覺得女人眼睛都盯著錢，盯著威風的男人，但骨子裏，她們還是喜歡有文化、有涵養、有膽識的男人。那樣的男人，才使女人感到安全。」

黃嘉歸忙說：「不敢當，不敢當。」

卜亦菲說：「他梁大棟有什麼能耐，不就是會玩權術嗎？我看換了黃哥你，給開發區的人民積大德了。看他，誰都恨得咬牙，巴不得他明天早上出事。如果他真的出事了，開發區的人民怕要普天同慶。」

黃嘉歸說：「且不說當官得有福報，當官也是一門學問，不是誰願玩就能玩轉的，搞不好翻了船，落了水，淹死了還不知道怎麼死的。我可沒那本事！」

卜亦菲說：「我看梁大棟也差不多了，太瘋狂。不是有句話叫，想讓他滅亡，就先叫他發狂，他現在已經狂到了極點，成了開發區的皇上。」

這時，有人敲門，是服務小姐上菜來了。

卜亦菲問黃嘉歸喝什麼酒，黃嘉歸說隨意，卜亦菲就要了一瓶乾紅，說今天高興高興。一會兒，服務小姐拿來了酒，打開給兩個人斟滿了杯子。

他們就一邊吃，一邊聊，當卜亦菲發洩完對梁大棟的不滿後，談話算是告一段落。房間裏暫時靜場，上的幾個菜也未吃多少。服務小姐聽了卜亦菲的交代，一直站在包房外面，杯子裏的水，也是卜亦菲起身倒的。當卜亦菲再一次起身倒水時，黃嘉歸趕忙站起來，端起水杯遞過去，感覺有些不自然。卜亦菲態度如故，熱情不減，給黃嘉歸夾了一塊南瓜說：「我上次見你愛吃。」

這個女人真的心細。黃嘉歸忙說：「從小養成的，愛吃南瓜，不過我們那裏不叫南瓜，叫北瓜。」

卜亦菲說：「有意思。」

黃嘉歸吃著南瓜，說：「我家鄉還把馬鈴薯叫洋芋。」

卜亦菲說：「同一個東西，一南一北，一土一洋，差到哪裡去了？」

黃嘉歸說：「所以說，完全一樣的東西，又可能成了兩回事。」

卜亦菲說：「挺哲學的，那是你們文化人的聯想。」

這時，又一個菜上來。黃嘉歸就說：「你今天叫我吃飯，不是只說說閒話吧？」

卜亦菲說：「我知道說閒話你沒有興趣，何況我這樣一個女人。」

黃嘉歸笑著說：「說事與性別無關。」

卜亦菲說：「我想和你做筆買賣。」

黃嘉歸一愣，笑言：「我有什麼東西可賣，該不是看上了空山的般若園？我一人可做不了主。」

卜亦菲給黃嘉歸又夾了新上的菜，說：「沾點邊。」

黃嘉歸順口說：「你說吧，能合作當然好了。」

卜亦菲說：「把你山下的承包地，拿出一百五十畝，我們開發如何？」

黃嘉歸一驚，揚頭看著卜亦菲，發現她的眼光是極其認真的，這才說：「我被莊新害苦了，手續沒辦下來，土地又交了個半拉子，令人哭笑不得，你又不是不知道。」

剛才還在言笑的卜亦菲，突然變了臉色，睜圓了眼，咬著牙說：「是被梁大棟害的。他不簽字，下面誰敢辦？」

卜亦菲說的顯然是實情，但黃嘉歸不願去附和這種人人都知道的大實話，水愈蹚愈渾，就說：「原因複雜了。」

卜亦菲說：「我就不能放過這小子！他不是讓警察抓我嗎？我對警察說，弄錯了方向，交通事故，該怎麼處理就怎麼處理唄。派出所的人哪個不認識我？所長還托我辦過事。他只能不了了之。」她說，「我從派出所出來，給上屆政協主席打了個電話，那老頭跟我很熟，把我當女兒看，他和梁大棟沾親，是梁大棟的叔叔輩。我就在電話裏訴說了我的冤屈，我請老人轉告梁大棟，如不把事情說清，我有的是辦法治他。老人聽了，勸我冷靜，接著找到梁大棟，他對梁大棟說，你還年輕，不能為一個男女小事耽誤了前程，事情只能平和處理，不能激化矛盾，事情鬧大了，最終受傷害的是你，而不是處在弱勢的女人，她怕什麼？她又有什麼可怕的？」

卜亦菲喝了口水，看著黃嘉歸說，「梁大棟聽進去了，第二天一大早就約我去他辦公室。」卜亦菲像說書，有意製造氣氛，她停了下來，起身給黃嘉歸倒水，一摸茶杯涼了，將涼茶倒進碗裏，添了熱茶，坐下，看著黃嘉歸。

黃嘉歸說：「這些跟般若園承包的土地有什麼關係呢？」

卜亦菲說：「當然有。」她挪了下身子說，「我到梁大棟辦公室，他滿臉怒氣地問我：還想跟我睡覺嗎？我反而鎮定了，既然見面，一定要達到我的目的，所以我冷冷地說：你做夢吧，我想起你這樣的男人就噁心。他倒不再發怒，說：想讓我幹什麼？我說：代價，就是你以權謀色，霸佔我四年的代價。他說：我不答應你又能怎麼樣？我說：那你就等著，我會上中紀委，像你這樣位高權重的人，搞一個女人算不了什麼，可別忘了，我和鄭仁松也是好朋友，是他把我送給你的，我還和他睡過覺。雖然他死了，事情不能死吧。」

這時的卜亦菲有些得意，她喝了一口水，繼續說：「這番話，真把他嚇住了，他忽地從辦公桌後面站起來，厲聲說：別讓我噁心了，你說，要什麼？我看時機到了，就說：要空山官上村靠山的一百五十畝土地。那塊地可以蓋別墅，做度假村，給你一個好聽的說法，叫支持空山旅遊開發。梁大棟說：那地在般若園的承包範圍內，有爭議。我說：這個不用你管。說著，我掏出起草好的報告，扔到了梁大棟的辦公桌上。我說：我等結果，然後決定行動。說著，我轉身離去了，把那個令我噁心的男人扔到了背後。」

卜亦菲的神情殺氣騰騰，一個文弱的女人瞬間變成了一個持槍的獵手。黃嘉歸倒是佩服這個女人的手段，笑著說：「好一個巾幗英雄。」

卜亦菲說：「黃哥見笑了。」她說，「我要了地，並不想獨吞。在般若園案子上，梁大棟做得缺德，現在各個局都按他的態度辦事，明不說，暗裏打壓，你還能幹嘛？我畢竟和松哥是朋友，所以朋友的朋友就是朋友，何況我們早就認識。」

黃嘉歸問：「梁大棟同意了？」

卜亦菲笑說：「他能不同意嗎？第二天就在我們的報告上簽了字，說得特別好，說空山開發缺乏配套，不足以帶動景區發展，所以讓土地規劃和相關部門全力支持。」

黃嘉歸自語道：「他的膽子真大。」

卜亦菲說：「我以一個公司的名義打的報告，又沒有用我的名字，他怎麼不敢？」

黃嘉歸說：「那你要我做什麼？」

卜亦菲說：「很簡單，他們找你時，你同意就行，然後協助辦下手續，咱們聯合開發，你當總經理，我相信你。」

黃嘉歸說：「開發？要的可不是一筆小錢。」

卜亦菲說：「要不了多少錢，但賺的可要超過你山上的幾十倍。只要有了地，還愁沒有錢嗎？」

黃嘉歸想想，是個爲般若園解困的辦法，就點頭同意了。可他仍有些疑惑，問：「開發區那麼多地，你爲什麼一定要般若園承包了的地呢？」

卜亦菲說：「這就應了中國偉人毛澤東說過的話，凡是敵人反對的，我們就要擁護。梁大棟不是不讓辦山下土地的經營手續嗎？我就乾脆辦成建設用地，還是房地產性質的，他批了，還能封殺嗎？再說，靈北沿海的地不缺，可背山面海的地稀缺。我可請了風水先生看了，說那可是一塊難得的別墅用地。」

黃嘉歸終於佩服卜亦菲的精明，也許她說的最後一個因素，才是要這塊地的真正目的。靈北開發區，海岸線至少也得百十里，但除了礁石、沙灘外，沿海控制線之內，是不允許蓋房子的。這樣，作爲別墅用地的地方總是有限的，何況離海太近，海風帶來的潮氣，對初來海邊的人是一種新鮮，對久住海邊的人而言，是一種受罪，夏天皮膚上永遠是潮氣沾黏，刮進的風都是濕透了的，無半點涼爽之意。而空山離海合適的距離和靠山的風水，形成了絕佳的別墅用地。

不過，從客觀上講，卜亦菲的目的如果實現，空山就成了這片別墅群的後花園，必定會帶動人氣，促進空山的開發，打破般若園目前的困境。這無疑幫了般若園的大忙。

由於國家對住房商品化的推進和終止福利分房政策的出臺，房地產熱已經顯現，長久以來，中國人只在電影電視裏看過的資本家的奢侈品別墅，終於引起一部分先富起來的人的嚮往。在大都市裡，住別墅與開洋車一樣，成了富人身分的象徵。北京城裏已有許多富人和畫家、藝術家、電影電視明星，在北京城郊的通縣、懷柔建別墅，星期六大搖大擺開著車前去度假。這種風尚已蔓延到了靈北，別墅的市場無疑是廣闊的。

黃嘉歸還在琢磨，卜亦菲說：「黃哥，只要土地手續一辦，就等於成了。現在就有人找我參與，叫他拿上三五百萬，預付地款的百分之二十，然後辦下土地使用證，到銀行抵押，貸出幾千萬來，至於幹活墊資的人多的是，我們就等著收錢。你算算，一百五十畝土地，容積率按一比一的比例算，每畝地六百六十六平方米，一百五十畝就是九萬九千九百平方米，每平方米不多賺，就按兩千塊錢的利潤算，也要賺一億九千九百八十萬。幹完這個專案，有了這筆資金，幹什麼不成？」卜亦菲說，「黃哥，我敬重你，但從商業角度講，你是聰明人在幹傻事，把那麼多的錢扔到山上，猴年馬月才能收回？一座山，對權力部門和權力人來說，有什麼用呢？有什麼油水可撈？不像搞房地產，看是一個開發商在運作，可養了多少人啊？一個大案子，總能養出幾個百萬富翁的貪官，那樣的事誰不想幹？之所以你幹得艱難，是因爲你沒有給別人發財的機會啊。」

卜亦菲滔滔不絕，黃嘉歸陷入沉思，良久抬頭，苦笑說：「聽君一席話，勝讀十年書。」

卜亦菲笑著說：「如果連這點都不明白，我就白幹土地估價所的所長了。」

這頓飯，讓黃嘉歸見識不少，他才覺得自己當初得到空山一萬二千畝山林時的激動，比起卜亦菲的一百五十畝土地，真是小巫見大巫。

出了西海大酒店的門，一股風刮來，像有無數的針一下子刺進了皮膚裏，黃嘉歸只覺臉上一陣發麻，他才覺出嚴寒的天氣裏，屋外與大酒店真的是兩個天地，他迅速鑽進車裏，開著車走了。

到了辦公室，黃嘉歸就把卜亦菲說的事講給馬可聽。馬可聽了說：「這是好事呀，她要的這塊地，在我們承包範圍內，她理應賠償，即使不要現錢，占股份也行。她既然提出合作，又讓你當總經理，再怎麼著，也得給你個像樣的股份，到時具體談。」

黃嘉歸若有所思地說：「我總覺得梁大棟的膽子太大，萬一出了事，把我們也扯進去。」

馬可不以爲然地說：「怕什麼?土地又不是你要的，在你承包的地裏搞建設，她又重新辦手續，合作有什麼錯?再說，卜亦菲既然扯破臉面與梁大棟談的，她不會不想到有可能出現的後果，她的手續一定是做得天衣無縫，相信那個精明強幹的女中豪傑吧。」說完，馬可笑了。

黃嘉歸覺得口渴，就要水，馬可倒了，遞給他，他喝了口水，看著馬可，說：「她倒成了女中豪傑了。」

馬可說：「你想想，能把一個身居要位的有權有勢的男人，制服得跟著自己的意願走，這樣的女人如果不算女中豪傑，天下就沒有巾幗英雄了。」

黃嘉歸說：「你倒會高抬她。」

馬可說：「對女人來講，爲情而死，爲義捨身，反倒容易做到，因爲女人是感情動物，死心塌地去做就行了。可周旋男人不行，明明厭惡還陪笑臉，明明恨，卻能調動男人的權勢，這樣的事做起來太難，至少像我這樣的女人，想都不敢想。所以我說她是英雄。」

黃嘉歸笑了，說：「那就聽你的，與這個巾幗英雄同流合污一次。」

馬可說：「不叫同流合污，叫借雞下蛋。真如她說的賺那麼多，般若園就不愁資金了。」

黃嘉歸說：「這倒也是，只怕我們沒錢投，她不會給太多的股份。」

馬可說：「車到山前必有路，到時再說。」

馬可說這話時，實際就已想起了鄭仁松給的一百萬，她覺得這時送給黃嘉歸倒是個機會。她估摸，既然卜亦菲要人拿五百萬作爲第一筆投入，她自己也不會投得太多。既然合作，如果投了一百萬，至少也得占百分之二三十的股份，按卜亦菲說的賬算，到時也得分個不小的數字。

黃嘉歸說：「好吧，那就等她的消息吧。」

事情既然決定做，就等卜亦菲的確切消息。

這時，已近春節，人們匆匆忙忙、慌慌亂亂地準備過年的年貨和送禮。黃嘉歸就讓馬可買了一萬塊錢的購物卡，給相關的人送了送，並未大的走動。

由於封園，加之山上天寒地凍，空山幾天見不著一個人。黃嘉歸讓馬可拿出一套值班的辦法，除山上留了四個人輪流看山外，公司於臘月二十五日放假，假期二十天。臨走前，黃嘉歸召開員工大會，總結了一年工作。雖然幾個月沒有收入了，他還是給大家發了獎金，並去酒店吃了一頓飯。員工們還是很滿意的，紛紛起來給黃嘉歸敬酒，平日並不戀酒的黃嘉歸那天卻喝多了，有些醉意。

員工們走後，他讓馬可開車送他回去，到了樓下停車，黃嘉歸突然從皮包裏掏出一個信封，裏面裝了兩萬塊錢，他遞給馬可說：「你對公司的貢獻，不是用錢可以表示的，你對我的支持也不是用錢可以衡量的，但作爲一個公司，對所有的員工都應該按照多勞多得的原則獎勵，這只是總經理的一點意思，請你收下。」

樓下的路燈很亮，馬可當然知道那個信封裏裝的什麼，她拿了，又放回黃嘉歸的手中，說：「現在般若園還能說是公司行爲嗎？儘管記著賬，按公司運作的，但所有的壓力都在你身上，我能拿嗎？等好轉了，你給我多少我都要。」

黃嘉歸再塞給她，馬可就有些生氣了，她把錢扔給黃嘉歸，說：「黃總，你也太看不起人了。」

黃嘉歸一愣，不再硬塞了。猛然間，在路燈的光照裏，他看見馬可眼中的淚，透著晶瑩的光團，他整個身心瞬間被這晶瑩的光團包裹了，融化了。他一下子斜過身子抱住了馬可。馬可像早有預感，偏過頭，雙手牢牢地抱住了黃嘉歸的脖子，生怕他跑掉似的。

黃嘉歸壓抑多日的激情終於爆發了，他幾乎要將馬可整個吞進去似的。也許這些日子，他過多地承受著失去時迅的悲傷，而對眼前的這個女人太冷漠了，除了工作還是工作，好像從未細想過這個女人的感受。而此刻的爆發，似乎他要向她傳遞所有的愧疚和感激，又在傳達著男人的力量和激情。

喘不過氣的馬可終於掙脫出一個空隙，喃喃地說：「我們上去，我不回去了。」

這時黃嘉歸卻冷靜了，他捧著馬可的臉，說：「寶貝，我愛你，你是我生命的一半，我會給你個徹底的交代的，但不是現在。我要用當年向時迅表達愛的同樣規格向你求愛，請你嫁給我。」他的眼眶裏滾出了淚珠，他說，「你是值得我一輩子去愛的女人，我不想輕易地擁有你。儘管有過，但那是個美麗的錯誤。」

馬可聽話地點點頭，眼眶裏的晶瑩，終於滾出了眼眶，跌在了臉上，迅速破碎了，在路燈的光照裏，她的臉頰立即濕成一片，放著一層細細的光。

第二天，黃嘉歸和馬可分別起程回家了。

44

回家的路總是很長。黃嘉歸乘坐一日一夜的火車還沒有到家，卻接到了已到家的馬可的電話，說半個小時前，般若園門口的值班室，突然闖進十幾個人，說他們是開發區林業局的，下達了一個處罰決定。說般若園對自己承包使用的山林管理疏漏，引起火災，造成嚴重損失，按照誰經營誰管理的原則，處以罰金人民幣五十萬元；對於燒毀的三千棵樹木，每棵按人民幣三百元計，賠償九十萬元；用於恢復植被、栽植新樹的苗錢及人工費三十萬元；罰款及賠償等費用共計人民幣一百七十萬元。處罰決定要求，在接到此決定兩個月內交清罰款，否則按罰款總額日百分之三的比例徵收滯納金。如不服此處罰決定，可在三個月內向管委會或上一級林業主管部門申訴，如不申訴，將申請法院強制執行。馬可說，辦事處始終沒有人出面，這是有意安排的，背後一定有目的。

黃嘉歸接完這個電話，腦子一直處在混亂狀態，他知道事情並不那麼簡單，他們終於採取行動了，般若園平靜的日子終於被打破了，雖然未必是梁大棟直接指使，但一定是有人按梁大棟的意思做的。他們的目的已經很明確了，就是擠垮般若園，最終讓你自己堅持不下去，主動退出空山。

車窗外的風很大。這時節的黃土高原，已變成了光禿禿的一片，田野散亂的樹，像黑色的旗桿，在風中當空抖著，樹皮上發著陰冷的黑色。偶然掠過的村莊，在早晨的昏暗中，飄起幾縷炊煙，搖搖欲墜，使本來陰暗的天空更加陰暗了。

黃嘉歸坐在臥鋪車廂靠窗的凳子上，極力思考應對的方案，但他的思維如同窗外陰沉的天色，沒有找到一點亮色。等待回話的馬可急了，只好又把電話打過來，她說：「要不，我這就回去，先通過熟人弄明白他們的用意，再找律師商量應對的方案。」

時已臘月二十八，這些人選擇這個時間採取行動，是有他們的算計的，就是和你搶時間，想叫你過不好年。這時回去，機關單位都快放假了，臨近假期，已很少有人認真工作了，三天假期過完，也有一個星期的慌亂，能辦什麼事呢？

黃嘉歸突然倒過了神，他對馬可說：「跟你爸媽好好過年，不要管它，不是有三個月時間嗎？戰鬥還未開始，自己不能先亂了陣腳。放下，該過年就過年，按原定時間，正月十五過了回去再說。」

馬可說：「人氣不過來，你倒大將風度。」

黃嘉歸說：「毛澤東說過，天要下雨，娘要嫁人，隨他去吧。這時急有什麼用呢？他們不想讓我們過好這個年，我們偏過好，他們總不能明天去把景區的門關了吧？回去再商量應對方案。」

馬可被說笑了，說：「那我就去吃飯了，我爸媽還等著。」

黃嘉歸說：「去吧。」說著，給了一個飛吻，那邊馬可還了一個飛吻。

想明白了，黃嘉歸就心不煩了，他坐在凳子上，默念觀世音菩薩的六字真言：「嗡嘛呢唄美吽」。這時，窗外的陰暗漸漸退去，天際出現了一絲亮色，終於，像有一隻手推開了雲層，昏睡著的太陽露出了頭，遠處山際的黃土崗上有了光亮，近處的田野也顯出了活氣，零散人家的村頭，還出現了拖拉機和牛的身影。

大地等待著春天的訊息。火車的轟鳴聲減弱了。

黃嘉歸的心情終於從剛才的陰冷中解脫了出來。

十幾天的假期是很短的，當黃嘉歸坐上回程的火車時，一是掛念父母，第二個就是故鄉之行，使他對自己竭力促成空山開發的行爲大打折扣。也許他更適合於辦報，那樣的身分，也許會傳達出更多人希望發出的聲音，從而以有限的力量改變社會一點什麼。

但這種想法，在他回到靈北的一剎那，就煙消雲散了，因爲他面對的是一級強勢地方政府對他的壓力，他必須全力以赴。否則，般若園將被惡意關閉。

馬可已先黃嘉歸到了，她整理了有關這次火災的資料和國家的有關法律法規，當黃嘉歸一進辦公室，她就將所有資料放到了他的面前。他們作了簡單的溝通，就形成了一致的看法，認爲這是梁大棟借機找出的一條逼迫般若園退出空山的手段，絕不是政府的正常管理。協商顯然沒有餘地，只有堅決抗爭到底。於是，黃嘉歸想起了曾給般若園的合作協議和章程充當過法律顧問的胡文凱，他立即找到了胡文凱的電話與他聯繫，胡文凱接了電話，約定第二天上午八點到黃嘉歸辦公室。

第二天，胡文凱準時到了，黃嘉歸讓馬可把所有的資料給了胡文凱。胡文凱用了一個小時，粗略地看了資料，說：「這是有意整人。你們的山林承包合同中有一條是說，遇到自然災害或人力無法控制的重大事件造成損失者，甲乙雙方互不追究責任。再說，他們並沒有把山林的使用權按法律程序轉移到你們的名下，承包合同中只規定利用山林中的山崖和石岩進行生態藝術創作。所以我同意你們的意見，先向上級要求複議，不行再向法院訴訟。」不過胡文凱又說，「我可以給你們當律師，但區裏律師協會有個規定，本區律師不得接手訴訟同級政府的案子。這樣，到了出庭的時候，可以叫我的同學出面，他是市裡的。」

黃嘉歸表示同意。

於是，胡文凱立即起草了一份語氣強硬的回函，要求開發區林業局撤銷錯誤的處罰決定。否則，般若園將按法定程序向上級機關複議或提起訴訟。

胡文凱說：「這份回函也就是一個態度，他們是不會輕易撤銷的。一周後沒有動靜，我們就向靈北市林業局提出複議。」

黃嘉歸說：「行，必須步步緊逼，以攻爲守。」

馬可剛剛給區林業局發出傳真，黃嘉歸就接到丁小溪的電話，她叫了一聲黃總，就哭出了聲。黃嘉歸不知發生了什麼事，就說：「什麼大事值得你哭？」

丁小溪知道黃嘉歸回來了，就說：「我馬上到你辦公室去。」

半個小時後，丁小溪就趕到了，馬可把她讓進黃嘉歸的辦公室，倒了水就退出來。丁小溪還未開口，眼淚就下來了，帶著哭腔說：

「辦事處的吳春樹副主任上午找我談話，說是轉達辦事處黨委的意見，當年推選我當村委會主任，完全是莊新的異想天開，是用妹妹壓哥哥的辦法促成的。說事實證明，我不宜擔任官上村村委會主任，並說，般若園的情況那麼複雜，又與老百姓的矛盾很深，一個年輕女孩怎麼能處理得了？說黨委出於保護我的目的，讓我自動辭職，可以安排我到空山旅遊開發公司當副總，其他的事讓我不用管。」

小溪喝了一口茶，接著說：「我早就想辭職了，自從莊書記走後，辦事處沒有一個人支持我的工作，只挑毛病不鼓勁，這樣的環境怎能幹？我只是想到般若園，心裏不服，受益的還不是山下的老百姓？他們這樣弄，是想弄垮般若園，真的垮了，對他們又有啥好處呢？所以於公於私我也要硬著頭皮幹，可他們逼上門了，我還有啥辦法？」

丁小溪說話時多次聳肩，抽泣不止，看來這個女人真的傷心了。但黃嘉歸又不知道如何安慰她，就說：「你想過其他的辦法沒有？」

本來低著頭的丁小溪，這時揚起頭，看著黃嘉歸，臉上儘是淚水，說：「今兒我就是來聽你的意見的。你說我該怎辦？」

這麼一說，黃嘉歸竟一時答不上來。他就起身，拉開門叫了一聲馬可。馬可進來，黃嘉歸就簡單地複述了丁小溪所遇到的景況，問馬可：「你覺得該怎麼辦？」

馬可想了一下，說：「這得看小溪姐想達到什麼目的。」

丁小溪說：「我想不清。當吧，困難重重，再說，你不辭職，他們完全就可以找出一大堆事來，逼你，叫你沒法幹，最終還得乖乖地按他們畫好的圈跳。」她看了看馬可，說，「如果辭了，正是他們要的，更重要的是，重新選的人，肯定會對般若園下手的。現在就有人說，山林承包合同沒有經過村民代表，是違反國家政策的，再說山下的地還沒騰清哩。」

馬可起身，給黃嘉歸和丁小溪的杯子裏添了水，坐下，看看黃嘉歸，又看看丁小溪說：「難辦就在這裏，放下不甘心，不放下你又能怎麼樣？」馬可把眼光轉向了黃嘉歸，說，「黃總，你覺得呢？」

這時黃嘉歸已理清思路，讓一個丁小溪去改變般若園的處境幾乎是不可能的。爲什麼要讓一個幾乎不可能的人，去背負這樣的包袱呢？於是他說：

「我得感謝你一直對我和般若園的支持和理解，這不是客氣話，是真心話。但眼下的情況，政府的力量過於強大，我們任何人要想改變它，哪怕是一丁點，都是困難的。就不要爲難自己了。我的看法是退，這雖不是英雄人物的激流勇退，至少也算適可而止。萬事隨緣吧。」

黃嘉歸還怕丁小溪誤解，又說，「你看，不退，他們逼你，村民又鬧事，兩邊夾擊，你在中間，能改變什麼？前面之所以你能給老百姓辦了宅基地的事，是因爲莊書記的支持，沒有莊書記在背後，你能辦成嗎？」

丁小溪說：「是的。」

黃嘉歸說：「現在做事的環境變了，還能幹下去嗎？」

丁小溪說：「不能。」

黃嘉歸說：「所以我同意你退。」

丁小溪抬起頭，說：「那樣，以後我就幫不上一點忙了。」她說，「黃大哥，我在的時候沒給你們辦利索，對不起般若園了。」

黃嘉歸說：「這怎麼能怪你？」

丁小溪的情緒平靜了，起身要走，她說：「黃大哥，別忘了我。哪一天有空，我請你和馬助理吃飯。」

黃嘉歸說：「我們是好朋友，一定去做客。」

送走丁小溪後，黃嘉歸回到辦公室，自言自語地說：「看來他們要全面圍剿了。」

馬可關了門，說：「真的是一群流氓，什麼手段都能使出來，你說這好好的事情得罪了誰？用得著這麼大動干戈嗎？」

黃嘉歸說：「看來我們不能寄希望在靈北解決問題了。得出手了，以進爲退，否則半步退路也沒了。」

正這時，龔一諾敲門進來，說：「馬主任，辦公室來了兩個警察找公司領導。」

馬可看一眼黃嘉歸，關門出去。黃嘉歸的腦子急速地搜索，什麼事會讓警察找上門？這時，他突然感到一陣春寒，他摸摸暖氣片，不熱，他索性打開了空調，然而，空調啓動很慢，他只好先把夾克的拉鏈全拉上，這才稍微感到了一點熱氣。

他轉了兩圈，剛坐下，警察進來了。馬可看一眼黃嘉歸示意他冷靜，就退了出去。

警察自報了家門，一個姓趙，一個姓范，一個個子高，一個個子矮些。他們亮了警察證，其中姓趙的說：「我們正在調查關於般若園的案子，希望你配合。」

黃嘉歸的腦子轟的一聲，身上像著了火，直沖腦門，他的腦子片刻成了空白。在他的經歷中，從沒有和警察打交道的經歷。過去報上發表法治方面的稿子，由記者採寫，或由公安局的通訊員寫，他從不與他們來往，在他的眼裏，警察找上門，從來沒有什麼好事。但他還是在幾十秒的時間裏恢復了鎮定，看著警察，問：「什麼事牽扯到般若園？」

姓趙的警察說：「我們問你什麼你就答什麼，要什麼你就給什麼，配合就是了。」

姓范的警察倒口氣緩和些，他說：「黃總，我知道你過去是報社的總編，我也讀過你的文章，我很佩服，但今天我們只好不恭了，我們奉命調查，請你給我們面子。」

黃嘉歸說：「沒什麼可隱瞞的。你問吧。」他突然覺得自己幾乎是法盲，就問，「我們能叫律師來嗎？」

姓趙的警察說：「可以。」

黃嘉歸拉開門，叫馬可進來，說：「和胡律師聯繫一下，請他馬上過來。」

馬可點點頭，出去落實了。

這時，姓趙的警察問：「你有與外商合作般若園的協議和章程嗎？」

黃嘉歸說：「有。」

趙警官說：「拿給我們。」

黃嘉歸說聲等著，就去背後的文件櫃裏找。櫃子東西太多，他平時又不注意整理，一時找不著，就有些心急。

趙警官不耐煩地說：「這樣重要的文件能放錯地方嗎？」語氣裏充滿了不滿和懷疑。

黃嘉歸並不理睬，只管埋頭一件一件地翻。

這時，馬可進來，說：「胡律師正在和人談案子，半個小時後趕來。」

黃嘉歸應一聲，馬可就出去了。

黃嘉歸終於翻出來了，就遞給趙警官。趙警官把其中一份遞給范警官，他們兩人輪流交換翻看，說看，也就是翻，只在其中的一頁和最後的簽名處停留的時間長些。看完了，就問黃嘉歸：「就這一個版本嗎？」

黃嘉歸奇怪地看了一眼兩個警察，說：「這又不是印書，還能搞出個別的版本？」

兩個警察並不理會黃嘉歸的話，姓趙的將手中的協議和章程交給了姓范的，范警官拉開公事包裝了進去。

趙警官問：「還有沒有其他的東西？」

黃嘉歸問：「還要什麼東西？」

趙警官說：「外商的委託書。」

黃嘉歸突然想起來，就說：「在空山辦事處招商辦。」

趙警官又問：「還有沒有般若園登記前後你們與外商來往的信件？」

黃嘉歸說：「有幾份傳真。」

趙警官說：「拿來。」

黃嘉歸就喊馬可過來，把辦公室保存的幾份最初與外商來往的傳真給了趙警官，他看了看，就又遞給范警官裝了起來。

趙警官問：「再沒有了？」

黃嘉歸說：「沒有了。」

趙警官說：「那就麻煩你跟我們走一趟。」

站在門外的馬可突然推門進來，說：「十二點了，讓黃總吃了飯再走。」

趙警官冷冷地說：「公安局裏有飯。」

黃嘉歸對馬可說：「你們去吃吧，」然後對兩個警察說，「我們走吧。」

馬可說：「黃總，你胃這幾天不好，不要吃硬的。」她說，「我馬上再和胡律師聯繫。」

黃嘉歸突然像有眼淚掉下來，但他忍了，頭也不回地跟著警察走了。

下了樓，黃嘉歸被請進了警車，有司機開車，趙范兩警官將黃嘉歸夾在中間，警車像一頭怪獸，叫一聲，就衝出去了。

黃嘉歸想，也許犯人也不過如此，只是沒有戴手銬，這生總算遇到了這種事。

十分鐘後，黃嘉歸被帶到了就近的派出所，那裏有一個房間，看來平時是審人用的，屋子裏擺了一個桌子，桌子的背後是一把皮椅，而桌子的前面，顯然是被審的人坐的，是一把十分破舊的椅子，但四周卻是鐵的，坐上去很冰涼。

黃嘉歸坐上去，才感到比看到第一眼時的感覺更涼，像是坐到了嚴冬野外的一塊石板上。他剛坐定，就有一股冷風從後面刮過來，鑽進了他的脖子，他扭頭看，就見窗子的玻璃碎了一塊，並未補，屋外的寒風自然地灌進來了。天氣真的很冷，是倒春寒的時候，他不由自主地哆嗦一下，去拉衣服，才發現夾克是拉好了的。房子裏沒有暖氣，看來只能受凍了。他雖不知道警察局裏的規矩，但他想，叫到這裏一定不會有好事。再者，人家說是詢問，而不是審問，就這個條件，他只好安心地坐了，等著他們問話。

警察像沒事一樣，將黃嘉歸扔到了那兒，開著門出去了。過了一會兒，拿了飯來，給黃嘉歸一份，米飯上扣著兩樣菜，都是肉菜，油水很大，黃嘉歸看一眼就沒了食欲。他平時是不多吃肉的，喜歡清淡的，於是他說不吃。兩個警察也就不管他，各自吃飯。他們吃得很香，似乎眼前的黃嘉歸不存在了。

十多分鐘，他們就吃完了，然後是洗碗喝水，半個多小時過去，他們回到了桌前。

這時，黃嘉歸的手機響了，黃嘉歸問：「可以接嗎？」

趙警官回答：「可以。」

黃嘉歸接了，是馬可打來的，說胡律師已經去公安局了。又問黃嘉歸吃飯了沒有。黃嘉歸說吃了。聽得出馬可很著急，黃嘉歸本想說什麼，想想又沒說，就扣了電話。

詢問開始了，還是那兩個警察，姓趙的問，姓范的記錄。范警官拔了筆帽，手有些凍，就哈了一口氣，雙手搓了搓，準備記錄。

趙警官看了看，好像前面坐的不是人，他冷冷的口氣問：「叫什麼名字？」

黃嘉歸一愣，他們是知道的，明知故問。剛想反問，突然想起電視劇的情節，進到警察局裏的人，都要接受這樣的問話，叫驗明正身。於是，他就機械地隨著警察的詢問，說了姓名、住址、職業、民族等。

好像進入正題了，但所問的問題，翻來覆去就是三句話：一是般若園的合作合同和章程修改過，爲什麼要修改，誰修改的，其中的股東簽字是誰簽的。問這個問題時，黃嘉歸覺得奇怪，在他的記憶裏，章程和合作合同沒有修改過。於是他反問：「好好的合作合同章程爲什麼要修改？」

趙警官問第三遍時，黃嘉歸乾脆說：「那你回答我，有什麼必要？」

姓趙的臉一沉，厲聲喝道：「你裝什麼蒜？你自己幹的事，難道忘了？是我問你，還是你問我？」

黃嘉歸沒想到他會發火，也沒有想到他會接受這樣的喝斥，於是提高了聲音說：「真是怪事，簽好的東西有必要修改嗎？」

趙警官見他也火了，反而不作聲了，他隨手從包裏抽出一疊資料，起身走過去，遞給黃嘉歸說：「你看吧。」

黃嘉歸接過資料一看，是般若園的合作合同和章程，分明是複印的，然而，每頁的簽字卻分明不是宋隨良和夏冬森的筆跡，而他的簽字也是別人代簽的。黃嘉歸還沒有反應過來怎麼回事時，又是一股寒風從窗外吹進來，他立時感到從脖子涼到了脊背，直至全身。他縮了縮脖子，忍住沒有哆嗦。

忽然間，他記起審批和工商登記時，吳春樹曾說過對合作合同和章程進行技術性處理的電話，馬可還提醒他要來看一看，他當時沒在意。他瞬間明白怎麼回事了，就說：「這上面我的名字也不是我簽的，是空山辦事處招商辦提供一站式服務自行處理的。」

趙警官的眼光直逼黃嘉歸：「你知道不知道？」

黃嘉歸說：「不知道，只聽他們說過作技術性處理。」

趙警官問：「作怎樣的技術處理？」

黃嘉歸說：「你們去問空山辦事處。」

趙警官問：「技術性處理後你看過沒有？」

黃嘉歸說：「沒有。」

又問了幾遍後，得到的回答是一樣的。就轉入了第二個問題。

趙警官問：「你有國有土地使用權證嗎？」

黃嘉歸覺著莫名其妙，就說：「般若園山林用地和山下的土地，都是農村集體用地，哪來的國有土地使用權證？」

范警官在那兒記錄，確實不是一件輕鬆的活，他不停地哈手，還不時地哈筆尖，怕的是筆尖的墨水凍住了。趙警官卻如無事般繼續問，似乎問得越多越興奮。黃嘉歸想，這一定是職業習慣。

趙警官問：「土地估價是誰做的？」

黃嘉歸說：「是當時任空山辦事處書記的莊新安排的，我去土地局辦的。」黃嘉歸隱去了鄭仁松約卜亦菲的細節。

趙警官問：「沒有國有土地使用權證，他們怎樣給你做？」

黃嘉歸說：「沒有證，他們就做了。」說完，又補充一句，「招商引資，給外國人看的，真正合作時沒有用。」

趙警官說：「這是你說的。」

接下來，就這個事情的細節，車輪轉似的詢問，黃嘉歸只覺得顛三倒四，前拉後扯，但趙警官還是不厭其煩地問，終於沒有問出新東西，這才罷手。

看來是累了，趙警官起身出門，走廊裏的腳步聲遠了。

范警官停了手中的筆，看著黃嘉歸，說：「你上廁所嗎？可以去。」

黃嘉歸說：「不去。」

范警官又低頭看他記錄的文字，一會兒放下筆搓手。

走廊裏的腳步聲近了，趙警官進了門，坐下後對范警官說：「去倒杯水暖下手吧。」

范警官起身出去了，過了一會兒，拿進來一個溫瓶和三個紙杯子。他給趙警官倒了一杯，又給黃嘉歸倒了一杯，遞過去，黃嘉歸接了，彎腰放在地下，范警官給自己倒了一杯放在桌子上，然後放了溫瓶坐下。兩個人開始慢慢喝水，范警官還雙手捧了杯子取暖。黃嘉歸不但覺不出餓，也覺不出渴，平日他很愛喝水，這時卻連杯子也不想多看一眼。

一時，屋子裏很靜，只有兩個人的喝水聲，屋外的風似乎也停了，黃嘉歸感不出脖子涼了。但一時的平靜，卻使黃嘉歸浮躁起來，他不知道他們還會問多久，他就有些煩，但他知道於事無補。於是就默念金剛薩埵咒語：「嗡班雜薩埵吽！」班瑪大師曾說，一切的障礙都是自己的業力所致，應常持金剛薩埵心咒消除業障。平日他念得少，這時正好，於是，他就在心裏一遍遍地念誦。念了一會兒，就覺心靜了，眼前像展開了一個鳥語花香的畫軸，綠色的植被，清清的溪水，還有花間穿飛的蜜蜂……

突然，趙警官叫了一聲，把黃嘉歸從自己的境界中拉了出來。

重新詢問開始了。

第三個問題本來很簡單，詢問達迅旅遊開發有限公司的成立過程。但趙警官反覆地問，連每一個細節也不放過，不但問了爲什麼成立，註冊資金的來歷，包括「達迅」字號是誰起的，什麼意思。中間還說起般若園的創作，觸到這個話題，黃嘉歸就滔滔不絕地講起來。

正在興頭上，趙警官突然打斷黃嘉歸的話，問起了其他問題。過後他才知道，這是警察要分散自己的注意力，然後突然發問，以便打亂被詢問者的正常思維，是心理戰。可惜這招對黃嘉歸不起作用，他並沒有什麼可隱瞞。總之，公司的註冊是由空山辦事處招商辦協助辦理的，黃嘉歸只是在最後拿營業執照時簽了個名字，註冊的具體細節他是不知道的。所以，他們反覆問，黃嘉歸就反覆答，他心中無愧，也就不膽怯。他明明知道註冊公司僅僅是爲了和外商合資，並無其他用處，而且是莊新安排的，吳春樹辦的，絕無什麼惡意或陰謀。只是在回答「達迅」字號時，黃嘉歸隱去了真實想法，因爲他想起時迅就心痛，他不願在這樣的場合去說自己心愛的女友，何況她已不在人世了，而且是被人傷害的。

趙警官問：「達迅是什麼意思？」

黃嘉歸答：「沒有意思。」

趙警官問：「沒有別的意思？」

黃嘉歸仍說：「沒有！」

趙警官再問不出什麼，就突然站起來，說：「你不要以爲你無事，就憑虛假註冊這一條，我們願什麼時候抓你就抓你。」

黃嘉歸也忽地一下站起來，問：「什麼虛假註冊？」

趙警官說：「達迅公司的註冊資金五百萬，可你一分錢也沒有注入，全部是借的，走賬的收據我們都查到了。」

黃嘉歸說：「我再聲明一遍，那是空山辦事處爲了招商引資辦的，我沒有參與其中任何一個環節。」

趙警官說：「可你別忘了，你是法人代表，領取營業執照時是你簽的字，即使是空山辦事處所爲，你也脫不了干係。」

這麼一說，黃嘉歸就有些心虛，領取營業執照的字確是他簽的，但他並不知道虛假註冊的真正涵義，罪又有多大？總之，有罪是不能推脫的，於是他緩和了口氣，說：「像這樣的事，我雖然不懂，但你們去查一查，開發區的內資，有幾家是真的？誰沒有事幹，一下子把幾百萬資金放在賬上？都是用了才向賬上匯的。」

趙警官說：「那我們不管，民不告，官不究。」

黃嘉歸一愣，「誰告我啦？」

趙警官突然冷笑一聲，說：「你裝糊塗還是真的不知道，外商告了你還不知道？真是笑話。」

黃嘉歸的耳朵「嗡」的一聲，耳膜像是鼓了，他實在不明白夏冬森、宋隨良爲什麼要告他，資金不到位，應該是他告他們才是對的，現在卻顛倒了過來，他一時不明事理。

兩個警察不再搭理他，自行檢查記錄，兩個人分別一頁頁地看，偶爾改改字。

就這空檔，馬可來電話了，馬可在電話上說：「他們叫走你已超過十二個小時了，我問了律師，查不出什麼，超時是違法的。」

黃嘉歸恐怕馬可擔憂，就忙說：「看來結束了，他們在看記錄。」

聽了這話，趙警官的頭從記錄紙上抬起來，問：「什麼人打電話？」

黃嘉歸說：「法院的一個朋友，說問話超過十二個小時是違法的。他們關心我。」

趙警官聽了，極不耐煩地說：「這不就要結束了？」

說著，把十多頁的記錄遞給了黃嘉歸，黃嘉歸起身，走到桌子旁接了看，臉上突然發熱，他才看見吊著一個燈，驀地才覺已到了夜裏，什麼時候開的燈，他全然不知。

黃嘉歸看那些記錄，字寫得極潦草，像無數的蚊子，滿篇亂爬，十有八九看了不認識。黃嘉歸一急，心一橫就不管了。他過去辦報審稿，看外投的稿，只要字潦草，就扔到一邊，除非是重大新聞。今天說的，總之就那麼點事，又沒有殺人放火，免得費神，他拿起筆就準備簽字。范警官問：「看完了？」

黃嘉歸說：「看完了。」

范警官說：「真不愧是辦報出身，一目十行。」

趙警官不屑地說：「簽了字就要負法律責任。」

黃嘉歸不願搭理他，就只管低頭簽字。簽完了字，就把筆交給了范警官。這時，趙警官從桌子上拿起了記錄，舉起來，說：「今天詢問到此結束，但並不是說完了，你隨時等候我們的傳喚。就憑這個，」他把記錄當空擺了擺，說，「今晚就可以把你關起來。」

黃嘉歸還沒有說話，胡文凱就進來了。趙警官說：「現在你可以跟你的律師走了。」

黃嘉歸什麼也沒有說，像逃離地獄似的離開了那兒。到了樓下，馬可已開車在樓下等著，見黃嘉歸下了樓，就急著迎上去。在車門口停下來，胡文凱說：

「我問清楚了，是夏冬森在靈北請了兩個律師處理般若園的事，結果兩個律師調閱註冊登記的資料，發現合作合同和章程作過修改，就告訴外商說是詐騙行爲，他們就去公安局報了案，說比民事訴訟來得快，具體細節並不知情。因爲外商報的案，所以上面很重視，就很快立案偵查了。」

黃嘉歸聽了，一時有些發懵，他被馬可扶著鑽進車裏。

45

回到黃嘉歸的住處，馬可已將提前熬好的粥帶來了。黃嘉歸洗了把臉，漱了漱口，坐在沙發上稍作休息，馬可就將飯熱好了，又炒了個青菜，熱好了饅頭。

房子裏有暖氣，喝了一碗稀飯，黃嘉歸的身子總算熱起來了。他看看牆上的掛表，快凌晨一點了，他才知道，自己被公安局叫去了整整十三個小時。

馬可見他放下了碗，準備再給他舀，他搖搖手，表示不吃了。馬可洗了碗筷，將廚房裏收拾乾淨出來，見黃嘉歸還坐著，就輕聲說：「休息吧。」

說著，馬可進臥室鋪好床單，拉開被子，黃嘉歸跟著進來，站在床邊，瞅著馬可。馬可動也不動，看著黃嘉歸，慢慢地，她的心裏湧起了一股熱浪，眼淚流下來了。她知道自己是一個不太愛哭的女人，可此刻，她看著眼前的這個男人，連做夢也想在一起的男人，她突然想放聲大哭。

她不知道爲什麼要哭，但她覺得只有哭，才能表達此刻自己的心情。從黃嘉歸被公安局帶走的那一刻起，她的心就懸著，她發了瘋似的找人，終於通過在鄭仁松那裏做事時聯絡的關係，找到了公安局分管的人，儘管人家告訴她只是問詢，不是拘留，最長也就十二個小時，但她還是急。可人家又不能告訴她什麼事，只說辦案是單線，互不打聽。那一刻，她突然十分想念黃嘉歸，她知道這個男人的身上有她的希望和寄託，他帶去了她的靈魂和肉體。那一刻，她知道自己的感情壓抑得太久，她渴望這個男人的出現，她渴望在他出現的那一剎那，她就投入他的懷抱，緊緊地摟住他，永遠不鬆手。

淚水模糊了她的眼睛，她的睫毛挑著淚珠，在燈光裏閃著明淨的細碎的光。入靜的夜晚，沒有半點響動，只有她的心，在急促地跳動。

而呆立著的黃嘉歸，突然湧起了無比的感動，他一下子撲過去，把馬可摟到了懷裏。而被他擁進懷裏的馬可，無法抑制地哭出了聲，她的胸脯劇烈起伏，像有一團滾燙的水在奔騰。黃嘉歸捧起她的臉，吻去了她眼中的淚水，說：「我沒有兌現我的承諾。」

止住哭聲的馬可，說：「我什麼形式也不要，就要你。」說著，把黃嘉歸抱得更緊了。

這時的黃嘉歸，用發顫的雙手抱起馬可，將她輕輕地放在了床上，躺著的馬可像睡著了，渾身軟成了一團水。當黃嘉歸緊緊摟住馬可的時候，他的身體像倒下的一座山。他覺出人生的痛苦和壓抑，此刻在女人的身體裏找到了平衡，找到了釋放。他雖然知道班瑪大師說過，人生的一切苦，都是業力的顯現，然而他的悟性，還不能理解其真正的意義。此刻，身下的馬可，他心愛的女人，成了他解脫痛苦的良藥。他把所有的痛苦和不快，變作了一種前所未有的力量。他不知道自己在心疼自己的女人，還是在摧殘自己的女人。而此刻的馬可，完全變成了一灘水，變成了釋放著無盡熱量的深海的水，她無力無形，卻包圍著黃嘉歸，她只是在想，這樣的狀態永遠不要結束，她願化成水，淹沒生活中的疲憊和所有的驚嚇，保持永遠的快樂和歡喜。

這天晚上，他們說話到凌晨五點，才真正睡去。如果不是星期天，他們肯定誤了上班。

天大亮，他們又幾乎同時醒來，馬可輕輕摟了黃嘉歸的脖子，說：「我不好，迅姐在的時候，我看見你們兩人在一起，又歡喜，又痛苦，偶爾一個念頭冒出來，如果沒有迅姐該多好，念頭已冒，我又想，我的心念多麼不善。」

黃嘉歸並不插話，靜靜地聽著，馬可又說：「時間長了，我才突然敞亮，就多了歡喜心，少了嫉妒心，再看見你們，就平和了，跟你們在一起，也就自然了。」

黃嘉歸突然想起，班瑪大師把馬可和時迅單獨叫去說話，兩人出來後，閉口不談，至今也沒有第二個人知道大師給她們說了什麼。於是就問：「大師給你們說了什麼？」

馬可說：「大師不讓說。大師肯定知道過去和未來。時迅姐出了事，我想，也許我們前世就是一娘所生的姊妹，今生來相認的。」

黃嘉歸問：「你相信？」

馬可說：「當然相信。」

黃嘉歸說：「我的寶貝，可惜我們離大師所說的智慧差得太遠，也許一生也難以開悟。」

這時，窗外有貓跳到了窗臺上，頭撞著了玻璃，慘烈地叫了一聲，馬可一驚，嚇得緊緊地抱住了黃嘉歸，剛剛恢復體力的黃嘉歸，又一次被欲望驅使，他用力將馬可摟到了懷裏。半個小時過去，他們才平靜下來。

這時的窗外，太陽已升起，窗簾上有兩片相同的葉子在跳動。

窗外肯定是個好天氣。

下午，馬可就從自己的住處，將幾件常用的衣物和用具拿到了黃嘉歸的住處，她一刻也不願意離開黃嘉歸了。

星期一上午剛上班，卜亦菲就興致勃勃地出現在了黃嘉歸辦公室的門口，她提前電話也沒有打。見到黃嘉歸的第一眼，她就揚起手中的一個文件袋，說：「讓你高興得發瘋的事。」

黃嘉歸說：「這個世界還沒有一件事可以讓我發瘋。」

卜亦菲說：「我可聽鄭哥說過班瑪大師的話，說在佛菩薩的眼裏，我們這些凡夫都是瘋子，名利地位這些生不帶來死不帶去的夢幻，都被凡夫視爲人生的意義。」她說，「可惜我們現在很難看破放下，所以我們不是瘋子是什麼？」

黃嘉歸說：「看來我要刮目相看了，想不到你也喜歡班瑪大師的話。」

卜亦菲說：「我還聽鄭哥說過，所有眾生皆有佛性，難道我不是眾生嗎？」

黃嘉歸給卜亦菲讓了座，坐下說：「鄭老闆很有慧根，可惜他把班瑪大師的開示當作見識給人說，卻沒有真正明白大師開示的意義。」

卜亦菲笑著說：「我也不明白，我相信沒有幾個人能像黃哥一樣明白。」

黃嘉歸說：「我也不真正明白。」

卜亦菲說：「既然黃哥這麼說，那我們就說凡夫的事吧。」說著，她就從文件袋裏掏出了相關資料，遞給黃嘉歸說，「辦妥了。」

黃嘉歸接過一看，是土地局關於空山山下一百五十畝土地的批文，再看，還有規劃局的控規。有了這兩個手續，等於大功告成，剩下就是設計蓋房了。辦的速度之快是令黃嘉歸意外的。黃嘉歸吃驚地說：「卜大所長，佩服，佩服。」

卜亦菲說：「這有什麼好佩服的，不就是把梁大棟當了回魚釣嗎？可能手段不高明，還顯得陰毒，但收穫大大的，死了再下地獄吧。」說著，又掏出兩頁紙，遞給黃嘉歸說，「這是我起草的咱們的合作協議草稿，你看看，哪裡不行咱改。」

黃嘉歸接過，還沒看就說：「我對房地產不瞭解，叫馬可過來一起談吧。她跟鄭老闆幾年，有經驗。」

卜亦菲說：「好啊，我還想請馬可給我出出主意哩。」

黃嘉歸聽了，就拉開門叫了一聲馬可，馬可應聲過來。

兩個女人見面，像是受了同樣的召喚，張開雙臂撲了上去，把對方摟了，連語言都是一致的，說：「我可想死你了。」

黃嘉歸覺得她們真是誇張，又覺得都挺可愛的，女人也許就如此。

兩個女人鬆開雙臂，互相後退半步，卜亦菲就叫：「我說呀，馬可，才多長時間沒見，更加漂亮了，簡直美得讓我不敢認了。」她拍了下馬可的肩膀，說，「有什麼美容的訣竅嗎？」

馬可說：「喝涼水，吃黃瓜。」

卜亦菲指指馬可的肩膀說：「去你的，淨糊弄我。」她說，「要不，就是心中一定有愛著的男人，我看過一份醫學文章，說愛情是最佳的保健品和美容良方。」

馬可說：「菲姐也是越來越年輕。」

卜亦菲說：「還年輕？我已從一個柔弱的小兔子，變成了一隻好鬥的母雞。」她說，「都是男人惹的禍。」

馬可說：「我要是男人，現在就娶你，這樣能幹的好女人到哪裡去找第二個？」

卜亦菲說：「因爲你是女人才說這話，如今的好男人，打上燈籠也難找。像鄭哥那樣講義氣有膽識的男人都死了，像黃哥這樣有文化的好男人，被你占了。」

卜亦菲瞟了黃嘉歸一眼，又把話遞給馬可說，「好妹妹，可不要錯過哎。我現在才明白，什麼叫錯過這村，就沒有那個店了。」

馬可笑而不答。

黃嘉歸說：「你們過去就很熟嗎？」

馬可說：「我跟鄭老闆做事時，菲姐是常客。」

卜亦菲說：「不是吃飯就是打牌，或者唱歌，通宵瘋狂，那時真好。可惜不再有了。」說這句話時，卜亦菲若有所失，眼睛呆呆地看著前面。

黃嘉歸忙說：「我們說正事吧。」

卜亦菲立即恢復了常態，說：「合作協議我擬好了，我說說主要內容，你們再細看，軟碟我也帶著，修改後我們上午就簽了，我好抓緊時間辦後面的事。」

黃嘉歸點了一下頭，卜亦菲接著說，「地錢每畝五萬，一百五十畝共七百五十萬，說好了，辦土地證前付一半，加上公關費一百五十萬，先期需要五百二十五萬。我和朋友說了，他出三百二十五萬，給他百分之二十的股份。你和我兩方，各出一百萬，各占百分之四十的股份。」

雖然黃嘉歸對數字不敏感，但他還是聽明白了，從商人的角度講，卜亦菲真的很夠意思了。可他哪來的一百萬？般若園上月的報表顯示只有五十多萬，能否開園還不確定，那點錢是留著應付日常開支的。

卜亦菲見黃嘉歸不語，就說：「黃哥說，你覺得不行，我還可以讓，你占大股。」

黃嘉歸忙說：「我不是這個意思。」

馬可猜想到黃嘉歸的心思，怕他說出來，就忙說：「菲姐的方案考慮得挺細的，一百萬投入不算多，不知道投資報酬率究竟怎麼樣？」

卜亦菲裝作生氣的樣子瞪馬可一眼，說：「你是搞房地產出身的，那塊地方你又熟悉，還用我動口舌？」

馬可本來是找話題堵住黃嘉歸的嘴，見卜亦菲這樣說，就笑著說：「菲姐不要生氣，我再熟也沒有你的眼光高，黃總不明白，所以才擔心。」

卜亦菲伸出手，用一根指頭輕輕地點了馬可額頭，說：「是你不放心吧？怕我吞了黃哥的錢。」她說，「我長了豹子膽，也不能昧了黃哥的錢，晚上睡覺都不踏實。」

馬可連說：「錯了，錯了，小妹妹我知錯了。」

說完，和卜亦菲一塊笑了。

黃嘉歸見馬可這樣說，就知道她一定有主意，也就不再說什麼。他和馬可一起看了兩遍合作協議，沒有什麼可修改的，就同意了。接著，馬可去電腦上列印了四份，當場簽了字，各持兩份。

他們一起鼓掌，算是慶祝。

黃嘉歸說：「這麼重要的合同，利潤近兩個億，是不是太簡單了？應該好好祝賀一下。」

卜亦菲說：「爲期尚早，開工或開盤時大慶祝。」她說，「中午免了吃飯，我和設計院的人約好了，十一點見面。」

黃嘉歸也就不再說別的，和馬可一起，將卜亦菲送到電梯口。黃嘉歸突然想起前天的事，就問：「卜所長，最近有沒有人問你般若園土地估價的事？」

卜亦菲說：「你不問我還忘了，大約一周前，公安局的人到我辦公室問起這件事，我當時就沒給他們好臉色，我說，那是爲了拉外商投資，變通處理。有事你找土地局去，局裏交代的，也是局裏批的。他們見問不出什麼就走了。」

黃嘉歸說：「我可苦了，他們問我可不這麼簡單。」

卜亦菲說：「別管它，屁大個事，我本來想給你打電話。一想，沒必要打攪你。估價報告上寫得清清楚楚，只供招商入股時參考，又沒有去銀行套現。類似的事多了！」

聽卜亦菲這麼一說，黃嘉歸釋然了，笑著說：「明白了。」

說著，他們握手告別。

回到辦公室，黃嘉歸對馬可說：「我一直在想兩個問題。」

馬可說：「一個是錢，一百萬從哪裡來？」

黃嘉歸說：「是的。」

馬可就去辦公室，從文件櫃裏拿出一個信封，回到黃嘉歸的辦公室，關了門，從信封裏拿出一個銀行卡，放在了黃嘉歸的面前。黃嘉歸不明其意，疑惑地看著馬可。

馬可說：「這是迅姐出事後，鄭老闆交給我一百萬的卡，我本不想接，但他硬塞給我。我想，這也許是迅姐在冥冥之中幫助般若園吧。」

聽了馬可的話，黃嘉歸站起來，像一根木樁似的立在那兒，許久不說一句話。

馬可也站著，見黃嘉歸不說話，馬可的手就不知道放哪兒了，她低聲說：「也許我做得不對。」

沉默許久的黃嘉歸，慢慢走到馬可跟前，雙手搭到她肩上，右手輕輕地拍了一下，說：「這事不怪你，你沒有錯。」然後轉身從桌子上拿起銀行卡，交給馬可，說，「按合作協議，你去辦吧。」

馬可收了銀行卡，看著黃嘉歸。黃嘉歸轉身回到座位上，馬可問：「還有什麼事？」

黃嘉歸說：「不管怎麼說，這是一個大動作，山下的地少了一百五十畝，又改變了原來的規劃用途，需要董事會通過決議，可現在的狀態，肯定開不了，不開會有隱患。」

馬可說：「卜亦菲說這事後，我又認真看了般若園的合作協議和章程，其中有一條：如果般若園所用土地，遇國家規劃調整等不可抗拒的因素，公司服從國家建設需要。」馬可說，「這本來就是國家調整規劃，由集體土地徵用爲國有土地，也由原來的基本農田變成了建設用地。有批文就行，或者叫卜亦菲通過政府部門，給般若園下個通知就行了。」馬可又說，「再說，土地承包款能不能交上還是問題。」

黃嘉歸一想，是這麼個理，進而釋然了。

馬可出去，黃嘉歸接著給胡文凱打電話，問給市林業局的要求複議的報告寫好了沒有？胡文凱說寫好了，黃嘉歸讓他傳真過來。收到傳真後，黃嘉歸看看，無異議，就讓馬可帶上般若園的公章，去胡文凱的辦公室簽字蓋章。第二天，胡文凱就將要求複議的申請送到了市林業局。

胡文凱回來後，黃嘉歸問需要不需要找人，胡文凱說：「可以找人問一問，但對結果不要抱任何幻想，」他說，「你想想，他們是上下級關係，老子能說兒子的不是嗎？再說，這個案子的背景不是市林業局可以說了算的。」

黃嘉歸同意胡文凱的看法，也就不再理會，等著走程序。

一個月後的一天，市林業局通知般若園，到空山與林業局的工作人員勘察現場。時間定在下午三點，黃嘉歸按時到山門口，見到市林業局兩個人，他們由開發區林業局的兩個人陪著。彼此作了介紹後就進山。這天的天色很陰沉，雖然沒有風，但還是有些冷，靈北的春天，到了四月底，才會有春天的景象，這時節還很陰冷。看得出，這些人上午喝了酒，雙方介紹握手時，其中的胖子打嗝，一股酒氣冒出來，差點讓黃嘉歸嘔吐，出於禮貌，黃嘉歸忍著和他們握了手。

他們爬山路，由於酒的緣故，腳下不穩，搖搖晃晃，黃嘉歸一直擔心他們中的任何一個人有可能掉下去，於是，黃嘉歸多次提醒說：「防護欄還未做，危險路段注意安全。」

他實際想告訴他們，腳下就是危險路段。那幾個人似乎是對酒有一種極強的控制力，腳下雖然不停地搖晃，身子卻能掌握平衡，幾次腳下打絆，跟在身後的黃嘉歸，驚得身上冒汗，可人家一搖身子平衡了，居然又邁第二步，看了幾次，黃嘉歸終於踏實了。他確實佩服他們，好像酒的醉意，全都在他們的掌控之中。這是黃嘉歸第一次遇到酒後高人。於是，他不再提醒，匆匆地走到了前面，給他們帶路。

約莫半個小時，他們到了火災發生過的地方。經過山洪沖刷和一個冬天寒風的洗禮，地下光禿禿的，雖無寸草，但已完全沒有了火災的痕跡。乍一看，還以為是搞什麼實驗，那些雜草像是專門拔掉了的。只有那些燒枯了的樹，像是胡亂栽下的電線桿，光禿禿地豎著，偶爾伸出的樹梢也乾枯盡了，像一簇黑色的利爪。

黃嘉歸說：「我們已作了安排，凍土一開，這些地方要重新植樹，而且不是小樹，是大樹，我們調研了，準備豐富空山的樹種。」

其中的胖子，姓姜，旁邊的人還說他是姜子牙的後代，是靈北市林業局法制辦的副主任，副處級別，人叫姜處。

姜處挺著肚子說：「你說的與今天我們要看的無關。栽還是不栽，栽什麼樹，那是你景區自己的事，我們今天要勘察的，是落實現場是不是發生過火災。」

黃嘉歸一聽，來了火氣，說：「誰也沒有否認發生過火災，只是要界定清楚責任。」

姜處一愣，高聲問：「是聽我的還是聽你的？就是聽你的，也不能聽你一面之辭！」

黃嘉歸舉起兩隻手，說：「好好好，聽你的，聽你的。」

姜處挺著肚子說：「別不服氣。難道這裏沒有發生火災？難道這些燒死的樹不是長在你的景區嗎？」

看來申辯毫無意義，黃嘉歸壓著火，轉向開發區林業局的人，說：「回去告訴你們的領導，我準備用十年時間與他們來理論這件事。我不相信在中南海找不到公理。」

姜處在背後說：「那是你的自由，現在是在靈北林業局，不是在中南海。」

驀地一股冷風吹來，路上的落葉旋了起來。黃嘉歸卻沒有半點冷的感覺，反而覺得腦門在冒血，熱氣襲人。他轉過身，對姜處大聲說：「我告訴你，我就沒有打算在靈北討回公道，何況你小小的靈北市林業局。」說罷，扔下那些人，憤然下山了。

走出百十米，才覺額頭上發冷，一抹才知道剛才出汗了。他猛地抹了一把，頭也不回地走了。至於那些人是怎麼下山的，他全然不知，他也未給山上值班的人交代。盡他們去！

又過了十天，市林業局裁決下來了。結論是維持開發區林業局的原處罰決定。最後贅了一句：如不服本裁決，可在一個月內，向所在地人民法院提起訴訟。

黃嘉歸就叫來胡文凱，商量向法院提出訴訟的事。胡文凱也通過靈北市公安局的關係，打聽到了關於般若園案件的情況，說不但調查了黃嘉歸，還詢問了空山辦事處招商辦與這件事有關的人，包括調閱了土地局、經發局、工商局和公證處等單位與般若園有關的所有資料，最後的結論是：本案與黃嘉歸無關，註冊過程中對相關文件的修改，是空山辦事處招商辦的工作人員所爲，目的是爲了儘快辦理般若園的營業執照，並不構成任何詐騙嫌疑。

胡文凱還敘述了一個細節，說公安局把空山辦事處招商辦具體辦事的小劉，叫去詢問了十幾個小時，問是否收了黃嘉歸的什麼好處，修改文件要達到什麼目的。小劉連連叫屈，開始連修改文件他都不承認，審問的趙警官就嚇他，說這是外商報的案，目前是出於保護當地利益，才由開發區公安局調查的。如不說實話，將改由開發區之外的公安機關管轄，那時就不會這麼客氣了。小劉一聽，就承認是自己修改的，但是按領導的安排辦事的。用了五個小時，問他與黃嘉歸的關係，他說不出一點對案件有突破的細節，甚至說他過去根本就不認識黃嘉歸，在辦這些手續的過程中，也只和黃嘉歸說過三句話。最後小劉實在又睏又餓又冷，一咬牙喊：「你殺了我，我也與黃嘉歸沒什麼關係！」

辦案的趙警官一看實在沒戲了，才放他回家。下了樓，小劉一見辦事處的司機，居然忍不住哭了起來。

黃嘉歸聽著胡文凱的敘述，回憶起公安局對自己的詢問細節，特別是那扇破了玻璃透著冷風的窗。當時滿腹的疑惑和委屈，並不覺什麼，事後想想，那真是人最不願意去的地方，十幾個小時是怎麼過的，黃嘉歸想起來都覺得不可思議。而空山辦事處招商辦的小劉，就一個工作人員，爲了辦好領導交代的事，就去受這樣的罪。此刻，他背後似乎突然刮來了那股冷風，一切如同身受。

想到這些，黃嘉歸心裏很不是滋味，這麼一件本來的好事，卻給不少的人帶來了麻煩，難道真如班瑪大師所言，任何障礙都是眾生的業力所致？他的心情很沉重，也許他不做這件事，靈北開發區就不會有空山的開發，也就使許多人少了痛苦。而如今，包括已改任的莊新，官上村的丁小溪和老百姓，多少人陷進了這個還不知道結局的漩渦。就說那個辦案的警察，也不知陪著幾個人度過幾個連續十二個小時的談話，平添了多少煩惱，消耗了多少精力。

黃嘉歸對馬可說了自己的心情。馬可說：「我理解。」但她又勸黃嘉歸，說，「畢竟結論出來了，證明了事實真相，沒有你的責任，也是一件好事。」

然而，就在他們全力以赴，準備對開發區林業局的處罰提出訴訟時，突然收到夏冬森和宋隨良提出的國際仲裁申請書。

當時，胡文凱到般若園辦公室，正和黃嘉歸商量起訴書的事，速遞局送來一份快遞，收信人寫的是靈北達迅旅遊開發有限公司，達迅是個空殼，除了與外商合作外，沒有與任何人發生過關係，怎麼會有它的信？黃嘉歸看發信人一欄，寫著中國國際仲裁委員會北京總會。黃嘉歸的腦子裏立時想起，那是他與夏冬森和宋隨良簽訂的合作合同和章程中，解決爭議時確定的仲裁機構。他立刻明白，夏冬森和宋隨良把他告了。

打開信封，果然如此。雖然是兩個人告，但宋隨良的簽名處簽著夏冬森的名字，裏面夾著一張宋隨良給夏冬森的委託書，是經S國公證機關公證了的。黃嘉歸的腦袋立即大了，足有一百多頁，是列印在一種發黃的雙膠紙上的，他不知道從何看起，也不知道告他什麼。於是，他就摔給胡文凱，說：

「你看，我不明白。」

胡文凱本來準備讓黃嘉歸看看訴訟申請書，下午趕去法院立案，突然在沒有任何預兆的情況下，黃嘉歸扔給他剛接到的資料，他就放下訴訟申請，順手拿過資料翻看。他畢竟是律師，很快，他就知道是怎麼回事了。他翻到申請仲裁的一頁，說：

「對方認爲，合作合同和章程被修改了，用於政府審批和工商登記的合同章程不是原來的合同章程，所以對方認爲般若園登記無效。他們的仲裁請求是：一、關閉非法登記的般若園；二、賠償宋隨良已投入的三百五十萬美金；三、判定般若園所有作品的著作權歸夏冬森；四、補償夏冬森在般若園創作其間的勞務費、差旅費和精神損傷費。」

黃嘉歸好像有預感，這時反而冷靜了。他沉默一會兒，說：「看來我們腹背受敵，目前的手法要改變。」

馬可表示，夏冬森的行爲不可理喻。

胡文凱說：「中國和S國的法律體系和國情完全不同，未經當事人同意就修改雙方簽訂的合作合同和章程，依據S國的法律就是惡意欺騙，這在中國卻是常態，叫變通處理。我也打聽了，外方聘請的兩個律師，是搞刑事案件的，對民事，特別是經濟法並不精通，所以才弄出這樣的事來。」

黃嘉歸說：「也許律師是爲了掙錢，而不明中國國情的夏冬森是聽了律師的說法而採取行動的。」

胡文凱說：「這是有可能的。」

黃嘉歸說：「問題就出在中西文化的不同，處理事情的觀念也不同。」

馬可說：「他還是佛教徒哩。」

黃嘉歸說：「任何人沒有成佛之前都是凡夫，夏冬森也不例外。」

胡文凱問：「如果想辦法直接和兩個申請人接觸，化解矛盾如何？」

黃嘉歸說：「如果宋隨良能找到，也許可能，但和他失去聯繫很久了，再說他那麼一個大商人，這點投資改變不了他任何處境，他未必有什麼興趣。而夏冬森是搞藝術的，重感受，中外歷史上，沒有幾個藝術家和人合作不產生矛盾的，許多朋友，最後都成了仇人，這是職業性格所致。」他說，「從他報案那一刻起，他就不想坐下來協商了，否則他不可能採取這種方法。」

胡文凱聽了黃嘉歸的分析，說：「是這樣。」

馬可說：「那現在只有打這場官司了？」

黃嘉歸說：「也許我們本該是朋友，可現在只能當作對手了。」

黃嘉歸讓馬可把仲裁委寄來的資料複印了一份，交胡文凱，原件公司留存。黃嘉歸對胡文凱說：「你回去研究一下，提一個方案，這是個硬仗，我們得下氣力應對。」

胡文凱說：「我儘快。」

黃嘉歸說聲謝謝，送胡文凱出去。

返回辦公室，黃嘉歸對馬可說：「我們遭到左右夾擊，必須全面反擊，首先保證般若園資產不受損失，才可能應對夏冬森。所以，與政府的矛盾是主要矛盾，必須立即著手，走出靈北。」

馬可問：「你準備怎麼走？」

黃嘉歸說：「他們忽略了我是媒體人的經歷，我的同學和朋友，遍及京城和中國各大報社。明天開始寫資料，讓《人民日報》或新華社寫內參，直送中央領導，或直達中紀委。」

馬可問：「有把握嗎？」

黃嘉歸說：「我剛才一直在想，必須從根本上下功夫，才能找到出路。告政府違法出租土地，爲了政績損害農民利益，僞造文件，未經當事人同意修改合同章程。」

馬可有些疑惑地問：「有證據嗎？」

黃嘉歸說：「證據確鑿。」

馬可就說：「也許這是解決問題的出路。」

黃嘉歸說：「班瑪大師說，一切顯現，都是業力的成熟，既然果報來了，就要承受，躲是躲不掉的。至於結果，隨緣吧。」說著，他看了一下表，說，「時間不早了，下班，晚上多炒幾個菜，養好身體準備戰鬥。」

他們下樓，開車去菜場買了幾樣新鮮的菜，到家，兩人各做了自己認爲拿手的兩個菜，一個小時後，兩葷兩素四菜就擺上了桌，還燒了一個番茄紫菜湯。

他們打開一瓶乾紅，邊吃邊喝，倒像是慶祝一個勝利。

屋外的月亮很圓，大概是農曆十五，窗臺上灑滿了月光。

第十六章 山色

46

黃嘉歸動手寫資料前，還是給班瑪大師打了個電話，他知道不該打攪大師，但他實在想知道結果，想判斷對與錯，希望從大師那裏得到信心。

電話撥通，當黃嘉歸聽到大師聲音的那一瞬間，他像一個在外受盡委屈的孩子，終於見到父母，企圖把所有的委屈統統傾瀉出來。他說了政府罰款的事，又說了夏冬森報警的事，也說了外方告到中國國際貿易仲裁委員會的事。他無法收住話題，說著說著，竟有些想哭的感覺，極想得到親人的撫慰。用了整整半個多小時，他才說完事情的過程。

言罷，他說：「師父，我本不願得罪任何人，只想做好這件事，做好事爲什麼這麼難？」

大師問：「你想怎麼辦？」

黃嘉歸有些激動，說：「告，告到中紀委，告到全國人大，動用新聞媒體。」

大師說：「文字是你的特長，又有那些同行和同學，看來你下定決心要贏。」

黃嘉歸忙說：「請師父開示！」

大師說：「遇到任何事，首先看看自己的心，是被對錯輸贏的分別念驅使，還是在清淨的狀態下關照事情的走向，然後再決定處理的方法。這件事，不全是梁大棟、夏冬森、你或者任何一個人的錯，它是眾因聚合的結果，是果也是因。如果其中有一個人改變了自己的想法，事情就會向另外的結果發展。現在開始，爲時不晚。萬念由心而生，你想好了要做，就去做。但記住，不要有嗔恨心，嗔恨如同烈火，會把自己和他人燒焦，毀壞身心。不要有報復的心念，一切只爲事情的解決。」

黃嘉歸說：「感恩師父。」

大師說：「發無量菩提心，去辦這件事，爲了山下的百姓，這是小善；讓這座山，帶動一座城市的旅遊發展，是中善；捨棄名利，饒益眾生，這就是大善了。只要升起無量的菩提心，結果就不要在意了，它自有它的果報。」

黃嘉歸突如放下了千斤重擔，身心輕鬆了許多。他說：「師父，我明白。」

大師說：「清淨，平等，正覺，慈悲，看破，放下，隨緣！」

放下電話，黃嘉歸在家裏用了一個上午的時間，就將投訴資料寫好了。四千多字，三個部分，第一部分寫般若園的起因及社會影響。第二部分寫政府違法事實，一是違犯農村集體土地承包條例，未經村民代表同意，將一萬二千畝山林承包給開發者，而且發包方空山辦事處無權發包官上村集體山林；二是爲了招商引資的政績，僞造文件，沒有規劃審批權的空山旅遊開發管理委員會下發同意規劃的文件，土地局批准違反中華人民共和國土地法的估價報告。第三部分提出解決這一事端的意見：要麼理順法律關係，山林承包合同在同等條件下由空山辦事處發包改爲官上村發包；要麼賠償投資損失，般若園退出此專案。

黃嘉歸明白，這些問題他也脫不了干係，土地估價報告還是他直接參與的。但不管怎麼說，政府違規是事實。他同樣明白，他提出的解決方案，其實都難以落實。同等條件下免交三十年承包費的條款老百姓不會同意；由政府賠償損失收回國有，更與當前的國家改制中小國有企業的政策不符。他之所以這樣寫，就是要逼開發區管委會坐下來協商，最終達到維持原狀，開園接待遊人，繼續推進專案的目的。

黃嘉歸對這份資料很滿意，收筆時，看看快一點了，就給馬可打電話。馬可說：「我知道你會一口氣寫完的，所以沒打攪你，飯買好了，我這就回去。」

馬可把飯送回來，還是熱的。黃嘉歸吃著，讓馬可看資料，馬可看完說：「看了覺得事情很嚴重，但到底能不能起作用？」

黃嘉歸就把早上與班瑪大師通話的內容複述了一遍。說：「盡人事聽天命吧。」

黃嘉歸吃完飯，稍事休息，就到了辦公室，他先給莊新打了個電話，莊新接了電話，戲言：「黃總把我忘了吧？聽你的聲音已經很陌生了。」

黃嘉歸說：「你把我害得好苦，你上了天堂，讓我在人間受苦。」

莊新說：「咱倆不知道誰在人間誰在天堂，也許你在天堂，我在地獄裏。」

黃嘉歸說：「般若園可遭大難了。」

莊新說：「難為你了，我知道。」他說，「誰都不願看到這個局面，但我走了，實在無能為力了。」

黃嘉歸說：「我給你打電話，不是讓你管什麼。我現在實在沒有辦法了，只有向上級反映。但案子開始，許多事是你經手的，我怕給你帶來不好的影響，所以想徵求你的意見。」

莊新說：「你儘管反映，都是職務行為，何況又不是惡意，就是有點事，只要能把般若園案子救活，我作點犧牲，也算是功德一件。」

黃嘉歸說：「那我就放心了，患難才見真兄弟。」

莊新說：「誰讓我還是一個有良知的官員呢？」

黃嘉歸問：「你就準備在現在的位子上待下去？」

莊新說：「吃誰的飯受誰管，我還沒有你那麼大的膽子辭職下海，只能先混著，走一步看一步。」

黃嘉歸說：「我過去對當官有偏見，辦企業後才明白，當一個好官，要成全多少好事。我希望你這樣的好人當大官。」黃嘉歸說，「國家機關今年又在全國招聘，你不妨一試。」

莊新說：「有這個想法。」

黃嘉歸說：「心動就行動，祝你成功！」

莊新說：「借你吉言，謝謝！」

莊新的表態，打消了黃嘉歸最後的顧慮。

資料裏，點了幾個人名，涉及最多的當然是莊新和梁大棟，梁大棟只能推出去，因爲癥結就在他的身上。不打開，這件事是解決不了的。莊新既然理解了，黃嘉歸也就無別的顧忌了，他立即給劉立昌打電話。

電話剛接通，劉立昌就喊：「黃兄啊，咱倆有感應還怎的？我正要給你打電話，你反而給我打過來了。」

劉立昌先入爲主，說：「有件大事，正要找你幫忙！」他說，「梁大棟給藝藝說過，要在靈北開發區搞一個海藍文化旅遊節，弄一臺大型晚會，請藝藝去唱頭牌，給三十萬的出場費。還拉了一家企業出錢，給王驪的文化公司贊助一百萬，給藝藝灌唱片。」

黃嘉歸說：「好事呀，趕緊做。」

劉立昌說：「當然好事呀，錢他×的真是好東西，又不咬人。可問題出在梁大棟絕不是大公無私的人，他要長期佔有藝藝。」

黃嘉歸說：「有個大主顧，總比不停地換好吧，只要價錢合適，何樂而不爲呢？」

劉立昌急了，大叫一聲說：「我的好兄弟，有這麼好的事，我找你幹嘛？乾脆告訴你吧，鄭老闆已經死了，他的事也已辦過了，說了也無妨。」他喝了一口水，黃嘉歸聽見放茶杯的聲音和他喉嚨的聲響。他說：「那個藝藝是假的，是冒名頂替的。」

黃嘉歸一驚，問：「假的？」儘管他從開始就有所懷疑，但當他聽到這個結果，還是大吃一驚，他問，「鄭仁松不知道？」

劉立昌說：「那哥們在這方面倒挺厚道，他死都不知道。」

黃嘉歸說：「你們真是高手啊，我那哥們還引以爲豪，覺得他這輩子只有兩件事值得炫耀，一是掙了大錢，二是連初中都沒有畢業的人，搞了一個大學畢業的女歌星，說死了也值。」

劉立昌說：「你不是信佛嗎?這世間的事，真真假假誰能分清?說不定現在和你通話的劉立昌是個假的。」

黃嘉歸說：「可惜你把僅有的一點聰明用歪了。」

劉立昌說：「嘉歸兄，別那麼杞人憂天，充當聖人了。你到京城裏來試一試，他×的，到處都是大官，到處都是大款，到處都是美女。這誘惑誰受得了?除非你是神仙。」

爭論不會有結果，黃嘉歸問：「你讓我做什麼?」

劉立昌說：「你瞭解靈北的社情，策劃一下，讓兩個藝藝都去，但真的藝藝不能與梁大棟接觸，只在臺上唱完走人。假藝藝隨後就與梁大棟周旋，該睡就睡，他們已付了一半錢，把剩下的一半弄回來，就萬事大吉了。」

黃嘉歸說：「這麼麻煩，乾脆找個理由，就說藝藝臨時來不了不就行了嗎？」

劉立昌立刻叫起來，說：「我說嘉歸兄，你是木頭人怎的？已拿了人家一半的錢，再說出場費三十萬，只付了十五萬，加上灌唱片還要付的五十萬，你以爲錢他×的和我們有仇怎的？」

黃嘉歸見他急了，就說：「好，好，好，但我問你一個問題，可不能摻半點假，說了假話把我裝進去。你可別忘了我也是搞新聞出身的，我的筆你也知道，這故事至少在三流的雜誌去混一筆不少的稿費來。」

劉立昌說：「你說，你說，兄弟我不敢有半點假話。」

黃嘉歸問：「兩個藝藝什麼關係？」

劉立昌說：「表姊妹關係。」

黃嘉歸問：「樣貌差別大不大？」

劉立昌說：「真他×的如同孿生姐妹，甚至比孿生姐妹還孿生姐妹，我和她們熟了，都常常搞混，只能從她們戴的耳環上去分辨，一個戴的藍寶石，一個戴的紅寶石。」

黃嘉歸問：「哪個藍的，哪個紅的？」

劉立昌答：「真的藍，假的紅。」

黃嘉歸說：「那天出面可戴一樣的。」

劉立昌說：「我的好兄弟，這樣低智商的問題用著問你嗎？我要整個銜接的方案天衣無縫，不能有半點差錯，看在那剩餘的幾十萬人民幣的份上，你一定得幫我這個大忙，否則咱兄弟就做到頭了。」

黃嘉歸說：「別，別，我找你還有事哩。」

劉立昌說：「什麼事你說，兄弟我一定效犬馬之勞，保證馬到成功。」

黃嘉歸說：「別先吹，辦成了才算數。」

劉立昌說：「新聞界，誰不知道我是個社會活動家，黑道，白道，紅道都能找到關係，沒有擺不平的事。」他說，「再者還有王驪哩，你知道王驪是個什麼樣的女人嗎？半個京城都能搞掂的人，她嫁了個再婚的老公，是國務院的一個司長，她老頭的同學，不少都在國家機關的重要位置上，那可是一張無形的網，用哪提哪。」

黃嘉歸說：「不用黑道，也不用白道，就和紅道沾點邊，用不著大動干戈。」於是，他就將般若園的事情說了一遍，待劉立昌聽明白了，黃嘉歸就說，「必須三管齊下，哪一個早，哪一個有力，只要一個發揮作用，問題就迎刃而解了。」

劉立昌問：「怎麼三管齊下？」

黃嘉歸說：「一份送中紀委，矛頭直指梁大棟，當然對事不對人，之所以用他，就想打開解決事情的結，因爲他的級別是正廳，是中紀委管的幹部；第二份送給《人民日報》或新華社內參，直接向中央領導那兒捅；第三份找一個全國人大代表，作爲提案送全國人大秘書處。三管齊下，地毯式轟炸。」

劉立昌說：「沒問題，能找到人。」他略停一下說，「不過，這事不能與咱們剛才說的事在時間上衝突了。先要確保梁大棟沒有任何麻煩，心情舒暢地把錢掏了，然後再動作。」

黃嘉歸問：「你說的事什麼時間？」

劉立昌說：「虧你還是個搞新聞的，靈北的報紙、電視新聞都報了，五月一日晚上。」

黃嘉歸說：「我是很少看地方新聞的，只看每晚七點央視的新聞聯播。」

劉立昌說：「看來你至少應該去當國務院的副總理。」

黃嘉歸說：「可惜今生無緣了，眼下只是一個瀕臨倒閉的企業的總經理，什麼級別都沒有。」他笑了一聲，言歸正傳，說，「離五一不就十多天了嗎？我明天就進京，把資料遞上去，走程序至少也得一個月。」

劉立昌說：「可以，不過咱說好了，你必須先給我整個周密接待兩個藝藝的方案，我才給你介紹要找的人。」

黃嘉歸說：「看來，我每次都得爲虎作倀，只好這樣。」

劉立昌道：「說定了。」

要放下電話了，黃嘉歸又叫一聲，問劉立昌：「我還得落實清楚兩個藝藝之間的事，真藝藝知道嗎？」

劉立昌說：「懵懵懂懂，如果完全明白了，也許事情就不這樣了。」

黃嘉歸問：「這話怎麼講？」

劉立昌說：「兩姊妹本來是同學，都唱得不錯，想不到真的一曲走紅了，就和假的拉開了距離。假的不叫藝藝，叫一一，家是農村的，她爸想要兒子，結果連生兩個都是女的，她爸氣不過，她娘問名字，說，多了一個就叫一，於是就加了個姓，叫宋一一。真的藝藝姓程，是一一親姑姑的女兒。」

劉立昌擔心黃嘉歸聽糊塗了，就說，「還以真假稱呼吧。假藝藝沒有唱出名，就在王驪的文化公司裏當歌手，有時在晚會裏露露臉，也在企業單位慶典中擔當主持人，還到酒吧夜總會裏唱過歌。因真藝藝唱出了名，又演了電視劇，有些觀眾緣，假藝藝偶爾在有些場合露面，被王驪說成了歌星藝藝，結果還真靈，立時帶來不小轟動，偶爾就成了王驪向企業拉贊助的一張牌。當然有時也請真藝藝出場，比如說比較大的正式的演出，這樣一來，連公司的人有時也難分真假了。」

黃嘉歸聽到這裏，說：「那也不能缺德，讓人家去陪睡呀！」

劉立昌說：「兄弟這你就不知道了，那天被鄭老闆叫去才是第二次，人家是副處。」

黃嘉歸問：「怎麼回事？」

劉立昌說：「就在見你們的兩月前，一個地級市的一家國營工廠搞二十年大慶晚會，結果那老闆看上唱歌的藝藝，因爲並不是大廠，又在郊縣，王驪就讓假藝藝去了，結果唱得真假難辨，轟動不小。晚會結束，那老闆把王驪叫到一邊，閃爍其辭，王驪費了好大的勁，終於聽明白：他願出一百萬的贊助，留藝藝在賓館過一夜。」

劉立昌賣關子，停了一下，才說，「王驪是什麼人？能把一個司長拉下水變成老公，哪個男人在她眼裏，都是扒了褲子的裸體，看得一清二楚。她就說要和藝藝商量，如果做不通工作，朋友還歸朋友，不能怪她。廠長滿口稱是，還連說三個拜託。結果王驪把假藝藝叫到空處，說了許多話，總而言之，說女人想開了也就那麼回事，又不是爲娼，只當是一夜情。她說這一百萬來得實在容易，如果一一願意，就四六分成，六十萬歸一一，如果不願意也就算了，不過這六十萬，在京城的四環內，可以買一套不錯的房了。王驪說，一一只在燈光下低著頭蹭腳，長久不回話。王驪以爲她不願意，又不好直接回絕，就站起說：『我去回了那個王八蛋，他居然起這樣的歹意。』不料王驪剛抬腳，一一叫了一聲王姐，那一聲叫得王驪心痛。她回身，屋裏的燈光突然暗了，見一一的眼睛裏噙著淚水。一一說，她太想要一套房子了，北京混事真的很難！這事她願意做，但她還是一個處女。這使王驪吃了一驚。一一接著說，她想一定要把第一次給愛著的男人，現在看來，只好把第一胎留給男朋友了。王驪急了，就問：『現在你有沒有男朋友？』一一說沒有。王驪問：『有沒有愛著的男人？』藝藝仍回答說沒有。王驪長嘆一聲說：『那就沒有辦法了。』她像是給藝藝說，又像自言自語。她說：『和心愛的男人睡覺真的是飛天，何況是第一次。』說完了，她見一一不動，就說，『聽你的，姐不勉強你。』一一說同意。王驪就說：『你等著，不能便宜了那個色鬼，叫他放血。』說著就出去了。」

劉立昌又在喝水，這一口水喝得太多，喉嚨裏的響聲更大，他放下水杯，繼續說：「王驪去見那個廠長，說一一還是處女，那廠長聽王驪這一說，激動地站起來，臉都漲紅了，一把抓住王驪的手，說，求王經理成全這份美事。他說，他娶的老婆是文革中被工廠的革委會主任睡過的，他只是一個工人，結婚當晚不見血，從老師傅那兒知道老婆不是處女。這些年他累死累活，才幹到眼下的位子，手裏有了點權，也能支配錢了，但他確實沒有碰過廠裏的女人，有賊心也沒賊膽。但他今天見了一一，實在是魔鬼纏身，控制不住了，何況是處女，他實在想知道處女是什麼味道。王驪看那廠長的腿腳幾乎軟了，要下跪的樣子，知道宰一刀不成問題，就說：『你聽著，再加五十萬，前面的一百萬是給歌星的錢，後面的五十萬是處女明星開苞的錢，這不爲過吧？』廠長一聽，連連點頭，說，行，行，不爲過。王驪說：『女歌星是什麼身分?處女女歌星是什麼身分?這裏不行，必須到省城涉外五星級的酒店裏，開兩個房間，我在隔壁陪著。』王驪看看表，說，『現在十點半，一個半小時趕到省城，十二點到，給你五個小時睡覺的時間，凌晨五點之後，叫明星過我的房間休息休息，你走你的人。』那廠長又連說是，只是說能不能把時間延長到六點，王驪很乾脆地說不行。那廠長也就說夠了夠了。說著，從口袋裏掏出一個存摺，說，這是小金庫的五十萬，存在銀行，你們明天就可以取走，並告訴了密碼。他說另外的一百萬，明天一定按慶典合同上的賬號，匯到你們的戶頭上。王驪說：『不爲難你，明天我派人給你送一份五十萬的贊助合同，好讓你下賬。』」

劉立昌說：「事情談妥了，王驪就開著自己的車，帶著一一和那個廠長趕到了省城。進了房間，那廠長問，安全怎樣？王驪說，這裏公安的頭，是她的哥們，何況是五星級涉外飯店，根本不會有人來查。連洗澡加起來也不到二十分鐘，王驪就聽到了隔壁傳來一一一聲雖低沉但卻尖利的叫喊，有經驗的王驪知道，一一說的是真話，那一瞬間，她打了自己一個耳光，連她自己也對自己的行爲感到莫名其妙。事後一一告訴王驪，說隨著那男人發瘋似的一刺，她疼得幾乎昏過去，但同時她聞到了自己下身流出的一種從未聞過的香氣。那男人激動地喃喃地說，他遇到了傳說中皇帝的香妃，他要一一原諒他的粗魯，同時央求一一不要反感他，說他花了一百五十萬，值，今晚一定要痛快，盡興，明天出門被車撞死這輩子也值了。」

劉立昌結束了自己的講述，說，「那廠長兌了現，王驪把一百萬給了一一，自己只留了五十萬。感動了一一，所以才有了你打電話求我幫忙，王驪才求一一出臺的事。想不到鄭老闆自己先忍不住了，不過一一一直說，鄭老闆不光有錢，而且是一個會疼女人的男人，說第二次她是樂意的。你可不要以爲我們盡幹這種勾當，沒有需求，哪有我們的勾當？說罪過，十分之六在你那，我們只占四。」

聽了劉立昌的敘述，黃嘉歸想起班瑪大師的話：「眾生實在可憐，被貪嗔癡慢疑五毒驅使，變成瘋子，無法自制。」同時，他對冒名頂替藝藝的一一，產生了深深的同情，他實在想去見她一面，至於說什麼他還沒有想好。

劉立昌見黃嘉歸沒有回音，就問：「你是不是想仲介費的事？這事確實難爲你，王驪說了，辛苦費你開口，只要不把這次的演出費全拿去就成。」

黃嘉歸笑笑，說：「我還求你哩，你先出個價吧。」

劉立昌說：「你的事麻煩不大，但事情不小，我的事情雖小，但麻煩卻大，這樣吧，扯平如何？」

黃嘉歸笑著說：「我從沒有過給你辦事收錢的想法，你說扯平，行！」

劉立昌說：「嘉歸兄，你就這點可愛，怪不得那麼多人願意為你辦事。那個鄭老闆活著的時候，說起你，總是讚口不絕。」

黃嘉歸笑著說：「但願他死了別說我。」

劉立昌說：「還有一個人，受了鄭老闆的蠱惑，一定要見識這個能讓有錢的男人心悅誠服的優秀男人。」

黃嘉歸說：「你不要說好聽的矇我，不就是那點讓我做的事嘛，用得著費勁？」

劉立昌正了口氣說：「騙你是狗，真的。」

黃嘉歸就問：「誰？」

劉立昌說：「就是那個故事的主角一一。」

黃嘉歸的心怦然一動，但他說：「胡謅八扯，我們只在昏暗的燈光裏握了手，她長得什麼樣都沒有看清。」

劉立昌說：「你沒看清人家可看清了，說這次到靈北一定要感謝黃哥。」

黃嘉歸稍停，說：「我有個條件。」

劉立昌一驚，忙說：「可不要讓我為難。」

黃嘉歸說：「你這是職業習慣，腦子裏沒有乾淨的地方。」

劉立昌說：「你怎麼說我都不在意，說條件吧。」

黃嘉歸說：「我給你的方案，見了一一之後再出。」

劉立昌說：「天哪，你逼我跳樓還是要和人家談條件？時間能來得及？」

黃嘉歸說：「我本來就準備明天去北京。」

劉立昌說：「那好！我去機場接你。」

與劉立昌通完電話，黃嘉歸輕鬆了許多，但他並沒有把與劉立昌的通話內容告訴馬可，在他看來，他們的所作所爲，雖不能算污濁，至少不算乾淨，他還是希望自己的女人活得單純些。當晚，他睡了一個安穩覺，一夜未醒。

馬可見他睡得踏實，就沒打擾他。但她幾乎一夜未眠，設想各種結局。她默默祈禱，希望黃嘉歸北京之行順利，儘快解決問題。她看著身邊熟睡的男人，湧上一種說不清的心痛，她甚至自責自己不能爲他分擔更多的壓力。

五點鐘，她就起床做早餐了……

黃嘉歸乘下午兩點航班到北京，空中飛行一個半小時，劉立昌果然開車來接。

上了車，劉立昌開玩笑說：「我心裏老不踏實。」

黃嘉歸說：「怕我誤了你們的大事？」

劉立昌說：「你總不會見了你要見的人再給我方案吧？」

黃嘉歸說：「看來你還是不信任兄弟，我見了一一就給你。」

劉立昌笑著說：「說句笑話而已。京城裏個個都是大忙人，約個要緊人得提前三天。」

黃嘉歸說：「這次我是有備而來，辦妥了再回，三五天不少，十天半月不多。」

劉立昌說：「你有賊心仕，我可沒有賊膽留，靈北的事還需要你安排。」

黃嘉歸說：「看來你比我急。」

劉立昌說：「你的事，我肯定搞定；我們的事，你可不能誤。誤了，王驪會把我吃了。」

黃嘉歸說：「還是不相信我？」

劉立昌說：「哪裡，就是再提醒一下。」

車上機場高速，劉立昌開得飛快，黃嘉歸問：「你急什麼？」劉立昌說：「不在下班高峰前趕到，我這個下午就都陪你了。」

然而，劉立昌越急，就越不順暢，不一會高速公路堵了，車輛排起長龍，像一個生了病的大蟲，慢慢蠕動。好不容易爬到前面，才發現出了車禍，碰得還不輕，正用拖車在拖。黃嘉歸看看表，在高速路上堵了半個小時。

劉立昌說：「得了，我本想請你吃中午飯，這一堵，加上進城的時間，兩頓飯合一起吃算了。」

黃嘉歸說：「我在飛機上吃了的。」

劉立昌說：「那正好，我不請了，送你到四環邊上的牡丹居，一一在她住處等你。」

黃嘉歸說：「合適嗎？」

劉立昌說：「你不是說，見了人家才給我出方案？人家今天可是專等你的。」

黃嘉歸說：「行，行，你看著辦。」

劉立昌說：「有住的地方，還不用掏房費。」

黃嘉歸說：「你賺錢是大手筆，怎麼說起話來儘是小算計。」

劉立昌說：「咱從來不如你，也就這德行。」

說話間，他們就從北四環一個路口下來，走了不到兩分鐘，就到了牡丹居，一個很大的社區，好像剛剛建成不久，綠化的地皮還未長出草，但環境不錯，四周交通方便，出城走四環，進城也是主幹道。中午時分，也許上班的人都不在家，社區裏很靜，只是偶爾有人進去。猛然有人開關大樓的鐵門，發出不小的響聲，傳得很遠。

他們開到一棟樓下，劉立昌懶得去按門號，就在樓下喊了三聲――，九樓的窗口就伸出個頭，因太高，看不清面容，但頭髮很長，在半空灑下來，很飄逸，黃嘉歸一眼認出，但離得高，就沒有打招呼，倒是――叫了一聲黃總，就對劉立昌說：「你不按門鈴，我這裏打不開，還讓我下樓嗎？」

劉立昌拍一下腦袋說：「圖省事，看來還不行。」說著，就去按門號，記了好一會兒，才記起來，於是按了一下，只聽「砰」的一聲，鐵門開了，黃嘉歸要進去，突然想起帶的東西，說：「一點靈北特產，拿上。」

劉立昌就去車裏拿了黃嘉歸的包，進了電梯，黃嘉歸說：「沒有什麼好東西，帶了幾包魚片，給――幾包，其餘的你拿去和王驪分了，就那麼點意思。」

劉立昌說：「領情了。」

電梯到九層，――在電梯門口等著，穿一身休閒裝，很清新，臉上也沒有化妝，雖是單眼皮，但杏仁眼特大，生動有神，沒有化妝，更顯出自然的細嫩來，整個形象清麗可愛，完全不像都市裡的時尚女人，比起黃嘉歸第一次見她的豔麗，更多了幾分天然的韻味。黃嘉歸情不自禁地讚嘆了一句：「――真美。」

――笑著，接過黃嘉歸手裏的包，倒是不沉，她用一隻手提著，一隻手向前面左側一指，就帶著黃嘉歸和劉立昌進了自己的屋子，房門是半開著的。他們進屋，一一要關門，劉立昌就叫道，說他有急事，一篇稿子明天見報，結尾還未寫好。

一一笑著說：「你出去，我和黃哥清靜。」

劉立昌說：「看來我是不受歡迎的人。」

說著，就往外走。黃嘉歸打開包，掏出幾包魚片放下，又拿出一個裝洗漱牙具的小包，其餘的連同提包，一起扔給劉立昌說：「帶去，和王驪分。」

劉立昌接了，神秘地扮了一個鬼臉，拉上門出去了。

因爲有昨天和劉立昌的通話，黃嘉歸對一一有了比較深的瞭解，也就有了一種難言的感情成分，他愈見她青春美麗，就越覺得這個世界太醜陋，把一個純情的女孩變成了世俗的玩物。他這樣想，就有一種想把她拉出來的感覺，可他又不知道該如何開口，他雖寫了不少文章，但他實在不知道怎樣勸說這樣一位女人，所以他一時顯得木訥。

一一倒沒什麼，像見了老朋友一樣自然熱情。她擺了滿滿一桌水果，有蘋果、香蕉、奇異果，還有小番茄，又切了半個西瓜。不像是招待一個人，倒像是招待一群人。

忙完了，一一又給黃嘉歸沖了一杯上好的綠茶，說：「你餓了，我們先吃飯去。」

黃嘉歸說：「不用，我在飛機上吃過了，不餓。」

一一就用牙籤扎著小番茄遞給黃嘉歸，接著就用小刀削蘋果，蘋果皮在她的手指間迅速拉長，變成了一段飄帶。這個女人的動作，使他一刹那想起了馬可，馬可削蘋果也是這樣的姿勢和動作，握在她們手中的蘋果，不像是馬上要讓人吃掉的水果，而是一種情緒，一種抒情，女人用她們的心，轉動著手中的蘋果，將她們潛伏的愛意捧到了男人的面前，而且是削掉了皮的赤裸裸的述說。黃嘉歸有時靜心，看著拉長的蘋果皮，總想寫一首詩，可總是找不到與心境對應的句子，所以只有感動。

一一見黃嘉歸目不轉睛地看著她的手，有些不好意思，黃嘉歸覺察到了，就微笑著說：「你削得真好。」

這時，拉長的蘋果皮快要挨地了，一一迅速結束了最後一個動作，將果皮提起來，放到桌子上，說：「進了城常給姑姑削，練出來的。」

「你姑姑？」黃嘉歸問。

「我藝藝姐的媽媽，」一一說，「她是我親姑姑。」

黃嘉歸一聽又多愁善感起來。他想，兩個表姐妹本來就沒有什麼差別，即使一個在農村長大，也是上了大學進了城的，一個名聲如日中天，一個卻要頂另一個的名，用身體去換金錢。無常的人生總使人難以捉摸。

一一把蘋果遞給黃嘉歸，黃嘉歸卻不想吃。一一說：「這是黃哥你們陝西銅川的蘋果，很甜也很脆。」

對一一的熱情，黃嘉歸不好推辭，就咬了一口，果然很甜很脆。他就沒話找話地說：「黃土高坡缺水，所以蘋果的糖分就高。」

一一說：「是的。」她起身說，「黃哥，五點了，我炒菜去。」說著，去廚房忙碌。

一會兒，黃嘉歸就聽到廚房裏的炒菜聲。也就半個多小時，一一做了六個菜端上了桌，五個青菜是剛做的，一個燉豬蹄是提前做好了的。

黃嘉歸說：「一一，你的手藝真不錯，我可沒想到。」

一一說：「小時候，我是家裏的老大，常常給爸爸媽媽做飯，所以就練出來了，進了城，又常常在姑姑家做，只是不知道合不合你口味。」

黃嘉歸嘗一口，連連說好吃，他說：「你夠快的。」

一一說：「昨天王姐說你要來看我，我好高興，專門買了幾樣青菜，提前洗好了的，剛才也就是炒了炒。」

黃嘉歸問：「你怎知道我喜歡吃青菜？」

一一說：「過去和鄭老闆吃飯，他愛吃肉，卻總要說，黃老師要在，這頓飯就要變成吃草了。我想你一定喜歡吃清淡的素菜。」她說，「有一回，鄭老闆點了罐子燉豬蹄。鄭老闆吃著說，這道菜黃老師和我都喜歡，所以今天就燉了個豬蹄。」

黃嘉歸聽了，竟有些感動，鄭仁松吃飯時還能記起他，一一這女人又如此的細心，人生有了這樣的朋友，雖不經常你來我往，但每每想起來，生活就多了些溫馨。

一一開了一瓶洋酒，讓黃嘉歸嘗嘗。於是，他倆就各倒一小杯，慢慢品起來，這時米飯也蒸好了。

一一打開音樂，很輕柔，她又點了一支檀香，屋子裏有一種說不出的舒緩清香的氛圍。這頓飯吃得十分有情調。

飯罷，黃嘉歸借著微微的酒勁，就說：「一一，我把你當妹妹看，你實話告訴我，對五一的靈北之行，你是怎想的?不管你有什麼想法，我都理解、尊重，把這件事辦好。」

一一微微發紅的臉色，突然有了陰影，她的眼睛裏似乎有了淚光，黃嘉歸發現，這個平日裏面帶微笑的女人，實際內心裏是很憂鬱的。

許久，一一才說：「黃哥，我只是從鄭老闆的口中知道了你的許多細節，就找了你的文章看，特別喜歡你寫終南山的文章，我連看了三遍，我十分崇拜你，你的文章讓我心淨。」

她看了黃嘉歸一眼，淚光裏浮了一層霧氣，似乎在證明她的話的真實性。她說：「對於梁大棟，我連一眼都不願看了，他說我下身香，就用嘴去吃，把我咬得淚都出來了，那是一個魔鬼。可他開的價太高，王姐對我好，我不好開口拒絕。再說，立昌哥也跑前跑後忙，每次有他百分之十的好處。我如果不同意，不就得罪許多人嗎？我不忍心。」

黃嘉歸聽了說：「重朋友是對的，一個人沒有朋友不行，但爲了朋友像你現在這樣生活，想想値嗎？不要說佛家說的正業了，就是對自己的身體和感情，也不負責任呀。」

一一的淚水滾下臉頰，掉到了地上，但眼眶接著又盈滿了淚。她說：「黃哥你說得對，可我該怎麼辦？」

黃嘉歸說：「你如果相信我，這次就聽我的。」

一一用力點點頭，又有淚珠掉下來，滾得很快，黃嘉歸低頭，就見棕紅色的地板上，浮著兩滴水。

黃嘉歸說：「我有主意，明天就這麼給劉立昌說。」

一一點點頭。

黃嘉歸說：「需要你和你姐姐配合，時間得安排得十分準確。」於是黃嘉歸就給一一說了靈北的計畫，一一聽了，臉上立刻浮上笑容，連身體也像輕快了，她跳起來轉了個圈，說：「王姐和劉立昌會同意嗎？」

黃嘉歸說：「他倆的工作我做。」

這下，一一沒什麼負擔了，取出一個剛剛獲奧斯卡大獎的影帶，說朋友剛從國外帶的，還沒翻譯過來。他們打開錄影機放片子，是動作片，儘管未翻譯，黃嘉歸還能聽出個十之七八，問一一，一一說她英語水準不行，剛剛能聽懂。

看完片子，十點多了，黃嘉歸起身要走，說下午進社區時，看見路邊有一家賓館，他去那裏住，明天再一起去見王驪和劉立昌。一一站起來，眼睛靜靜地盯著黃嘉歸，說：「黃哥，我這裏不乾淨嗎？」

這句話說得很重，黃嘉歸怕一一誤解，忙說：「哪裡，哪裡，當然比賓館好得多，只是我睡覺呼嚕聲很大，怕影響你。」

一一說：「房間隔了一堵牆，你的鼾聲能穿牆而過嗎？真的過來了，我還沒聽過穿牆過來的鼾聲呢。」她把黃嘉歸的包拽下來，說，「王姐和劉立昌他們，時不時地在這睡，有時來的朋友多了就打地鋪。一百多平米的房子，難道睡不下一個黃哥嗎？」

一一說到此，黃嘉歸無話可說了，就坐下說：「那就聽一一小妹的。」

一一打開淋浴器，拿出一套睡衣放在沙發上，說：「黃哥，洗個澡吧，睡衣是新的。」

黃嘉歸忙說：「我昨晚剛洗的，不用洗了。」

一一就說：「那就不客氣了，我洗。」說著去房間裏拿出一件睡衣，徑直去了浴室。

電視裏放著一個叫《青春做主》的電視劇，一群剛剛參加工作的大學生，發生著愛和不愛的感情糾葛，很青春，也很多情，但黃嘉歸看不進去，只聽見浴室裏響著水聲。他知道，那水霧中，有一個散發著香氣的女人的胴體，一定是美妙無比的。他雖然沒有歹意，但這個特殊的女人，確有讓男人無法抵禦的神奇魅力。

似乎過了許久，一一才出來。她穿著一件白底藍花的睡衣，燈光下，那藍色的花，一簇簇盛開，開得繡成了團，分不清白底是花，還是藍色的圖案是花。而從這花團似錦的花叢中，飄出一股異常的清香，似乎帶著淡淡的檀香，似乎又散發著春天原野上飄揚著的天然的百花香氣，混合著甜甜的草莖的味道。她的頭髮沒有洗，在頭頂上挽起一個髮髻，正好將長長的脖子露了出來，直直的，在頭髮的分界處，露出乳白色的肌膚，慢慢順著耳根下滑，終於隱到了睡衣裏。

忽然，她將頭髮散開，立時就像滿天的黑絲傾瀉而來，忽地在眼前展開一片飄動著的黑色的雲彩，在燈光下散發著一層黝黑的光。

黃嘉歸的眼睛看直了。他想眼前這個女人，如不是一時間走偏了，真如天使下凡，令天下的男人無不怦然心動。

一一轉過身，突然發現黃嘉歸看她的目光，說：「黃哥，有什麼不對嗎？」

黃嘉歸一怔，脫口而出：「你真美。」

想不到一一的臉色突然變了，哀怨地說：「人說自古紅顏多薄命。」說完，她突然抽泣起來，身子就像受傷的兔子，渾身發抖。一剎那，黃嘉歸周身湧起一股血，他真想上去抱起這個女人，給她溫存，給她勇氣和信心。他的心裏剎那間升起一股英雄氣概，似乎他此次之行，是能給這個女人未來幸福的。但他終於還是忍了，只說：

「一切都會過去的。我們這個年齡的人，都會背誦一句經典臺詞，叫作『麵包會有的，愛情會有的』，是一部蘇聯電影裏的話。」

一一撲哧一聲笑了，她抬起頭，黃嘉歸看見她幾乎淚流滿面了。黃嘉歸從茶几上抽出幾張面紙遞過去，她接過面紙，擦乾眼淚，微笑著說：「謝謝大哥！」

黃嘉歸說：「一切都會好起來，讓我們一起遠離那些讓人傷心的事情吧。」

這晚，黃嘉歸睡得很踏實。一覺醒來，已經早晨七點多了，一一在廚房裏忙著做飯。很快，她就將粥和麵包端上來了，還拌了兩個小涼菜。

他們吃了飯，一一開車，他們去和劉立昌王驪會合。

當天的事情辦得很順，王驪和劉立昌當然同意黃嘉歸的方案，但對今後放棄梁大棟這條大魚還有些戀戀不捨。黃嘉歸說：「積點德吧，社會風氣敗壞了，不能僅僅怪貪官，你們是在爲虎作倀，罪惡更大。也可憐可憐一一小妹妹吧。」他還說，「我可告訴你們，梁大棟在靈北犯的事不少，他這一屆也快到期了，不知道哪一天會栽到什麼人的手裏，拔出蘿蔔帶出泥巴，你們還要去墊背嗎？」接著，他就說了卜亦菲開寶馬去撞梁大棟的事。王驪與劉立昌聽了，果然嚇一跳，說這是個危險人物，早離開少一份危險。最後他們就徹底信服了黃嘉歸，說他是個高人，如果放在北京忽悠，他們就要失業了。

劉立昌約的朋友，是兩家國家級報紙的部主任，一個是社科部的，一個是法制部的。他們看了資料，很氣憤，說這地方政府，真他×的膽子大，什麼事都敢做。社科部的宋主任跑過多年紀檢口，中紀委的人很熟，肯定遞上去也會儘快有結果的，不過他要黃嘉歸把資料的角度扭扭。他說，中紀委是對人的，必須集中突出梁大棟的事，他說，就直接寫他支持縱容下面的人，負有領導責任。法制部的苟主任說，他負責送《人民日報》和新華社，資料不用改了，讓記者們看著辦。是否送全國人大，苟主任說：「劉立昌不是和全國人大的文委口的人熟嘛。」

劉立昌一拍腦袋，說：「怎忘了？」他說，「我包了，找兩個全國人大代表聯名上書。」

黃嘉歸請他們吃了一頓飯，劉立昌又拿了兩提禮品裝的漢中仙毫羌苑翠芽，說這是黃嘉歸老家漢水源頭的清明茶，絕對的綠色，一點心意，請哥們嘗嘗。他爲了強調茶的名貴，說：「全是十六七歲的處女採的，一斤兩千多頭嫩芽，去年在北京一個拍賣會上一斤拍出兩萬元的價格。京城的報紙都登了。」

兩個部主任拿了，就笑著說，相信輿論的正義，可完全不相信文化幹的勾當。劉立昌就抱著雙拳，說：「哥們，饒了吧！」

47

黃嘉歸在京城忙乎，馬可在靈北也不清閒。黃嘉歸進京的第三天下午，幾名城管趕到般若園大門口，下發一份通知，說開發區目前正在創建文明城市，經檢查，般若園的看護房，也就是現在的售票房是違章建築，應立即自行拆除，否則七天後將強制執行。

馬可看了通知，感到既可笑又憤怒。就連農民的莊稼地裏，也可以搭建臨時茅棚，看護成熟的糧食或瓜果，一個投資幾千萬的大案子，門口幾間看護房居然成了違章建築！再說，一座遠離城市的大山裏，幾間看護房與創建文明城市又有什麼關係？但執法者下了文件，言之有理，言之有據，政府批准的般若園規劃，確實沒有看護房這一項，未經批准的建築，當然是違法建築。事情明擺著，這是某些人迫使般若園退園的又一步棋。

當時馬可就想給黃嘉歸打電話，但想了想，還是沒有打。給他說了，只能給他帶來更大的煩惱，問題也不一定能解決。何況，北京的事情不知道辦得順不順利，告訴他，只能增加他的壓力，於事無補。所以，她沒有告訴黃嘉歸。

她很快理清了思路，這件事的根源在梁大棟，只有他才可以使發生的事情終止。她突然想起她曾經保存的兩張單據，一張是鄭仁松讓她匯給梁大棟的導師牛乳理二十萬贊助費的存根，另一張是梁大棟在西海大酒店長期包房的交款收據。她馬上去找，很快在裝雜物的舊皮夾裏翻出來了。

經過反覆思索，她決定拿這兩張單據，親自去見梁大棟。但她不知道梁大棟這幾天在不在開發區，也不知道這兩張單據能不能拿住梁大棟，更不知道最終能不能達到目的。也許弄不好還會把自己也搭進去。

她幾乎一夜未合眼，至天亮才迷糊了一會兒。上午她把能想到的方案統統想了一遍，選擇了最爲冒險也可能是最奏效的方法。於是，她給歐陽玉娟打了個傳呼。一會兒，歐陽玉娟回電話，她一看是手機號，就說：「玉娟，有手機了？」

歐陽玉娟一聽是馬可，一驚，接著就叫喊：「馬姐，你把我忘到大海裏餵魚鱉了吧？」

馬可沒有心思和她鬥嘴，直接說：「玉娟，麻煩你落實一下，松林置業在西海大酒店給梁大棟開的長包房還在不在？」

歐陽玉娟問：「馬姐，幹什麼？」

馬可說：「你先落實清楚再說。」

歐陽玉娟說：「財務沒有換，我問一下就知道了。」

不一會兒，歐陽玉娟回電話，說：「馬姐，問過了，還在，只是梁大棟很少去了。」

馬可說：「能開開房間讓我用一天半天嗎？」

歐陽玉娟問：「馬姐，你要幹什麼？」

馬可脫口而出：「找梁大棟。」

歐陽玉娟叫一聲，說：「馬姐，你要與虎謀皮！」

馬可無奈地說：「只有他才能解決問題。」

歐陽玉娟說：「馬姐，你等著，我過海辦事，剛好在開發區，我很快到你辦公室。」

馬可巴不得有個人商量一下，就說：「好吧，我等你。」

二十分鐘歐陽玉娟就到了。她的身材雖不及馬可苗條，但長得小巧玲瓏，周身飽滿，時尚性感，圓圓的臉蛋，更逗人愛。馬可見她比過去胖了些，但顯得更漂亮了，穿著打扮已完全脫出了當初的純樸，是一個徹底的成熟的女人了，就說：「你過得好開心。」

歐陽玉娟說：「過去給老闆幹，待遇再高不自由。如今自己幹，自己說了算，所以心寬體胖。」

不等馬可接話，歐陽玉娟火急地問：「到底有什麼事，非得找梁大棟辦？」

馬可隱去了外商的話題，冷靜地說了近期般若園的遭遇。她說：「黃總顧不過來，這件事我想出面解決。如果不立即制止他們，般若園就得關門，黃總無法給外商交代。」

歐陽玉娟想想，說：「是的，這事只能找梁大棟。」她看看馬可說，「這麼重要的事，你得告訴黃總一聲。」

馬可說：「他在北京辦事，不能給他添亂。再說，如果告訴他，他肯定不讓我幹。」

歐陽玉娟說：「馬姐，你想過後果嗎？梁大棟是隻狼，漂亮女人到他身邊躲不過去的。我領教過他的噁心。」

馬可說：「我想過，只有採取這樣的方法，才有可能約出他見面，我會防備的。見不著他人，一切都是白搭。」

歐陽玉娟說：「萬一有個閃失，你怎麼給黃總交代？」

馬可苦笑說：「只好不嫁給他。」

歐陽玉娟停了一會，說：「代價太大了！」

馬可說：「因爲我太愛他，才想一定給他辦妥這件事。」

歐陽玉娟幽幽地說：「我真羨慕你能這樣愛一個人，我的心已經死了。」

馬可說：「誰讓我們是女人呢？」她抬起頭，看看歐陽玉娟說，「你就安排吧。」

歐陽玉娟說：「好吧！」說完她又說，「我在隔壁開個房間，萬一有事，你喊一聲，我立即去砸門。」

馬可感激地說：「謝謝你玉娟！」

歐陽玉娟說：「馬姐，你對我的大恩我如果不知道報答，還算歐陽玉娟嗎？再說，這事本來就應該我們一起分擔，誰讓我們是姐妹哩。」說完，她掏出手機，撥了個號，對方接了，她聽聲，直接說，「芳芳嗎？我是歐陽玉娟。」

對方立即說：「玉娟姐，你在哪兒？」

歐陽玉娟說：「還記得姐，算你有良心！」

對方馬上說：「誰敢忘了玉娟姐？吃了豹子膽了。」

歐陽玉娟說：「甭說好聽的，姐有事求你。」

對方說：「聽姐的，一切按姐說的辦。」

歐陽玉娟說：「把西海大酒店八九一九房間給姐用一天，不要告訴別人。」

對方一怔，還是答應了，說：「玉娟姐真有運氣，本來到期不準備包了，一問賀總，他不讓退，我一想，肯定他留著用。可惜他沒福氣，一天也沒有住就病倒了。」

歐陽玉娟沒有時間聽對方嘮叨，說：「馬上叫人打開。」

對方說：「十五分鐘我過去把房卡放在總臺，你隨時去就是了。」

歐陽玉娟說聲好，放了電話。

馬可聽得清楚，說：「還不知道梁大棟在不在開發區。」

歐陽玉娟說：「空著還不是空著，人不在再說。」說著，又撥了一個電話，隨即給馬可搖搖手。很快對方接了，她嗲聲嗲氣地說：「史哥，史大主任，妹妹想死你了。」

馬可一聽是史九剛的聲音。

史九剛哈哈大笑，說：「你歐陽玉娟什麼時候和我這麼親熱？難得難得。」

歐陽玉娟說：「求人當然得態度好些。」

史九剛說：「在下領情了。說，什麼事用得著哥哥？」

歐陽玉娟說：「沒什麼要緊事，問一下梁主任今天在開發區嗎？」

史九剛說：「在西海大酒店開全區經濟工作會議，這幾天都在。」這時聽見電話裏有人喊，史九剛說，「有事，忙著，回頭再說。」

不等歐陽玉娟說聲謝謝，史九剛就放了電話。

歐陽玉娟對馬可說：「在西海大酒店開會，他有不睡午覺的習慣，現在就可以約。」

馬可剛才就已聽清了，點點頭。

歐陽玉娟翻開通訊錄，找到梁大棟的手機號，放在馬可的辦公桌上，說：「想好了你再約，定了時間我去開房。」

馬可呆坐了幾分鐘，看看表，中午十一點了，就拿起電話，撥了梁大棟的手機號。響了一聲，就被按掉了。她再撥一遍，又被按掉了。她只好放下電話。

歐陽玉娟說：「也許正忙著，過一會看。」

她們只有坐著等。

整個辦公室很靜，沒有一點聲音。雖然開著暖氣，房子裏並不暖和，歐陽玉娟搓搓手，說：「人呢？」

馬可說：「景區管理處在山上，工程部和市場部的人出去了。」

她們一時無話。

突然電話響了，馬可急忙接起來。對方問：「剛才哪一位來的電話？」

馬可一聽是梁大棟的聲音，想好的說辭竟忘了。情急之中，只好說：「梁書記，我是鄭仁松董事長原來的辦公室主任馬可。」

梁大棟一怔，說：「你不是早離開鄭總了嗎？在哪裡高就？」

馬可說：「還在靈北，一直和鄭總有聯繫。」

梁大棟說：「找我有事？」

馬可說：「鄭總讓我轉交你兩件東西，想不到他突然去世了，大家心情都不好，所以也就一直沒有交給你。」

梁大棟說：「送我辦公室，交給史主任。」

馬可聲音打磕了，她說：「梁書記，不行，鄭總當時交代，必須親自交到你手上。」

梁大棟說：「什麼東西這麼重要？這鄭仁松死了還玩花樣。」

馬可說：「交給你就知道了。」她不容梁大棟接話，說，「梁書記，在西海大酒店八九一九房間見一面就行了。」

梁大棟停了停，說：「好吧，中午一點吧。」說完，放了電話。馬可拿著聽筒，愣了半分鐘才放下。

歐陽玉娟看了看時間，十一點半了，說：「馬姐，我陪你吃午飯，然後去開房。」

馬可點點頭，和歐陽玉娟下了樓。到了飯店，馬可恢復了常態，說：「要去打仗了，得先有精神。」

說著，她們點了幾個可口的菜，又要了兩瓶啤酒。十二點半，她們結束了這頓飯。

馬可說要回去拿單據，就開車往回走了。歐陽玉娟直接去西海大酒店開房。

實際上，單據就在馬可的包裏裝著，她急忙趕回去化了個淡妝，無意中又打開一盒香水，是黃嘉歸一個從國外回來的朋友送的，她從來沒有用過。當她滴一滴灑在身上的時候，立即有一股熟悉的香氣刺鼻而來。她突然記起，這是卜亦菲經常用的，說是法國正宗名牌，梁大棟就喜歡這個味道。她突然覺得噁心，難道自己打扮一番，是爲了引誘梁大棟？在黃嘉歸面前，她也從沒有用過這樣的東西，這算什麼？她罵自己「下賤！」她想重換衣服，但一看時間來不及了，只好作罷，下樓開車直奔酒店。

她估計歐陽玉娟已經打開了房間，進酒店後，就直接坐電梯到了九樓，去敲房間的門，門果然開了，歐陽玉娟在裏面。歐陽玉娟見了馬可的打扮，一驚，同時聞到了香水的味道。她突然說：「時間來不及了，不然應該見見亦菲姐才對。」

馬可搖搖頭，表示不可能了。

歐陽玉娟只好說：「我在八九一七，有事喊我。」她拍一下馬可的肩膀說，「保護好自己！」

馬可點點頭，歐陽玉娟輕輕擁抱了馬可一下，拉門出去了。

馬可站在外間，足足愣了一分鐘。八九一九是一個大套房，裡間一張大床，兩把椅子，一臺電視；外間擺了一排大沙發，一張寫字臺，一把皮椅，一臺電視，臺燈也是特製的。房間可謂配備齊全，豪華舒適。馬可對它再熟悉不過了，過去，隔三差五，她就會過來檢查一回，以備梁大棟急用。在馬可做鄭仁松辦公室主任的三年時間裏，梁大棟只來過三次，說是酒喝多了，每次都是鄭老闆親自陪同。儘管梁大棟不常用，但也不接待其他人，常年一直保持清潔，茶几上永遠擺放著新鮮水果，恭候主人隨時光臨。

在這間房子裏，鄭仁松用金錢和美女與梁大棟進行的交易，馬可當然不知。但她知道是一間特殊的客房，肯定有秘密在裏面。所以，她才覺得在這兒有可能約到梁大棟，所以她要一試。但此刻，她看著這間熟悉的房間，她忽然覺得它像大海中的一個漩渦，水流湍急，巨浪滔天，她隨時有可能被捲進漩渦，不能自救。她猛然間感到了孤獨和恐懼。她坐在沙發上，努力使自己鎮定下來。

也就這時，有敲門聲，她猛一下站起來，所有的恐懼和不安瞬間消失了，她知道約他是來幹什麼的，她必須達到目的！於是，她鎮靜地打開門，梁大棟出現在她面前。

這位已經發福的中年男人，保持著不苟言笑的一貫神態，他的臉上永遠是一副神聖不可侵犯的表情。他站在她面前，高出半個頭，像一堵山，她感到壓抑。一個門似乎被堵實了。

因爲背對燈光，梁大棟並沒有看清馬可的臉。當他進屋，在燈光下看清了面前這張動人心弦的美麗女人的臉時，他一驚，立刻卸下了嚴肅的表情，笑著說：「小馬比過去更成熟了。」

馬可被他的目光灼傷了，慌亂地低下頭，這更激起了梁大棟的興趣。他說：「什麼好東西，拿來看看吧！」

馬可突然覺得自己毫無把握，不知道手中的兩張單據能不能拿住梁大棟，但已無路可退，只好說：「不是什麼好東西，就是兩張單據，鄭老闆生前囑咐，讓我一定交給你。」說著，她從包裏掏出那兩張收據，遞給梁大棟。

梁大棟拿過來看看，十分奇怪地瞅著馬可說：「這是什麼意思？」他搖搖手中的單據。

馬可說：「其中一張是匯給北京牛乳理教授的，另一張是付給西海大酒店長包房的。」

梁大棟突然像明白了什麼，大笑道：「小妹妹，要辦事就說事，拿這個東西來要脅我？鄭總贊助教學課題和包房與我有什麼關係？」他上前一步，拍拍馬可的肩膀，說，「小妹妹，你做這事還嫩點，不看鄭總的面子，我馬上可以通知公安局以詐騙嫌疑抓你。」

馬可感到無地自容，她覺得自己太淺薄無知了，然而，她已被逼到了死角，已無退路可言，她只有下了狠心，一定要達到目的！

她突然從梁大棟手中奪回了那兩張收據，撕得粉碎，轉身衝進裡間，扔進馬桶，接著放水沖掉了。在嘩嘩的水聲中，她回身到了梁大棟面前，盯著他的眼，說：「梁書記，我沒有別的辦法才來找你，只要你答應我的事，你要什麼我給什麼。」

說完，馬可跌倒在沙發上。

梁大棟盯著馬可的臉，換上了笑容，說：「不愧是鄭仁松帶出來的人，這個話我樂意聽。」說著，他也坐到了沙發上。

馬可感到壓過來一座山，使她喘不過氣來，覺得眼前金星亂墜……

隔壁房間的歐陽玉娟，這時已知道這件事情她們辦錯了，簡直是病痛亂投醫，純粹是自己往火坑裏跳，應該提前聽聽卜亦菲的意見，只有她最清楚怎樣對付梁大棟。當她聽到隔壁的敲門聲，她猛然從床上跳了起來，立即撥打卜亦菲的手機。還好，響了一聲，卜亦菲就接起來了。歐陽玉娟來不及客套，立即喊：「菲姐，我是玉娟，在西海大酒店八九一七房間，快來救人！」

也許她的聲音幾乎帶了哭腔，卜亦菲感到了事情的嚴重，立即說：「我在外邊跟人吃飯，十分鐘趕到，發生了什麼事？。」

歐陽玉娟說：「你過來再說。」

卜亦菲說：「好，你等著我，別怕。」

歐陽玉娟說：「快點。不要帶別人。」

卜亦菲說聲好，扣了手機。

放下電話，歐陽玉娟心急火燎，不停地在屋子裏轉。卜亦菲所說的十分鐘，在她看來不亞於十年，也許馬可的一輩子會因此而改變。

十五分鐘後，卜亦菲才趕到，歐陽玉娟顧不了那麼多，一把把站在門口的卜亦菲拽進來，說：「救馬可，她在隔壁，梁大棟在那兒。」

卜亦菲雖不知道發生了什麼事，一聽梁大棟和馬可在隔壁，一切都明白了。她說：「我去！」說著，衝出去砸房門……

而隔壁房間，就在梁大棟坐到馬可身邊的瞬間，馬可緊緊抱住雙臂護在胸前，說：「你必須先答應我的事！」

梁大棟一怔，極不高興地說：「說吧！」

馬可說：「請你放過般若園，放過黃嘉歸，不要今天罰款，明天拆房。你們還讓人活不活？」

梁大棟一愣，突然站起來，說：「只要是男人，就有搞女人的嗜好，但不要認爲我梁大棟是強搶民女的強盜，用不著！」他說：「我並不明白你說什麼，但我可以讓般若園暫時維持現狀。也請你轉告黃嘉歸，不是我個人對般若園有什麼成見，那麼一道亙古以來的自然風景，未經任何權威機構和專家評估，憑一兩個人的構思，就滿山遍野地刻畫，能說是嚴肅的嗎？」

馬可不知道該說什麼，默默地站起來。

正這時，響起了急促的敲門聲。梁大棟過去拉開了門，卜亦菲走了進來。梁大棟隨手關門，轉過身，看著卜亦菲說：「啊哦，原來是你出的高招。」

卜亦菲說：「主持正義！」

梁大棟說：「我可以告訴你，也請你告訴黃嘉歸，般若園必須重新評估，我們是對歷史負責！」說完，他憤然拉門出去了。

馬可撲過來，抱住卜亦菲，叫聲「菲姐」，眼淚就下來了。卜亦菲拍拍她的背，問：「他欺負你了沒有？」

馬可搖搖頭。

卜亦菲摟著馬可，說：「沒有就好，沒有就好。」

這時，歐陽玉娟也過來了。馬可放開卜亦菲說：「我怎麼這麼傻呢？」

歐陽玉娟說：「我們小看了這個男人。」

卜亦菲說：「他是官場情場走江湖的，你們怎麼會是他的對手？」

馬可說：「菲姐，讓你背黑鍋了。」

卜亦菲說：「他愛怎麼想就怎麼想，那是他的事，關我屁事！」

馬可的情緒穩定下來，面對兩個女友，感激地說：「你倆對我怎麼這麼好呢？」

卜亦菲說：「被狼咬過的人，肯定希望自己的親朋好友不再遇到狼。」

歐陽玉娟說：「保衛這個世界上剩下的最後一個愛情故事，是天下女人的責任。」

歐陽玉娟說出這句話，三個女人都笑了，同時摟到了一起。

她們覺得這個房間晦氣，立即離開了。

馬可下樓，沒有再回辦公室，直接回到住處，她思來想去，越發害怕，如果梁大棟動了手腳，如果不是歐陽玉娟叫來卜亦菲，真的發生了她害怕的事，她該怎樣面對黃嘉歸？怎樣面對今後的生活？也許只有離開黃嘉歸，離開靈北，一個人面對未知的未來。

她的精神恍恍惚惚，下午沒有辦事，晚上也沒有睡實在，直至第二天上午八點才起床。她沖了一碗奶粉，準備吃早餐，忽然接到山門口打來的傳呼，她放下碗，撥了一個電話過去，山門口的保安說，八點二十接辦事處電話通知，景區的看護房可以暫時保留，等候處理。

放下電話，她更加疑惑，不知道是不是梁大棟起了作用，如果是，就更不知道梁大棟玩的什麼花招。但畢竟躲過了眼前的一關，暫時可以輕鬆了。

四天後，黃嘉歸返回靈北。馬可開車去機場接他，進了開發區，他一時眼花，開發區的主要街道泰山路，似乎一夜之間變了樣，路燈的電線桿上統統掛了廣告，還是卷軸式的，色彩鮮豔，標語醒目，什麼「發展大旅遊，促進大經濟」「文化搭臺，經濟唱戲」「美麗靈北，文化靈北」「人人是旅遊環境，個個是旅遊文化」，一條條彩帶上，各式各樣的宣傳口號在桿子上抖著。來往的車輛，也像比往日多了歡快，像是迎接一個重大的節日到來。黃嘉歸一時竟有了陌生感。如果他是一個外來的旅行者，一定會被這種氣氛感染，讚美這裏的繁榮與熱鬧。可此時，他的頭有些發懵，心情煩躁，他十分想逃離這繁華與喧鬧。

回家吃完飯，天黑下來。黃嘉歸發現馬可情緒不高，又不問他事情的進展，與他們過去分別重逢時的興奮大相徑庭，他想一定有事，就反覆問，開始馬可說沒事，黃嘉歸說：「沒事你不會是這樣的。」他還開玩笑說，「天塌下來我也比你個子高。」

馬可終於憋不住了，打了一拳黃嘉歸，突然一頭撲到黃嘉歸懷裏，傷心地哭起來。黃嘉歸大驚，他輕輕拍拍她的背，用力摟了她一下，然後扶起她，擦去她臉上的淚水，說：「小乖乖，誰欺負了你，告訴我，我找他算賬去。」

馬可依偎在他懷裏，說了城管下通知的事，說了她找梁大棟的過程。只不過省略了梁大棟坐到她身邊準備動手動腳的細節，當然也沒有告訴黃嘉歸，她向梁大棟說只要答應她的事要什麼給什麼的話。她不是有意回避什麼，而是覺得告訴自己心愛的男人這樣的情節，是對他們愛情的侮辱，更是對黃嘉歸的侮辱。

但即使如此，黃嘉歸依然驚呆了，他發瘋一樣站起來，抓住馬可的雙肩，用力搖了一下，說：「你傻呀，難道你不知道梁大棟是什麼樣的人嗎？他是一個披了張人皮的流氓，禽獸不如！」

馬可不知道黃嘉歸為何如此憤怒，她的眼淚不由自主地又下來了，她無助地看著黃嘉歸，臉上充滿了委屈和憂傷。

當黃嘉歸看到她的眼淚和表情，突然覺得自己的舉動過分了，馬可並不知道梁大棟的京城醜行，更不知道他這次進京和劉立昌達成的交易。他終於控制住自己的情緒，說：「我知道你是爲我著想，可你萬一出事了，你叫我怎麼活呀！我的生命中不能沒有你！」

眼前這個男人發自胸腔的訴說，幾乎是聲嘶力竭的，馬可被深深感動了，她一下子倒進黃嘉歸的懷裏，抽泣著說：「我再不了，我再不了。」

許久，他們才從自己的情緒中解脫出來。

48

當晚，黃嘉歸說了在北京的事，重點說了一一的遭遇，襯托出梁大棟的可惡。馬可聽了，也十分同情一一，她說：「社會真是一個大染缸，好端端的一個女人，毀掉了青春。」

黃嘉歸說：「當我見她站在那兒，哭得像個孩子，雙肩不停地抽動，十分傷心的樣子，我就覺得這世界太殘酷，太不公道。」

馬可靠在他懷裏，仰起頭看著他，聽了若有所思地說：「那個時候，她一定十分孤獨無助。」她說，「你應該上去抱抱她，給她點信心和安慰。」

黃嘉歸嚇了一跳，他敘述時，略去了一一洗澡的細節，只說一一站在那兒無聲抽泣的狀態。儘管他知道馬可是個大氣的女人，不會胡亂猜測，但她的說法，仍使他吃了一驚，他想她是不是在套他的話，但馬可的表情，充滿了純淨的笑。他想他的心理過於陰暗了，愧對這個心底明淨純潔的善良女人。於是，他戲說：「就兩個人在屋子裏，隨便去抱，抱出問題怎麼辦？」

馬可說：「我連自己的男人都不相信，我還相信誰？給人以理解，給人以信心，對一個人是多麼重要。」她說，「我看過佛教的一樁公案，說一個老太婆供養一位修行人三年，她爲了試探修行人的功夫，就叫她的女兒到修行人的跟前，哭著說一定要嫁給他。結果修行人不爲情所動，坐在那兒紋絲不動。老太婆拿起拐杖，就把修行人打出去，說道，供養你三年，連一點慈悲心都沒有，你修行幹什麼？」

黃嘉歸說：「也是，菩提心是宗喀巴大師所說修行的三主要道之一，菩薩的大慈大悲由此而來。」

馬可說：「那場火災，我連驚帶嚇，快崩潰了，你的擁抱溫暖了我，所有的驚嚇和勞累都消逝了。所以我特別感激你，那種感激是一種生命的感動，現在想起來，內心仍然感到溫暖。所以後來才發生了不應該發生的事，雖然我是處女之身，但我心甘情願，就是以後不嫁給你，我也不後悔，反而從心裏由衷地感激你。就那麼輕輕一抱，使一個女人感到了關懷和理解，恢復了自信。對一個女人來說，世界上還有什麼比這更溫暖？」

黃嘉歸感慨地說：「女人和男人不一樣，男人遇到這樣的事，想的是不要被老婆發現了。」

馬可說：「發現了又能怎麼樣？除非這個女人不想和她的男人過了。再說，離婚又能怎麼樣？受傷害的是兩個甚至三個人。再說，在那種場合，男人做了不說，女人仍然不知道。所以，唯一的辦法是信任，讓信任去約束他。」

黃嘉歸又一次對馬可刮目相看，他說：「好像大詩人歌德說過，好女人是一本書。看來男人並不容易讀懂。」

馬可說：「我只是說了自己的想法，別人怎麼想與我無關，我也管不了。」

黃嘉歸用力摟緊馬可，叫道：「我的馬可萬歲！」

第二天上班，黃嘉歸的心情特別好，他到山門口召集員工大會，宣布五一重新開園。爲了不引起更多人的注意，他強調低調處理，只開園售票，不作宣傳。

馬可提出，是否給空山辦事處打個招呼，黃嘉歸說：「不用，因爲封園沒有人給我們下文件，是我們自己決定的，開園當然由自己決定。」他說，「利用開園的機會，試試各方的反應，特別是官上村村委會和村民的反應。」

剛回辦公室，接到丁小溪的電話，她說自己已經辭職，辦事處指定，由她哥哥丁小勇代理村主任，今天正式交接。黃嘉歸也說了般若園決定五一重新開放的事。丁小溪聽了說：「黃總，你要多留個心。相當一部分村民，說山林承包未經村委會這一關是不合理的，他們一定會鬧事。何況我哥哥如今上了臺。」

黃嘉歸說：「該來的是一定要來，躲是躲不過的，事情爆發了，總能找到處理的辦法。這次也就是試試水吧。」

丁小溪說：「你們有準備就好。」

黃嘉歸問她以後幹什麼，還兼村委會的會計嗎?丁小溪說，辦事處把她安排到空山旅遊公司，給了個副總經理的名分，說她熟悉情況，負責協調村上和開發商的關係，她說：「雖然沒有什麼權力，但總還能爲般若園做點事。」

黃嘉歸誠懇地對她表示了感謝，他說：「你對般若園盡了心，目前的局面是很複雜的因素造成的，不能單怪哪一個人。」

丁小溪說她還會盡力幫助般若園的。

放下電話，黃嘉歸讓馬可聯繫胡文凱，看應訴夏冬森的答辯寫好了沒有。馬可聯繫了，胡文凱回話說上午有時間，馬上就過來。

約半個小時，胡文凱到了，看來他心情很輕鬆，肯定作了充分的研究和準備。

黃嘉歸問：「怎麼樣？」

胡文凱就把答辯書列印稿遞給黃嘉歸，黃嘉歸認真看了一遍。字數不多，也就兩千多字，但條理清楚，文字簡潔，對於申請人所說的修改合同章程，以對方出具的委託書對應；對於土地性質的質疑，以合同章程中多處表明租賃而非出讓、土地性質並不影響其實際使用爲答辯；對於申請人提出的其他指責，也一一找出了否定的理由。黃嘉歸覺得沒有什麼可以補充的了，就讓馬可按仲裁要求，複印六份特快專遞發走。

胡文凱走後，黃嘉歸和馬可商量覺得，儘管胡文凱的答辯看來有理，但事情不會那麼簡單，外方肯定有備而來。所以，五一過後還得到北京，找有國際仲裁經驗的專家商量這件事，馬可認爲很有必要。

轉眼五一到了。五月一日晚上，一臺盛大的文藝晚會，在開發區管委會門前廣場臨時搭起的舞臺上舉行，所有演員須在四月三十日晚到達，五一當天彩排走場，當晚演出。藝藝獨唱，安排在靠後的高潮處，她以還有其他重要演出爲由，推遲到當晚七時到，她的演唱大約在九時左右，中間還有兩個小時，導演同意了。

四月三十日下午，童敏捷按照黃嘉歸事先策劃，安排《靈北日報》一名文化記者，給贊助藝藝出專輯的公司老闆黃蓬義打電話，說《靈北日報》得到消息，黃老闆支持文化事業，贊助影視歌星藝藝出專輯，說這是推動靈北文化事業發展，帶動更多的人關注文化的模範，《靈北日報》準備拿出半個版的篇幅報導。又聽說這家公司是一家實力雄厚的房地產企業，就更有意義了，說最好藝藝到這家公司時現場採訪，抓拍幾張照片更好。

黃蓬義聽了很興奮，商人算商人的賬，說這樣不花錢的廣告到哪裡去找，平日半版掏八萬塊錢是小事，發了也就是廣告，這次卻不同，不單是免費的，還是文化記者寫的專訪，又與明星連在一起，肯定會引起回響。如果請同樣一位明星代言，也得花幾十萬，還不一定有效果。再者，這件事是梁大棟引見的，成了也給他長面子。所以黃老闆一改平日的牛氣，滿口歡迎記者來，不過他爲難地說：「要讓明星藝藝到場就難了，我問了五一晚會組委會的人，說藝藝演出當晚七點才能到，說不定表演完就走了，到哪裡找現場感？」

記者聽了，說：「我們部主任是藝藝很好的同學，不行我去問問他，請他說說，看能不能提前幾個小時到。」

黃蓬義聽了大喜，說：「那就太感謝你了，也讓我們一見大明星的尊容。」

記者說：「不客氣，也是爲了我們的報導有現場感，生動感人。」

黃蓬義還不忘吹捧，說：「怪不得人們說記者是無冕之王，什麼事情也難不倒。」

半個小時後，記者給黃蓬義回電話，說：「爲了這篇文章引起回響，我們部主任答應幫這個忙。聯繫的結果是，藝藝只有四月三十日有幾個小時的空閒，好說歹說，她同意專程來一趟。這樣，她中午十二點趕到，什麼人也不要告訴，就直奔你們公司，利用吃飯的時間聊聊，三點之前她再趕機場，乘五點飛機回北京，晚上八點參加一個演出。」末了，記者叮囑，「什麼人也不要說，不然領導聽了也不樂意，連彩排都不參加，卻專程去一家公司，後面的話咱就不好說了。」

黃蓬義連說：「是，是，是……」

事情就這麼定了。

四月三十日上午十二點，一一被《靈北日報》童敏捷要的車，直接送到了黃蓬義的公司，黃蓬義爲了保密，哪兒都不去，在公司裏專門叫了大酒店的菜，擺了一桌豐盛的酒席。參加的也就報社兩個記者，黃老闆和他公司裏一個副總和辦公室主任，加上一一六個人。這個黃老闆，是當地搞建築發家的房地產老闆，雖出過國，還在澳門的賭場出入過，但畢竟見識短，一見一一，就被這美女說不出的氣質徹底地征服了。

那天，一一可不是見黃嘉歸時的素面便裝，完全是濃妝豔抹，身上的豔麗，對男人是種難以言說的誘惑，沒有充分自信的男人，在被吸引的同時就會感到自卑。這恰如其分的裝束，對黃老闆再合適不過了。幾句好聽的話，一個長長的握手，再加酒桌上幾杯酒，黃蓬義就不知所云了。他還暗暗佩服梁大棟的眼光，他想：與這樣的女人睡一覺，立即去死也值。他有了強烈的非分之想，卻不敢有半點表露，只一味地點頭，說著半通不通的頌辭。他說：「見了藝藝，才知道古代帝王寧要美人不要江山的原因。」他說，他如能抱得美人歸，這上億元的家產寧願扔了。一一只管笑，並不輕易說話。這更吊起黃蓬義的欲望，他說：「我曾聽一位文化人說，死在花樹下，做鬼也風流，覺得那小子酸，這回我信了！」

喝得正在興頭上，黃蓬義突然一拍腦袋說：「我有個很好的兄弟，叫鄭仁松，是搞房地產的大老闆，可惜死了。那小子沒那福氣，年紀輕輕，四十不到，死的哪門子？」

一一聽到鄭仁松的名字就緊張，生怕穿幫。還好，事前黃嘉歸特意提醒，說黃蓬義和鄭仁松熟，但並無深交，如萬一提及，就說不認識。他相信梁大棟是不會亂講的，鄭仁松死無對證，說說也就過去了。想不到黃蓬義繼續說：「聽說那哥們掛了個明星，是北京什麼電視劇中心的。叫……」

黃蓬義一時記不起來，一一心裏發虛。黃蓬義終於一拍腦袋，一一以爲他想起來了，緊張得身上冒汗。黃蓬義卻笑著說：「鄭老闆根本就沒告訴我，他賣關子，說他出手贊助了二百萬，下一次至少拿一千萬，參與拍攝電視劇，他鼓動我也參加。」黃蓬義頗有幾分得意，他說，「那兄弟不死，搞不好這次輪不到我，梁書記跟他關係也好。這不，他沒有這福氣，你看，如果有他，我還見不了大明星。」

說著，大笑起來。一一心裏終於落實了。

當記者提問爲什麼他要支持藝藝小姐灌唱片時，黃老闆說：「這麼美的人，不贊助要錢幹什麼？」

記者說他開玩笑，就引導他說一些平日臺面上的話，他的副手介紹說：「黃老闆是開發區最早的民營企業的政協委員，現在正在爭取市人大代表。」

記者就說：「這不就得了，有社會責任感，爲中國文化事業的發展盡一點力量。」

黃老闆連說：「是，是……」

當記者問起黃蓬義的經歷，他說自己是當地的土豹子，是靠拉磚頭、支架子起家的，借改革開放的光富起來的。

記者又說：「這是模範，富了不忘天下。」

黃蓬義說：「錢是用的，不管自己還是社會。」

記者說：「正確的金錢觀，有社會教育意義。」

記者的引導提升，令黃蓬義樂不可支。這頓飯吃了兩個多小時，記者的素材夠了，黃老闆還在興奮中，一一站起來，說：「歡迎黃老闆去北京，我會盡地主之誼的。」

黃蓬義又握住了那隻讓他銷魂蕩魄的手，一一像突然記起了什麼似的，從隨身的小包裏，掏出一個信封，說：「這是剩餘的贊助費的發票。」

黃蓬義接過來，忙說：「現在就辦，合同是說五一晚會後，不就是明天嗎？」說著，就叫辦公室主任喊財務經理來，很快財務經理就到了。黃蓬義從信封裏掏出發票，簽了個字交給財務經理，說：「現在就去銀行辦，不然明天就放假了。」

財務經理答應著，拿了發票出去了。

大家吃了幾口水果，一一告別，黃蓬義依依不捨地把一一送到車裏，還隔著窗子說：「你放心，他們已經去辦款了，不光有領導的面子，還有我們今天三個多小時的緣分。」

一一招招手，算是回應，也算告別。

轎車沒有去機場，而是到了黃嘉歸住的樓下，拉上等候的馬可，陪著一一直奔市區了。半道上，黃蓬義打來電話，說錢已匯出。一一聽了長出一口氣，這場戲，演得她夠累的。

馬可一見一一，就喜歡上這個女人了，儘管她打扮入時，與她似乎是兩類人，但馬可知道這僅是職業習慣而已。一一對馬可，因爲對黃嘉歸的崇拜，對站在自己眼前的女人就多了幾分敬重，何況她正如黃嘉歸所說，是一個美麗的女人，不但美麗，還有幾分不易覺察的高貴和藝術的氣質。

兩個女人彼此都有好感，上車後就把手拉到一起，一路走，一路聊，從歌壇說到影視，你一言，我一句，說得密不透風，同行的記者根本插不上嘴。

馬可在賓館裏陪了一一一夜，第二天早晨就趕過海，因山上開放，她今天全面負責。黃嘉歸在辦公室等著劉立昌和王驪，佈置一一最後的謝幕。

讓馬可驚喜的是，從七點半開始，就有不少的人陸續上山，而且人越來越多，到九點鐘，門票收入就已過了兩萬九，十點應該是高峰，按前一個小時人流量計算，全天的門票收入應超過十萬元。員工們看了，也信心大增，各個要道關口嚴格查票，也加強了安全措施，主要危險路段安排專人提醒。般若園一掃火災之後幾個月的萎靡之氣，罩在大家頭上的陰影突然消逝了。這樣的局面保持下去，夏季和秋季幾個月的旅遊旺季，收入是不會少的，員工的工資獎金無疑有了保障。

然而，令般若園員工振奮的良好開端，在一個半小時後就被粉碎了。儘管馬可提前作了防範，動員了二十多名臨時保安佈置在山門口，以防不測。但九點半之後，便有成群結隊的村民衝到山門口，叫喊著，說這山是他們的，沒有全體村民的同意，誰也無權售票。員工們出示政府的批文影本，被村民當場撕碎扔了。還有年輕力壯的小夥子，乾脆帶著遊人向裏闖，五塊錢帶一個人，迅速形成了一個龐大的運輸隊，山門口的售票全部停止了。現場保安因阻攔遊人引發肢體衝突，村民的人數是保安的數倍，半小時不到，山門口就亂作一團，黑壓壓的一片，似乎官上村的人都出動了。

馬可見狀，暫時沒有告訴黃嘉歸，就給吳春樹打電話，吳春樹說：「老百姓誰也管不了，矛盾已不是一天兩天了。」他答應報告吳永久，但幾十分鐘過去了，沒有任何動靜，馬可無奈下，就給丁小溪打電話。

丁小溪在電話裏說：「馬可妹妹，這個事誰都管不了，只有區裏的領導能管，可他們是不會管的。」

有員工報警，可警察趕到現場，只站在旁邊看，並不勸阻。員工問警察，警察說，處理糾紛不是他們的責任，他們只管治安，只要不打起來，他們不能管。

至此，馬可明白了事情的複雜性。這件事，並不是般若園的能力能解決的，就只好給黃嘉歸打電話，黃嘉歸一聽，就問馬可：「你覺得怎麼辦好？」

馬可說：「只有再封園。」

黃嘉歸停了片刻說：「這時封園，那麼多的人，仍然會鬧事。你們就在售票處掛出牌子，並當場宣布，從下午一時起，免費對外開放。但山上各處險要地段的人不能撤，確保遊人安全，特別確保已買票上山人的安全。晚上回來再商量。」

馬可放下電話，準備按黃嘉歸說的辦。又覺得不對，如果這樣做，前面買了票的要求退票又如何處理？還不如放開，也不說明，聽之任之，維護秩序不出事便罷。於是，她就把保安隊長叫來，交代爲了不激化矛盾，視情況靈活處理，以不引起衝突爲宜。

這個指令一出去，門口的人迅速流動了，有許多人不買票，或跟著村民衝進了山門，儘管秩序很亂，但始終沒有爆發什麼大的衝突。偶爾也有人上來買票，有幾個人就買幾個人的，這倒使馬可感動，看來任何動亂中，都不乏守規矩的人。

空山的事由馬可管著，黃嘉歸說了自己的意見就不再操心，陪著王驪和劉立昌在辦公室密謀，因爲他策劃的第一步顯然成功了，但晚上的演出換人和救人是關鍵的一環，儘管他安排得很周密，但心裏依然緊張，怕有半點閃失，前功盡棄。

晚上八點，晚會正式開始，開幕式加了電光和焰火，十分華麗，特別是宣布開幕時的十二支燃燒的火箭飛向天空，把整個廣場照得如同白晝，人們一片歡騰，但黃嘉歸卻無緣欣賞，他陪著一一在小車裏待著，等候與藝藝替換。很快，梁大棟在焰火後發表完講話，回到嘉賓席，陪著市裡的領導觀看節目。

八點半，藝藝終於出現在後臺，導演說把他嚇出一身汗，如果萬一按時到不了，就要冷場。藝藝說，說好了怎麼能不按時。九點過三分，藝藝出場了，當節目主持人剛宣布了名字，臺下就轟動了，有人叫喊，有人吹口哨，這時，梁大棟偏著頭，給身邊的市長說著什麼。藝藝在一片掌聲中，開始了她的獨唱，雖然沒有伴舞，但她的聲音，確實與眾不同，不但具有強烈的民族風格，也有不少的西洋技法，她畢竟是專業出身的演員，她連唱三曲，才在觀眾的掌聲中謝幕。好在這時梁大棟依然陪著領導，黃嘉歸立即打電話給藝藝，說後臺有車等著，不一會兒，藝藝就出來了，黃嘉歸迎上去，把她讓到車裏，這時借著燈光一瞅，兩姐妹確實一樣，連今晚的化妝濃淡都一樣。

藝藝上來，說：「搞得這麼神秘，像地下黨似的。」

王驪說：「大明星，借你的光多麼不容易啊！」

藝藝說：「我唱得也不容易。」說著，就聽王驪的安排，讓一一下車進了後臺，等待謝幕後領導接見。一一下車後，王驪就陪著藝藝到市區去了。而黃嘉歸和劉立昌則換到另一輛車上等一一。

終於到了最後一個節目，當主持人宣布晚會到此結束時，劉立昌就拿了事先寫好的字條，匆匆進了後臺。這時，領導已經登臺了，和演員們挨個握手。當大幕緩緩落下時，劉立昌一個箭步衝上去，把紙條交給了一一，而這時梁大棟正拉著一一的一隻手說話，見有人遞紙條上來，他只注意一一，並沒看清劉立昌。他順手抽了紙條去看，只見上面寫著：「明晨八點在人民大會堂有重要政治演出任務領受，務必於今晚趕回北京，靈北方面已安排好了車輛。」

梁大棟一看，臉色變了，而這時，秘書說市裡領導要走了，催梁大棟送行。一一順勢說：「對不起了梁書記，下次見。」

梁大棟要說什麼，欲言又止，匆匆去送人了。這時，一一趕忙從後臺出來，逃似的鑽進了黃嘉歸的車。

一一上車，他們開車讓黃嘉歸叫上馬可，一路直奔市區，在五星級的酒店裏要了房間，並叫了菜，瘋狂地吃著，喝著，唱著，慶祝勝利。

一一在情緒高漲中唱了一曲，黃嘉歸沒有聽出來與藝藝有什麼不同，就感嘆說：「這人的耳朵爲什麼要那麼刁呢？如果都像我，一一也是大明星。」

大家都笑著說：「本來就這樣。」

黃嘉歸說：「佛說，凡所有相，皆是虛妄。」

王驪說：「我們是凡人，你說的我們不懂，但有時把假的當真的，有時把真的當假的，二者互動就活得自如了。」

他們就這麼說著，樂著，直至凌晨四點才睡覺。三個女人在床上睡，黃嘉歸躺在沙發上，劉立昌從壁櫥裡拉出兩床被子，直接打了個地鋪，一個標準間，睡了五個人。

第二天上午十點鐘，幾個人才起床，大家吃了飯，黃嘉歸把他們送到機場，乘下午一點的航班回北京。

臨退房時，一一說：「你們先下樓，我有點私事還要和黃哥說說。」她笑著對馬可說，「可姐，你該不會不高興吧，我真羨慕你。」

馬可笑著說：「你樂意，帶走都行。」

一一笑說：「可姐，君子不奪他人之愛。」

劉立昌說：「馬可你太大方，不能把摯愛拱手讓人；黃兄，你又太有豔福，盡讓美女纏著。」

一一說：「怎啦，不服氣？氣死你！」

劉立昌叫：「我說一一，我什麼時候得罪你了？別人吃肉，難道還不允許我聞聞嗎？」

王驪催道：「時間不早了，快走。」

幾個人說笑著下樓了。他們剛走，一一關住門。黃嘉歸還沒有反應過來，一一撲上去，抱住了黃嘉歸，在他的臉頰上輕輕吻了一下，然後放開，眼睛裏滾出了淚珠，她說：「我實在不知道該怎樣感謝你，大哥你理解嗎？」

黃嘉歸點點頭，說：「能理解。」

一一臉上紅撲撲的，帶著幾分羞澀說：「我喜歡可姐，也喜歡你。我真的羨慕她。」

黃嘉歸說：「朋友之間，幫了點忙而已，以後有用得著的，就給我或馬可打電話。」

一一轉身，打開她的包，拿出一個牛皮紙包，遞給黃嘉歸，說：「大哥，大恩不言謝。從此，我不會再幹了，是大哥救了我，使我知道了人應該怎麼活著。」

黃嘉歸問：「這是什麼？」

一一說：「五萬塊錢，我昨天到銀行取的。你忙了這麼多天，是我的一點心意，你不要嫌少。」

黃嘉歸把紙包推過去，說：「一一，你怎麼會這樣看我？退一步講，就是要什麼，也是我和劉立昌之間的事，何況，我從沒想過做這件事要圖點什麼。」黃嘉歸說，「一一，你不收起來，我就生氣了，從此咱不再是朋友。」

——見黃嘉歸堅決不收，知道他是真心的，就只好收起來。

黃嘉歸說：「以後就把我當哥哥，把馬可當成親姐姐。」

——說：「我巴不得哩。」她問，「大哥，你爲什麼對我這麼好呢？」

黃嘉歸一時不知該如何回答。

——說：「在認識你之前，我怎麼覺得周圍的人，雖不全是壞人，但做事都有目的性，哪怕他對你好，也是爲了更長遠的利益。鄭老闆也只是學會了一點尊重人。你和他們都不一樣。」

黃嘉歸說：「我肯定沒有你說的那麼好。你這樣說，說明你是一個十分善良和美好的女人。我的上師班瑪大師說，只要你心中充滿陽光，菩薩就在你身旁，反之，你的心中充滿黑暗，魔鬼就會時刻跟隨。」

——說：「班瑪大師？我聽鄭老闆說過，有機會能讓我見見嗎？」

黃嘉歸說：「一定。」

——傷感地說：「要分別了，不知什麼時候再見面。」

黃嘉歸說：「靈北到京城，不就一個半小時的飛機嗎？」

——說：「希望我們常見面。」

黃嘉歸說：「會的。他們等急了，我們下樓吧。」

——點點頭，張開臂，黃嘉歸迎上去，摟住了——，在她的背上輕輕拍了拍，然後放開手，他們對視一眼，就下樓了。

劉立昌見了，第一個說：「我以爲你們不下來了。」

一一說：「本來這麼想著，怕你站的時間長了腿疼。」
劉立昌問：「黃高人，面授了什麼機宜？」
一一說：「秘不示人。」
大家哈哈笑著上了車，直奔機場。臨分別時，劉立昌握著黃嘉歸的手說：「你是一個偉大的天才，放在靈北屈才了。」
眾人聽了，又是一陣哈哈大笑。

49

送走北京的朋友，黃嘉歸和馬可馬上面對般若園的亂相。
繼續開園已不可能了，與政府協調，也不會有結果，似乎般若園一時陷入絕境。這樣下去，賬上的錢也維持不了幾個月。於是，黃嘉歸就與馬可商量，拿出一個名單，將般若園現有三十多名員工，裁至十五人，撤銷工程部、市場部，只保留財務部和辦公室，景區管理處劃歸辦公室，負責山上景點維護和安全。
方案出臺後，黃嘉歸召開全體員工大會，他幾乎哽咽著對大家說：「我知道，公司裏有許多年輕人，剛參加工作不久，希望穩定，給自己積累一點治家行路的錢，也希望積攢一些工作經驗；我也知道有人老婆有病，孩子上學，這份工作對他很重要；我也知道有幾位父母年紀大了，還在農村，靠這點工資養家糊口。但我們面臨的局面是殘酷的，我們沒有一分錢的收入，投資商的財務又出了問題，再不可能投錢了，般若園該向何處去，成了一個懸念。在這種情況下，我沒有辦法給大家再提供工作的環境了，我對不起大家。現在唯一的辦法就是裁掉一部分人，這是沒有辦法的辦法。我在這裏，向即將離去的員工深深地鞠一躬，感謝大家對般若園的忠誠和貢獻。」說著，他站起來，後退一步，給大家深深地鞠一躬。這時有人拍了幾下掌，但更多的是沉默。

黃嘉歸坐下，繼續說：「名單公佈後，凡離開公司的員工，補發三個月工資，算是公司對大家的一點補償。」他又說，「雖然大家離開了，但大家是般若園的功臣，任何時候，自己或帶著親戚朋友來，一律免費。一旦般若園情況發生了轉機，需要人時，歡迎大家回來加盟。」

最後幾句話，黃嘉歸說得充滿感情，改變了會場上的氣氛，大家鼓掌回應。

掌聲響後，他說：「現在就請馬助理宣布離去的員工名單，宣布結束後，大家當場簽表領錢，需要交接的也當場交接，然後中午我請大家吃頓便飯，也算是辭別酒吧。」

他說完，馬可站起來宣布裁員的名單。開始，大家都幾乎屏住呼吸聽，當讀到一個人時，那人就低下頭，而沒有聽到自己名字的，仍然揚著頭。大約三四分鐘，被裁的十五個人的名單就宣布完了，許久沒有動靜，現場的氣氛相當壓抑，黃嘉歸心裏更不好受。他第一個起身離去，把現場交給了馬可。他下樓，開車去海邊，他實在想讓大海的波濤聲，沖沖他疲憊的身心。

此時的梅沙灘，正遇退潮時分，海水比漲潮時退出一百多米，沙灘露出平日難得一見的寬闊，海水也顯出少有的平靜，遠望時，只能看見水流湧向岸邊時掀起的白線。沙灘上已有零星的遊人，無聲地走著。這個時節還不是靈北的旅遊旺季，沙灘上不會有外地人。他們也許如黃嘉歸一樣，是出來散心的。一望無垠的海面上，佈滿了薄霧，看不見地平線，也看不見雲霧與海的分界線，不遠處的地方，海天一色。在似陰似晴的天色裏，天下一片混沌狀。黃嘉歸的心情，如這天色，混沌不清。他獨自一人，順著沙灘茫然而行。

不知不覺，他在海邊走了兩個多小時，馬可打電話，他才感到天上太陽的燥熱。時間已經五月中旬了。馬可說：「大家手續辦妥了，錢也領完了，飯店也訂好了。」

黃嘉歸說：「我馬上回去。」

吃飯時，與上午的氣氛大不同了，也許是已成事實，大家又領了錢，所以心情好了，紛紛過來給黃嘉歸敬酒，每個人幾乎都說：「黃總，你隨意，我喝乾。」說著就一口把杯子裏的酒全倒進嘴裏。

平日中午，公司規定一律不許喝酒的，可今天，黃嘉歸說放開喝，讓大家盡興。這樣白酒、啤酒交錯著、摻和著互相碰杯，互相祝福。似乎幾年來的恩怨全在酒裏了，非得一醉方休不可。

有幾個最初進般若園的老員工，分別來給黃嘉歸敬酒，感謝這些年黃總的關懷。其中一個年輕人說：「雖然在般若園只待了三年，但黃總講的和做的，讓我終身受益，我會永遠記住這裏。」他說，「我會每年來這裏朝聖的。我在般若園付出過心血，也得到了人生難得的收穫，我向大山鞠躬感謝，向諸佛菩薩磕頭。向黃總和馬助理以及般若園所有兄弟姐妹們，道一聲平安幸福。」他說著，連喝三杯。

黃嘉歸聽得幾乎掉淚了。

送走了裁去的員工，般若園也算甩掉了一大負擔，黃嘉歸的心情暫時輕鬆了一些。然而，第二天早上，他就接到景區管理處的報告，說官上村許多原已交地的村民，忽然都去地裏，翻的翻，犁的犁，開始耕種了。因爲人太多，難以制止。問他們爲什麼領了錢還耕種，他們說：「般若園都快解散了，我們以後找誰去？」制止的員工說：「我們有合同，又按合同付了幾年錢了，這地的使用權是我們的。」結果村民答：「你與村委會簽的合同，你找村委會去，我們只知道這是我們的地。」馬可急了，開車跑了一趟官上村村委會，結果只有丁業亮在值班，馬可說：「你是書記你得管，再說，合同是你看著簽的，你是見證人。」

丁業亮說：「馬主任，不是我不管，是法人代表說了算，找丁小勇吧。」

可是，馬可到哪兒去找丁小勇？無奈中只有找丁小溪，丁小溪說：「馬可妹妹，你還不知道嗎？只有管委會能管得了。」

馬可告訴黃嘉歸，黃嘉歸只說：「馬上要交來年的承包費了，正好是個藉口。」他還是那句話，「天要下雨，娘要嫁人，隨它去吧。」

馬可只好通知景區管理處，放棄對山下土地的看管，集中力量維護景區。

五一過去，旅遊高峰也就過了，加之五一當天鬧事，產生不好的影響，來空山的人數明顯少了，一天也就幾十個人，只有星期天多一些。平時，村民不來時，門口還能多少賣幾張票，一到星期天，山門口全是拉客的村民，雖然來的人多，但般若園賣不了幾張票。因山下土地的糾紛，一時間，般若園與官上村村民的關係，處於十分緊張的狀態中。

當然，由於般若園的退讓，一時還沒有發生大的衝突。

一天中午，黃嘉歸接到劉立昌的電話，說正和荀主任在一起，於是劉立昌把電話交給了荀主任，荀主任也沒有說客套話就直接說：

「我和新華社、《人民日報》的哥們研究了你的資料，事情很典型，但他們認爲走內參的路比較慢，得等中央領導批示後再往下走。他們建議先走中紀委和全國人大的口，如果萬一推不動了，他們再出面。總之，他們看了很氣憤，說從職業道德角度講，也不能不管。」苟主任說，「我又和宋主任電話溝通了一下，他同意我的看法，說給中紀委的資料已經遞上去了，很可能立案了，最近就應該有回饋。全國人大也送了，已到秘書局，答覆會有人與你聯繫的。」

黃嘉歸連聲說謝謝，他說：「不管哪裡，能儘快解決問題就行。」

就在和北京通完電話的第三天，黃嘉歸接到開發區法院行政庭發來的通知，由般若園提起對開發區林業局的行政訴訟於五月二十九日，在區法院第十九審判庭開庭。

這樣，黃嘉歸就把胡文凱約來，對證據資料又過了一遍，胡文凱說：「已和同學說好，二十九日來出庭。不過他說：在開發區法院告林業局，要作好輸的心理準備，集中力量到市中院打二審。」

黃嘉歸說：「這一層想到了，但不管怎麼說，一審也要認真對待。」

胡文凱說：「那是當然的。」

胡文凱當場給市區的同學打了電話，約了時間，黃嘉歸就與胡文凱一起到市裡，和胡文凱的同學一塊分析了案情，商量了對策。

然而，二十九日早晨，眼看八點了，胡文凱接到同學的電話，說大霧封海，輪船和高速全部停運，無法到開發區。黃嘉歸一聽，心裏發毛，這事怎麼沒有想到？昨晚就應該過來。

胡文凱說：「我想到了，但昨天是大晴天，天氣預報也沒有說今天有霧啊。」

黃嘉歸一時腦子亂了，他雖搞了多年新聞，也沒少見警察和法官。但他對他們始終有一種說不出的隔膜，更不懂打官司。他就問胡文凱：「怎麼辦？」

胡文凱想想說：「只好我去，如果他們不介意，我就辯；如果他們提出什麼，咱就當庭申請延期。」

黃嘉歸問：「會不會影響你什麼？」

胡文凱說：「自由職業者，大不了不在開發區幹了，去市裡掛在同學的律師事務所。」

也只能這樣了。

八點半，黃嘉歸和馬可一起去法院。儘管事先作好了心理準備，連輸的打算都有了，但黃嘉歸還是緊張，他把法庭想像成電影電視劇的場面，那裏有許多人旁聽，氣氛莊嚴緊張，雙方律師你來我往，激烈舌戰。儘管般若園是原告，但結果並不由原被告的身分決定，更何況他這是典型的民告官，在中國是很難贏的。

進到法院大樓裏，黃嘉歸居然拉住了馬可的手。馬可被捏疼了，說：「你當過開發區堂堂的報社總編，他們過去看你都是敬三分的，有啥可緊張的？」

黃嘉歸鬆開馬可的手，自嘲說：「缺乏臨場經驗。」

馬可又握住他的手，輕輕一捏，說：「公安局是刑事問詢，你都不怕，這是民事，咱又是原告，大踏步走進去。」

馬可這麼一說，黃嘉歸倒輕鬆了，就從馬可的手中抽出手，整了整衣領，說：「輸都不怕，還怕贏嗎？」

黃嘉歸說完，和馬可一起笑了。

他們提前十分鐘到第十九審判庭，然而，走廊裏空無一人，門還鎖著，按理推論，這時應該有人，門也早應該打開了。黃嘉歸竟一時覺得法院裏的人太隨便，對法律也極不嚴肅，想想不對，他又怕自己搞錯了時間，就與馬可對表，手錶是準的，和手機顯示的也一致，他就只好立在走廊裏等。

眼看開庭時間到了，卻沒有動靜。走廊很深，光線也不好，又沒有打開走廊裏的燈，黑乎乎的，如同陰天，黃嘉歸就掏出手機給胡文凱打電話。

他剛掏出來，還沒來得及撥號，先有電話打進來了。黃嘉歸接了，是行政庭的法官打來的，黃嘉歸先問：「怎麼這裏沒有人？」

對方並沒有回答他的問話，而是說：「黃總，林業局已撤銷了對般若園的行政處罰決定，你看怎麼辦？是撤訴還是繼續打？」

黃嘉歸聽到這個消息的瞬間，像有一座山從頭頂上移走了，他的腳一軟，幾乎要蹲下去，身邊的馬可立即拉住了他的手，問：「怎麼了？」

黃嘉歸沒有回答馬可的話，而是對著手機說：「本來是他們找的事，既然他們撤了，我們也撤。」

對方說：「那你到行政庭的辦公室來一下。」

黃嘉歸扣了電話，這才對馬可說：「不用打了。」

馬可問：「怎麼回事？」

黃嘉歸說：「林業局撤銷行政處罰決定了。」

馬可一聽，用力地把黃嘉歸的手一握，高興得幾乎跳起來。這時，胡文凱才來。

黃嘉歸說：「不用打了。」

胡文凱一愣，問：「怎麼了？」

黃嘉歸說：「他們撤銷處罰決定了，讓我們到行政庭的辦公室去。」

胡文凱自言自語道：「這倒怪了。」

他們不再多想，直接去行政庭辦公室。在電梯裏，黃嘉歸接到莊新電話，莊新壓低聲音說：「你真的把人告到了中紀委？昨天下午省紀委來人找梁談話了。怎麼全國人大還有一份督辦通知？限期報告處理結果。想不到你能通天。」

黃嘉歸笑著說：「我是被侮辱和被損害者。」說著已到了行政庭辦公室門口，他就對莊新說，「我在法院，另抽時間聊。」說著扣了手機。

謎底揭開了，黃嘉歸心裏有了底氣，他輕鬆地推門進去，他的神態完全變了。結果，他一進屋，便見滿屋都是笑容，不但法官讓座，而且在場的林業局的工作人員還向他問好，完全不是當初勘察火災現場時的牛氣。黃嘉歸突然覺得，不是打官司而是打關係。他坐下，笑著說：「給各位添麻煩了。」

法官立時說：「黃總客氣了，這是我們的本職工作。」

黃嘉歸有意問了一句：「怎麼著？」

林業局的工作人員馬上說：「我們聽領導的。」

說著，林業局的人把早已拿在手中關於撤銷般若園處罰決定的通知遞給了黃嘉歸，同時遞來一張收文登記表讓黃嘉歸簽字，黃嘉歸沒有簽，而是連同通知，一併交給了胡文凱。

法官說：「如果沒有別的意見，就請黃總當庭撤訴。」

林業局的代理律師說：「我方沒有異議。」

胡文凱看了一眼關於撤銷般若園處罰決定的通知，就兩行字，一清二楚，他就看黃嘉歸，問：「黃總的意見？」

黃嘉歸說：「撤訴吧！」

林業局的人忙說：「感謝黃總！」

黃嘉歸點點頭算是回應。

於是，胡文凱快速起草了撤訴書，黃嘉歸簽了字，完成了法律程序。

出門時，法官開玩笑說：「以後要去般若園，黃總可得給我們免費喲。」

黃嘉歸說：「來多少人免多少人。」

大家哈哈笑著道別了。

當晚，黃嘉歸從莊新那裏得知，二十八號下午，也就是中紀委找梁大棟談話的同時，開發區管委會收到全國人大督辦通知，當晚由已任政法委書記的高雄起主持會議，召集了空山辦事處、林業局、法院的相關人員，研究處理意見。莊新也參加了會議。

會上，林業局的人擔心撤銷了處罰決定，黃嘉歸依然會打官司，那麼撤銷處罰決定的通知反而成了證據。他們認爲，鬧得這麼大了，黃嘉歸一定不會撤訴。林業局人還說：「撤銷了，說明我們錯了，年底機關考核影響我們局裏的成績。」

高雄起聽了，很生氣地說：「一點大局觀念都沒有，事情都捅到中紀委和全國人大了，還計較考核得失的事。」高雄起最後定調說，「梁書記從省裏打電話來，指示必須撤！至於般若園是否撤訴，那是他們的事。即使我們輸了，我們糾正了錯誤也是一次教訓，以後辦事知道如何周全了。再者，以我看，黃嘉歸未必不撤訴，不要老把人都想像成好鬥的公雞。」

高雄起的說法，令林業局的人十分不滿，本來是秉承領導意志辦的，反而落了個出力不討好。

高雄起最後宣布，由他牽頭，由空山辦事處吳永久具體負責，拿出解決般若園問題的方案，爭取儘快處理完畢，也好給上級彙報。

兩天後，果然吳永久約黃嘉歸到辦事處見面。

見面第一句話，吳永久說：「我可不敢得罪黃總，哪一天，你會叫我在這兒坐不住。」

黃嘉歸忙說：「哪裡的話，吳書記說得嚴重了。」

談話開始，吳永久一反常態，姿態放得很低，態度也很和藹，他說：「你寫的資料反映的情況我們都看了，你的要求我們也知道。我今天約你來見面，不是說誰是誰非的問題，那些事是在當時的特定情況下辦的，大家都是好心，誰也不是爲了個人利益有意去做的，在這一點上，咱們應該達成共識，然後談話才會有基礎。」

黃嘉歸說：「我一直是這個態度，不管發生了什麼事，都得解決問題，這才是目的。所以，我贊同你的說法，所有的問題，都是在當時特定的歷史條件下發生的，也都是爲了把空山開發搞起來。我寫資料反映問題，也是不得已而爲之。」

吳永久說：「我理解。」

天氣很熱，夏天明顯到了。吳永久打開空調，房子裏才涼了下來。窗外可見的空山，濃綠一色，由於晴空無雲，視線極好，空山前山的剪影，清晰地裝在窗子裏，像一幅風景畫。高高的天空，藍得極深，偶爾掠過的鳥兒，像一條線穿過去，瞬間即逝了。

吳永久給黃嘉歸的茶杯裏添了水，然後說：

「黃總，你提出的第一條，恐怕做起來有難度，我分析，幾乎是不可能的。開發區的許多案子，多少都有些問題，採取的辦法就是變通，打擦邊球。你非要走正規程序，承包的山林和土地通過全體村民或村民代表的同意，根本談不下來，農民有時提出的要求，你怎想都想不到，沒辦法溝通，但你又要完備法律手續，有關部門只得作假。對般若園專案而言，路被堵死了，所以你的第一個要求無法實現。」

黃嘉歸說：「不是我認真，而是外商較真，他們是法制國家，所以什麼也要和他們國家比。比如說土地，在S國，旅遊性質就只能做旅遊，別的什麼土地是不能搞旅遊的。可咱們的空山，是集體山林土地，山下是基本農田，般若園說是一個旅遊大專案，可沒有一寸土地是國家正式批准的旅遊用地。」

吳永久說：「咱們不說那些了。歸正題吧，你提出的第二個要求，怎麼賠法？如果政府或其他公司購買，你多少價出手？」

黃嘉歸說：「這恐怕我一個人說了不算，要開董事會。」

吳永久說：「那你們就儘快形成董事會決議，然後寫一個正式報告，報辦事處，我們再報管委會領導定。」

吳永久最後說：「至於般若園的開放問題，我個人的意見就不要開了吧，老百姓的問題安撫不好，一開他們就可能去搗亂。老實說，不管誰的責任，我們侵害了老百姓的利益，這是事實。政府硬去壓，他們就會上訪，現在不管你工作做得怎樣，有一個人上訪，也是你的責任，我這裏很難辦。」

黃嘉歸再無話可說，起身告辭，吳永久又說：「不過梁書記有一個明確的意見，說般若園是個好案子，政府支持做下去，但要改變目前的局面，土地山林使用權按法律法規程序辦理，園內的創作，認真找尋相關專家進行評估，完善所有手續，做大的投入，建成一個高品味的文化主題公園。」

梁大棟的意見對於般若園而言，毫無意義。黃嘉歸說：「我們考慮考慮再說。」

回家後，黃嘉歸與馬可分析了他與吳永久的談話，得出的結論是，儘管政府採取了一些措施，但目的只是緩和矛盾，並不想徹底解決般若園的問題。吳永久的高明在於把皮球踢給了黃嘉歸，也許，他們已經知道外方把中方告到仲裁委的事實，他們的目的仍是拖，靜觀其變。

然而，從第二天開始，空山門口沒有攔路截客的老百姓了，山下的土地裏，也沒有農民自行耕種了。黃嘉歸接到景區管理處的報告，頗感意外，就打電話問丁小溪。丁小溪說，辦事處給官上村兩委下了死命令，如出現一個老百姓鬧事，就撤換書記和村主任，至於政府的最終態度，她說還不清楚。

看來他們怕事態進一步擴大，還是採取了相應的措施。這樣，黃嘉歸與馬可商量，從第二天起開園售票，只是不要聲張。

他們把開發區物價的批文，重新做了個彩色噴繪的牌子，掛在山門售票處。幾天下來，並無人干預，斷斷續續有遊客進去，每天的收入支付山上員工的工資足夠了，星期天的收入是平時的幾倍。狀態居然就這麼延續下去了，一時相安無事。

一天，黃嘉歸突然接到山上報告，說山下來了許多人，拿著測量儀，拉著尺，在山門廣場的土地裏打樁。黃嘉歸頗感意外，正在疑惑的時候，卜亦菲來電話，說她上報的一百五十畝土地的詳規剛要上規委會時，突然接到市文化局的通知，說空山山下有一塊地方研究發現是秦代村落遺址，而旁邊半乾的河道，是大運河的一段，並說當年監督運河的朝廷大員就住在那裏，說這是一個重大考古發現，市裡正準備在那兒修建先民遺址和古運河博物館，使它成爲空山未來旅遊的一個部分。

卜亦菲咬著牙說：「這又是梁大棟耍的花招。總之，他就是讓你在違背他意志下幹不成事。真是一個魔鬼！」

卜亦菲這聲魔鬼的評價，使黃嘉歸想起了一一的話，她也是這麼說梁大棟的。但眼下不是討論梁大棟是什麼人，而是解決土地問題。他問卜亦菲：「那地怎辦？」

卜亦菲說：「土地局答應調地，位置也說好了，雖然不靠山，但離海近，就是不能做別墅了，只能蓋住宅。利潤可能少了。」

黃嘉歸就勸：「只要調了地就行，賺多賺少也不要太計較了，太較真了累。夠吃夠喝了，錢就是個數字。」

卜亦菲說：「聽黃哥的。」

過了幾天，卜亦菲來找黃嘉歸，說換的那塊地，地價高些，水電暖配套全了，每畝九萬，這樣投資得加大，問黃嘉歸還願不願意投。黃嘉歸一算，按原先的約定，他至少還得投二百多萬，一是他沒有錢，二是般若園已搞得他身心疲憊，他實在不願再參與這樣的事。

黃嘉歸就叫馬可來商量，馬可說：「我倒有點存款，再向家裏要一點，再問同學借一點，湊一湊也能湊出二百萬，但就看你願不願參與。」

黃嘉歸想了想，說：「退出來吧，太累。」

馬可就說：「那就聽你的。」

也許卜亦菲早就想到了這一層，她誠懇地說：「這樣吧黃哥，咱們合作一場，雖然沒有合作到底，但畢竟是因你的地而起的，再說，按合同你占百分之四十的股份哩。我的朋友說了，你如果退出，他願意出一百萬補償，我看就連本帶利還你二百萬。」

黃嘉歸說：「別，別，你把一百萬的本錢退我就行了。」

卜亦菲說：「這你就不給妹妹面子了。這又不是我的錢，是朋友想占股自己說的。這把買賣做成了，他賺十個二十個百萬都不止，你心安理得拿。不然，妹妹心裏不舒服。」
卜亦菲說到此，黃嘉歸也就同意了。
卜亦菲見黃嘉歸答應了，就轉了話題。說起梁大棟來，她一副不解的神態，說：「我本想這輩子永遠不見這個人，但他打電話約我去。我一想，就是爲了地吧！我去了，黃哥，你猜他怎麼著？」
黃嘉歸看卜亦菲的樣子，不像是故意做作，她睜大了眼睛，像有天大的疑問似的，就說：「你都不知道，我怎麼知道？」
卜亦菲說：「他像變了一個人，態度出奇的好。他對我說，換地是出於大的方面考慮的，不但山下的古村遺址要發掘，空山寺也要恢復，只有這樣，才能把空山的旅遊帶動起來。他說，我知道你和黃嘉歸熟，你可以轉告他，儘管人們對般若園有爭議，但我無意反對這個案子。如果確實像新聞媒體宣傳的那樣，般若園是世界級的藝術精華，但也只是給一部分人看，不足以拉動整個空山的旅遊開發，大量的周邊配套和眾多專案的互動，才是空山旅遊的根本出路。他也許只需要從藝術的角度考慮，但我得從開發區大旅遊格局著眼，這可能就是我們的差別。」卜亦菲說，「他連五一前見我和馬可妹妹的事，提都沒提。」
黃嘉歸笑笑，沒有說話。他不是故作深沉，他確實琢磨不透梁大棟的行爲。
馬可說：「菲姐，他也就是要你帶個話。以他的性格，沒有大的外力作用，他是不會改變立場的。」
卜亦菲說：「這倒是，我聽人說，他被人告到了中紀委，還不止一個人告。看來他收斂了。」
馬可說：「希望他放下屠刀，立地成佛。」
黃嘉歸說：「但願如此。」

卜亦菲要走了，突然問黃嘉歸：「黃哥，這會兒，你有沒有時間？」

黃嘉歸說：「什麼事你說吧。」

卜亦菲說：「土地局決定調地時，我怕資金壓力大，就想到了賀有銀，想不到打通手機他就哭了。」

黃嘉歸一驚，問：「怎麼回事？」

卜亦菲說：「突發腦溢血，搶救過來，人卻癱了。三個多月了，還在醫院裏。」

馬可吃驚地說：「他身體很壯，平時也看不出有啥毛病，怎麼說不行就不行了？」

卜亦菲說：「我也奇怪。去醫院看他，他還是哭，完全沒有先前的油嘴滑舌，看了讓人心酸。」

黃嘉歸問：「說話還清楚吧？」

卜亦菲說：「就是因爲說話清楚，才更加讓人難受，他把痛苦說出來了，卻不能動，讓人看了揪心。他跟我說，沒有鄭老闆了，想過去的朋友。」

黃嘉歸看了馬可一眼，說：「上午沒其他事？我們去看看他吧。」

卜亦菲說：「我說的就是這個意思。」

黃嘉歸沒有開車，就和馬可直接上了卜亦菲的車，去開發區醫院。

進了醫院的大院，卜亦菲停好車，他們剛下來，老遠就聽有人喊卜總，他們向喊聲處望去，同時發現了賀有銀，他坐著輪椅，在花壇的樹蔭下乘涼。他們幾個人走過去，還未開口，賀有銀就說：「我憋死了，出來透透氣，別的功能不行了，唯獨眼睛尖，老遠就看到卜總的車了。你們來是？」

卜亦菲說：「黃哥和馬可專門來看你的。」

賀有銀一聽，伸出左手，拉住了黃嘉歸的手，眼淚就出來了。他大概有幾天沒有刮鬍子了，半白的鬍渣，顯得臉色灰了許多，原先的圓臉成了長臉，體形也消瘦了不少，顯得十分蒼老，完全不像先前硬朗的樣子了。

黃嘉歸說：「我是剛聽卜總說的。」

賀有銀用左手拍打著放在腿上不能動的右手，說：「這隻手一點也不能動了，吃飯只能用左手，你說人活著還有什麼意思呢？」

黃嘉歸說：「老百姓都說，人吃五穀生百病，誰也不能保證自己不生病。你是見過班瑪大師的，他說了，人生無常，只要是人都躲不過。」

賀有銀說：「誰能想到，好好一個人，一夜之間變成了廢人。黃老弟啊，想不通。」說著他的眼淚又下來了。他說：「如果是別的的病還好說，你說這癱瘓了，兩條腿和一隻手不能動了，比死人就是多口氣。」

卜亦菲說：「賀總，看開些。過去那個滿口玩笑的賀兄哪裡去了？」

賀有銀說：「甭說了，可能我胡說得多了，又胡吃得多了，落了這個下場。」他又說，「按理說，爛舌頭爛嘴才對呀！」

這句話，把卜亦菲逗笑了。「吃不成了，比現在還痛苦。」她說，「安心養病，別的不要胡思亂想。」

賀有銀說：「心思管什麼用？公司裏已鬧翻了天，我管不了了。你說這人是不是就是賤？好好的當個村幹部，見辦開發區了，就想有更大的權；當了總經理，又想錢不是自家的，想發大財；費了不少力，終於辦成了，一年不到，人就成這樣了。當初，我還笑人家鄭老闆沒福氣，我又比他強到哪裡去？」

馬可見他們聊，就去醫院隔壁的花店，買了一個花籃，送到賀有銀的面前，說：「賀總，我們知道你什麼也不缺，獻上這籃花，祝你早日康復。」

賀有銀一驚，說：「我這農民可享受不了這個，不過我還是要謝謝馬可妹子，要不是我住院，可能這輩子死了到火葬場，身邊才會放花。可惜那時我看不到了，所以要謝你。」說著，他用左手接過花籃，聞了聞。

馬可說：「不是說花開見佛嗎？祝願賀總見佛！」

賀有銀說：「我這輩子見佛難了，如果說我與佛有緣，前世一定是佛門的叛徒。下輩子不要下地獄就燒高香了。」

他們又說了一些安慰的話，就離開了，走時說以後還會來看他的。賀有銀叮嚀黃嘉歸，如果班瑪大師來了，一定告訴他，爬不動他也要人背著去見大師的。黃嘉歸被這句話感動了，就說：「一定的。」

第二天，卜亦菲就開了個兩百萬的現金支票，送到了黃嘉歸的辦公室，黃嘉歸讓馬可存到銀行。

50

接下來，黃嘉歸就全力以赴，應對夏冬森提起的仲裁案了。只有這件事有了結果，才有可能確定與政府交涉處理般若園的方案。

時間過得快，轉眼到了夏天。靈北的高溫加潮濕，天氣已熱得透不過氣來。也就這時，般若園接到工商局電話，說工商年檢已過，般若園的資金既沒有按期到位，又不參加年檢，是否要吊銷營業執照？黃嘉歸趕忙讓馬可打了個報告，說明外商遇了點問題，一時聯繫不上，形不成董事會決議，所以申請工商局給予一定時間的寬限。因是外商投資企業，工商局特殊照顧，送去報告的當天，工商局領導批示，將年檢的時間延長至一九九九年十二月三十一日。

仲裁案雙方的答辯資料已反覆由仲裁委轉交過多次了，開庭的時間也不會拖得太久。黃嘉歸趕到北京，請劉立昌出面，讓上次遞資料的荀主任出面，約了北京兩所大學法律學院的三位博士生導師進行了座談，對案情進行了分析。專家的共同意見是，這個案子特殊，在國內，這種由中外雙方提出的仲裁案不少，但像般若園這樣的案子，卻第一次見到。由於投資產品的特殊性，這個案子很難判。他們說：「中方確實對合同章程進行了修改，儘管有合法的授權書，但修改已改變了部分合作條件，應視爲重大變更，又未通知外方，顯然應視爲無效。但其修改又不是惡意，完全是爲了能儘快拿到般若園的執照，及時推進專案，也就是說，不但沒有因爲修改章程合同而損害了股東的利益，反而有益於實現股東的意圖。」

對土地性質的爭議，專家們認爲，合同中規定了國有土地，實際是集體土地，但同時是租賃性質，非轉讓性質，土地性質未影響摩崖石刻這種特殊產品對土地的實際使用。

而對著作權的認定，同樣是很難的，因爲它是創作在石頭上的，而不是在其他東西上，任何人也不可能把山背走。

這樣，仲裁的結果就有了很大的不確定性，完全在於仲裁庭認定。但不管怎麼認定，如果不裁定案子繼續進行，任何結果都是很難執行的。如果裁定外商勝訴，那麼清算時，山上的作品按夏冬森的請求是要判給他的。那麼，創作這些作品的費用當然得算在作品中，最後結果是滿山的石刻都成了夏冬森的，但他得承擔石刻作品的全部費用，中方輸了官司不賠錢，外方搞不好贏了官司還得出錢，作品只能放在山上，除非有人出錢買。

有了專家的意見，黃嘉歸稍感心安，但他回到靈北給胡文凱講了，胡文凱卻說：「事情怕沒有那麼簡單，如果是這樣的結局，對方會想不到嗎？外方既然提出仲裁，肯定是作了充分準備的，不能掉以輕心。」

黃嘉歸覺得胡文凱說的也在理。胡文凱建議：「既然教授們那樣說，就有可能他們對類似的大案子肯定有經驗，不行，就在他們中再請一個律師，到時我們一起出庭，也好互相補充。」

黃嘉歸覺得行，但是一算律師費，因標底高，至少得再多掏三十多萬元，就有些猶豫，胡文凱說：「一旦贏了，保住的可是一千萬。就是不全贏，拿回來的也遠比這個數大。」

黃嘉歸就和馬可商量，馬可主張請，她說：「這如同打仗，沒有好的將領怎麼行？」

於是，黃嘉歸就又通過劉立昌出面，請了其中一所大學的沈教授，做中方的代理律師。胡文凱主動提出由沈教授主辯，他配合。

隨後，黃嘉歸請沈教授代爲選了一名中方的仲裁員，這樣一來二去，又是一個多月過去了。

時至七月中旬，中國北方最熱的季度裏，黃嘉歸接到仲裁庭的通知，十五天後開庭。

黃嘉歸和胡文凱於開庭的先一天趕到北京。當晚，黃嘉歸約了沈教授，他們三人又把案子分析了一遍，確定了出庭方案。

黃嘉歸說：「外商之所以提起仲裁，完全是對中國法律不瞭解，同時，也是聽了律師的一面之辭，認爲中方和政府勾結起來欺騙他們，實際上，事實完全不是這樣的。但現在又無法溝通，成見很深。但我想，這麼一個大案子，做到此很不容易，能保住就保住，這是我的心裏話，我不想去傷害任何人。」

胡文凱聽了不以爲然，他說：「黃總的出發點是好的，是善良的，但對方夠狠的。作爲曾經的朋友，他們明知你是一個文人，根本沒有能力賠那麼多錢，但他們卻提出了一千多萬元的賠償金，他們是想把你像宋隨良那樣搞破產，只是中國還沒有破產法。所以我們必須穩準狠地打，只有準備打爛才有可能保全。」

黃嘉歸問：「怎麼個打爛法？」

胡文凱說：「就是給對方以有力的回擊。」

沈教授說：「請胡律師說得具體些。」

胡文凱說：「我看過一個批文，是文化局批的山上作品的內容，我對照了一下，發現夏冬森創作的作品有些批了的，他沒做，有些做了的他沒批。咱就當庭提出反訴。再者，他們在申請書中已經說了宋隨良財務出了問題，我們就說他們不能按時到位資金，怕中方追究，就來了個惡人先告狀。」

服務員送來了開水，黃嘉歸給每人泡了一杯從靈北帶來的綠茶。他說：「這兩點倒是真的。特別是後一點，因爲沒有形成董事會決議，中方隨時可以告外方違約，要他按合同約定出資，否則包括罰金在內，不是一個小數目。所以，他們急了。不過，我從沒有過這樣的念頭，何況，宋先生是一個不錯的人，大家都是朋友，何必把事做絕呢？」說到反訴，黃嘉歸問，「反訴是不是必要？」

胡文凱說：「應該。」

黃嘉歸說：「聽聽沈教授的意見吧！」

沈教授喝了口茶，說：「這茶的氣味很香。」說完看了一眼黃嘉歸，這才接著說，「胡律師說的有一定道理，可以採取這種方法，但不一定採取他說的內容。因爲你提出反訴，即使交了費用，對方可能當場提出延期再訴的請求，按法律規定，得給對方答辯的時間。這樣一來，又得拖上至少一個月時間，這未必是我們要的。最重要的是把思路理清，證據並不一定多，但要準確有力，讓對方按照我們的思路走，而不是按他們的思路走。這樣，我們就獲得了主動權。」

黃嘉歸並無這方面的經驗，自然無法表態。

胡文凱說：「到底是京城的，沈教授的方法高。」

於是，他們就把細節、證據、思路理了一遍。

第二天上午九時到庭，黃嘉歸坐定，一抬頭，看見了對面的夏冬森。中間雖隔了長長的桌子，但他依然感覺到他熟悉的身影，然而卻相見不相認，完全成了陌路人。夏冬森端坐著，面無表情，等待開庭。兩年不見，他已十分蒼老了，臉上沒有了過去的紅潤，顯出少有的滄桑感。三年多前，他見他第一面時，黃嘉歸一驚，他甚至懷疑他的年齡的真實性，因班瑪大師告訴他，說夏冬森已過花甲之年，可黃嘉歸的感覺，他只有四十多歲，滿頭黑髮，眉宇之間沒有半點皺紋，完全是一個壯年的形象。他在山上創作，風裏雨裏，山上山下，年輕的刻工，許多時候都趕不上他的體力。有時他在懸崖上直接創作，需要用木棍支撐，或用繩子拽住現場操作，他好像都沒有疲倦的時候。過去，他們見面時握手的瞬間，彼此感到對方的熟悉。他們的生命，曾是那樣地融爲一體，在外人看來，他們是一不是二。他們曾有過怎樣的相互欣賞和信任，可如今，卻要對簿公堂了。

黃嘉歸突然間有些心酸。他記得，在金剛頂完工夏冬森返回靈北後，一天，當著一群來般若園參觀的文化名人，夏冬森說：「各位兄弟，不要把高帽子戴給我了，一切得感謝嘉歸老弟，沒有他，我怎麼會有這樣的榮幸？他是發了大願的菩薩，我只是寫寫畫畫的凡夫；他是耍猴的高手，我只是一隻猴子。」眾人聽了大笑，有人說：「夏先生雖然說笑，但他們兩人的結合，真是珠聯璧合，天衣無縫。一個是藝術大師，一個是創意高人，兩人將世間少有的文字與藝術，寫在了蒼茫大地上，刻在了高山流水間，真的與天地永存了。」

那晚，夏冬森喝了不少酒，把黃嘉歸喊到他的房間，他們緊緊擁抱在一起，互相拍著對方的肩膀，感受被真正的內行認可的興奮。他們放開手後，夏冬森激動地說：「過去有過的不快，小小的摩擦，統統去他×的，我們兄弟是永遠分不開的一對，我們創造了怎樣的奇蹟？這一切就夠了。」有了這句話，過去曾有過的隔閡真的瞬間消逝了。黃嘉歸確信，他們的合作與友誼，是牢不可破的……

黃嘉歸企圖在昔日朋友的臉上，尋回哪怕是一絲一毫的關於過去的記憶，但夏冬森的臉上，始終保持一種表情，他的眼光一如先前創作時的認真，目光中卻充滿了陌生的冷漠，曾經的熟悉蕩然無存。當他把眼光收回來的時候，他感到了氣氛的凝重。他的身邊，只坐了沈教授和胡文凱，而對方的座位上，卻有十個人，除夏冬森和宋隨良的律師馮豐他認識外，其餘的人都不認識。

當首席仲裁員宣布開庭，由雙方介紹參加人員時，黃嘉歸才知道坐在夏冬森右邊的兩位是外方聘請的靈北兩名律師。其餘五位是隨夏冬森從S國來的律師團。

黃嘉歸立時感到了對方的氣勢，顯然對方作了足夠的準備，而且認為是一件嚴重的事。這樣的場面，黃嘉歸沒有想到。但事已至此，黃嘉歸只能面對。

黃嘉歸側頭看胡文凱，他倒頗有條理地將證據等資料整齊地放在面前，然後正襟危坐，等待開庭；而沈教授則輕鬆坐著，像沒有什麼事一樣。

正式庭審開始後，先由外方的代理律師宣讀申請書，出示相關證據，此前交換過的，沒有什麼新東西。外方的發言平緩拖遝，完全在中方的意料之中。

輪到中方答辯時，沈教授首先出示了夏冬森和宋隨良的委託書，然後強調修改合同只是爲了符合審批機關登記機關的需要，是經委託人委託的，而且目的是爲了儘快完成註冊登記，符合股東利益。這麼做了，並未損害股東任何利益。

沈教授出示的第二個證據，即是文化局對般若園作品內容的批覆和夏冬森所列出的山上已創作作品的目錄。

首席仲裁員問：「你要證明什麼？」

沈教授說：「合作合同和章程中都有般若園成立作品審查委員會，第一申請人夏冬森任主任，通過這兩份證據的對比，就可以看出，創作什麼，不創作什麼，都是由夏冬森說了算的，連政府相關部門的批文他也可以不顧，這就證明了第一申請人主導著般若園的決策權。」

對方律師馬上反駁說：「僅此不能證明。」

首席仲裁員問：「還有其他證據嗎？」

沈教授說：「有。」接著就出示了由夏冬森簽字付款的多張憑證說，「一個公司的最主要的體現就是財權，連財權都由夏冬森掌握著，難道不能證明由他主導著般若園？」

首席仲裁員又問：「你的結論是什麼？」

沈教授說：「第一申請人應對般若園所發生的一切負有重要的責任。」

接著，沈教授出示了規劃局的批文，說：「般若園的目的，是弘揚夏冬森的藝術，在山石和懸崖上摩崖石刻夏冬森的作品，其規劃已經政府規劃部門批准，而且已經部分實現了這個目的，只是因爲申請人資金沒有按時到位，才妨礙了目的的全部實現。」

首席仲裁員問：「你想說明什麼？」

沈教授說：「土地性質並沒有影響般若園的實際使用，而且合同章程明明約定，是在石頭上創作，與土地性質無關。」

對方的律師急了，幾乎是喊著說：「不對，不是這塊地。」

首席仲裁員問：「是哪塊地？」

對方答不上來。

首席仲裁員又問：「實際使用了承包的土地沒有？」

對方律師答：「沒有。」

夏冬森立刻不悅，大聲質問律師：「怎麼沒有使用？」

律師說：「非法的。」

首席仲裁員問：「我問實際使用了這塊地沒有？」

夏冬森搶答：「使用了。」

對方律師還想爭辯，被首席仲裁員制止了。

然而律師不聽首席仲裁員的制止，大段引用《中華人民共和國土地管理法》，足足占去了二十分鐘。但他仍然沒有說明其引用的目的。

夏冬森十分生氣，問：「你到底想說明什麼？」

這時，S國來的律師團挨著夏冬森坐的人，拉了拉夏冬森的衣服，耳語幾句，夏冬森停止了發問。

外方的代理律師終於說：「是說明土地使用不合法。」

他說完，首席仲裁員宣布休息十五分鐘。

於是，人們紛紛向洗手間去。黃嘉歸也跟了進去，這時，他聽見夏冬森用英語在和S國來的馮豐說句什麼，因爲聲音小，黃嘉歸未聽清，出來後，胡文凱說，他就在身邊，夏冬森說，怕贏不了。

接下來，就合同章程有效性進行了辯論，雙方各持一辭，互相交鋒，至中午十二點也未結束，仲裁庭只好宣布暫時休庭，下午一點半重新開庭。

吃飯時，胡文凱說：「我們的計畫實現了，對方完全按我們的思路走了，窮於應付，沒有還手之力。」

沈教授說：「不能大意。」

下午開庭，接著對上午未進行完的合同章程的有效與無效進行辯論。

一輪辯論結束後，首席仲裁員問外方代理律師：「你認爲哪份合同和章程是有效的？」

外方代理律師回答：「兩份均無效。」

首席仲裁問：「也就是說，你認爲，原合同章程和已經被申請方修改過的合同章程都無效？」

夏冬森也許是剛才沒有聽清，經一問一答，他終於聽清，就十分氣憤地說：「胡說八道，怎麼兩份均無效？當然原合同章程是有效的。」

律師說：「沒有批准。」

首席仲裁員不管他們的爭辯，直接問夏冬森：「請問第一申請人，你認爲原合同章程是有效的？」

夏冬森回答：「是的。」

當首席仲裁員再問「還有什麼可說的」時，外方律師突然說：「我有。」接著，他聲音激昂地說，「未經當事人同意就擅自修改具有法律效力的合同章程，本來就是詐騙行爲，我們已向靈北市公安機關報了案，但由於當事人與當地政府的密切關係，才使其受到包庇而未得到法律應有的制裁。我方強烈要求，仲裁庭主持公道，給予當事者黃嘉歸堅決的打擊，並移送公安機關，依法查處。」

黃嘉歸覺得他們的說法和做法十分可笑，於是他冷笑著直視對方，對方慌亂地躲過了他的目光。

胡文凱突然大聲說：「我抗議對方代理人對我的當事人進行人身攻擊。」

首席仲裁員說：「接受被申請方的抗議，這是民事涉外仲裁，不是刑事偵察。」

場上的多數人，包括記錄的書記員，都忍不住笑了。

全部庭審結束後，首席仲裁員問：「雙方願意不願意接受仲裁庭調解？」

夏冬森還未說話，代理律師堅決地說：「不同意。」

隨後，夏冬森也說了一句：「不願意。」

既然一方不願意，另一方也就表示不可能了。

首席仲裁員收拾面前的資料，看來要宣布結束了，但他又問了一句：「各位還有什麼說的嗎？」

夏冬森剛要表示什麼，代理律師搶在了前面，說：「我們相信仲裁庭，申請人不再發表什麼意見。」

夏冬森並不理會律師的斷言，他看了首席仲裁員一眼，說：

「我只告訴合作者黃嘉歸先生一個事實，那就是宋隨良先生病得很重，已經到國外治病了。雖然他遇到了空前的財務危機，遭受了巨大的打擊，但他懷有一絲希望，那就是般若園，那是他的精神寄託，可我們卻搞成了這個樣子，給了他最後一擊。是我們害了他！今天坐到這裏，我們有何顏面面對無辜的朋友和一個好人？」

聽到宋隨良出國治病的消息，儘管夏冬森敘說時具有明顯的指責，但黃嘉歸還是一驚，他感到了少有的沉重，他把律師事先交代他少說話的叮囑，忘得一乾二淨，他站起來，表達了自己的心情，他說：「我們的合作是以真誠開始的，目的就是促使這一專案儘快實施，誰也沒有存心辦壞事，但發展到今天的地步我很遺憾，如果對夏先生和宋先生構成了傷害，我表示道歉。」

對黃嘉歸的表示，夏冬森並未回應。首席仲裁員宣布庭審結束。

當晚，黃嘉歸和胡文凱乘最後一個航班回到靈北，等待仲裁庭的裁決。

一個月後，黃嘉歸收到了仲裁庭的裁決書，仲裁庭爲了不使後面的裁決難以斷清，直接採取了對合同章程是否合法有效的認定。裁決修改後的合同章程無效，正如事前黃嘉歸邀請專家們評估的那樣，裁定了外方大部分請求：一、關閉般若園；二、般若園的所有作品的著作權和所有權歸夏冬森所有；三、般若園清算後，中方補償外方所投資金的差額；四、駁回了外方的其他請求。這樣一來，從裁決書的文字看，外方贏了百分之七十。然而，仲裁庭將難以執行的後果扔給了法院。

因是終審裁定，根據有關法律規定，任何一方不得再向其他機構提出訴訟，執行就成了最後一關。

黃嘉歸馬上帶著裁決書進京，仍讓劉立昌出面，約了當初幾個專家教授來商量，他們研究後，得出的結論是，主動權在於黃嘉歸。黃嘉歸問，爲什麼？

他們說：「如果不執行，有充分的理由，關閉般若園，是指把售票的門關了，還是把辦公室的門關了，無法執行。再者，般若園是已經事實註冊的企業，雙方在請求仲裁過程中，第三方作爲法人實體並未參與，兩個人打架，一商量去分第三方的財產，這是不通的。如果執行，既然作品都是夏冬森創作的，那麼所有石刻費用當然要算在作品上的，作品歸他了，錢當然也得算到他的頭上，這樣一來，不但中方不賠，夏冬森除把前期的投入賠給宋隨良外，搞不好還得給中方賠償損失。」

黃嘉歸覺得清算的方式太損，還是儘量保住般若園，專案做到目前的樣子確實不易。回靈北後，黃嘉歸就讓胡文凱寫好了終止執行的申請書，在對方提出強執執行的當天，胡文凱就把終止執行的申請書送到了靈北市中級人民法院。

接下來，在法院執行庭進行了一次庭審，很簡單，外方來了一個律師，中方就黃嘉歸和胡文凱，一個小時內各自說了意見就結束了。

又是一個月後，黃嘉歸收到裁決書，其結果正如所料：終止執行。

黃嘉歸不知道夏冬森收到裁決書後的心情怎樣，他看完了裁決書，身上突然像卸掉了骨頭，攤在椅子上，半天直不起身子。

般若園又恢復了從前，黃嘉歸長嘆一口氣。

黃嘉歸計算的結果，外方花去二百多萬人民幣，而中方也花去了五十多萬人民幣，雙方以二百五十萬元人民幣的代價，以未改變任何現狀的結果，結束了一場法律大戰。

黃嘉歸感慨：「真是二百五啊！」

然而，黃嘉歸依然面臨著一個棘手的問題，就是給政府提交什麼樣的方案。鬧到如此地步，雙方已完全失去了信任，董事會通過任何決議都不可能了。而沒有董事會決議，給政府的任何方案只是他單方的意見，說不定又會鬧出新的官司。這場法律大戰，他如同死過一次，心力憔悴，他不會再去碰這樣的事了。沒有董事會決議，延長出資時間的期限也到了，般若園的營業執照隨時可能被吊銷。一旦吊銷，般若園只有關門。黃嘉歸挽救這個案子的努力也就泡湯了。

任其自然關閉，還是再採取其他措施，黃嘉歸犯難了，而且對於採取其他辦法能否成功並無把握。無奈中的黃嘉歸，想到班瑪大師，他想給大師打電話，剛掏出手機，接到一個來自四川成都的陌生電話，有個陌生的口音告訴他，有人給他打電話。他一聽，是班瑪大師，他驚喜地大聲問：「師父，你怎麼在成都呢？」

對於班瑪大師這樣的高僧大德，在哪兒都是可能的，黃嘉歸知道他問了一句十分愚蠢的話。於是他又說：「我正要找師父開示哩。」

大師說：「我乘明天下午四點的飛機去靈北。」

黃嘉歸又是一個驚喜，他忙說：「我去接師父。」

扣了電話，黃嘉歸叫來馬可，安排司機把小車內外統統清洗一遍，並訂一個花籃，明天迎接大師。

51

第二天下午六點，班瑪大師身著喇嘛裝，出現在接機口，身後緊跟著侍者智仁。大師頭髮灰白，腳步靈便，使人很難把他與一位八十歲老者聯繫起來。

馬可快步上前，將鮮花獻給了大師。看見大師那一瞬間，黃嘉歸的感動無以言說，淚水在他眼眶裏轉，似乎見到了一位久別重逢的親人，他們心靈相通，心心相印。

到了車前，大師將花遞給馬可，說：「借花獻佛，現在我把這花獻給馬可。」

馬可接了，連連說：「師父，不敢，弟子不敢。」

大師笑著說：「眾生皆是沒有開悟的佛，佛只是開悟了的眾生。我是專爲你們而來的。」

馬可的淚水隨即溢出眼眶。

大師坐在前面，黃嘉歸開車，他還未說出自己的困惑，大師卻先開了口。他說：「既然因緣具足，你就給馬可一個交代吧。」

黃嘉歸一驚，他從沒向大師提起過這件事，大師卻爲他們遠道而來，他心裏又一次湧起感動。過去他似乎不太在意這件事，認爲彼此相愛，形式無關緊要。此刻他才感到對不住馬可，長時間來，事情不斷，如果沒有馬可，他很難挺得過來，但直至今天，他也沒有給馬可一個說法。正如當初時迅一樣，她可以不在乎說法，但作爲男人，對一個爲自己付出了心血的女人總得有個交代。所以立即表態：「太好了，感謝師父的慈悲！」

大師卻說：「那是你們的緣分，師父只是成人之美，錦上添花而已。」

馬可幾乎哽咽著說：「有師父爲證，我這輩子別無他求了。」

大師說：「不能這麼說，還有許多事，是需要你做。」

馬可立刻說：「需要馬可做的，請師父儘管講，馬可盡心盡力。」

大師沒有接馬可的話，卻對黃嘉歸說：「兩天時間準備夠嗎？」

黃嘉歸本來就不想大操大辦，兩天時間準備足夠了，可對一個女人來講，畢竟是一件人生大事，於是他說：「我行，馬可你呢？」

馬可說：「聽師父的。」

大師說：「那就後天。」

黃嘉歸說：「好，聽師父的。」

黃嘉歸把大師仍然安排在西海大酒店，和大師一起吃完晚飯，送大師回房間，他們就回去了。臨睡前，黃嘉歸突然說：「大師在，我們何不辦得更有意思些呢？」

馬可問：「怎麼舉行？」

黃嘉歸說：「租條船，到海上去放生，讓無數即將被肉食的生命得到救度，和我們結緣，分享我們的喜悅，這該是一件多麼有意義的事啊。」

馬可聽了，一下子跳起來，抱住黃嘉歸，說：「大哥，你的創意太好了！」

黃嘉歸摟住馬可，吻了一下她的額頭說：「說明馬可眼力不錯。」

他們又商量一些細節，睡得很晚。

第二天早上，陪大師用早餐時，黃嘉歸說了自己的想法，大師讚嘆說：「有這樣的慈悲心好啊。」

得到大師的讚嘆，他們就按計劃準備。馬可準備服裝和佈置屋子，其他的事和海上放生由黃嘉歸逐一落實。

天快黑時，黃嘉歸突然接了個電話，居然是一一打來的，她說她來靈北辦事，現在市區，想去看看黃大哥和馬姐，問方便不方便。

黃嘉歸一聽，就把電話給了身邊的馬可，馬可立即高興得叫起來：「一一，你快來，明天是我的大喜的日子，你得來參加。」

一一聽了，也叫起來：「真的？」當她聽說班瑪大師也在靈北，更說她與大師有緣，一定要皈依這位高僧大德。

通完電話，一一立即起身，趕上了晚上八點半最後一班輪渡，黃嘉歸開車到碼頭去接。在車上，一一說，半月前，表姐藝藝外出演出，遇車禍去世了，報紙都登了。黃嘉歸一聽，驚呆了，半天才說：「多麼有才華，表演很到位，嗓音又十分好。」

馬可說這些天他們忙，沒有看報紙，想不到會發生這樣不幸的事。

一一說：「這件事對我刺激很大，我和藝藝姐是一起長大的，就像親姐妹一般。王驪他們說，乾脆假戲真做，借此把我推出去，稍一包裝，就借藝藝姐的名字火了。可我不願意，我已經煩透了這樣的生活。」

黃嘉歸說一一的想法是對的。他說：「怎麼假戲真做？明明人死了，報紙都登了，又不是一個普通人。這王驪和劉立昌已經和錢認了乾姊妹，想它們想瘋了。」

一一說：「所以，我一聽班瑪大師來了，就知道自己有救了，找到心靈導師了。」

黃嘉歸說：「這就對了。」

他們把一一也安排到西海大酒店，因太晚，就沒再打擾班瑪大師。

第二天早上七點半，他們去班瑪大師的房間，黃嘉歸向大師介紹了一一。一一在見到大師的第一眼，突然眼前一亮，似乎這是她的爺爺或父親，好像他們從來就沒有離開過。一一慌忙上去恭敬地叩了一個頭，當她還要叩第二個頭時，大師上前扶起了她，說：「心裏有就行了。」

窗外的太陽出來了，不遠處的海，被陽光照得通亮，海面被波紋分割成無數碎片，泛著銀亮的金屬的光，像有萬千條彩色的光線，拉著海面離開了地表，在半空升騰閃爍。窗戶的玻璃上，也顯出了陽光下大海的斑斕，一時間，屋子裏也充滿了歡快的光波。

一一坐下後，說：「我聽大師在這兒，一定要趕來。」

大師看著一一，眼裏溢滿了憐愛，他說：「天下誰人不覓尋，千里因緣不離分。」

一一聽了大師的話，眼淚快要掉下來，她忙低頭去擦。

吃完早餐，他們一起到海邊的旅遊碼頭。黃嘉歸穿著一件白色的短袖衫，馬可則穿了一件白裏透著棕紅色花瓣圖案的連衣裙，他倆的胸前，各別了一朵花。大師和一一也各戴了一朵，是昨天黃嘉歸去花店選定的。

黃嘉歸提前預定的汽艇已停靠碼頭，九點了，靜得沒有一個人。來這裏的遊客，一般都是外地的，基本是隨旅遊團來，大約十一點鐘，這兒才是人流的高峰。

他們剛到不久，就有一輛大車奔來，下來三四個小夥子，把車上注了氧氣的袋子卸到了快艇上，一共三十包。點完數，黃嘉歸簽了字條，他們就走了。黃嘉歸對大師說：「有魚，有鮑魚，有螃蟹，有蛤蜊，有海螺，共十種，一萬塊錢的。」

大師點點頭，說：「有這麼多的眾生參與，還不隆重嗎？能讓自己的喜悅和萬名眾生分享，它就變成了一萬個快樂。而且救度了萬條生命，這是悲無量心和喜無量心，多麼殊勝啊！」

大師說完，船主開船，汽艇啓動後，飛快地向海的遠處駛去。船尾湧起的白色的波浪，飛向身後，變成了一朵朵爭相怒放的花朵；兩排浪花的中央，閃出一條大道；撲向兩邊的水，在汽艇的後方，迅速向大道的中央合攏，隨即遠處便恢復了海面的平靜。船主爲了表現自己的技藝，他不時加速，汽艇便在浪頭上跳了起來，隨即又落入低處。黃嘉歸擔心大師腳下不穩，過去扶，大師搖搖手，一絲不動地站在船艙裏。

大約十幾分鐘，岸邊就模糊了，剛才的碼頭變成了一個點，只能看到遠處的陸地。大師讓船停下來，四周的波浪隨即平靜。船主熄火，汽艇立即沒了聲響，漂浮在海面上輕微搖晃。大師讓黃嘉歸把提前複印的放生儀軌，發給馬可和一一。大師起頭，他們就隨大師一起念：「皈依上師，皈依佛，皈依法，皈依僧，從此不再墮三途」，念三遍，然後就誦《般若波羅蜜多心經》，再念《寂怒百尊》和《聽聞解脫》，接著，念了一百零八遍六字真言：「嗡嘛呢唄美吽」。隨即，大師誦咒，讓他們將袋子解開，將提前化開的甘露丸水灑入袋子，然後順著船體倒進海裏，一條條竄出的魚迅速向海中游去，而那些螃蟹、海螺和蛤蠣則沉了下去。

三十袋是一個不少的數量，黃嘉歸身上出了汗，馬可和一一的胳膊都有些抬不起了，但她們歡愉的心情無法言說。全部放完後，他們抬起頭，突然看見遠處的海心出現了一道絢麗的彩虹，海中的水也成了彩色的。湛藍的天空，沒有一絲雲，像是大海的倒影，沒有對接的地平線，海天一色，而連接海面的彩虹，如同天空悠長的夢，將沉靜的空間啓動了。她們被奇異的景象驚呆了。黃嘉歸的眼光，轉向大師尋求答案。

大師淡淡地說：「無比殊勝的因緣。念《普賢行願品》迴向眾生吧。」

聽了大師的話，黃嘉歸從手包裏掏出早已印好的小冊子，每人發了一本，大家開始跟著大師念誦。十多分鐘就結束了。

大師開示說：「所有的功德迴向眾生，大乘佛法要我們發無量菩提心，就是為了所有眾生，而捨棄自己的一切。當你升起無量菩提心，完全斷除了我執，自性自現，你就會明白，山河大地芸芸眾生富貴貧窮高低貴賤，這一切的一切，都是一個整體，原本沒有分別，自性圓明，清淨無為，這就是宇宙人生的真相！那時，你自然成佛了。」

彩虹的光線似乎反射了過來，馬可和一一的臉上被照得紅撲撲的。黃嘉歸趕忙拿出照相機，給她們拍照。黃嘉歸分明看見馬可的眸子裏，同樣映照著一道彩虹，似乎連接了身後的大海，無限的寬廣和深邃，同時溢滿了感動和喜悅。當黃嘉歸把鏡頭對準大師的時候，他激動得幾乎叫出聲，大師站在船頭，逆光而立，整個身體像一尊雕塑，遠處的彩虹化作了耀眼的光束，在他的腳下鋪出一條七彩的大道，隨著大海的遠去，化入了茫茫宇宙。黃嘉歸連拍多張。最後，他讓馬可和一一站到了大師的身旁，對好了鏡頭，交給船主，他跑過去，站在了大師的另一旁，船主按下了快門。

大師說：「現在就由新娘新郎表示了。萬餘眾生和無量的諸佛菩薩都在祝福你們。」

黃嘉歸聽了，拉著馬可，面向大師，深深鞠了一躬。然後轉身向汽艇駕駛室裏走去。馬可並不知道他要幹什麼，也不知道接下來應該做什麼，所以愣在那兒。

一一也有些納悶，黃嘉歸沒有當著大師的面把戒指給馬可戴上，而是一個人鑽進了駕駛室。要知道，這是一個女人最希望的一刻。她猜不明白，就呆呆地站在那兒看。

只有班瑪大師微微笑著，站在靠近船頭的位置，像是在欣賞孩子們嬉鬧。

當馬可還沒有緩過神的時候，突然快艇船體的四周，冒起了無數電光火花，一簇簇閃爍著五顏六色的火柱，沖出兩米多高，將他們圍在了一片彩色的光點之中，而周圍的海面，也成了一片彩色的海；似乎這艘快艇變成了海面上一團盛開的鮮花，與遠處的彩虹一起，在海中敘述了一個神奇的童話。馬可和一一幾乎同時叫了起來。這時，黃嘉歸的頭從快艇的艙門裏探了出來，接著雙手就捧出一個巨大的花籃，尺寸與艙門相同，再大一點，也許就拿不出來了。

這一刻，還沒有從驚喜中回過神的馬可，被眼前的景象驚呆了，她睜大了眼睛，一一也睜大了眼睛。

黃嘉歸慢慢地將花籃捧到馬可眼前，馬可才看清楚，那花籃是由幾十種白色和黃色的花朵做成的，叢叢相擁，中間則是用鮮紅的玫瑰花組成的一隻飛鳥的圖案，花籃的周邊是綠色的葉子。整個花籃的造型，就是一朵花，而又由許多小花組成。

馬可激動得不能自制，淚水盈滿了她的眼眶，長長的睫毛挑起了淚花，接著就滾了下來，在臉頰碎成一片，瞬間淚流滿面。

此時，黃嘉歸的眼前，出現了時迅在金剛頂下面對他的那一刻，同時又出現了他和時迅在山門口遇到馬可時的情景，這一切歷歷在目，如同昨日，但一切又都時過境遷。黃嘉歸迅速收回思緒，將花籃捧到了胸前，單腿跪地，說：「你不是說過要在大海上接受愛情的鮮花嗎？原諒我長時間以來對你的疏忽，也原諒我遲到的求婚。」

這時的馬可，早已成了一個淚人。一年多前，在山下碰到黃嘉歸和時迅的情景，好像就在昨天。當時她是怎樣的羨慕，她希望這一生，也能得到像黃嘉歸這樣的男人的愛。如今她得到了，儘管她不希望時迅離去，但時迅確實走了。時迅把黃嘉歸留給了她，她很感傷，但那不是她的錯。她想，她該怎樣去關照和疼愛眼前的這個男人呢？更讓她想不到的是，這個男人把她一時興起說出的話記在了心上，為她實現了當時的嚮往。這個男人，注定了是她生命中的精華，值得她一生一世去愛的。

馬可接過花籃，流著淚說：「我會替時迅姐珍惜這一切的，謝謝大哥給我的這份特殊的愛，我會記住一輩子的。」

此時，正是太陽熱烈的時候，然而在海的微風中，氣候卻十分涼爽。裝滿日光的海面，閃爍著片片銀光，藍色的海變成了銀色的海，只是在無垠的光亮中，閃動著藍色的光點。依然風平浪靜的大海，如同一頭巨象，溫順地臥在這茫茫天地間。

黃嘉歸拉過馬可，轉向大師。一一走過來接過花籃，站在馬可的身旁，黃嘉歸和馬可同時跪在大師的面前。黃嘉歸說：「我和馬可的父母都不在身邊，請大師接受弟子的頂禮，師父就是我們的再生父母，也請接受兒女的跪拜。」

大師上前，扶起他們，說：「人們說，百年修得同船渡，千年修得共枕眠。婚姻是許多世的因緣，只是到了這一世成熟了，有了結合到一起的果報。但不管前世是朋友，還是冤家，總是因緣而生，所以要珍惜這一生，過好每一天。由於我們無數世的無明顛倒，我們流轉於六道之中，我們的業力和障礙隨時都有可能找上門來，我們就有了爭吵，就有了矛盾，就有了不和。但對這一切，不能針鋒相對，而應以大慈大悲去對應。當你們明白了相互寬容，相互謙讓，相互尊重，就懂得了生命與生命相處的方式；當你們相互把對方當作自己，無二無別，爲他所想，爲他而做，你們就懂得了婚姻圓滿的意義。不要說要等來世，不論是愛還是恨，來世你都無法把握。活在當下，珍惜今天，這就是活著的最佳狀態。」大師繼續開示，「社會學家說家庭是社會的細胞，佛家講婚姻是因緣。因緣的聚合才能成爲夫妻，可惜世人只說找對象，卻不知婚姻的淵源。理解生命，先從此開始。眾緣和合，順緣而生；衝突只能冤冤相報。婚姻雖是一生的馬拉松，但當明瞭其中的道理，採取了正確方式，你每天都在享受短跑衝刺的快樂。」

海面上有了微風，海水的波光更加明亮了，整個海面，鋪陳成一片無垠的光的世界。空中有了輕薄的少許霧氣，陽光在薄霧裏，偶爾有幾縷耀眼的彩色光線投入霧氣中的海面，立時就有了閃爍的七彩的光斑；遠處的霧氣，將天色和海面染成了白色，使眼前的情景染上了一層神秘的背景。

大師極目遠望，說：「不要在婚姻和生命的常態裏，被瑣碎的生活細節磨壞了脾氣，認爲他做得不對，對不起我，他虧欠了我！要知道，這一切可能本來就是你前世對不起他，你欠了他，他只是來打了個平手而已。要明白，生活的自主權在你的手中，是你自己改變著你的生活和生命。要知前世因，今生受者是；要知來世果，今生做者是。」

大師言罷，將兩個鮮紅的金剛結套在了他們的手腕上，把他們倆的手拉到了一起。

黃嘉歸緊緊握住了馬可的手，他知道師父開示的意義，不在一時的祝賀，而在一世的啓示。他知道，面對的女人，從此真的和他的生命分不開了。

馬可被大師的話深深打動了，好像這些話是爲她一個人在說，又好像是對天下人說的。她的手，在黃嘉歸的手心感受著火一樣的滾燙，她知道身邊的男人從此融入她的生命，她會像腳下的海水一樣，去包容他的一切。

一一完全被大師的話和眼前的情景震撼了，她參加過許多人的婚禮，也當過許多朋友的伴娘，她也渴望慶典的場面，然而，她從沒有見到，也沒有想到，人世間有如此浪漫而又如此莊嚴的婚禮。這情景讓她重生，更讓她思考過去的生活和未來的人生。

黃嘉歸和馬可拉著手再次向大師頂禮，大師拉住他們的手，對船主說：「回吧。」

立即，隨著馬達的轟鳴聲，汽艇又一次飛了起來。這次由於負重已經減輕，船身輕了許多，汽艇快速在海面上飛行，船外撲起的水花，像兩道懸掛的瀑布，飛速向後拋去。眨眼間，汽艇在碼頭靠岸了。黃嘉歸付了船錢，他們開車和大師去西海大酒店了。

中午，他們在西海大酒店要了一個小房間，上了幾個清淡的素菜，班瑪大師開許，他們還要了一瓶乾紅，算是喜酒，他們高高興興地吃了一頓飯，算是喜宴。

碰杯時，大師說：「酒並沒有錯，錯的是人，居士五戒中不飲酒，那是對治人的習性。酒本無過，喝多了會亂性，滿嘴胡言，即使不罵人，說出許多的無用的話，也惹人煩。所以，佛家戒酒，是怕身口意之過。」

大師說：「人無過，酒自然也就無過了。」

於是，大家碰杯。席間，大師說，今兒高興，你們可以多喝三杯。

一一見大師高興，又說說笑笑，全然不像一個高居廟堂的高僧，就說：「師父，給我們示現個神通吧。」

大師故作驚訝，問：「神通是什麼？」

一一說：「神變。」

黃嘉歸心裏有些打鼓，因爲大師早說過，神通不是佛法的究竟，曾告誡過鄭仁松和其他弟子：切不可追求神通，把它當作功夫裝神弄鬼。黃嘉歸想一一的話會使大師不高興。然而，大師又問一一：「是說變魔術嗎？」

一一說：「類似。」

大師問：「怎麼類似？」

一一說：「魔術是假的，是人做的假，是技術技巧，而神通是真的。」

大師作恍然大悟狀，說：「哦，是這樣嗎？」

一一以爲大師要表演神通，但大師端起茶杯，品了一口說：「這茶的味道不錯，是今年的夏茶吧？」

黃嘉歸喝一口，味苦，咽下去後，回味有一絲甘甜，就說：「是當地產的空山綠茶。」

大師說：「北方天寒，土重，其茶多味濃，與南方茶入口細膩，回味不同。想不到靈北的茶有了南方茶的味道。」

一一見大師說茶，就又說：「師父，你還沒有顯神通哩。」

一一曾聽鄭仁松活靈活現描述大師的神通。

大師看著一一，說：「師父沒有神通。」

大師的雙眼，充滿了寧靜的光明，一一想起了爺爺的慈祥。

大師隨手端起茶杯，突然將茶水潑到沙發前的空地上，而包間裏的地是鋪了地板的，但那水濺上去，卻未留下一滴印痕，瞬間就消失得無影無蹤，地上也未見水跡。

大師說：「一切猶如潑出去的這杯茶水，它的消逝只是時間的長短。這是宇宙的本來面目，生活本無常，人生本無常。神通同樣不能改變這一切。」

一一睜大了雙眼，還沒有明白過來，黃嘉歸知道師父在點化弟子。

一一突然站起來，跪在大師跟前，漲紅著臉，說：「師父，我要皈依，請師父收下弟子吧。」

大師讓她起來，說：「可以，明天上午。」大師又說，「看我們師徒的緣分吧。」

一一點點頭。

飯後，一一去她房間休息，黃嘉歸和馬可到了大師房間，黃嘉歸說了般若園的處境，問大師該怎麼辦。大師聽了反問：「你認爲般若園是什麼狀態？」

黃嘉歸說：「山上佛教內容做完了，山下還差得遠哩。」

大師說：「當你以是非觀念決定取捨的時候，你已經遠離了事實的真相。事物皆有因緣，緣起則生，緣盡則滅，因果輪迴，循環無盡，前果是後果的因，後果是下一個果的因，如此構成世間萬相。一種因緣，也許有萬般解讀，但它只有兩種循環，緣起與緣滅；一顆心靈也許有無量造化，但它只有兩種趨向，光明與黑暗。」大師說，「如何處理，你一定會有自己的選擇，善念當前，智慧自然就有了。」

黃嘉歸一時還不能完全理解大師的密意，但他相信一定會有辦法的。

第二天早上八點，他們到酒店，和大師一起用過早餐，到了大師房間。大師在外屋的桌子上擺了壇城，中間是一尊玉質的蓮花生大師坐像，佛像前供了一杯水，佛像的右側，則放了經書。

皈依儀式開始，一一跪在大師面前，黃嘉歸和馬可跪在一一後面隨喜。他們首先跟著大師一起念了四皈依：「皈依上師，皈依佛，皈依法，皈依僧。」接著，大師念誦了儀軌，然後講了五戒。

大師開示道：「佛法不在高大的廟堂裏，也不在深深的書齋裏，而在我們的生活裏，在我們的身邊。佛法是救度眾生的，而不是接受崇拜的。當代的一位老法師講，佛教不是宗教，不是哲學，更不是迷信，是佛陀四十九年說法，對於眾生認識人生、認識宇宙真理的教育。這個說法是準確的。如果硬要給佛法下一個定義，勉強可以稱爲信仰，但信仰必須先有正念，然後才有正信。如果不理解信仰的道理，無法覺知信仰的必經之路，就產生不了正念，沒有正念，更談不上正信，盲目崇拜的結果必然是迷信。」

大師說：「當你明白了佛法的道理，是讓眾生認識人生宇宙的真理，解脫人生之苦，就需要你自己去證悟。正如一條科學定義，需要在實驗室裏實驗證明一樣，只不過人生宇宙的真相已被無數的高僧大德證悟過了，需要我們像大德那樣通過修行證悟。」

接著，大師開示了四皈依的基礎、分類、方法和皈依的功德。大師說：「發菩提心，是修行的基礎，我們不光要感受當下世界遭受戰爭、病痛、貧窮等人類的痛苦，我們還要感受六道輪迴中所有眾生的痛苦。斷除我執，生起一切利他之心。」

大師開示時，黃嘉歸一直盤腿坐著，慢慢感到心地清淨，周身清爽，終於如炎熱的夏日突遇甘露。大師開示完畢的一刹那，他感到身上移走了一座山，有了從沒有過的歡喜。他突然明白了上師教言中「猶如盲人廢聚中，獲得稀有摩尼寶」的真正含義。隨即他對往日修行的懈怠感到深深的羞愧，心中生起巨大的惆悵。他看著大師，許久才說：「師父，我何時才能修完前行，獲得大圓滿正法？」

大師看著他，目光如毫無遮攔的虛空浩瀚無垠，又如母親的雙手溫暖踏實。他說：「殊勝無比的大圓滿，就在你一直修行的前行裏。」

黃嘉歸愧疚地說：「弟子離修完前行的數量還差得遠。」

大師說：「般若園的所有經歷都是修行，順緣也罷，逆緣也罷，每次遭遇，每個人事，都是自己的對境，當你調服了一顆桀驁不馴的心，使所有外境變成了映照在心中的影子，絲毫不影響心的本來面目，你就已經找到了久遠以來丟失的那顆真心。這難道不是最好的修行嗎？」

黃嘉歸說：「弟子接下來應該怎麼修？」

大師說：「師父就是爲你而來。」

黃嘉歸急促地說：「請師父賜給弟子甚深妙法大圓滿吧。」

大師說：「師父沒有傳過你甚深正法嗎？」

黃嘉歸說：「弟子不明白。」

大師的目光落在黃嘉歸的眼裏，像大草原秋夜蒼穹的月光，澄明無垠，清淨無染。大師說：「佛法的全部修證，在於認識自性，自性本來圓滿，難道我們還需要去外求嗎？證悟自性，凡夫即佛。過去念無留痕跡，未來之念未曾生起，現在念不住當下，一切了然於心，毫無矯揉造作，平常簡單的生命覺醒而已。」大師收回眼光，說，「念頭起時，不執不取；念頭去時，不追不隨。既然無修可修，則什麼都不修。既然無有散亂，則以正知堅守正念，在無修的狀態中赤裸裸地觀照一切，覺性的光明便會普照一切。它超越一切所知境，它的本體澄澈光明，現空是本自解脫，明空即爲法身。」

黃嘉歸似有領悟，但仍覺似是而非。大師站起來說：「你過來。」

黃嘉歸站起來，到了大師的身邊。大師一把推開朝海的窗戶，一股熱浪撲面而來，黃嘉歸立刻感到被潮氣所包圍。前面不遠處是無垠的大海，風中搖撼的海面，閃著刺眼的光芒，呈現一片白色。這時的天空，沒有一絲雲彩，海岸邊的濤聲傳過來，像一陣陣古老的鼓聲，激越而悠遠。

大師問：「你聽到濤聲了嗎？」

黃嘉歸說：「聽到了。」

大師又問：「你望見大海了嗎？」

黃嘉歸說：「望見了。」

大師接著問：「你感覺到了屋外的熱浪了嗎？」

黃嘉歸說：「感受到了。」

大師說：「大圓滿就是這樣的。」

……

大師關住窗戶，回到椅子上坐下，靜靜地看著黃嘉歸。他的目光像清澈的溪水，流動著明淨的光波，慢慢地包圍了黃嘉歸的身心，使黃嘉歸沉浸在一種無法言說的明淨中。突然像晨曦中竹林裏一隻驚飛離巢的鳥，騰空而起，衝向萬里長空，瞬間置身無限的光明之中。那一刻，束縛他心靈的所有枷鎖被砍斷，遠、近、前、後、多、少，包括時空在內的所有觀念，瞬間消失殆盡，只有明空現前，無有邊際，一切豁然開朗。

在明心見性的那一刻，黃嘉歸的雙眼噙滿了淚水，但他的心中充滿了平靜，他看著大師，用力地點點頭。

大師說：「百千萬劫難遭遇，願解如來真實意。」

黃嘉歸激動地後退三步，給大師磕了三個長頭。他說：「感恩師父！」

這時一一上前，說：「師父，我聽了師父的開示，身心愉悅，但我確實不明白。」她一副很愧疚的樣子。

大師慈祥地說：「我們師徒有皈依的緣分，就難能可貴了。我給你個去處吧。」說著，大師去屋內的桌子上，很快寫了一封信，封好拿出來，遞給一一，說，「你現在不要拆，回去想好了，就打開，裏面有具體的地址和介紹你去拜見的師父的名字。」

一一接了，舉過頭頂，說：「謝謝師父！」

大師給一一賜法名見空。一一磕頭謝恩。

最後大師說：「師父的事情做完了，也該走了。」

黃嘉歸和馬可幾乎同時說：「請師父多住幾天。」

大師說：「我們師徒的緣分圓滿了，我已沒有其他心事了。明日走。」

黃嘉歸問：「何時再見到師父？」

大師說：「師父我該走遠了。」說著，大師進屋，拿出一個紅包，從裏面掏出厚厚的一個列印裝訂的冊子說，「這是師父五十年閉關的修行記錄，已由西安的居士整理列印了，師父留你一套，它會幫助你修行的。」說著，師父又掏出一本翻得很舊的書，遞給黃嘉歸，說，「這是大成就者敦珠仁波切在閉關洞裏寫成的《普賢上師言教》的要點翻譯，對你一定會有幫助的。」

黃嘉歸急了，問：「師父，難道你要離開終南山嗎？以後弟子到哪兒去見你？」

大師說：「師父本是雲遊四方的瑜伽士，哪兒不能安下一個七尺之軀呢？」

黃嘉歸說：「請師父常住世間，普渡眾生。」

大師說：「連佛陀也示現寂滅，難道老衲還賴著不走？」

大師這句話，惹得他們都笑了。

這時，黃嘉歸突然想起了賀有銀，就對大師說：「師父，曾跟鄭仁松一起皈依的賀有銀，不知師父還記得？」

大師說：「記得。」

黃嘉歸就說了賀有銀的遭遇，說：「他說師父如果到靈北，一定告訴他，他想見師父。」

大師說：「恐怕難了。」

黃嘉歸不解其意，立時撥打手機聯繫，可怎麼也撥不通，終於有提示音說，用戶已經停機。黃嘉歸只好打卜亦菲的手機，通了，她一聽問賀有銀，就笑說：「就你還記得他，賀總已經失語了，已經轉到上海治療了。」

黃嘉歸聽了一愣。卜亦菲問：「黃總找他有事嗎？」

黃嘉歸說：「班瑪大師來了。」

卜亦菲聽說班瑪大師來靈北了，就要立即拜訪。她說她雖然不是信徒，但過去鄭仁松常在嘴裏念叨，連賀有銀都說他皈依了，所以，她一定要見識見識這位高僧大德。

黃嘉歸扣了電話，黯然地對大師說：「他去上海治療了，已經不能說話了。」

大師說：「今生無緣了。」

也就十分鐘時間，卜亦菲趕到了。她說：「我一定得請大師吃頓飯，向大師請教。」

大師笑說：「不吃飯就不能說話了？」

卜亦菲進門就沒有坐，她一直站著與大師說話，她聽大師這麼一問，就說：「是向大師表達心意。」

大師讓她坐，黃嘉歸把凳子讓給卜亦菲，和馬可、一一擠到三人沙發上，她坐下說：「正要向大師請教哩。過去沒有錢的時候想錢，有錢了，覺得周圍的人怎麼老是盯著錢，絲毫沒有安全感。」她說，「像黃老師這樣的人，幾乎找不到。」

卜亦菲說了一大堆不如意的事，她問大師：「我生活得很不快樂，是不是自己的心理出了問題？該怎麼做才能調整好？」

大師沒有直接回答她的問題，而是說：「一個老和尚對小和尚說，我們坐在這兒打坐，前面那座山一會兒就過來了。小和尚想，走過去太遠，能過來太好不過了。於是他坐下專心打坐，可坐了很久，睜開眼看，那座山還在那兒，一點也沒有動。小和尚就問老和尚，師父，山怎麼沒有過來呢？老和尚說，它沒有過來，我們過去……」

卜亦菲若有所思，許久沒有說話。大師說：「自心清淨，世界自淨。做起來難，但一定要做，這是解決問題的最終途徑。極樂世界在哪兒？就在你的心裏，也在所有眾生的心裏。」大師說，「佛在《彌陀經》上說，從是西方，過十萬億佛土，到達西方極樂世界。心淨當下即到，心不淨，你坐著光速的太空船，子子孫孫沒有窮盡，也不能到達。」

卜亦菲聽了，突然站起來，給大師叩了個頭，說：「謝謝大師的開示。」

儘管黃嘉歸一再婉拒，中午飯，還是卜亦菲請了。

第二天下午兩點，黃嘉歸、馬可和一一將大師送到機場，分別的一剎那，黃嘉歸無法抑制自己的情緒，竟然淚流滿面，馬可和一一也都哭了。

大師卻笑著說：「了脫生死的人，還怕分別嗎？」

說著，給了弟子們最後一個笑臉，走進了安檢的人群，直到大師的身影消逝在視線裏，黃嘉歸才和馬可、一一走出了機場。

機場外的天空，無比的空闊，沒有半絲的雲彩，盛夏的太陽，像一個燃燒的火球，掛在天上，半邊天空似乎被燒成了紅的，異常耀眼。

隔天上午，黃嘉歸和馬可送走了一一。兩天後，黃嘉歸就向空山辦事處提交了有關般若園的處理意見。

52

梁大棟是在黃嘉歸遞送處理意見的第六天，看到空山辦事處呈報的關於般若園的處理報告的，黃嘉歸提了三條：一、向空山辦事處移交般若園經營權；二、空山辦事處免費維護般若園所有作品不受損壞；三、般若園資產留後處理。辦事處的報告則稱，由於般若園專案影響大，他們接收有一定困難，請求管委會有關部門參與交接。

黃嘉歸的方案出乎梁大棟的意料，他猜想黃嘉歸一定會借助這次中紀委查處的機會，提出一些過分的要求，讓他無法下手，至少也要達到他上告中紀委時提出的條件：完善般若園所有法律手續，賠償損失。那樣的話，這個燙手的山芋就真的難辦了。想不到他竟然一下子放手了，把這個半拉子工程扔給了政府，這小子背後一定有高人指點！

梁大棟站在那兒，許久才緩過神來。他本想把辦事處主任吳永久叫來痛罵一頓，以發洩心中的悶氣。想想作罷。讓他想不到的是黃嘉歸這小子，居然有如此之能力，中紀委批示，省紀委專門約他談話。之前曾有上面的朋友轉告他，不要在無關緊要的事情上跌跤，不值得！說不止一個人向上面反映他的問題，雖然沒有大不了的事，但抹平總是上策。他總覺得陰溝裏翻不了船！這年頭有人告狀正常，要想不得罪人，除非不幹事。直至省紀委約他談話，他才感到了問題的嚴重性。

雖然虛驚一場，卻啓動了他少年時曾有過的恐懼記憶——上省城時，他特意叫了公安局長陪著他，到了約定地點，公安局長自然開車返回了賓館，他一個人上了那棟大樓，當他跨進那間談話的辦公室時，儘管負責談話的紀委副書記還叫了他的職務，很客氣地將他讓到沙發上坐下，但他心裏沒底，那一刻，恐懼像迎頭的寒風襲擊了他，竟使他想到了少年時代的那段經歷：當看到母親跌傷了腿，他抄起刀準備衝出去復仇的瞬間，儘管怒火中燒，但他卻不知道他的拼命，會得到什麼樣的結果，也許一個十幾歲少年的全部憤怒，不夠仇家主人的一隻腳有力，所以他恐懼。是母親的那聲大喊救了他，又是母親那聲大喊給了他生命的方向。而此刻，誰給他消除恐懼的力量？誰又能給他生命的方向？他的身子居然瞬間顫抖了一下，他竟有些恍惚，好像看見了鄭仁松，又看見了許多女人……童年的恐懼，來源於無法戰勝的仇家，而這一刻的恐懼，沒有一個具象，全是模糊的影子，但卻又分明離他那麼近。當紀委副書記第二次請他坐下時，他才猛然醒悟過來，而醒悟過來的那一刻，他的恐懼感卻有增無減，他怕，怕今天走不出這棟樓。

當談話開始後，他才知道，是般若園的問題引起的，紀委副書記說，問題雖不大，但造成了不良的國際影響，希望靈北開發區管委會儘快解決這個問題，也希望梁大棟本人從中吸取教訓。當然，也說了一些別的事。

兩個半小時後，他才走出那棟樓。走出樓的一剎那，他覺出天空竟是如此之藍，太陽竟是如此之燦爛，好像這樣的感受，只有童年才有過……

這些天來，他很忙，不光身忙，心更忙。夜間常常失眠，前天夜裏，他夢見母親滿臉憂傷，一雙眼睛含著淚水。他被驚醒，以爲母親有什麼事，想打電話問問，一看表，才凌晨三點半，他只好忍著，等到七點與母親通了話，母親什麼事也沒有，他才放心。他爲官以來，第一次對自己的所作所爲失去了自信，他自己也不明白自己到底是一個什麼樣的人了。此刻，他的心依然空落。

他把辦公桌上的報告推到了一邊，摸起電話，讓史九剛過來。史九剛接到電話的第一時間快步進來，恭恭敬敬地站在旁邊，小心翼翼地叫一聲：「梁書記。」

梁大棟看他一眼，若有所思，突然問：「賀有銀的病情怎麼樣了？」

史九剛忙說：「前天得到的消息，已經不能說話了。」

梁大棟一愣，疑惑地問：「不是說控制住了嗎？」

「腦溢血第二次犯了，要不是在醫院，怕沒命了。」史九剛說。

梁大棟說：「在哪家醫院？我們抽空去看看。」

史九剛忙說：「在上海。」

梁大棟看看史九剛，沒有再說話，胡亂地翻著桌子上的文件。史九剛站在一旁不敢離去，又不敢問，只好靜靜地待著。似乎梁大棟終未翻出要找的東西，他停下來，問：「鄭仁松死了多久了？」

史九剛答：「一年多了。」說完這句話，史九剛覺得脊背直冒涼氣，從梁大棟這幾天的臉色判斷，除去般若園引起的不快，一定有什麼事與他有關？書記一些莫名其妙的話，於他總有一種不祥的感覺。自從賀有銀不能工作後，他本想離開機關去當總經理，鄭仁松的家人硬是不同意，眼下還在僵持著，鄭家的人揚言，要到政府去告他。他猜想鄭家的人有可能已經下手了……

梁大棟抬頭直視著史九剛的眼睛，許久才說：「一個死了，一個失語了，但事情不會死，事情不會失語。」他突然嘆一聲氣，叫道，「史秘書啊！」

這一聲嘆息，如同一股冷氣灌進史九剛的心裏，他打了個哆嗦。

梁大棟收回眼光，說：「紀檢部門轉來兩封信了，該注意了。」他抬起頭，說，「你清楚該怎麼處理，不要誤了前途！你還年輕。」

史九剛馬上明白了他剛才在翻什麼，立即點頭稱是，不作半點解釋。像一個做錯了事的孩子，假裝規規矩矩地接受大人的教訓。然而，梁大棟的口氣卻變得緩和了，他說：「鄭仁松錢不多嗎？多！可他死了。賀有銀的目的達到了嗎？達到了，可他不會說話了。」

梁大棟停下來，看看史九剛，語重心長地說：「九剛啊！人們也會覺得我坐在這裏很威風，是嗎？」

史九剛看著梁大棟那奇怪的眼神，不知如何回答。在他的記憶裏，眼前的這位領導，一直春風得意，從沒有用如此的口氣和他說過話。

不等史九剛醒過神來，梁大棟又說：「有一天我也得離開這裏，也許一年，也許隨時，古人說得好啊，世上沒有不散的宴席！」

梁大棟莫名的感嘆，更使史九剛忐忑不安，只好老老實實地站著，聽候領導的最終處置。他甚至做好了離開這個崗位的打算。

可是，梁大棟卻結束了他們的談話，對他揮揮手說：「你去吧！」

史九剛如釋重負，倒走兩步，剛要轉身，梁大棟突然又叫住了。他快步上前，一副認真聆聽的樣子。

梁大棟看著他，有些遲疑地問：「鄭仁松給我說過幾次，有個叫班瑪大師的高僧，你見過嗎？」

史九剛巴不得能及時回答領導的問話，於是脫口而出，說：「黃嘉歸請的，我們在一起吃過幾次飯。」

梁大棟並不在意他的賣好，又問：「最近在靈北嗎？」

史九剛立即回答：「前幾天還在，他們還打電話問賀有銀哩。不過已經離開了。」幾天前，是卜亦菲向他打聽賀有銀的，昨天他也見過卜亦菲，又是卜亦菲告訴他班瑪大師離開靈北的消息的，他略去了她的名字。

梁大棟若有所思，慢慢地站起來，推開椅子走了幾步，突然轉換了話題，問：「你認爲空山景區應該怎麼發展？」

史九剛當然清楚黃嘉歸報告的內容，就說：「般若園太單調，還得增加內容。」

史九剛知道般若園已是一個無法改變的事實，同樣知道眼下的狀態，他既不能完全貶損般若園，以免被上司認爲是投其所好，也不能過分表現自己的高明，所以他說出了一個帶有建設性的大實話，自然符合梁大棟的心境。

梁大棟瞅著史九剛，似乎專心致志地在聽取下屬的意見。可這位下屬的說法並不能使他滿意，他又問：「說得具體些。」

史九剛只好又說：「不管誰經營，得增加一些遊人可以互動的內容，般若園曲高和寡，也有些亂，不足以吸引遊人。」

說到這裏，史九剛發現梁大棟似乎在聽，似乎又心不在焉，他及時打住話頭，看著梁大棟。

梁大棟的眼睛忽然泛光，表現出往日的神采，他像在問，又像在說給自己聽。他說：「恢復空山寺可以使更多的人參與，可以拉動空山的旅遊。」

史九剛立時附和：「梁書記這個主意好！一定能使空山的開發上一個檔次。」說完他仍覺不過癮，就加了一句，「哪個名川大山沒有廟？人們不是說，在中國旅遊，就是上車睡覺，下車進廟嘛！」

梁大棟看他一眼。史九剛立即打住。

梁大棟說：「通知高雄起副主任和統戰部、空山辦事處、宗教局、文化文物局、財政局、旅遊局、規劃局、土地局的一把手，一個小時後到十九樓會議室開會。」

史九剛立即說聲是，就回辦公室通知了。

一個小時後，接到通知的人都到了，梁大棟也準時坐在會議桌的中間位置上。

會議室寬大明亮，只是參加會議的人顯得少了一些，使過於開闊的空間有些空蕩。好在人們坐得集中，緊緊圍著梁大棟，也就感到了聚氣。

八月的靈北，常有大風襲擊，只是今天天色晴朗，無任何大風的預兆。可不知怎的，忽然間屋外刮起了大風，狂風搖曳，遠處的大海波濤洶湧，聲響如同從地心鑽出，然後又拔地而起，橫掃而來。雖然雙層玻璃隔音效果極佳，屋裏的人幾乎聽不到任何聲響，但依然感到了大地的搖動。人們的心思一時難以集中。梁大棟卻紋絲不動，只擺了一下手，高雄起就宣布會議開始，首先請梁大棟講話。這些被臨時召集來的與會者，並不知道會議的主旨。

梁大棟看了全場一眼，然後把眼光落在了吳永久的臉上，接著又離開，說：「空山辦事處關於般若園的報告我看了，怎麼交接？由誰交接？怎麼經營？那是空山辦事處的事，你們平穩處理就是了。不要認爲出了點麻煩，就不敢伸頭，那就不用幹事了！」接著，梁大棟話鋒一轉，說，「但，般若園的現狀，不足以拉動空山旅遊。空山旅遊又對帶動開發區乃至靈北大旅遊有不可替代的作用。所以，今天的議題只有一個，就是議一議恢復空山寺的可行性。」

乍一聽這個議題，在座者大多數不知所云。只有高雄起明白，吳永久清楚。於是，冷場幾秒鐘後，高雄起點名吳永久發言。已經被般若園搞得窮於應付的吳永久，本不想先開腔，但高雄起點了名，這個案子又在他管轄的地盤上，他不得不說了。可他又不知道領導拋出這個議題的底牌，只好實話實說。他動動手中的筆記本，裝作打開看看，似乎早有準備。他說：「報批般若園規劃時，就有恢復空山寺的內容，但批准的規劃中，沒有這一項，應該算重大變更，按規定由規劃局另批。」

吳永久強調：「這個事情，高雄起副主任知道。」

聽了吳永久的發言，高雄起還未表態，梁大棟就有些不耐煩了。他直接要統戰部和宗教局就政策層面發表意見。統戰部長看看宗教局長，讓宗教局長說。宗教局長一副公事公辦的姿態，說：「政策規定：歷史上有，一九四九年後有宗教活動，文革前存在。有這三條，才可以恢復。空山寺屬歷史上有的，解放後也有宗教活動，但文革前是否還有僧人住，有分歧，有人說有，也有人說沒有，年代遠了，很難調查清楚。」

梁大棟看一眼宗教局長，不冷不熱地說：「司馬遷寫《史記》的時候，離黃帝、秦始皇遠嗎？」

統戰部長立即接過話題，瞅著宗教局長，說：「派兩個人到當地村莊調查一下不就出來了嗎?!」

宗教局長立即說會後馬上安排。

梁大棟直接問吳桐：「另批規劃有問題嗎？」

吳桐只一句話：「整個空山是國家森林公園，沒有土地使用權不能批規劃。」

梁大棟向後一靠，不再言語，高雄起忙問土地局長：「沒有解決的辦法嗎？」

土地局長直接答：「沒有。」他說，「林業法規對國家森林有嚴格的明文規定，一寸也不准非法佔用。」

梁大棟正了正身子，說：「我怎麼聽說寺廟用地，只要當地村民證明過去確屬廟產，政府就應該作爲國有土地歸還寺廟。」

統戰部長立即附和：「有這個規定。我老家恢復一座廟就是這麼辦的。」

宗教局長接著說：「對，有這個條文。」

高雄起正要插話，一直低著頭坐在那裏的胡世明突然仰起頭，說：「大家可能忽視了一個重要的問題，前幾年爲了保護空山寺遺跡，經由開發區申報，空山寺遺址已被批准爲市級文物保護單位，一切修復或改變遺址性質，都要報市文物局批准。」

胡世明說完，看著梁大棟，等著領導發問，好進一步闡述。不料梁大棟看也不看他，直接問其他人：「大家還有其他意見嗎？」

人們坐直，或眼神，或口頭，表示沒有再說的了。梁大棟看看表，一個小時過去了。他掃視全場一眼，對在場作記錄的管委會秘書說，記錄在案！然後說：

「大家說過了，我說四點意見：一、般若園由空山辦事處接管後，空山寺的修復以空山辦事處爲實施主體；二、由統戰部牽頭，宗教局、文物局和土地局具體落實消除文物保護障礙和解決土地劃歸問題；三、由規劃局落實空山寺的修復規劃；四、資金由政府出資和民間集資相結合的方式落實，由財政局牽頭。」

說完，他宣布，「空山寺作爲空山旅遊的重要景點開發，必須引起大家的高度重視，保證年底前開工，明年十一前對外開放。專案由高雄起副主任全面負責協調、落實。建成後，管理問題，按國家的有關宗教政策執行。」

梁大棟說完，做出要站起來的姿勢，高雄起立即宣布散會。

會後，各部門不敢馬虎，抽出專人落實，空山寺修復工程終於二〇〇〇年十二月十九日舉行了奠基儀式，雖然是一個雪後的早晨，氣溫下降到靈北最冷的記錄，但天氣晴朗，萬里無雲，儀式既簡單又熱烈，梁大棟親自到場，也算是實現了他半年前預定的開工時間。

而來年的十月，空山寺雖沒有趕在十一假日到來之前完工，但也只推遲了半月，空山寺就舉行了盛大的開光典禮，一時高僧雲集，人山人海，雖然旅遊配套設施沒有起來，道路兩邊卻突然冒出許多攤位，賣特產的、賣吃的，一時熱鬧非凡。空山旅遊的良好開端，似乎證明了梁大棟的先見之明。

但對梁大棟而言，他很忙，事情也很多，他很少再說起空山寺。不過只要他在靈北，無重要的事耽擱，每日早晨，遊人還在夢中的時候，他已到空山爬山鍛煉了。他早早來到景區的大門口，下車，步行上山，一個半小時後再回到大門口，坐車離去。只是偶然有人趕早去空山寺請法師下山做法事，看見梁大棟在寺廟住持陪同下在大殿進香。

這僅僅只是傳說，人們也就聽聽而已，並未引出什麼話題。只是說起恢復空山寺，人們都說這是一件大好事！

尾聲

之一

八年後的二〇〇八年四月三十日，連接老市區至開發區的靈北海灣大橋通車，五月一日，空山的旅遊出現井噴，數十萬靈北老市區市民，跨過海上大橋，湧向空山。這時的空山，已成為國家級自然風景名勝區，而般若園作為風景區的一大亮點，贏得了海內外文化藝術界宗教界的高度評價，為空山旅遊注入了深厚的文化底蘊。五一當天的門票收入超過二百萬元人民幣，山下的飯店和官上村的農家樂，更是人滿為患，遠遠超出了接待能力。五一過後，官上村確定了新的開發計畫，準備進行舊村改造，請村民上樓，然後將空山的土地改造成美食街和度假村。

般若園旅遊開發有限公司因未在規定的時間內辦理年檢手續，已於二〇〇〇年十一月，被依法吊銷營業執照。黃嘉歸提出的解決方案中，把般若園交給政府管理後，保留了般若園的註冊名稱，其著作權依法歸夏冬森享有。空山辦事處於二〇〇〇年九月二十八日起正式接管了般若園。交接完不到三個月，空山寺的修復工程就動工了，僅僅十個月，宏大的空山寺就落成了，其規模超過了靈北最大的寺院普度寺。梁大棟出席了空山寺的落成開光儀式，儘管他沒有講話，但知情人說，是因為他的極力推動，空山寺才得以建成。半年後，梁大棟調離了靈北開發區。

接著，開發區政府為空山開發注入了大量資金，又通過招商引資，拉來了一家外資，成立了新的中外旅遊開發公司，丁小溪通過三輪競爭，最終獲勝，代表中方參與空山開發管理。一年後，她受聘成為空山旅遊景區的總經理，經過三年的打造和運營，空山成為國家四A級旅遊景區。在空山四A景區掛牌慶祝大會上，丁小溪在發言中突然說：

「空山有了今天，我們不能忘記一個人，那就是般若園的創始人黃嘉歸先生，因為他的率先開發，空山才會有今天的影響！」

丁小溪發言中的幾句話，引起了人們對往事的追憶，但因物是人非，在場的上百人中，只有幾個官上村的村民還記得黃嘉歸，已沒有誰能說清當時的情形了，就連主持慶祝儀式的開發區旅遊局局長，也只是聽別人說過。由於現場無人知曉，自然也就無人回應，連零星的掌聲也沒有，但人們看見丁小溪的睫毛上掛有淚花，說明她是動了感情說這幾句話的。

而現場誰也不知道的是，為空山開發投下了第一筆資金的S國商人宋隨良，因破產的打擊，罹患不治之症，四年後，在國外治療時，以七十一歲不算太大的年齡辭世。兒子捧著他的骨灰，回到了他兒時創業前的普通老宅。

黃嘉歸是很久之後從S國的華文網上知道這個消息的，他無法當面向他的家人表達自己的哀思，只好連夜寫了一篇懷念文章，發到了網上。他在文章中寫道：世俗也許認為宋先生是一個失敗者，但空山永遠記住了這位老人！她把老人的靈魂帶進了永恆的生命。一個長大成人者，明白第一口乳汁對於成長的重要。

空山腳下的北斗運河博物館已經建成，旁邊則是秦代古村遺址，被稱為空山文化。其遺址內保持了完整的房地基原貌，其中有許多秦磚完整無損。就在離遺址不遠的地方，則是一個千人坑，坑內無數具骷髏，面目猙獰可怖，堆放在一起，身首骨架無一具完整的。坑內的景象，再現了一場史無前例的屠殺場面，而詳細的歷史已無法考證。

而官上村在國家新的林權制度改革後，以山林作股，佔有空山旅遊景區百分之二十的股份，但不參與經營，他們的主要精力則用於山下的農家樂經營，有多位村民入股組成公司的，也有單家獨戶經營的，幾乎家家都掙到了錢。六十歲以上的老輩人還沾了開發的光，和城裏人一樣拿起了退休金。

在靈北市紀念改革開放三十周年的論壇上，組委會費盡周折找到黃嘉歸，請他發言，他說：「一個時代的巨變，與一群人肯定有關，但作爲單個的人，其作用是渺小的，有時甚至是無奈的。」說完這句話，他引用了一句名人名言：「好好生活吧，別指望大地記住你的名字。」當人們讚揚他對空山的開發具有超前眼光時，他說：「過獎了，當時只是一種選擇而已。」

然而，就在空山風景區一年狂攬上億元的收入時，位於空山兩公里之外的空山水庫遭到污染，一度影響了開發區的生活用水。調查的結果，是空山風景區排汙所致。而正要舊村改造的官上村，因村民中幾幫人針鋒相對，改造方案未獲得政府規定的法定通過人數，從而擱淺。一部分人堅決支持改造，主張推倒全部民房，修建高樓，從而城市化；一部分人則徹底否定，他們的理由是，城裏人已開始向農村跑，留下這座具有歷史價值的村莊，過不了幾年，就又是一個旅遊景點，那時再賺大錢！一群上了年紀的老人，他們不同意的理由只有一條：住樓不方便，在自家家裡拉屎尿尿，沖得再淨，心裏不舒服。

負責設計的專家聽了直搖頭，嘆息他們一個也沒有說對，但他們管不了那麼多，他們是受命而爲的，只要給錢，他們都會按要求服務的。

看來這件事，一時半會兒不會有結果。

之二

黃嘉歸在移交了般若園的管理權後，自己又回到了下海前的狀態，只是心態發生了巨大的變化，他每日按照班瑪大師所傳儀軌，嚴格刻苦地修行。半年後，童敏捷力薦，牛恒極力鼓動，請他出任《靈北日報》集團新創辦的生活類報紙《市民生活報》的總編輯，但被他婉拒了。

此後，人們很難見到他，只是偶爾從報上讀到他極富靈性的文字，而文字雖是從生活小事著墨，但直流人們的心田。

二〇〇八年五月十二日，從北京來的劉立昌，拐了幾個彎，總算找到了黃嘉歸，中午和同來的朋友拉他去吃飯。多年不見，黃嘉歸自然說他請客。劉立昌說：「我以爲你成仙了，不食人間煙火。」

黃嘉歸說：「盡地主之誼。」

然而，最終這頓飯，還是童敏捷請了，因爲是在《靈北日報》的酒店裏吃的。吃飯時，劉立昌纏著黃嘉歸喝酒，黃嘉歸推不過，也就喝了。

酒至八成，借著酒勁的劉立昌對黃嘉歸說：「嘉歸兄，人都說你修到家了，說得神乎其神，我就不信，在那坐一坐，念一念，就能了知世界？要是真行，我看就停了全世界的科學試驗，都去打坐好了，何必大家瞎忙乎。」

黃嘉歸笑而不答，給在座的倒茶。

劉立昌又說：「人類的科學早已證明地球是圓的，你們佛家卻偏說有一個須彌山，它在哪兒？」

一直很少言語的童敏捷，接過話頭說：「我雖然不懂，但看過幾本書，佛說有須彌山，是佛眼看世界，人說地球是圓的，因爲是人眼看世界。高僧說，眾生的因果不可思議，佛陀的智慧不可思議。凡人站在地球上，思考佛說的宇宙真相，如螞蟻站在一隻籃球上，思考人類向月球上發射飛船。我們至少應該承認，不同的智慧生命，不都是我們人眼可以見到的。」

劉立昌並不理會童敏捷的解釋，他說：「這樣吧，咱不來佛理，嘉歸兄今天能讓我見識一下神通，我就信服，從此也就念佛。」

黃嘉歸仍不言語，只給大家添茶。

劉立昌說：「兄弟你不要太深沉。如果讓我信了，你把我引入佛門，按你們佛家的話說，叫功德無量，我也受用無窮啊。」

黃嘉歸仍然不吱聲。

這時，大廳裏的電視聲音突然大了，接著傳來播音員沉重的聲音：

「今天下午兩點十二分，我國四川汶川發生里氏七點八級大地震，許多房屋被夷爲平地，具體傷亡人數不詳。國務院總理溫家寶已在趕往抗震救災的途中，要求各級政府立即投入到抗震救災中去。人民解放軍指戰員，武警官兵以及公安幹警，正在趕往災區……」

短短的一條新聞，震驚了在場的所有人。坐在一起吃飯的新聞人，立即放下筷子下了樓，他們知道，這時的救災與生命同等重要。

劉立昌聽完新聞的第一時間，給報社社長打了電話，買了火車票，直奔四川，他知道報人這個時候應該幹什麼。三天後，他所在的報紙，第一次在頭版發表了劉立昌採寫的非明星類長篇文稿：《來自抗震救災前線的報導》。隨後，他的文章不斷出現在報刊上，他給黃嘉歸發來的郵件中說，他終於在流淚和感動中，知道了什麼是大愛，什麼是佛陀說的大慈大悲。

四川汶川大地震之後的第十天，在靈北佛教協會組織的一次大型賑災義演中，人們見到了黃嘉歸，他是幕後的動員者。一位香港來的法名見空的僧人成了壓軸主演，她唱的《我們的生命相連》令全場泣不成聲。她連續演唱了三首，最後一曲《大悲咒》，更讓全場沉浸在一片感動中。她的聲音如同原始森林中潛流的溪水，清澈甘冽，沁人心靈；猶如來自天外的呼喚，無疆的大愛無所不在。那場義演，一次籌得善款兩千萬元。而其中單筆最大的捐款，來自於一位叫卜亦菲的女士，她捐出了五百萬元現金。

之三

史九剛在賀有銀失語後，企圖控制神州集團，終與鄭仁松的家人發生激烈衝突，引得鄭仁松的老婆實名到市政府辦公大樓告狀，儘管梁大棟盡力保他，終於事情太大，紀委立案調查，牽出史九剛的幾樁受賄事實。事情不小，不得不處理。史九剛被開除公職，判了八年。梁大棟負有領導責任，也因此受牽連，於二〇〇二年調離靈北開發區，去西部一個地級市任市長，算是平級調動。兩年後，他帶領一個考察團出國訪問途經香港，遊覽一家寺院時，在大雄寶殿看見了一位做法事的女僧人，其面相端莊聖潔，如同觀世音菩薩一般，但卻那麼熟悉，他猛然間記起那個讓他難以忘懷的突然消失的女演員，曾在報上看過一則消息，說她出車禍遇難了。然而，眼前這個女僧人，越看越覺得是她。於是，他向旁邊的一位僧人打問，僧人告訴他，他問的師父法名見空，從喇榮五明佛學院畢業來的，聽說原在北京工作，其他的就不知道了。

梁大棟就問僧人，能不能通報一聲，說有一位熟人要見她。僧人點點頭，說應該可以，但得等法事做完了。於是，梁大棟就在大殿等候。

法事畢，那位僧人就去通報了，見空師父回話說：「請施主到禪房說話。」

梁大棟懷了極強的好奇心過去了，進了禪房，不由自主地關了房門，一步跨過去，急急地要問什麼。見空師父卻先說：「施主找人嗎？」

「藝藝，」梁大棟幾乎要叫出聲，「……」

見空師父卻說：「施主一定是認錯人了。」

「沒有，絕對沒有。」

見空師父抬頭看了一眼梁大棟，那深邃而平靜的目光，使梁大棟感到陌生，她說：「難道施主從來就沒有認錯過人嗎？」

「……」梁大棟一時語塞。

見空師父說：「她是我的姐姐，死於車禍了。」

梁大棟有些驚愕地盯著見空師父……

一個小時後，梁大棟從見空師父的禪房出來，陷入沉思，返回的途中，很少言語。回到大陸後，他給組織部門寫報告，請求援藏，但新的一批援藏幹部已到位，沒有適合他的位置，他的請求未如願，就仍在原來的位置上，接著做第二任市長。

經報考錄用爲國務院某部副司長的莊新，到職一年半後，被派往梁大棟任職的市委掛職鍛煉，任市委副書記。兩人見面，開始還頗有距離，莊新想，這位靈北開發區說一不二的人物，是怎樣躲過上面的查處的？但時間不久，他就發現梁大棟徹底變了，似乎過去的惡習徹底改掉了，聽當地人的反映，說這位市長雖無大功，但做事實在，爲人低調，生活簡樸，絕對清廉，算是好官。很快，他們成了無話不說的朋友，因兩人的家都不在當地，單身漢就多了聊天的時間，從工作說到生活說到家庭，但他們誰也不提靈北的事，似乎他們從來就沒有在那兒待過。

直至兩年後，四川汶川發生大地震捐款時，梁大棟把莊新叫到了自己辦公室，言辭懇切地請他代辦一件事，莊新見他頗神秘的樣子，說：「從沒見過梁市長這種處事風格！」

梁大棟看看莊新，半晌沒言語，最後終於說：「代我匿名捐二百萬。」

莊新說：「這是好事呀。公開捐，起到宣傳作用，市長捐了這麼多，那些企業家更應該表示了。」

梁大棟問：「你是公務員，哪來這麼多錢？」

一句話倒把莊新問住了，他看著梁大棟，不知該怎麼回答。

梁大棟似乎並不需要莊新回答，他從櫃子裏拿出一個藍色的布包，放在桌子上，說：「上午剛取的，這是靈北的錢。」他又看看莊新，說，「一位僧人對我說，在一個物欲橫流的時代，人們更需要懺悔，只有自己才能救贖自己。」

莊新有些驚詫地看著梁大棟，他並不完全明白他話中的意思。梁大棟似乎是自言自語，又像是對莊新解釋著什麼，他說：「在靈北，我也有對不住你的地方。」

莊新終於聽出了點意思，他說：「儘管人們對你有意見，但你對靈北是有貢獻的，你在的九年，是開發區發展最關鍵的時期。」

「對一個人的評價，最終來自於他自己的內心。」梁大棟說。

這場對話沒有再深入下去。莊新按梁大棟的要求，直接將二百萬元現金捐到市慈善總會，捐款意向是震後學校重建。由於莊新的強調，慈善總會始終未向記者透露細節，只說是一位不願透露姓名的人代朋友捐的。

有記者寫文章，說：「愛心可以淨化靈魂，這位匿名捐款人，和許許多多捐款者一樣，用愛心將我們的社會變得高尚。」

梁大棟看了這篇文章，搖搖頭，苦笑了一下。

二〇〇九年五月十七日十時初稿於終南山嘛尼悉地茅棚
二〇一二年四月十九日十三時八稿改定於青島竹林結廬
二〇一三年十月十一日零九時再次修訂於青島竹林結廬

後記

楊志鵬

《世事天機》的初稿，是在終南山嘛尼悉地茅棚幾個閉關的僧人照應下完成的。

在創作的過程中，我經常想的是，我們有幸生活在一個物質財富積聚的年代，不再飽受貧窮的折磨，但在享受豐富物質財富的同時，又不得不痛苦地感到，我們的精神已處在極度貧乏的狀態。上個世紀八十年代，當改革開放剛剛紅紅火火展開之時，西方世界的發達深深吸引著國人，西化成了許多人心中的目標，似乎中國過去的一切都是錯的，幾乎喪失殆盡的民族傳統中剩下的那麼一點點傳統美德，比如勤儉、忠貞、敬重長輩等等，統統被當作了突破的對象。於是，就有地裏種草比糧食賣出錢的新觀念，也就有了改變消費方式的高論（所謂拼命掙錢，大把花錢），更有引用所謂導師的名言：社會的進步是以道德的淪喪爲代價的。並把這種淪喪說成是新道德終究要代替舊道德的必然規律。喜新厭舊被說成是社會進步，「審父意識」成了一種時髦的理論。消解崇高，嘲弄傳統，被主流媒體追逐叫好。總之，所謂西方的藍色文明一定要代替東方的黃色文明的！中國傳統文化被當作了必然要淘汰的包袱，被批判，被揚棄。生命成了效率，時間成了金錢。

在這些混亂意識的支配下，我們在爲經濟快速發展、財富高速增長興奮的同時，不得不經受道德淪喪所帶來的痛苦。當我們終於審視困境時，才突然發現，我們不但丟棄了自己原有的精神財富，也沒有準確地拿來西方的東西。這樣的結果，令我們顯得既尷尬而又無奈。也許我們爲此付出的代價，幾代人的努力才有可能撫平。面對亂象叢生的現實，當代中國人不滿卻又深陷其中。驀然發現，我們已經走得太遠，開弓沒有回頭箭，我們必須沿著正在走的路走下去。重塑民族精神的道路何其艱難！但我們必須直面困境，只有這樣，才有可能重新鼓起勇氣，喚回我們原本就有的諸如仁愛、誠信、無私、奉獻、慈悲等普世價值，進入真正的現代社會。作者在《世事天機》的故事中，進行了艱難的努力。

《世事天機》寫的是當下中國的現實故事，其中許多人和事，我們經常可能見到聞到。有些人物就是我們的朋友，很有可能就是我們自己。我曾套用魯迅的話在一篇文章中說：我被人害了，但我是害人的人的兄弟。或許用「集體原罪」來反思我們這些年的行爲才更切近事實。這就使我在寫作中不時想到，常常有人感嘆眼下世風時，說中國人缺乏信仰，缺乏宗教精神。《世事天機》寫了一位佛教大師，寫了書中人物的精神尋找。但作者無意奉勸人們皈依佛門，更不苟同籠統的宗教精神缺乏說。正如書中有的人物，他雖然接受了密宗灌頂，在形式上皈依了佛門，但並不等於他有了信仰。他的行爲邏輯與佛門無關。

當然，我也依據高僧大德的教言和自己的修行體悟，描寫了通常人們所說但並不理解的明心見性時的狀態，儘管文字直達真理的路徑有限，但我依然希望與有緣者分享生命的華麗與平實。在這裏，我更願意把信仰的話題扯得遠一些。因爲，信仰這個詞，在當下中國社會，很大程度已經被人們誤讀了。似乎大家常說的信仰，是指人要有精神寄託。至於對自己的信仰到底理解多少，好像並不重要。於是，人們看到廟裏燒香的，教堂做禮拜的，會說：他們至少有信仰啊！好像是讚揚，實則背後的意思是說：迷信也好啊！總比什麼也不信強。在一個信仰缺失的年代，儘管把信仰局限於精神寄託層面，就很難能可貴了，但僅僅如此，作爲生命的個體，依然顯得暗淡無光。更何況一些偏離信仰徒有虛名的宗教組織，他們與真正的信仰風馬牛不相及，只是世俗生活中的利益集團而已。

信仰的對象應該是真理！只有終極真理才是值得人們用生命去追求的。它與迷信更是涇渭分明。人類不能只對眼前的利益感興趣，而對生命現象熟視無睹。或者把關注生命，僅僅理解爲養生保健，延年益壽。說得更理想些，只是關懷人們的幸福指數，豐富人們的精神世界。這些顯然只是世俗生活注意的範疇，離真正的真理信仰相差甚遠。信仰應該超越世俗生活，是對生命真相的不懈探求，至少是對包含了人類普世價值在內的理想社會或人生的嚮往。

在人類歷史長河中，不但有無數的古聖先賢在探討和證悟生命的奧秘，就是已被物欲包圍了的當今世界，仍然有無數的大德聖賢在關注著生命的流向。他們中有無數的聖者，證得了各種不同的境界，有的已證得圓滿的宇宙人生真相。但由於人們的文化背景不同，生活習性的差異，他們的成就未被更多的人理解，甚至被人們誤解。但他們不會因別人不理解或誤解而修正自己的方向。正因爲他們爲人類打開了非同一般的認識生命的通道，才使我們生命的流向和價值更具意義。

當然，你可以認爲人死如燈滅，什麼也沒有了，也可以認爲所謂的天堂地獄是杜撰，但作爲對未知生命現象的任何研究或探索，都是應該得到肯定和鼓勵的，因爲對未知世界的追問，是人類生存的需要。宇宙、地球從誕生到毀滅，是一個漫長的過程，但人類不會僅僅爲了物質的無限享受，而放棄對地球、宇宙之外空間的探索，甘願等到地球、宇宙毀滅時，全體人類與之同歸於盡。更何況，在人類歷史的發展過程中，包括個體生命在內的生老病死等無數的難題需要隨時破解。所以，生命科學對於人類的生存至關重要。科學技術雖然是公認的方法之一，但它顯然不是唯一的方法。由於受到人類智力等諸多因素的局限，科學技術不能解決所有的問題，所以它不是萬能的。那麼，一些人通過獨特的方法，找到了不同於一般意義上的對生命現象的詮釋，身在其外的人，可以存疑，但不可否定，這才是現代社會應取的態度。

五明佛學院教授慈誠羅珠大堪布在調查才旺仁曾活佛虹化事件的報告中說：

「人人都渴望擁有幸福的生活、自在的身心、灑脫的情懷、和平的生存環境，而人類自從有文明以來，所有通向幸福人生的探索都揭示出一條普遍真理：把美滿的人類理想完全建築在身外的物質生產與追求上是根本行不通的。既然如此，那就不要再可憐地甘願充當外物的奴隸，爲何不能把心轉向自己的內心世界呢？人類沒有任何理由拒絕或壓抑能使自己得到自由的方法與潛能，除非這個世界上的人都心甘情願做別人或物欲的工具。」

眾多的聖者，以自身的修證打開了通向自由境界的大門，作爲後來者，是沿著他的足跡向上，或是繼續待在自我蒙蔽的暗室中隨順度日，決定在我們，最終的結局也取決於我們現在的選擇與努力的方向。《世事天機》中人物命運的歸宿，是現實生活的必然結局，也是作者的真切感受。

因此，我將這部書獻給在物欲世界裏掙扎著尋求心靈撫慰的人們，願眾生幸福、平安、吉祥、圓滿！

《世事天機》從動筆到定稿，用了四年多時間，大改八稿，小改無數。朋友王連成、定居青島的原蘭州軍區作家陳作犁、鄉黨陝西作家王蓬、青海作家李曉偉、同學江西作家宋清海等朋友對書稿的完善提出了重要的建議；老學友中國文聯出版社原社長鄧興器先生看了拙著，寫下五千餘字的讀後感言；著名編輯家、作家何啓治先生，老編輯謝群大姐，給予拙著出版以極大關注；著名學者、作家余世存先生在病中閱讀書稿，寫下精彩序言，令作者感動；更要說的是漫畫大師方成、美術巨匠朱乃正和著名作家陳忠實、易中天、高建群、楊志軍、老村先生等文壇大家的畫作、題字、贈言，給予本書極大的增色；還要說的是本書出版的一個重要助緣，是我《行願無盡》一書的責編、世界知識出版社的薛乾先生，是他極力推動才使本書如願出版。在此，對朋友們（包括未提到名字的）的無私幫助表示真誠的敬意和感謝！

二〇一〇年九月二十五日初稿於終南山嘛尼悉地茅棚
二〇一二年四月二十日改定於青島市黃島區竹林結廬

【風雲三十周年紀念典藏版】

世事天機

作者：楊志鵬
發行人：陳曉林
出版所：風雲時代出版股份有限公司
地址：10576台北市民生東路五段178號7樓之3
電話：(02) 2756-0949
傳真：(02) 2765-3799
執行主編：朱墨菲
美術設計：吳宗潔
業務總監：張瑋鳳

出版日期：2024年1月 典藏版一刷
版權授權：楊志鵬
ISBN：978-626-7369-16-6

風雲書網：http://www.eastbooks.com.tw
官方部落格：http://eastbooks.pixnet.net/blog
Facebook：http://www.facebook.com/h7560949
E-mail：h7560949@ms15.hinet.net
劃撥帳號：12043291
戶名：風雲時代出版股份有限公司
風雲發行所：33373桃園市龜山區公西村2鄰復興街304巷96號
電話：(03) 318-1378
傳真：(03) 318-1378
法律顧問：永然法律事務所 李永然律師
北辰著作權事務所 蕭雄淋律師

行政院新聞局局版台業字第3595號 營利事業統一編號22759935

定價：650元

國家圖書館出版品預行編目資料

世事天機 / 楊志鵬著. -- 再版. -- 臺北市：風雲時代出版股份有限公司, 2023.11 面；公分
風雲三十周年紀念典藏版
ISBN 978-626-7369-16-6（平裝）

857.7 112015922